KB067671

횔덜린
서한집

횔덜린 서한집

발행일　2022년 7월 7일 초판 1쇄
지은이　프리드리히 횔덜린
옮긴이　장영태
기획　김현우
편집　김보미·김준섭·박나래
디자인　남수빈
제작　제이오

펴낸곳　읻다
등록　제300-2015-43호. 2015년 3월 11일

주소　(04035) 서울시 마포구 양화로11길 64 401호
전화　02-6494-2001
팩스　0303-3442-0305
홈페이지　itta.co.kr
이메일　itta@itta.co.kr

ISBN 979-11-89433-55-0 93850

횔덜린 서한집

프리드리히 횔덜린 지음
장영태 옮김

읻다

사진 제공처
5쪽, 10쪽 © DLA Marbach
7쪽 © SLUB / Deutsche Fotothek
9쪽, 11쪽 © Universitätsbibliothek Tübingen
12쪽 © 2022 Foto Marburg
13쪽 © The Trustees of the British Museum

일러두기

1. 이 번역은 아돌프 베크Adolf Beck가 편집한 《슈투트가르트판, 횔덜린 전집*Stuttgarter Höldelin-Ausgabe, Hölderlin Sämtllche Werke*》 제6권을 기반으로 하여 요헨 슈미트Jochen Schmidt가 연대를 조정하고 보완해서 편집한 《횔덜린 전집 제3권*Hölderlin, Sämtliche Werke und Briefe in drei Bänden, Band 3*》(Deutscher Klassiker Verlag, 1992)을 저본으로 삼았다.
2. 주석은 주해의 필요성과 의미의 중요성에 비중을 두고 번역 저본인 요헨 슈미트 편집의 전집 외에 크나우프Michael Knaupp의 《횔덜린 전집*Friedrich Hölderlin, Sämtliche Werke und Briefe*》(Hanser Verlag, 1993)의 주해 등을 참고로 옮긴이가 작성했다.
3. 편지 내용에 등장하는 작품에 대해서는 주석에서 옮긴이가 앞서 번역한 《횔덜린 시 전집 1, 2》(책세상, 2017), 소설 《휘페리온》(을유문화사, 2008), 희곡 《엠페도클레스의 죽음》(문학과지성사, 2019)을 쪽수와 함께 인용했다.
4. 본문 가운데 이탤릭체 부분은 원문의 표기를 그대로 따른 것이며, 이 책에서는 볼드체로 표기했다.
5. 책 제목과 정기간행물 제목에는 겹화살괄호(《》)를, 논문 제목, 한 편의 글 제목, 시 제목 등에는 홑화살괄호(〈〉)를 넣어 표시했다.
6. 제공처를 밝힌 사진 외 이 책에 수록된 도판은 아돌프 베크·파울 라베Paul Raabe 엮음, 《횔덜린: 텍스트와 사진을 통한 연대기*Hölderlin. Eine Chronik in Text und Bild*》, 횔덜린 협회 총서*Schriften Hölderlin Gesellschaft* 6/7권(Insel Verlag, 1970) 및 군터 마르텐스Gunter Martens, 《프리드리히 횔덜린*Friedrich Hölderlin*》(Rowohlt, 2010)에서 옮겨 왔다.
7. 편지는 연대순으로 수록하되 편지를 쓴 때 또는 장소가 불명확하여 추정된 경우 그 장소와 때를 [ ]에 넣어 표시했다.

프란츠 카를 히머가 그린 횔덜린(1792년).

마울브론 수도원 학교의 한 급우가 그린 횔덜린(1786년).

임마누엘 나스트가 그린 횔덜린(1788년).

횔덜린의 어머니 요한나 크리스티아나 횔덜린.

게오르크 빌헬름 프리드리히 헤겔.

루도비케 시마노비츠가 그린 프리드리히 실러(1793년).

프리드리히 빌헬름 요제프 셸링.

W. 모스브루거가 그린 크리스티안 루트비히 노이퍼.

JOH. GOTTFRIED EBEL. M.D.
geb. in Züllichau 1764. gest. in Zürich 1830.

요한 고트프리트 에벨.

주제테 공타르

요한 게오르크 슈라이너와
루돌프 로바우어가 그린 노년의 횔덜린(1823년 7월).

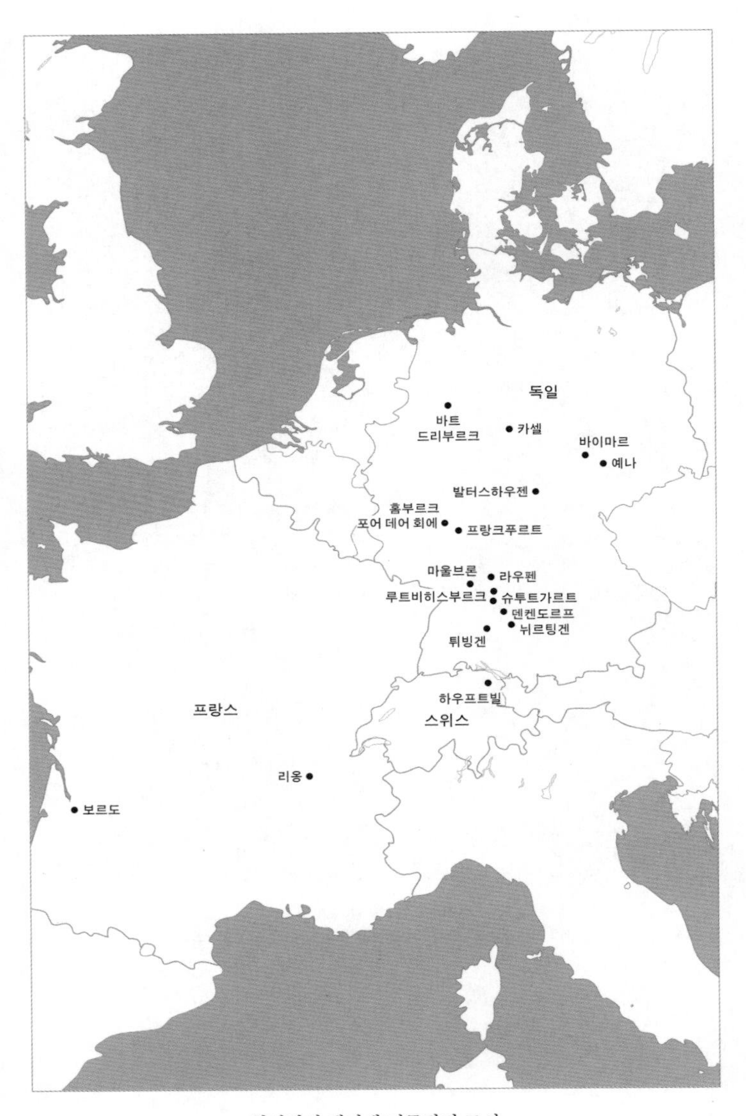

휠덜린이 생전에 머물렀던 도시.

1부 · 덴켄도르프, 마울브론, 튀빙겐 학창 시절 1784~1793

2부 · 발터스하우젠, 예나, 뉘르팅겐 시절 1794~1795

3부 · 프랑크푸르트 시절 1796~1798

1부

덴켄도르프,
마울브론, 튀빙겐
학창 시절
1784~1793

나타나엘 쾨스트린에게[1] 보낸 편지

[덴켄도르프, 1785년 11월]

지극히 존경하는, 학식 높은 분이시며
특별히 사모하는 목사님!

저에 대한 목사님의 변함없는 친절과 사랑, 그리고 목사님의 현명하신 기독교인으로서의 몸가짐은 제 마음속에 목사님을 향한 무한한 공경심과 사랑을 일깨워 주었습니다. 정직하게 말씀드리자면 저는 목사님을 저의 아버지와 조금도 달리 생각할 수 없답니다. 목사님께서 이러한 저의 진심을 불쾌하게 여기지 않으실 것으로 믿습니다. 뉘르팅겐에서 돌아온 이후 그간에 행한 몇몇

1 횔덜린이 1785년 가을방학 휴가에서 돌아온 뒤 보낸 편지로 추정된다. 횔덜린의 전승된 편지 가운데 가장 이른 시점의 편지다. 나타나엘 쾨스트린Nathanael Köstlin, 1744~1826은 1775년부터 1793년까지 뉘르팅겐의 부목사였다. 뉘르팅겐 초급학교 마지막 3년 동안 횔덜린은 수도원 학교 진학을 위한 국가시험에 대비하고자 그에게 개인 교습을 받았다. 두 번째 아버지까지 잃은 아홉 살 소년 횔덜린에게 쾨스트린은 교사일 뿐 아니라 인도자이자 아버지이며 친구였다.

관찰을 통해 저는 우리의 행실과 현명함을, 관용과 종교를 얼마나 조화롭게 결합시킬 수 있을지 생각했습니다. 저는 이 점에서 온전하게 성공한 적이 없었습니다. 다시 말씀드리면, 항상 우왕좌왕했습니다. 저는 자주 저의 천성적인 감상感傷에 기울어져 쉽사리 감동에 빠지지만, 그만큼 더 변덕스러웠던 것입니다. 이제는 진정한 기독교인이 아닌가 하고 생각했던 것도 사실입니다. 모든 것이 제 마음에 만족스러웠고, 특히 자연은 그러한 순간마다 생생한 인상을 저의 가슴에 새겨주었습니다. 그러나 저는 주위의 어느 누구도 좋아할 수 없었습니다. 그저 항상 혼자이고 싶었습니다. 제가 사람의 무리를 미워하는 것처럼 생각되었습니다. 또한 아주 사소한 일에도 마음이 흔들렸고, 그만큼 저는 더 경솔해졌습니다. 제가 슬기로워지려고 하면 저의 마음은 심술궂어졌으며, 아주 사소한 모욕에도 사람들이 얼마나 사악해지고 악마처럼 되는지, 왜 그들을 조심해야 하고 그들과는 손톱만큼의 신뢰도 나누지 말아야 하는지를 확인시켜 주는 것 같았습니다. 이와 반대로 제가 인간을 적대시하는 이러한 태도에 대항하려고 하면, 하느님 앞이 아니라 인간들 앞에서 그들의 마음에 들려고[2] 노력했던 것입니다. 가장 소중하신 목사님, 저는 항상 우왕좌왕했으며, 저의 행동은 절제의 과녁을 빗나갔습니다. 저는 요사이 (특히 주일날에는) 그간의 하느님과 인간에 대한 저의 태도를 되돌아보았습니다. 그리고 단단히 결심했습니다. 그릇되

2 신약 성서 〈사도행전〉 5장 29절 "베드로와 사도들이 대답하였다. '사람에게 복종하는 것보다 하느님께 복종하는 것이 마땅합니다'" 참조.

거나 인간을 적대시하지 않고 지혜롭게,[3] 죄악에 빠지기 쉬운 사람들의 습성에 따르지 않으면서도 사람들의 마음에 드는, 변덕스러운 광신자가 아닌 참된 기독교인이 되자고 말입니다. 저는 하느님께서 당신의 성령을 통해서 저의 마음을 이끌어주시리라고 확신합니다. 그리고 목사님께서 저의 인도자, 저의 아버지, 저의 친구가 되어주시기를 (이미 오랫동안 그리하셨지만요!) 가장 순종하는 가운데 간절히 부탁드립니다. 또한 제가 저의 마음에 영향을 미치는 모든 일에 대해서, 저의 학업이 성장하는 모든 변화에 대해서 목사님께 소식을 전해드리는 것을 허락해 주시기 바랍니다. 목사님의 가르침과 충고, 학업에서의 깨우침, 이 모든 것이 현세적인 것에도 주의를 기울이고자 하는 저의 소망을 이루어줄 것입니다. 이 솔직한 편지가 목사님을 번거롭게 하지 않으리라는 것과 이러한 믿음을 목사님에 대한 저의 경외심과 사랑의 증표로 보아주시리라는 것을 저는 확신합니다. 이러한 저의 생각에서 잘못된 점을 발견하시면 지적해 주시기 바랍니다. 이제 펜을 내려놓겠습니다. 모든 존경심을 다해서

목사님의
가장 순종하는 종
횔덜린 올림

3 신약 성서 〈마태복음〉 10장 16절 "보아라, 내가 너희를 내보내는 것이, 마치 양을 이리 떼 가운데로 보내는 것과 같다. 그러므로 너희는 뱀과 같이 슬기롭고, 비둘기와 같이 순진해져라" 참조.

어머니[1]에게 보낸 편지

[마울브론, 1788년 6월 10일]

가장 사랑하는 어머니!

여기 저의 여행 일지 한 편을 보내드립니다.

제가 단정하게 쓰지 못했어도 좋게 보아주세요. 잠자리에 들기 전에 반은 졸면서 글을 쓰는 일이 자주 있답니다. 닷새간의 짧은 여행이었지만 그래도 넓게 돌아다닌 것을 지금도 여전히 즐겁게 되돌아봅니다. 다음에 들려드리는 것처럼, 저는 만하임에서 출발해서 멀리 프랑켄탈까지 갔습니다.

사랑하는 어머니, 저에게 베풀어주신 이 즐거움에 대해서 진

1 요한나 크리스티아나 횔덜린Johanna Christiana Hölderlin, 1748~1828은 튀링겐 출신의 목사 요한 안드레아스 헤인Johann Andreas Heyn, 1712~1772과 요한나 로지나Johanna Rosina, 1725~1802 사이에서 태어났다. 첫 남편인 하인리히 프리드리히 횔덜린Heinrich Friedrich Hölderlin, 1736~1772이 수도원 관리로 있었던 라우펜에서 1770년 3월 20일 아들 횔덜린을 낳았다. 1772년 남편이 뇌일혈로 사망하자, 1774년 뉘르팅겐의 포도주 상인이자 나중에 그곳의 시장이 된 크리스토프 고크Christoph Gok와 재혼했다. 두 번째 남편 고크도 1779년 폐렴으로 세상을 떠난 뒤엔 뉘르팅겐에서 횔덜린의 누이동생 하인리케Maria Eleonora Heinrike Hölderlin, 1772~1850와 의붓동생 카를Carl Christoph Friedrich Gok, 1776~1849과 함께 살았다.

심으로 감사드립니다.

(…)

사랑하는 어머니, 여행을 떠나기 전에는 몸이 완전히 좋지는 않았습니다. 그래서 떠나기 전날 저녁에 약도 먹었답니다. 그러나 아주 건강하게 여행을 마쳤습니다. 모든 사람이 저의 이런 건강한 여행을 다 인정하고 있습니다. 할 일이 아직 많이 남아 있습니다. 제가 어머니의 순종하는 아들이라는 것을 확인하면서 이만 줄이겠습니다.

어머니의
순종하는 아들
횔덜린

동봉된 여행 일지의 일부

6월 5일 목요일

나는 오전에 스파이어Speier를 어지간히 돌아보았다. 그래서 오후에는 마을을 벗어나 교외로 나가서 그 지역을 눈으로 보고 즐길 생각이었다. 오후 내내 스파이어 지역 내의 사방을 거의 모두 둘러보았으나 특별히 관심을 끄는 곳을 발견하지는 못했다. 내가 (배에서 화물을 내려놓는) 소위 그란Gran이라는 데에 도착했을 때는 벌써 저녁 무렵이었다. 내 앞에 전개된 광경을 보고 나는 새롭게 태어난 느낌이었다. 나의 감정은 활짝 열렸고, 심장은 더욱 힘차게 뛰었으며, 정신은 광활한 곳으로 날아올랐다. — 나의 눈은 놀라워했고 — 나는 내가 보았던 것이 무엇인지 하나도 알지 못했다. 그렇게 나는 — 마치 조각상처럼 — 그 자리에 서 있었다.

당당하고 유유한 라인강. 아주 멀리에서 흘러와서 아주 멀리로 흘러가 아무도 배가 거기에 있는 것을 알아차리지 못하고, 거의 푸른 벽을 보고 있는 것 같은 광경을 상상해 보라. 맞은편 강변에는 무성한 야생의 숲들, 그리고 그 숲을 넘어서는 가물거리는 하이델베르크의 산들 — 그리고 한쪽으로는 측량할 수 없이 넓은 평원 — 그리고 모든 것은 주님의 축복으로 가득하고 — 내 주변이 온통 활력으로 가득했다 — 거기서 사람들은 배의 짐을 부리고, 다른 이들은 바다로 배를 밀어냈다. 저녁 바람이 부풀어 오르는 돛을 향해 불었다. — 나는 감동을 안고 집으로 돌아왔다. 그리고 수많은 사람들이 그 지역에 익숙해져 있거나 또는 굳은 기름 덩이 같은 심장을 지니고 있어 무관심하게 스쳐 지나갔을 그곳에서 내가 어떤 느낌을 받을 수 있었다는 것에 대해서 하느님께 감사드렸다.

이마누엘 나스트[1]에게 보낸 편지

[마울브론, 1788년 9월 6일]

늦어도 2주 내에 자네한테 가겠네! 하루 일찍도 하루 늦게도 아니게 말이야! 나는 엘스너[2]와 함께 정오까지 회핑엔에 이를 것이고 거기서 레온베르크로 가겠네. 그리고 이어서 바로 다음 날 나는 출발해야 한다네. 자네는 하루 이틀일망정 내 고향 뉘르팅겐까지 나와 함께 가게 될 거네. 그다음 빌핑거가 기다리고 있는 슈투트가르트로 자네와 함께 돌아갈 생각이네. 그리고 레온베르크까지 내가 자네와 함께 가겠네. 그러면 되지 않을까? 나를 말리는 것이 비록 황제라 할지라도 약속을 지키겠네.

1 레온베르크의 시청 서기 이마누엘 나스트Immanuel Gottlieb Nast, 1769~1829는 재능 있고 다방면에 관심이 많고 향학열도 높았지만 가정 형편 때문에 대학에 진학하지 못했다. 그는 마울브론 시절 횔덜린이 마음을 터놓고 지낸 가까운 친구였다. 횔덜린이 튀빙겐 신학교로 진학하고 새로운 친구들을 사귀게 되자 나스트와의 유대는 끊어진다. 나스트는 후일 뷔르템베르크의 여러 지역에서 서기와 관리로 일했고, 1828년 8월 정신착란에 빠진 횔덜린을 한 번 더 방문했다.

2 엘스너Johann Christoph Friedrich Elsner, 1770~1806는 회핑엔의 고급 공무원의 아들로 횔덜린의 신학교 동기였다.

그러니 2주 안의 어느 날 오후 2시에는 자네 곁에 있게 된다는 말일세! 형제여! 첫 포옹의 환희만으로도 나는 하루 종일의 여로를 보상받게 되는 것이지. 자네는 내가 자네를 좋아하는 것만큼 나를 좋아할 수는 없을 거야. — 그렇고말고! 가능한 일이 아니지! 만일 내가 그렇게 생각하려 한다면 그것은 용서받을 수 없는 (나의) 허영일 거야. 나는 자네에게 말하고 싶어. — 나의 어머니, 동생, 그리고 누이동생을, 하늘도 알고 있지만 나는 정말 사랑하고 있어. — 그런데도 나는 몇 번씩 그들을 떠나곤 했지. 그러나 자네를 떠나는 것만큼 힘든 일은 아니었다네. 우리가 슈투트가르트에 가게 되면 란트베크[3]와 히머[4]를 같이 가서 만나세. 오, 형제여! 왜 이 순간이 그렇게 좋은 건지! — 그저께 지난 수주간 내 머리를 열나게 했던 어떤 일을 마쳤기 때문이라네.

나는 이 세상의 모든 것이 나에게 신통치 않게 돌아가는 것도 나쁜 일이 아니라는 것을 안다네. 나는 나 자신 앞에 씩씩하게 머물러 있다네. 더 진정한 기쁨을 맛보는 것이나 많은 어리석음에 대해서 격분할 필요도 느끼지 않는다네.

나는 자네와 란트베크가 친구로 지내는 것을 보고 싶을 뿐이야! 누구도 자네들을 이간질하지 않기를 내 명예를 걸고 원하고 있어! 스무 살의 멋진 — 점잖고 다정한 화가이자 자네만큼 훤

3 란트베크Johann Jonathan Christian Landbek, 1763~?는 슈투트가르트의 카를슐레에서 화가가 되고자 교육을 받았다. 그러나 1791년부터 교사로 활동했다.

4 히머Franz Karl Hiemer, 1768~1822는 1778년에서 1791년 사이 슈투트가르트의 카를슐레에서 화가가 되기 위한 교육을 받았으나 실제로는 연극배우로 활동했다. 그는 슈투트가르트의 여러 예술가 모임과 밀접한 관계를 맺고 있었고, 횔덜린의 표현대로 "즐거운 시인이자, 멋진 사나이"였다. 그는 1792년 횔덜린의 대표적인 초상화를 그렸다. 이 파스텔 초상화는 독일 마르바하의 실러 국립박물관에 소장되어 있다.

칠한 키를 머릿속으로 상상해 보길 바라네. 자네는 그런 사람을 얻게 되는 거야. 그리고 나의 히머 역시 즐거운 시인이지! 전적으로 멋진 사나이야. 그리고 나는 하느님의 넓은 세상에서 자네의 횔덜린 이외에는 다른 아무것도 아니라네.

어머니에게 보낸 편지

[튀빙겐, 1789년 11월]

허가가 났습니다. 따라서 바로 그날 경마차輕馬車를 타고 귀향할 것입니다.[1] 가장 사랑하는 어머니, 어머니는 제 몸과 마음의 상태가 이러한 환경에서는 좋을 수가 없다는 것을 알고 계실 것입니다. 언제나 변함없이 계속되는 짜증스러운 일, 억제, 건강에 해로운 공기, 형편없는 식사가 자유로운 환경에서보다 훨씬 빠르게 저의 육신을 쇠약하게 만들 것이라는 점도 미루어 짐작하실 수 있을 것입니다. 어머니는 저의 성미를 알고 계십니다. 학대, 억압, 그리고 무시를 못 견디는 저의 성미 말입니다. 오, 사랑하는 어머니! 돌아가신 아버지[2]께서는 자주 말씀하셨습니다. "당

1 휠덜린은 어머니에게 신학 공부를 중단하고 법학을 공부하려는 이유를 밝히기 위해서 학교 당국에 귀향 허가를 신청했다. 이 편지는 튀빙겐을 출발하기 직전에 보낸 편지인데 일부는 소실되어 단편으로만 남아 있다.

2 하인리히 프리드리히 휠덜린은 1754년부터 1760년까지 튀빙겐에서 법학을 공부했다. 학업을 마친 후 부친 야코프 휠덜린의 뒤를 이어 라우펜의 수도원 관리인이 되었다. 그는 결혼한 지 6년 만인 1772년 뇌졸중으로 갑자기 세상을 떠났다.

신의 대학 시절이 당신의 가장 만족스러운 시절이었다"고 말입니다. 저는 언젠가 "나의 대학 시절은 영원히 나의 삶을 비참하게 만들었다"고 말해야만 하는 건가요. 저의 부탁이 나약함에서 나온 것이라면, 불쌍히 여겨주십시오. 그러나 저의 부탁이 이성적이고 심사숙고한 결과라면, 오 그렇다면 미래에 대한 지나치게 두려운 의구심 때문에 어쩌면 훗날 나이 드신 어머니에게 많은 기쁨을 드리게 될 발걸음을 저희가 한 번도 떼지도 못하는 일은 없도록 해주십시오. 저에게는 직접 말씀드렸으면 하는 이유가 아직 많이 남아 있기도 합니다. 뵐 때까지 안녕히 계십시오. 저를 여느 때와 똑같이 받아들여 주시기 바랍니다, 사랑하는 어머니! 어머니께서 반대하는 근거들이 설득력이 있는 것인지, 아니면 어머니의 마음이 그것에 반대하려고 너무 지나치게 애쓰지는 않았는지를 제가 곧 알게 되리라고 생각합니다.

어머니의
순종하는 아들
횔덜린 올림

추신: 사랑하는 누이동생 리케에게 약속했던 짧은 시 한 편[3]을 동봉했습니다. 전달해 주시면 감사하겠습니다. 제 빨랫감은 직접 가지고 가려고 합니다.

3 〈슈바벤의 아가씨〉, 《횔덜린 시 전집 1》, 162~164쪽.

노이퍼[1]에게 보낸 편지

[뉘르팅겐, 1789년 12월]

사랑하는 형제여!

오랜만에 자네와 다시 말을 나누게 되는군. 튀빙겐에 있으면서 자네에게 자주 편지를 썼어야 했는데, 내가 견뎌야 했던 짜증스러운 일들, 횡포, 부당함 들이 나로 하여금 우정조차도 무심하게 만들었다네. 사랑하는 친구여! 사실, 나의 운명은 내 눈으로 보기에는 모험적으로 변하기 시작하는군. 자네가 도착하기 바로 전날 내가 발을 부딪쳐 다치는 일이 일어나지 않았고, 바로 그다

1 노이퍼Christian Ludwig Neuffer, 1769~1839는 1786년부터 1791년까지 튀빙겐 신학교를 다녔다. 그의 아버지는 슈투트가르트의 종무국 서기였으며, 노이퍼는 1791년 이곳 고아원의 부목사로 부임했다. 그는 이 도시의 작가들 및 학자들과 교분을 쌓고 후일 《교양 있는 여성을 위한 소책자*Taschenbuch für Frauenzimmer von Bildung*》를 발행했다. 그 잡지에 횔덜린의 시 작품도 발표되었다. 횔덜린과의 관계는 1800년을 기점으로 끊어진 것으로 보인다. 횔덜린은 1788/89년 겨울 노이퍼와 루돌프 마게나우와 더불어 시인 동맹이자 우정의 동맹을 맺고, 서로의 작품을 낭독하고 미학적 문제에 대해 토론을 전개했다. 그들은 위대한 선구자로서 클롭슈토크와 실러를 숭배했다. 이 우정이 횔덜린에게 얼마나 중요했는지는 노이퍼에게 보낸 많은 편지에 반영되어 있다. 마게나우에게 보낸 편지는 한 통도 남아 있지 않다.

음 날 여행을 떠나도록 허가를 받아놓았기 때문에 자네를 보지 못한 채 4주의 여행을 떠나야만 했다네. 자네가 튀빙겐에 있었다면 얼마나 좋았을까! 그러면 이 모든 일은 일어나지 않았을지도 모르지. 내가 떠나도록 허가를 받기 위해서 그렇게 간청할 이유가 없었을 것이고, 나의 어머니에게도 부담이 되거나 우울증으로 스스로 괴로워할 일도 없었을 것이라네. 오, 형제여! 자네가 나에게 어떤 의미인지를 내가 그런 식으로 경험해야만 한다네! — 나의 머릿속에는 그 순간의 일들이 어지간히 비문학적으로 보이네. 내가 원고지 위에 억지로 써놓은 것은 내 기분의 짧은 토로에 지나지 않고, 며칠이 지나면 다시 들여다보기도 싫어진다네. 휴가가 끝나자마자 나는 아름다운 가락에 얹어 짧은 시 하나[2]를 지었다네. 그때는 주변이 훨씬 밝아 보였네. 얼마간의 행복한 시간 가운데 나는 콜롬보에 대한 찬가[3]를 한 편 썼는데, 마치고 보니 나의 다른 찬가들[4]보다 훨씬 짧았다네. 나는 셰익스피어도 한 편의 찬가로 찬양했다네.[5] 자네는 그걸 어떻게 생각하나? 근래 어느 날 나는 한 권의 훌륭한 책을 — 옛 독일 역사 모음집[6]을 — 손에 넣었다네. 뷔르거의 작품이라고 들었네. 보게나! 사랑하는 이여, 이 책은 나에게 즐거운 시간을 제공해 주었

2 〈슈바벤의 아가씨〉, 《횔덜린 시 전집 1》, 162~164쪽.

3 전해지지 않는다.

4 요하네스 케플러Johannes Kepler와 구스타프 아돌프Gustav Adolf를 읊은 시를 말하는 것으로 보인다. 〈케플러〉, 《횔덜린 시 전집 1》, 149~151쪽 ; 〈구스타프 아돌프〉, 같은 책, 155~158쪽.

5 알려진 바가 없다.

6 1789년 나우베르트Benedikte Naubert가 펴낸 《옛 독일 역사 모음집*Sammulung altteutscher Geschichte*》으로 뷔르거Bürger의 저작물이 아니다.

다네. 위대한 구스타프[7]가 따뜻한 온기와 깊은 존경심으로 서술되어 있었다네. 그의 죽음에 대한 귀중한 이야기들이 서술되어 있어서 나는 튀빙겐으로 돌아가자마자 나의 원고지에 다시금 마무리를 짓고, 특히 그의 죽음에 대한 찬가에 전력을 쏟겠다고 엄숙히 결심했다네. 구스타프 찬가들에 관한 우리의 훌륭한 선배들의 판단이 갑자기 나에게 뚜렷이 떠올랐는데 내가 들었던 어떤 것보다도 적절했다네.

슈토이들린[8]은 정말 훌륭한 분이네. 어머니는 몇몇 생각이 깊은 분들의 충고에 귀를 기울였는데, 결과가 나의 소망대로 드러난다면, 나는 주저하지 않고 슈토이들린을 내 생계 해결에 대한 한 모범으로 삼을 수 있을 것이네. 그대에게만 말하는 것이네. 그리고 자네의 충고도 바란다네. 사랑하는 형제이기에 우리의 우정을 위해서도 바라는데, 자주 가능한 한 많이 나에게 편지를 보내주게나. 그대는 나의 망상과 변덕, 나를 괴롭히는 악마적인 요소를 모두 조정할 수 있다네.

호프만 석사에게 인사 전해주게. 다음번에는 약속한 대로 감

7 구스타프 아돌프 2세Gustav Adolf, 1594~1632 스웨덴 왕은 발틱해에서의 스웨덴의 지배권에 대한 우려와 신교의 구원을 위해서 30년 전쟁에 개입했고, 틸리에 대항한 전투에서 승리를 거두면서 남부 독일까지 진출했다. 그는 1632년 11월 16일 뤼첸에서 벌어진 발렌슈타인에 대항하는 전투에서 전사했다.

8 슈토이들린Gotthold Friedrich Stäudlin, 1758~1796은 슈투트가르트 상급 법원의 법률 고문으로 《문학 연감》을 발행하면서 젊은 문학도를 지원하는 데 노력을 기울였다. 횔덜린은 노이퍼의 소개로 1789년 부활절 기간 중 슈토이들린을 알게 되었고 신학교 재학 동안 그와 교류를 이어갔다. 그는 《1792년 시 연감*Musenalmanach fürs Jahr 1792*》과 《1793년 사화집*Poetischen Blumenlese fürs Jahr 1793*》을 통해서 횔덜린의 많은 시를 발표해 주었다. 1795년 여름에 슈토이들린은 횔덜린에게는 중요한 실러와 마티손과의 만남을 주선했다.

자를 합숙소로 보내겠다고 말해주게.

잘 있게나, 나의 사랑하는 형제여!

그대의
횔덜린

누이동생[1]에게 보낸 편지

[튀빙겐, 1790년 11월 중순]

안녕, 사랑하는 리케야!

이번에는 너에게 내가 면목 없게 되었구나. 지난밤 한참 동안 불면의 시간을 보냈기 때문에 오늘 아침 머리가 매우 무거워 몇 자 쓰려고 해도 힘이 드는구나. 너의 사랑스러운 편지처럼 이 편지도 좋고 밝은 기분으로 꽉 차 있어야 하는데 말이다. 편지를 쓰면서 내가 다시금 빠져 있는 이 무거운 머리의 당혹스러움을 너의 탓으로 생각할 것 같아 마음이 아프다. 결코 그렇게 생각하지 말기 바란다, 리케야!

오늘은 큰 장이 열리는 날이다. 나는 북새통에 밀려서 이리저

1 횔덜린이 '리케'라고 부르는 누이동생 하인리케는 1792년 가을 결혼할 때까지 뉘르팅겐의 어머니 집에 함께 살았다. 결혼 후 남편인 수도원 교수 브로인린Christian Matthäus Theodor Breunlin, 1752~1800을 따라 브라우보이렌으로 갔다. 8년간의 결혼 생활에서 두 아이의 엄마가 된 그녀는 남편이 일찍 세상을 떠나자 다시 뉘르팅겐으로 돌아왔다. 횔덜린과의 편지 왕래는 1790년에 시작된 것으로 보이는데, 횔덜린이 보낸 편지만이 남아 있다.

리 휩쓸리는 대신 같은 방을 쓰는 헤겔과 함께 아름다운 전망으로 유명한 부름링 예배당으로 산책을 갔단다.

내 방이 맘에 드냐고? 멋지단다, 리케야! 나의 기숙사 조교[2]는 세상에서 가장 선한 사람이다. 방은 아주 좋은 방 중 하나고, 동향인데, 매우 넓은 편이다. 그리고 3층에는 이 방 하나란다. 동급생 일곱 명이 같은 층에 있단다. 내가 너에게 이것이 미지의 여섯 사람들보다 더 편안하다는 말을 해서는 안 될 것 같다. 다른 친구 몇몇도 착한 사람들이란다. 거기에는 브라이어[3]와 셸링[4]도 있지.

시민 강연회의 연단에 서는 카를에게 축하의 말을 전해주기 바란다. 데모스테네스나 키케로도 그렇게 처음 민중들 앞에 섰단다. 조금은 더 거창했겠지만 말이다. 카를은 천성이 허락하는 한에서 생각하고 행동해야만 한다.

리케야! 무엇을 배우고자 하는 소망이 그 밖의 모든 소망을 삼켜 버릴 수 있다는 것은 놀라운 사실 중 하나란다!

2 기숙사 조교 베버Christian Friedrich Weber, 1764~1831는 1788년부터 신학교 사서로 일하다가 이때 막 조교가 되었다.

3 브라이어Karl Friedrich Wilhelm Breyer, 1771~1818는 셸링의 사촌으로 셸링과 마찬가지로 뉘르팅겐에 있는 쾨스틀린의 집에 한동안 살았다. 그래서 횔덜린과 일찍이 알고 지낸 것으로 보인다. 브라이어는 1797년부터 예나 대학에서 역사학을 전공했다. 1800년에 교수 자격을 얻었고, 1807년 뮌헨의 학술원 회원이 되었다.

4 셸링Friedrich Wilhelm Joseph Schelling, 1775~1854은 레온베르크 출신으로 횔덜린과는 1783/84년 뉘르팅겐에서 라틴어학교 시절을 같이 보내면서 알게 되었다. 1790년 가을 15세의 아주 어린 나이에 튀빙겐 신학교에 입학했고 이듬해부터 수석 장학생이 되었다. 1798년 철학 교수로 예나 대학의 초빙을 받았고, 1803년에서 1806년까지 뷔르츠부르크 대학의 철학 교수를 지냈다. 1806년 여름부터 뮌헨 학술원 회원이 되었고, 1821년 에를랑겐에서, 1826년에는 새롭게 창설된 뮌헨 대학에서 교수를 역임했다. 1840년에는 베를린 대학의 초빙을 받았다.

내 말을 믿어주기 바란다.

잘 있거라. 보내준 소포 고맙다. 잘 있어라, 사랑하는 리케야!

너의
다정한 오빠
프리츠가

어머니에게 보낸 편지

[튀빙겐, 1791년 2월 14일 무렵]

사랑하는 어머니!

어머니의 자비는 저를 완전히 부끄럽게 만듭니다. 저는 선함에 있어서는 여전히 어머니 발꿈치에도 미치지 못합니다. 어머니는 당신을 닮을 많은 기회를 저에게 주고 계십니다. 사랑하는 어머니, 아들로서 당연히 가져야 할 존경심에 어긋나는 어떤 말을 제가 지난번 편지에 썼다면 용서해 주시기 바랍니다. 뉘르팅겐으로의 여행이 거부되어서 저는 아주 심각한 상태입니다. 제게 주어질 짧은 시간 내에서 제대로 어머니 주변에 머물 수 있을지 그 가능성이 희박해 보입니다. 더 긴 시간은 허락받지 못할 것입니다. 그러나 가능하다면 이번 달에 가게 될 것입니다.[1] — 여기에 어제(주일날) 있었던 저의 설교를 말씀드리겠습니다. 지난번 첫 설교보다는 조금 길어졌습니다. 저는 그것의 정확하고 올바

1 실제 방문은 3월 초에야 실현되었다.

른 인식이 저에게 나날이 중요해진 한 자료를 발전시켜 설교를 전개했습니다. 제가 말하는 부분은 만일 우리가 사실을 엄격하게 검토할 때, **그리스도에 대한 믿음이 없다면 종교도 신과 영생에 대한 확신도 전혀 존재하지 않는다는 것이며**, 이것은 제가 얼마 전부터 이전보다 더 꾸준히 관심을 쏟고 있는 사항입니다. 제 생각에는 그 명제를 전체적인 의미로 확신하고 있지 않은 선량한 그리스도인이 많이 있습니다. 그건 이 명제가 그들에게 설명될 때, 그들이 그 명제를 믿지 않아서가 아니라 그들이 그런 관점에서 **기독교적인** 종교의 필요성을 실감하는 상황에 있기 때문입니다. 사랑하는 어머니! 제가 왜 차츰 그런 생각에 이르렀는지 말씀드리는 것을 허락해 주시기 바랍니다. 저는 신의 존재에 대한 **이성의 증명**[2]과 우리가 자연을 통해서 인식해야 마땅한 신의 고유한 특성에 대해 논하고 있는 그 분야의 철학을 탐구했습니다. 아셨다면 어머니를 불안하게 만들었을 그런 생각으로 한동안 저를 이끌었던, 그러나 그걸 부끄럽게 생각할 것까지는 없는 관심을 가지고 말입니다. 저는 신의 존재나 영생에 대한 **이성의 증명**은 불완전하기에 신랄한 반대자들에 의해 전적으로 아니면 최소한 주요 부분에 걸쳐서 저항에 부딪치리라고 곧장 예감했습니다. 이즈음에 저는 지난 세기의 위대하고 고귀한 인물이었지만, 엄격한 의미에서는 **신을 부정한 스피노자**에 대한 글들, 그리고 **스피노자**의 글[3]들을 접하게 되었습니다. 저는 사람들이 **이성**을 통

2 횔덜린은 여기서 순수한 논리적 추론을 통해서 신의 존재를 규명하고자 하는 라이프니츠와 볼프의 철학을 지적하고 있다. 나아가 신의 존재 증명은 불합리하다고 논증한 칸트를 인용하고 있다.

해서 엄밀하게 검토하면, 즉 모든 것을 설명하려고 하면, 가슴을 떠나버린 **차가운** 이성을 통해서 그의 이념에 이를 수밖에 없다고 생각했습니다. 영원함, 하느님을 향하는 갈망에 거부할 길 없이 바쳐져 있는 저의 진심 어린 믿음은 변함이 없습니다. 그러나 우리는 우리가 원하는 것이 무엇인가에 대해서 가장 많이 의심하고 있는 것은 아닐까요? (제가 설교에서도 말한 것처럼 말입니다.) 과연 이러한 미궁에서 빠져나오도록 돕는 이는 누구인가요? — 그리스도입니다. 그는 **기적**을 통해서 그 자신이 스스로에 대해 말씀하신 바의 그라는 것, 그가 하느님이라는 것을 보여주고 있습니다. 그는 우리에게 신성과 사랑과 지혜와 신성의 전능함을 가르치고 있습니다. 그는 하느님이 존재한다는 것, 그리고 하느님의 존재가 무엇인지를 알고 있는 것이 분명합니다. 왜냐하면 그는 가장 내면적으로 성령과 결합되어 있기 때문입니다. 그분은 하느님 자신입니다.

이것이 1년 전부터 신성에 대한 저의 인식이 이루어진 과정입니다.

사랑스러운 리케와 다시 저에게 무엇인가를 보내준 카를에게 인사를 전해주십시오. 사랑하는 삼촌[4]께서 뢰흐가우의 목사가 되신다면 정말 좋겠습니다. 어쩌면 그 자리에서 제가 언젠가는 부목사로 얼마간 조용한 세월을 살 수 있을지도 모르지요. 보내

3 횔덜린이 직접 스피노자의 글을 읽었는지는 확실하지 않다. 다만 그가 야코비Friedrich Heinrich Jacobi의 〈스피노자의 학설에 대해서Über die Lehre des Spinoza〉(1785)를 읽은 것은 확실하다.

4 횔덜린의 삼촌 마이어Johann Friedrich Ludwig Majer, 1742~1817는 1791년 2월 22일 부목사에서 목사로 승진했다.

주신 소포에 대해서 심심한 감사의 말씀을 드리면서,

당신의
순종하는 아들
프리츠 드림

어머니에게 보낸 편지

[튀빙겐, 1791년 6월]

지극히 사랑하는 어머니!

지금 어머니 외에도 어쩌면 — 비록 편지뿐이지만! — 사랑하는 사촌 누이동생[1]과 오순절이면 기사처럼 이리저리 떠다녔던 저처럼 떠돌아다니는 소녀, 리케에게도 인사를 전할 수 있을 것 같습니다. 허락만 받을 수 있다면 며칠 동안 뉘르팅겐에 가기를 정말로 원하고 있습니다.

어머니께서 편지로 알려주신 새로운 소식[2]이 저를 정말 안심시켜 줍니다. 어머니도 충분히 추측할 수 있는 이유에서지요. 오랜 사랑은 녹슬지 않지요! 착한 아이는 항상 저를 생각했답니다. 제가 여러 차례 들은 바로는 그렇답니다. 스물한 살짜리에 걸맞

1 삼촌 마이어의 딸을 지칭하는 듯하다.

2 루이제 나스트Louise Nast의 결혼 계획을 들은 것으로 보인다. 루이제 양의 아버지 요한 콘라트 나스트의 뒤를 이어 수도원 관리원으로 취임이 예정되었던 구혼자와의 결혼은 실현되지 않았다.

은 저의 지혜가 저를 이끌어주지 않았다면, 저는 여러 차례 같은 잘못에 내맡겨졌을지도 모릅니다. 정말 그 소식이 순간적으로 저의 불쌍한 작은 가슴을 뛰게 했다는 것을 고백합니다! 그러나 그것은 여기에 어울리지 않습니다! 수년 전부터 기회가 있을 때마다 저는 어머니께 결혼하지 않겠다는 저의 확고한 생각을 말씀드리지 않을 수 없었습니다. 어머니도 그것을 언제나 진지하게 받아들였을 것입니다. 저의 특이한 성격, 기분, 계획에 대한 집착, 그리고 (진심만을 말씀드리자면) 공명심[3] — 위험 없이는 완전히 뿌리 뽑히지 않는 이 모든 성향이 저로 하여금 안정된 결혼 생활과 평화로운 성직자 생활로 행복을 누리리라는 희망을 갖지 못하게 합니다. 미래에는 달라질 수도 있겠지만요.

제가 이렇게 수다를 떠는 것을 용서해 주시기 바랍니다! 저의 스물한 살짜리 지혜는 여전히 매사에 현명하질 못하답니다!

보내주신 돈에서 아직 3굴덴이 남아 있습니다. 제가 조심해서 관리하고 있습니다. 돈이 다할 것으로 보이는 다음 우편배달 일까지 어머니께 제 지출 기록부를 보내드리겠습니다.

저는 언제나 음료 비용[4]을 지급받고 있습니다. 지금까지는 탓을 듣지 않을 만큼의 오락이나 책을 사는 데 때때로 그 돈을 썼답니다. 그러나 이번 여름에는 꼭 필요한 용도로만 쓰겠습니다.

장학금[5]을 타기 위해서 최선을 다할 생각입니다.

3 횔덜린의 문학적 공명심을 의미한다.
4 장학생들은 식사에 딸려 나오는 포도주 대신 현금으로 음료비를 지급받을 수 있었다.
5 튀빙겐 신학교 학생을 위해 가족들이 조성한 사립 장학기금의 장학금을 말한다.

여기에 동봉해서 빨랫거리를 보냅니다. 두 번씩이나 제 하얀 목도리에 관심을 가져달라고 당부드리는 것을 용서하세요.

노이퍼에게
보낸 편지

튀빙겐, 1791년 11월 28일

사랑하는 형제여!

자네의 지난번 편지를 받고 나서부터 나는 나의 배은망덕과 게으름에도 불구하고 자네가 전과 하나도 달라진 것 없이 여전히 관대하고 호의적이라고 혼자서 수없이 되뇌고 있다네. 우리 사이의 금전 거래에서 터무니없는 혼란이 있었을 때도 자네는 내가 빚의 계산에 무딘 것을 쉽게 용납해 주었네. 그러나 내가 탄배가 어디로 향하고 있는지 자네에게 한 줄도 쓰지 않은 것에 자네의 큰 인내를 또다시 바란다네. 자네는 내가 자네의 관심을 필요로 한다는 것을 알아야만 하네. 또한 나의 주변과 내 마음이 황량하다는 사실도 말일세. 내가 한 시간이라도 나를 위해 즐거운 시간을 마련하거나 내 마음을 털어놓는 데 너무도 게으르다는 사실이 틀림없이 자네를 화나게 할걸세. 형제여! 다시 이곳에 온 후[1] 나는 나의 최선의 역량이 나의 사랑하는 이들[2]과 함께 사라지고 말았다고 느낀다네. 나는 필설로 다할 수 없이 멍청해지고 게을러졌다네. 나에겐 짧게라도 밝은 순간이 거의 없네. 자네와 우리의 마게나우[3]가 생생해지고, 환희와 사랑을 통해서 그대들이 얼마나 강해질지를 생각할 때, 그리고 내가 슈투트가르트의 그대 곁에서 함께 보냈던 신적인 시간 동안 자랑과 용기가 가득 채워졌던 것과 내가 더 이상 나빠질 수 없는 상황에 있지만 않았다면 내가 전혀 다른 사람이 될 수 있었을 거라고 생각할 때, 나는 이러한 상황에서 멀리 벗어나고 싶어진다네.

그러나 일은 일단 그렇게 되었다네! 그렇지만 나는 약해지지 않겠네. 나의 진정한 여인[4]은 벌써 나에게 거리를 두고 있지만, 그녀는 여전히 감미로운 유대 안에 나를 붙들어 잡고 있다네. 내가 2주일이나 더 오래 그리워 애태워야만 할지라도 나는 대단한 보상을 받는 것이라네. 어제가 그랬다네. 나는 사랑과 우정이 우리가 목표를 향해서 날아오르는 날개라는 사실[5]을 나날이 더욱 더 확신하고 있다네.

인류에 바치는 나의 찬가[6]를 나는 거의 마쳤다네. 그러나 이

1 슈투트가르트의 노이퍼를 방문했던 가을방학 이후 튀빙겐으로 돌아온 다음이다.
2 노이퍼와 마게나우를 가리킨다.
3 마게나우Rudolf Magenau, 1767~1846는 마르크트 그뢰닝시 서기의 아들로 노이퍼와 신학교 동기생이다. 그는 노이퍼와 신학교에서 시인 동맹을 맺었고, 1788/89년 겨울 횔덜린이 이에 동참했다. 1819년 이후 헤르마링엔에서 목사로 활동했으며 여기서 그는 지역 민담과 설화 연구에 몰두했다. 마게나우의 문학은 유머가 있고 사실주의적이었다. 횔덜린과의 우정은 1790년대 중반까지만 이어졌고, 그가 횔덜린에게 보낸 편지는 하나도 남아 있지 않다.
4 엘리제 르브레를 가리킨다.
5 횔덜린이 헤겔의 방명록에 썼던 한 인용구를 변형한 표현. "그리고 기쁨과 사랑은 위대한 행동을 향한 / 날개이다."(괴테, 《타우리스의 이피게니에》)
6 시 〈인류에 바치는 찬가〉(《횔덜린 시 전집 1》, 246~250쪽)는 1793년 슈토이들린의 《1793년 사화집》에 실려 발표되었다. 루소의 《사회계약론》의 한 구절을 표어로 삼으면서 책의 많은 사상을 반영하고 있다.

찬가는 맑은 막간의 한 작품이라네. 이 막간의 작품들은 맑은 하늘에는 한참 못 미치지. 그 외에 나는 여전히 한 일이 별로 없다네. 위대한 장 자크에게서 인권에 대해 가르침을 좀 받았고, 밝은 밤에는 오리온과 시리우스 별자리, 그리고 신적인 한 쌍인 카스토르와 폴룩스를 보면서 눈을 달랬다네. 그것이 전부야! 사랑하는 친구여! 정말로 나는 여전히 천문학에 까막눈이라는 사실에 스스로 짜증이 난다네. 이 겨울에 나는 진지하게 천문학에 전념해 볼 생각이네.

나는 자네가 맡겨준 일에 최선을 다했네. 여인숙 주인 때문에 울화통이 터질 지경이었네. 그는 벌써 울란트[7]에게 지급 위탁을 전했다면서 자네에게 돈이 전달되지 않는다면 방학이 끝난 후에 돈을 지불하게 될 것이라고 말했네. 나는 나의 언변을 모조리 동원했다네. 그래서 설왕설래 끝에 자네가 그에게 금년도 장학금 가운데 약속했던 몫(아니면 20플로린이 전액인가? 내가 오해한 것이 아니면 좋겠네)을 가능하다면 그가 자네에게 보내기로 결론을 내게 되었네. 그리고 적당한 때를 기다리겠다고 하네. 나는 아직까지도 커피 건에 관해서 분명하게 이해하지 못하고 있네. 나는 이름이 분명치 않은 여성 점원에게 자네의 이름으로 4플로린 42를 지불할 것이 있다고 말했는데, 그녀가 나에게 보내온 계산서에는 자네에게 14플로린 24를 청구한다고 되어 있네. 나에게 필요한 처리 방침을 보내주게나. 사기꾼 같은 그 여자가 자네를 속여먹지 못하도록 말이야. 그러나 친구여! 자네가 그

7 울란트Ludwig Joseph Uhland, 1722~1803는 신학교의 첫 번째 특별 청강생이자 가족 장학회의 관리자였다. 노이퍼는 이 장학회로부터 장학금을 받았다.

일을 기억하고 있다면 곧장 행동으로 옮겨주기 바라네. 말머리를 돌리세! 《슈바벤 연감》[8]은 아직 원고 검토가 끝나지 않았네. 마게나우가 어제 나에게 반가운 내용의 편지를 보내왔네. 그걸 보고 내가 얼마나 어린아이처럼 기뻐했는지! 자네가 원한다면, 친구여, 서면으로 우리가 쓴 시구를 서로 음미해 보도록 하세. 우리 동맹의 황금기 때처럼 말일세! 그것에 대해서 생각해 보고 괜찮다 싶으면, 마게나우가 오면 그와 함께 얘기를 나눠보기 바라네! 나도 그사이에 그에게 편지를 내겠네. — 내가 아직도 신학교에 있는 것은 내 어머니의 간청 때문이라네. 어머니를 사랑하기 때문에 몇 년은 족히 정신적으로 퇴화할 수는 있겠지. 곧 나에게 자네의 시를 보내주게! 우리의 영혼은 편지보다 그것을 통해서 서로를 더 잘 경험하니까 말이야. 사실이지 않은가, 친구여!

그대의
휠덜린이

여기에 자네의 동생을 위한 책들이 들어 있네.
슈투트가르트에 나의 인사와 안부를 전해주기를.

8 슈토이들린의 《1792년 시 연감》을 말하고 있다.

누이동생에게 보낸 편지

[튀빙겐, 1792년 3월 1일 무렵]

사랑하는 리케야!

사랑스러운 편지 정말 고맙다! 편지를 서둘러 썼노라고 사과했던데 그럴 필요 없었단다.

부활절 휴가가 점점 더 기다려지는구나. 사랑하는 가족들 곁에서 내가 가장 멋지게 지냈다는 것이 다시금 생생하게 기억나기 때문이지. 돌아오는 길에 우리는 상당한 추위를 만났었지만 그 여행길은 나에게 조금도 해롭지 않았단다. 오히려 반대로 나는 그 여행이 나의 건강에 매우 유익했다고 생각한다.

크리스트리프[1]는 여전히 감사의 말을 하고 있단다. 내가 오해하지 않았다면, 사랑하는 카를이 나에게 무슨 부탁을 했던 것 같은데 그 부탁의 핵심이 무엇이었는지 알 수가 없구나. 탁상용 칼

1 크리스트리프Wilhelm Christian Gottfried Christlieb, 1772~?는 괴핑겐 지역 슈타우펜에크의 고위 행정관의 아들로 1790년부터 1792년까지 신학교에 다녔고 그 후 법학생이 되었다. 그는 뉘르팅겐으로 횔덜린을 방문한 적이 있었다.

은 여전히 찾지 못했다.

카메러[2]가 자신의 우회로를 잘 찾아냈을 것으로 생각한다. 일주일쯤 시간이 주어지면 나는 학칙[3] 때문에라도 무엇인가 결정적인 것을 쓸 수 있을 것이다. 만일 그 학칙이 그것에 동의하려면, 누구도 자신의 명예를 포기하지 않을 수 없도록 설정된다면 나에게는 유감스러운 일이 될 것 같다. 그리고 만일 우리가 그것에 반대해서 활동할 수 없다면, 나는 얼굴에 땀을 가득 흘리며 밥벌이를 하는 한이 있어도 다른 일터를 찾아내겠다고 단단히 결심하고 있다. 하느님께서는 나에게 가족이 얼마나 사랑스러운지 알고 계신다. 그리고 가족들의 마음에 들게 살기를 내가 얼마나 원하는지도 말이야. 그러나 부조리하고 맹목적인 법을 지키라고 강요하거나 나의 최선의 역량이 무력화되는 곳에 계속 머무를 수는 없단다. 내가 희망하는 것은 한 인간이 되기 위해서 할 수 있는 일을 할 때 미래에 다른 곳에서도 일이 잘되어가는 것이다. 특히 내가 성직자로 봉사하는 것이 예상되는 시점에는 통치 형태가 변화되지 않을까 하는 희망을 가져본다. 그것은 빌헬름 왕세자[4]가 신교도로서 왕위에 오르게 되면, 성직의 임명

2 카메러Clemens Christoph Camerer, 1766~1826는 1785년부터 튀빙겐에서 법학을 공부하고 후일 로이트링엔의 시장이 되었다. 횔덜린은 카메러를 누이동생의 남편감으로 생각했다.

3 카를 오이겐 대공의 1789년 11월 신학교 방문 이후 무엇보다도 자유주의적이며 프랑스혁명의 이념에 동정적인 장학생들의 분위기에 대응하여 권위의 엄격함과 그것의 일관된 보존을 목적으로 하는 학칙 개혁이 시작되었다. 새로운 학칙은 1793년 5월 13일 결국 공포되었다. 횔덜린이 말하는 행동 계획의 근거는 아마도 개혁을 직접 다루었던 종무국과 장로회 특별위원회의 예정된 3월 방문으로 보인다.

4 빌헬름 왕세자Wilhelm Karl von Württemberg, 1754~1816는 1806년 프리드리히 1세로서 뷔르템베르크의 첫 왕이 된다. 이와 더불어 1797년 가톨릭 신자였던 아버지 프리

이 세속 직의 임명처럼 그의 자의에 맡겨질 것이기 때문이다. 이러한 결정에 당면하는 사람이 나 혼자는 아닐 것이다. 이럴 경우 우리 조교들이나 장학생의 대부분, 뛰어난 인물들이 떠나게 될 것이다. 그리고 설령 내가 남아 있는 유일한 학생이 될지라도 나의 명예와 힘을 지키기 위해서 모든 방책을 강구하려고 한다. 이런 염려가 부질없는 일이 되도록 나는 모든 힘을 바치고자 한다.

새로운 소식들은 전혀 좋지가 않구나. 게오르기[5]가 혼자서 대공大公의 착상에 반대했으나 반대는 거부되었고 일은 매우 빨리 진행될 것이다. 이 일은 의심할 나위 없이 중요하다. 우리는 조국을 향해서, 그리고 세상을 향해서 우리가 어떤 자의에 따라 춤추도록 태어난 것이 아니라는 것을 모범적으로 보여주어야만 한다. 그리고 선의의 일은 언제나 하느님의 보호를 희망할 수 있는 법이다.

잘 있어라, 사랑하는 리케야! 사랑하는 어머니에게만은 너무 걱정 끼치는 일이 없도록 하자! 내가 용기를 잃지 않으려면 그런 일을 생각해서는 안 되겠지. 아들로서 사랑과 명예 사이의 싸움은 어려운 싸움의 하나니까. 안녕!

너의
다정한 오빠
프리츠

드리히 오이겐의 죽음 이후 신교가 지배권을 넘겨받게 되었다. 그는 1804년 구 기본법을 해지하고 선제후로서 절대주의적인 통일 국가를 세웠으며 신교도 통치자로서 교회의 최고 지도자를 겸했다.

5 게오르기Eberhard Friedrich Georgi, 1757~1830는 종교국 총회 회원으로 새로운 학칙의 자유주의적인 제정을 위해 독자적인 의사를 표명했다. 그는 후일 선제후들의 공격에 맞서서 구 뷔르템베르크의 기본법을 옹호했다.

누이동생에게 보낸 편지

[튀빙겐, 1792년 6월]

사랑하는 리케야!

우리가 주고받는 서신의 끝이 어떻게 될지 모르겠구나. 유감스럽게도 너와 담화를 나눌 수 없는 수많은 일이 내 머릿속을 오락가락하고 있단다. 우리가 읽거나 쓴 모든 것이 영혼 안에서 더 많이 가공되는 것은 고독이 가져다주는 행복이면서도 불행이라고 생각한다. 그러나 달리 행해질 수 있을 때, 읽었거나 써놓은 것에 대한 생각의 자리를 불청객이 들어서 막아버리는 것은 정말 곤란한 일이다.

프랑스와 오스트리아 사이에[1] 결판이 곧 지어질 것이다. 〈슈바벤 메르쿠어〉는 프랑스 쪽이 완전히 패배했다고 전하고 있다. 그러나 주의해야 할 것이 있다! 그 소식이 우리가 모두 믿어서는

1 제1차 연합전쟁은 오스트리아와 프로이센이 동맹을 맺고 침공의 위협을 느낀 프랑스가 1792년 4월 20일 선전포고를 함으로써 시작되었다. 이 전쟁은 영국과 기타 다른 유럽 세력들이 참전하여 1797년까지 계속되었다.

안 되는 코블렌츠발이라는 사실이다. 그러니 오스트리아에 유리하게 전하고 있는 것이다. 이 소식이 어쩌면 허위가 아닐까 생각하는 것은 어제 스트라스부르 신문의 6월 15일 자 소식에서 루크너와 라파에트, 두 프랑스 장군이 오스트리아군을 완전히 포위하고 오스트리아 측에 무조건 항복할 것을 압박하고 있다고 전한다는 점이다.

그러니 곧 결판이 날 것이 분명하다. 사랑하는 누이동생아, 오스트리아가 이기면 우리는 좋지 않은 시대를 맞게 될 것이라는 내 말을 믿거라. 영주가 가지고 있는 권력의 남용은 섬뜩할 것이다. 이 점에 대해서는 내 말을 믿어라! 그리고 인간 권리의 옹호자 프랑스인들을 위해서 기도하거라.

내가 너에게 이런 식으로 말하는 것을 용서해다오. 그러나 나는 슈토이들린 양[2]을 예로 삼겠다. 그녀의 편지가 최고로 내 마음에 들었다는 것을 고백한다.

내가 안식의 달을 얻게 될 시점은 플라트 교수[3]가 한 달의 휴강을 언제 할지에 따라 정해질 것이다. 틀림없이 일주일 내에 알게 될 텐데, 그때 확실한 소식을 알려주마.

보내준 소포에 대해서 진정한 감사를 전한다. 안녕, 사랑하는 리케야!

너의
다정한 오빠
프리츠

2 슈토이들린의 누이동생 중 한 명인 로테Lotte로 추정된다.
3 플라트Johann Friedrich Flatt, 1759~1821는 튀빙겐 대학의 철학과 및 신학 교수였다.

노이퍼에게
보낸 편지

[튀빙겐, 1793년 7월 20일 이후]

진정한 형제여! 자네가 옳았네. 자네의 창조적 정신이 요즈음 나에게 매우 가까이 와 있었다네. 사실 나는 나를 향한 자네의 사랑이 영원하리라는 것을 그렇게 확실하게, 그리고 잔잔한 기쁨과 함께 느꼈던 적이 거의 없었다네. 자네의 창조적 정신이 얼마 전부터 자네의 존재를 나에게 전해주었다고 생각하네. 나는 우리의 슈토이들린에게, 내가 지금 누리고 있는 많은 복된 시간들에 대해서 편지를 썼네. 보게나! 그것은 자네의 영혼이 내 안에 살고 있다는 것이었어. 현재와 미래, 자연과 인간을 바라다보는 자네의 침착함, 자네의 아름다운 자족감을 내가 느꼈던 것이네. 우리의 멋진 목표를 바라다보는 자네의 당당한 희망들 역시 나의 내면에 살아 있네. 그래서 나는 슈토이들린에게 썼던 것이네. 나의 짚불은 오래전에 타버렸지만 노이퍼의 고요한 불길은 점점 더 찬란하게 빛을 발할 것이라고 말일세. 그러나 이러한 일이 나의 기를 항상 꺾지는 않는다네. 내가 축복을 내리는 자연의 품으로부터, 또는 플라톤의 제자들 사이에 끼여 앉아[1] 그 위대한 분의 비상을 바라다보았던 일리수스 강변의 플라타너스 언덕에서 돌아오는 신적인 시간에는 더더욱 그렇지 않다네. 플라톤이 원초적인 세계의 어두운 먼 곳을 거닐고 있는 모습을 떠올려보거나 현기증을 느끼면서 심연의 심연 속으로, 혼백들의 나라의 멀고 먼 끝에까지 그를 따라 내려갔을 때의 그 신적인 시간에는 말일세. 또는 내가 소크라테스의 술잔에, 그리고 소크라테스의 유쾌한 우정에 도취해서 감동에 젖은 젊은이들이 감미롭고 불길 같은 연설로 성스러운 사랑을 찬미하는 것에 귀를 기울였을 때, 그리고 재담꾼 아리스토파네스가 그들 가운데서 재치를 부리고 마침내 스승인, 신적인 소크라테스 자신이 그의 천국적인 지혜로 그 모두에게 사랑이 무엇인지를 가르치는 모습을 떠올리는 천국과 같은 시간에는 더더욱 그렇지 않다는 말일세. 그럴 때, 내 진심 어린 친구여, 나는 그렇게 낙담하지 않는다네. 그리고 때때로 나는 그런 순간마다 나를 따뜻하게 해주고 나에게 빛을 비춰주는 감미로운 불길의 불꽃을 내가 실제로 살고 있으며 엮고 있는 나의 작은 작품, 나의 《휘페리온》에게 전달할 수 있어야만 할 것 같네. 그렇지 않더라도 인간들의 기쁨을 위해서 때때로 무엇인가를 해야만 할 것 같다네.

나는 나의 찬가들이 마음이 한층 아름다운 여성들 사이에서

1 이하의 구절은 횔덜린의 사상과 문학에 결정적인 영향을 미친 그리스 철학과 문학에 대한 열중을 증언하고 있다. 플라톤의 작품은 횔덜린이 가장 집중적으로, 그리고 후기 찬가 문학에 이르기까지 수용했던 두 개의 대화록을 일깨워 준다. 즉, 《티마이오스》의 우주론과 《잔치》에서의 에로스론이다.

어떤 공감을 얻어내기가 쉽지 않으리라는 것을 곧장 알아차렸고, 이 점이 한 그리스적인 소설의 초벌을 쓰도록 나를 재촉했다네. 내가 오늘 슈토이들린에게 보낸 단편斷片을 자네도 보고 나의 휘페리온이 좋은 말과 모험이 풍부한 기사들[2]보다는 우리를 한층 더 즐겁게 해주는 주인공들 가운데 작은 자리라도 차지할 수 있는지를 자네의 고상한 여자 친구들에게 판단해 보라고 청해주기 바라네. 자네가 이름을 부르지 않는 한 사람[3]의 판단에 내가 특히 관심을 두고 있다네. 나는 이어지는 단편[4]의 내용이 그녀와 다른 이들을 휘페리온의 영혼에서부터 진술될 것이 틀림없는 여성에 대한 가혹한 구절과 화해시켜 주기를 기대하고 있다네. 사랑하는 형제여! 판단들 역시, 이 단편을 바라다보기를 원했던 관점을 나는 슈토이들린에게 보낸 편지에서 지루할 만큼 장황하게 설명했다네. 나는 그 가운데서 가장 본질적인 것을 이번에 자네에게 쓸 수 있기를 바랐네. 그러나 시간이 충분치 않군. 그러니 시간이 닿는 데까지만 쓰겠네. 이 단편은 어떤 확고하게 구도가 잡힌 인물의 세심한 발전 과정보다는 오히려 우연한 기분의 뒤범벅처럼 보이네. 그것은 내가 이념과 감성에 대한 모티브들을 여전히 애매모호한 상태로 놓아두었기 때문이네. 그리고 내가 규칙적인 심리적 발전 과정을 통한 오성보다는 이념과 감성의 표상을 통해서 심미적인 향유의 취미 능력을 더 많이 취

2 18세기 말 널리 퍼져 있던 통속적인 기사 소설을 암시한다.

3 노이퍼의 소위 "고상한 여자 친구들" 가운데 한 사람인 로테 슈토이들린을 지칭하는 것으로 보인다.

4 전해지지 않는다.

급하려 했기 때문이기도 하다네. 물론 끝에 이르러서 모든 것은 그 인물에게 영향을 끼치는 상황들과 그 인물 자체로 정확하게 되돌려져야만 한다네. 이러한 것이 나의 소설에도 적용되는지 여부는 이어지는 부분이 제시할 것이네.

어쩌면 나는 가장 흥미롭지 않은 단편을 선택했는지도 모르겠네. 그밖에 필연적인 전제들이 어떤 입지를 찾아야만 했었네. — 그렇게 멋지게 자네가 문학의 나라에서 아무도 발 딛지 않은 미답의 영역terra incognita을 언급했는데, 그것은 전적으로 한 소설에 특별히 들어맞네. 선구자는 충분히 있으나 새롭고도 아름다운 나라에 발 디딘 선구자는 거의 없으며, 그래서 발견과 가공을 위해서는 아직도 측량할 수 없는 많은 일이 남아 있다는 것이지!

내 소설 《휘페리온》의 전체가 이 단편보다 세 배 나은 것이 아니라면 나는 그것을 사정 없이 불길 안으로 던질 것을 자네에게 엄숙하게 약속하네. 내가 곧장 예언적인 확신을 가지고 그것을 말할 수 없다면, 후대가 나의 심판관이 되지 않도록 나는 자네처럼 내 칠현금의 모든 줄을 다 잡아 뜯어서 그것을 시간의 폐허 안에 묻어버릴 것이네. 자네의 노래[5]가 나에게 아주, 정말 아주 좋은 느낌을 주었다네. 특히 마지막 연이 그랬네. 사랑하는 형제여! 이 마지막 연은 실로 철학의 감추어진 신성의 베일을 살며시 걷어 올리는 자들의 것이 아닌가? 내가 그대에게 가장 많이 시샘하는 것은 이미 말했던 것처럼 그대의 빛이 가득한 해맑은

5 전해지지 않는다.

표현 방식이라네. 나도 그것을 향해서 온 힘을 다해 노력하고 있다네. 그러나 사랑스러운 손님, 그대의 노래는 어떤 다정한 얼굴을 만난 듯하다네. 마치 자네의 찬가의 공동체 안에 들어서기라도 한 듯이 말일세. 자네가 많은 악한들이 전쟁놀이에서 했던 것처럼 찬가 문학을 다루고 있다고 나는 거의 믿고 싶다네. 그 악한은 적수가 확실하게 공격할 수 있는 길목에 들어설 때까지 자신의 모습을 드러내지 않으며, 예기치 않았던 승리를 통해서 그만큼 더 그 불쌍한 녀석을 움츠러들게 한다네. 그저 계속하게나! 나는 모든 것에 대비했다네. 나는 나의 찬가[6]를 우리의 슈토이들린에게 보냈네. 내가 그 찬가를 끝내고, 더욱이 잊을 수 없는 그날 오후에 자네들에게 그 찬가를 읽어주면서 들여다보았던 마법적인 빛이 완전히 사라져버렸기 때문에 이제는 조금 더 나은 노래에 대한 희망으로만 그 부족함을 위안할 뿐이라네. — 잡지[7]는 어떻게 되어가나? — 마티손[8]에게 편지는 썼나? — 나는 아직 쓰지 않았네만 여기 나의 헤시오드 책[9]을 동봉하네.

아! 우리가 다시 그전처럼 함께 지낼 수 있다면, 유쾌하고도 보람 있는 시간이 될 것이라는 그대의 말은 옳고도 옳네. 곧 자네 곁으로 가도록 나는 가능한 한 모든 것을 다 하겠네. 자, 잘 있게나!

6 〈용맹의 정령에게 — 한 편의 찬가〉, 《횔덜린 시 전집 1》, 292~295쪽. 횔덜린은 이 시를 1793년 6월 27일 "잊을 수 없는 오후"에 노이퍼, 슈토이들린, 그리고 마티손 앞에서 낭독했다.

7 슈토이들린이 《독일 연대기》의 발행을 금지당하고 나서 새로운 잡지 발행을 계획했으나 실현하지 못했다.

8 마티손Friedrich von Matthisson, 1762~1831은 감상주의와 의고전주의 서정 시인이다. 그는 당시 스위스에 머물면서 1793년 6월 슈투트가르트를 다녀갔다. 그는 돌아가는 길에 슈토이들린과 노이퍼와 함께 튀빙겐에 있는 횔덜린을 방문했다.

9 그리스 시집.

그대의 휠덜린이

오늘 아침 자네의 사랑스러운 편지가 도착했을 때는 슈토이들린에게 보낼 소포[10]가 이미 꾸려져 있었네. 그것을 그에게 전해주기를 부탁해도 되겠지?

10 이 소포에는 소설 《휘페리온》의 단편 외에도 시 〈그리스〉와 〈용맹의 정령에게 — 한 편의 찬가〉가 들어 있었다.

동생에게 보낸 편지[1]

[튀빙겐, 1793년 7월 하순]

파렴치한 독재자 마라[2]가 살해된 사실을 너도 알게 될 거다. 성스러운 복수의 여신이 백성을 능욕했던 나머지 자들에게도 제때에 그들의 저급한 음모와 비인간적인 책략의 대가를 치르게 할 것이다. 브리소[3]가 나의 마음속 깊이 동정심을 일으키는구나. 어쩌면 이 선량한 애국자는 이제 비열한 적들의 희생양이 될 것이다. 이제 국가의 체계는 한계에 달한 것 같다.

1 이 편지 단편은 구스타프 슐레지어Gustav Schlesier의 발췌를 통해서 전승되었다.

2 장 폴 마라Jean Paul Marat, 1743~1793는 자코뱅파의 수장으로 지롱드 일파의 처형과 1792년 9월 혁명에 가담했다. 1793년 7월 13일 코르데Charlotte Corday에게 살해되었다.

3 브리소Jacques Pierre Brissot, 1754~1793는 지롱드파의 지도자로 1793년 10월 31일 교수형에 처해졌다. 그는 국민의회에서 자코뱅파에 맞섰다.

동생에게 보낸 편지

[튀빙겐, 1793년 9월 상순]

사랑하는 카를아, 네가 다시 편지를 쓰다니 착하구나. 네가 새로운 사귐[1]에 대해 나와 기쁨을 같이 나누리라고 예상은 했었다. 나는 또한 우리가 서로 얼마나 사랑했는지 결코 잊지 못할 것이다. 어린 소년으로, 또 청년으로서 말이다. 보라! 사랑하는 카를아, 네가 친구가 한 명도 없다고 탄식했던 것을 생각해 보았다. 나는 젊은이다운 심정의 그러한 꿈틀거림을 잘 알고 있단다. 나도 따뜻하고도 우애로운 감정이 우리를 모든 것과 결합시키면서도 그 모든 것과의 공감으로는 만족하지 않으며, 우리의 영혼이 자신을 발견하고 기뻐하게 되는 거울로서 한 명의 친구를 원하는 그러한 황금 같은 나날을 살았단다. 그런데 너에게 고백하자면, 나는 그러한 아름다운 시절을 곧 벗어났다. 나는 이제 더 이상 따뜻하게 개별 인간에게 집착하지 않고 있다. 나의 사랑은 인간을

1 마티손과의 사귐을 말하는 듯하다. 동생이 마티손의 작품을 소개해 주기를 청했었다.

향한 사랑이다. 물론 우리가 너무 자주 발견하는, 심지어 아주 제약된 경험에서도 발견하는, 부패하고 노예와 같으며 게으른 인간을 말하는 것은 아니다. 그러나 나는 부패한 인간의 내면에도 들어 있는 위대하고 아름다운 기질을 사랑한다. 다가오는 세기의 인류를 사랑하고 있다는 말이다. 왜냐하면 이것이 우리의 후손들은 우리보다는 훨씬 나으리라는 나의 가장 복된 희망이자 나를 강하게 붙들고 생기를 불어넣어 주는 믿음이기 때문이다.

자유는 언젠가는 오기 마련이다. 그리고 덕망은 얼음처럼 차가운 압제의 지대에서보다는 성스럽고 따뜻한 자유의 빛 가운데서 훨씬 더 번성할 것이 틀림없다. 우리는 모든 것이 보다 나은 날들을 향해서 작용하고 있는 시대에 살고 있다. 계몽의 이 씨앗들, 인류의 교양을 위한 개별자들의 조용한 소망들과 노력들이 널리 퍼져나갈 것이고 더 강해질 것이다. 그리고 찬란한 열매를 맺게 될 것이다. 보아라! 사랑하는 카를아! 이것이 지금 나의 가슴이 집착하고 있는 일이다. 이것이 내가 소망하는, 내 활동의 성스러운 목표이다. 언젠가 미래에 열매를 맺을 씨앗을 우리의 시대에 움트게 하는 일 말이다.

그리하여 내가 개별적인 인간에게는 좀 덜한 온기로 접촉하지 않나 하는 생각이 든다. 나는 보편적인 것을 위해서 활동하고 싶다. 그렇다고 해서 보편적인 것이 우리로 하여금 개별적인 것을 마냥 무시하도록 하지는 않는다. 다만 보편적인 것이 일단 우리의 소망과 노력의 대상이 되면 개별적인 것을 위해 온 영혼을 다해서 살지는 않을 것이다. 그렇지만 나는 한 친구의 친구일 수 있다. 어쩌면 전처럼 다정한 친구는 아니겠지만 여전히 충실하고 활동적인 친구일 수 있다는 말이다. 오! 그리고 내가 나처럼 그 목표를 향해서 노력하는 영혼을 발견한다면 그 영혼은 나에게 모든 것을 넘어서 성스럽고 귀중하게 여겨질 것이다. 그리고 이제, 나의 사랑하는 동생아! 그 목표, **인류의 교양, 개선**이라는 목표가 우리가 지상에 사는 동안에는 어쩌면 완전하게 성취되지 않을지 모르지만, 우리가 우리의 활동 범위에서 더 많이 예비하면 훨씬 나아진 후대가 그만큼 한층 쉽게 도달할 수 있을 것이다. 나의 카를아! 그 목표는, 어쩌면 너의 영혼 안에서 명료하게 생동하지 않을 수 있지만, 네가 나를 친구로 삼기를 원한다면, 그 목표가 하나의 끈이 되리라고 생각한다. 지금부터 우리의 마음을 더 단단히, 떨어질 수 없도록, 더욱 내면적으로 결합시키는 끈 말이다. 오! 세상에는 많은 형제들이 있지만, 그러한 친구가 되는 형제들은 거의 없구나. 잘 있어라.

사랑하는 어머니에게 진심 어린 인사를 전해주기 바란다.

너의
프리츠가

마티손의 시를 누구에겐가 빌려주었구나. 여기 다른 것이 있다. 그중 마르퀴비스 포자와 왕이 나눈 대담[2]이 내가 좋아하는 구절이란다. 259쪽을 보아라.

2 실러의 《돈 카를로스*Don Carlos*》를 연상시킨다. 이 장면에서 포자의 말은 횔덜린이 "나의 사랑은 인간을 향한 사랑이다"라고 인간에 대한 사랑을 고백하는 데 반영되어 있다.

2부

발터스하우젠, 예나, 뉘르팅겐 시절 1794~1795

어머니에게 보낸 편지

발터스하우젠, 1794년 1월 3일

사랑하는 어머니!

새해를 맞아서 하늘로부터의 위안과 기쁨이 어머니와 함께하시기를! 지난해, 그리고 그 전부터 어머니가 베풀어주신 온갖 사랑에 무한히 감사드립니다!

내일이면 제가 여기에 온 지 일주일이 됩니다. 그리고 진실로 호감이 가지 않는 사람은 하나도 없답니다. 주인장인 칼프 대령은 이 세상에서 찾아보기 어려울 만큼 지극히 교양 있는, 마음에 드는 분으로 저를 친구처럼 맞아주었습니다. 그리고 여전히 변함이 없으십니다. 칼프 부인은 아직 예나에 머물고 있습니다. 제가 가르쳐야 할 어린이는 누구든 사랑하지 않을 수 없을 만큼 착하고 영리하며 예쁜 소년입니다. 여기서의 제 생활을 말씀드리면 다음과 같습니다. 아침 7시에서 8시 사이에 마실 커피를 제 방으로 가져옵니다. 그다음 9시까지 방에서 혼자 지낼 수 있습니다. 그리고 9시부터 11시까지 아이를 가르칩니다. 12시가 지나면 점심 식사입니다. (알림: 어머니께서 작센 지방의 요리 솜씨 때문에 저를 안쓰럽게 생각하셨기 때문에 말씀드릴 수밖에 없습니다만, 이 집의 요리사는 빈 출신의 여자이고 식탁은 멋지게 차려지고 있답니다.) 식사 후에는 밤에도 그렇지만 대령과 함께 있을 수 있고, 아니면 어린아이와 함께 밖으로 나가거나 나가지 않을 수 있답니다. 그리고 저의 뜻대로 작업을 하거나 하지 않을 수 있습니다. 3시부터 5시까지 다시 어린아이를 가르칩니다. 나머지 시간은 저의 시간입니다. 여기서는 밤에도 식사가 제공됩니다. 저는 이곳의 뛰어난 맥주 때문에 우리 고장의 네카 포도주를 잊기도 한답니다. 그 맥주로 저도 주인장도 취하기도 하지요. 저는 이때 제가 아주 건강하다는 것을 느낀답니다. 제가 들은 바로는 여행을 하게 되면 그 비용도 저에게 지불될 것이라고 합니다. 이 지역은 매우 아름답습니다. 마을 위쪽 산 위에 성이 세워져 있고, 저는 매우 아늑한 방 중 하나를 차지하고 있습니다. 지금까지 사귀어서 알게 된 많은 다른 사람들도 정말 예의가 바른 사람들입니다. 특히 목사님과는 벌써 좋은 친구가 되었습니다. 어떤 도시에서도 이런 환경을 맛볼 수 없을 것입니다. 원한다면 대령의 말을 이용해도 됩니다. 대령은 조용히 지내는 것을 매우 좋아해서 여행을 떠나는 일도 거의 없고 사교 모임도 거의 가지 않는답니다. "나는 그렇게 오랫동안 사람들 사이를, 육지와 바다를 헤맬 만큼 헤매고 다녔소"라고 "이제는 아내와 어린아이가, 집과 정원이 더욱 사랑스러워졌다오"라고 그는 말합니다. 그는 3년 전만 해도 프랑스군에 복역했고, 라파예트 장군 휘하에서 미국독립전쟁에도 참전했습니다. 그의 얼굴에는 뉘르팅겐에 있는 궁정 고문관[1]과 비슷한 점이 많습니다(궁정 고문관과 그의 집안에 제 안부를 전해주시기 바랍니다).

뉘른베르크에서 저는 제 여행 중 가장 만족스러운 시간을 보냈습니다. 슈토이들린이 프로이센 공사관 서기 슈바르트[2]에게 보내는 소개장을 한 통 써주었습니다. 뉘른베르크는 고딕식 궁이 있고 부지런한 주민들이 살고 있는 존경할 만한 고장입니다. 그리고 전나무 숲들로 둘러싸인 넓은 평원 위에 쾌적하게 위치해 있습니다. 저는 독서 모임과 별장에서 매우 교양 있는 사람들을 사귀었답니다. 에를랑겐에서 저는 동향인이자 친구이며, 슈투트가르트의 시의侍醫인 예거의 아들[3]과 함께 즐거운 크리스마스를 보냈습니다. 그리고 성탄 예배에서 아몬 교수의 귀중하고 명쾌한 설교를 들었습니다. 블라우보이렌과 뢰흐가우로는 다음 주에 편지를 쓰려고 합니다.

진심 어린 인사와 함께 이만 줄이겠습니다.

사랑하는 카를에게 좋은 아침 인사를 전합니다.

당신의
프리츠

1 뉘른베르크의 고위 공무원 빌핑어Carl Friedrich Bilfinger, 1744~1796. 그는 횔덜린의 친부와 계부의 친구이자 횔덜린의 대부였다.

2 슈바르트Ludwig Albrecht Schubart, 1765~1811는 슈바벤의 문학가 크리스티안 프리드리히 다니엘 슈바르트의 아들로 뉘른베르크 주재 프로이센 공사관의 비서이자 〈영국 신문Englische Blätter〉의 발행인이었다.

3 예거Karl Christoph Friedrich Jäger, 1773~1828는 칼스루헤에서 의학을 공부한 후 다른 분야의 수련을 위해 에를랑겐으로 갔었다. 그는 후일 아버지에 이어 뷔르템베르크 궁정의 시의가 되었다.

뉘르팅겐의 여기저기에 저의 안부를 전해주십시오!

제가 코부르크에서 보낸 편지를 지금쯤은 받으셨으리라고 생각합니다.

제 주소는 횔덜린, 마인닝겐 발터스하우젠 성 칼프 대령 댁 가정교사입니다.

뉘른베르크까지 우편은 무료입니다.

어머니에게
보낸 편지

발터스하우젠, 1794년 1월 23일

저는 지금 이곳에 정착했습니다, 사랑하는 어머니! 저의 건강은 여기에서의 생활 방식으로 다른 어떤 곳에서는 괴롭기만 했던 것과는 달리 좋아진 것처럼 느껴집니다. 많은 일 때문에 정신은 익숙한 양식을 갑자기 끊어야 했지만, 육신은 그만큼 덜 궁핍해지는 것 같습니다. 전쟁에 대한 어머니의 염려[1]는 제가 보기에 여전히 너무 큰 것 같습니다. 우리가 부활절까지 평화를 얻어내지 못할 가능성이 매우 높다 할지라도 프랑스군은 그들의 영토에서 아주 멀리 벗어나지는 않을 것 같습니다. 대령은 저에게 프랑스군이 라인강을 넘어서 이쪽으로 진군해 올 경우에 제자 프리츠와 함께 예나로 가야 할 것이라고 이미 예고했습니다. 그 역시 어느 정도는 두려운 마음이 들어서일 것입니다. — 지금은 제

1 프랑스군은 1793년 초 군사적으로 여러 차례 타격을 받은 후, 대규모 작전과 벨기에 군대의 재편을 통해서 라인 좌안 팔츠 지역을 재탈환했다. 그러나 1794년 한 해 동안 전쟁은 라인 우안으로까지 확대되지는 않았다.

가 이 집의 주인입니다. 대령은 여행을 떠났고, 부인께서는 여전히 예나에 머물고 있습니다. 부인께서 저에게 보낸 편지는 진심어린 선의와 함께 많은 이해력을 증언해 준답니다. 저는 제 처지의 어느 누구에게라도 지워졌을 어떤 강요, 예법이나 오만함의 부담 하나 없이 지내고 있습니다. 날씨 때문에 또 일 때문에 아직 이 지역을 많이 돌아보지 못했습니다만, 다음 주일날에는 여기서 두 시간 정도 떨어져 있는 뷔르츠부르크의 한 도시인 쾨니히스호펜으로 짧은 나들이를 하게 됩니다. 거기서 몇몇 지역 주민과 대학 시절 친구였던 비서관 트롤,[2] 가정교사 클라인만[3]을 만나게 될 것입니다. 이 두 사람은 여기서부터 여섯 시간 정도 떨어져 있는 비르켄펠트의 폰 벨바르트가에서 일하고 있답니다. 슈바벤 출신 인사들을 여기저기서 쉽게 찾아볼 수 있습니다. 제가 쓴 여행 경비는 대령 부인께서 지불해 주실 것으로 보입니다. 그분이 도착하기 전에는 청구하지 않을 생각입니다.

어머니의 편지를 어제 22일에 받았습니다. 편지는 배달까지 일주일을 넘기지 않았습니다. 저에게 시간의 여유가 생기면 뢰흐가우로 편지를 쓸 것입니다. 어머니께 먼저 말씀드려야 할 점은 제가 좀 오랫동안 편지를 보내지 않거나 서둘러 쓰느라 자세히 적지 못하게 될지라도 너무 불쾌하게 여기지 말아주십사 하는 것입니다.

심부름꾼이 마인닝겐으로 떠난다는 전갈을 한 시간 전에야

2 누구인지 밝혀지지 않았다.

3 클라인만Samuel Christoph Friedrich Kleinmann, 1771~1854은 나중에 뵈닝하임의 목사가 되었다.

듣는 경우가 많습니다. 규칙적으로 가는 사람은 없답니다. 카를에게 진심 어린 인사를 전해주시고, 뢰흐가우와 블라우보이렌에도 안부 전해주십시오. 영원히

당신의
프리츠 올림

실러[1]에게 보낸 편지

[발터스하우젠,
1794년 3월 20일 무렵]

한 위대한 사람의 곁이 저를 매우 진지하게 만들어 주었던 순간에[2] 저는 그 결과에 따라 넓어질 현재의 영향력의 범위 안에서 인류에게 명예로운 일을 할 것을 약속한 적이 있습니다. 저는 그것을 선생님께 약속드렸던 것입니다. 이제 선생님께 저의 입장을 설명해 드리려고 합니다.

제자를 인간으로 교육하는 것[3]이 저의 목적이었고, 그것은 지금도 변함이 없습니다. 다른 말로 이성이라고 불리지 않거나 이성과 정확하게 연관되지 않은 모든 인간성은 그 이름값을 다하

1 실러Friedrich Schlller, 1759~1805는 1793년 9월 20일 자 슈토이들린의 편지의 요청에 따라서 횔덜린을 만났고, 10월 1일 샤를로테 폰 칼프Charlotte von Kalb 여사에게 횔덜린을 가정교사로 추천했다. 그는 이 추천의 편지에서 횔덜린의 지식과 행실의 "철저성"에 대해서는 다소 회의적이지만, 이러한 판단은 "다만 반 시간의 대면과 그의 외모와 말투에 근거한 것"일 뿐이라고 첨언했다.

2 1793년 9월 말 루트비히스부르크에서 실러를 처음 만났던 순간을 의미한다.

3 횔덜린의 교육 방침은 루소와 칸트의 이론을 기초로 하고 있다. 공타르가에 입주 가정교사로 들어가기 전 에벨에게 쓴 편지에서도 같은 생각을 펼치고 있다.

지 않는다는 사실을 확신하면서, 저는 제자의 내면에 그의 가장 고귀한 것을 제때에 발전시킬 수 없겠다고 생각했습니다. 그가 순수한 자연 상태에 머무는 것은 더 이상 불가능해졌습니다. 아니 그런 상태에 놓인 적도 결코 없었습니다. 소년은 그의 깨어나는 힘에 미치는 사회의 모든 영향으로부터 단절될 만큼 보호를 받을 수도 없었습니다. 그를 도덕적인 자유 의식에까지 이르도록 인도하고 자신의 행동에 책임을 질 만한 한 존재로 만드는 것이 가능했다면, 틀림없이 이런 일은 일어날 수 있었을 것입니다. 제가 보기에 현재로서는, 확대된 도덕적 연관에서 그가 본래의 감수성을 지니기는 쉽지 않습니다. 그러나 좀 더 좁은 연관에서는, 감수성을 지니게 될 것이 분명합니다. 그런 가운데 저의 경우 친구의 친구가 되는 것이 유일하게 활용할 만한 방안이었습니다.

저는 그의 어떤 호의도 구하지 않았습니다. 오히려 그가 저의 호의를 얻으려고 애쓰지 않도록 예방했습니다. 그리고 자연은 여기서 어떤 커다란 저항을 필요로 하지도 않았습니다. 그러나 저는 좋은 시간에는 정말 내면적으로 이 소년의 즐겁고 활발하며 유연한 성품과 친교를 맺도록 해주는 제 마음의 흐름을 따랐습니다. 그는 저를 이해했고 저희들은 친구가 되었습니다. 이 우정의 권위에, 제가 알고 있는 가장 순수하게 행해야 할 것 또는 그냥 넘겨야 할 것 모두를 결부시키고자 시도했습니다. 그러나 인간의 사유와 행동에 결부되는 모든 권위는 오래지 않아서 커다란 불편을 초래하기 마련이기 때문에, 저는 차츰 그가 행동하거나 그냥 넘기는 모든 것을 오직 자기 자신이나 저 때문에 그렇게 해서는 안 된다고 추가적으로 요구했습니다. 그가 이 점에서 저를 이해했다면, 알아야 할 가장 최고의 것을 그가 이해했다고 저는 확신하고 있습니다.

이 바탕 위에 한층 크고 작은 범위에서 저의 목적에 대한 수단들이 자리합니다. 세부적인 것으로 선생님을 번거롭게 하고 싶지는 않습니다. 선생님을 향한 존경심, 제가 자라면서 함께했던 그 존경심, 그것으로 인해 자주 제가 강해지거나 또는 의기소침해졌던 그 존경심, 지금도 저의 교양이나 제 제자의 교육에서 저를 해이하게 놓아두지 않는 그 존경심이 제가 장황하게 떠들도록 버려두지 않습니다.

그렇게 많은 점에서 제가 현재 누리는 좋은 환경의 은혜를 베푸신 선생님의 호의로 이 존경심은 무한히 단단해졌습니다.

제가 칼프 부인에게서 감탄하면서 느꼈던 보기 드문 정신력은 저의 정신을 북돋아서 제가 더욱 쾌활하게 활동하는 데 크게 기여할 것으로 기대합니다. 제가 이 고상한 부인의 모성애 어린 희망들을 실현시킬 수 있다면 얼마나 좋겠습니까?

칼프 부인은 지난주부터 여기에 와 계십니다. 그분은 저에게 다음번에는 제일 먼저 어머니에게 편지를 쓰라고 조언했답니다.

부인이 말하기로는 제가 몇 달간 선생님의 가까이에 살 수 있는 행운[4]을 얻을 수도 있다고 했습니다. 제가 놓쳐버린 기회를 절감하고 있습니다. 제 잘못으로 그렇게 큰 손실을 입었던 적은 달리 없었습니다. 이러한 저의 믿음을 인정해 주시기 바랍니

4 구체적으로 알려진 것은 없다.

다. 고귀하고 위대하신 선생님! 선생님의 가까이에 있는 것이 저에게 기적을 낳아주었던 것 같습니다. 어찌하여 제가 그처럼 가난해야 하며, 한 정신의 풍요로움에 그렇게 많은 관심을 가져야만 하는지요? 저는 결코 행복해질 것 같지 않습니다. 그러나 여전히 저는 그것을 원했고, 지금도 원하고 있습니다. 저도 한 인물로 성장하고 싶습니다. 선생님께서 때때로 저에게 관심의 눈길을 보내주십시오! 한 인간의 선한 의지는 결코 헛되지 않을 것입니다.

제 나름의 생각으로 몇 구절 쓴 원고[5]를 동봉합니다. 저의 눈에는 그것이 결코 가치가 없다고 생각되지는 않아서 선생님을 부담스럽게 해드릴 공공연한 불손을 무릅쓰게 되었습니다. 그러나 그것에 대한 저의 평가가 이 편지를 쓰는 두려움에서 저를 충분히 벗어나게 하지는 않습니다.

선생님께서 그 원고를 선생님이 내시는 《탈리아》지에 게재해 출판할 만하다고 평가해 주신다면, 제가 기대했던 것보다 더 많은 영광이 제 청춘의 이 유물에 주어질 것입니다.

더없이 진심 어린 존경심과 함께.

당신의
공손한 숭배자
횔덜린 올림

5 시 〈운명〉(《횔덜린 시 전집 1》, 302~306쪽)의 원고를 말한다.

동생에게 보낸 편지

마인닝겐 인근 발터스하우젠,
1794년 5월 21일

네가 너의 생활과 너의 형제다운 회상거리를 나에게 말해준 것은 착한 일이었다. 나는 그간에 우리가 들판에서 헤어지고, 우리가 오랫동안 헤어질 수 없다는 것을 깨달은 그 시각부터 자주 너를 생각했다.

지금은 우리가 떨어져 있는 거리가 하늘 끝처럼 보이는구나. 그리고 내가 너희 사랑하는 사람들을 향해서 날개라도 달고 날기를 감행해야만 하지 않나 하는 생각도 자주 한다. 그러나 그런 일이 일어나기 전에 우리는 어쩌면 나날이 나이를 더 먹을 것 같기도 하다.

나의 현재 상황을 빨리 벗어날 수 있을지 의심이 든다. 나는 내 스스로의 수련을 위한 여유를 가지고 있고, 외부로부터 자극도 받고 있단다. 세월이 좋아진다면, 다른 할 일은 휴식과 회복이 될 것이다. 돌아오는 겨울을 바이마르나 예나에서 보낼지는 아직은 불확실하다. 두 곳은 너도 생각할 수 있듯이, 나에게는 최고로 아늑한 곳이다. 여기서 나는 아주 호젓하게 지내고 있다. 이렇게 변함없이 마음의 평정과 안정 가운데 보냈던 시간을 내 생애에서 거의 기억해 낼 수가 없단다.

사람이 어떤 것에 의해서도 산만해지지 않는 것이 얼마만큼의 가치가 있는지를 너도 알고 있지 않느냐, 나의 동생아! 너에게도 이 행운이 주어져 있으니, 그것을 마음껏 누려라! 하루 중 한 시간만이라도 정신의 자유로운 활동을 위해서 할애할 수 있다면, 그래서 절실하기 이를 데 없고 고상하기 이를 데 없는 필요를 충족시킬 수 있다면, 그 시간은 나머지 시간을 위해서 강해지고 마음이 흔쾌해지기에 넉넉한, 아니 최소한 충분한 시간이란다.

동생아! 훨씬 나은 자신을 꼿꼿이 세우고 어떤 것에도 기를 꺾이지 말아라. 무엇에 의해서도 말이다! 나는 여러 면에서 너의 정신이 가고 있는 방향이 어디인지를 알고 있단다. 사랑하는 동생아, 믿음을 가지고 가능하면 자주 그것에 관해서 나에게 알려 주기를 바란다. 나의 일들은 다음번에 설명해 주마. 나는 지금 무엇인가를 하고 있는 중이다. 그러나 그것이 분명하게 마음에 자리 잡기 전에 말하고 싶지는 않구나.

네가 실러가 내는 잡지 《탈리아》[1]의 최신판이나 에발트의 《우라니아》,[2] 또는 슈바벤의 《플로라》[3]를 발견하게 되면, 나의

1 1794년 11월과 1795년 신년에 나온 두 권의 1793년 《노이에 탈리아》지에는 횔덜린의 《휘페리온 단편》과 시 〈운명〉, 〈용맹의 정령에게 — 한 편의 찬가〉, 〈그리스〉가 실렸다.

2 에발트J. L. Ewald가 발행하는 잡지 《우라니아》에는 시 〈그리스〉의 또 다른 원고가 실렸다.

3 코타 출판사가 발행하는 《플로라》지에는 1801년과 1802년에야 비로소 횔덜린의 기고문이 실렸다.

이름을 찾아보고 나를 생각해 주기 바란다! 그러나 네가 그것에서 발견하게 될 것은 대부분 하찮은 글이다. 현재 나의 거의 유일한 독서는 칸트이다. 점점 더 이 대단한 정신이 나에게 그 모습을 드러내고 있다.

외할머니께서 거기에 계신다니 반가운 소식이구나. 간절한 안부의 인사를 전해주기 바란다. 할머니의 건강이 다시금 좋아지셨느냐? 나의 어린 조카[4]가 씩씩하게 자라고 있다니 정말로 반가운 소식이다.

블라우보이렌으로도 편지를 쓸 생각이다. 칼프 부인께서 올해의 버찌가 다 익을 때까지 버찌 브랜디를 기다려달라고 어머니께 전하라고 하셨다. 때가 되면 항아리에 담아서 상자에 넣어서 보내시겠단다. 나의 제자 프리츠는 다시 좋아졌다. 그리고 언제나 나에게 많은 기쁨을 주고 있다. 그렇게 착한 아이를 찾아보기 어렵단다.

하느님이 모두를 보호해 주시기를! 너희 사랑하는 모두여!

너희들의
프리츠

나의 착한 히머[5]는 무엇을 하며 지내는가?

4 1793년 9월 17일에 태어난 누이동생의 딸을 말한다.
5 이 무렵에 휠덜린과 히머의 관계는 소원해져 있었다.

어머니에게 보낸 편지

발터스하우젠, 1794년 7월 1일

가장 사랑하는 어머니!

저의 오랜 무소식이 특히 이번에는 어머니께 심려를 끼쳐드리지 않았을까 거의 두려울 지경이었습니다. 그러나 제가 매제에게 보낸 편지로 그렇게 된 이유를 어느 정도는 아시게 될 것입니다. 그 외에도 솔직히 말씀드리자면, 어머니께서 보내주신 편지의 한 부분 때문에 곧바로 회답을 드릴 수가 없었습니다. 이 문제에 관해서는 오래전에 근본적으로 결단을 내리기는 했었지만 말입니다. 저는 제가 확고하게 가정을 꾸리는 길을 벌써 선택해야만 한다면, 그것은 저의 교양 형성을 포기하는 것이나 다름없다는 점을 오래전에 알고 있었습니다. 어머니께서는 사람들이 말하는 대로 생활의 방도를 일찍이 발견하는 것이 다른 어떤 경우보다도 다행한 일로 평가되는 예를 들면서 저에게 제시하실 것이 거의 분명해 보입니다. 그러나 저의 존재를 위해서, 제가 저의 본성이 무엇을 필요로 하는지를 알고 있는 한, 지금 당장 고정된 시민적인 관계의 제약 없이 저의 정신과 가슴을 자라게 할 수 있는 더 많은 가능성을 다양한 분야에서 눈앞에 두고 있는 상황이 불가피하다고 생각한다 해도, 그것이 무슨 오만이나 망상은 아닐 것으로 믿습니다. 사랑하는 어머니! 그것이 좋거나 나쁘거나 간에 저 자신의 개성을 아는 것은 저의 의무입니다. 그리고 가능한 한, 어떤 경우에도 자신을 지탱하고 바로 이러한 개성에 유리한 상황 가운데로 자신을 위치시키려고 노력하는 것도 의무라고 생각합니다. 그러한 과정에서 시민적 사회의 어떤 일자리로 들어선다는 것은 저의 기본 원칙에 완전히 어긋나는 일입니다. 저의 경우 그것이 다만 못된 가상에 불과하다 할지라도, 저는 그런 일에서 우선 이러한 가상조차도 피하고 싶고 또 당연히 피해야 할 것입니다.

저는 제가 말씀드린 여러 이유를 근거로 해서 어머니께서 반복된 선입견 없는 심사숙고에 따라 내려진 저의 결정을 인정해 주시리라 확신합니다. 더욱이 이번 기회에 저는 앞으로의 활동에서 어떤 형태로든 어머니께 결코 폐를 끼치거나 불명예를 안겨드리지 않겠다고 확실히 말씀드립니다. 어머니는 르브레 양[1]을 동정한다고 말씀하십니다. 그러나 저는 그녀가 진지하게 괜찮은 사람이라면 저의 개성을 거스르는 것을 결코 원할 수 없다

1 르브레Marie Elisabeth Lebret, 1774~1819는 튀빙겐 신학교의 교장 요한 프리드리히 르브레Johann Friedrich Lebret, 1732~1807의 딸로서 횔덜린은 그녀에게 연정을 품고 튀빙겐 신학교 재학 내내 교제했으나 성격 차이로 교제가 끊어졌다. 두 사람이 주고받은 편지는 전해지지 않는다. 횔덜린은 그녀를 "리다"라고 부르며 시 〈나의 치유 — 리다에게〉(《횔덜린 시 전집 1》, 207~208쪽), 〈멜로디 — 리다에게〉(같은 책, 209~212쪽), 〈리다에게〉(같은 책, 217~218쪽)를 썼다.

고 생각합니다. 절반만이라도 진지하다고 해도 그녀는 스스로 위로받을 것이고, 저 역시 위안을 얻도록 노력해야만 할 것입니다. 저는 그런 관계를, 제 눈에는 특별한 측면이 항상 떠나지 않습니다만, 결단코 굳이 단절하고자 원하지는 않습니다. 저 때문에 어떤 행복을 포기하라고 그녀에게 요구할 용기도 없습니다. 왜냐하면 그것을 희망하고 그녀를 위해서도 그렇기 때문입니다. 사랑하는 어머니, 저는 이 일을 어머니께 맡기겠습니다. 어머니께서 어떤 다른 결정을 내리실 경우, 또는 이미 말씀하신 그대로 말씀하신다면, 저는 여행을 떠날 것이며 편지도 쓰지 않을 것입니다. — 다행입니다! 저의 마음에서 곤란한 점 하나가 사라진 것 같습니다. 저의 어리석은 가슴으로는 이성적으로 쓴다는 것이 쉽지 않았다는 사실을 믿어주셔야 합니다. 그 일을 엄밀하게 생각해 보면, 저는 저 때문이 아니라 그녀 때문에 불안합니다. 이제는 마쳐야겠습니다. 사랑하는, 변함없이 귀중하신 어머니! 괜찮으시다면, 칼프 여사께 곧 편지를 써주십시오. 저의 여행에 대해서는 어머니께 아직 아무 말씀도 드리지 못했습니다. 다음 인편에 카를에게 편지를 쓰겠습니다. 거기에다 여행에 관해 쓰도록 하겠습니다.

저는 건강합니다. 경제적 형편도 괜찮습니다. 뢴 산맥과 풀다의 들에서의 운동이 매우 좋은 영향을 미쳤답니다. 저는 세상을 즐겨 유랑합니다만, 근심 걱정 없는 조용한 발터스하우젠이 마음에 꼭 듭니다. — 외할머니께 심심한 안부의 말씀을 전해주십시오. 카를에게 다음번에는 틀림없이 편지를 쓰겠습니다. 그의 편지가 저를 특별히 기쁘게 해주었습니다. 특히 지금 잘 골라서 읽고 있는 그의 독서 소식이 기뻤습니다. 귀중하기 이를 데 없는 어머니! 변함없이 저를 사랑해 주시기 바랍니다.

어머니의
프리츠 올림

노이퍼에게 보낸 편지

[발터스하우젠, 1794년 7월 중순]

사랑하는 형제여!

자네의 편지를 받을 때마다 나에게는 우리의 존재와 그 존재의 상태에 대한 서로 간의 소식 전달이 더욱더 없어서는 안 될 일이 되네. 나는 자네의 고귀한 연인과 더불어 자네에게 닥친 불의의 사고[1]를 참된 동정심과 함께 진심으로 유감스럽게 생각하네. 자네와 자네의 연인은 이제 서로에게 서로가 무엇인지를 아주 깊이 느끼게 될 것이네. 그런 아름다운 유대가 이러한 보기 드문 내적 친밀 가운데 그대로 유지되는 것이 나의 마음속 가장 깊이 자리한 소망이라네. 나 역시 그대의 연인 같은 여인과 함께 그대들과 멀지 않은 곳에서 따뜻한 난로 곁에 사는 것을 상상할 때면, 가끔 이 세상의 이곳에서 저곳으로, 또 이런저런 활동으로 옮겨 가는 무한한 동경에 적당한 한계를 그을 수가 있다네. 또는 일단

1 노이퍼의 약혼녀 로지네Rosine의 아버지인 정부의 참사관 슈토이들린이 1794년 5월 21일 사망했다.

어떤 상황에 익숙해지면 좁고 조용한 시야와 영향의 범위가 꾸준한 활동 가운데 우리의 능력을 지치게 하거나 분산시키지 않는다는 것을 나의 현 상황으로부터 분명히 알게 되어, 그만큼 그것을 더 잘 이해할 수 있다네. 그것은 대상의 다양성이 우리를 더 강하고 순수하게 유지시키기 때문이지. 서둘러 지나쳐 갈 때는 알아차릴 수 없는 많은 아름다운 기쁨이 거기에 숨겨져 있는 것과 같다네. 그 외에도 성스러운 운명이 의도하듯이, 우리는 산을 골짜기로, 골짜기를 산으로 만들 수는 없지만, 산 위에서는 드넓은 하늘과 열려 있는 대기, 당당한 높이를 누릴 수 있으며, 계곡에서는 평온과 고요를 누릴 수 있다네. 그리고 아래로 내려다보이는 사랑스럽고도 감탄스러운 것들과 그만큼 더욱 친밀해진다네. 게다가 더 좋은 일이 있지! 산 위에 할 일이 있으면 거기로 오르면 되고, 계곡에서 식물을 기르고 집을 지을 수 있다면, 그곳에 머물면 된다네.

친애하는 노이퍼여! 이런 중언부언을 용서하게나. 그러나 그것이 어느 정도 우리의 천성과 닮아서 하나의 우연한 생각을 쉽사리 벗어날 수 없고 그렇게 해서 수다로 빠져들기 마련이라네. 자네 정신이 성과를 내지 못하고 있다고 실토한 자네 편지의 구절에 대해 헤르더의 〈티톤과 오로라〉[2]의 한 구절을 베껴 답하겠네.

"우리가 여생이라고 부르는 것은 한층 훌륭한 영혼에게는 새로운 깨어남을 위한 잠에 불과하며, 다시 쏘기 위해서 활의 시위

2 헤르더의 논문 〈티톤과 오로라Tithon und Aurora〉는 1792년 〈체어스트로이테 블레터Zerstreute Blätter〉를 통해 발표되었다.

를 푸는 것과 같다. 밭은 더욱 풍성하게 결실을 내기 위해서 휴경한다. 나무는 봄에 새롭게 움트고 잎사귀를 피워내려고 겨울에 시들어 죽어 있는 것이다. 선한 자가 스스로를 버리지 않으며 자신에 대해서 수치스럽게 절망하지 않는 한 운명은 그를 버리지 않는다. 그에게서 멀어진 듯이 보였던 정령은 제때에 되돌아오고, 그 정령과 함께 새로운 활동, 행운과 기쁨도 되돌아온다. 많은 경우 친구가 바로 그러한 정령이다!"

사랑하는 친구여, 나에게 기쁨을 선물해 주게나. 그리고 내가 부분적으로나마 자네에게 그러한 존재였다는 것을 글로써 곧 알려주게나.

자네의 카틸리나 번역[3]이 나의 관심을 더 많이 끌고 있는 것은 지난해 내가 읽었을 때부터 그 작품을 알고 있기 때문이네. 그 번역은 시기적절한 작업이네. 번역 작업은 언어를 위한 일종의 유익한 체조라는 자네의 말은 옳다네. 언어는 때로 낯선 기분에 순응할 때, 외래의 낯선 아름다움과 위대함에 접해서도 아름답게 연마된다네. 나는 자네가 그러한 끈기를 가지고 목적을 위해서 수단을 준비할 수 있다는 사실에 경탄을 금할 수 없다네. 그래도 자네가 지금 착수하고 있는 두 작업을 완료한 후에 새로운 일을 시작하게 되면, 자네에게 도전장을 하나 보내겠네. 언어는 우리의 두뇌의 기관이고, 우리의 감정의 기관이라네. 우리의 환상의, 우리의 이념의 표지이지. 그러니까 언어는 우리에게 복종해야만 하네. 만일 언어가 너무도 오랫동안 외래적인 것에 예

3 노이퍼의 살루스티우스Gaius Sallustius Crispus 번역. 그중 《카틸리나의 모반에 대해서》는 1819년에야 출판되었다.

속되어 살게 된다면, 내 생각에는, 내면적인 것을 통하는 것 외에 다른 것을 통해서는 더 이상 우리 정신의 자유롭고 순수한 표현이 되지 않으며, 우리 정신의 다르게 형성된 표현이 되지 않으리라는 점을 염려하지 않을 수 없다네.

지금 막 떠나려고 하는 전령의 독촉만 없다면, 그 점에 대해서 더 자세히 설명하려고 했는데 못 하고 마는군. 오늘 오후에는 편지를 쓰던 게 대령 부인 때문에 중단되었네. 그녀는 내가 자네에게 편지를 쓰고 있다는 사실을 알고서는 자네의 안부 인사에 대해 정말 고맙게 생각한다고 전해달라고 했네. 그리고 어떤 우정보다도 우리의 우정이 변함없음을 믿고 있다고 써달라고 했다네. 왜냐하면 우리 두 사람이 이 목적을 위해서 서로 손을 내밀고, 정신과 감정이 관심을 두고 있는 모든 것에, 존재를 일으켜 세우고 확장하며 빛나게 하는 모든 것에 참여함으로써 서로를 강하게 하고 붙들어 세우기 때문에 두 사람은 영원히 결합될 것이라는 거네. 두 사람의 사랑은 두 사람의 보완補完의 진전처럼 무한하기 때문이라는 걸세. 그녀가 말한 거의 그대로라네. 나아가, — 자네를 생각하면 이 대화에서 불가분의 사람들을 떼어놓아서는 안 되고, 따라서 그대를 말할 때 언제나 그대의 연인도 등장하기 마련인데 — 그녀는 우리의 나날에 그처럼 보기 드문 사랑을 기뻐하지 않을 사람이 있다면 어디 한번 보고 싶다는 것이네. 내가 충실하게 보고한 이러한 말들에서 자네는 그녀의 본성의 큰 부분을 예감할 수 있을 것이네.

나의 제자는 정말 좋은 태도를 가지고 있네. 정직하고 명랑하고 유순하며 잘 화합할 줄 알고 어떤 점에서도 정신력이 중심을 벗어나지 않는다네. 그리고 머리부터 발끝까지 그림처럼 아름답다네. 자네에게 나의 근황에 대해서도 쓰려고 하네. 나의 소설에 대해서, 칸트의 미학에 대한 나의 천착에 대해서, 최근 뢴 산맥을 넘어서 폴더란트까지 갔던 여행에 대해서, 그리고 나의 다른 일들에 대해서 설명하겠네. 내가 어쩔 수 없이 쓰는 걸 멈춰야만 하지 않는다면 말일세. 혹시 슈토이들린이 용감성에 대한 나의 시[4]를 《우라니아》에 보냈는지 알고 있는가? 내가 다른 용도로 쓰기 위해서 그것을 좀 알고 싶다네.

자네의
횔덜린 씀

괜찮다면, 동봉한 편지를 헤겔의 집으로 보내주게나. 그리고 기회가 되면 헤겔의 누이동생에게 안부를 전해주게. 헤슬러[5]도 그녀에게 안부 인사를 전하네. 바쁜 일에 몰리지만 않았다면, 그녀에게 직접 편지를 쓸 만한 여유가 있었을 텐데. 그녀의 오빠에게 보내는 다른 편지에 함께 써 보내도 괜찮을지 그녀에게 물어봐 주기 바라네.

4 시 〈용맹의 정령에게 — 한 편의 찬가〉는 《우라니아》가 아니라 《노이에 탈리아》에 실렸다.

5 헤슬러Ernst Friedrich Hesler, 1771~1822는 목사의 아들로 횔덜린의 신학교 동급생이다. 그러나 그는 1791년 신학 공부를 중단하고 1793년부터 예나 대학에서 법학을 공부했다. 여기서 1794/95년에 횔덜린을 다시 만났다. 그는 《심판》, 《재회》 등 희곡을 썼고, 후일 슈투트가르트에서 법률가로 활동했다.

헤겔[1]에게 보낸 편지

마이닝겐 인근 발터스하우젠,
1794년 7월 10일

사랑하는 친구여!

우리가 하느님의 나라![2] 라는 암호를 나누고 헤어진 이래로 그동안 그대가 때때로 나를 생각하고 있으리라고 나는 확신하네. 이 암호를 통해서 우리가 어떤 모습으로 변하든 간에 서로를 다시 알아보리라고 믿고 있다네.

시간이 지남에 따라 자네에게도 변화가 일어나겠지만, 자네의 내면에 들어 있는 그 특성은 시간도 지워버리지 못하리라고 확신한다네. 나 역시 다르지 않으리라 생각하네. 무엇보다도 우리 각자가 서로를 특별히 사랑한다는 점이 그 특성이라네. 그처

1 헤겔Georg Wilhelm Friedrich Hegel, 1770~1831은 이즈음 슈타이거가의 가정교사로 스위스의 베른에 머물고 있었다. 이 때문에 그는 샤를로테 폰 칼프의 가정교사 제안을 거절했다.

2 이 암호는 함께 보낸 튀빙겐 시절에 두 친구가 노력을 쏟았던 이상향 사상의 목표를 함축하고 있다. "하느님의 나라"는 세계의 갈등과 모순이 앞으로 "새로운 교회", 이상적인 조화를 통해서 해소되는 것을 의미한다.

럼 우리는 우정의 영원함을 확신하는 것이지. 그렇지 않아도 나는 자주 그대 가까이에서 살고 싶다는 생각을 한다네. 자네는 그렇게 자주 나의 수호신이었네. 나는 자네에게 크게 고맙다네. 우리가 헤어지고 나서 비로소 그 사실을 절감하고 있다네. 나는 아직 많은 것을 자네에게 배우고 싶다네. 또한 때때로 나의 생각을 자네에게 알리고 싶기도 하네.

편지 쓰기란 항상 응급수단에 지나지 않지. 그러나 무엇인가 쓸 만한 점이 있기도 하다네. 그렇기 때문에 우리는 편지 쓰기를 완전히 단념해서는 안 될 거야. 우리는 서로 큰 권한을 지니고 있다는 점을 때때로 서로 일깨워 주어야만 하네.

자네는 많은 점에서 스스로를 위해 자네의 세계를 쓸모 있게 발견하리라고 나는 믿고 있네. 그러나 내가 자네를 시샘할 이유는 없다네. 내가 처한 상황은 여전히 괜찮은 편이라네. 자네는 나보다 훨씬 더 자네 자신과 순수함 속에서 살고 있겠지. 주변에 무슨 소란이 있어도 자네는 괜찮을 거야. 그런데 나는 평온이 필요하다네. 여기에서도 기쁨이 없지는 않네. 그런 기쁨은 어떤 곳에서도 자네에게 부족하지 않을 거라고 생각하네.

자네가 누리고 있는 호수와 알프스산맥을 나도 볼 수 있으면 좋겠다는 생각을 때때로 한다네. 위대한 자연은 우리를 고상하게 만들어주고 또한 강하게 만들어준다네. 그 대신에 나는 그 폭과 깊이, 그리고 세밀함과 노련함으로 보기 드물고 비범한 정신의 동아리 안에서 살고 있다네. 칼프 부인과 같은 여성을 자네가 사는 베른에서는 찾아보기 쉽지 않을 걸세. 이분의 빛을 자네가 받는다면 아마도 자네에게 매우 유익한 영향을 줄 것이 틀림없네. 우리 사이의 우정이 아니라면, 자네는 자네의 괜찮은 운명이 이번에는 나에게로 넘어온 것에 분명 약간은 화가 날 걸세. 그리고 그녀 역시 나의 요행에 지고 말았다고 생각하는 것이 거의 틀림없네. 여하튼 나는 그녀에게 자네에 관해서 말했네. 그녀는 나더러 자주 자네에게 편지를 쓰라고 깨우쳐주곤 한다네. 이번에도 그랬다네.

폰 베르레프쉬 여사[3]는 베른에 있었는데, 아직도 그곳에 있을 걸세. 그리고 바게센[4]도. 가능하다면 이 두 사람에 대해서 될 수 있는 한 많이 편지로 알려주게. — 슈토이들린은 지금까지 딱 한 번 편지를 보내왔다네. 헤슬러도 마찬가지로 한 번 편지를 보냈지. 내 생각에는 헤슬러가 우리를 부끄럽게 만들지 않도록 하려면 우리가 많은 것을 해야만 할 것 같아. 나는 언젠가 길을 가다가라도 그를 한번 보게 되기를 언제나 희망하고 있다네.

뫼클링[5]은 베른에 살고 있나? — 그에게 간절한 인사를 전해주기 바라네. 자네들은 많은 즐거운 시간을 함께 보내게 될 거야.

사랑하는 친구여! 지금 자네가 생각하는 것, 그리고 실천하는 것을 빠짐없이 나에게 편지로 알려주기 바라네. —

내가 하는 일은 지금 상당히 집중되어 있다네. 칸트와 그리스인들이 거의 나의 유일한 독서라네. 비판 철학의 미학 부분에 우선 정통해 보려고 하네. 최근에 나는 뢴 산맥을 넘어서 풀다 지

3 베르레프쉬Emilie von Berlepsch, 1757~1830는 감성적인 서정 시인이자 여행 작가였다.

4 바게센Jens Immanuel Baggesen, 1764~1826은 덴마크의 시인이자 프랑스혁명의 열렬한 추종자였다. 그는 1793년과 1794년 스위스의 베른에 머물렀다. 횔덜린과의 개인적인 친분은 없었던 것으로 보인다.

5 뫼클링Friedrich Heinrich Wolfgang Mögling, 1771~1813은 횔덜린의 신학교 동급생이다.

역으로 짧게 나들이를 했다네. 스위스의 산 위에 있는 듯했네. 거대한 산봉우리들과 매혹적이고 풍요로운 계곡과 함께 전나무 숲의 그늘 아래, 양 떼와 개울들 가운데, 작은 집들이 산기슭 여기저기에 흩어져 있는 그곳 말일세. 산중에 사는 사람들은 어디서건 다 그렇지만 조금은 무뚝뚝하고 또 단순하다네. 그렇다고 해도 그들은 우리의 문명이 잃어버린 많은 좋은 측면을 가지고 있는 것 같네.

사랑하는 친구 헤겔! 나에게 곧 답장을 보내게. 자네의 소식 없이 지낸다는 것은 불가능하다네.

그대의
횔덜린

동생에게 보낸 편지[1]

발터스하우젠, 1794년 8월 21일

사랑하는 동생아! 오랫동안 너에게 편지 빚을 지고 있구나. 그러나 마음으로 세워진 우리의 협약 안에는 우리가 서로 간에 많은 말을 한다거나 긴 편지를 써야 한다는 내용이 담겨 있지는 않단다. 오히려 우리는 어른이 된다는 것, 그리고 이러한 조건 아래에서 우리가 서로를 형제로 인정하리라는 사실이 담겨 있을 뿐이다. 쉬지 않는 활동 가운데 사람은 어른으로 성숙한다. 말하자면 의무 때문에 노력하고 행동하면서 사람은 어른이 되는 것이다. 비록 그 의무가 많은 기쁨을 가져다주지 않는다고 할지라도, 또 의무가 단지 의무일 뿐이고 그것이 매우 작은 의무로 보인다고 할지라도 말이다. 욕망을 자제하고, 언제든지 안락하고 편안해야만 한다는 우리 본성의 이기적인 측면을 거부하거나 극복하면서, 보다 큰 활동의 범위가 나타날 때까지 말없이 기다리면서,

1 이 편지는 "인간의 교양, 인류의 개선"이라는 목표에 이르기 위한 길을 비교적 상세히 서술한 1793년 9월 동생에게 보낸 편지(67쪽)에 연결되어 있다.

자신의 힘을 좁은 활동 영역에 제한하고 그것에서 좋은 성과가 생겨난다면 그 역시 위대한 것이라는 확신 아래에서 인간은 어른으로 성숙하는 법이다. 인간의 어떤 허약함에 의해서도 방해받지 않는 평온, 인간들의 허황된 사치, 거짓된 위대성, 망상적인 비하도 혼란에 빠뜨리지 못하는 평온, 오로지 인류의 행복과 슬픔에 대한 고통과 기쁨 때문에, 오로지 자신이 불완전하다는 감정 때문에 깨지게 되는 평온 가운데에서 인간은 성인이 되는 것이다. 자기의 생각을 수정하고 확장하려는 끊임없는 노력 가운데, 모든 가능한 주장들과 행동의 판단에서, 그것들의 정당성이나 합리성의 판단에서 어떤 권위도 인정하지 않고 스스로 검증한다는 흔들리지 않는 원칙 가운데 인간은 어른으로 성숙하는 것이다. 자신의 양심을 자기 자신 혹은 타인의 사이비 철학에 의해서, 아둔한 계몽주의[2]에 의해서, 많은 성스러운 의무를 선입견이라는 이름으로 모욕하는 세속적인 불합리에 설득당하지 않으며, 자유사상 그리고 열광적인 자유의 이름 아래, 자신의 품위와 권리를 인간의 특성 안에서 느끼고 있는 존재를 저주하려고 하거나 웃음거리로 만들려고 하는 바보들이나 악한들 때문에 당황하는 것을 결코 용납하지 않는 성스럽고도 흔들리지 않는 원칙 아래에서, 그리고 많은 다른 조건들 아래에서 사람은 어른으로 성숙하게 되는 것이다.

나의 진정한 동생아! 우리는 우리 스스로에게 원대한 요구를

2 횔덜린은 계몽주의의 단호하고 일방적인, 합리주의적인 단순화, 귀납적인 논의 형식을 거듭 비판했지만, 이 언급을 계몽주의의 본질적인 기여까지 부정하는 것으로 이해해서는 안 된다.

제기해야만 한다. 그저 하찮은 가치만을 의식하면서 살고 있는 초라한 사람들처럼 우리도 그렇게 살자는 것인가? 나를 믿어주기 바란다. 사람들이 다음 세기에 걸고 있는 희망을 생각할 때면, 그리고 여기저기 그렇게 수없이 존재하면서 나름대로의 역할을 할 것으로 보이는 기형의, 좀스러운 정신의, 거칠고 건방진, 아는 것이 없는 게으른 젊은이들을 그런 희망에 비추어 보면 내 기분은 묘해진다. 아직 예외를 보여주는 소수의 사람들의 기운을 북돋고 지원해 주어야만 한다. 그리고 또 하나! 현명해져라, 말로써 어떤 목적도 이루어지지 않는다는 것을 네가 확신할 때는 그것이 참된 것이라고 할지라도 아무 말도 하지 말라고 스스로에게 말하는 것이 지금은 필요한 때이다. 너의 양심을 영리한 책략에 희생시키지 마라. 그러나 영리해야 한다. 돼지 앞에 진주를 던지지 마라.[3] 이것은 황금과 같은 격언이다. 그리고 무엇을 행할 때, 결코 흥분 가운데 행하지 마라. 차갑게 심사숙고해라! 그러고 난 다음 불길처럼 행동으로 옮겨라! — 형제들이라면 그처럼 서로 이야기를 해야 한다는 점에 네가 나와 의견을 같이한다고 믿는다. 첨부된 편지는 대령 부인께서 우리의 사랑하는 어머니에게 보내는 것이다. 이 편지는 일반적으로 확신과 양심에 따라서 행동하는 한 교육자가 그가 저지르는 수많은 실수에도 불구하고 그 실수가 그에게는 드문 일로 생각되는 경우에 교육에서 자기의 의무를 다하는 것이 얼마나 어려운가를 증명해 주고 있다.

3 〈마태복음〉 7장 6절 "거룩한 것을 개에게 주지 말고, 너희의 진주를 돼지 앞에 던지지 말아라" 참조.

지난 일요일에 나는 룀힐트로부터 한 시간쯤 떨어진, 넓은 평원에 우뚝 솟아 있는 그라이히베르크에 갔다 왔다. 나는 동쪽으로는 (프랑켄과 뵈멘의 경계에 있는) 피히텔 산맥을, 서쪽으로는 프랑켄과 헤센의 경계인 뢴 산맥, 북쪽으로는 프랑켄과 튀링겐의 경계를 짓고 있는 튀링겐 숲, 서남쪽으로는 나의 사랑하는 슈바벤으로, 나의 시계視界의 끝 슈타이거 숲으로 향했었지. 그렇게 해서, 내가 최선의 방법으로, 있을 수 있는 일이라면! 두 개 반구半球의 지리를 탐구했단다. 너도 네가 하는 일에 대해서, 어머니의 걱정스러워하는 또는 즐거운 나날과 우리 가족 모두의 근황에 대해서, 나와 알고 지냈던 사람들, 그리고 히머, 빌핑어 등 네가 알고 있는, 그리고 나에 관해서 어느 정도만이라도 관심을 가지고 있는 사람들에 관해서 써 보내기 바란다. 그리고 기회가 있을 때마다 그들에게 나의 진심 어린 안부 인사를 전해주기 바란다! —

로베스피에르의 목을 날려버릴 수밖에 없었던 것[4]은 나에게는 당연한 일처럼 보인다. 어쩌면 좋은 결과가 있을 것이다. 그다음에는 인류애와 평화, 이 두 개의 천사를 우선 나타나게 할 것이고, 인류의 관심사가 틀림없이 잘되어 나갈 것이다! 아멘.

너의 형
프리츠

4 로베스피에르Robespierre는 1794년 7월 28일 교수형을 당했다.

노이퍼에게 보낸 편지[1]

발터스하우젠, 1794년 8월 25일

내가 자네를 도울 수 있다면 얼마나 좋을까, 내 영혼의 친구여!

하느님은 알고 계시지! 그 때문이라면 나의 생명도 기꺼이 내놓을 것 같네. 나의 기쁨은 사라졌다네. 나를 에워싼 것들 가운데서 자네의 깊은 슬픔을 떠올리게 되네. 자네가 그 슬픔에서 벗어나지 못한다면 내가 그것을 어떻게 견뎌낼 수 있을지 모르겠네.

사랑하는 친구여! 자네는 일이 어떻게 닥쳐오든지 정신을 바짝 차리고 있어야 하고, 또 그렇게 할 것이 틀림없다고 믿네. 자네는 인류에 속하고, 그것을 떠나서도 안 되네. 커다란 기쁨을 통해서도, 큰 고통을 통해서도 인간은 어른으로 성장한다네. 영웅이 전투 중에도 미래를 기대할 수 있듯이, 어떤 미래가 자네를 기다리고 있다네. 그대는 느낌도 없이 삶을 살아가지는 않을 것이네. 이름도 없는 고통을 이겨낸 단단한 의식이 그대를 이끌 것이

1 이 편지는 약혼녀 로지네 슈토이들린이 결핵을 앓아서 죽음을 앞두고 있다는 노이퍼의 소식과 관련되어 있다.

네. 그대는 싸워 이겨 자네 자신을 불멸의 영역으로 건져 올릴 것이네. 자네는 인간들 가운데 머물게 될 것이고, 인간이, 그것도 신적인 인간이 될 것이네.

사랑하는 친구여! 잊을 수 없는 친구여! 자네는 나의 일부분이기도 하네. 나의 가슴이 영속의 희망을 가지고 매달려 왔던 모든 것들 가운데서 자네와의 유대만이 지금까지 유일하게 변함없다네. 자네의 영혼만큼 믿었던 다른 영혼을 나는 알지 못하네. 나는 아직도 자네처럼 그렇게 풍부하지 못하네. 나는 사랑으로 인해서 결코 행복하지도 않았고, 앞으로도 그럴 수 있을지 알지 못하네. 그러나 자네를 통해서 말로 표현할 수 없을 만큼 나는 행복했다네. 그리고 이러한 방향에서 앞으로 더욱더 그럴 수 있기를 바란다네. 자네는 나를 계속해서 몰라보려는 것인가, 내가 자네에게는 아무것도 아닌가, 나의 친구 노이퍼여! 이 어두운 지대에서 우리 함께 견뎌내세. 함께 활동하고 승리로만 양분을 주어 우리의 가슴을 기르세. 나는 자네에게, 그리고 인류에 대고 맹세하네만, 이 지상에 어떤 것도 자네만큼 나에 대해서 권리를 지니지 못할 것이네. 나는 자네의 영혼과 마찬가지로 자네의 것이 될 것이네. 그리고 어떤 피조물 앞에서도 굴복하지 않을지라도 그대 앞에서는 영원히 굴복하겠네. 세계를 정복하고, 나라를 빼앗거나 세우는 일도 그러한 고통을 극복하는 일보다 더 위대하다고 생각되지 않는다네.

나에게는 내 삶의 위안이, 그리고 자네에게는 모든 승리 가운데 승리가 주어지기를! 나는 자네를 그냥 두지 않겠네. 나는 끝없이 자네를 향해서 부르짖을 거라네. 내가 설령 자네와 그녀의 장례식에서 돌아온다고 하더라도 나는 이렇게 말할 것이네. 내가 의지를 가지고 있는 한 고통이 나를 바닥에 내동댕이칠 수는 있어도 나를 제압할 수는 없다고 말일세. 일이 끝내 그렇게 될 수밖에 없다면, 완성을 향하는 무한한 길로 그녀가 먼저 걸어가도록 허락해 주기로 하세! 자네가 수년을 이곳에 더 머물지라도, 언젠가는 자네도 그녀의 뒤를 따라가게 될 걸세. 고통이 그대의 정신에 날개를 달아줄 것이네. 자네는 그녀와 보조를 맞추게 될 것이고, 그대들은 지금 그대로 결합된 채 있게 될 것이네. 그 결합은 틀림없이 재현될 것일세.

자네가 나에게 귀를 기울이게 될까? 나는 여전히 희망을 가지고 있다네. 폐결핵으로 보이는 그녀의 병환이 어쩌면 그녀 아버지의 죽음 때문에, 많은 행복과 함께 또한 많은 근심거리도 같이 불러일으키는 것으로 보이는 그대들의 관계 때문에 생긴 깊이 고통스러운 마음의 영향일 수도 있겠다는 생각이 드네. 사실이 그렇다면, 나는 한결 안심할 수 있겠네.

별로 달라진 것이 없을지도 모르지만, 다음 우편배달 일에는 그녀와 자네의 상황이 어떤지 나에게 다시 알려주기를 간절히 부탁하네. 사정이 달라지지 않는다면, 정말 아무것도 나를 붙들어 잡지 않는다면, 나는 서둘러 가겠네. 그리고 무릎을 꿇고 자네에게 자신을 아끼라고 간청하겠네. 나의 계획이 아무것도 이루어지지 않는다면, 간절한 며칠 동안에 내가 자네의 깊은 슬픔을 어떻게든 멈추게 할 수 있기를 희망한다네. 그것이 내가 가야 할 충분한 이유이기도 하다네.

오, 나의 친구 노이퍼여! 내가 자네 곁에 벌써 가 있다면 얼마나 좋을까! 나는 안정이 안 되네. 자네가 보내주는 다음번 편지로 내가 얼마큼은 명랑해질 수 있으면 좋겠네. 고통을 겪고 있는 사람은 바로 자네이고, 자네와 함께하고 있는 사람은 바로 나라는 사실을 잊지 말게나.

인내하고 있는 천사 같은 이들 위에 하늘의 축복이 있기를!

영원한
그대의
횔덜린

노이퍼에게 보낸 편지

마이닝겐 인근 발터스하우젠,
1794년 10월 10일

며칠간의 여행길이었지만 나는 여느 때보다 자네에게 가까이 있었네. 밤베르크 지역 슈타이거 숲의 칼프가 영지에 머물렀네. 거기서 자네의 마지막 편지를 기다렸다네. 그 편지가 그렇게 즐겁고도 멋진 소식을 전하는 것이 아니었다면, 온갖 어려움에도 불구하고 자네에게 달려가 자네에게는 아직 이 세상에 무엇인가 충실한 것이 남아 있다는 것을 증명해 보였어야 했을지도 몰랐다네. 나는 그 편지를 지금 막 받았다네. 발터스하우젠에서 떠나기에 앞서서 편지가 오면 서둘러 나에게로 보내도록 조치를 해두었네. 손해는 크지 않았다네, 사랑하는 노이퍼여, 나는 거의 중간쯤에 있었고, 나에게는 자연이 마련해 준 튼튼한 다리가 있었네. 자네의 편지가 도착했고, 자네가 나를 필요로 하지 않았다는 사실이 얼마나 나를 기쁘게 했는지는 나만이 알 수 있다네. 기쁨이 몇 달이고 우리를 강하게 만들어주는 그런 순간들 중 하나였네. 이 아름다운 사랑이 모든 행복감과 함께, 사랑이 주는 모든 덕망과 함께, 그리고 사랑의 꽃과 열매와 함께 영속하기를 바라는 소망이 나의 영혼 깊숙이 자리 잡고 있다네. 내가 우리가 살고 있는 시대를 그것에 비교해 볼 때면 그 사랑은 항상 가을의 나이팅게일처럼 나에게 떠오른다네. 자네는 나를 믿을 수 있을 걸세, 사랑하는 착한 친구여! 내가 이런 측면에서 나의 고유한 본성 때문이라기보다는 운명 때문에 내가 처해 있는 자네와 비교되는 불평등한 상황은 이러한 관계의 전체적인 아름다움과 가치를 기쁨과 존경과 함께 인식하는 것을 전혀 방해하지 않는다는 사실 말일세. 나는 까닭 없이 존경을 말하는 것이 아니네. 왜냐하면 존경을 받을 만한 것 없이는, 즉 윤리적인 인간의 품격과 견실함 없이는 그러한 관계가 세워질 수 없다는 것이 확실하기 때문이네. 나 역시 그와 비슷한 것을 지니고 있다네. 자네와의 유대가 그것이지. 그 유대는, 만개한 꽃과 열매와 함께 자네의 사랑의 유대처럼 그렇게 영속할 것이 틀림없다네. 사랑하는 친구 노이퍼여! 그것은 나에게는 진지한 일이네. 내가 매일같이 나의 확신 가운데 진정으로 확인하는 것은 우리의 우정과 같은 우정은 어느 길 위에서나 발견되지 않는다는 것, 그리고 나는 우리의 우정을 영원히 붙들고 있어야만 한다는 사실일세. 내가 위안을 필요로 할 때, 나의 마음이 한 존재와 영속 관계에 놓여 있다는 사실, 내가 믿을 수 있고 의지할 수 있는 한 마음을 알고 있다는 사실이 거의 유일한 위안이라네. 내가 이러한 위안을 필요로 한다는 사실을 자네는 어렵지 않게 믿게 될 걸세. 왜냐하면 나와 마찬가지로 자네도 대부분의 사람들은 자기 자신에게는 관대하지만, 다른 사람들에 대해서는 할 수만 있다면 마치 자기가 가지고 있는 냄비나 의자를 다루듯 대충 취급하려고 한다는 것을 알고 있기 때문이지. 사람들은 그것들이 쓸모가 있는 한, 또는 유행을 벗어나지 않는 한 망가지지 않도록 유의한다네. 나도 내가 망가지는 것을 그냥 놔두지 않으리라는 것은 자명한 일이지. 내가 스스로를 더 잘 활용할 수 있을 때까지만 사람들에게 나를 활용하도록 용납하리라는 것 역시 자명한 일이지. 그러나 이러한 일은 매우 드물다네.

현재 나의 외면적인 직업은 나에게 매우 부담스럽다네.[1] 자네에게 그것을 감히 말할 수 있네. 그동안 자네에게도 입을 다물고 있었다네. 자네에게 특별히 그렇게 한 것은 나에게서 금은으로 치장되지 않는 모든 것에 대한 일종의 불만을, 이 세상이 어떤 목가적 이상향이 아니라는 데에 대한 영원한 절망감을 자네가 짐작하게 하는 동기를 너무 많이 주었기 때문이었네. 그러나 이러한 유치하고 나약한 생각은 상당히 극복했다네. 나도 한 명의 인간이라네. 내가 성실한, 때로는 긴장된 노력의 성과를 기대하는 것은 어쩔 수 없는 일이네. 이러한 성과가 내 제자의 어중간한 재주 때문에, 그리고 그의 때 이른 소년기에서의 극단적으로 잘못된 취급, 그리고 말을 하면 자네를 괴롭힐 뿐인 다른 일들 때문에 거의 깡그리 허사가 되면 나를 아프게 할 것이 분명하다네. 내가 아픔을 겪는다는 것은 그 자체로 크게 의미 있는 일은

1 휠덜린은 제자 프리츠의 교육이 점점 더 어려워지는 이유를 어머니에게 보낸 편지에서 상세히 밝히고 있다. 그러나 샤를로테 폰 칼프가 실러에게 보낸 여러 차례의 편지는 그 이유를 다른 관점에서 보고 있다. 그녀는 어린아이의 교육이 결코 쉬운 과제가 아니라고 인정하면서도, 횔덜린의 감수성과 지나친 긴장이 쉽사리 그의 인내심을 무너뜨리고 너무 가혹하게 대응하도록 만들지 않았는지를 걱정하고 있다.

아니네. 그러나 그것이 피할 길 없이 나의 다른 일들까지 방해한다는 것은 그렇게 하찮아 보이지는 않는다네. 자네도 하루의 절반을 수업으로 소비하고도 인내심 이외에 아무것도 얻는 것이 없다면, 그리고 나머지 절반도 상대방이 아무것도 얻는 것이 없다는 매우 잦은 경험으로 거의 헛된 것이 된다면 아마 매우 불쾌한 기분이 들 것이네. — 그렇지만 나는 스스로를 잘 추스르려고 하고 그런대로 잘 유지하고 있다네. 나의 방 창문으로 해가 비치기만 하면, 나는 대부분 명랑한 마음으로 잠자리에서 일어나 내가 할 수 있는 한, 원래 내가 평온해지는 유일한 시간인 얼마간의 아침 시간을 잘 활용하곤 한다네. 이번 여름에는 많은 시간을 소설을 쓰며 보냈다네. 그중 첫 다섯 편의 편지가 이번 겨울《탈리아》지에 실리는 것을 자네도 보게 될 거야. 지금 나는 소설의 제1부를 거의 끝내가고 있다네. 전에 쓴 원고는 한 줄도 남아 있지 않다네. 청년 시절로부터 성인의 본성으로의 위대한 이행, 격정으로부터 이성으로의, 환상의 나라로부터 진리와 자유의 나라로의 위대한 이행은 그처럼 느리게 처리할 만한 가치가 있다네. 나는 내가 전체를 깨끗하게 정리하게 되는 날을 고대하고 있다네. 그것은 내가 오히려 더 마음에 담아두고 있는 다른 하나의 계획, 그러니까 소크라테스의 죽음을 그리스 비극의 이상에 따라서 쓰는 일을 바로 시도할 것이기 때문이라네. 서정적인 작품은 지난봄부터 거의 쓰지 않았네. 내가 뉘르팅겐에 있을 때 쓰기 시작했던 운명에 대한 시는 지난겨울에 거의 전체를 바꿔 써서 부활절 무렵 실러에게 보내는 편지[2]에 동봉했었네. 내가 그에게《휘페리온》의 단편을 보내면서 썼던 최근의 편지에 답변하면서 한 그의 말에 따르면, 그 시를 아주 좋은 인상으로 받아들인 것으로 보이네. 그는 그 시를 곧 발행할 예정인 《시 연감》에 싣기로 결정했다네. 나는 그의 요구대로 몇 편을 더 그에게 보내려고 한다네. 내가 라인하르트의 《시 연감》[3]과 《아카데미》지, 그리고 콘츠가 발행하는 《뮤지엄》지를 위해 어떤 원고를 자네에게 보낼 수 있을지는 내 천성이 얼마나 생산적인가에 달려있다네. 나는 자네에게 부끄러움을 안기고 싶지는 않네. 내가 자네의 우정 어린 제안을 그런 식으로 갚고자 한다면, 그것은 매우 파렴치한 일이 될 것이네. 정성이 들어 있지 않은 작품으로 자네에게 부담을 주고 싶지는 않다네. 어쩌면 자네에게 **심미적인 이념들**에 대한 논고[4]를 한 편 보낼 수 있을 것이네. 그 논고는 플라톤의 《파이드로스》에 대한 주석으로서 평가받을 수 있으며, 그 중 한 구절은 엄연한 나의 텍스트이기 때문에, 콘츠에게도 쓸모가 있을 것이네. 근본적으로 이 논고는 미와 숭고의 분석을 포함하도록 계획되어 있고, 부분적으로는 실러가 그의 〈우아와 품위〉에 대한 논술에서 그러했듯이 칸트의 분석을 단순화하고 다른 측면에서는 다변화하기도 한다네. 실러의 그 논술은 내가 감행하려는 것보다는 칸트의 한계성을 넘어 한 걸음도 더 내딛지 못했다네. 웃지는 말게나! 내가 착각할 수도 있지 않겠나. 그러나 나는 검토에 검토를 다 했다네. 오랫동안 긴장을 놓지 않고서

2 시 〈운명〉은 《휘페리온 — 단편》과 함께 《노이에 탈리아》지에 실렸다.

3 뷔르거Gottfried August Bürger가 창간하고, 1794년 그가 사망하자 라인하르트Karl Reinhard가 이어받아 간행한 《괴팅겐 시 연감*Göttinger Musenalmanach*》. 이 연감을 포함하여 언급된 세 개의 잡지에는 횔덜린의 작품이 하나도 실리지 않았다.

4 이 논고는 실현되지 않았다.

말일세. — 지금 나는 청춘의 정령에게 바치는 나의 시를 수정하고 있다네.[5] 나는 11월 초에 예나로 떠나게 될 것 같네. 사람들은 육신으로서의 내가 나의 다른 힘과 더불어 현 상황에서 조금 곤란을 겪고 있는 것으로 알고 약 반년 동안 내 제자와 함께 그곳으로 나를 보낼 모양이네. 몇 가지를 고려해 볼 때 제자에게도 나를 그대로 붙잡아 두기 위해서는 거기로 가는 것이 불가피한 일이라네. 어떻게 될지 두고 보려고 하네. 나는 행복한 체험을 기대하지도 원하지도 않는다네. 그러나 내가 생각하는 것은 그곳에서의 체류가 나의 수련에 도움이 되어야 한다는 것일세.

자네의 고상한 연인이 보내준 안부 인사에 무한히 감사하네. 그 인사에 온 영혼을 다해서 답하고 싶네. 자네의 시는 나에게 큰 기쁨을 주었네. 특히 마지막 연이 그랬다네. 시로서, 그리고 그대 마음의 분출로서 말일세.

대령 부인께서 자네에게 인사를 전하네. "그대의 인사가 그녀를 정말로 기쁘게 했다네!" 시간이 부족해서 내가 원하기도 전에 여기서 마치지 않으면 안 되겠네.

그대의
횔덜린

5 시 〈청춘의 정령에게 바치는 찬가〉(《횔덜린 시 전집 1》, 279~284쪽)에서 시 〈청춘의 신〉(같은 책, 309~311쪽)이 나왔다.

고트홀트[6]에 대해서도 소식을 알려주게. 힐러[7]는 미국으로 향하고 있나? 헤겔의 누이동생은 나의 편지를 오빠에게 전해주었겠지? 그리고 다른 착한 친구들은 무엇들을 하고 있나? 자네는 지금 살고 있는 동네와 동무들의 소식이 나에게 얼마나 반가운 것인지 모르는가 보군그래.

6 슈토이들린을 가리킨다.

7 힐러Christian Friedrich Hiller, 1769~1817는 마울브론 시절에 이미 횔덜린를 만났다. 1788년부터 튀빙겐에서 대학을 다녔는데, 대학 시절 그는 프랑스혁명의 이상을 편들었던 학생 중 하나였다. 횔덜린은 그에게 시 〈칸톤 슈바이츠 — 나의 사랑하는 힐러에게〉(《횔덜린 시 전집 1》, 240~245쪽)와 시 〈힐러에게〉(같은 책, 286~289쪽)를 바쳤다.

노이퍼에게 보낸 편지

[예나, 1794년 11월]

사랑하는 형제여! 자네도 알고 있는 것처럼 나는 이제 이곳에 있다네. 그리고 이 일을 기뻐하는 이유는 내가 이곳에 와 있다는 사실보다는 이 체류가 단순히 목적지에 실려 온 것이 아니라 제 발로 다가서려고 한 것이기 때문에 무엇을 관철하는 것이 쉬워진다는 사실을 나에게 확인시켜 주기 때문이네. 그것도 때때로는 발꿈치에 단단히 돌멩이가 밟히는 것을 걱정하지 않은 채 말일세. 나는 보다 위대한 목적이 있고, 보다 큰 노력, 보다 많은 일, 보다 많은 소득이 있다는 것을 잘 알고 있다네. 그러나 이 세상에서 우리가 조그마한 예들 이상의 큰일들을 만나는 일은 거의 없다네.

나는 지금 사유와 창작을 통해서 하고 싶은 것, 또한 의무적인 행동을 통해서 실행하고 싶은 것으로 머리와 가슴이 가득 차 있다네. 물론 나 혼자서만 행동하는 것은 아니지만 말일세. 진실로 위대한 정신의 소유자 가까이에 있는 것, 또한 진실로 위대한 자율적이며 용기 있는 가슴의 소유자 가까이에 있는 것은 나를 의기소침하게 만들기도 하지만 고무시키기도 한다네. 나는 스스로 몽매와 졸음에서 벗어나도록 방책을 세워야 하고, 절반쯤밖에 펼쳐지지 않고 절반쯤은 죽어 있는 역량을 조심스럽게 또는 억지로 일깨우고 계발해야 한다네. 내가 마지막에 어쩔 수 없이 비극적인 체념으로 도피하지 않으려면 말일세. 그렇게 되면 다른 미숙한 자와 무력한 자를 예로 들면서 스스로를 위안하고, 세상이 평소 돌아가는 대로 내버려 둔 채, 한쪽 구석에서 진리와 정의의 부침, 예술의 만개와 퇴락, 인간을 흥미롭게 하는 모든 것의 죽음과 생명을 한가로이 바라다보며, 인류의 요구에 기껏해야 자신의 부정적인 덕목으로 대응하고 말 걸세. 그런 상태라면 차라리 무덤을 택하겠네! 그리고 지금까지도 나는 어떤 다른 것을 거의 전망하지 못한다네. 사랑하는 진정한 옛 친구여! 그런 순간마다 나는 참으로 자주 자네의 곁이 아쉬워진다네. 자네의 위안, 자네의 모범적이고 분명한 단호함이 말일세. 자네 역시 때로는 용기를 잃기도 한다는 것을 알고 있네. 그것이 동물적인 욕구 이상의 욕구를 지니고 있는 영혼들의 보편적인 운명이라는 것도 알고 있다네. 다만 정도의 차이가 있을 뿐이지. 내가 오늘 빌란트 전집의 서문에서 우연히 본 한 구절이 아직도 가슴 안에서 열을 내고 있다네. 이렇게 적혀 있더군. "빌란트의 뮤즈는 독일 문학예술의 시발과 함께 시작되고 그것의 몰락과 함께 종말을 고하게 된다."[1] 너무하다! 나를 어린아이라고 불러라! 그러나 그런

1 《빌란트 전집*Wielands Sämtliche Werke*》 제1권(Leipzig, 1794), Ⅲ쪽.

일은 일주일 동안 나의 기분을 상하게 할 수 있다. 그래 보라지! 그리 되어야만 한다면, 우리는 불행한 칠현금 탄주를 중단하게 될 것이다. 그리고 예술가들이 꿈꾸었던 것을 실행하게 될 것이다! 이것이 나의 위안이라네. — 이제 이곳의 소식을 전하겠네. 피히테는 지금 예나의 정령[2]이라네. 그가 있다는 것이 얼마나 감사한지! 그분 말고 정신의 그러한 깊이와 에너지를 지닌 인물을 나는 알지 못하네. 인간 지식의 지극히 비상한 여러 영역에서 이러한 지식의 원리와 더불어 정당성의 원리를 추구하고 규정하기, 똑같은 정신의 힘으로써 이러한 원리들로부터 비상하고 과감하기 이를 데 없는 결론을 생각해 내기, 그리고 심한 애매모호함을 무릅쓰고 그것들을 서술해 내기, 이 예가 없었다면 그것들의 결합이 나처럼 보잘것없는 사람에게는 풀 길 없는 문제로 보였을 것을 불같은 열정과 단호함으로 강단에서 풀어내기. — 사랑하는 노이퍼여, 분명히 많기도 하지. 그러나 이분에 대해서는 아무리 많은 말을 하더라도 넘치는 일은 없을 것 같네. 나는 매일 그의 강의를 듣는다네. 때때로 그에게 말을 건네기도 하지. 실

2 피히테는 1794년 여름부터 예나 대학의 강단에 섰다. 거기서 행한 〈학자의 개념 규정에 대한 강의Vorlesungen [über die Bestimmung des Gelehrten]〉는 감동적으로 받아들여졌다. 횔덜린은 몇 달 전부터 그의 글들을 읽고 나서 직접 정기적으로 그의 강의를 들었다. 의붓동생에게 보낸 편지(99쪽)보다 이 편지에서 "행동을 통한" 세계의 형성에 대한 피히테의 호소가 더 강하게 표현되고 있다. 피히테는 강의에서 인간은 "행동하지 않는 자연의 상태"에서 벗어나 능동적인 행동을 통해 자기 자신과 세계를 완성에 더 가깝게 옮겨놓아야 한다고 주장했다. 학자와 학생 대부분에게서 민주적·혁명적 열광을 목격하면서 피히테의 철학이 정치적인 현실과 연관을 맺게 된 것은 조금도 놀라운 일이 아니었다. 그리하여 피히테의 주변에 같은 생각을 가진, 정치적으로 참여적인 젊은이들이 모여들었고, 그 가운데는 "자유로운 사람들Die Freie Männer"이라는 동아리도 있었다. 횔덜린은 1794년 11월부터 이 동아리와 밀접하게 접촉하고 있었다.

러[3]의 집에도 벌써 몇 번 갔었다네. 첫 방문 때는 운이 따르지 않았네. 나는 집 안으로 들어섰고, 친절하게 마중을 받았지. 그런데 뒤편에 어떤 낯선 이가 있는 것을 미처 몰랐네. 그 사람의 표정도, 그 후 한참 동안 들린 소리도 특별하게 느껴지지 않았거든. 실러가 그의 이름을 부르면서 나를 소개했지만 나는 그의 이름을 알아듣지 못했다네. 차갑게, 눈길 한번 주지 않은 채 그에게 인사했다네. 나는 겉으로나 마음으로 오로지 실러에게만 열중했다네. 그 낯선 이는 한참 동안 아무 말도 하지 않았네. 실러가 나의 《휘페리온 단편》과 운명에 바치는 시가 실려 있는 《탈리아》지를 가져다가 나에게 건네주었네. 실러가 잠깐 자리를 뜨자, 낯선 이가 내가 서 있는 책상에서 그 잡지를 들고서는 내 곁에서 《휘페리온 단편》이 실려 있는 페이지를 넘겼다네. 그리고 아무 말도 하지 않았네. 나는 점점 더 얼굴이 붉어지는 것을 느꼈다네. 지금 내가 알고 있는 것을 그때 내가 알았다면 아마도 나는 시체처럼 하얗게 질렸을 것이네. 그는 곧이어 나에게 몸을 돌리고서는 칼프 부인의 안부를 묻고, 우리 고향의 지역과 이웃에 관해서도 물었다네. 나는 모든 것을 단답형으로 대답했다네. 나의 습관에 비추어서도 거의 드물게 말일세. 나는 불운의 시간을 경험했던 것이네. 실러가 다시 왔고, 우리는 바이마르의 극장에 대해서 대화를 나누었네. 그 낯선 이는 내가 무엇인가를 예감하기에 충분할 만큼 중요한 몇 마디를 던졌네. 그러나 나는 아무것도 예감

3 실러는 1789년부터 예나에서 살았고, 철학 교수직도 가지고 있었다. 그는 1794년 5월에 슈바벤에서 예나로 돌아왔다.

치 못했네. 바이마르 출신의 화가 마이어[4]가 늦게 동참했네. 낯선 이는 그와 많은 일에 대해서 대화를 나누었네. 그런데도 나는 아무것도 예감하지 못했다네. 나는 거기를 떠나왔고, 같은 날 교수들의 모임[5]에서 — 자네 무슨 생각이 떠오르지 않나? — 그날 한낮에 실러의 집에 괴테가 있었다는 얘기를 들었다네. 내가 바이마르에 가게 되면, 나의 불행과 나의 어리석은 행동을 벌충할 수 있도록 하늘이 도와주기를 빈다네. 그 후 나는 실러의 집에서 밤참을 함께 먹게 되었는데, 그 자리에서 실러는 될 수 있는 한 나를 위로해 주었다네. 그의 유쾌함과 환담을 통해서 말일세. 그런 가운데 거의 전적으로 엄청난 정신이 드러났고, 내가 첫 번째로 봉착했던 재앙을 잊게 해주었다네.

니트하머[6]의 집에도 가끔 가곤 한다네. 다음번에는 예나에 관해서 더 많이 쓰겠네. 나에게 곧장 편지를 보내주게, 사랑하는 형제여!

그대의
횔덜린

4 마이어Johann Heinrich Meyer, 1760~1832는 의고전주의 화가로 괴테가 그를 바이마르의 도안학교 교수로 초빙했다.

5 교수들의 모임Klub der Professoren은 젊은 교수들의 정기 모임이고, 괴테도 자주 참석했다. 학생들도 참석할 수 있었다.

6 니트하머Friedrich Immanuel Niethammer, 1766~1848는 튀빙겐 신학교 시절에 이미 횔덜린과 알고 지낸 사이다. 그는 예나와 고타에서 공부를 마친 후 1793년 철학 교수가 되었다. 1795년 그는 《철학 저널*Das Philosophische Journal*》을 발간하기 시작했고, 예나에서 환담의 집을 열기도 했는데, 이곳에서는 주로 실러와 피히테가 교류했다. 횔덜린은 예나에서 그렇게 동경하던 "진실로 위대한 정신들의 곁"에, 피히테, 괴테, 그리고 누구보다도 실러 가까이에 있었다.

어머니에게 보낸 편지

예나, 1794년 11월 17일

이제 이곳에 있습니다, 지극히 사랑하는 어머니, 강의를 듣고, 실러를 방문하고, 때로는 공공의 동아리에도 참여하고 있습니다. 그 외 여느 때에는 집에서 이런저런 많은 일거리에 묻혀 지내고 있습니다. 어린 제자에게 바쳐야만 하는 하루의 절반을 저는 점점 더 마음에 내키지 않아 하면서 내주고 있습니다. 그도 그럴 것이 발터스하우젠에서는 일어날 수 없었던 많은 일이 제 자신을 위해서도 활동하도록 자극하고 있기 때문입니다. 프랑켄을 떠나서 여기로 오는 길에는 내키지 않지만 우편 마차를 이용했습니다. 그 때문에 고타 쪽에 있는 프리마르[1]를 방문하는 일이 불가능했습니다. 동승했던 그 지역 출신 목사님의 말에 따르면, 프리마르는 아니지만 가까운 이웃 마을에 사는 헤인이라는 성을 가진 사람들을 알고 있다고 했습니다. 돌아올 때는 꼭 프리마

1 프리마르Friemar는 튀링겐 지역의 마을로 횔덜린의 외할아버지 헤인Johann Andreas Heyn, 1712~1772의 출생지이다. 횔덜린의 외가 친척들이 많이 살고 있었다.

르를 거쳐서 걸어오도록 하겠습니다. 여행에 관해서는 어머니께 드릴 말씀이 별로 없습니다. 다만 한 가지를 말씀드린다면, 헤센의 도시 슈말칼덴은 현대적인 모습을 띠고 있었고, 거기에는 기발한 산업이 있었습니다. 튀링겐 숲의 언덕 위에 서서 맛보는 광경은 굉장했습니다. 언덕 뒤편으로는 산과 숲들이 있는 프랑켄의 커다란 영지를, 앞쪽으로는 작센의 광활한 평원을, 그리고 까마득하게 먼 곳으로는 하르츠 산맥을 볼 수 있답니다. 풍요로움과 정직함, 그리고 건강을 같이하고 있는 저희 슈바르츠발트에 사는 사람들과 튀링겐 숲 계곡에 사는 행복한 사람들은 다른 사람들의 부러움을 살 만합니다. 문명화된 삶의 고통 가운데서도 어쩌면 더 많은 자극을 받고 편리를 도모한다는 사실을 모른 척할 수 있다면 말입니다. 우리가 한밤중을 뚫고 지나가야만 할지라도 도움의 손길을 내밀고 할 일이 있는 사람은 행복한 사람입니다. 고타는 아름다운 고장입니다. 그러나 호화로운 것을 좋아하는 사람들이 살기를 좋아하는 듯합니다. 하지만 저는 누구에게도 부당한 일을 하고 싶지는 않습니다. 솔직히 말씀드리면, 저의 그런 판단은 그저 표면적이고 신빙성이 매우 낮답니다. 에어푸르트는 굉장히 큰 도시입니다만, 비어 있는 듯 사는 사람이 적습니다. 달베르크 보좌관[2]은 이 고장의 정령이십니다. 그 외에 이 고장은 상당히 영혼이 없는 것처럼 보입니다. 그렇지만 길에서 만나는 수많은 아름다운 얼굴들은 인상적입니다. 바이마르에 대해서는 일단 거기에 가서 피상적으로 지나치는 여행 때보다

2 달베르크Karl Theodor von Dalberg, 1744~1817는 에어푸르트의 총독이자 마인츠의 선제후의 가장 가까운 조력자였다.

더 많이 보고, 더 많이 듣고, 더 많이 얻을 때까지는 아무 말씀도 드리지 않겠습니다. 저는 여기 교외의 한 정원 가운데 있는 집에 거처를 정했습니다. 두 개의 자그마한 방이 제 소유이고, 식사도 좋습니다. 집주인[3]이 서점을 경영하면서 커다란 독서실도 가지고 있다는 장점도 있답니다. 거기서는 항상 최신간의 초판을 며칠 내에 입수할 수 있습니다. 그러나 저의 이러한 기회에도 대개는 일을 하느라 이 책상 저 책상으로 옮겨 다닌 후에야 이용할 수 있답니다. 피히테의 새로운 철학이 지금 저를 온통 몰두하게 합니다. 저는 그분의 강의만 듣고 다른 강의는 전혀 듣지 않습니다. 실러 선생님은 저를 매우 친절하게 대해주십니다. 파울루스[4] 역시 저를 정중하게 맞아주셨습니다. 그의 집에는 아직 가보지 못했습니다. 아직 완전히 알지는 못하는 교수들을 그들의 사교 시간에, 다시 말해서 이곳에서는 흔하게 볼 수 있는 공공 동아리에서 만나보는 것은 좋은 일 같습니다. 공공 동아리의 분위기는 상당히 좋습니다. 특히 남성들에게 그렇습니다. 왜냐하면 제가 제 나름의 눈과 귀로 알게 된 범위 내에서만 보더라도 그 부인들은 우아함이라기보다는 예절 바름을, 품위라기보다는 사양심을 지니고 있기 때문입니다. 어쨌든 저는 꼭 그럴 필요가 있거나 그럴 마음이 내킬 때만 아주 드물게 이 동아리를 방문한답니다.

헤슬러와 가끔 만나곤 합니다.

3 집주인 보이크트Johann Gottfried Voigt는 도서관을 소유하고 있었고, 후일에는 출판사를 운영했다.

4 파울루스Heinrich Eberhard Gottlob Paulus, 1761~1851는 슈바벤 토박이로 1789년부터 동양 언어 교수를 지냈고, 1793년부터는 예나에서, 1803년부터는 뷔르츠부르크에서, 1810년부터는 하이델베르크에서 성서 해석학 교수로 일했다.

예나 지역은 멋지답니다. —

저의 주소는 보구트 정원의 …… 앞입니다.

어머니에게 보낸 편지

예나, 1795년 1월 16일

가장 사랑하는 어머니, 제가 보낸 최근 편지를 보시고 제가 뉘른베르크에 있을 것으로 짐작하실 터인데, 다시 예나에서 편지를 쓰는 것을 이상하게 여기지 마시기를 바랍니다.

더 자세히 저의 사정을 설명해 드리면 이 뜻밖의 일이 어머니의 마음을 심히 불편하게 만들지는 않으리라 생각합니다.

저는 비용을 스스로 부담하며 머물고 있습니다. 따라서 당분간은 어머니께 어떤 방식으로든 부담을 드리지 않을 것 같습니다. 저는 그럴 만한 이유로 어머니께 지금까지의 형편을 완전히 터놓고 말씀드리지 않았습니다. 제가 살아오는 동안 부딪친 엄청난 곤경과 내면의 고통을 끈질기고 합목적적인 노력으로 극복할 수 있으리라고 생각했습니다. 그러면서 여지껏 입을 다물고 있었던 많은 것을 어머니에게 실토해야만 할 단계를 필연적으로 맞게 되리라고는 짐작도 하지 못했습니다. 이제 저에게 닥친 변화를 어머니에게 설명해 드려야 하는 형편에 이르렀습니다. 제가 교육을 맡았을 때, 제자 아이가 중간 정도의 재질에 상당히 아둔한 것이 아무래도 마음에 걸렸습니다. 그렇지만 그의 교육을 가능한 한 최고로 진지하게 받아들이지 않을 아무런 이유가 없었습니다. 저는 그렇게 했습니다. 그것에 대해서는 하느님께서 증인이 되실 것입니다. 그의 부모도 알고 있는 바처럼 모든 성의를 다해서, 저의 최선의 신중한 생각에 따라서 그를 가르쳤습니다.

그러나 제가 그의 황폐해진 성품에 영향을 끼치고자 했던 모든 이성적인 교육을 그가 완전히 무덤덤하게 받아들였다는 사실, 어떤 진지한 말도, 선량함에 대한 어떤 친절한 애착도 그의 주목을 불러일으키지 못했다는 사실을 저는 씁쓸하게 발견했습니다. 이러한 그의 끈질긴 완고함의 원인은 제가 여기에 도착하기 전 심하게는 폭행에까지 이르렀던 그에 대한 구타에 있었습니다. 때로는 제가 잠자고 있는 그를 깨우기라도 한 듯 그는 마음을 열고 이성적이 되었습니다. 그에게는 더 이상 어떤 거친 태도의 흔적도 없는 듯 보였고, 그런 날에 그의 지식의 습득은 믿기 어려울 만큼 빠른 진전을 보였습니다. 저는 그 어린아이에게 기적이라도 행한 듯이 숭배의 대상이 되었고, 발터스하우젠의 존경하는 목사님[1]도 진심으로 저에게 악수를 청하면서 자신도 아이를 대하며 했던 모든 시도에서 실망하곤 했으며, 저를 보고서 부끄러움을 느꼈다고 실토했습니다. 이 마을과 집안의 교육

1 네닝어Johann Friedrich Nenninger, 1760~1828 목사를 가리킨다. 그는 신학자로서 합리주의자였으며, 예배의 여러 가지 개혁을 위해서 전력을 다했다. 이 외에도 신문과 사전에 지역의 역사에 관한 기사를 썼다.

을 받지 못한 사람들조차도 저의 제자에게 일어난 성공적인 변화를 느꼈답니다. 그 사실이 저를 기쁘게 했고 용기를 더해주었습니다. 그러나 역시 그만큼 빠르게, 그리고 예기치 못하게 그는 다시금 극도의 어리석음과 게으름으로 되돌아갔습니다. 그의 아버지는 대단히 미안해하면서 자신의 아이에게서 때때로 흔적이 느껴졌던 일종의 악습[2]을 나에게 알려주었습니다. 급기야 저로 하여금 그의 정서와 정신 상태에 더욱 주의를 기울이도록 했고, 유감스럽게도 부분적으로는 그의 고백을 통해서 제가 두려워했던 것 이상의 사실을 알아차리게 되었습니다. 어머니께 더 명백하게는 설명드릴 수가 없습니다. 저는 어느 한순간도 그를 곁에서 떨어뜨리지 않고 밤낮을 가리지 않고 극도로 두려워하면서 감시했습니다. 그의 정신과 육신이 회복되는 것처럼 보이면 다시 희망을 가지곤 했습니다. 그러나 그는 마침내 저의 관심을 따돌릴 줄 알게 되었습니다. 그의 완강함, 앞에 말씀드린 악습의 지속은 특히 여름의 끝에 이르러서는 저의 건강, 모든 명랑한 기분, 그리고 정신력과 그 활동을 완전히 빼앗아 갈 정도로 심해졌습니다. 저는 쓸 수 있는 모든 수단을 다 동원했지만 허사였습니다! 저는 여러 차례 허심탄회하게 모든 실패한 방책을 얘기하면서 저의 번민을 실토했고, 조언과 지원을 요청했습니다. 사람들은 저를 위로하면서 감당할 수 있는 한 참고 기다리라고 청했습니다. 제가 잃어버린 수많은 고통스러운 시간을 어느 정도 보상하기 위해서, 그 소년의 정신을 좀 분산시키기 위해서, 춤추는 시

2 자위행위를 말한다.

간 등을 통해 더 많이 몸을 움직이기 위해서 그들은 우리를 예나로 보냈습니다. 필설로 다할 수 없는 노력, 거의 중단이 없는 밤마다의 감시, 간절하기 이를 데 없는 간청과 경고, 그리고 항변할 수 없는 엄격함을 통해서 얼마 동안은 악행을 조금 진정시킬 수 있었습니다. 그렇게 해서 도덕적인 교육이나 학습에 다시 진전이 이루어졌습니다. 그러나 오래 지속되지 않았습니다. 이 어린아이에게 실제적으로 영향을 미치고 돕는 것이 불가능하다는 사실이 저의 건강과 마음을 가장 혹독하게 공격했습니다. 밤마다의 두려운 감시는 저의 머리를 깨지도록 아프게 했고 낮에 할 저의 작업[3]을 거의 불가능하게 했습니다. 그러는 사이에 대령 부인이 왔습니다. 그 고상한 여인은 자신의 아이 때문에 매우 고통을 겪고, 저 때문에도 괴로워했습니다. 실러와 그녀는 한 번만 더 시도해 볼 것을 청했습니다. 대령도 역시 저와 자신을 위로해 보려고 했고, 가능한 한 제가 참고 기다리는 것이 좋겠다고 편지를 보냈습니다.

우리는 바이마르로 떠났습니다. 그런데 거기에서 의사들의 노력과 저의 계속된 긴장에도 불구하고 아이가 하는 나쁜 일은 매일 더 늘어났고, 필연적으로 저의 건강, 마음 상태, 명랑함은 나날이 위축되었기 때문에, 대령 부인은 제가 고통을 겪는 것을 더 이상 두고 볼 수 없다고 선언했습니다. 그녀는 제가 부질없이 파멸하는 것을 원치 않는다며 저에게 이곳으로 가라고 조언했습니다. 그리고 할 수 있는 한 여기에 머물라고 하면서 저의 앞으

3 소설 《휘페리온》의 집필을 말한다.

로의 행복을 위해서 그녀가 가진 모든 영향력을 펼치겠다고 약속했습니다. 그러고는 3개월분의 봉급을 미리 주었습니다. 저의 검소한 생활 방식으로 계산해 볼 때 7카로린이면 부활절까지 아주 잘 견딜 수 있다고 생각합니다. 실러는 진심으로 저를 후원하고 있습니다. 제가 수년 전부터 손대고 있는 작업을 부활절까지 완료한다면 저는 어머니께 부담을 드리지 않게 될 것입니다. 어쩌면 저는 지금 미래의 삶 전체에 걸쳐서 매우 결정적인 시기에 놓여 있습니다. 바이마르에서 한 번 방문한 적이 있는 헤르더 역시 저에게 큰 관심이 있다고 방금 받은 대령 부인의 편지에 적혀 있습니다. 헤르더는 제가 바이마르에 오게 되면 언제든지 자기를 방문해도 좋다고 전해달라고 했답니다. 이와 같은 일은 상당히 자주 일어날 것 같습니다. 저는 헤어질 때 대령 부인께 그렇게 약속을 해야만 했답니다. 그녀는 바이마르에 머물 생각입니다. 그리고 아들을 위해서는 임시 가정교사를 채용했습니다. 그녀가 바이마르에 머물기 때문에 입주 가정교사가 더 이상 필요치 않게 된 것입니다. 그녀는 가까운 시일 내에 어머니께 편지를 쓰겠다고 합니다. 그곳에 있었을 때 저는 위대한 괴테와도 대화를 나누었습니다. 그러한 인사들과의 교류는 저의 모든 역량을 발휘하도록 만들어줍니다.

— 지금 저의 계획[4]은 오는 가을까지 여기서 몇 시간씩 강의를 듣고, 저의 작업을 통해서 영육을 살찌우는 일입니다. 그러고

4 여기서 횔덜린의 확신에 찬 어조는 어머니의 불안을 진정시키는 데 보탬이 되었다. 그러나 실제 횔덜린이 자신의 상황을 얼마나 불안해했는지는 노이퍼에게 보낸 편지(130쪽)에 잘 드러나 있다.

나서 여기서 강의를 하거나[5] 아니면 스위스나 주변에서 새로운 입주 가정교사 자리를 찾아보거나 젊은이와 함께 동반자로 여행을 하려고 합니다. 물론 이 모든 일이 모두 다 제 뜻대로 결정되는 것은 아닙니다. 그런 일들이 저에 의해서 결정되는 것이라면 근면함과 가진 역량을 잘 유지해서 확실한 성과를 내도록 하겠습니다. 다른 일에 관련해서는 운명과 선량한 사람들에게 희망을 걸겠습니다. 저에 대한 어머니의 선하신 관심으로 용기를 북돋아 주시기 바랍니다!

지극히 사랑하는 어머니! 어떤 근거 없는 염려로 어머니가 저에게 품고 있는 희망에 금이 가도록 내버려 두시지 말기 바랍니다. 어머니라는 존재는 아들에게 무엇인가 희망을 거는 것을 멈추기 어렵기 때문입니다. 이른 청년 시절 이래 이제 거의 처음으로 제가 방해받지 않고 역량을 발휘하도록 허락해 주시기 바랍니다. 하루에 한 번 먹었던 저의 검소한 식사에서 풍요로운 식탁을, 심지어 지금 고향의 부엌을 더 좋아하게 된 것은 유치한 동기에서가 아니라는 점을 믿어주시기 바랍니다. 저는 편지를 쓰는 이 순간에 벌써 저의 마음 가운데서 새로운 힘과 용기를 느끼고 있습니다. 저는 오로지 어머니가 가슴 가장 깊은 곳에서부터 아들에 대한 어떤 노력과 걱정도 헛된 것이 아니었다고 말씀하실 수 있도록 제가 이루어내기만을 바랄 뿐입니다! — 안녕히 계세요! 사랑하는 가족 모두에게 안부 전해주십시오! 더 자주 편지 드리겠습니다. 지금까지 저의 불안정한 신변 탓에 그럴 수

5 횔덜린은 철학과 교수진 앞에서 시험 강의를 할지에 대해 심각하게 고민했었다. 강단에 설 자격을 얻으려 했던 것이다.

없었습니다. 어머니도 가능한 한 곧 답장을 보내주십시오. 저는 정말 어머니의 편지 한 장을 애타게 기다리고 있답니다. 편지를 보내주시면 저에게 진심 어린 기쁨을 허락하시는 것입니다. 안녕히 계십시오.

당신의
프리츠 올림

노이퍼에게
보낸 편지

예나, 1795년 1월 19일

사랑하는 노이퍼여! 쓸 얘기가 많다네. 우선 내가 지금까지 가져왔던 관계를 떠났고 지금은 얽매이는 것 없는 사람으로 살고 있다는 것을 말해야겠네. 자네는 내가 이렇게 하기 위해서 상당히 용기를 냈다는 것을 느끼겠지. 자네는 내가 내린 결단에 대해서 축복을 보낼 걸세. 나는 그걸 알고 있다네. 내 신변에 특별한 사태가 벌어지지 않았다면 일단 시도해 보겠다는 진지하고 정당한 소망에도 불구하고 아마 내가 그런 결정을 내리기는 쉽지 않았을 걸세. 내가 발터스하우젠을 떠나기 전에 자네에게 가정교사 일로 자기 수련에 얼마나 방해를 받는지 쓴 적이 있지. 사랑하는 노이퍼여! 나는 편지에 썼던 것보다 더 많은 고통을 겪었다네. 매일같이 차츰 타락해 가는 제자 아이를 보면서도 더 이상 어찌할 수가 없었다네. 나보다 더 완벽한 교사라도 어떻게 할 수 없었을 것이네. 우리는 이곳으로 왔다네. 이곳에서의 체류를 활용해 제자 아이에게 모든 시도를 해보려고 했던 생각도 이제 거의 포기했다네. 나는 건강을 걸고 야간 감시를 계속했다네. 그의 악습으로 인해 이러한 감시가 불가피했네. 그러고는 손해난 날을 부분이라도 보충해 보려고 했다네. 가끔은 일이 잘되는 듯이 보이기도 했지만, 더 비참한 재발만이 뒤따랐다네. 나는 위험한 상태로까지 머리가 아프기 시작했다네. 잦아진 밤샘, 그리고 물론 불쾌감 때문이지. 이러한 우울한 나날에 자네의 편지는 나를 크게 기쁘게 해주었네. 말할 수 없이 나의 기분을 좋게 해주었지. 행운을 비는 자네의 인사는 당시 나의 기분과 정말 대조적이었다네. 실러와의 교류는 여전히 나를 북돋아 준다네. 12월 말에 대령 부인은 우리를 데려가려고 이곳에 왔다네. 그녀는 바이마르로 옮기기로 뜻밖의 결정을 내렸고, 따라서 우리가 이곳에 체류할 필요가 없다고 생각했네. 우리는 바이마르로 떠났다네. 나의 건강과 마음 상태가 심하게 피해를 입지 않았다면 나는 거기서 황금 같은 시간을 훨씬 더 많이 누렸을 걸세.

나는 헤르더의 집에 갔었네. 그 고귀한 분이 나를 친절하게 맞아주었던 일은 잊을 수가 없네. 그의 표현과 태도는 대화에서도 여실히 드러났다네. 나는 그에게서 일종의 단순성을 또한 알아차릴 수 있었다네. 그리고 《인류의 역사》 저자에게서 사람들이 짐작하지 못했을 어떤 경쾌함도 느꼈다네. 내 생각에는 말일세. 더 자주 그를 찾아갈 것 같네. 괴테와도 알고 지내게 되었다네. 나는 두근거리는 가슴으로 그의 집 문턱을 넘어갔다네. 어떠했을지는 자네도 생각할 수 있을 거야. 그런데 그의 집에서 만나지는 못했고 나중에 대령 부인이 머무는 곳에서 만났다네. 침착하게, 눈길에는 대단한 위엄과 사랑이 담겨 있었네. 대화에서는 극도로 간결했지만, 때로는 자기 주변의 어리석음에 대해 신랄하게 지적했고 언짢은 표정을 지었다네. — 그러고 나서 다시금 그의 오래도록 꺼지지 않는 창조적 정신의 불꽃으로 흥미를 더했지. — 그처럼 나는 그를 발견했다네. 사람들은 보통 그가 오만하다고들 하지. 그러나 우리 같은 사람을 대하는 그의 태도에 폄하와 거부의 감정이 깔려 있다고 생각해서 오만이라는 말을 썼다면, 사람들이 거짓말을 하는 것이라네. 그를 대하면 참으로 마음씨 좋은 아버지를 마주하는 것 같다네. 어제도 이곳 클럽에서 그와 대화를 나눴다네. 그의 변함없는 동료이자, 소박하고 정직한 스위스인, 그러나 엄격한 예술가인 화가 마이어와도 바이마르에서 정말 즐겁게 정담을 나누었다네. — 자네는 괴테의 새 소설인 《빌헬름 마이스터》[1]를 읽었는가? 오, 괴테만이 그 소설을 쓸 수 있다네. 특히 자네는 마리안네의 집 앞에서 부르는 소야곡과 시인들에 대한 대화를 즐거워할 것이 틀림없네. — 그런데 내가 내 이야기를 잊고 있었군. 우리가 여기서 떠날 때 나는 대령 부인에게 여기에 머물 용의가 있음을 선언했고, 대령 부인은 그 사실을 실러에게도 이야기했다네. 대령 부인과 실러는 한 번 더 시도해 볼 것을 나에게 간곡히 간청했다네. 의사들이 그 일에 동참하고 있었기 때문에, 나는 다른 선택의 여지가 없기도 했다네. 그러나 바이마르에서의 일이 진전되지 않았고, 어린 아이가 따로 수업을 받고 있는 데다가 지금 상황에서 나의 도움

1 《빌헬름 마이스터의 수업시대*Wilhelm Meisters Lehrjahre*》는 1794년 성탄절에 발행되었다. '마리안네의 집 앞에서의 소야곡'은 제1권의 제1장에, '시인들에 대한 대화'는 제2권 제2장에 나온다.

과 감시도 더 이상 힘을 미치지 못하므로 이 어린아이를 위한 입주 가정교사도 꼭 필요한 것이 아니어서, 대령 부인은 스스로 나의 괴로움에 종지부를 찍어야겠다고 나섰다네. 나는 그 말을 받아들였다네. 그러나 그녀는 내가 즉각 떠나는 것은 원치 않았다네. 그래서 나는 가능한 한 빨리 건강에 안정을 찾고 중단된 피히테의 강의[2] 청강도 다시 하고자 한다고 의사를 표명했다네. 그녀는 마침내 수긍했고 3개월분의 보수를 약속했으며, 이곳에 더 오래 머물 수 있도록 할 수 있는 모든 것을 다할 생각이라고 했다네. 그리고 매달 한두 번은 자신이 있는 곳으로 와달라고 요청하고 작별할 때는 그녀의 정말 고결한 생각과, 내가 믿을 수밖에 없는, 나에 대한 진심 어린 우정을 표명했다네. — 나의 결정에 대해 자네에게 설명하려다 보니 이렇게 장황해지고 말았군. 나는 이제 종일토록 나의 일을 하고 있다네. 저녁이면 피히테의 강의에 가고 할 수 있는 한 자주 실러에게도 간다네. 그는 나를 정말로 충심으로 받아들여 준다네. 더 이상 어떻게 할 수 있을지 나는 알 수 없다네. 자네가 없다는 점을 제외하면 여기엔 아쉬울 것이 없다네, 나의 노이퍼여! 우리가 언제 다시 만나게 될까? 내가 어떤 것에도 자네에게만큼 그렇게 이해할 수 없을 정도로 매달리지 않는다는 것을 자주 느낀다는 사실을 믿어주기 바라네. 자네가 나에게 가지는 의미를 나는 어디에서도 찾을 수 없다네. 그리고 나는 나의 생에서 가슴 밑바닥의 진심을 자네에게 토로해 왔거니와 지금 또한 바로 그렇다네. 나는 자네 곁에, 자네 주

2 선험 철학 입문.

변에 있는 게 좋았고, 그렇게 해서 많이 쾌활해질 수 있었다네. 이러한 고귀한 사랑이 그렇게 우울한 나날을 맞아야 하다니! 자네의 연인[3]에게 인사를 전해주고 그녀의 완전한 회복을 듣게 되면 정말 기쁜 잔치라도 열겠다고 전해주게나. 자네는 오랜 용기를 포기해서는 안 되네, 사랑하는 노이퍼여! 나도 때로는 두려워한다네. 그러나 자네는 나에게 언제나 좋은 선례를 보여주었다네. 자네의 〈에네이데〉의 일부분[4]을 새로 발행되는 《탈리아》지에서 볼 수 있을 거네. 실러의 새 잡지 《호렌》[5]은 이런 종류로는 독일에서 첫 작품이 될 걸세. 자네가 가장 진지한 익살극에 대해서 말한 적이 있는데 그것을 포기하지 말라고 부탁하네. 독자에게 영향을 미치기 위해서는 독자를 정말 분개하게 만들어야 한다고 실러가 또한 말하고 있다네. 그는 자네가 끈질기게 힘을 쏟고 있는 〈에네이데〉 작업에 관심을 가지고 언급했다네. 콘츠의 잡지에 실린 〈니소스와 에우리알로스에 대한 에피소드〉[6]도 나에게 보여주게나. 그렇지만 포스[7] 때문에 위축되는 일은 없어야 하네. 과감하게 나서고, 포스와 같은 사람과 맞서고자 하는 인물에 대해서 사람들이 깜짝 놀라도록 해야 하네. 그것이 자네에게는 그만큼 더 좋은 일이라네! 실러의 앞으로 나올 《문학 연감》

3 103쪽 주 1 참조.

4 1795년에 발행된 1793년판 《노이에 탈리아》지 제6호에 노이퍼의 번역으로 실려 발표된 베르길리우스의 《아이네이스*Aeneis*》 일부.

5 1795년 1월 첫 호가 발간되었다.

6 〈니소스와 에우리알로스 에피소드〉는 《아이네이스》의 아홉 번째 노래에 나온다. 이 에피소드들은 1794년 콘츠Karl Philipp Conz가 발행한 《그리스와 로마 문학 총서*Museum für die griechische und römische Literatur*》에 실렸다.

7 호머 번역으로 잘 알려져 있는 포스Johann Heinrich Voß, 1751~1826는 《아이네이스》도 번역했다.

에 실릴 시 작품들을 나에게 보낼 생각인가? 내가 슈바벤에 있을 때 자네의 이름으로 되어 있는 작품을 그에게 준 적이 있는데 그것을 어디다 실을지는 알지 못한다네. 다만 짐작하기로는 그 시편들을 《시 연감》에 실으려고 남겨두지 않았나 싶네. 그가 자네에게 안부를 전해달라고 부탁했다네.

최근에 이곳에 역사학 교수로 취임했고, 자네도 기억하고 있듯이 뷔르거의 《시 연감》에 실린 시 몇 편의 작자이기도 한 볼트만[8]과 어제 인사를 나누었다네. 그는 경쾌하고 기품 있는 인물이라네. — 전적으로 괴팅겐풍으로 말일세. 나에게 매우 친절하게 대하는 니트하머 역시 자네에게 인사를 전했네.

나의 튀빙겐 이야기[9]가 어떻게 되고 있는지 궁금하겠지? 여전하다네. 내 기억이 틀리지 않다면 나는 떠나기 전에 자네에게 그 착한 소녀와 즐거운 시간을 많이 나누었고 또한 정말로 씁쓸한 시간도 많았다는 것, 그러나 내가 그녀를 좀 더 가까이 사귈 수 있었더라도 더 밀접한 유대를 결코 원할 수 없었으리라는 것을 말했었네. 얼마 전에도 그녀에게 편지를 썼지만, 이 세상 사람들이 쓰는 많은 편지와 다름없는 편지였다네. 하느님! 내가 그녀를 알지 못한 채 나의 이상을 그녀에게 투영하고, 나의 자격 없음을 서러워했던 때가 복된 나날이었네. 우리가 어쨌든 영원히 젊게 남을 수 있다면 얼마나 좋겠는가. 자네가 의문을 갖게 된

8 볼트만Karl Ludwig Woltmann, 1770~1817은 1794년부터 예나 대학의 역사 교수로 있었다. 그는 괴팅겐에서 대학을 다녔는데 그때 뷔르거의 《문학 연감》에 시를 발표했고, 실러의 《문학 연감》과 《호렌》지에도 기고했다.

9 횔덜린과 엘리제 르브레의 우정을 가리킨다.

이유를 알려주게나. 여기서는 처녀들과 부인들이 나를 차갑게 만들어준다네. 발터스하우젠에서 나는 그 집에 있던 한 여자 친구[10]를 사귀었다네. 잃고 싶지 않은 여인이지. 드레스덴 출신의 젊은 미망인인데, 지금은 마인닝겐에서 가정교사로 있다네. 지극히 지적이고 의지가 강하며 선한 여인이라네. 그런데 좋지 않은 어머니 때문에 매우 불행하다네. 언제 한번 그녀에 대해서, 그리고 그녀의 운명에 대해서 이야기하게 되면 자네도 흥미로워할 것이네.

정오에 방문객이 와서 자네에게 편지를 쓰는 데 방해를 받았다네. 이제는 서둘러야겠네. 가능하다면 이번에는 편지를 받자마자 회답해 주게나. 나는 여느 때보다 더 자네의 몇 줄이 간절하다네. 내가 자네 마음의 한 부분이라도 간직하게 해주게나! 그것 없이 견딜 수가 없네, 삶 가운데서 결코!

영원한
그대의
횔덜린

10 횔덜린이 칼프가의 가정교사로 들어갔을 때 이미 그곳에 샤를로테 폰 칼프의 말동무로 있었던 키름스Wilhelmine Marianne Kirms와 사귀었다. 그녀는 불행했던 결혼 생활을 청산하고 1792년 가을부터 발터스하우젠의 칼프가에서 살았다. 1794년 그녀는 마이닝겐으로 거주지를 옮겼는데, 거기서 사생아 딸을 낳았다. 그녀의 생애가 관심을 끌게 된 것은 태어난 지 1년 만에 천연두로 사망한 딸의 출생이 횔덜린과 관련되어 있다는 소문 때문이다. 이 소문은 여러 정황에 비추어 사실에 가까운 것으로 드러났다. 소위 '키름스 스캔들'에 대해서는 《궁핍한 시대의 시인, 횔덜린》(2020, 시와진실), 87~90쪽 참조.

또 하나의 부탁! 자네가 내 어머니를 방문할 수 있다면, 그리고 어머니가 내 신변 변화를 전적으로 불만스러워한다면, 어머니를 안심시켜 주기 바라네. 나는 어머니에게 부담이 되지 않기 위해서 모든 것을 다 할 생각이네. 그래서 매우 검소하게 살고 있다네. 하루에 한 끼만 어중간히 먹고, 한 잔의 맥주를 두고 우리의 네카 포도주를, 그리고 그 포도주를 하느님께 바쳤던 아름다운 시간을 생각한다네. 잘 있게나, 사랑하는 이여!

헤겔에게
보낸 편지[1]

예나, 1795년 1월 26일

자네의 편지는 예나에 두 번째로 도착한 나에게 즐거운 환영사였네. 나는 12월 말에 내가 두 달 동안 여기서 함께 보냈던 대령 부인과 나의 제자와 함께 바이마르로 떠나왔다네. 그렇게 빨리 돌아가리라고는 생각지도 못한 채 말일세. 내게 일어났던 특별한 사정 때문에 내가 교육 문제로 겪을 수밖에 없었던 여러 가지 번민, 쇠약해진 건강, 그리고 이곳에서의 체류가 더해주기만 했던, 최소한 얼마간은 나 스스로 살아가야겠다는 필요성이 가정교사 지위를 내려놓고 싶다는 소망을 예나를 떠나기 전에 대령 부인에게 제기하도록 했었다네. 그녀와 실러에게 설득당해서 한 번 더 애써보기로 했지만 2주일을 견뎌내지 못했다네. 가장 큰 이유는 매일 밤 휴식을 거의 모두 내놓아야 했기 때문이었네. 이제는 예나로 다시 돌아와 온전한 평화 속에 있으며, 내가 근본적으로 삶

1 이 편지는 손상된 채 불완전한 상태로 전해지고 있다.

에서 처음으로 누리는 독립적인 생활로 돌아와 있다네. 나는 이 독립적인 생활이 부질없지는 않으리라고 생각한다네. 내 소설[2]의 재료들을 재정리하는 것에 나의 생산적인 활동을 거의 전부 바치고 있다네. 《탈리아》지에 실린 단편은 이 원재료 덩어리의 한 부분이지. 나는 부활절까지 이 일을 끝낼 생각인데, 그사이 내가 이 소설에 대해서 입을 다물어도 내버려 두게나. 어쩌면 자네도 아직 기억하고 있을 〈용맹의 정령에게 — 한 편의 찬가〉를 손보고 나서 몇 편의 다른 시들과 함께 《탈리아》지로 보냈다네. 실러는 나의 시들을 선뜻 받아들여 주었고, 그의 새 잡지인 《호렌》지와 앞으로 낼 《시 연감》에도 기고하라고 격려해 주었다네.

괴테와 얘기를 나누었네. 친구여! 엄청난 위대함 속에서도 넘치는 인간성을 발견할 수 있다는 것은 우리 삶의 가장 아름다운 체험이네. 그가 부드럽고 다정하게 나를 환대해 주었기 때문에 나의 마음은 기쁨에 들떴다네. 그것을 생각하면 지금도 마음이 밝아진다네. 헤르더 역시 나를 따뜻하게 대해주었네. 그는 내 손을 붙잡아 주었네. 그러나 오히려 처세에 밝은 사람 같네. 자네도 알듯이 그는 자주 비유적으로 말한다네. 나는 가끔 이들에게 가게 될 거네. 칼프 가족은 바이마르에 머물 것으로 보이네. (그 때문에 어린 제자도 더 이상 나를 필요로 하지 않고, 나의 작별이 더 빨리 이루어질 수 있었다네.) 그리고 내가 특별히 대령 부인과 교분을 나누고 있어서 더 자주 이 집을 방문하게 될 것이네.

2 소설 《휘페리온》을 말한다. 횔덜린은 1794년 11월부터 1795년 2월까지 이 소설의 운문본을 썼고, 그 후 《휘페리온의 청년 시절》에서 다시 산문으로 바꿔 썼다. 여기서 언급되는 '단편'은 1793년판 《노이에 탈리아》지에 실렸다.

피히테의 사변적인 글 — 〈지식학 총론의 기초〉 — 과 학자의 개념 규정에 대한 강의록은 크게 자네의 관심을 끌 것이네. 처음에는 나도 그에게 독단론이라는 혐의[3]를 두었었네. 내가 어림잡아 보아도 된다면 그는 갈림길에 서 있었던 것으로, 아니면 아직도 여전히 거기에 서 있는 것으로 보인다네. — 그는 이론에서 의식이라는 증명 가능한 사실을 뛰어넘고자 하네.[4] 이러한 사실을 그의 많은 발언이 증언하고 있으며, 역시 그렇게 확실시되고 또 아주 확연하게 초월적이라네. 지금까지의 형이상학자들이 세계의 현존재를 넘어서려고 했듯이 말일세. — 그의 절대자아(=스피노자의 실체)는 모든 실재성을 포함한다네. 절대자아가 일체이며, 절대자아 외부에는 아무것도 존재하지 않지. 말하자면 이러한 절대자아에게는 어떤 대상도 존재하지 않는다는 것이네. 왜냐하면 그렇지 않아도 모든 실재성이 그 안에 들어 있지 않기 때문이라네. 대상이 없는 의식은 생각도 할 수 없지. 나 자신이 이러한 대상이라면, 그래서 대상으로서 필연적으로 내가 제약된다면, 나는 오로지 시간 가운데서만 존재해야 할 것이고, 그렇다면 절대적이지 않을 것이네. 즉, 절대자아 안에 어떤 의식도 생각할 수 없으며, 절대자아로서의 나는 어떤 의식도 지니지 않게 될 걸세. 내가 어떤 의식도 지니지 않는 한, 내가 (나 자신에

3 "독단론이라는 혐의"라는 말로써 횔덜린은 《순수이성비판》에서 개념 형성의 전제나 인식의 한계를 의식하지 않은 개념의 취급을 독단적이라고 비판하는 칸트를 소환하고 있다.

4 횔덜린이 '이론'이라는 단어를 강조하는 것은 칸트의 실천 철학을 통해서 알고 있었던 대로 의식의 사실성을 넘어서는 것은 오로지 이론적으로만 가능하며, 다른 방법으로는 불가능하다고 생각하고 있음을 암시한다.

대해서) 무無인 한, 절대자아는 (나 자신에 대해서) 무無인 걸세.

나는 발터스하우젠에서 그의 첫 글을 읽었고, 스피노자를 읽고 난 직후에 나의 생각을 그렇게 적어두었네. 피히테는 나에게 [이하 유실된 부분] 확인해 주고 있다네. (그의 용어를 따라) 자아와 비자아의 상호 규정에 대한 그의 논쟁은 확실히 주목할 만하네. **지향**指向 등등의 이념들 역시 그렇다네. 여기서 설명을 중단해야겠네. 그리고 이 모든 것이 서술되지 않은 것이나 마찬가지로 생각해 달라고 자네에게 부탁해야겠네. 자네가 종교 개념에 대해서 하고 있는 일은 여러 견지에서 분명히 훌륭하고 중요하다네. 섭리라는 개념을 자네는 칸트의 신학과 아주 유사하게 다루고 있지. 그가 자연의 작동 원리를 자연의 합목적성과 결합시키는 방식은 본질적으로 그의 체계의 전체 정신을 포함하는 것으로 보이네. 그것은 그가 모든 이율배반을 조정하는 방식과 동일하지. 피히테는 모순을 고려하는 가운데 아주 주목할 만한 사상을 가지고 있다네. 그것에 대해서는 기회가 되면 기꺼이 자네에게 써 보내겠네. 나는 벌써 오랫동안 민중의 교육이라는 이상[5]을 다루고 있다네. 자네도 일정 부분에 걸쳐 종교에서 같은 이상을 다루기 때문에 나는 자네의 모습과 자네의 우정을 외적인 감각 세계로 향하는 사상의 전도체로 삼고 있다네. 그리고 내가 어쩌면 후일 저술하게 될지도 모르는 것을 **적당한 때에** 편지를 통해서 자네에게 쓸 것이네. 자네가 그걸 평가하고 바로잡아 주어야만 하네.

5 피히테가 민중의 교육자로서 "학자를 규정"한 것과 실러의 "인간의 미적 교육"에 대한 열중이 이러한 주제의 토론에 관심을 가지도록 횔덜린을 자극한 것으로 보인다.

동생에게
보낸 편지

예나, 1795년 4월 13일

사랑하는 동생아, 오래전부터 너에게 빚을 지고 있구나. 그러나 네가 형제애 어린 순수한 마음의 여러 가지 표현을 통해서 나에게 주는 기쁨은 어떤 말로도 결코 갚을 수가 없단다. 게다가 귀중한 나의 가족들 모두로부터 받고 있는 많은 사랑을 내가 받을 만한지도 모르겠다.

사랑하는 우리 어머니의 자비는 나를 무한히 부끄럽게 한단다. 설령 그분이 우리 어머니가 아니라 할지라도, 그리고 이러한 자비를 체험하는 것이 내가 아니라 해도, 그러한 영혼이 지상에 존재하는 것 자체를 나는 끝없이 기뻐해야만 할 것 같구나. 오, 동생 카를아! 우리의 의무가 얼마나 가벼워지는지! 그러한 어머니의 관여가 무한히 우리의 정신적 성장에서 우리를 강하게 해주지 않는다면, 우리 안에는 어떤 인간적인 가슴도 존재하지 않을 것이 분명하다. 나는 네가 올바른 길을 걷고 있다고 믿는다, 사랑하는 동생아! 너의 가슴 안에는 사심 없는 책임감이 자리하고 있지. 이러한 감정은 다른 고귀한 정신의 소유자들의 도움으로, 그들의 저술들이 너의 친구이기도 하다만, 너의 정신을 발전시켜 준단다. 네 가슴의 감정은 순수하게 생각된 결백한 원칙이 된다. 사유는 가슴의 감정을 죽이는 법이 없지. 사유를 통해서 감정은 확고해지고 단단해지는 법이란다. 이러한 책임의 사유를 바탕으로 해서, 즉 기본 원칙 위에, 인간은 항상 자신의 행동 원천인 사유가 모든 사람에게도 법칙으로 인정될 수 있도록 행동해야만 한다. 인간은 자신이 마땅히 행해야만 하기 때문에, 그것이 자기의 성스럽고 변경할 수 없는 법칙이기 때문에 그렇게 행동해야만 하는 것이다(자신의 양심, 개개의 행동에서 표현되는 그 법칙의 감정을 공평무사한 눈으로 검토하는 사람이라면, 누구든지 발견할 수 있는 것처럼 말이다). 말하자면 우리의 성스러운 도덕성의 법칙에 따라 너는 너의 권리를 판단할 일이다. 즉, 성스러운 법칙에 점점 더 가까이 가는 것이 너의 마지막 목적이자 너의 모든 노력의 목표여야 한다. 물론 너는 이 목표를 인간이라는 모든 이들과 공유하고 있다. 그리고 최고 목적을 위한 수단으로 필요한 것이 무엇이든, 결코 완결되지 않는 너의 도덕의 완성을 위해서 너에게 없어서는 안 될 것이 무엇이든, 그것에 대해 너는 하나의 권리를 가지고 있다. 여기서 가장 필수 불가결한 것은 물론 의지의 자유이다. (우리가 선을 원할 수 없다면, 어찌 우리가 선을 행할 수 있겠는가? 강요에 의해서 일어난 일은 선한 의지의 행위가 아니기 때문에 본래 의미에서 선하다고 할 수 없다. 이 경우도 어쩌면 쓸모가 있을 수 있지만 선하지는 않으며, 합법적일 수는 있으나 결코 도덕적이지는 않다.) 따라서 너의 역량의 어떤 것도 너의 규정에 쓸데없이 제약될 수는 없는 노릇이다. 그리고 너의 역량의 어떤 결과물도 마찬가지다. 그렇게 자주 네가 너의 역량의 그러한 제약, 또는 그 역량의 결과물의 제약을 용납하지 않으면, 너는 그만큼 말을 통해서든 행동을 통해서든 하나의 권리를 주장하게 되는 것이다. 물론 인간은 누구든지 이런 의미에서 동일한 권리를 가지고 있다. 그가 누구든지 간에 그가 인간인 한 자신의 역량이나 그 결과물의 활용이 자신의 목표, 즉 최고도로 가능한 도덕성에 더 가까이 가는 것을 조금이라도 방해받는 일은 용납될 수 없을 것이다. —

그러나 이러한 목표가 이 지상에서 실현 불가능하기 때문에, 그 목표는 언제까지라도 도달될 수 없기 때문에, 다시 말해서 우리는 무한한 진보를 통해서만 그것에 접근할 수 있기 때문에, 무한한 진보에 대한 믿음은 필연적이다. 그리고 이 무한한 진보는 선善에 있어서 우리의 법칙의 모순 없는 요구이기 때문에, 이러한 무한한 지속은 자연의 어떤 지배자에 대한 믿음 없이는 생각할 수 없다. 이 지배자의 의지는 우리 내면에서 도덕법칙이 관할하는 것과 동일한 것을 원한다. 말하자면 자연의 지배자는 선에서 우리의 무한한 진보를 원하기 때문에 우리의 무한한 지속을 원할 수밖에 없는 것이다. 그는 자연의 지배자로서 자신이 원하는 것을 실현시킬 힘을 가지고 있다. 물론 이것은 그를 인간적으로 표현한 것이기는 하다. 왜냐하면 무한성의 의지와 실행은 일체이기 때문이다. 그리고 우리 내면의 성스러운 법칙 위에 신과 불멸성에 대한 이성적 믿음이 자리하고 있다. 우리의 운명의 현명한 조종에 대한 믿음도 그것이 우리와는 관계없이 독자적인 한 그러하다. 그처럼 분명 가장 드높은 목적은 가장 높게 가능한 도덕성이며, 따라서 우리는 이 목적을 가장 높은 목적으로 받아들일 수밖에 없다. 또한 사물들은 우리의 힘이 미치지 못할 경우 힘을 가진 성스럽고도 현명한 존재에 의해 그 목적을 향해서 정돈된다는 믿음은 필연적이다. 아직 할 말이 많지만 여기서 마치겠다. 몇 마디 말로 피히테 철학의 주요 특징을 너에게 전하고 싶어서다. "인간의 내면에는 무한을 향하는 본능이 있다. 그에게는 전적으로 어떠한 제약도 어떠한 정지도 영원히 가능하지 않으며, 오히려 점점 더 확대되고, 자유롭고, 독립적이도록 노력하는 활동이 들어 있다. 이 본능에 따른 무한한 활동은 제약된다. 원래 본능에 따른 무한히 무제약적인 활동은 의식을 지닌 존재의 (피히테가 말하는 자아의) 천성 안에 필연적으로 존재한다. 그러나 이러한 활동의 제약은 의식을 가지고 있는 존재에게는 필연적이다. 왜냐하면 활동이 제약되지 않는다면, 부족함이 없다면, 이러한 활동이 전부일 것이고, 그 활동의 외부에는 아무것도 존재하지 않을 것이며, 우리의 활동은 외부로부터 어떤 저항도 받지 않을 것이기 때문이다. 그렇다면 우리의 외부에는 아무것도 존재하지 않으며, 우리는 어떤 것에 대해서도 알지 못하고, 어떤 의식도 지니지 않게 될 것이다. 우리에게 어떤 것도 마주 세워져 있지 않다면, 우리에게는 어떤 대상도 존재하지 않을 것이다. 따라서 제약은 필연적이다. 저항과 저항에 의해서 일어난 의식에 대한 고통은 필연적이다. 그렇게 해서 무한을 향한 노력은 필연적이며, 의식을 가진 존재 내의 충동에 따른 한계 없는 활동도 필연적이다. 그다음 우리는 무한하려고 노력하지 않고 모든 제약으로부터 자유로워지려고 노력하지 않으면, 무엇인가가 이러한 노력에 대칭되어 있음을 느끼지 않을 것이다. 즉, 우리는 다시금 우리와 다른 것에 대해서 아무것도 느끼지 않을 것이고, 어떤 것에 대해서 알지 않을 것이며, 어떤 의식도 지니지 않을 것이다." 내가 활용할 수 있는 짧은 지면에 가능한 한 명백하게 써 보았다. 이 겨울의 초입 무렵, 이것을 내 나름으로 천착하기 전에 이 사항이 가끔은 약간의 두통을 안겨주었다. 칸트 철학에 대한 연구를 통해서 내가 받아들이기 전에 검토를 거듭하는 것이 몸에 배었기 때문에 더욱 그랬나 보다. — 니트하머가 자신의 철학 잡지[1]에 동참해 달라고 나에게 청했다. 그래서 나는 올여름 상당한 작업을 계획하고 있다. 내가 쓴 작은 작품[2]을 실러의 제안에 따라 튀빙겐의 코타 출판사가 출판을 맡아주었다. 고료를 얼마나 줄지는 코타가 여기로 오면 정해질 것이라고 한다. 실러가 그렇게 하기를 원하고 있단다. 이 일은 약 2주 내에 성사될 것이다. 나는 우리의 착하신 어머니께 이제는 더 이상 폐를 끼치지 않게 되기를 희망하고 있다. 어머니가 보내주신 소포에 진심으로 감사를 드린다. 내가 현재 상황에서 그러한 선의로 지원받고 있다는 사실을 결코 잊지 않을 것이다.

실러는 이곳에 머물게 될 것이다.[3] 어쩌면 내가 여기에 머물게 되면 돌아오는 가을에 여기서 시험을 치를지도 모르겠다. 그 시

1 니트하머가 펴내는 《철학 저널*Das Philosophische Journal einer Gesellschaft teutscher Gelehrten*》. 제5권부터는 피히테도 발간에 참여했다.

2 소설 《휘페리온》을 가리킨다.

3 실러는 1795년 2월 튀빙겐 대학의 강의에 초빙되었으나 사양했다.

험이 나에게 강의 허가를 내주는 유일한 조건이란다. 교수라는 직함은 내게 의미가 없다. 교수의 보수는 극히 소수의 인사들에게나 웬만한 수준이며, 많은 교수는 전혀 보수를 받지 못하고 있다. — 내가 짧게 가졌던 유람에 대해 이야기해 줄 것이 조금 있다. 겨울 내내 줄곧 앉아 있기만 해서 운동의 필요성이 아주 컸고 아직 프랑스 화폐를 좀 가지고 있기도 했다. 그러나 그 돈은 나의 사랑하는 리케에게 편지를 보내기 위해서 아껴두었다. — 약속해 준 멋진 조끼는 고맙게 받겠다. 내가 아직 꺼내 펼쳐보지도 않은 조끼 — 발터스하우젠에서 선물로 받았던 것 — 는 아직 가방에 들어 있는데, 바지가 꼭 필요하다고 말씀드리면 어머니는 언짢게 여기실지도 모르겠다. 그렇지 않을까, 사랑하는 카를아! 내가 좀 우회적으로 말하고 있나? 다음 수요일에는 사랑하는 리케에게 편지를 꼭 써야겠다. 오늘은 시간이 닿지 않는구나.

잘 있어라, 모두에게 진심 어린 나의 안부 인사를 전해주기 바란다.

노이퍼에게
보낸 편지

예나, 1795년 4월 28일

사랑하는 친구여!

자네에게 다시 한번 나를 전적으로, 그리고 계속 움직이게 하는 작은 운명 모두를 알릴 정말로 알맞은 시간을 얻기를 기다려 왔다네. 그러나 이런 기쁨을 우리가 만날 때까지 아껴두어야 한다고 생각하기도 한다네. 내가 만족스러운 여행을 하면서 생활의 단조로움을 깨지 않았다면, 아마 더 일찍 편지를 썼을지도 모르겠네. 겨울이 다 끝날 무렵 건강이 온전치 못했다네. 운동 부족이거나, 어쩌면 예나에서는 일상인 넥타르와 암브로시아를 내가 충분히 감당하지 못했기 때문인 것 같았네. 그래서 나는 할레를 넘어 데사우로, 또 거기서부터 라이프치히를 거쳐 되돌아오는 도보 여행을 통해서 방법을 찾아보았다네. 내가 여행기를 가지고 자네를 괴롭힐 수는 없지. 나도 그 분야를 결코 좋아하지 않는다네. 내가 그런 것에는 재주를 타고나지 않았기 때문이네. 나는 주로 전체적인 인상에 만족하고 무엇인가에 대해 미묘하다는 생각이 떠오를 때에도 그냥 흘러가게 두고 판단을 내리지 않는다네. 어디서 생겼는지를 누가 알겠느냐만, 자기에게 씌워진 다른 안경을 통해 신께서 주신 나날을 바라보는 사람은 특별히 우리에게 신뢰를 주지 못한다네. 하이덴라이히[1]와 괴센[2]의 집에 가면 나는 정말 만족한다네. 하이덴라이히는 섬세하고 영리한 사람이자 세상의 모든 것을 다 체험한 사람처럼 보인다네. 괴센은 그의 위치에서 보기 드문 이해와 취미를 겸비한 분으로서 더욱 흔치 않은 온정과 숨김없는 성품을 잘 간직하고 계신다네.

이제 나는 봄을 만끽하고 있네. 나는 도시가 내려다보이는 산 위의 한 정자에서 살고 있다네. 거기에서 나는 잘레의 찬란한 계곡을 한눈에 내려다본다네. 튀빙겐에 있는 우리의 네카 계곡과 닮았지. 다만 예나의 산들은 더 크고 신기하다네. 나는 사람들이 모여 있는 곳에는 거의 가지 않는다네. 실러에게는 여전히 발걸음을 하지. 그럴 때 벌써 여기에 상당히 오래 머물고 있는 괴테를 주로 만난다네. 실러가 안부 인사를 전해달라더군. 그리고 《시 연감》에 시 몇 편을 투고해 달라고 했다네. 자네는 원고를 나에게 보내기만 하면 되네. 자네의 마지막 편지가 앞선 편지를 부끄럽게 했다는 것을 자네가 새삼 느꼈다니 나는 무한히 기쁘네. 하이네[3]가 자네에게 준 기쁨을 나는 마치 내 기쁨이나 되

1 하이덴라이히Karl Heinrich Heydenreich, 1764~1801는 1798년까지 라이프치히에서 철학 교수로 일했다.

2 괴셴Georg Joachim Göschen, 1752~1828은 1785년부터 출판사를 성공적으로 운영했다. 그의 출판사에서 클롭슈토크, 빌란트, 실러와 괴테의 작품이 발표되었다.

3 하이네Christan Gottlob Heyne, 1729~1812는 괴팅겐에서 고전철학 교수로 있었다. 그는 노이퍼의 《아이네이스》 번역 중 몇몇 장면을 매우 우호적으로 평가했다.

듯이 받아들인다네. 우리는 고집스럽게 버티려고 하지, 그렇지 않은가? 사랑하는 이여. 우리는 이 세상의 어떤 곤경에도 우리의 천성이 가리키는 길에서 내쫓김을 당하지 않을 거야. 나는 지금 자네가 얼마나 번역 작업을 좋아하는지를 알고 있었네. 실러가 《시 연감》을 위해서 오비디우스의 〈파에톤〉을 스탠자Stanze로 번역하기를 나에게 권유했네.[4] 내가 이만큼 즐겁게 했던 일이 달리 없는 것 같네. 사람들은 자신의 작품을 대하는 만큼 열정에 빠지지 않지. 그렇지만 운문의 음악성은 사람들을 온통 열중하게 만든다네. 다른 어떤 작업이 이와 견줄 만한 매력을 가질지 전혀 생각할 수 없다네. — 내 소설의 1권에 대해서 튀빙겐의 코타는 100프랑을 지불했다네. 유대인처럼 보이기 싫어서 더는 요구하지 않으려 하네. 실러가 출판사를 주선해 주었다네. 그 작은 작품을 두고 소문을 내지는 말게나! 일단 시작했으니 끝을 낸 것이고, 아무것도 아닌 것보다는 좀 나을 뿐이라네. 그리고 곧 조금 다른 무엇을 가지고 신임을 얻을 희망으로 위안을 삼고 있다네.

이번 여름 나는 최소한 아주 조용히, 그리고 어떤 것에도 구애받지 않고 살게 될 걸세. 그러나 사람이 다 그러하듯이! 인간에게는 언제나 무엇인가가 부족하지, 나에게도 마찬가지야. — 그 아쉬운 것이 바로 자네라네. 어쩌면 자네의 연인 같은 그런 존재이기도 하지. 신기한 일이야. — 나는 꿈속 말고는 결코 그렇게 사랑하지 못할 것 같아. 나의 경우가 그랬던 것은 아닐까? 볼 수 있는 두 눈을 가지고 나서 나는 더 이상 사랑에 빠지지 않아. 그렇다

4 횔덜린은 나중에 자신의 번역에 만족하지 못했고, 실러도 처음 계획과는 달리 〈파에톤〉 번역을 《문학 연감》에 싣지 않았다.

고 오랜 교분들과 결별하겠다는 것은 아니라네. 이 기회에 말하건대! 언젠가 자네가 르브레 양에 대해서 편지로 알려주려고 했지, 실천해 보게! 그러나 그대의 사랑과 그 사랑의 기쁨과 고통에 비교해 보고 나를 불쌍히 여겨주게나. 자네의 착하고 고귀한 여자 친구는 완전히 회복되었지? 자네들은 천국의 나날을 서로 나누어야 하네. 이 지상에 행복이 있다면, 사랑이야말로 유일한 행복이네. 서로를 존중하고 시험을 거쳐 확인된 사랑 말일세. 우리가 언젠가 다시 만난다면 내가 한층 경건해지고 이해심이 깊어진 것을 자네가 알게 되리라고 생각하네. 그리고 자네는 밤늦도록 자네의 연인에 대해서 다시 이야기하리라고 생각한다네.

하느님께서 그녀와 자네를 있는 그대로 잘 보호해 주시기를 바라네! — 사랑하는 친구여, 그 외에도 잘 지내고 있겠지? 우리는 자신에 대해 서로에게 자세히 말하지 못하지. 그러나 모든 편지가 다 그렇다고 나는 생각하네. 비록 며칠 되지는 않겠지만 이번 가을에는 틀림없이 가게 될 걸세.

나는 다시 한번 자네와 나의 사랑하는 가족들 곁에서 몸과 마음이 따뜻해져야만 할 것 같네. — 사랑하는 친구여! 나는 자네에게 온갖 것을 쓰려고 했는데, 오늘은 더 이상 헤어나기 어려운 어떤 기분에 빠져들고 말았네. 이런 일이 반복해서 일어나는 것 같네. 어쩌면 너무도 감상적인가 싶기도 하다네. 다음에는 더 많이 쓰겠네!

그대의
횔덜린

노이퍼에게 보낸 편지[1]

예나, 1795년 5월 8일

사랑하는 가엾은 친구여! 고통 가운데 있는 자네를 위안할 수 있을 만큼 내가 나의 고통에서 생각을 가다듬을 수 있을지 시도해보려고 하네. 자네에게 고백하지만, 나 또한 고통에 압도당한 처지라네. 자네를 위해서 살았던, 무엇으로도 대체할 수 없는 그 고귀한 존재를 눈앞에 떠올리면 자네에게 무슨 말을 해야 할지 모르겠네. 그리고 혼잣말로 그것은 죽음이다!라고 말하지 않을 수 없다네.

오, 나의 친구여! 우리를 잠시 기쁘게 해주다가 이어 가슴을 찢어버리는 그 이름 없는 존재를 나는 이해할 수가 없다네. 우리의 마음, 우리 안에 들어 있는 최선의 것, 우리가 귀 기울여 들으려고 애쓸 가치가 있는 유일한 것이 모든 고통 가운데에서도 살아남기를 간청할 때 나는 소멸 따위를 전혀 생각하지 않는다

1 노이퍼의 약혼녀 로지네 슈토이들린은 1795년 4월 25일 폐결핵으로 세상을 떠났다.

네. 내가 한 아이로서 기도드리는 하느님은 그런 나를 용서해 주실 것이라네! 나는 그의 세계에서의 죽음을 납득하지 못하네. — 사랑하는 이여! 슬픔 가운데서도 자네는 나에게 성스러운 사람이어야만 하네. 나에게 자네의 운명에 대한 고통을 처음으로 진정 느끼게 해주었고 — 그것이 무엇인지는 알지 못하지만 — 처음으로 그렇게 작용했던 슬픈 혼란을 자네에게 말하지 말아야만 할 것 같네. 나는 슬픈 위안자라네. 마치 눈먼 자처럼 이 세상 이곳저곳을 더듬거리면서도 고통을 겪는 친구에게, 암흑 가운데 있는 그를 기쁘게 해줄 한 줄기 빛을 비춰주어야만 하는 처지라네. 그렇지 않은가, 사랑하는 이여! 자네는 자네 연인의 학교에서 무엇인가 더 나은 것을 배웠지? 그렇지 않은가, 자네는 그녀를 다시 만나게 되겠지? 오, 우리가 다만 한순간 꿈을 꾸기 위해서, 그리고 다른 이의 꿈이 되려고 존재한다 할지라도 말일세. — 이러한 궁색한 말 때문에 나를 미워하지는 말게나. 자네는 전부터 언제나 본성에 충실해 왔네, 풍상을 이겨낸 자네의 순수한 마음이 자네를 위로해 줄 것이 틀림없네. 성스러운 자네의 연인은 자네에게서 사라지지 않을 걸세. 고귀한 정신이 자네에게 모습을 드러냈던 사랑스러운 말을 더 이상 듣지 못하고, 그녀가 더 이상 변함없는 사랑스러움을 띠고 자네 앞에 서지 않는다 할지라도 말일세 — 나의 친구여! 자네의 가슴은 내가 내 고통을 가라앉히기 위해서 던지는 위안을 견뎌낼 수 있을 것이네. 그녀의 정신은 모든 덕망, 모든 진리 가운데 자네를 다시 만나게 될 것이 분명하고, 자네는 어쨌든 이 세상이 때때로 우리를 기쁘게 해주는 모든 위대함과 아름다움 가운데서 그녀를 다시 알아보게 될 것이네. 자네의 눈에는 내가 틀림없이 허약하게 보일 거야! 나는 나에게 영원히 성스러울 자네의 편지를 다시 보고 있다네. 그녀가 자네를 전 생애를 통해서 이끌게 되리라고, 그녀의 변함없는 모습이 자네를 보호하리라고, 그리고 지금까지 자네가 드높음과 순수함 가운데서 그녀를 위해서 살았노라고 나에게 말하고 있는 듯 느끼고 있다네. 내가 그 사랑스러운 고인의 묘지 위로 영원한 봄을, 자네 마음의 봄을 가져다준 듯하네! 왜냐하면 그것이 자네를 위한, 그리고 그녀에 대한 회상이 자네에게 보답으로 줄 축복을 위한 나의 희망이기 때문이라네. 자네 마음의 선한 구석은 결코 늙지 않을 것이 틀림없다네. 자네가 매일같이 그녀에게 더욱 어울릴 만해지고 그녀를 더욱 닮아가는 것을 기쁨으로 맞을 것도 틀림없다네.

그대들의 사랑은 무엇과도 비할 나위가 없었지. 오늘날의 감정 없고 조잡한 세상에서는 하나의 기적이었다네. 그 사랑은 영원함을 위한 사랑이지 않은가! 내 영혼의 친구여, 내가 자네의 가치를 기뻐하고 나로 하여금 삶의 궁핍을 잊게 해주는 유일한 사람이 자네라고 말하면 자네는 나에게 내가 그렇게 된 것은 그녀의 덕택이라고, 그녀는 우리의 삶이 낳은 무관심으로부터 솟아 나오도록 나를 도왔다고, 대부분의 사람이 믿는 것보다는 더 많은 것이 그녀를 통해서 나에게 모습을 보였노라고, 그녀는 나에게 나 자신에 대한 믿음을 주었고, 삶 가운데서 그리고 죽음 가운데서도 나보다 앞서갔으며, 나는 그녀를 따라서 한밤중을 애써 뚫고 나왔노라고 말하게 될 것이 분명하다네. — 한마음인 친구여! 나는 자네 곁에 있으며, 자네와 더불어 길을 가고, 자네와 고통을 함께 나누며, 그 고통의 열 배조차도 자네와 나누려고 하네. 우리의 삶은 그녀의 무덤 위를 떠도는 멜로디라는 자네의 말은 옳네. 그것은 보잘것없는 칠현금 연주가 그녀에게 줄 수 있는 것보다 훨씬 나은 멜로디지. — 놀라워라! 나의 고통은 사실 말로 표현할 수 없을 정도였다네. 나에겐 눈물을 흘리는 것 외에 다른 길이 없었고, 자네에게 몇 마디 되지도 않는 말을 전하기 위해서 애를 써야만 했다네. 그런데 나는 첫 번째 위로를 다시 자네의 편지에서 길어 올렸다네. — 나의 편지가 자네에게도 어떤 것이 될 수 있다면 얼마나 좋겠는가! 오, 우리가 서로 간에 더욱 나은 관계가 될 수 있다면 또 얼마나 좋을까! 자네에게서 떨어져 있는 것이 지금 나에게는 몇 갑절이나 고통스럽다네. 최근 편지에 가을이 되면 가고 싶다고 쓴 적이 있었지. 가능하면 더 이르게라도 갈 것이네. 자네가 여기에 오게 된다면 물론 그냥 머무르려고 하네. 그러나 내가 결정할 일은 아니라네. 우리는 이제 둘이서 그렇게 영락한 채로 이 세상을 방랑할 터이네. 우리의 내면과 머리 위의 보다 나은 세계의 가능성을 제외하면 우리에게는 우리가 서로 간에 존재하는 것 외에 아무것도 남겨진 것이 없다네. 나의 노이퍼여! 우리가 그렇게 서로에게 반쪽인 채로 살아야만 하겠는가? 내가 곧 가겠네. 자네는 나를 그녀의 무덤으로 데려가 주어야 하네. 하느님 맙소사! 그런 식의 재회를 희망한 적이 없었다네. — 자네가 나를 데리러 올 수는 없는가? 사랑하는 친구여! 아니면 좀 더 일찍 나에게 올 수는 없는가? 이편이 자네에게 나을 것 같기는 하네. 자네는 이곳저곳에서 친구들을 만나게 될 것이네. 어떻게든 가능하다면, 그렇게 해보게나. 다음 우편물 배달 일에 맞춰 다시 편지를 쓰겠네. 자네도 할 만하면, 곧 실천해 보게나. 많은 이들이 자네와 나와 함께 괴로움을 견뎌내고 있네. 그들이 우리의 입장에서 고통을 견뎌내듯이 우리도 고통을 이겨내도록 하세. 이 세상과 나를 위해서 자네 자신을 잘 보존하기 바라네! 잘 있게나, 착하고 고귀한 이여!

자네의
횔덜린

실러에게 보낸 편지

슈투트가르트 인근 뉘르팅겐,
1795년 7월 23일

저는 마음에 상당한 손상을 입지 않고는 선생님 근처에서 멀어질 수 없다는 사실을 잘 알고 있었습니다. 저는 지금 매일같이 그 사실을 생생하게 체험하는 중입니다.

비록 말을 통해서 누구에게 영향을 미치지 않더라도 단지 가까이 있다는 사실만으로 한 정신의 영향 아래 지극히 행복을 느낄 수 있다는 것, 그리고 그에게서 멀어지면 멀어질수록 그 정신을 더 아쉬워하게 된다는 것은 묘한 일입니다. 바로 그러한 근접이 다른 측면에서 자주 저를 불안하게 하지 않았다면, 제가 떠나올[1] 어떤 동기를 따로 찾기 어려웠을 것입니다. 저는 언제나 선생님을 뵙고자 하는 유혹에 빠져 있었습니다. 그렇게 해서 선생님을 뵈었습니다만, 그때마다 저는 선생님께 제가 아무것도 아닐 수 있다고 느꼈습니다. 저는 그렇게 자주 품고 다니는 고통으

1 횔덜린은 1795년 5월 말 예나를 떠났다.

로 저의 오만한 요구의 대가를 치렀다는 것을 잘 알고 있습니다. 제가 선생님께 대단해 보이기를 원했기 때문에 선생님께는 제가 아무것도 아닐 수도 있다고 저 자신에게 말할 수밖에 없었습니다. 그렇지만 저는 그것으로 무엇을 원하고 있었는지를 잘 의식하고 있었고 이 점에 대해서 그저 조용히 저 자신을 책망했습니다. 그것이 어떤 한 위대한 사람에게 다정한 눈길을 구걸하면서, 그 위대한 사람이 관심도 두지 않는 마땅치 않은 재능을 저 자신의 빈약함에 대한 위안으로 여기면서 만족을 추구했던 허영이라면, 그렇게 해서 저의 마음이 어떤 모욕적인 궁정 봉직으로 떨어졌다면, 저 자신을 참으로 깊이 경멸했을 것입니다. 그러나 저는 제가 할 수 있는 데까지 그렇게 존중했던 정신의 가치를 많은 좋은 시간에 느꼈다는 것을 스스로에게 확실하게 말할 수 있다는 점을 기쁘게 생각합니다. 또한 그 정신에게 진실로 걸맞고자 했던 저의 노력은 근본적으로 그것이 도달 가능하거나 불가능하거나 간에 선함과 아름다움과 진실됨에 자신의 인격을 다해서 접근하고자 하는 정당한 소망의 발로 이외에 다른 것이 아니었다고 말할 수 있다는 점도 기쁘게 생각합니다. 그리고 누군가가 이런 일에 대한 판단을 온전히 자기 스스로에게만 의존하고 싶지 않은 것은 분명히 인간적이며 자연스러운 일입니다.

제가 이러한 변명의 말씀을 드리는 것은 이상하기도 합니다. 그렇지만 이러한 애착은 사실 저에게는 성스러운 일이기 때문에 저는 저의 의식에서 겉으로는 그럴듯하지만 그것을 손상시킬 수 있는 모든 것을 저의 애착과 구분하고자 합니다. 무엇 때문에 제가 저에게 나타나는 애착심 그대로를 선생님 앞에서 표현하지 말아야 한단 말입니까? 선생님을 향한 애착인데도 말입니다. 한 달에 한 번만이라도 선생님께 가고 싶습니다. 그리고 시간이 흐름에 따라 저를 풍요롭게 하고 싶습니다. 그 밖에도 선생님에게서 나눠 가진 것을 잘 관리하고 기르도록 하겠습니다. 저는 매우 외롭게 살고 있습니다. 그러나 그것이 저에게는 이롭다고 생각합니다. 제 친구 노이퍼에게 받은 몇 편의 시를 동봉해서 보내드립니다. 그는 수정이 뜻대로 끝나는 대로 또 한 편의 시를 선생님께 보내고 싶어 합니다.

선생님께서 허락하시면, 제가 몇 편의 시를 뒤에 보내드리겠습니다.

제가 첨부한 것[2]에 덧붙여 말씀드리자면, 제가 선생님의 직접적인 자극을 받아들였던 첫 번째 것이 오히려 더 나은 게 아니었나 하는 생각에 자주 우울해졌었답니다. 변함없는 존경심과 함께

당신의
신봉자
횔덜린 드림

2 오비디우스의 《변신*Metamirphosen*》 중 〈파에톤〉의 번역을 말한다.

요한 고트프리트 에벨[1]에게 보낸 편지

뉘르팅겐, 1795년 9월 2일

존경하는 친구여!

당신의 친절한 편지는 저에게 큰 기쁨이었습니다. 욕구와 신념을 함께 나누는 사람들 사이에서의 저의 행복이 나날이 드물어

1 휠덜린은 의사이자 자연연구자, 여행 작가인 에벨Johann Gottfried Ebel, 1764~1830을 1795년 6월 13일경 예나에서 뉘르팅겐으로 가는 귀향길에 하이델베르크에서 만나 알게 되었다. 에벨은 프랑크푸르트의 공타르가의 가정교사 자리를 휠덜린에게 소개해 주었다. 에벨은 프랑크푸르트 안 데어 오더에서 의학을 공부한 후 그의 제2의 고향이 된 스위스에서 수년을 살았다. 1792년 그는 주제테 공타르의 시누이인 마가레테 공타르와의 우정을 찾아 프랑크푸르트 암 마인으로 이주했다. 프랑스혁명 정신의 옹호자로서 1796년 파리로 갔고, 거기서 훔볼트Wilhelm von Humboldt, 괴레스Joseph Görres, 그리고 시에예스Sieyès 신부 등과 접촉하고, 스위스의 정치적인 이해관계를 관찰했다. 1810년 마침내 취리히에 정착해 의사인 동시에 작가로 활동했다. 1793년에 《스위스로 여행하는 가장 유익하고 재미있는 방법 안내*Anleitung auf die nützlichste und genußvollste Art in der Schweiz zu reisen*》와 후일 《스위스의 산악 거주민 스케치*Schilderung der Gebirgsvölker der Schweiz*》를 펴냈다. 루소식으로 고양된 이상향 사상을 프랑스혁명의 이상과 결합시킨 이 탁월하게 성공적인 저술은 휠덜린에게도 의미가 컸다. 특히 송시 〈알프스 아래에서 노래함Unter den Alpen gesungen〉(《휠덜린 시전집 2》, 162~163쪽)과 비가 〈귀향Heimkunft〉(같은 책, 143~149쪽)에서 그 의미가 각별하다. 에벨은 프랑스혁명의 기본 저술에 해당하는 에마뉘엘 조제프 시에예스의 《제3신분이란 무엇인가?*Qu' est-ce que le tiers état?*》를 독일어로 번역했다. 이 번역은 1796년 욀스너Oelsner가 발행하는 시에예스의 정치적 저술 총서로 발간되었다.

져 가고 있습니다. 그만큼 제 존재의 일부를 제 안에서 보고 있다는 믿음을 가지게 해주는 분에게 더욱 감사드리지 않을 수 없습니다.

당신은 제 여행에 대해서 친절하게 물으셨습니다. 여행은 대부분 매우 유쾌했습니다. 왜냐하면 대부분 우리가 함께해 좋았던 때에 당신이 저에게 알려주셨던 것의 메아리였기 때문입니다.

저는 당신과의 사귐에서 기대하는 아름다운 나날을 다른 데서 쉽게 발견하리라고 생각하지 않는다는 말씀을 드려도 될 것 같습니다. 당신의 우정과 저의 좋은 의지로 관계를 맺은 보기 드문 사람들 덕에 얻은 저의 내면의 소득은 어떠한 다른 관계들에서도 기대할 수 없을 것이라는 점도 마찬가지입니다. 당신은 제가 그사이에 자유로운 몸이 될 충분한 이유가 있다는 것을 아실 것입니다. — 만일 유일하게 자신에게만 영향을 되새김질하는 것은 용납될 수 없으며 합목적적이지도 않으리라는 사실과 오늘날의 세상에서는 사적 교육이 자신의 소망과 노력을 가지고 도주할 수 있는 인간의 교양을 위한 거의 유일한 피난처라는 사실을 제가 믿지 않았다면, 무참하게 실패로 돌아갔던 노력들[2]은 제가 그렇게 서둘러 교육에 다시 매진하도록 용납하지 않았을지도 모릅니다. 그만큼 저의 앞선 관계에서의 사람들과 자연은 저에게 매우 거슬리는 영향을 미쳤던 것입니다.

제가 저나 아이에게 기적을 기대하고 있다고 걱정하실 필요

2 발터스하우젠에서의 가정교사 역할의 실패를 생각하고 있다.

는 없습니다, 충실한 친구여! 저는 특히 교육에서의 모든 실행 방법이 얼마나 부적절한 측면이 많은지 너무도 잘 알고 있습니다.[3] 그리고 저에게 기적을 기대하기에는 실천이 너무 자주 계획에 머문다는 것도 잘 알고 있습니다. 자연은 단계적으로만 진화한다는 사실, 그리고 자연은 어린아이에게 기적을 기대하려고 역량의 수준과 내용을 모든 개인에게 분배한다는 사실도 저는 너무나 잘 알고 있습니다. 저는 목적을 향해서 서둘러 가려는 조급증이야말로 가장 뛰어난 사람들조차 자주 좌초를 겪게 하는 암초라고 생각합니다. 교육에서도 마찬가지지요. 사람들은 엿새 안에 자신의 창조 작업이 종료되기를 바랍니다. 어린아이는 자신이 아직 가지고 있지도 않은 욕구를 때때로 충족해야만 하고, 이성적인 일에 귀를 기울이고 그것을 파악해야만 합니다. 이성도 지니고 있지 않은 채! 이런 일이 교육자들을 전제적으로, 그리고 부당하게 만들어버립니다. 왜냐하면 그들은 정당한 방법을 통해서는 뜻을 이루지 못하기 때문입니다. 그것이 교육자와 제자를 똑같이 비참하게 만들어버리는 것입니다.

저는 다른 모든 것에서와 마찬가지로 여기에서도 정의가 사람들이 따라야 할 첫 번째 법칙이라고 확신합니다. 또한 저는 다른 모든 것에서와 마찬가지로 여기에서도 아주 작은 세부에 이르기까지 일관된 철저한 정의가 가장 훌륭한 대책이라고 믿는

3 여기서부터 이 편지의 거의 끝까지 이어지는 횔덜린의 교육 계획 내지 교육관은 실러에게 토로했던 교육관(80쪽)과 비교해볼 수 있다. 분명한 차이는 물론 발터스하우젠에서의 좋지 않은 경험에서 유래한다. 횔덜린은 여기서 루소의 정신 가운데 인내와 교육이 자연스러운 성장과 성숙을 침해해서는 안 된다고 강조하고 있다.

편입니다.

저는 저의 제자가 이성을 가졌다고 생각될 때까지, 그가 일단 자신의 한층 드높은, 그리고 최고의 욕구에 대한 의식 또는 느낌에 도달했다고 여겨질 때까지 그에게 어떤 (엄밀한 의미에서의) 이성적인 실천도 요구하지 않을 것입니다. 그러나 그가 이성을 가졌음 직할 때까지 제가 그에게 이성을 요구하지 않으면, 그가 자신을 이성적인 존재로 볼 권리를 저에게 줄 때까지 그에게 아무것도 요구하지 않을 것입니다. 왜냐하면 제가 그에게 요구하는 것은 오로지 이성을 위해서 요구하는 셈이기 때문입니다. 또는 우리는 인간이 행동해야 할 준거인 최고의 원리라고 명명하고 표현하고 싶어 하기 때문입니다. (당신도 우리가 어린아이에게 무엇인가를 요구할 때 이성적으로 어떤 철학적 체계에서 제시된 듯한 행동 원칙에 호소하지 않으며, 어린아이의 나이와 개성에 따른 행동 원칙에 이성적으로 호소한다는 점에 틀림없이 저와 의견을 같이하실 것입니다.)

루소가 "가장 우선적이고 중요한 교육은 어린아이를 교육받기에 적합하도록 만드는 일이다"[4]라고 한 말은 옳습니다.

저는 어린아이를 무죄한, 그러나 제약된 본능의 상태로부터, 그러니까 자연의 상태로부터 문명을 향해서 가게 될 길로 이끌어야만 합니다. 저는 이 아이의 인간성, 그의 한층 높은 욕구를 일깨워야만 합니다. 그러고 나서 비로소 그가 한층 높은 욕구를 충족하려고 할 때 필요한 수단을 그의 손에다 쥐여주는 것입니다.

4 루소, 《신엘로이즈 2》, 제5부, 세 번째 편지(서익원 옮김, 한길사, 222쪽).

일단 한층 높은 욕구가 그의 내면에 일깨워지면, 저는 이러한 욕구를 영원히 생생하게 자신 안에 간직하고 영원히 그 충족을 위해서 노력해야 한다는 것을 그에게 **요구**할 수 있고 또 **요구**해야만 합니다. 그러나 루소가 어린아이의 내면에 인간성이 일깨워질 때까지 조용히 기다리겠다고 하고, 그러는 사이에 대부분 부정적인 교육으로 만족하며 좋은 인상을 생각하지 않은 채 다만 나쁜 인상들만을 멀리한 것은 옳지 않습니다. 루소는 어린아이를 장검은 아니더라도 채찍을 가지고 그의 천국으로부터, 그의 행복한 동물적인 상태로부터 몰아내려고 한 사람들의 부당함을 느꼈습니다. 그러나 제가 그를 달리 정당하게 이해한다면, 이와 함께 그는 대립된 극단의 입장으로 빠져버렸던 것입니다. 만일 어린아이가 현재의 세계와는 다른 세계에 둘러싸여 있다면, 루소의 방법은 보다 합목적적일지도 모르겠습니다. 나는 이러한 보다 나은 다른 세계로 이 소년을 에워싸야만 합니다. 제가 그 세계를 그에게 강요할 필요는 없습니다. 자연이 그와 마주치듯이 어떤 요구도 없이 저는 그에게 위대하고 아름다운 대상들을 충분히 제공하여 그의 보다 높은 욕구, 무엇인가 보다 나은 것을 향한 노력 또는 사람들이 말하고 싶어 하는 대로 이성을 그의 내면에 일깨워야만 합니다. 보다 나은 시대의 역사가 어린아이의 세계가 될 수 있다고 저는 생각합니다. 그 역사가 제재題材의 **선택과 서술**을 통해서 어린아이 모두와 내가 눈앞에 두고 있는 특별한 개인들에게 알맞게 다루어진다면 말입니다. 예를 들면 리비우스와 플루타르코스[5]가 생생하고 세밀하게 서술하고 있는 로마의 역사처럼 말입니다. 그러나 저는 어린아이가 언급된 것을 간직하고 있는지 묻지 않을 것입니다. 왜냐하면 중요한 것은 역사 자체가 아니라 그 역사가 가슴에 안겨준 영향이기 때문입니다. 어린아이가 역사를 기억의 수단으로 또는 이해력 연습으로 생각해야만 한다면, 의도된 효과는 곧바로 사라지고 말 것입니다.

그러나 저는 이 단계에서, 이미 말했듯이, 나의 제자에게 아무것도 **요구하고** 싶지 않지만, 그가 나중에 듣고 싶어 하지 않을 수업을 그에게 행하는 것이 피할 수 없을 것으로 보이기 때문에, 저는 이러한 목적을 위해서 필요한 욕구들, 예컨대 모방 충동, 호기심 충동 등등을 요구해야만 할지도 모르겠습니다. 저는 다음 산들의 뒤편에 무엇이 놓여 있는지 궁금해하지 않는 어린아이들이 많다고는 생각하지 않습니다. 만일 지리地理가 일반적으로 여겨지듯이 사물화된 지리가 아니라면, 목적에 알맞게 가공된 여행 안내문이 첨부된 지도가 생명을 얻게 된다면, 제 생각에는 이러한 과목의 수업이 어떤 요구나 강요 없이 어린아이에게 이루어질 수 있을 것입니다. 만일 어린아이가 매일같이 산수가 유용한 활동의 본질적인 요소라는 것을 알아차릴 수 있다면, 그는 산수를 배우는 데 즐거움을 느낄 것입니다. 그러므로 저는 수업의 이러한 요소를 많이 고려한다는 사실을 고백합니다. 이러한 요소는 수학 자체가 어떤 다른 것보다도 엄밀한 질서의 표상을 아이에게 제공해 주기 때문입니다. 어린아이에게 어떤 언어를 체계적으로 가르치는 일이 저는 매우 어렵다고 생각합니다. 어린

5 플루타르코스Plutarchos, 46?~120?의 《영웅 열전》은 루소에게도 교육 자료로 아주 적절해 보였다.

아이가 자유롭게 선택된 목적에 따라서 노력을 기울일 능력을 가지기도 전에, 강요와 부당한 요구를 피하기 어려운 상황에서 언어의 체계적 교육이 행해질 경우에 말입니다. 그렇지만 대화 방식으로 한다면 어떤 한 언어와 상당히 친숙해질 수 있습니다. 우선 프랑스어가 그 예가 되리라고 봅니다. — 이성의 법칙이 어떤 경우에도 그 자신을 유지시켜야 할 때, 인간이 자기 자신 혹은 타인에게 허락되지 않는 폭력을 행하고자 할 때에만 저는 제한적으로 강제할 것입니다.

당신과 당신의 고귀한 친구들이 무엇보다도 이 일에 관한 저의 사고방식을 꼭 알아야 하는 것은 아니더라도 이러한 발언이 당신께 부담을 드리지는 않으리라고 생각합니다. 그렇지만 이러한 의도에 비추어 제가 드린 말씀은 너무도 적었습니다. 말이 의지를 증언하는 것은 드문 일이랍니다. 그렇지만 저는 제가 그들의 부모들과 마찬가지로 얼마나 순수하고도 충실하게, 그들의 착한 자녀들에게 관심을 기울이기를 바라는지 당신에게 말씀드려도 될 것 같습니다. 제가 조용한 가운데서의 교양과 저 자신에게 꼭 필요한 일을 돌보기 위해 하루에 몇 시간이라도 얻을 수 있다면, 저에게 늘 힘이 부족하지는 않을 것입니다. 그리고 저를 받아줄 학식 있는 분들의 사회에서 저는 제자를 위해서라도 쾌활해지고 강건해질 것입니다.

당신께서 다른 가정을 위한 교사를 원하신다면, 지금은 스위스에 머물고 있고, 맡게 될 직책에는 거의 저의 이상에 해당하는 한 젊은 학자[6]를 추천하겠습니다. 저는 그가 이에 응할 수 있을 것으로 보입니다.

— 당신의 존경하는 친구분들께 제 안부를 전해주시는 친절을 베풀어 주시기 바랍니다. 참된 존경심과 함께

당신의
친구
횔덜린 드림

6 횔덜린은 헤겔을 생각하고 있다.

실러에게 보낸 편지

슈투트가르트 인근 뉘르팅겐,
1795년 9월 4일

존경하는 궁정 고문관님![1] 선생님께서 제게 허락해 주셨던 기고문[2]을 이렇게 늦게 또 이렇게 초라하게 보내드림을 용서해 주실 것으로 믿습니다. 의욕 상실과 짜증이 제가 바라는 대로 실행하는 것을 방해했습니다. 제가 이것을 조금 늦게 보내드려도 화를 내지는 않으시리라 생각합니다. 저는 물론 — 적어도 누구의 것도 아닌 자res nullius로서는 — 선생님께 소속되어 있습니다. 제가 드리는 설익은 성과물조차도 그렇습니다.

저에 대한, 그리고 저를 에워싸고 있는 환경에 대한 불만이 저로 하여금 추상의 세계로 빠지게 합니다. 저는 철학의 무한한 진행이라는 개념을 전개해 보려고 합니다[3]. 모든 체계에 대해서 제

1 실러는 1790년 마이닝겐 궁정으로부터 궁정 고문관Hofrat으로 임명받은 바 있다.
2 시 〈청춘의 신〉(《횔덜린 시 전집 1》, 309~311쪽), 시 〈자연에 부쳐〉(같은 책, 312~315쪽)를 말한다. 실러는 훔볼트의 의견에 따라서 《문예 연감*Musenalmanach*》에 〈자연에 부쳐〉를 싣지 않았다.
3 이 부분부터 이 문단의 끝까지 횔덜린은 피히테와의 논쟁이나 튀빙겐 방문 시 7월

기되어야 할, 소홀히 할 수 없는 요구는 하나의 절대적인 자아를 통해서 저 또는 다른 사람들이 부르고자 하는 대로 — 그러니까 심미적으로는 지적 직관을 통해서, 그러나 이론적으로는 마치 사각형이 원으로 접근해 가듯이 주체와 대상의 결합은 다만 무한한 접근을 통해서만 가능하다는 것을 보여주려는 것입니다. 또한 행동의 체계를 위해서와 마찬가지로 사고의 체계를 실현시키기 위해서 불멸성은 필연적이라는 것도 제시하려고 합니다. 저는 그렇게 함으로써 회의론자들이 얼마만큼 정당하며 또한 얼마만큼 부당한지를 증명할 수 있다고 생각합니다.

선생님께서 선생님의 말씀을 결코 인식할 수 없었던 흐릿하거나 흠결이 있는 거울을 탓하지 않으시고 저에게 당신에 대해 알려주셨던 그 시간을 회상하면, 저는 스스로가 자주 유배자 같다는 생각이 듭니다.

받지 않고 줄 수 있다는 것, "얼음에도 몸을 데울 수" 있다[4]는 것은 예외적인 사람들의 특성이라고 생각합니다.

저는 결코 그런 예외적인 사람이 아니라는 것을 자주 느낄 따름입니다. 저는 저를 둘러싸고 있는 겨울에 얼어붙습니다. 그처럼 저의 하늘은 강철처럼 완강하고, 그처럼 저는 돌처럼 굳어 있습니다.

10월이면 저는 프랑크푸르트에 가정교사로 들어가게 될 것

말 또는 8월에 셸링과 나눈 대화로 그의 사상을 요약하고 있다. 짐작하건대, 이 대화와 12월과 1796년 4월에 나눈 다른 대화를 바탕으로 셸링이 〈독일 이상주의의 가장 오랜 체계 선언Das älteste Systemprogramm des deutschen Idealismus〉을 쓴 것으로 보인다.

4 괴테의 소설 《빌헬름 마이스터의 수업시대》, 제2권 11장에서 인용.

같습니다.[5]

선생님께 저에 대해서 자세히 설명해 드리는 것을 어느 정도 의무라고 생각한다는 말씀으로 저의 수다에 선생님의 용서를 바라겠습니다. 그러나 그것은 저의 진심에는 거슬린답니다. 제가 선생님께 어느 정도의 인물로 보이고 또 선생님께 저에 관해서 무엇인가 말씀드릴 수 있다는 사실이 거의 유일한 자랑이자, 유일한 위안이랍니다. 영원히

선생님의
숭배자
횔덜린 올림

5 공타르가의 입주 가정교사를 말한다. 횔덜린은 그러나 1795/96년 연말연시 무렵에야 비로소 프랑크푸르트에 도착하여 그 직을 맡았다.

요한 고트프리트 에벨에게 보낸 편지[1]

뉘르팅겐, 1795년 11월 9일

저의 존경해 마지않는 친구여!

당신께 저의 소식을 전하는 일을 차일피일 미루어 왔습니다. 진실을 쓰자면 저는 저의 난처한 상황을 당신께 털어놓지 않을 수 없었고, 그 일은 무분별의 흔적 없이는 있을 수 없는 일이었습니다. 그러나 마침내 곤경이 저를 몰아세우고 있어서 저는 상황을 변화시켜야 할 지경에 이르면 알리라고 한 당신의 선의의 부탁을 위안으로 삼고 있습니다. 우리 뷔르템베르크의 신학자들이 종무국에 얼마나 종속되어 있는지[2]는 당신에게까지는 알려져 있지 않을 것입니다. 여러 가지 일 가운데 종무국 사람들은 우리가 어디에 체류할지조차도 임의로 결정하고 있습니다. 저는 지

1 프랑크푸르트의 공타르가로부터 가정교사에 대해 아무런 소식이 없던 상황에서 쓴 편지이다.

2 튀빙겐 신학교의 졸업생은 뷔르템베르크 교회 종무국의 감독 아래 있었다. 무료 교육의 대가로 그들은 주 소재 교회에 복무해야 했으며 이 외의 다른 활동은 허가를 받아야만 했다.

금 어떤 공적인 직업에 고용되어 있지 않아서, 그런 처분을 기다려야만 합니다. 특히 성탄절 휴일이 다가오고 있어서 그사이에 또는 그 직후에라도 다른 인정될 만한 지위를 얻지 못하면, 어떤 목사의 보조역으로 파견될 것 같습니다. 제가 최근에 다시 슈투트가르트의 가정교사 자리[3]를 제안받은 것이 사실입니다. 당신이 저에게 선택을 맡겼던 희망들을 포기하는 것이 저에게 얼마나 자기부정의 대가를 치르게 할지는 아마 당신도 스스로 판단하실 수 있을 것입니다.

솔직히 말씀드리면 제가 체념 없이 당신에게 이러한 고백을 하지는 않을 것입니다. 곧 당신과 당신의 고귀한 친구들 주변에 있고 싶은 유혹, 적어도 그런 일이 일어나리라고 제 스스로가 확신하고자 하는 유혹이 그렇게 대단하다 할지라도, 친구가 정당하게 선택을 머뭇거릴 때 그를 향해서 조급함의 신호를 보내는 것이나 심지어 지금의 경우처럼 친구가 저를 위해서 다른 실질적인 배려를 포기해야만 한다고 원하는 듯이 보이는 것은 저의 사고방식에는 거슬리는 일입니다.

고귀한 친구여, 저는 당신이 어쩌면 조금 더 확신이 설 때까지라도 저를 믿어주기를 진심으로 빕니다. 저에게 해주실 위로의 말씀이 있다면, 그 말씀으로 곧바로 저를 기쁘게 해주십시오!

제 친구 싱클레어[4]를 보지 못하는 것 또한 마음을 매우 아프

3 슈트뢰린Friedrich Jakob Ströhlin, 1743~1802가에서의 가정교사직. 슈트뢰린은 슈투트가르트의 인문학교에서 고전어와 프랑스어 교수로 있었다. 그는 노이퍼와 친구 사이였고, 횔덜린과는 먼 친척 사이였다. 1801년 가을, 슈트뢰린은 횔덜린에게 보르도의 가정교사 자리를 소개해 주었다.

4 싱클레어Isaak Freiherr von Sinclair, 1775~1815는 외교관이자 작가였다. 그는 횔덜린과

게 합니다. 몸에 밴 것 같은 조숙한 오성과 심성, 청렴결백한 순수성을 이 세상 어디에서 달리 찾기 쉽지 않다는 것에 당신도 동의하시리라 생각합니다.

언젠가 저의 내면을 위한 양식糧食을 다시 발견하게 된다면 정말 좋은 일이겠지요. 여기 이 땅의 토양은 그렇게 나쁘지 않습니다만, 갈지 않아 땅을 내리누르는 돌 더미가 하늘의 영향을 방해하고 있습니다. 따라서 저는 대부분 엉겅퀴나 들꽃들 사이를 걷고 있습니다.

안녕히 계십시오! 저를 맞아줄 그 고귀한 가정에 저의 안부 말씀을 전해주시기 바랍니다.

제가 곧바로 당신을 만나뵐 수 없다면, 당신의 온 영혼이 관심을 가지고 매진한 당신의 문학 작업과 다른 일들의 자세한 내용도 저에게 알려주시는 혜량을 베풀어 주시기 바랍니다. 제가 당신을 이해했다는 증거로 당신에게 아무것도 되돌려 드릴 수 없다고 하더라도, 그것은 그럴 만한 사정이 있어서일 것입니다. 당신은 영혼들이 숨결 하나만 움직이더라도 어디서건 서로를 알리며, 배척될 필요가 없는 모든 것과 결합된다는 사실을 알고 계십니다. 이렇게 해서 이러한 결합에서, 이 눈에 보이지 않는 전투

마찬가지로 일찍이 친아버지를 잃고(1778년), 그후 의붓아버지도 잃었다(1796년). 횔덜린과는 1792년에서 1794년 사이 튀빙겐에서 법학을 공부할 때 만났지만, 1795년 예나에서 한 집에 기숙하게 된 것을 계기로 친구가 되었다. 1798년 공타르가에서의 가정교사직을 그만둔 횔덜린을 자신이 있던 홈부르크로 데려갔던 싱클레어는 1804년 정신착란의 징후를 보이던 횔덜린을 다시 곁으로 불러 2년간 보살폈다. 싱클레어는 1798년에서 1806년 사이 횔덜린의 가장 가까운 친구였다. 횔덜린은 그에게 시 〈에뒤아르에게〉(《횔덜린 시 전집 2》, 156~158쪽, 159~161쪽)와 찬가 〈라인 강〉(같은 책, 214~224쪽)을 바쳤다.

적 교회에서 제 영혼의 그분(그의 현재의 모방자들이 자기 자신을 이해하지 못하듯이 그렇게 거의 이해하지 못하는 한 사도[5])이 **주님의 재림**이라고 부르고 있는 시대의 위대한 자식, 날 중의 날이 솟아날 것입니다.

이제 여기서 쓰기를 마쳐야겠습니다. 그러지 않으면 마치지 못할 것 같습니다.

당신의
참된 친구
횔덜린 드림

제가 지금 절반밖에 쓰지 못한 싱클레어에게 보내는 편지가 홈부르크에 도착하기 전에 당신께서 그와 이야기를 나눌 수 있게 되면 저의 간곡한 안부 인사를 전해주시기 바랍니다.

5 사도 바울을 말한다.

헤겔에게 보낸 편지

슈투트가르트,[1] 1795년 11월 25일

내가 침묵하고 있는 것을 나의 게으름 탓으로 돌린다면 자네는 나를 부당하게 취급하는 것이라네. 사실을 말하자면 나는 지금까지 프랑크푸르트 사람들에게서 어떤 결정도 듣지 못했다네. 그들이 말하는 바에 따르면 전쟁 때문에 그렇다네. 나는 한 주 한 주 자네에게 결정된 소식을 전하려고 기다렸으나 지금까지 자네에 관해서나 나에 관해서 어떤 소식을 받지 못하고 있다네. 그렇지 않아도 경우에 따라서는 프랑크푸르트에 자네가 없는 것을 아쉬워하지 않으면 안 될지도 모르겠네. 가르칠 아이가 네 살인데다가 그 아이를 가르치는 부담을 지는 일이 자네에게는 매우 적합치 않아 보이기 때문이라네. — 자네는 조교 자리 때문에[2]

1 횔덜린은 11월 말 일주일 동안 슈투트가르트에 머물렀다.

2 튀빙겐 신학교의 조교 자리에 갈 전망이 횔덜린이나 헤겔에게 열렸던 것으로 보인다. 최고 성적의 졸업생에게 보통 이런 기회가 주어졌고, 이 자리를 거치면 교회의 더 높은 직책을 맡을 수 있었다. 횔덜린은 "특별한 이유"로 이 자리에 가는 것을 고려하지 않았는데, 그 이유란 엘리제 르브레 근처에 다시 사는 것에 대한 거부감이었다.

나에게 묻는 건가? 자네는 나의 결심에 따라서 자네의 운명을 결정하려고 하는가? 사랑하는 친구여! 그것은 자네 자신을 부당하게 대접하는 것일세. 나는 무엇보다도 그런 종류의 일을 자청할 용의가 전혀 없을 뿐만 아니라, 자청할 만한 자격도 없다네. 다양한 성격의 사람들, 다양한 상황을 다루는 직책에 관해서도 역시 그렇다네. 그리고 유감스럽지만! 내가 지난날 튀빙겐에서 저지른 우매한 행동으로 깨달은 아주 특별한 근거들도 나에게 있지 않은가. 그러나 자네에게는 그것이 의무일 수도 있겠네. 자네는 튀빙겐에서 죽은 자들을 깨우는 자를 양성할 수도 있기 때문이지. 물론 튀빙겐의 무덤을 파는 자들이 가능한 일이라면 무엇이든 자네에게 불리하게 행사하게 될 터이지만 말일세. 자네가 하는 일이 허사가 될 수도 있다고 생각할 때, 자네가 보잘것없이 초라한 사람들과 관련을 맺으려고 한다면 나는 그것을 자네 자신에게 행하는 배신으로 여기겠네. 그러나 스위스 사람들 간에 또는 우리 슈바벤 사람들 사이에 자네에게 더 나은 활동 영역이 있는지, 또 그럴 여지가 있는지는 답하기 어려운 문제라네. 어쩌면 이쪽으로부터 일종의 여비를 받을 수 있을지 모르겠네. 그것은 그렇게 나쁜 일은 아닐 걸세. 내가 곧 어떤 알맞은 입주 가정교사 자리를 찾지 못하게 되면, 나는 다시금 이기주의자가 되어 당장에 공직을 찾지는 않겠네. 그저 굶주림의 고통에 놓이겠지.

내가 듣기로는 렌츠[3]가 조교가 되는 것이 분명하네. 자네들은

3 렌츠Karl Christoph Renz, 1770~1829는 덴켄도르프, 마울브론, 그리고 튀빙겐에서 횔덜린의 동급생이었다. 그는 항상 최우등생이었다. 그는 1797년 조교가 되었으나,

멋진 삶을 함께 이어갈 수 있을지 모르겠군. 다만 자네의 문학적인 용무는 제쳐놓지 말기를 바라네. 나는 자네의 생각에 따라 바울의 편지들을 해석하는 일[4]이 노력할 만한 가치가 있다고 벌써 생각했었네.

다음번에 더 쓰겠네. 나는 우리 사이의 편지 쓰기가 일단, 적어도 얼마 동안 끝나기를 바라네. 우리가 서로 말하지 않으면, 적어도 내 편에서 그렇게 하면, 자네에게 이득이 되는 것은 거의 없을 거야.

잘 있게나.

자네의
횔덜린이

피히테가 다시 예나에 와서 이번 겨울에 자연법에 대해서 강의한다네. 싱클레어는 지금 홈부르크의 부모님 댁에 머물고 있다

1799년 이미 공지된 튀빙겐 신학교의 정규 교수직을 거절하고 1803년 라우펜의 부목사, 1819년 바일하임의 목사가 되었다.

4 이 격려는 헤겔의 종교 개념에 대한 탐구 계획을 향한 것이다. 헤겔의 종교철학적인 초기 저술들, 특히 논문 〈기독교의 정신과 그 운명Der Geist des Christentums und sein Schicksal〉을 고려할 때, 횔덜린이 언급하고 있는 헤겔의 "이념"은 기독교를 통한 종교적 표상의 정신화 이념으로 보는 것이 타당해 보인다. 모든 "실증적인 것"은 "정신" 가운데 지양된다고 헤겔은 말한다. 이러한 "정신적인 것", 영적인 것으로의 전환에 대한 성서상의 주요한 증언은 〈요한복음〉과 바울의 편지들이다. 특히 다른 영적인 구절과 함께 유명한 문구 "문자는 죽이지만, 성령은 살게 한다"를 포함하고 있는 고린도 교회에 보낸 편지가 그렇다. 그러므로 횔덜린이 친구 헤겔에게 바로 바울의 편지에 대한 해석을 정신화라고 하는 그의 철학적 이념에 특히 알맞은 작업으로 추천하는 것으로 받아들일 수 있다. 후일 횔덜린은 찬가 〈평화의 축제〉(《횔덜린 시전집 2》, 231~240쪽)와 찬가 〈파트모스〉(같은 책, 252~263쪽)에서 이러한 영적인 경향을 노래하기 위해 집중적으로 〈요한복음〉과 바울의 편지에 의지한다.

네.[5] 그가 자네에게 진심 어린 안부 인사를 전하네. 그는 자네가 보여준 인상에 여전히 경의를 표하고 있다네. 뫼클링에게 나의 안부 인사를 전해주게!

5 싱클레어는 1795년 여름의 학생 소요에 참여한 일 때문에 10월 자퇴를 권고받고 예나를 떠났다.

노이퍼에게 보낸 편지

[뉘르팅겐, 1795년 12월 초]

사랑하는 형제여!

내가 자이츠[1]에게 약속했던 편지를 자네의 집 주소로 보낸 데서 알 수 있듯이 자네에게 최근에 편지를 쓰려던 참이었다네. 그러나 시간이 부족했다네. 다시 이곳에 온 이래 나는 도대체가 하나의 텅 빈 그릇처럼 느껴지네. 나에 대해서 어떤 소리도 내고 싶지 않기도 하다네. 결정되지 않은 나의 일자리, 나의 고독과 차츰 부담스러운 손님이 되지는 않을까 하는 생각이 나를 짓누르고 있다네. 그래서 나의 시간이 거의 쓸모없는 지경에 이르렀다네.

이외에도 건강이 여전히 온전치를 않다네.

일요일까지도 프랑크푸르트로부터 편지를 받지 못하면, 어떻게 해야 할지 정말 모르겠네. 왜냐하면 슈투트가르트 종무국 사

1 자이츠Wilhelm Friedrich Seiz, 1768~1836는 1787년부터 1792년까지 튀빙겐 신학교를 다녔고, 수료 후에 스위스의 한 가정에서 입주 가정교사를 지냈으며, 1804년부터는 레온베르크에서 목사로 일했다.

람들이 나를 가만히 놓아둘지 의심스럽기 때문이네. 그러고 보니 슈트뢰린가에서의 일자리에 무엇인가 어려움이 발생한다면, 자네가 처할 입장도 이해할 수 있을 것 같네.

내가 지난번 자리에 그냥 있었더라면 좋지 않았을까 싶기도 하네. 시골 고향으로 돌아온 것은 나의 가장 어리석은 행동이었네. 지금은 예나로 되돌아가는 데에 수많은 난관이 있음을 알게 되었다네. 그곳에 머문다고 해서 누가 나에게 무어라 하지 않았을 것인 만큼, 내가 다시 그곳에 가고자 한다면 이상한 사람이라는 소리를 들을 수밖에 없을 것이네.

그동안 자네는 자네의 시들을 좀 다듬었나? 나에 대한 자네의 인내를 부탁하겠네. 나는 여태 살아오면서 지금처럼 퇴고가 싫증이 난 적이 없었다네. 그러나 아무에게도 자신을 알릴 수 없을 때, 항상 자신의 졸작을 눈앞에 두고 있을 때, 그런 싫증이 유별난 일은 아니라네. 끝에 이르면 모든 것은 망가지기 마련이지. 좋은 것은 더 이상 느끼지 못하고, 잘못된 것은 간과하게 되니까 말일세.

나의 불만을 가지고 자네를 괴롭혀서 부끄럽네. 그러나 내가 나의 형편없는 개성을 억지로 도외시하려고 했다면, 박사논문이나 쓰면 썼지, 편지 따위는 쓰지 않았을 것이네. 사람이 자기인 채로 자신을 언제나 드러낸다는 것, 나쁜 날은 그것에 관해서 말하면 두 배로 나쁘게 느껴지고, 좋은 날도 마찬가지라는 것, 그것은 우정에서 괜찮으면서도 좋지 않은 것이기도 하다네.

자네에게 부탁해도 된다면, 돌아오는 전령 편에 캐시미어 양복감, 내 옷의 본, 그리고 내가 슈틸레의 요구 사항을 기록해서 자네의 책상 위에 놓아두었던 메모지를 보내주기 바라네. 옷본과 메모지는 없어도 괜찮다네. 란다우어[2]에게 같은 내용의 메모지를 하나 찾아보고, 재단사에게 옷본을 다시 얻으면 되니까 말일세.

잘 있게나!

가능하면 1, 2주 내에 약속했던 비가悲歌[3]를 보내주겠네. 이제 나는 칸트에게로 다시 도망쳤다네. 내가 고통을 참을 수 없을 때 항상 그랬던 것처럼 말일세.

자네의
휠덜린

2 란다우어Georg Christian Landauer, 1769~1845는 슈투트가르트의 포목상으로 횔덜린은 이해 11월 말 슈투트가르트를 방문했을 때 처음 그를 알게 되었다. 횔덜린이 프랑크푸르트에 체류하는 동안 사업상 자주 공타르가를 방문했던 란다우어와의 우정이 깊어졌다. 1800년 6월부터 1801년 1월까지 길지 않은 기간이었지만, 슈투트가르트의 집에 묵게 해준 란다우어에게서 횔덜린은 그가 절실히 필요로 했던 창조적인 안정과 내면적인 평정을 이루게 해준 우정과 개방적인 정신을 깊이 체험했다. 횔덜린은 시 〈선조의 초상〉(《횔덜린 시 전집 2》, 116~119쪽)과 〈란다우어에게〉(같은 책, 121~122쪽)를 그에게 바쳤다.

3 어떤 작품인지 분명하지 않다.

요한 고트프리트 에벨에게 보낸 편지

뉘르팅겐, 1795년 12월 7일

저의 존경하는 에벨 씨!

저는 당신의 친절한 초청[1]을 감사히 받아들입니다. 제가 원했던 것을 실현할 수 있게 된 것을 얼마나 소중히 여기는지를 당신과 당신의 친구들 가까이에서 증명할 수 있기를 기대하고 있습니다.

다음 주에는 제가 여행길에 오를 수 있을 것으로 생각합니다. 한동안 몸이 좋지 못했지만, 여러 가지로 볼 때 길어도 일주일 이상은 걸리지 않을 것입니다.

저를 위해서 기거할 곳을 찾아보려 하신다니 매우 친절하십니다. 당신 근처로 가게 된다면 더할 나위 없이 편할 것 같습니다. 식탁을 사이에 두고 당신의 동아리에도 참여할 수 있을 것 같습니다. 이렇게 되도록 애써주시고, 식단도 주문하게 되면 점

1 9월부터 기다려온 공타르가에서의 가정교사 채용이 확정되었다. 공타르가가 있는 프랑크푸르트로의 출발은 성탄절이 지나서야 실행되었다.

심 식사만 배려해 주실 것을 부탁드립니다. 제 뜻대로 할 수 있다면 저는 저녁 식사를 하지 않기 때문입니다.

저에게서 어떤 앙금과 같은 것, 자연적이건 아니건, 근원적이건 우발적이건 간에 많은 곤경 때문에 저에게 강요된 결함을 알아차리게 되리라는 점, 그러나 저는 그분들의 불만을 통해서 배우고 개선할 용기와 용의를 충분히 가지고 있다는 점을 당신의 친구분들에게 미리 확실하게 해주시기 바랍니다. 저는 이런 방식을 통해서 검증되고 알려지기를 희망할 수 있기에 앞서서 제가 저 자신을 극복해내려고 하는, 특히 교사로서의 저 자신을 극복해내려고 하는 모든 것을 자세하게 토로할 용의가 사실 있었습니다. 사람들이 솔직한 고백으로 자신의 결함을 덕망으로 만들고, 자신의 약점을 이용하는 것처럼 보이기도 한다는 다른 측면을 생각할 필요가 없을 때의 이야기이기는 합니다.

여기서 벌써 쓰기를 중단하려니 마음이 내키지 않습니다. 그러나 제가 지금 다른 일거리로 매우 산만해져 있고 편안한 마음으로 더 길게 당신에게 보고드리기에는 너무 여유가 없습니다. 나중에 보충하려고 합니다. 제가 곧 당신과 당신 친구들과의 교류로 풍요로워질 수 있는 행운을 귀중하게 생각한다는 사실을 믿어주시기 바랍니다.

만나뵐 때까지 안녕히 계십시오. 당신의 고귀한 친구분들에게 당신이 저의 영혼을 들여다보고 아시는 모든 것을 확인시켜 주시기 바랍니다.

당신의
참된 친구
휠덜린 올림

이 편지를 싱클레어에게 보내주실 수 있으신지요?

3부

프랑크푸르트 시절

1796~1798

이마누엘 니트하머에게 보낸 편지

프랑크푸르트 암 마인,
1796년 2월 24일

나의 존경하는 친구여!

그대에게 내 소식을 알리는 일을 차일피일 미루어왔소. 만일 그대가 약속[1]을 환기시키지 않았다면 내가 그대에게 빚지고 있는 편지 쓰기를 더 미적거렸을 것이오. 그대가 그 약속을 친절하고 부드럽게 환기시켜 주니, 내가 진정으로 부끄럽소. 그대는 새로운 환경에서의 느낌이 어떠냐고 묻고, 예나에 있을 때 집필을 약속했던 논문들은 곧 마무리되는지 궁금해하고 있소.

내가 지금 살고 있는 새로운 환경은 생각할 수 있는 한 최선의 것이오. 나는 내 일을 할 많은 여유를 가지고 있고, 철학 공부가 다시 거의 유일한 나의 일거리라오. 나는 칸트와 라인홀트[2] 공부에 착수했으며 나의 결실 없는 노력으로 흩어지고 허약해졌던

1 니트하머의 《철학 저널》에 실릴 원고를 보내겠다는 약속.

2 라인홀트Karl Leonhard Reinhold, 1758~1823는 피히테의 전임자로서 1787년부터 1794년까지 예나의 철학 교수였다.

정신이 이 분야에 다시금 집중하고 힘을 차리게 되리라 희망하고 있소.

그러나 예나에서의 잔향殘響[3]이 나의 내면에 아직도 너무도 강렬하게 울리고 있고 그때에 대한 회상은 현재의 환경이 나에게 치료의 성과를 내기에는 너무 큰 힘을 발휘하고 있다오. 여러 가닥의 생각들이 나의 머릿속에 서로 엉켜 있는데, 나는 그 가닥을 풀 수가 없소. 제시된 철학적 과제가 요구하는 지속적이고 긴장된 작업을 위해서 나는 아직 정신을 충분히 가다듬지 못한 상태라오.

그대와의 교제가 아쉽소. 자네는 지금도 나의 철학적 스승이며, 내가 추상에 빠지는 스스로를 막고 싶을 때, 내가 어찌할 바를 몰라 그것에 얽혀 들던 예전에 그랬듯이 그대의 조언은 지금도 나에게 귀중하다오. 철학은 일종의 폭군이오. 나는 그 폭군의 강요에 자발적으로 굴복하기보다는 감수하고 있는 편이오.

철학적 서신[4]을 통해서 나는 우리가 사고하고 존재하고 있는 분리가 나에게 설명해 주는, 그러나 주체와 대상 간의 대립, 우리

3 무엇보다 횔덜린은 그가 예나에서 집중적으로 몰두했던 피히테 철학의 "추상성"에 따른 자신의 어려움을 의미하고 있다. 이와 연관해서 예나를 갑자기 떠나게 만든 깊은 심리적 위기도 함께 의미하고 있다. 횔덜린은 다른 자리에서 "형이상학의 날개를 달고 예나에서부터 나를 끌고 다녔던 망령"(221쪽)를 언급했다.

4 이 문단에 서술되어 있는 횔덜린 자신의 〈인간의 미적 교육에 대한 새로운 편지Neue Briefe über die ästhetische Erziehung des Menschen〉에 대한 요약은 근본적으로 1795년 9월 4일 실러에게 보낸 편지(168쪽)에서의 상론과 일치한다. 강조점은 다르지만 두 편지의 목적은 유사하다. 즉, 분리되어 있는 것의 합일이다. 실러에게 보낸 편지에서 횔덜린은 모든 철학적 체계가 "어떤 하나의 절대적인 것 안에 주체와 대상의 합일"이라는 요구 아래 있다고 썼다. 이제 니트하머에게 보낸 편지에서 그는 유사하게 "주체와 대상 간의 대립을 사라지게 하는 데" 관심을 두고 있다고 선언하고 있다.

자신과 세계 사이의 대립, 나아가 이성과 계시 사이의 대립을 사라지게 할 수 있는 원리를 찾아보려고 하오. — 이론적으로, 지적 직관을 통해서, 우리의 실천적 이성의 도움을 꼭 필요로 하지 않은 채 그렇게 할 수 있는 원리 말이오. 이를 위해서 우리는 미적 감각을 필요로 하오. 그리고 나는 나의 철학적 서신을 《인간의 미적 교육에 관한 새로운 편지》로 부르게 될 것이오. 나는 또한 그 안에서 철학으로부터 문학과 종교로 넘어가게 될 것이오.

내가 떠나기 전에 만났던 셸링[5]은 그대의 잡지에 동참하고 그대를 통해서 학자의 세계에 발을 딛게 된 것을 기뻐하고 있소. 우리는 서로 간에 항상 의견의 일치를 보면서 대화를 나누지는 않는다오. 그러나 우리는 새로운 이념들을 서신 형태를 통해서 가장 명료하게 나타낼 수 있다는 데에는 의견을 같이한다오. 그대도 알게 되겠지만, 그는 조금은 잘못된 방식으로 목적지에 도달하기 전에 더 나은 방식으로 자신의 새로운 신념들을 이끌고 갈 것이오. 그의 가장 최근의 일에 대한 그대의 판단을 나에게 말해주기 바라오.

내가 우정 어린 회상 속에 간직하고 있는 모든 이들에게 나의 안부 인사를 전해주시고 나에게 더없이 귀중한 그대의 우정도 잘 보존해 주시오. 내가 곧 열매를 가지고 그대를 기쁘게 할 수 있다면, 그것이야말로 나에게는 가장 멋진 대가가 될 것이오. 그

5 셸링은 니트하머의 《철학 저널》에 1795년과 1796년 1월 사이 3회에 걸쳐 〈독단론과 비판론에 관한 철학적 서한Philosophische Briefe über Dogmatismus und Kritizismus〉을 발표했다. "우리는 새로운 이념들을 서신 형태를 통해서 가장 명료하게 나타낼 수 있다는 데에는 의견을 같이 한다오"는 이 글에 관련된 언급으로 보인다.

열매의 성장이 그대의 돌봄과 기다림을 통해서 촉진되었다고 내가 말하게 될 것이오.

그대의
휠덜린 씀

노이퍼에게 보낸 편지

[프랑크푸르트, 1796년 3월]

사랑하는 형제여!

자네가 오랫동안 편지를 쓰지 않은 것을 나는 이상하게 생각하지 않았다네. 어떻게 된 일인지 물론 알고 있었으니까 말일세. 사람들은 친구에게 말하고 나서 일주일이 지나도록 거두어들일 필요가 없는 것을 말하고 싶어 한다네. 그렇지만 영원한 밀물과 썰물이 우리를 이리저리로 뒤흔든다네. 한 시간 전에 진실이었던 것을 우리는 다음 시간에 우리의 것이라고 더 이상 태연하게 말할 수가 없다네. 우리가 쓴 편지가 전해지는 사이 편지에서 비탄했던 고통이 기쁨으로, 또는 우리가 전했던 기쁨이 고통으로 바뀌기도 한다네. 정도의 차이는 있지만 우리의 마음과 정신의 표현 대부분도 사정은 마찬가지라네. 우리가 우리 마음에서 영원한 것을 발견하는 순간들은 그처럼 곧바로 파괴되어, 영원한 것이 저절로 환영이 되기도 한다네. 그리고 때가 되면 봄과 가을처럼 우리의 내면으로 되돌아올 뿐이라네. 이것이 내가 편지 쓰기를 달가워하지 않는 이유라네.

자네는 자네의 마음을 위해서 나에게 조언을 구하고 있네, 사랑하는 친구여! 그러나 자네는 내가 그러기에 알맞은 사람이 못 된다는 것을 전제했어야만 했네. 내가 자연의 막강한 목소리를 무시해도 될 만큼 현명하다면, 아마 자네에게 선의의 조숙한 설교문을 보낼 수 있었을지도 모르지. 그러나 내가 마음의 사려 깊지 못한 움직임에 대해서 한마디 할 만큼 어리석다면, 어쩌면 자네에게 더한 아첨을 했을지도 모르겠네. 그러나 나는 유감스럽게도, 아니 다행히도 이 두 가지 경우의 어느 하나에도 해당되지 않는다네.

나는 이미 과거에 자네에게 말했던 것 이상의 다른 말을 할 수가 없다네. 내가 말했었지, 자네를 위한 피조물, 오로지 자네만을 위해 창조된 피조물, 다른 말로 하자면, 다른 무엇보다도 사랑할 수 있는 그 피조물이 자네의 존재 가장 가까이 있다는 사실을 자네가 안다면, 총명의 얼굴에 대고 웃음을 짓고, 그 앞에서는 인간의 작품, 시민적인 관계들이 어린아이 앞에서의 예의 바름이나 품위 있는 몸가짐의 규칙처럼 무가치한 성스러운 자연의 이름으로 과감히 쟁취를 시도하라고 말일세.

만일 자네가 이러한 존재에 높은 가치를 부여한 것이 의지할 곳 없는 마음을 달래기 위한 미봉책에 불과하다면, 운명이 자네로 하여금 느끼게 한 삶의 궁핍함에 기인한 것에 불과하다면, 또는 가장 깊은 내면의 순수하고 때 묻지 않은 표현이기보다는 오히려 우연한 상황에 쫓긴 나머지 얻은 궁여지책이라면, 나는 자네를 잃은 것을 슬퍼하게 될 것이네. 자네가 정신의 미래의 꽃과 열매들을, 영원히 젊고 여유로운 쾌활함을, 어쩌면 어디선가 기다리고 있는 가정적인 기쁨을, 그리고 많은 다른 것들을 경솔하게 도박에 건다면 말일세.

이러한 나의 말이 자네를 당황케 하지 않기를 바라네, 사랑하는 나의 오랜 친구여! 본래 이러한 일에서는 누구도 다른 이를 향해서 무슨 말을 할 수 없다는 것, 그러니까 나도 근본적으로 생각해 보면 아무 말도 하지 않았던 것이나 마찬가지라는 것을 생각해 주게나.

나는 잘 지내고 있네, 가능한 한 말일세. 아무런 걱정 없이 지내고 있다네. 정말 복된 신들이 그렇게 지낼 것이네.

실러가 나의 번역 작품 〈파에톤〉을 실어주지 않았는데, 그가 부당한 결정을 한 것은 아니라고 생각하네. 그러나 그가 다른 문제로 나를 괴롭히는 일이 없었더라면 더 좋았을 것 같네. 그는 나의 시 〈자연에 부쳐〉를 받아주지 않았다네. 그 점에서는 그가 정당하게 일을 처리하지 않았다는 것이 내 생각이네. 그건 그렇다 치고, 몇 명인지 따질 것도 없이 우리의 시 한 편이 실러의 《시 연감》에 실리느냐 마느냐는 거의 의미가 없다네. 우리는 우리가 되어야 할 바대로 되면 되는 것이지. 그리고 자네의 불행이 그처럼 자네를 근심시키지 않을 걸세, 마치 나의 불행이 그러하듯이 말일세.

행복하게나, 사랑하는 친구여! 그리고 큰 기쁨에 따라오는 고통을 인내심을 가지고 받아들이게나! — 르브레 양에 관한 소식을 전해주어서 고맙네. 그녀가 나에 대해서 좋게 생각하지 않았다면, 내가 그녀에게서 그런 취급을 당할 까닭은 없는 것 같네.

자네의
횔덜린

동생에게 보낸 편지[1]

[프랑크푸르트, 1796년 3월]

나는 항상 잘 지내고 있다. 건강하고 아무런 걱정도 없단다. 이 정도면 일상을 방해받지 않고 꾸려가는 데 부족함이 없다.

네가 나에게 미학에 열중하고 싶다고 했지. 너는 개념의 규정이 개념들의 종합보다 앞서야만 하며, 그런 다음에 인간이 사물의 정점에 닿기 전에 학문의 하부로 정리된 분야들, 예컨대 (순수한 의미에서) 권리의 이론, 도덕철학 등등이 탐구되어야 한다고 생각하지 않느냐? 우리가 학문의 필요성을 알 수 있으려면, 그리고 학문 위의 보다 더 높은 것을 예감하려면 그 이전에 이러한 필요성을 통찰해야만 한다고 생각하지 않느냐? 물론 위에서부터 출발할 수도 있다는 것도 사실이다. 모든 사유와 행동의 순수한 이상, 표현될 수 없는, 도달할 길 없는 아름다움이 도처에서 우리에게 모습을 나타내고 있는 것이 틀림없는 한에서는 그렇

1 이 편지는 슐레지어의 필사로 전해지고 있다.

다. 그러나 이상의 전적인 완결성과 명료성은 우리가 학문의 미로를 통해서 천착했을 때 비로소 인식될 수 있는 것이다. 우리가 우리의 고향을 진정으로 그리워하고 나서야 비로소 아름다움의 조용한 나라에 도착하게 되는 것처럼 말이다.

휠덜린은 이 편지로 동생에게 심사숙고할 소재를 제공하고자 하는 듯하다. 모든 권위를 거부하고자 그는 동생에게 허심탄회하게 자신은 이러한 점들을 아직까지 과실을 맺을 만큼 충분히 생각해 보지는 않았다고 고백하고 있다. 그는 베츨라로 계속해서 길을 떠난 브로인린 가족 한 사람[2]의 방문을 받았다.

2 누구인지 특정할 수 없다.

동생에게 보낸 편지

프랑크푸르트, 1796년 6월 2일

사랑하는 아우야!

너의 최근 편지가 나에게 무한한 기쁨을 주었다. 괴테가 어딘가에서 이렇게 말했었다. "욕망과 사랑은 위대한 행동을 위한 날개"[1]라고 말이다. — 그 말은 진리에 들어맞는 말이다. 즉, 진리를 사랑하는 자는 누구든지 진리를 발견하게 된다. 진리를 사랑하는 사람의 가슴은 대부분 성장했고, 우리는 유감스럽지만! 쉼과 산책을 위해 주어진 대지의 곳곳에서 반복해서 발견하는 고지식하고 자기중심적인 안목을 뛰어넘는다. 진리를 사랑하는 이들의 마음은 편협하지 않으며, 이들의 정신은 분명히 본래적인 의미에서 어느 한쪽을 편들지 않는다.

너의 노력과 분투는 너의 정신을 점점 더 강하고 유연하게 해준다. 사랑하는 카를아! 내가 보기에 너는 한층 깊이 들어가고

1 괴테의 《타우리스의 이피게니에*Iphigenie auf Tauris*》 2막 1장에 나오는 필라데스의 대사. 횔덜린은 같은 문구를 1791년 2월 12일 헤겔의 방명록에도 기록했다.

한쪽 방향으로만 길을 가고 있지는 않는 것 같구나.

이것은 또한 참된 철저성이기도 하다. 다시 말해서 우리가 근거를 세우고 일체로 종합해서 파악해야 하는 부분들에 대한 완벽한 앎, 지식의 극단에 이르기까지 깊이 파고드는 근거 제시와 파악에 대한 앎이다. 우리는 이성이 근거를 세우고 오성은 파악한다고 말할 수 있다.[2] 이성은 자신의 원칙들, 행동과 사유의 법칙들로 근거를 세운다. 그것은 이성이 인간 내면의 보편적인 대립에 단순히 관여하기 때문이다. 말하자면 절대성을 향한 노력과 제약을 향한 지향의 대립에 관여하기 때문이다. 그러나 이성의 원칙들은 그 원칙들이 이성에 의해서 이상, 즉 모든 것의 최고의 근거에 관여하는 가운데 그 자체가 다시 이성에 의해서 뒷받침된다. 또한 이성의 원칙에 포함되어 있는 당위는 이러한 방식으로 (이상적인) 존재에 의존적이다. 이제 지향의 예의 보편적인, 맞선 대립은 (아름다움의 이상에 따라서) 결합되어야 한다고 결정적으로 명하는 것이 이성의 원칙이라면, 그리고 이러한 원칙들이 보편적으로 예의 대립에 행사된다면, 이러한 대립의 모든 결합은 어떤 결과를 내놓아야만 할 것이다. 또한 이러한 대립의 보편적인 결합의 결과들은 오성의 보편적인 개념들이다. 예컨대 본질과 비본질적인 것, 작용과 반작용, 의무와 권리 등의

2 이성Vernunft과 오성Verstand 개념에 대해서는 칸트의 《판단력비판》 §76 참조. 이성은 그 원칙을 "이상, 즉 모든 것의 최고의 근거"에 관계한다는 것과 이성의 원칙에 포함되어 있는 당위는 이러한 방식으로 (이상적인) 존재에 의존적이라는 것이다. 횔덜린 초기의 논고 〈판단과 존재Urteil und Sein〉가 모든 인식과 사유에 앞서 있는 "존재"라는 표상에서 출발하고, 그 "존재"로부터 자신의 합일 철학을 구축하고 있다는 사실을 시사한다.

개념들이다. 이러한 개념들은 오성에게는 이성에게 이상理想과 같은 관계이다. 그리하여 이성이 이상에 따라 자신의 법칙을 형성하듯이 오성은 이러한 개념에 따라 자신의 원리Maxime를 형성한다. 이러한 원리들은 어떤 행위 또는 어떤 대상이 예의 보편적인 개념에 종속되는 기준들과 조건들을 포함한다. 예컨대 나에게는 어떤 자유의지의 처분에 맡겨져 있지 않은 일을 나의 것으로 삼을 권리가 있다. 이때 보편적인 개념은 권리이며, 조건은 그 일이 어떤 자유로운 의지의 처분에 맡겨져 있지 않다는 것이다. 보편적인 개념에 종속된 행위는 어떤 일의 자기화이다.

나는 이것을 마치 단숨에 스케치하듯이 또는 15분간의 여담을 위해서 편지에 무엇인가를 집어넣듯이 써보았다.

너의 운명이 때때로 너에게 무겁게 압박을 가하고 있다는 것을 나는 잘 알고 있단다. 사랑하는 동생아! 너는 대장부가 되어 이것을 이겨내야 한다. 이른 젊은 시절과 성인의 나이에 우리의 마음과 정신으로 사방에서 침투해 오는 예속의 압박, 우리의 고귀하기 이를 데 없는 힘들에 대한 학대와 압살은, 그럼에도 불구하고 우리가 우리의 보다 나은 목적을 위해서 일해나간다면, 우리에게 기백 있는 자부심도 부여할 것이다. 나는 나의 일을 해나갈 생각이다.[3] 나는 너에게 다른 일자리를 마련해 줄 수도 없지만, 그러고 싶지도 않다. 너에게는 지금 전적으로 휴식이 필요하다. 너는 다른 사람들을 위해서 살기 전에 너 자신의 삶을 살 수

3 서기라는 직업에 대한 동생의 불만 때문에 횔덜린은 좀 더 나은 일자리를 마련해 줄 가능성을 찾고 있었다. 한편 대학에 다니고 싶어 하는 동생의 소망을 지지하고 응원했지만, 어머니의 만류로 좌초되고 만다.

있어야만 한다. 이러한 생각에서 나의 여느 때의 의견과는 어긋나기는 하지만 충분히 심사숙고한 끝에 네가 대학에 가는 것이 어떨까 제안한다. 나의 변화무쌍한 운명이 현재 상황에 나를 그대로 놓아둔다면 다가오는 겨울의 끝머리쯤에는 200프랑은 족히 남길 수 있을 것 같다. 그 돈을 너에게 보내겠으니 너는 예나로 가거라. 내 생각에는 매해 그 정도의 금액을, 어쩌면 그보다는 조금 더 많이 너에게 보낼 수 있을 것 같다. 그리고 네가 필요하다고 생각하는 얼마간의 보조금은 사랑하는 우리 어머니가 거절하지는 않으실 것이다. 네가 무엇을 하든지 나에게 감사할 것은 없다. 나의 확신이 나에게 명하는 대로 할 뿐이다. 그리고 그러한 명령의 수행은 우리가 우리의 목적에 도달한다는 것 이외의 다른 보답을 용납하지 않는다. 우리가 어떻게 그 점을 의심할 수가 있겠는가, 사랑하는 아우야!

네가 말하는 의미에서 **중요한** 인간관계들에 대해서는 유감스럽지만! 너에게 쓸 수 있는 것이 거의 없거나 아니면 전혀 없구나.

막아설 수 없다면 이 세상은 제 나름의 길을 가도록 내버려 두자. 그리고 우리는 우리의 길을 가도록 하자.

이 여름에는 지금까지보다 더 많이 일할 수 있을 것으로 생각된다. 우리가 세상을 떠날 때 뒤에 남길 무엇인가를 우리의 본성으로부터 산출하려는 충동은 유일하게 우리를 생명에 단단히 묶어놓고 있다.

물론 우리는 삶과 죽음의 이러한 어중간한 상황에서 벗어나 아름다운 세계의 무한한 존재로, 우리가 떠나온 영원한 청춘인 자연의 품 안으로 넘어가기를 자주 동경하기도 한다. 그러나 모든 것은 그것의 불변의 경로를 따르기 마련이다. 어찌하여 우리가 갈 만한 그곳으로 그렇게 일찍 달음질해 가야만 하겠는가?

태양이 우리를 부끄럽게 만들어서는 안 될 것이다. 태양은 악한 자와 선한 자 위에 구분 없이 떠오른다. 그리하여 우리도 역시 한동안 사람들과 그들의 행동 가운데, 그리고 우리 자신의 제약과 허약함 가운데 머물 수가 있는 것이다. — 가능하다면, 너의 친구 H[4]를 챙겨주고 싶다. 내가 최근에 다시 찾아갔던 싱클레어가 너에게 진심 어린 안부 인사를 전하더라. 우리처럼 그도 탄식하고 있단다.

피히테가 자연법에 관한 책[5]을 출판했다. 지금 막 서점 주인한테 그 책을 받았단다. 그러니 아직은 무어라고 판단을 내릴 수가 없다. 그렇지만 충분한 이유로 나는 너에게 그 책을 구입하라고 권할 수 있다는 생각이다.

우리의 사랑하는 어머니께 간절한 인사 말씀 전해드리고 다른 친척들과 친구들에게도 안부 전해주기 바란다!

잘 있거라, 나의 동생 카를아!

너의 형
횔덜린

4 누구인지 특정하기 어렵다.
5 《지식학의 원리에 따른 자연법의 기초》(1796).

코타가 나를 기다리게 하면서 불쾌하게 만들고 있구나. 그가 원고료를 보냈거나, 곧 보내기를 기대하고 있다. 설령 이제야 내 책의 인쇄가 시작되었다 하더라도 말이다.

노이퍼에게 보낸 편지[1]

[프랑크푸르트,
1796년 6월 말과 7월 10일경]

사랑하는 친구여! 내 옆에 자네가 있어서 우리의 가슴으로 다시 한번 서로에게 기쁨을 안겨줄 수 있다면 얼마나 좋을까. 우정의 문자는 마치 황금빛 포도주가 담긴 불투명한 잔과 같은 것이네. 포도주를 물과 구분시켜 줄 만큼만 겨우 빛깔을 내비쳐 줄 뿐이지. 그러니 사람들은 크리스탈 잔에 들어 있는 포도주를 바라보길 즐기는 걸세.

지금 자네가 어떻게 지내는지 알고 싶다네. 내가 지내는 만큼 자네도 잘 지내고 있기를 바라네. 나는 하나의 새로운 세상에 살고 있다네. 평소에 아름다운 것이 무엇이며 선한 것이 무엇인지를 알고 있다고 믿었었다네. 그러나 그것을 보고 나서는 나의 모든 앎에 대해서 웃고 싶은 심정이라네. 사랑하는 친구여! 이 세상에는 내 영혼이 수천 년을 머물 수 있고 머물게 될 하나의 존

1 1796년 6월 말 또는 7월 초에 쓴 편지로 주제테 공타르에 대한 사랑을 최초로 고백하고 있다.

재가 있다네. 그리고 그다음 우리의 사유와 이해 모두가 자연 앞에서는 얼마나 어리석은 것인지를 알게 되지. 사랑스러움과 위엄, 평온과 생명, 그리고 정신과 심성과 자태가 이 존재 안에서는 기쁨에 가득 찬 일체라네. 자네는 그런 어떤 것이 이 세상에서 예감되는 일이 얼마나 드물며 다시 발견되기 어려운가라는 나의 말을 믿을 수 있을 것이네. 자네는 알지 않는가, 내가 범상한 길을 벗어나 있다는 것을 말일세. 내가 신앙 없이 살아왔다는 것, 또 나의 가슴으로 내가 얼마나 보잘것없어졌고, 그 때문에 그렇게 비참해졌는지를 자네는 알고 있지. 나에게 이 한 사람이 나타나지 않았더라도 내가 지금처럼 기뻐할 수 있었으며, 마치 독수리처럼 씩씩할 수 있었을까. 그리고 나에게 더 이상 아무런 가치도 없었던 삶이 그 존재의 봄볕으로 이처럼 회춘하고, 강건해지고, 유쾌해지고, 영광스러울 수 있었겠는가? 나는 나의 옛 염려들이 철저히 어리석어 보이고, 마치 어린아이에게처럼 알 수 없어 보이는 순간을 맞고 있다네.

그녀 앞에서 무엇인가 죽을 운명의 것을 생각하는 일은 사실 불가능하기도 하고, 그 때문에 그녀에 관해서 무슨 말을 거의 할 수 없게 된다네.

어쩌면 그녀의 본성의 한 부분을 성공적인 필치로 그려내는 일이 나에게 때때로 일어날지도 모르겠네. 그럴 때는 자네에게 하나도 숨기지 않겠네. 그러나 내가 그녀에 관해서 무엇을 써야 할 그 시간은 성대하고 철저히 방해받지 않는 시간이어야만 한다네. —

내가 어느 때보다도 지금 기꺼이 시를 쓰고 있다는 것을 자네는 생각할 수 있을 거야. 자네는 나로부터 곧 무엇인가를 다시 받아볼 수 있을 것이네.

자네가 나에게 전달해 주었던 것은 자네에게 굉장한 보답을 안겨주었다네. 그녀가 그것을 읽고 기뻐했으며 자네의 비탄에 눈물을 흘렸다네.

오, 기쁨을 가지게, 사랑하는 형제여! 기쁨 없이는 영원한 아름다움이 우리 가운데 옳게 피어날 수 없지. 거대한 고통과 거대한 기쁨이 인간을 가장 훌륭하게 기르는 법이라네. 그러나 매일을 자기 의자에 앉아서 졸면서도 할 수 있는 일을 하고 있는 구두장이의 삶은 정신을 때 이르게 무덤으로 데리고 간다네.

이제는 쓸 수가 없네. 내가 웬만큼은 덜 행복하게, 그리고 덜 발랄하게 느낄 때까지 기다려야겠네. 잘 있게나, 귀하고, 시련을 이겨낸, 영원히 사랑하는 친구여! 그대를 내 가슴에 껴안을 수 있다면 얼마나 좋을까! 그것이 지금은 그대에게나 나에게 참된 언어일지도 모르지!

자네의
횔덜린

7월 10일

오늘은 홈부르크로 떠나네. 전쟁 때문이야. —

잘 있게나, 나의 형제여! 시간이 촉박하네. 가능해지면 다시 쓰겠네.

실러에게 보낸 편지

카셀,[1] 1796년 7월 24일

존경하는 궁정 고문관님, 저는 앞으로 나올 사화집詞華集을 위한 작은 기고문 모음[2]을 제 임의로 선생님께 보내드렸습니다. 제가 직접 가지고 가서 선생님의 곁에 서는 기쁨을 누리고 싶었습니다만 뜻대로 되지 못했습니다. 사람들이 저에게 전한 바에 따르면 선생님의 건강이 훨씬 나아지셨다고 들었습니다. 그 소식은 선생님께로 순례하듯 가서 선생님을 뵙고자 하는 저의 욕구를 더욱 커지게 합니다. 그러나 그곳으로 가기까지 저는 적어도 몇 개월을 인내하며 기다려야만 할 것 같습니다. 저는 지금 프랑크푸르트에서 지난겨울부터 매우 행복하게 함께 지내고 있던 가

1 횔덜린, 주제테 공타르와 그녀의 자녀들, 그녀의 시어머니인 쥬잔나 마리아 공타르, 그리고 가정교사 마리 렛처는 7월 13일 또는 14일 카셀에 도착했다. 본래의 계획과는 달리 그들은 이곳에 잠정적으로 머물렀다.

2 시 〈미지의 여인에게〉(《횔덜린 시 전집 1》, 319~321쪽), 〈헤라클레스에게〉(같은 책, 322~324쪽), 〈디오티마(중간 초고)〉(같은 책, 331~337쪽), 〈현명한 조언자들에게〉(같은 책, 354~356쪽). 《1797년 문예 연감》에 실리기에는 이 원고가 너무 늦게 도착했다.

족과 같이 피난길에 있기 때문입니다. 그들은 정말 보기 드문 사람들입니다. 제가 그 사람들을 제때에 발견한 것도 물론 그렇지만, 몇 가지 씁쓸한 경험들이 저로 하여금 온갖 관계를 불신하도록 만들었기 때문에 저에게는 그만큼 더 귀중한 분들입니다. 저는 선생님께 다시금 저의 온갖 곤궁함을 드러내 보여드리고 지금 골몰하는 많은 일들에 대해서 선생님의 고견을 구해보려고 했습니다. 또한 간접적으로라도 선생님께 몇 마디 다정한 말씀을 구해보고 싶었습니다. 그러나 여기서 줄이는 것이 불가피하군요.

외람됩니다만, 사모님께도 제 안부 인사를 전해주실 수 있으신지요?

온몸으로
선생님 편인
횔덜린 드림

동생에게
보낸 편지

카셀, 1796년 8월 6일

나의 동생 카를아, 나는 우편 마차를 통해서 너에게 다시 한번 소식을 전하고 또 너로부터 소식을 받는 일이 가능하리라 기대하고 있다. 여러 가지를 고려해 볼 때 너희에게 닥쳐온 커다란 사건들[1]의 특별한 상황과 귀중한 나의 가족에게 닥친 모든 일을 정확하게 알고자 하는 나의 절실한 바람을 너도 어렵지 않게 생각할 터이니 말이다.

여기 라인 지방에서도 나의 상상력이 전쟁에 더 익숙해 있지 않았다면, 아마 나를 불안케 하는 개연성들 때문에 더 괴로웠을지도 모르겠다.

나는 우리의 착하신 어머니를 진심으로 걱정하고 있다. 어머

1 프랑스군은 7월이 지나는 동안 프랑크푸르트를 정복하고 나서 동쪽 밤베르크까지 진격했다. 모로Moreau 장군 휘하의 남부군은 슈바르츠발트를 넘어 7월 18일에는 슈투트가르트로 진군했고 울름에 진주했다. 프랑스와 별도 평화협정을 맺고 있었던 뷔르템베르크는 여러 차례의 전투 때문에 심하게 고통을 당하고 있었다. 그러나 횔덜린의 가족은 무사했다.

니가 그런 상황에서 번민과 실망으로 얼마나 괴로워하실지 알기 때문이다.

나의 동생 카를아, 그렇게 엄청난 광경의 접근은 공화주의자들의 거인 같은 발걸음이 제공해 주는 것과 같이 너의 영혼을 가장 깊숙하게 강화시켜 줄 수 있다.

그리스의 우렛소리를 듣는 것은 역시 무엇인가 경쾌한 일이다. 몇천 년 전 페르시아인들을 아티카에서 헬레스폰트를 넘어져 아래 미개인의 땅 수사로까지 내동댕이쳤고, 그리하여 무자비한 뇌우가 제 고향 위로 엄습하는 것을 보여주었던 그 우렛소리 말이다.

틀림없이 너희는 새로운 드라마를 돈을 내지 않고 보게 될 것이다. 그러나 내 생각에 너희들은 별일 없이 그 처지에서 벗어날 것이다. 오늘 나는 신문에서 생 시르 장군이 튀빙겐, 로이트링엔, 그리고 블라우보이렌을 넘어서 오스트리아군을 추격했다는 것을 읽었다. 나는 우리의 사랑하는 누이동생과 그녀의 집 때문에 불안에 빠지기도 했단다. 또한 나는 이 지상을 더럽히고 그렇게 가증스럽게 너희들이 있는 곳에 진주하고 있는 콩데 부대의 괴수[2]들이 두렵기도 하다. 그러니 편지를 받는 즉시 편지를 써서 보내거라. 사랑하는 카를아! 지금 나에게는 가족들의 안녕 이외에 아쉬운 것이 아무것도 없단다. 나는 3주하고 3일 동안을 여기 카셀에서 아무 걱정 없이 잘 지내고 있다. 우리는 하나우와 풀다

2 부르봉 왕가의 콩데 왕자 루이 조세프Louis Joseph de Bourbon, Prinz von Condé, 1736~1818 휘하의 용병 부대는 오스트리아 편에서 혁명군에 맞서 싸웠는데, 잔인하고 무자비해 공포의 대상이었다.

를 거쳐 — 상당히 가까이에서 프랑스군의 대포 소리를 들으면서, 그러나 안전하게 — 여기에 왔다. 내가 떠나는 날 우리가 함부르크로 가게 될 것이라고 썼으나 여기가 여러 관점에서 공타르 부인에게 흥미로웠고 따라서 우리가 여기에 도착한 날 여기서 얼마 동안 머물기로 그분이 결정을 내렸단다. (공타르 부인은 어머니와 너에게 안부 인사를 전하고, 너에게는 너희들이 당하고 있는 처지를 가능한 한 낙관적으로 바라보라고 충고하고 있다.) 《아르딩헬로》의 유명한 저자인 하인제 씨도 우리와 함께 지내고 있다. 그분은 정말로 뛰어난 인물이다. 그분이 보여주는 쾌활한 노년보다 더 아름다운 것은 없어 보인다.

얼마 전부터 여기서도 우리에게 구경거리가 있었다. 너희들이 보고 있는 구경거리들보다는 조금 평화로웠지만. 프러시아의 왕이 이곳의 방백을 방문해서 상당히 성대하게 접대를 받았다.

이곳을 에워싸고 있는 자연은 거대하고 매혹적이다. 예술 또한 즐거움을 안겨준다. 이곳 **아우가르텐과 바이스슈타인**[3]은 독일에서 1급에 해당하는 시설들을 갖추고 있다. 우리는 또한 점잖은 예술가들과도 사귀었다.

박물관[4]에 있는 회화미술관과 몇몇 조각상들은 나에게 참으로 행복한 나날을 제공해 주었다.

다음 주에 우리는 베스트팔렌 지역으로 들어가 드리부르크

3 1798년 빌헬름스회에Wilhelmshöhe로 지역명을 바꿨다.

4 프리데리치아눔Fridericianum 박물관은 고대 조각 작품들의 많은 복제품과 함께 원작도 많이 소장하고 있었다. 회화관에는 루벤스, 렘브란트, 그리고 클로드 로랭의 작품 같은 명작들도 있었다. 횔덜린이 미술품들과의 만남을 통해서 행복한 시간을 가지게 된 것은 미술에 일가견이 있었던 하인제의 덕으로 보인다.

(파데보른 근처의 온천장)로 갈 것이다. 내가 너의 편지를 틀림없이 받을 수 있는 주소를 첨부해 두었다. 평화가 오면, 우리는 겨울 초에 프랑크푸르트에 가 있을 것이다.

잘 있어라, 나의 카를아! 너의 정당한 희망을 결코 포기하지 말아라! 나에게 곧장, 그리고 많고도 정확하게, 동시에 네 가슴에서 우러난 편지를 쓰기 바란다.

우리의 착한 어머니와 사랑하는 가족들 모두에게 간절한 나의 안부 인사를 전해주고 나의 진심 어린 관심을 확인시켜 주기 바란다.

너의 형
프리츠가

동생에게 보낸 편지

프랑크푸르트, 1796년 10월 13일

얼마 전보다는 내가 너에게 더 가까이 있게 되었구나, 그렇게 느껴진다. 너는 카셀에서 쓴 내 편지를 받았을 것이다. 그곳에서부터 우리는 독일의 보이오티아[1] 안으로, 자연 그대로인 아름다운 지역을 통과하고, 베저 강을 넘고, 헐벗은 산들, 더럽고 필설로 다하지 못할 만큼 가난한 마을들과 더욱 더럽고 더욱 형편없이 울퉁불퉁한 길을 거쳐서 베스트팔렌으로 갔었다. 이것은 간략하지만 사실에 충실한 나의 여행기다.

우리는 온천장에서 매우 호젓하게 지냈다. 더 이상의 다른 사귐도 없었고, 그럴 필요도 없었다. 왜냐하면 멋진 산들과 숲들 가운데 살면서 우리 스스로가 가장 멋진 동아리를 이루었기 때문이다. 하인제 씨는 여행도 하고 우리와 함께 머물기도 했다. 나는 온천욕을 조금 했고 귀중한 건강을 보강해 주고 나쁜 기운을 씻

1 보이오티아는 동부 그리스 중앙에 위치한 척박하고 산이 많은 지역이다.

어내 주는 광천수를 마시기도 했다. 그리고 대단히 좋은 효험을 느꼈고 또 지금도 느끼고 있다. 너를 특히 기쁘게 해줄 일은 헤르만이 바루스의 군대를 물리쳤다는 계곡에서 반 시간 정도 떨어진 곳에서 우리가 지내고 있다는 사실이다. 나는 이 자리에 서서 우리가 하르트 근처의 숲[2]에서 포도주 항아리를 옆에 놓고 바위 위에 앉아 《헤르만의 전투》를 함께 읽었던 아름다운 5월의 오후를 생각했다. 그것은 언제나 황금처럼 귀중한 나들이였다. 사랑하는 귀중한 동생아! 우리가 언젠가 다시 자리를 함께하면, 그 나들이는 더욱 아름다우리라고 생각한다. 나는 내가 이번 여름에 너의 처지를 개선하기 위해 내놓았던 제안에 대해서 사랑하는 어머니에게 진지한 의견을 들었으면 하고 원했었다.

우리가 어머니를 귀찮게 하지는 말자. 어머니가 만일 우리의 의견에 반대하신다면 정확하게 경제적인 이유를 말씀해 주실 것이다.

너는 대학에서 철학을 **공부해야만** 한다. 설령 등잔 하나와 기름을 사는 데 필요한 돈밖에 가지고 있지 않으며, 한밤중부터 새벽닭이 울 때까지밖에는 시간이 없다 할지라도 말이다. 이러한 일은 내가 매번 반복하는 일이기도 하고, 또한 너의 생각도 같을 것이다.

이렇게 하면 **최악의 경우** 교수나 대학 없이도 너는 해낼 수 있을 것이다. 사랑하는 아우야! 그러나 너에게 당부하고 싶은 것은,

2 뉘르팅겐 북쪽에 있는 숲. 전설에 따르면 슈바벤 연맹에 의해서 추방된(1519년) 뷔르템베르크의 울리히 대공(1487~1550)이 이 숲에서 은신했었다. 시 〈하르트의 골짜기〉(《횔덜린 시 전집 2》, 202쪽) 참조.

너무 괴로워할 필요 없이 너의 고귀하기 이를 데 없는 욕구를 충족할 기회를 포착하라는 것이다.

언젠가 네가 본래대로 사상가와 외교관을 겸비하고 있는 것을 보게 된다면 나는 정말 기쁘겠다.

예나로 가지 않게 된다면, 적어도 프랑크푸르트로는 와야 한다. 너는 일단 나와 함께 즐겁게 보낼 수 있을 것이다. 내가 크리스마스 휴일 이전에 (왜냐하면 그때쯤이면 도로가 완전히 한적해질 것이기 때문에) 너에게 여비를 보내주겠다. 그러면 따뜻한 외투도 하나 사 입고 우편 마차를 타고 올 수 있을 것이다. 와서 여기서 며칠 머물면서 홈부르크에 있는 친애하는 싱클레어도 방문하게 될 것이다. 그리고 건강하게 다시 사무실로 돌아오게 될 것이다. 이 모든 일에 별도의 경비는 들지 않는단다.

그러나 이것은 네가 예나로 가지 않을 경우에 한해서다!

나는 잘 지내고 있다. 네가 나를 다시 만나게 되면, 내가 훨씬 덜 혁명적인 정서 상태에 놓여 있다는 것을 알게 될 것이다. 나는 매우 건강하단다. 여기에 동봉해서 조끼라도 해 입을 수 있는 작은 캐시미어 직물을 한 장 보낸다. 이곳에서 열리고 있는 견본시가 이번에는 매우 한산하구나. 뷔르템베르크와 나의 귀한 가족들이 새롭게 전개되는 불안한 정세에도 여전히 안전하기를 바란다! 나는 정치적 참상에 대해서 많은 말을 하고 싶지 않구나. 나는 얼마 전부터 우리에게 일어나는 모든 일에 매우 느긋해졌단다.

모든 이들께 안부 인사를! 귀하신 어머니, 그리고 누이동생, 또 외할머니, 또한 뢰흐가우와 블라우보이렌에 있는 다른 모든 이들에게 특별히!

사랑하는 어머니가 꺼리지 않으시면, 다음번에는 몇 자라도 나에게 편지를 써주시기를 부탁드리고 싶다. 언젠가는 어머니로부터 어떤 소식이든지 듣고 싶은 마음이 간절하다. 어머니는 여전히 안녕하시고 나를 여전히 괜찮게 여기시는지 궁금하구나.

너의 형
프리츠가

헤겔에게 보낸 편지

프랑크푸르트, 1796년 10월 24일

사랑스럽기 그지없는 헤겔!

마침내 일이 진척되고 있네. 자네는 내가 지난여름 초에 최고로 유리한 일자리에 관해서 썼던 일과 자네나 나를 위해서 자네와 내가 언급했던 그 점잖은 사람들에게로 오는 것이 나의 간절한 소망이라고 한 것을 기억할 것이네.

그간 내가 그렇게 오랫동안 답변을 받지 못한 가장 큰 이유는 물론 전쟁으로 인한 불안 상태였네. 나는 여름 내내 카셀과 베스트팔렌에 가 있었고, 따라서 자네에게 무슨 소식을 전할 처지가 못 되었네.

엊그제 고겔 씨[1]가 불현듯 우리가 있는 곳으로 와서는 자네가 아직도 자유롭고, 자기와 이런 관계를 맺는 데에 흥미가 있다면 좋겠다고 나에게 말했네. 자네는 우선 아홉 살, 열 살인 두 명의

1 고겔Johann Noë Gogel, 1758~1825은 프랑크푸르트의 규모가 큰 포도주 상회의 주인으로 공타르가와는 먼 친척 간이고 친구 사이였다.

착한 소년들을 교육하면서 거리낌 없이 그의 집에서 살게 될 것이라고 하네. 그리고 독방을 쓰게 된다고 하니 하찮은 일은 아닌 거라네. 그 방에 잇대어 아이들 방이 있다네. 또 경제적인 조건도 매우 만족할 만하다네. 그 외에 그와 그의 가족에 대한 좋은 점들을 너무 많이 쓰지 않겠네. 왜냐하면 지나친 기대는 언제나 모자라게 충족되니까 말일세. 다만 자네가 올 생각이 있다면, 그의 집은 자네에게 언제나 열려 있다는 걸세.

사족을 달자면! 자네가 400프랑 이하로 받는 일은 거의 없을 거라네. 여행 경비는 나한테도 그랬듯이 자네에게 지불될 걸세. 10카로린이 예상된다네. 매 견본시마다 자네는 아주 그럴듯한 선물을 받게 될 걸세. 그리고 이발을 한다든지 기타 사소한 경비를 제외하고는 모든 것을 무료로 제공받게 될 걸세. 자네는 아주 괜찮은 라인 포도주 또는 프랑스산 포도주를 식탁에서 마시게 된다네. 또 프랑크푸르트에서 가장 아름다운 장소에 서 있는 가장 아름다운 저택에 살게 된다네. 이곳에서 자네는 고겔 씨와 그 부인이 소박하고 숨김이 없으며 이성적인 인물이라는 것을 알게 될 걸세. 이분들은 그들의 친절과 부유함 때문에 함께 어울려 즐겁게 사는 삶을 요구받지만, 대부분은 자신들의 삶을 살고 있다네. 그것은 그들 부부가, 아니 특별히 고겔 부인이 프랑크푸르트 상류사회 인사들의 경직성, 그리고 정신적 빈곤과 메마른 감정과 관련을 맺지 않아 때 묻지 않았으며, 그런 관계로 인해서 가정에서의 기쁨을 망치고 싶어 하지 않기 때문이라네.

이 마지막 언급이 모든 것을 말해준다는 나의 말을 믿어주기 바라네! 마지막으로, 사랑하는 친구여, 나로 하여금 이 점을 자네의 가슴에 새기도록 허락해 주게나. — 자신의 처지와 성격의 다양한 변화 가운데에서도 마음과 기억과 정신을 통해 자네에게 충실히 머물며, 어느 때보다도 더욱 철저히 그리고 더욱 따뜻하게 자네의 친구가 될 사람, 그리고 자네 존재의 모든 이해관계, 삶의 모든 관심사를 기꺼이 자네와 함께할 사람, 자신의 멋진 상황에도 자네 이외에 부족한 것이 없는 사람, 이러한 사람이 여기에 오면 자네와 멀지 않은 곳에 살고 있다네.

참으로, 사랑하는 이여, 나는 그대를 아쉬워하고 있네. 그대도 나를 필요로 할 수 있다는 것을 믿어주게나.

우리가 언젠가 장작을 팬다거나 장화에 약칠을 하는 순간을 맞게 되면, 튀빙겐에서 조교가 되는 것이 그래도 조금은 낫지 않았을까 자문해 보도록 하세. 신학교는 뷔르템베르크와 팔츠를 온통 뒤덮어 가며 나에게 냄새를 풍기고 있다네. 온갖 벌레들이 그 안에서 꿈틀거리고 있는 관대棺臺처럼 말일세. 진지하게, 사랑하는 친구여, 자네의 정신을 경솔하게 언짢은 시험에 내맡겨서는 안 되네.

내가 자네에게 경제적인 문제에 대해서 한 말을 자네가 믿을 수 있다는 것은 이곳의 모든 상인들이 그 점에서 거의 철저하게 똑같은 현상을 보고 있다는 사실을 통해 자네에게 증명될 것이 분명하다네. 총액에 대해서는 자네가 전적으로 믿을 수 있을 거네. 확실한 소식통으로부터 그 사실을 알게 되었다네. 나는 고겔 씨에게 편지를 통해서 이 계약 관계에 대한 자네의 생각과 자네가 필요하다고 생각하는 소망을 표명하기를 요구하고, 이에 대한 자네의 회답이 오면 그 내용을 그에게 읽어주겠다고 말해두었다네. 자네는 이런 방식으로 모든 것을 알릴 수가 있네. 자네가 원한다면 이래저래 할 것 없이 여기로 직접 올 수도 있지.

가능하면 신속하게 처리해 나가도록 하세. 그렇지 않아도 고겔 씨는 불가피할 경우에는 몇 달 정도는 기다릴 수 있다고 말하고 있네. 나는 아직도 많은 것을 자네에게 말해야 할 것 같네. 그러나 자네가 이곳으로 오는 것이 자네와 나의 길고도 흥미로운 미지의 책의 서문임이 틀림없다네.

자네의
휠덜린이

헤겔에게 보낸 편지

프랑크푸르트, 1796년 11월 20일

가장 사랑하는 친구 헤겔!
모든 일이 깨끗하게 정리되었네. 내가 미리 짐작했듯이, 자네는 400프랑을 받게 될 것이네. 무료 세탁을 제공받고 집에 머무는 동안 시중을 받게 될 것이네. 여행 경비는 여기에 오면 그때 고겔 씨가 지불해 주려고 한다네. 혹은 필요하다면, 우편환을 베른으로 송부하려고 한다네. 나는 지금 고겔 씨에게 들은 대로 그대로 전하고 있다네.

만일 자네가 이런저런 불편함을 피하기 위해서 우편환으로 돈을 받기 원한다면, 다음 편지에 써 보내게. 그러면 내가 적절하게 처리할 방도를 찾아보겠네. 물론 자네를 조금도 드러내지 않고서 말일세.

자네가 1월 중순에야 온다는 사실을 나보다도 고겔 씨가 더 인내심을 가지고 받아들이고 있다네. 나는 오늘이 신년맞이 저녁이라면 얼마나 좋을까 생각했네. 고겔 씨가 자네의 편지를 읽었고, 내 생각에는 편지 내용에 매우 만족해했다네. 자네가 아직도 옛날 그대로 변함이 없다면, 그의 성격과 자신을 표현하는 방식이 자네와 매우 많이 닮았음을 발견하게 될 것이네.

수업 자료와 형식은 물론 자네의 의견에 맡겨질 것이네. 프랑스어를 능숙하게 구사하는 자네의 실력을 고겔 씨는 매우 귀하고 의미심장한 선물로 받아들이고 있다네.

두 아들은 착한 아이들이라고 하네. 자네가 때때로만 좀 도와주면 될 두 딸 중 한 명은 좀 아둔하다고 하네. 그러나 자네를 심하게 힘들게 할 것 같지는 않네. 독일이 유럽에 포함된다는 것 정도는 그 애도 알 테니까 말일세. 그런 착한 아이와 15분 정도 얘기를 나누는 것을 싫어할 사람이 어디 있겠나?

첫 수업이 우리의 정신을 잘 나타내야 하겠지만, 자네는 현 상황의 국가나 교회보다는 이 아이들에게 몰두하게 되겠지. 우리에게 기대할 수 없는 습자習字, 산수, 스케치, 댄스, 펜싱 등의 수업은 아이를 마음 놓고 맡길 수 있는 선생들이 맡기 때문에 자네는 그사이에 충분히 휴식을 취할 수 있을 것이네.

우리 형제처럼 수고와 기쁨을 함께 나누세, 오랜 진정한 친구여! 내가 프랑켄 지역에서부터 함께 동반했던 지옥의 망령과 형이상학의 날개를 달고 예나에서부터 나를 끌고 다녔던 망령[1]이 프랑크푸르트에 온 이후 나에게서 떠났다는 것은 정말 다행한 일이네. 그렇게 나는 여전히 자네가 필요하네. 나는 알고 있네. 자네의 처지가 널리 알려진 언제나 명쾌한 자네의 감각을 다소

1 횔덜린은 칼프가 가정교사로서의 교육 실패와 예나에서 몰두했던 철학의 "추상성"에서 비롯된 어려움을 생각하고 있다.

무디게 했다는 것을 말일세. 그러나 하나만 알아두게나! 자네는 이번 봄까지는 다시금 그 이전의 자네가 될 것이라는 점 말일세. 사랑하는 귀중한 친구여! 자네가 이끌고 지도하는 것에 관해서 말하는 것은, 나를 슬프게 했다네. 자네는 나의 심성이 나를 아둔한 젊은이로 만들 때마다 자주 나의 좋은 조언자였다네. 이제 앞으로도 때때로 나의 조언자여야만 하네.

자네는 어디서도 찾기 어려운 친구들을 만나게 될 걸세.

지난주에 나는 홈부르크로 싱클레어를 찾아갔었네. 자네가 온다고 하니 그렇게 기뻐할 수 없었네. 사랑하는 친구여! 자네에게 말해두지만, 정말 행복한 나날을 보내기 위해서 자네와 나의 집 이외에는 아무것도 필요치 않을 걸세. 재회의 날은 우리를 상당히 회춘시켜 줄 것이 틀림없네. 특별한 일이 없다면, 나는 다름슈타트로 자네를 마중하러 갈 생각이네. 가장 먼저 자네를 내가 있는 곳으로 데리고 오겠네. 자네와 실컷 재회의 기쁨을 나누고 나서 그다음에 착한 고겔의 집으로 자네를 데려다줄 것이네.

엊그제 꿈에 자네를 보았다네. 자네가 스위스에서 여기저기 온갖 곳을 헤매고 있더군. 나는 격분했었지. 꿈에서 깨고 나자 그 꿈이 나에게 큰 기쁨을 선사했다네.

잘 있게나, 사랑하는 친구 헤겔! 곧 나에게 편지 주게나. 자네가 베른을 벌써 떠났다면 얼마나 좋을까!

자네의
횔덜린

실러에게
보낸 편지

프랑크푸르트, 1796년 11월 20일

지극히 존경하는 선생님!

제가 여느 때 해왔던 대로 제 영혼에서 우러나오는 한마디 말씀을 선생님께 드릴 수 없다는 사실이 자주 저를 슬프게 합니다. 저에 대한 선생님의 침묵[1]은 저를 참으로 의기소침하게 만듭니다. 그리하여 선생님께 제 이름이라도 다시 아뢰고자 하면 언제나 어떤 사소한 일이라도 구실로 삼지 않으면 안 되게 되었습니다.

이번 구실은 선생님의 금년도 《시 연감》에 지면을 얻지 못한 저의 실패한 시 작품을 다시 검토할 수 있도록 저에게 보내주십사 하는 간청입니다. 지난 8월에 카셀에서 선생님께 보내드린

1 실러는 1795년 5월 말 횔덜린이 갑자기 예나를 떠나고 난 다음부터 횔덜린의 편지에 단 한 번도 회답하지 않았다. 그러나 실러는 이 당황스러운 편지에 대해서 11월 24일 곧바로 "나는 그대를 결코 잊은 적이 없다오, 사랑하는 친구여"로 시작되는 답장을 보냈다.

원고는 제가 가진 유일한 것이었습니다.

그 원고에 선생님의 생각을 덧붙여 주시는 것을 부질없는 수고라고 생각지 않으신다면, 어떤 것이든 선생님의 침묵보다는 가볍게 견뎌낼 수 있습니다.

저에 대한 선생님의 아주 작은 관심도 아직 잘 기억하고 있습니다. 프랑켄에서 살고 있을 때 선생님께서 언젠가 말씀을 적어 보내주신 적이 있는데요, 저는 오해받고 있다는 생각이 들 때마다 항상 그 말씀을 반복해서 생각합니다.

저에 대한 생각을 바꾸신 것인가요? 아니면 저를 포기하셨나요?

이러한 질문을 용서해 주십시오. 거의 열정에 이르다시피 할 때마다 헛되이 저항해 보는 선생님을 향한 저의 애착이, 아직도 여전히 저를 떠나지 않는 그 의존심이 어쩔 수 없이 이러한 질문을 하게 합니다.

저의 자유조차 그처럼 잃게 하는 유일한 분이 선생님이 아니시면, 그 점에 대해서 저 자신을 책망할지도 모르겠습니다.

저는 어떤 성취와 성공을 통해서 다시 한번 선생님으로부터 만족의 표현을 얻어낼 때까지 쉬지 않으리라는 것을 알고 있습니다.

제가 하고 있는 일들에 대해서 말씀드리지 않는다고 나태해졌다고는 생각지 말아주시기 바랍니다. 그러나 제가 누렸거나 꿈꾸었던 호의의 상실이 주는 낙심은 견뎌내기 어렵습니다.

선생님께 드리는 저의 말 한마디 한마디에 제 스스로가 당황스럽고 또 마음이 조여옵니다. 그러나 다른 사람을 마주하고 있을 때는 어린이 같은 두려움을 상당히 떨쳐버리기도 한답니다.

저에게 다정한 말씀 한마디 해주십시오. 그러면 제가 얼마나 변화하는지를 보시게 될 것입니다.

선생님의 진정한 숭배자
휠덜린 올림

요한 고트프리트 에벨에게 보낸 편지[1]

프랑크푸르트, 1797년 1월 10일

나의 친애하는 에벨 씨!

제가 당신의 첫 편지에 대한 회답을 이렇게 오랫동안 주저했던 것은 그 편지에 답변해야 할 것이 많다는 것을 느꼈으나 하고 싶은 모든 말을 다 하기에는 충분한 시간이 없었기 때문입니다.

사랑하는 에벨 씨! 당신처럼 환멸을 느끼고 또 상심하는 일은 훌륭한 일입니다. 진리와 정의에 관심을 기울인 나머지 그것이 없는 데에서도 그것을 보는 일은 누구에게나 있는 일이 아니기 때문입니다. 관찰하는 오성이 감정에 사로잡히면 그 감정은

1 1794년 프랑스혁명의 한 기초 문서인 시에예스 신부의 제3신분에 대한 논문을 독일어로 번역한 에벨은 1796년 9월 프랑스혁명에 대한 관심과 공감에 이끌려 프랑크푸르트를 떠나 파리로 갔다. 그러나 1796년 10월의 한 편지에서 프랑스의 실제 상황이 그에게 씁쓸한 환멸을 안겨주었음이 드러난다. 10월 27일 주제테는 남편에게 이렇게 쓰고 있다. "에벨 박사가 횔덜린 선생에게 비탄하는 편지를 파리로부터 보내왔답니다. (…) 그는 극도로 불만스럽고 그의 모든 기대가 배반을 당한 것입니다." 에벨의 환멸에 대한 횔덜린의 깊은 공감은 "정치적 참상"을 목격한 자신의 환멸에서 유래하고 있다. 이 편지는 평화롭고 비폭력적인 진화를 통해 혁명적인 쇄신에 대한 희망을 갈음하고자 한 횔덜린의 전향에 대한 가장 중요한 증언이다.

자기가 살고 있는 세기에는 너무 고상하다고 말해도 될 것입니다. 자신은 앓지 않은 채 이 더러운 현실을 적나라하게 바라다보는 일은 거의 불가능합니다. 파편을 맞지 않으려고, 또 밀어닥치는 연기와 먼지를 피하려고 눈을 감는다면, 그동안은 편하겠지요. 또한 직접적으로 관련이 없는 많은 것을 즐겁게 관망하는 것은 인간의 아름다운 본능 중 하나입니다. 그러나 당신은 그것을 견뎌내고 있습니다. 저는 당신이 이전에는 전혀 보지 않았던 것을 지금 보고 싶어 한다는 점에서 당신을 존경합니다.

인류의 모든 열매와 꽃이 우리의 희망 가운데서 다시 번성하는 것을 보았던 그곳으로부터 작별을 고하는 것은 무한히 고통스러운 일임을 압니다. 그러나 우리에게는 우리 자신이 있고 또 소수의 다른 사람들도 있습니다.[2] 우리 자신과 이 소수의 다른 사람들 안에서 하나의 세계를 발견해 내는 것도 역시 아름다운 일입니다.

그리고 일반적인 일에 해당하는 것으로 저는 하나의 위안을 느낍니다. 말씀드리자면 모든 발효醱酵와 해체는 필연적으로 소멸 또는 새로운 유기화로 이어진다는 것입니다. 그러나 소멸은 없습니다. 그러니까 세계의 청춘은 우리의 분해로부터 다시 되돌아오는 것입니다. 우리는 세계가 지금처럼 다채롭게 보인 적

2 프랑스혁명에 걸었던 직접적인 희망의 환멸을 횔덜린은 우선 "눈에 보이지 않는 교회"를 통해 미래의 세계를 앞서 실행하는 소수의 드문 사람들의 정신적 공동체 사상을 다시 제기함으로써 극복해 내고 있다. 이 정신적 공동체 사상은 소설 《휘페리온》에 제시되어 있는 세계의 "발효와 해체"에서 하나의 새로운 미래가 생성되어야 한다는 역사철학적인 신념과 결부된다. "정신의 조화가 새로운 세계사의 시발이 될 것이다."(《휘페리온》, 을유문화사, 103쪽)

이 아직 없었다고 확실하게 말할 수 있습니다. 세계는 모순들과 대조들의 엄청난 다양성 덩어리 자체입니다. 옛것과 새것! 문화와 야만, 간계와 열정! 양모피를 쓴 이기심, 늑대 가죽을 쓴 이기주의! 미신과 불신! 굴종과 압제! 비이성적인 영리함, 영리하지 못한 이성! 지적 능력이 결여된 감성, 감성 없는 정신! 철학이 없는 역사, 경험, 관례, 경험이 빠진 철학! 원칙 없는 에너지, 에너지 없는 원칙들! 인간성이 결여된 엄격성, 엄격성이 결여된 인간성! 위선적인 호의, 부끄럼 없는 몰염치! 노회한 젊은이, 유치한 어른들! — 우리는 해가 뜨는 때부터 한밤중에 이르기까지 연도連禱를 이어갈 수 있지만, 인간적인 혼돈은 그 1000분의 1도 헤아리지 못할지도 모릅니다.

그러나 그건 그렇다고 칩시다! 인류의 더 잘 알려진 부분의 이러한 특성은 특출한 일들의 징후임이 분명합니다. 저는 지금까지의 모든 것을 부끄럽게 만들어줄 신조信條들과 표상 방식들의 미래에 있을 혁명을 믿고 있습니다. 그리고 그것에는 독일이 아마도 매우 크게 기여할 수 있을 것입니다. 한 나라가 조용히 성장하면 할수록, 그 나라가 성숙하게 되면 그만큼 더 찬란하게 빛나는 법입니다. 독일은 고요합니다. 그리고 겸손합니다. 독일에서는 많이 생각하고, 많이 일합니다. 젊은이의 가슴속에는 거대한 움직임이 들어 있습니다. 이 움직임은 다른 어떤 곳에서처럼 빈말로 넘어가지 않습니다. 많은 교양 쌓기, 그리고 무한히 더 많은 교양 쌓기의 소재들! — 선함과 근면함, 가슴의 천진함과 정신의 씩씩함, 이것들은 특출한 민중이 형성되는 요소들입니다. 독일인들에게서가 아니면 어디서 그런 사람들을 찾아낼 수 있겠습니까? 물론 비열한 모방 행위가 독일인에게도 많은 재앙을 초래한 적은 있습니다. 그러나 이들이 철학적으로 되면 될수록 그만큼 더 자율적일 수 있습니다. 사랑하는 친구여! 당신도 우리는 이제부터 조국에서 살아야 한다고 말하고 있습니다. 곧바로 그렇게 실천하실 것이지요? 오십시오! 이곳으로 오십시오! 당신이 여기로 오지 않는다면, 저는 당신을 이해하지 못할 것 같습니다. 당신은 파리에서는 한 명의 가련한 사람입니다. 여기에서는 당신의 가슴이 매우, 매우 풍요롭고, 당신이 생각하는 것보다 더 풍요로워질 것입니다. 제 생각에는 당신의 정신도 굶주리지 않을 것입니다. 당신에게는 여기에 이미 친구들이 있습니다만 더 많이 생길 것입니다. 나는 당신이 그처럼 까다롭고 만족시키기 어렵다는 것을 몰랐습니다만, 이제야 알겠습니다. 저는 작은 잣대로 사람을 재지는 않습니다. 그리고 사랑하는 에벨 씨, 분명히 당신의 가장 깊은 내면을 알고 있습니다. 그런데 저는 당신이 사람들에 대해 또는 더 나아가 하나의 착한 영혼에 대해 불만스러워하는 것을 이해하지 못하겠다고 말씀드릴 수밖에 없습니다. — 그 착한 소녀[3]는 최근 저에게 에벨 씨보다 더 완벽한 사람을 알지 못한다고 말했습니다. 그러면서 그녀의 두 눈에는 눈물이 고였습니다. 제가 이러한 사실을 폭로하면 안 되는 줄 압니다만. — 그밖에도 당신은 우리 동아리 안에 완전히 다시 자리하게 될 것입니다. 헤겔은 제가 이 편지를 쓰기 시작하고 나서 여기에

3 에벨과 절친한 관계였던 주제테의 시누이 마르가레테Margarete Gontard, 1769~1814. 부유한 상류 계층인 공타르가의 반대로 결혼은 이루어지지 못했다. 마르가레테는 에벨이 스위스에 정착한 1810년 이후에야 비로소 에벨을 따라왔다.

도착했습니다. 당신은 틀림없이 그를 좋아하게 될 것입니다.

공타르 부부가 당신에게 안부 인사를 전해달라고 합니다. 앙리도 마찬가지로 인사 전한답니다! 안녕히 계십시오! 곧 오시기 바랍니다.

휠덜린 씀

당신의 지난번 편지가 도착하기 전에 헤겔은 고겔과 고용 관계를 맺었습니다. 당신에게 어울릴 만한 다른 사람을 찾아보겠습니다.

어머니에게 보낸 편지[1]

프랑크푸르트, 1797년 1월 30일

지극히 사랑하는 어머니!

저는 어머니의 호의 때문에 행복하면서도 불행합니다. 저는 당연히 어머니의 모정 어린 소망을 완전히 충족해 드림으로써 그 호의에 응답해야만 합니다. 그렇지만 저는 어머니가 얼마 동안일지는 모르겠지만 유쾌해하시지 않을 것이 뻔한 방식으로 응답할 수밖에 없을 것 같습니다. 마치 저 자신이 비판할 수밖에 없는 것처럼 어머니가 저의 성격을 판단하셨다면, 어머니는 상당히 절망하시게 될 것입니다. 의식적으로 자청해서 저에게 생기는 영광은 꾸밈없는 감사와 함께 받아들이면서도, 제가 생각하고 느끼는 모든 다른 방식으로는 붙잡았을 것이 분명한 행운을 제가 활용하지 않을 때는 그러실 것이라는 말씀입니다.

사랑하는 어머니! 사람들은 쓸모 있는 인간이 되기를 갈망합

1 어머니는 횔덜린에게 목사 자리와 이와 연관된 결혼을 새롭게 제안했던 것으로 보인다. 횔덜린은 이 편지를 통해 그러한 제안에 거듭 거부 의사를 밝히고 있다.

니다. 제가 성실해지려고 한다면, 저도 유용한 사람인가요?

제가 어떤 튼튼한 가정적인 관계를 위해 유능하게 산다는 것이 나이와 분위기에 따라서 사는 것을 말하는 것인가요? 제가 저의 미래의 상황일지도 모르는 어느 상황에서, 저에게 제시되어 있는 교양을 쌓고 활동해야 할 얼마나 많은 필요를 채워질 수 없는 상태로 그냥 방치하게 될까요? 제가 인간 자체에게 얼마나 많은 요구를 하고 있나요? 제가 예외적으로, 그리고 끊임없이 저의 관심을 끌고 있는 존재에게 얼마나 많은 요구를 하는 걸까요? 사람은 나이가 들기 마련이고 이런저런 시도와 경험을 통해서 느긋해지기 마련입니다. 그래서 이렇게 말하게 되겠지요. 여기서 멈추어 서서 쉬고 싶구나!라고 말입니다.

저의 이 말을 고향 사람들이 대체로 받아들이는 대로 무슨 엉뚱한 생각이나 공상으로 생각하지는 말아주시기 바랍니다. 제가 이 점에서 천성을 따르는 것은 어리석은 일이 아닙니다. 모든 것을 고려하는 가운데 할 수 있는 한 자유롭게 저를 놓아두는 것도 마찬가지입니다. 그것은 이런 점에서 저 자신과 저와 비슷한 생각을 가진 모든 사람들을 평상시보다 더 잘 이해하기 때문입니다. 바로 그런 이유로 저는 천성을 따르고 있습니다.

언젠가는 물론 달라지기도 할 것입니다. 안정적인 남편이 되는 것도 멋진 일이니까요. 다만 누군가가 항해를 떠나서 목적지까지 절반도 나아가지 않았는데 항구로 되돌아오라고 말해서는 안 됩니다.

그리고 저는 제가 성직자보다는 교육자로서 더 쓸모가 있지 않은가 느끼고 있습니다. 우리의 공동체를 대상으로 행해지는 불가피한 설교를 통해서는 훌륭하게 혹은 필요한 만큼 공감을 얻어내는 것이 어려울 것 같습니다. 오히려 지금 맡고 있는 일이 폭이 더 넓고 상당히 잘 수행해낼 수 있을 것으로 보입니다. 제가 알고 있는 한, 교육자의 직무 자체가 현시대에서는 성직자보다 더 영향력이 큽니다. 이런 사실을 지난번 편지에서도 이미 말씀드렸던 것으로 알고 있고, 제 기억으로는 직접 말씀드리기도 했었습니다.

제가 저의 본성에 비추어, 그리고 그 본성의 필요에 비추어서 저의 현재 일을 가장 적합한 것으로 생각한다고 고백하더라도, 어머니는 저를 나쁘게 받아들이지 않으실 것으로 믿습니다. 동생이 집에 돌아가면 어머니께 제가 함께 살고 있는 고상한 사람들을 떠나는 것과 또 제가 나날이 누리고 있는 교양 있는 교류를 포기하는 것이 쉬운 일인지 어떤지를 아마 말씀드릴 것입니다. 공타르 부부는 저를 어머니 가까이 있게 하는 것이 어머니의 모성 어린 가슴에 얼마나 중요한 일인지를 저와 함께 공감하고 있습니다. 저희는 어머니의 사랑에 가득 찬 편지에 대해서 진심 어린 관심을 가지고 함께 얘기를 나눈답니다. 저희들은 어머니를 분명히 이해합니다, 가장 사랑하는 어머니!

그러나 제가 여기에 머문다고 해도 어머니는 전혀 잃을 것이 없습니다. 어머니께서 저에게 정해주셨던 지리적 거리에도 불구하고 매년 한 번씩은 어머니를 찾아뵙지 않았나 싶습니다. 여기에서도 저는 그렇게 할 수 있고 또 그렇게 할 생각입니다.

저는 매주 어머니께 소식을 전했던 것 같습니다. 오늘부터 여기서도 그렇게 할 수 있고 또 그렇게 하도록 하겠습니다.

어머니는 저의 경제적 사정에 대해서도 만족해하셨던 것 같습니다. 지금도, 그리고 앞으로는 더 그런 만족을 느끼실 수 있습니다!

지금까지 이렇게 건강하게 겨울을 지낸 적이 없었습니다. 이런 점을 고려할 때, 억지로 환경을 바꾸지 말라는 경고를 충분히 받고 있습니다. 어머니가 저의 결단에 안심하시고 쾌활해지실 수 있도록 가능한 한 모든 일을 다 하겠습니다만, 조급해할 일은 아닌 것 같습니다. 그렇기 때문에 어머니는 저의 행복에 대한 관심을 포기하셔서는 안 됩니다, 귀하신 어머니! 저와 어머니의 앞날에 좋은 희망을 가져주세요! 저는 그런 희망은 이루어진다고 생각한답니다.

사랑하는 리케와 카를에게 내일 편지를 쓰겠습니다. 그리고 카를에게는 얼마 안 되지만 여행 경비를 함께 보내려고 합니다.

영원히

어머니의
충실한 아들
횔덜린 올림

노이퍼에게 보낸 편지

프랑크푸르트, 1797년 2월 16일

나의 친애하는 친구여!

우리가 서로 편지를 나누지 못한 채 지내는 동안 나는 환희의 세계로 배를 옮겨 탔다네. 내가 일찍이 발걸음을 멈추고 뒤돌아보았더라면 그사이 자네에게 나에 대해서 기꺼이 설명했을 터이지만 그렇게 하질 못했다네. 나는 물결에 실려 계속 떠밀려 다녔다네. 내가 스스로에 대해서 깊은 생각을 하기에는 나의 존재 전체가 항상 너무도 심하게 당장의 생활에 묻혀 있었다네.

아직도 사정은 변함이 없다네! 다시 말해 첫 순간처럼 나는 여전히 행복하다네. 그것은 이 가난하고 정신없는, 그리고 질서 없는 세기에 정말 길을 잃어버린 어떤 존재와의 영원히 즐겁고 성스러운 우정 때문이라네! 나의 아름다움을 향하는 감각은 이제 어떤 방해에도 안전하다네. 그 아름다움의 감각은 영원히 이 마돈나에 이끌리고 있다네. 나의 오성은 그녀가 있는 학교에 다니고 있네. 나의 모순된 심성은 그녀의 자족하는 평화 가운데 나날이 밝아지고 쾌활해지고 있다네. 사랑하는 친구 노이퍼여! 나는 참으로 착한 소년이 되는 과정에 있다고 자네에게 말하겠네. 그 밖에 나에 관한 것이 있다면, 내가 조금은 나 자신에게 만족하게 되었다는 사실이라네. 나는 거의 시를 쓰지 않고 있으며 더 이상 철학도 거의 생각하지 않고 있다네. 그러나 내가 시를 쓴다면, 그것은 더 많은 생명력과 형식을 갖출 것이네. 나의 환상은 기꺼이 세계의 형상체들을 제 안에 받아들일 채비를 하고 있고, 나의 가슴은 의지로 가득 채워져 있다네. 성스러운 운명이 나에게 나의 행복한 삶을 지속케 해준다면, 나는 앞으로 지금까지보다 더 많은 일을 하리라 생각한다네.

사랑하는 형제여! 나는 자네가 나의 행운에 대해서 내가 속속들이 말하는 것을 듣고 싶어 하리라고 충분히 예견하고 있다네. 그러나 그렇게 해서는 안 될 것 같네! 나는 최상의 것이 친구에게 보내는 한 장의 종이에 결코 거명되어서는 안 되는 우리의 세상에 대해서 지금껏 충분히 울고 또 분노하기도 했다네. 지난겨울의 끝머리쯤에 썼던 그녀에게 바치는 한 편의 시[1]를 여기에 동봉해 보내네.

나는 여름 내내 카셀과 옛 헤르만 전투가 벌어졌던 지역인 베스트팔렌의 한 온천지에서 《아르딩헬로》의 작자로 자네도 알고 있는 하인제 씨와 대부분 함께 보냈네. 하인제 씨는 멋진 노년의 신사라네. 나는 아직까지 그처럼 소년 같은 소박함을 지녔으면서도 끝없는 정신의 교양을 갖춘 사람을 본 적이 없다네.

1 〈디오티마 — 나중 초고〉, 《횔덜린 시 전집 1》, 338~342쪽.

나의 책 《휘페리온》의 제1권이 다음 부활절까지는 출간될 것이네. 우발적인 상황들이 출간을 오랫동안 지체시켰다네.

내가 프랑크푸르트를 떠나서 이곳저곳으로 옮겨 다니느라 실러가 내는 《시 연감》에 작품을 제때 보낼 수 없었네. 사랑하는 친구여! 다음 해에는 자네와 나란히 《시 연감》에 다시 등장하기를 희망한다네. 내가 그 《시 연감》에서 발견했던 자네의 시 작품[2]은 매우 공들여 쓴 것이더군. 나에게 자네의 작업, 자네의 취향, 자네의 기분에 대해서 정말 많은 것을 써 보내주게나! 우리 서로 간에 좀 더 자주 편지를 주고받도록 하세.

헤겔과의 교유[3]는 나에게 매우 유익하다네. 나는 침착한 오성의 인간을 좋아한다네. 우리가 우리 자신과 세계에 대해서 어떤 입장을 취해야 할지 잘 알지 못할 때 그런 사람들에게서 좋은 안내를 받을 수 있기 때문이네.

나의 가장 가까운 친구 노이퍼여! 나는 자네에게 많은 것을 쓸 생각이었네. 그러나 내 마음 안에서 지배하며 생동하고 있는 것을 자네에게 전달하기에는 내가 마주하는 가난한 순간은 그처럼 거의 없다네. 우리의 고요한 행복감이 언어로 옮겨져야만 한다면 그것은 고요한 행복감에게 언제나 죽음이기도 하다네. 나는 차라리 즐겁고 아름다운 평화 가운데 내가 가진 것이 무엇인지, 또 내가 누구인지를 헤아리지 않은 채 어린아이처럼 그저 유랑한다네. 왜냐하면 내가 지니고 있는 것을 어떤 사념도 완전히 붙들지 못하기 때문이지. 나는 오로지 자네에게 그녀의 형상

2 실러의 《1797년 문예 연감》에 실린 노이퍼의 시 〈숲에서의 일몰〉.

3 헤겔은 1월 중순부터 프랑크푸르트에 있었다.

만을 보여주고 싶다네. 거기에 어떤 말도 더 필요치 않다네! 그녀는 아름답다네, 천사처럼. 사랑스럽고 이지적이며 천국적 매력을 지닌 얼굴! 아! 나는 천년이라도 그녀 곁에서 그 복된 음미 가운데 나 자신과 모든 것을 잊을 수 있을 것 같다네. 그처럼 이러한 형상 안에 들어 있는 소박하고 고요한 영혼은 무궁토록 풍요롭다네! 위엄과 애정 어림, 쾌활과 진지함, 감미로운 유희와 드높은 비감, 그리고 생명과 정신, 그 모든 것이 그녀 안에 또한 그녀 곁에 하나의 신적인 전체로 결합되어 있다네. 잘 자게, 나의 친애하는 친구여!

"신들이 사랑하는 사람에게는 큰 기쁨, 큰 고뇌가 몫으로 주어진다."[4] 냇물에서 배를 젓는 것은 대단한 기술도 아니라네. 그러나 우리의 가슴과 우리의 운명이 바다의 밑바닥으로, 그리고 하늘 위로 우리를 오르내리며 내동댕이칠 때, 그것이 키잡이를 기르는 법이라네.

그대의
횔덜린이

4 소설《휘페리온》의 초고에서 인용한 구절로 보인다.

실러에게 보낸 편지

프랑크푸르트, 1797년 6월 20일

편지를 받으신 선생님이 저를 인정하리라고 확신했더라면 저의 편지와 내용이 그렇게 늦게 전달되지는 않았을 것입니다. 저는 다른 비평가들과 대가들로부터 독립적이고, 그러한 전제 아래 필요한 평정심을 가지고 제 갈 길을 갈 만큼 충분한 용기[1]와 판단력을 지니고 있습니다. 그렇지만 저는 어쩔 수 없이 선생님께 의존하고 있습니다. 선생님의 한마디가 저에게 얼마나 결정적인지를 알기 때문에 작업하는 동안 두려움을 느끼지 않으려고 가끔은 선생님을 잊고자 노력해 보기도 합니다. 바로 이러한 두려움과 소심함이 예술의 죽음임을 확신하기 때문에 예술가가 생동하는 세계와 더불어 홀로 있는 시기보다 이미 모든 측면에서 대작들이 있는 시기에 제대로 천성을 표현하는 것이 왜 더 어려운 일인가를 잘 알고 있습니다. 예술가가 이 세계의 권위에 저항하

1 시 〈젊은 시인들에게〉(《횔덜린 시 전집 1》, 387쪽) 참조.

거나 굴복하기에는 이 세계와 너무도 구분되어 있지 않으며, 이 세계와 너무도 친숙해져 있습니다. 그러나 대가의 성숙한 정신이 젊은 예술가에게 천성보다 더 강력하고 더 이성적으로, 또한 마찬가지로 한층 더 예속적이고 실증적으로 영향을 미치는 경우에는 매우 우려되는 이러한 양자택일은 거의 피할 수 없는 일입니다. 이 경우에는 어린아이가 어린아이와 노는 것이 아니며, 첫 번째 예술가와 세계 사이에 존재했던 원초적인 균형도 존재하지 않습니다. 이제 소년은 어른들과 관계해야만 합니다만, 어른들의 우월성을 잊을 만큼 충분히 그들과 친숙해지지는 않습니다. 그리고 소년이 이것을 느끼게 되면 고집을 부리거나 복종하는 수밖에 없습니다. 아니면 그럴 필요가 없는 걸까요? 최소한 저는 이럴 경우, 선생님도 아시다시피, 보통 수학자의 길을 택해 무한한 약분을 통해서 무한을 유한한 것과 같거나 비슷하게 만드는 허약한 신사들처럼 방책을 강구하고 싶지는 않습니다. 최선의 것에 가하는 이 파렴치한 행위조차도 용서할 수 있다면, 그것은 형편없는 위안, 0=0입니다!

제 임의로 선생님께 《휘페리온》 제1권을 동봉해 보냅니다. 저는 생각하기도 싫지만, 어떤 거슬리는 정서의 분위기와 거의 부당한 모욕 때문에 온통 왜곡되어 황폐하고 초라해졌을 때 선생님께서 이 작은 책에 관심을 가져주셨습니다.[2] 그래서 저는 한층 자유로운 생각과 행복한 심정으로 새롭게 시작했던 것입니다. 외람됩니다만, 기회가 되시면 한번 통독해 주시고 어떤 방법

2 1795년 초 예나에서 실러는 이 소설의 출판을 위해 코타 출판사에 조언을 청했다.

으로든 선생님의 생각을 저에게 알려주시기를 간절히 원합니다. 첫 권이 전체의 한 부분으로 독자적이지 않은데도 2권 없이 1권만 발간한 것은 현명하지 못했다는 것이 제 생각입니다.

동봉해 보내는 시들[3]이 선생님의 《시 연감》에 지면을 얻을 만큼의 평가를 받는다면 얼마나 좋겠습니까! — 제가 이 일에 너무도 큰 관심이 있기 때문에 선생님의 《시 연감》이 공식 발간될 때까지 불안해하지 않고 운명을 기다릴 수가 없을 것 같다는 사실을 고백합니다. 따라서 무엇인가 여지를 주시기를 간청합니다. 그리고 받아들일 만한 가치를 발견하셨는지 몇 줄 알려주시기를 간절히 빕니다. 허락하신다면, 지난해 너무 늦게야 수정 작업을 끝낸 한두 편의 작품[4]을 보내드리겠습니다.

제가 이렇게 말씀을 드리면, 아마도 선생님 앞에서 무엇인가 궁핍한 처지에 있는 것처럼 보일 것입니다. 그러나 저는 고귀한 정신의 격려를 갈망하는 것을 부끄러워하지 않습니다. 제가 허황된 자만심으로 스스로 위안을 삼지 않는다는 것과 원하고 또 행하는 일에 대해서 평상시에는 매우 침착하다는 것을 선생님께 확인시켜 드릴 수 있습니다. 깊은 존경심과 함께

선생님의 심복인
횔덜린 올림

3 시 〈천공에 부쳐〉(《횔덜린 시전집 1》, 344~347쪽), 시 〈방랑자〉(같은 책, 348~353쪽), 시 〈떡갈나무들〉(같은 책, 343쪽)을 말한다. 〈천공에 부쳐〉는 《1798년 문예 연감》에, 다른 두 편의 시는 《호렌》지에 실렸다.

4 206쪽 주 2 참조.

노이퍼에게 보낸 편지[1]

프랑크푸르트, 1797년 7월 10일

사랑하는 노이퍼여!

오랫동안 자네에게 편지를 쓰지 못했네. 편지 쓰기는 자주 불가능하기도 하지. 그럼에도 불구하고 자네에게 말하고 싶어졌다네. 일이 이렇다! 또 일이 이렇게 변하기도 했다고 말일세. 운명은 우리를 앞으로 내몰기도 하고 원 안을 맴돌게도 하지. 우리에게는 한 친구에게 머물 시간이 거의 없다네. 마치 말을 타고 가버린 누구처럼 말이지. 그러나 우리가 다시 조용히 멈춰 서서 현재 처한 상황에 대해 가까운 마음에 대고 말하기를 시도하고 그렇게 해서 우리가 처한 상황을 말하는 법을 스스로 익히면, 그만큼 만족은 더 깊어진다네. — 나는 자주 자네가 아쉽다네, 나의 더없는 친구여! 우리가 철학, 정치 등등 여러 주제로 논할 수 있겠지. 그러나 자신의 가장 큰 약점과 강점을 털어놓을 수 있는

1 공타르가에서의 위기를 알리는 첫 편지다.

사람의 숫자는 그렇게 간단히 두 배로 늘릴 수 없다네. 나는 온전히 믿는 가운데 한 친구에게 나를 털어놓는 것도 거의 다 잊었다네. 나는 자네 곁에 앉아서 우선 자네의 신의에 다시금 기운을 차리고 싶네. — 그러면 가슴으로부터 자네에게 말할 수 있을 것 같네! — 오, 친구여! 나는 침묵하고 또 침묵하고 있다네. 그렇게 끝에는 거의 나를 압박하는, 최소한 나의 감각을 맞설 수 없을 만큼 무디게 하는 짐이 내 위에 쌓인다네. 그리고 나의 눈이 예전의 밝기를 잃어버린 것도 나의 불행이라네. 나는 지금보다 예전에 더 사려 깊었으며, 내 나이 스물두 살 때 다른 사람이나 나에 대해서 더 올바르게 판단했다고 생각했음을 자네에게 고백하고 싶네. 그때 나는 그대와 함께 살았었지, 착한 노이퍼여! 오! 나에게 청춘을 되돌려 주게! 나는 사랑과 미움으로 갈기갈기 찢겼다네.

그러나 그런 애매한 발언으로 자네를 실망시킬 수는 없네. 그래서 차라리 침묵하는 것이라네.

자네도 지난 시절이 지금보다는 더 행복했겠지. 그렇지만 지금은 평온 가운데 있지 않나. 평온이 없다면 모든 삶은 죽음이나 마찬가지지. 나도 그런 평온을 얻고 싶다네, 나의 사랑하는 친구여!

자네도 말하고 있듯이, 자네는 한동안 하프를 벽에 걸어두고 있었네. 양심의 가책 없이 그렇게 할 수 있다면 그래도 괜찮다고 하겠지. 자네의 자존심은 다른 행복한 활동에도 걸려 있으니까 말일세. 자네가 시인이 아니라면 그렇게 해도 자네는 파괴되지 않을 걸세. 내가 어떤 경우에도 행할 수 있을 것으로 보이는 모든 가능한 일들이 나에게는 귀찮다네. 내가 느끼는 유일한 기쁨은 내가 따뜻한 영혼으로 쓴 몇 줄의 시구가 때때로 첫눈에 내 마음에 들었을 때라네. 그러나 이러한 즐거움이 얼마나 허무한가는 자네도 알고 있지. 내가 지금 맡고 있는 직무는 그 본질대로 그것에서 나의 힘을 느끼기에는 너무도 눈에 보이지 않는 성과만을 나타낸다네.

나의 소설 《휘페리온》 제1권을 자네들이 어떻게 받아들이는지, 그리고 자네의 특별한 의견은 무엇인지 나에게 알려주게나.

지난번에 자네에게 보내준 시 〈디오티마에게〉는 실러의 《시 연감》에 투고하기로 결정했다네. 따라서 랑의 《시 연감》에는 실을 수가 없다네.[2] 자네가 가지고 있는 원고는 가장 정확하게 교정한 것인데, 그 사본을 내가 하나도 가지고 있지 않다네. 가능하다면 곧바로 사본 하나를 보내주기를 자네의 배려를 믿으면서 부탁하네. 그렇지 않으면 담당자에게 보내는 것이 너무 늦어질 것 같네. 자네 작품 중 어떤 것을 함께 보내주면 나에게 기쁨을 선사하게 될 것이네.

잘 있게나, 나의 사랑하는 친구여!

변함없는
자네의 친구
횔덜린 씀

2 횔덜린은 시 〈디오티마에게〉(《횔덜린 시 전집 1》, 365쪽)를 8월에 실러에게 보냈다. 이 시는 노이퍼가 카를 랑Carl Lang을 통해 발행하는 《가정적 공동체적인 기쁨을 위한 소책자》에 싣기 위해 투고를 요청했던 작품이었다.

동생에게 보낸 편지

[프랑크푸르트, 1797년 8월]

사랑하는 카를아!

너의 걱정은 완전히 근거 없는 것들이다. 너의 편지는 지금 손에 들고 있지도 않고 그걸 찾아보기에는 시간이 없다. 그렇지 않아도 너의 의심을 상세히 풀어줄 생각이었다.

너는 내 기분에 대해서, 또 내가 하는 일에 대해서 묻고 있구나. 내 기분은 다들 그렇듯이 빛과 그림자로 얽혀 있단다. 다만 나의 경우 그 농도가 더 짙고, 더 뚜렷하게 대비를 이루고 있다. 그러나 내가 하는 일들은 비교적 한결같단다. 나는 시를 썼고 아이들을 가르쳤으며, 때때로 책을 읽는다. 나는 나의 일과를 떠나는 것을 매우 달가워하지 않는단다. 나처럼 결코 아쉬운 것 없이 지내는 사람은 그렇게 일하고 평화로운 마음으로 지내는 하루가 얼마나 가치 있는지 모른단다. 대부분의 사람들에게 삶은 너무도 지루하지. 나에게 삶은 많은 경우 너무도 생동하고, 내가 활동하는 범위도 너무 좁아 보인단다. 우리의 역량을 억누르는 어떤 상황이 어떤 측면에서는 유리할 수 있다는 사실이 불과 몇 해 전만 해도 나는 이해할 수 없었다. 이제 나는 그 상황을 우리를 우리 자신에게서 너무도 멀리 떨어져 있게 하고, 우리에게서 너무 많은 힘을 빼앗아 밭의 유채씨처럼 다음번에는 우리에게 쓸모가 없어지는 다른 상황과 비교해 보면 그 상황이 얼마나 다행한 것인지를 가끔 느낀다.

너의 삶이 지금처럼 항상 무의미한 채로 머물도록 내버려 두어라! 그렇게 해도 삶은 충분히 의미를 얻을 것이다. 나는 너에게 많은 것을 좀 장황하게 설명하려고 했다. 그러나 밤이 무척 아름답구나. 하늘과 대기가 마치 자장가처럼 나를 에워싸고 있다. 이럴 때는 차라리 입을 다무는 것이 낫겠지.

나의 소설 《휘페리온》이 벌써 많은 좋은 평가를 나에게 안겨 주었다. 나는 그 소설을 끝내서 기쁘단다. 그리고 나를 매혹하는 소재를 다룰 비극에 대해서 아주 자세한 계획을 세웠단다.[1]

내가 〈방랑자〉라는 제목을 달아 쓴 시를 《호렌》지의 최근 호에서 읽을 수 있을 것이다. 또 내 시 몇 편은 다음에 나오는 실러의 《문예 연감》에서 보게 될 것이다.

사랑하는 카를아! 낮의 일들 때문에 좀 피곤하구나. 괜찮다면, 이번에는 더 이상 말하지 말기로 하자. 곧 다시 쓸 테다. 더 깨어서 또 더 따뜻하게! 언제나 변함없이.

너의 형
프리츠가

1 비극 《엠페도클레스의 죽음》(문학과지성사, 2019)을 말한다.

실러에게 보낸 편지[1]

[프랑크푸르트,
1797년 8월 15일과 20일 사이]

선생님의 편지를 저는 잊지 못할 것입니다, 고귀한 분이시여! 그 편지는 저에게 새 생명을 주었습니다. 저는 선생님이 저의 진정한 욕구를 꿰뚫어 판단하셨음을 마음속 깊이 느낍니다. 저는 선생님이 지시하시는 길로 이미 가고 있으므로 선생님의 충고 말씀을 더욱 기꺼이 따르고자 합니다.

저는 지금 정신의 어떤 순결성처럼 형이상학적인 분위기를 음미하고 있습니다. 그리고 경험적 소재에 대한 두려움은, 그 자체는 부자연스러운 것이지만, 삶의 한 단계로서는 매우 자연스러우며, 한동안은 특정한 상황들로부터의 회피처럼 유익함을 믿고 있습니다. 그 두려움이 역량을 비축해 주고, 삶의 성숙한 여분이 다양한 대상들로 배분될 때까지는 젊은 시절의 사치스러운 삶을 검소하게 해주기 때문입니다. 저는 또한 정신과 삶의 한층

1 망실된 1797년 7월 28일 자 실러의 편지에 대한 회답이다.

더 일반적인 활동은 사안의 본질과 내용만이 아니라, 실질적으로 시간 가운데서도, 즉 인간 본성의 역사적인 발전 가운데서도 한층 특별한 행동과 표상에 우선한다고 생각합니다. 이념은 개념에 앞서고, 똑같이 성향은 (특정한, 규칙적인) 행동에 앞섭니다. 저는 이성을 이해의 발단으로 간주합니다. 선한 의지가 주저하고, 유익한 의도로 변화되기를 거역한다면, 저는 그것을 인간 본성 자체의 특유한 현상이라고 생각합니다. 햄릿에게 아버지의 원수를 갚는다는 유일한 목적에서 무엇인가를 행하는 것이 그렇게 어렵게 여겨진 것이 그에게는 특유했던 것과 마찬가지로 말입니다.

저의 쓸데없는 추론을 선생님께 지껄이는 것이 그전부터 습관이 되었습니다만, 실제로 선생님께 말을 걸기 위해서는 그런 식의 서두가 필요하답니다. 선생님은 그런 이유를 아시고 또 용서해 주십니다.

영국의 번역가가 선생님께 보내드린 《간계와 사랑》의 새로운 번역본[2]이 어떻게 제 손을 거쳐 선생님께 전달되었는지 궁금하실 것 같습니다.

제 친구인 슈투트가르트 출신의 서기 뫼클링이 뷔르템베르크의 왕자와 함께 얼마간 런던에 머물다가 귀로에 저를 찾아온 적이 있었습니다. 그는 제가 선생님과 인연이 있다는 사실을 알고서 저를 기쁘게 해줄 생각이었는지 선생님께 그 번역본을 전달해 달라고 맡겼습니다. 제 친구에게 맨 처음 그 번역본의 전달을

2 루이스M. G. Lewis의 《간계와 사랑》 영역판, *The Minister* (London, 1797).

맡겼던 출판인은 선생님께 안부의 말씀도 부탁했고, 선생님의 최근작이 출판되면 그 즉시 입수할 수 있기를 바란다고 말했다고 합니다. 그 출판인이 선생님 저술의 번역을 출판하려는 계획이 있다는 것입니다. 이러한 소망을 들어주는 것이 부담되신다면, 선생님의 생각에 따라 제가 출판인과 통신을 주고받는 것을 영광으로 알고 그 일을 맡고자 합니다.

《호렌》지에 시 〈방랑자〉를 호의로 받아주신 데 대해서 마음 깊이 감사드립니다. 제가 이러한 명예를 소중히 여길 줄 안다는 점을 믿어주시기 바랍니다. 또한 〈천공에 부쳐〉를 선생님의 《시 연감》에 실릴 만하다고 평가해 주신 일은 저를 최고로 기쁘게 해주었습니다. 선생님께서 허락하신 대로 시 〈현명한 조언자들에게〉를 보내드리겠습니다. 할 수 있는 한 최선을 다해서 표현의 음조를 부드럽게 가다듬었습니다. 이 시의 특성이 허락하는 한, 보다 더 특정적인 음조를 도입하려고 시도했습니다. 다른 시 한 편도 동봉했습니다. 선생님이 이미 가지고 계신 디오티마에 바치는 시인데, 수정하고 길이를 줄여 압축한 작품입니다. 이 작품이 현재의 형태대로 선생님의 《시 연감》에 지면을 얻기를 희망합니다.

선생님은 제가 선생님에게 좀 더 가까이 있어야 선생님을 이해할 수 있으리라고 말씀하십니다. 선생님이 주시는 그런 말씀 한마디 한마디가 저에게는 정말로 많은 의미를 가집니다! 그러나 제게 선생님의 근처가 용납되지 않았다고 말해야만 한다면, 믿으시겠는지요? 선생님 주변에 있으면, 선생님은 저의 생기를 많이 북돋아 주십니다. 저는 선생님의 모습이 항상 저에게 불을

붙여서 다음 날 종일토록 다른 어떤 생각도 할 수 없게 된다는 것을 여전히 잘 알고 있습니다. 선생님 앞에 섰을 때 저의 심장은 너무도 작게 움츠러들었습니다. 그리고 선생님 곁을 떠났을 때도 그 마음을 추스를 수가 없었습니다. 저는 이제 처음 땅에 심긴 한 그루의 초목처럼 선생님 앞에 서 있습니다. 한낮에 그 초목을 보호해 주셔야만 합니다. 저를 비웃으실지도 모르겠습니다. 그러나 저는 진실을 말하고 있습니다.

횔덜린 올림

동생에게 보낸 편지

프랑크푸르트, 1797년 11월 2일

나의 사랑하는 동생아!

나의 존재가 너의 영혼 안에서 유용하고 다정하게 받아들여진다는 사실을 안 것이 나에게는 무한히 보람된 일이다. 맑고 순수한 사랑보다 나를 더 진정시키고 달래주는 것은 없단다. 반대로 인간의 냉정함과 은밀한 지배욕은 내가 할 수 있는 온갖 주의注意에도 불구하고 나를 언제나 흥분시키며 나의 내면적 삶을 지나치게 긴장시키고 동요하도록 자극한다. 사랑하는 카를아! 그러나 우리가 하는 일에 절제하는 영혼이 함께하면 그 행하는 모든 것에 하나의 아름다운 진척이 일어나게 된다. 그리고 내가 특히 옛 거장들의 온갖 작품들에서 지배적인 특성으로 갈수록 더욱 많이 발견하게 되는 흔들리지 않는, 불멸의 불길이 우리를 살아 움직이게 한다. 그러나 이리저리로 온통 부딪쳐 오는 궁지를 뚫고 나가야 한다면, 아름다운 자세로 자신을 지탱할 수 있는 사람이 어디 있겠느냐? 또한 세상이 주먹으로 가격해 온다면, 누가 자신의 심정을 아름다운 경계 안에 붙잡아 둘 수 있겠느냐? 심연처럼 주변에서 우리를 향해 입을 벌리고 있는 무無에 의해서, 또는 형체도 없고 영혼도 사랑도 없이 우리를 추격하고 흩트리는 인간들의 활동과 사회의 수없이 많은 그 무엇에 의해서 공격당하면 당할수록, 우리 편에서의 저항도 그만큼 열정적이고 격렬하며 강력해지지 않으면 안 된다. 아니면 그럴 필요가 없는 것일까? 네가 경험하는 그대로일 터이다, 나의 사랑하는 동생아! 외부로부터의 곤경과 궁핍은 너의 가슴의 충만을 궁핍과 곤경으로 바꿔버리고 만다. 너는 너의 사랑을 어디로 향하게 할지 모르며, 풍요로움을 위해서 구걸에 나서야만 한다. 우리의 가장 순수한 것이 운명 때문에 모욕을 당하며, 이를 데 없는 순수함 가운데서도 타락할 수밖에 없는 것은 아닌가? 오, 누가 이런 경우에 도움을 줄 수 있을까? 우리가 오로지 활동적일 수만 있다면, 어떤 하나의 소재에 물릴 만큼 집중할 수만 있다면, 많은 것이 괜찮을 것이다. 이를 통해 사람들은 항상 완벽한 것의 그림자를 눈앞에 그려보게 되며, 눈은 하루하루 그것을 즐기게 된다. 이러한 태도로 나는 일찍이 칸트를 읽었다. 이 사람의 정신은 여전히 나로부터 멀리 있었다. 누구에게나처럼 전체가 나에게 낯설었다. 그러나 매일 저녁 나는 새로운 난관들을 극복했다. 그것이 나에게 자유에 대한 의식을 불러일으켰다. 그런데 우리의 자유, 그리고 그 자유가 표현되는 우리의 활동에 대한 의식은 더욱 높은, 동시에 가장 지고한 것과 완전함의 감정인 신적인 자유의 감정과 진정으로 깊이 상통한다. 그것이 여전히 단편적일지라도, 그것이 어떤 질서로 옮겨지면 대상 안에 완전함의 그림자가 존재하는 법이다. 그렇지 않다면, 어떻게 많은 아름다운 여성적 정서가 그 꿈꾸는 작은 방에서 자기의 세계를 발견하겠는가?

새로 나온 실러의 《시 연감》에 실려 있는 D라고 서명된 천공에 바치는 시는 내 작품이다. 어쩌면 네가 그 시를 보게 될지도 모르겠다. 그러면 그 시에서 너의 가슴에 와닿는 약간의 만족을 발견할 수 있을 것이다. — 한 번쯤 바이힝겐의 콘츠 부목사[1]를 찾아가거라. 그분과 알고 지내는 것을 너는 결코 후회하지 않을 것이다. 내 생각으로는 그분도 너를 정말 사랑하게 될 것이다. 그분께 나의 가장 가슴 깊이 새겨진 추억을 확인해 드리고, 그분이 노이퍼를 통해 전해주신 귀중한 인사 말씀과 나의 책 《휘페리온》을 친절하게 받아들여 준 데에 나 대신 감사드려 주기 바란다. 그리고 그분께 내가 소설의 제2권 발행을 기다리는 중이고, 나오게 되면 완결본을 보내드리겠다는 것과 나의 작은 책에 관련해서 내 마음에 담고 있는 몇 가지 점에 대해서 묻고자 한다는 말을 전해주기 바란다. — 나는 현재 지배적인 취향과는 상당히 반대되는 입장이지만, 앞으로도 나의 고유한 생각을 거두지 않을 것이고, 싸워서 돌파해 나가기를 희망하고 있다. 나는 다음 시를 읊은 클롭슈토크처럼 생각하고 있다.[2]

1 콘츠Karl Philipp Conz, 1762~1827는 1789년부터 튀빙겐 신학교의 조교로 있었고, 1793년부터는 바이힝엔과 루드비히스부르크의 부목사를 지냈다. 1804년 마침내 튀빙겐 신학교의 고전문학 교수가 되었다. 그리스 문학의 대단한 예찬자로 그리스에 대한 횔덜린의 이상주의적인 표상에 강하게 영향을 미쳤다. 그는 횔덜린이 정신착란에 빠진 이후까지도 관계를 지속한 극소수의 나이 든 친구 중 한 사람이었다. 그는 횔덜린이 계획했던 잡지의 투고 요청에 주저함 없이 반응했고, 1800년 가정교사 자리를 찾던 그를 도왔을 뿐 아니라 후일 횔덜린 작품의 수집과 출판에도 관여했다.

다만 유희할 줄만 아는 시인들은

자신이 누구인지 독자가 어떤 사람들인지 알지 못한다네.

제대로 된 독자는 어린아이가 아니라네.

그는 유희보다는 자신의 씩씩한 가슴 느끼기를 훨씬 더 원한다네.

《아르딩헬로》의 저자 하인제 씨는 죄머링 박사[3] 집에서 소설 《휘페리온》에 매우 고무적으로 의견을 피력했다고 한다.

너의 편지에 대답해야 할 다른 것들은 다음번에 곧 성실하게 대답하겠다. 지금은 써야 할 일이 좀 많구나. 어떤 부탁을 꼭 실천해야 한다고 염려하지는 말아라. 어떻게 내가 소심해지고 어떻게 네가 나에게 덜 중요해질 수 있겠느냐? 나는 너에게 변함없이 충실할 것이다. 우리가 입 밖에 내서 부르지는 않지만, 우리는 형제니까 말이다.

너의 형
횔덜린 씀

2 클롭슈토크의 《독일 학자 공화국*Die deutsche Gelehrtenrepublik*》에서 인용. 원문과 약간의 차이가 있는데, 횔덜린이 암기했다가 적은 것으로 보인다.

3 죄머링Samuel Thomas Sömmerring 박사는 처음에는 카셀의 과학연구소Collegium Carolinum의 해부학, 외과와 정신과의 교수였으며, 1792년부터는 프랑크푸르트에서 일반 개업의로 활동했다. 그는 빌헬름 하인제와 게오르크 포르스터와 교제했으며 괴테, 칸트, 훔볼트 형제와도 교유했다. 그와 그의 부인은 공타르가의 친구였다 하인제는 10월 말 죄머링에게 보낸 편지에서 횔덜린의 소설 《휘페리온》을 언급했다.

동생에게 보낸 편지

프랑크푸르트, 1798년 2월 12일 쓰고
3월 14일 발송

가장 사랑하는 동생아!

내가 알고 있는 대로 네가 너의 모든 업무를 통해서 항상 순수하고 내면적인 삶을 가꾸는 것은 나에게 너의 착한 성품을 증명해 준다. 또한 네가 보여주는 예는 내가 자주 기계적인 작업의 편을 들면서 펼쳤던 의견을 확인해 주기도 한다. 기계적인 작업은 대상의 선택과 취급에서 자의恣意가 가능한 활동보다는 덜 치명적이라는 것, 그리고 도덕적인 작업[1]보다는 인간을 덜 망가뜨린다는 것이 나의 생각이다. 불확실한 대상이 우리가 확실한 방향을 택하는 것을 허락하지 않을 때, 우리가 처하는 불확실성 때문에 우리에게 열정이 일어나는 데 반해서, 기계적인 작업은 우리를 보다 냉정하게 만든다는 것이 나의 생각이다. 무엇을 해야 할 것인가를 알기만 한다면, 나는 침착하게 그 일을 하게 된다. 그러

1 여기서 "도덕적인 작업"은 실제적이고 "기계적인" 일과는 달리 정신적·이론적인 작업을 의미한다.

나 내가 대상에 대해서 어떤 확실하거나 정확한 개념을 가지고 있지 않다면, 나는 어떤 힘이 얼마만큼 그 대상에 적합한지를 알지 못하게 된다. 따라서 너무 적게 힘을 행사하고 있지 않나 하는 두려움에서 오히려 너무 많이 행사하고 또 너무 많이 행사하지는 않나 하는 두려움에서 너무 적게 행사할 수밖에 없게 되는 것이다. 다시 말하면 열정적으로 행동할 수밖에 없다. 사랑하는 카를아! 사랑에서나 작업에서 파괴적인 현실에 항상 온 영혼을 내맡기기보다는 때로는 그저 우리 존재의 표면에 열중하는 것이 더 바람직할 때도 있다. 그러나 사람들은 젊은이답게 깨어 있는 시간에는 그런 점을 흔쾌히 인정하지 않는다. 이 시기에는 모든 힘이 행동과 환희를 향해서 쏟아지기 때문이다. 우리가 기꺼이 우리를 희생한다는 것, 세계의 행복을 위해서 그리고 후대의 불확실한 명성을 위해서 우리의 첫 번째 평화를 바치기도 한다는 것, 그것은 또한 충분히 자연스러운 일이다. 그러나 너무 서두를 필요는 없다. 너무 일찍 우리의 아름답고 생동하는 천성과 마음의 고향과 같은 기쁨을 투쟁과 분노와 염려와 맞바꿀 필요는 없다. 왜냐하면 사과 열매도 병들지 않았다면 충분히 익었을 때에야 비로소 가지에서 떨어지는 법이니 말이다.

사랑하는 카를아! 내가 지금 마치 난파를 당해본 사람처럼 말하고 있구나. 그런 사람은 항해에 가장 좋은 계절이 올 때까지 항구에 머물러야 한다고 서슴지 않고 조언한단다. 나는 너무도 일찍이 공공연하게 밖을 향해서 노력을 기울였고, 너무 이르게 무엇인가 위대한 것을 지향했다. 그러니 내가 사는 동안 그 대가를 치러야만 하는 것이겠지. 내가 무엇인가에 완전히 성공하는 것은 어려운 일 같다. 그것은 내가 나의 천성을 근심 걱정 없이 평온 안에서 무르익도록 놓아두지 않았기 때문이다.

나의 마음이 이 모든 것으로 가득 차 있어서 내가 나 자신을 위해서 이것을 쓰고 있는 것 같구나. 너에게는 이런 설교가 필요치 않을 텐데 말이다.

셰익스피어가 너를 온통 사로잡고 있는 것 같구나. 내 생각에는 그렇다. 너는 그런 유의 작품을 쓰고 싶어 하는구나, 사랑하는 카를아! 나 역시 그러고 싶다. 그것은 결코 작은 소망이 아니란다. 너는 너의 민족에게 영향을 미치기 위해 그러고 싶은 것이겠지. 나도 그러고 싶단다. 그러나 그보다도 그렇게 위대한 작품을 씀으로써 완결을 목말라하는 내 영혼을 만족시키고 싶다.

작가로서 독일적인 성격에 영향을 미치고 이 엄청난 휴경지를 갈아엎고 그곳에 씨앗을 뿌리는 것이 너의 진정한 의도라면, 나는 너에게 문학보다는 연설을 해보라고 조언하고 싶다. 그렇게 하면 너는 더 빨리 그리고 더 확실하게 목표에 이를 것이다. 그렇지 않아도 왜 우리의 훌륭한 인물들이 예컨대 학자들이나 관리들에게서 볼 수 있는 자연 감각의 결핍이나 종교적인 노예 상태에 대해 힘 있는 연설문을 쓸 생각을 하지 않는지 자주 의아하게 생각했다. 너에게 조국의 정치적·도덕적인 주제들이 특별히 가까이 있다. 예컨대 동업조합, 시민권, 지방자치권 등이 그것이다. 그런 대상들은 분명 사소하지 않다. 그리고 너는 지방에 대한 지식을 통해서 그런 일에 소명되어 있다. 최소한 시작을 위해서 말이다. 그렇지만 나는 이 모든 것에 대해 더 이상 너와 왈가왈부하고 싶지는 않다.

곧 너를 만나서 이야기를 나누길 바라고 있다. 일이 어떻게든 잘되면, 3월에는 사랑하는 너희에게로 갈 것이다. 나는 평온을 찾고 있단다, 나의 동생아! 나는 그 평온을 너의 가슴에서 그리고 우리의 귀한 가족들과의 교류 가운데서 발견하게 될 것이다. 착하기 이를 데 없는 카를아! 나는 오로지 평온을 찾고 있을 뿐이다. 나를 나약하거나 게으른 사람으로 생각지는 말아다오. 수년 전부터 여러 가지로, 자주 충격을 받은 나의 천성은 다시 새롭게 작업에 임하기 위해서라도 자신을 가다듬고자 한다.

너는 나의 모든 불행의 뿌리를 알고 있느냐? 나는 나의 온 마음이 매달려 있는 예술을 위해서 살고 싶다. 그래서 나는 사람들 사이를 이리저리로 오가며 일하지 않으면 안 되는 것이다. 그 결과 나는 자주 진정으로 삶에 지치게 된단다. 왜 그렇게 되는가? 그것은 예술이 거장들은 먹여 살리지만, 그 도제들을 먹여 살리지는 않기 때문이다. 다만 너에게만 이런 말을 하는 거다. 나는 한 명의 허약한 영웅이다. 그리하여 내가 나에게 필요한 자유를 끝까지 버텨서 얻어내지 못하는 것도 사실이지 않느냐? 그러나 보아라, 사랑하는 동생아, 그런 다음 나는 다시금 전쟁 속에 사는 것이다. 그것은 예술을 위해서 유익하지 않다. 그러나 너무 나쁘지도 않다! 시인으로 길러졌던 많은 이들은 이미 죽어버리고 말았다. 우리는 시인이 살 만한 기후에 살고 있지 않다. 그렇기 때문에 열 그루의 초목 가운데에서 **한 그루도** 제대로 성장하지 못하고 마는 것이다.

나는 나의 작은 작업들 중에 아직 하나도 마친 것이 없다. 그 작업 도중에 무슨 깊은 고뇌가 나를 방해하지 않았음에도 말이다. 나를 괴롭히는 것을 염두에 두어선 안 된다고 네가 말한다면, 나는 이렇게 말하겠다. 그렇다면 내가 함께 어울려 사는 사람들의 모든 사랑을 곧바로 저버릴 만큼 경솔해도 될지 모르겠다고 말이다.

도대체 너희의 정치 세계[2]는 어떻게 돌아가고 있느냐? 의회 기록물을 아직 다시 찾지 못했다. 내가 누구에겐가 빌려주었는데, 그게 누구였는지를 모르겠구나. 미안하구나, 나의 사랑하는 동생아! 어떤 형태로든 그것을 배상하겠다.

네가 받았던 부탁에 따라 내가 너에게 부쳤어야 했던 편지들은 뉘르팅겐에 보관되어 있는 것이 분명하다. 여기에는 한 통도 없단다. 나는 나의 마음을 알고 있고 일이 일어났던 대로 그렇게 될 수밖에 없었다는 것을 알고 있다. 나는 나의 가장 아름다운 삶의 순간에 많은 좋은 날을 그저 슬픔에 잠겨 보냈다. 내가 그녀의 마음을 사려고 애썼던 유일한 사람이 아니었던 시간 동안 나는 경솔함과 멸시를 참아야만 했다. 그 이후 나는 호감을 발견하고 호감을 베풀기도 했다. 그러나 내가 겪었던 부당한 고통 가운데서 나의 첫 번째 깊은 관심이 꺼져버렸음을 알아차리는 것은 어렵지 않았다. 튀빙겐 체류 3년이 되는 해에 들어서 그 고통

2 1796년 여름, 파괴적인 전쟁 후 소집된 영방의회가 1797년 3월부터 슈투트가르트에서 열렸다. 영방의회는 전쟁 부담금의 조달과 단독 강화에 따라 부과된 프랑스에 대한 전쟁 피해 보상금의 조달을 결정할 참이었다. 그러나 대표들은 무엇보다 앞서 옛날 각 신분대표제 아래의 기본법의 부활을 추구했다. 일부는 계속적인 자유주의적이고 민주주의적인 개혁을 원했다. 이러한 상황에서 많은 전단과 법안이 제작되었고 그 가운데는 횔덜린이 소유했던 〈뷔르템베르크 신분대표들의 청원권〉(1797) 문서도 있다. 그는 다른 문서들도 헤겔에게 빌려주었는데, 헤겔은 〈시 의원은 인민에 의해 선출되어야만 한다〉는 전단을 쓰기도 했다.

은 사라져 버렸다. 나머지는 피상적이었다. 그리고 나는 튀빙겐에서 그 후 2년을 그런 무관심의 관심 속에서 보냄으로써 충분히 고통의 대가를 치렀다. 나의 성격에 스며든 무책임성으로 충분히 대가를 치렀으며, 말할 수 없이 고통스러운 경험들을 통해 거기서 다시 빠져나왔다.[3] 이것은 문자 그대로 진실이다, 사랑하는 카를아! 네가 나에 관해서 언급해야만 한다면, 네가 할 수 있는 최선을 다해서 잘 대처하거라. 나는 선한 영혼을 조금도 우울하게 만들고 싶지 않다.

너의 관심사들에 대해서 자세한 것은 곧 너와 직접 이야기하고 싶다. 어떤 경우에도 네가 그렇게 일찍이 철저한 관리로 실력을 쌓아간다는 사실에 나는 크게 만족한다.

라인 좌안의 자매국가[4]들은 사람들의 희망대로 더욱 활발하고 견실하게 공화화 될 것이 분명하다. 특히 마인츠에서는 자유의 싹을 질식시키려 했던 군사독재가 곧 제지되어야 마땅하다.

자, 잘 있거라, 나의 사랑하는 동생아! 언제나 변함없이,

너의 형
프리츠가

3 이 수수께끼 같은 문구는 횔덜린이 빌헬미네 키름스와 낳은 사생아 딸에 대한 소문을 참고할 때 부분적으로 이해가 가능하다.

4 1797년 여러 평화협정 이래 프랑스에 의해 합병된 라인 좌안 지역에서는 공화정의 국가 체제에 대한 희망이 커졌다. 프랑스가 1797년 여름에 선포되었던 독자적인 "라인 좌안의 자매국가Cisrhenaner"를 해체하고 그 지역을 프랑스에 편입시키고 난 후, 1798년 초 프랑스는 마인츠를 위시하여 도시들에 공화정적인 통치를 도입하기 시작했다.

실러에게 보낸 편지

프랑크푸르트, 1798년 6월 30일

제가 선생님께 다시 몇 편의 시[1]를 보내드리는 것을 불손하게 여기지 마시기 바랍니다. 저는 이미 선생님의 동의를 얻을 수 있다고 희망할 만큼 자격이 있다고 생각하지 않습니다.

저는 여러 측면에서 의기소침하고, 저의 공평무사한 판단에 대한 확신도 잃었습니다. 제가 그 유일한 정신을 그처럼 깊이 느끼고 있으며, 그분의 힘이 오래전에 저에게서 용기를 빼앗아 가버렸지만, 질책이 두려워 그분에게서 감히 멀어질 수는 없습니다. 선생님을 알고 지내는 일에서 고통이 즐거움보다 더 클지라도 말입니다.

1 시 〈태양의 신에게〉(《횔덜린 시 전집 1》, 390쪽), 시 〈인간〉(같은 책, 392~394쪽), 시 〈우리의 위대한 시인들에게〉(같은 책, 397쪽), 시 〈바니니〉(같은 책, 396쪽), 시 〈소크라테스와 알키비아데스〉(같은 책, 395쪽). 《1799년 문예 연감》에는 위의 시 가운데 세 번째 및 다섯 번째 시만을 수록했다. 《연감》의 인쇄가 이미 시작되었고, 지면의 여지가 이 두 편의 짧은 시를 겨우 끼워 넣을 정도밖에는 안 되었기 때문으로 보인다.

선생님께서는 인간을 완전하게 꿰뚫어 보십니다. 선생님 앞에서 진실하지 않으려고 해보았자 터무니없고 또 쓸데없을지도 모르겠습니다. 선생님은 모든 위대한 사람은 그렇지 못한 다른 사람들에게서 평온을 빼앗아 간다는 사실을 알고 계십니다. 또한 비슷한 사람들 사이에서만이 균형과 공정이 존립한다는 사실도 알고 계십니다. 그렇기 때문에 저는 제가 가끔 선생님의 창조적 정신에 대항하여 저의 자유를 지켜내고자 남모를 싸움을 벌이고 있다는 사실, 또한 선생님으로부터 철저히 지배받고 있다는 두려움이 선생님께 쾌활하게 다가서는 것을 자주 막아섰다는 사실을 고백하게 됩니다. 그러나 저는 결코 그 수호의 영역을 완전히 벗어날 수가 없습니다. 그러한 탈락을 저 자신에게 용납하는 것이 어렵기 때문입니다. 또한 그 길이 좋은 길이기도 합니다. 선생님과 상당한 관계를 맺고 있는 한, 제가 평범한 인간으로 끝나게 되지는 않을 것입니다. 평범한 것에서 탁월한 것으로의 이행이 평범한 것 자체보다 더 고약하다고 할지라도 저는 더 고약한 편을 택하고 싶습니다.

선생님의
참된 숭배자
횔덜린 올림

누이동생에게 보낸 편지

프랑크푸르트, 1798년 7월 4일

사랑하는 동생아!

너에게 여러 가지로 감사의 말을 해야겠구나. 네 손을 거쳐 보내 준 선물, 너의 편지, 그 편지의 길이와 내용에 대해서 말이다. 너의 편지를 받아 읽고 나서 나는 편지를 지니고 산보에 나섰다. 편지를 다시 읽을 생각이었는데 그대로 호주머니에 넣어만 두었다. 편지를 다 외우고 있었기 때문이었지. 또한 너의 헌신적인 사랑과 너에 대해서 너무 많이 생각했기 때문이기도 했다. 내 마음이 평정을 찾으면 편지를 다시 읽으려고 한다. 사랑하는 동생아! 많은 경험이 나에게 준 좋은 점은 내가 모든 공감의 가치를 더욱 깊이 인정하게 되었다는 것이다. 비가 오거나 뇌우가 칠 때면 들녘의 양 떼가 한데 밀착하여 서로 기대고 서 있는 것을 자주 보았던 것처럼 우리도 그렇단다. 이 세상에서 우리가 나이 들면 들수록, 그리고 침묵하면 할수록 우리는 그만큼 더 단단히, 그리고 더 기꺼이 시험을 거친 사람들에게 의지하는 것이다. 그리고 이것은 아주 당연하다. 다른 많은 것이 얼마나 하찮은지 알게 되면, 그때야 비로소 우리가 지니고 있는 것을 제대로 이해하고 바르게 평가하기 때문이지.

그렇지만 나의 귀한 동생아! 내가 너에 대한 나의 기억과 더 중요한 일에서 너의 마음에 들고 싶어 하는 나의 소망을 표현하고 싶어서 말하는 사소한 것들에 대해서 아무 말도 하지 말기 바란다. 그것을 있는 그대로 받아주고, 내가 그런 일들 중에 무엇이 너에게 어울리는지, 무엇을 너와 너의 가족들과 나눌 수 있는지를 곰곰이 생각하면서 스스로 느끼는 순수한 만족으로 받아주기를 부탁한다.

네가 감사에 대해서 말하지만, 나는 벌써 오래전부터 너에게 감사해야 할 빚을 많이 지고 있지 않느냐. 부엌 아궁이 없이 주로 타인들 사이에서 사는 사람은 어떤 친구 또는 집에 있는 어머니나 누이동생이 다정하게 자신을 받아들여 줄 때 비로소 그것을 소중히 여기고 잊지 않는다는 걸 믿어주기 바란다. 내가 얼마나 많은 자유롭고 즐거운 나날을 너의 지붕 아래서 보냈느냐? — 사랑하는 누이동생아! 너는 네 사랑하는 남편의 인간적인 마음과 너와 같은 마음이 살아 숨 쉬고 있는 네 가정이 얼마나 큰 가치를 가지고 있는지 스스로 느낄 수 없을 것이다. 너는 행복하다. 그리고 이 화려한 세상이 얼마나 기쁨이나 위안이 없는지 알게 된다면, 더욱 그렇게 느낄 것이다. 그러한 세상이 우리 같은 사람들뿐만 아니라 그 안에 살면서 많은 것을 해내고 있는 것처럼 보이지만, 그들 스스로가 제대로 알지도 못하는 은밀한 불만이 영혼을 갉아먹고 있는 사람들에게 어떤 기쁨도 위안도 주지 못한다는 것을 알게 된다면 말이다. 사람이 더 많은 말로 마차를 끌게 하고, 자기 스스로를 가두어둘 방이 많으면 많을수록, 그를 에워싼 사람들이 많으면 많을수록, 또 금은보화에 더 많이 묻히면 묻힐수록, 그는 그만큼 살아 있으나 죽은 채로 더 깊이 무덤에 묻히는 것이다. 그와 다른 사람이 내는 온갖 소란에도 불구하고 다른 이들이 그의 말을 알아듣지 못하게 되고, 그가 다른 이들의 말을 알아듣지 못하게 된다. 이러한 비극적인 희극이 그래도 행복하게 해주는 유일한 사람은 막연히 바라다보면서 착각에 빠진 사람이다. 내가 이 세상의 휘황찬란함 앞에서 눈을 크게 뜰 수 있다면 얼마나 좋을까! 그럴 수 있다면 나는 행복하고 어쩌면 아주 참아줄 만한 젊은이일 텐데! 그러나 사람들은 성격을 통해서, 그리고 천부적인 재능을 통해서가 아니면 나를 감명시킬 수 없다. 유감스럽지만! 그런 일은 이 세상에 드물어서, 내가 이 세상에서 겸손할 일도 드물었다. 어느 정도 고통을 겪고 난 이래 지금은 상당히 겸손해졌지만 말이다. 그러나 그것이 옳은 방식은 아니다. —

우편 마차가 떠나기 때문에 여기서 마쳐야겠다. 너의 사랑하는 남편에게 내 안부 인사를 전해주기 바란다. 아이들 모두에게도 나의 인사를, 그리고 모든 이들에게 간절한 안부 인사를 전해주기 바란다. 꼬마 신부[1]가 서툴게라도 글씨를 끄적거리기 시작하면 분명 곧바로 우리 둘 사이에 다정한 편지 교환이 일어날 것이다.

1 나이 어린 조카 하인리케를 농담 삼아 '신부'라고 부르고 있다.

바이엘 박사[2]에게 진심 어린 인사를 전해주기 바란다. 나는 그의 훌륭한 취향을 기뻐하고 있다. 그리고 그가 그 일로 행복하다면 나는 더욱 기쁠 것이다.

너의 오빠
프리츠가

2 바이엘Johann Gottlob Veiel, 1772~1855은 브로인린의 첫 부인의 남동생으로 법학을 공부한 후 블라우보이렌의 시장이 되었다. 횔덜린은 그가 1799년 10월 3일 결혼한 연인 카로린네 랑을 "그의 훌륭한 취향"이라고 칭찬하고 있다.

동생에게 보낸 편지

프랑크푸르트, 1798년 7월 4일

편지를 싫어하는 건 나를 보고 배웠구나, 사랑하는 카를아! 너에게 좋은 본보기를 보여주고 싶어서 부활절쯤 쓴 편지에 회답을 받기도 전에 다시 편지를 쓴다. 사랑하는 어머니가 나에게 쓰시기를 네가 기분이 좋지 않고 일도 매우 많다고 하셨다. 그것을 읽고서 네가 편지를 쓰는 것이 얼마나 부담스러웠을지 충분히 생각할 수 있었다. 사람들은 젊은 시절의 모든 힘을 다하면서도 대부분 생각과 인내를 필연적인 것으로 여기지 않는다. 그렇게 삶은 가끔 우리를 성가시게 하고 무뎌지게 한다. 또한 모든 관점 중에 젊은이에서 성인으로 넘어가는 이행기보다 더 나쁜 시기는 없다. 타인들과 자신의 고유한 천성이 한 사람에게 그렇게 많은 것을 해내도록 요구하는 삶의 다른 시기가 없기 때문이다. 이 시기는 본래 땀과 분노와 불면의 시기이며, 두려움과 뇌우의 시기다. 또한 인생에서 가장 혹독한 시기다. 5월에 이어지는 시기가 1년 중 가장 불안한 시기이듯이 말이다.

그러나 인간은 익어야 할 모든 다른 것들처럼 발효하기 마련이다. 철학은 이 발효가 가능한 한 해를 끼치지 않고 어지간하게, 빨리 지나가도록 보살필 뿐이다. 용감한 수영자여, 거기를 뚫고 헤엄쳐 가라, 머리를 항상 위로 쳐들고 있어야 한다! 다정한 동생아! 나는 많이, 매우 많이 고통을 겪었다. 모든 것을 다 말할 수는 없지만 너에게, 어느 누구에게 말했던 것보다 나는 더 많이 고통을 겪었다. 그리고 아직도 여전히 많이 깊이 괴로워하고 있다. 그렇지만 나에게 있는 최선의 것은 아직 꺼지지 않았다고 생각한다. 나의 알라반다는 소설 《휘페리온》 제2권에서 말하고 있다. "살아 있는 것은 말살될 수 없으며, **가장 깊은 노예의 형식을 띠지만 자유로운 채이며** 일체인 채이다. 자네가 그 근본까지를 갈라놓는다 해도 그것은 상처를 입지 않으며, 자네가 그 골수까지를 때려 부순다고 해도 그것의 본질은 그대를 이기고 손 아래로 달아나 버리고 만다."[1] 이 말은 다소를 불문하고 모든 인간에게 적용될 수 있으며, 순수한 자들에게 가장 적합하게 적용될 수 있다. 또한 나의 휘페리온은 말한다. "진정한 고통은 감동을 불러일으켜 주는 법이다. 자신의 불행을 발아래 딛고 있는 자가 그만큼 더 높이 서는 법이다. 그리고 우리가 고통 가운데서 비로소 영혼의 자유를 진정으로 느끼게 된다는 것은 멋진 일이다."[2] 잘 있거라, 착하고 충실한 동생아! 나에게 곧 편지를 쓰거라! 네가 나에게 그러하듯 내가 너에게 충실하다는 것을 생각해라! 오, 현재의 너인 채로 변함이 없기만을! 조국과 나를 위해서.

1 《휘페리온》, 을유문화사, 196~197쪽.
2 같은 책, 234쪽.

횔덜린

너는 나의 제자들[3]에게도 편지를 받게 될 거다.

3 횔덜린의 제자 앙리와 공타르가의 세 명의 딸. 카를은 1797년 4월 프랑크푸르트를 방문해서 이들을 알게 되었다.

노이퍼에게 보낸 편지

[프랑크푸르트, 1798년 8월]

친구여! 그대가 나의 별것도 아닌 것[1]을 가지고 그렇게 만족스러워하니 기쁘네. 불행 가운데서도 내가 사랑하는 운명이 이러한 사랑을 평온과 쾌활함으로 보답하는 때에는 그대에게도 더욱 힘차게 봉사하고 싶어진다네. 나에게 처음으로 우정의 행복을 참되게, 그리고 근본적으로 일깨워 준 자네에게 내가 남아들이 서로에게 요구할 수 있는 모든 것, 정신과 행동, 그리고 진심어린 호의를 주고 싶고 또 주어야만 한다는 것을 자네는 알고 있어야만 하네. 나의 친구여! 그대는 우리가 서로를 배려하던 시간들을 나만큼 명예롭게 생각하고 있는가? — 나는 우리가 서로를 사랑했듯이 한번 서로를 사랑했던 사람들은 바로 그런 사랑

1 휠덜린은 노이퍼가 발행하는 《교양 있는 여성들을 위한 소책자》 1799년판을 위해 18편의 비교적 짧은 송시를 보냈다. 일부는 1798년 6월의 편지에 동봉해서, 그리고 시 〈운명의 여신들에게〉(《휠덜린 시 전집 1》, 373쪽)와 시 〈일몰〉(같은 책, 391쪽)은 이 편지에 동봉해서 — "여기 몇 편의 시를 보내네" — 보냈다.

때문에 모든 아름다움을 사랑할 능력을 지니며 또한 모든 위대함에 이를 능력을 지니게 된다고 믿는다네. 그들이 서로를 올바르게 이해하며 그들을 막아서는 쓸데없는 것들을 용기 있게 뚫고 나갈 때, 사랑과 위대함의 능력을 지니게 될 것이 분명하다네. 나는 내가 아직 아무것도 아니라는 사실을, 그러면서도 어쩌면 결코 아무것도 아닌 채 끝나지 않으리라는 사실을 잘 알고 있다네. 그러나 내가 아직 아무것도 아니라는 사실이 나의 믿음을 무효화시킬까? 그리고 나의 믿음이 그런 이유로 공상이며 허영일까? 나는 그렇게 생각하지 않는다네. 이 지상에서 내가 어떤 것에도 특출한 성공을 하지 못한다면, 스스로를 제대로 이해하지 않았기 때문이라고 말하려네. 우리 스스로를 이해하도록 하세! 그것이 우리를 성장시키는 요점이라네. 우리가 우리 자신에 대해서 우리의 신적인 것, 또는 자네가 부르고 싶은 대로의 그것에 대해서 잘 알지 못한 채 버려둔다면, 모든 예술이나 노력도 부질없어진다네. 그렇기 때문에 우리가 단단히 합치고 우리 안에 있는 것이 무엇인지 서로 말한다면 그것이 그만큼 큰 가치를 가지는 것이라네. 우리가 형편없는 경쟁심 등으로 서로 분리되고 고립된다면, 그것은 우리 자신의 가장 큰 손실이라네. 왜냐하면 우리가 다시금 하나가 되기 위해서는 친구의 부름이 있어야만 하기 때문이지. 우리의 고유한 영혼이, 우리의 최선의 삶이, 천박한 인간들의 어리석은 행동, 이미 굳어버린 다른 사람들의 완고한 오만 때문에 불화를 겪는다면 말일세.

여기 몇 편의 시를 보내네.

내가 지난번 편지에서 자네에게 약속했던 것은 시간이 없어서 못 지키고 말았네.

자네의
횔덜린 씀

4부

홈부르크 시절

1798~1800

어머니에게
보낸 편지

홈부르크, 1798년 10월 10일[1]

지극히 사랑하는 어머니!

다시금 지난번 보내주신 사랑에 찬 편지로 저를 가슴 깊이 기쁘게 한 어머니의 순수한 호의와 어느 정도 인정할 수밖에 없는 저의 건강에 대한 어머니의 걱정이 오래전부터 각오했던 신분 변동을 어머니께서 탓하지 않으리라는 희망을 갖게 합니다.

무엇보다 먼저 지금의 제 사정이 안전하고 모든 점에서 적정하다는 사실을 어머니께 보여드려야만 할 것 같습니다. 오랜 기다림과 많은 인내 끝에 이전 위치에서 저를 떠나도록 동기를 제공한 이유들을 하나씩 말씀드린다면, 어머니께서 불만보다는 만족의 이유를 더 많이 발견하실 것이 틀림없습니다.

1 횔덜린은 1798년 9월 27일 직전 공타르가를 떠났다. 이 날 제자 앙리가 횔덜린에게 매달리는 심정을 적은 편지를 썼기 때문이다. 횔덜린이 떠난 직접적인 동기나 상황은 정확하게 알 수 없다. 다만 공타르 씨와 논쟁이 있었고, 그 결과 주제테가 "당장 떨어져 있을 것"을 조언했다는 사실만 알 수 있다.

작품 활동과 급료를 절약해 지난 프랑크푸르트 체류 1년 반 동안 500프랑을 모았습니다. 500굴덴이면 프랑크푸르트처럼 물가가 비싸지 않은 세상의 어떤 지역에서도 경제적으로 최소한 1년은 완벽하게 보장될 것입니다. 그 점에 있어서 저는 업무와 개인적 일의 긴장이 합쳐져 필연적으로 초래된 건강과 기력의 약화를, 이런 절약을 위한 노력이 없었다면 가능하지 않았을 조금은 더 편안한 생활 방식으로 다시 회복할 권리가 있었습니다. 게다가 프랑크푸르트에서의 제 상황에 벌써 오래전부터 관심을 가졌던 홈부르크의 궁정 고문인 친구 싱클레어[2]가 저에게 자기 집으로 건너와 방값만 내고 숙식을 해결하라고 충고했습니다. 그리고 **방해받지 않는 종사從事를 통해서 궁극적으로는 공동체 안에서 인정받을 만한 일자리를 마련해 보겠다고 했습니다.** 저는 많은 이의를 제기했고, 무엇보다 이런 방식으로 친구 간에 어울리지 않는 의존 관계에 빠지는 것에 우려를 표했습니다. 이 계획을 실천하기 위해서 그는 저에게 하숙집을 구해주었습니다. 여기서 저는 아주 편안하게 방해받지 않고 건강하게 살고 있습니다. 방세, 돌봄과 세탁 비용으로 한 해 70프랑을 지불합니다. 가격에 비해 아주 훌륭하게 차려지는 점심값으로 매일 16크로나를 지불합니다. 저녁에는 차와 함께 과일 조금을 먹는 데 오래전부터 익숙해져 있습니다. (사실 프랑크푸르트에서는 모두 어

2 1796년부터 홈부르크의 방백 통치에 종사했던 싱클레어는 이제 막 궁정 고문으로 승진했다. 횔덜린이 편지에서 싱클레어의 직위를 언급한 이유는 자신이 싱클레어를 존경한다는 것을 알림과 동시에 "공동체 안에서 인정받을 만한 일자리를" 마련해 보겠다는 싱클레어의 언급을 강조하려는 의도로 보인다.

쩔 수 없이 필요했던 넘치게 많은 옷가지들을 이곳으로 가져왔기 때문에, 제가 가진 저축액으로 얼마나 견딜 수 있을지 어머니는 잘 아실 것입니다.)

싱클레어의 가족[3]은 뛰어난 사람들입니다. 모두 오래전부터 제가 방문할 때마다 선의로 대해주었고, 실제 여기에 오자 아주 많은 관심과 격려를 베풀었습니다. 따라서 저는 너무 외롭지 않을까 두렵기보다는 오히려 저의 일과 자유를 위해서 뒤로 물러서야 할 상황을 맞았습니다. 궁정에서[4] 저의 책이 어느 정도 성공을 거두었고, 사람들은 저와 알고 지내기를 원하고 있었습니다. 방백의 가정은 진정으로 고상한 사람들이고, 생각과 생활 방식은 같은 수준의 다른 사람들과도 확연히 구분될 만큼 빼어납니다. 그렇다 해도 저는 거리를 두고 있으며, 저의 자유를 위해서 조심하며 존경을 표하는 정도로 끝내고 있습니다. 어머니는 제가 어머니를 안심시키려고, 또 급할 경우 유용할지도 모르기 때문에 이 모든 것을 말씀드린다고 생각하실지 모르겠습니다. 그러나 본질은 친구 싱클레어와의 재기 발랄하고 이성적이며 진심 어린 친교입니다. 그런 사람과의 매시간은 영혼과 기쁨을 더하는 또 다른 얻음의 시간입니다. 어머니는 이것이 제 일과 저의 성격에 어떤 좋은 영향을 미칠 것이라고 생각하셔도 됩니다.

3 싱클레어의 어머니 아우구스테 빌헬미네Auguste Wilhelmine von Proeck, ?~1815와 몇몇 친척이 홈부르크에 살고 있었다. 싱클레어의 어머니는 남편 사망 이후 외아들 싱클레어와 함께 살았다.

4 헤센-홈부르크 방백 프리드리히 5세1748~1820의 궁정에는 당시 방백비 칼로리네 Calorine, 1746~1821와 열한 명의 자녀 중 네 자녀만이 머물고 있었다. 소설 《휘페리온》이 아우구스테 공주에게 좋은 반응을 얻었다.

시간이 짧은 탓에 어머니께 많은 말씀을 드리는 것은 다음 기회로 미루겠습니다. 저의 말을 다 들으시면 이러한 장소와 현재 상황이 저의 지극히 현실적인 필요를 얼마나 잘 해소시킬지 확신하실 것입니다. 언젠가 구속되지 않는 상황에서 저의 미래를 위해 준비하는 일이 정말 필요했습니다. 제가 선택한 이곳이 그에 더 알맞은 장소인지는 어머니가 직접 판단해 주십시오. — 어머니께 고백합니다만 저는 이전 상태로 더 오래 머무르기를 간절히 원했던 것 같습니다. 우선 착하고 행실 바른 제자와 헤어지는 것이 매우 어려웠고, 다른 한편으로 제 상황의 모든 변동이 불가피하고 유리한 것이라 할지라도 어머니를 불안하게 해드린다는 점을 잘 알고 있었기 때문입니다. 또한 저는 가르치는 일과 저 자신의 작업을 병행하기 위해 치러야 하는 노력을 아까워하지 않았습니다. 다만 제가 아이들에게 가졌던 관심이 저의 가르침을 어떤 방식으로든 쉽게 해보려는 것을 용납하지 않았다고 말씀드려도 될 것 같습니다. 이들이 저에게 보여주었던 사랑과 제가 바친 노력의 성과 덕분에 저는 자주 기뻤고, 생활도 수월해졌습니다. 그러나 무례한 오만, 모든 학문과 교양에 대한 고의적이며 일상적인 폄하, 가정교사도 하인에 불과하며 하는 모든 일에 이미 대가를 치렀기 때문에 특별히 아무것도 더 요구할 수 없다는 지껄임, 그리고 프랑크푸르트의 풍조이기도 하지만, 그들이 나에게 던지는 말들 — 그것이 저를 모욕했습니다. 저는 그것을 무시하려고 애썼지만 점점 더 영육에 결코 좋지 않은 내심의 분노만 때때로 불러일으켰을 뿐입니다. 제가 인내할 만큼 인내했다는 것을 믿어주시기 바랍니다! 이전에 저의 말을 믿어주셨다면, 이번 말도 믿어주십시오! 제가 그러한 관계에서 오래 견디는 것이 오늘날 절대 불가능하다고 말씀드린다면 어머니는 과장이라고 생각하실 것입니다. 그러나 프랑크푸르트의 부유한 상인들이 현재 시대 상황 때문에 어느 정도로 흥분되어 있는지, 또 그들에게 예속된 모든 이들에게서 이러한 분노를 얼마나 보상받으려 하는지를 어머니가 떠올릴 수 있다면 제 말을 분명하게 이해하실 것입니다. 저는 더 이상, 그리고 더 확정적으로 이 일에 대해서 말씀드리고 싶지 않습니다. 사실 이 사람들을 나쁘게 말하고 싶지는 않기 때문입니다. — 거의 하루도 빠짐없는 이러한 모욕 때문에 저의 직업상의 일과 다른 일들이 말할 수 없이 어려워졌습니다. 아마 제가 겪은 바로 그 정도의 긴장을 쏟지 않았다면 이 두 가지 일은 실제로 헛수고가 되었을 것입니다. 그렇지만 그런 상황은 잠시만 계속될 수 있었습니다. 지난여름 내내 아이들을 돌보는 일이 끝나면 너무도 힘이 빠지고 피곤해서 거의 하는 일 없이 지내야 했습니다. — 이런 어조로 저에 관해서 말씀드리기가 부끄럽습니다. 오로지 어머니를 사랑해서, 어머니께 저의 어떤 변화의 필연성을 확신시키기 위해서 내키지는 않지만 말씀드릴 뿐입니다. — 저는 마침내 제가 오랫동안, 많은 노력과 염려로 피했던 그 착한 아이들과의 어려운 작별을 결심하지 않을 수 없었습니다. 하늘도 알고 계시겠지만! 저의 명예 때문이기도 하지만, 제 친구들이 저를 보고 있는 것처럼, 고통스러워하면서 그들 앞에 모습을 나타내는 것이 더 이상 아름답지 않다고 생각했습니다. 저는 공타르 씨에게 저의 숙명이 얼마 동안은 독립적인 위치로 옮겨 갈 것을 요구한다고 설명했습니다. 더 이상의 설명은 피했습니다. 그리고 우리는 정중하게 헤어졌습니다. 어머니께 저의 착한 앙리에 대해서 많은 이야기를 해드리고 싶습니다. 그러나 제가 지나치게 나약해지지 않으려면 그 아이에 대한 거의 모든 생각을 머리에서 지우지 않으면 안 된답니다. 그 아이는 아주 뛰어난 소년이고 보기 드문 기질을 가지고 있습니다. 그리고 많은 점에서 저의 마음을 닮아 있기도 합니다. 제가 그 아이를 결코 잊지 않듯이 그 아이도 저를 잊지 않을 것입니다. 그 아이의 내면에는 앞으로 더 쌓아 올릴 수 있는 단단하고 훌륭한 토대가 놓여 있다고 믿습니다. 제가 단지 세 시간이면 닿을 수 있는 거리에 있다는 것이 기쁩니다. 때때로 그가 어떻게 지내는지 소식을 들을 수도 있습니다. —

이 편지를 우편 배달부에게 맡기기 위해 빨리 펜을 놓아야겠습니다. 선의의 편지로 곧 저를 기쁘게 해주십시오. 블라우보이렌에 제 안부를 전해주시기 바랍니다. 다음번에는 그곳에도 편지를 쓰겠습니다. 사랑하는 카를에게 저의 간절한 안부 인사를 전해주십시오. 가능하면 이번 주에 긴 편지가 그에게 발송될 것입니다. 외할머니는 어떻게 지내시는지요? 외할머니께 저의 진심 어린 안부 인사를 전해주십시오. 언제나처럼 자식으로서의 순종심과 함께.

홈부르크 포어 데어 회에에서
1798년 10월 10일
어머니의
프리츠 올림 저의 주소.

휠덜린, 홈부르크 포어 데어 회에의 유리공 바그네 씨 댁

노이퍼에게 보낸 편지[1]

홈부르크 포어 데어 회에, 1798년 11월 12일

가장 사랑하는 친구 노이퍼여!

지난번 편지를 쓰고 나서 나의 상황이 변했다네. 그러고 보니 여기 홈부르크에서 한동안 직업 없이 모아놓은 돈으로 생활할 생각을 갖게 되었네. 내가 여기에 온 지도 한 달이 조금 지났네. 나는 그사이에 평온하게, 비극을 쓰고[2] 싱클레어와 교류하면서, 그리고 아름다운 가을 날씨를 만끽하면서 살았다네. 나는 이런저런 고통으로 갈기갈기 찢겨져 있었기 때문에 이 평온의 행복에 선한 신들께 감사한다네.

나는 자네의 소식과 자네의 《시 연감》을 못 견딜 만큼 간절히

1 횔덜린은 현시대가 "파괴적"(262쪽)이며 문학에 "적대적"이라고 생각하지만, 현실적 경험을 문학에 개입시키고, 시문학을 세상과 연관시키는 소위 "경험적 소재에 대한 두려움"(252쪽)을 극복하기 시작한다. 이러한 과정의 가장 중요한 기록이 노이퍼에게 보낸 이 편지이다. 이 편지는 일종의 시학을 포함하고 있다. 그리고 횔덜린이 홈부르크에서 착수했던 문학과 그 입지에 대한 집중적 사유의 가장 중요한 증언이기도 하다.

2 비극 《엠페도클레스의 죽음》 제1초고를 말한다.

기다리고 있다네. 그렇지만 내가 그것을 자네에게서 직접 받아오지 않는다면 여전히 상당한 시간을 기다려야만 할 것 같네. 자네를 게으르다고 생각해서 아니라, 자네의 편지가 4주가 지나서야 비로소 나에게 이를 터이니 말이네.

나의 친구 싱클레어가 궁정 일로 라슈타트로 여행할 예정인데, 나에게 매우 유리한 조건으로 동행을 제안했다네. 싱클레어의 대범함 덕에 나는 넉넉지 않은 경제 사정에 전혀 부담 없이, 또한 하는 일을 중단하지 않고 이 제안을 수락할 것 같네. 제안에 응하지 않는 것이 오히려 이상한 일일지도 모르지.

우리는 오늘 당장, 아니면 내일 출발하네.

어쩌면 라슈타트에서 뷔르템베르크 지역으로 한번 길을 떠날 수도 있을 것 같네. 이것이 가능하지 않으면, 라슈타트에서 편지를 보내 어느 특정한 날 뉘른베르크에서 만나기를 요청하겠네. 자네 얼굴을 보고 만나기 위해서 내가 그곳으로 갈 것이네. 우리가 공동으로 관심을 가지는 모든 일에 관해 다시 한번 자네와 이야기 나눌 수 있다면 나에게 무한히 기분 좋은 일이라네. —

지금 나의 생각과 마음이 가장 몰두하는 것은 바로 시문학에서의 생동하는 것이라네. 그것에 도달하기까지 아직 얼마나 멀리 떨어져 있는지 절감하네. 그렇지만 나의 온 영혼은 그것을 향해서 분발하고 있네. 또한 이런저런 것에 대한 나의 표현에 결함이 있다는 것과 내가 이리저리 헤매는 시적 방황에서 빠져나올 수 없다는 것을 절감하면 마치 어린아이처럼 울지 않을 수 없다는 사실이 자주 나를 사로잡는다네.

아! 세상은 이른 젊은 시절부터 계속해서 나의 정신을 위협하여 안으로 움츠러들게 했고 그것 때문에 항상 나는 고통을 겪는다네. 그래도 나와 같은 식으로 불행해진 모든 시인이 명예롭게 도피할 수 있는 일종의 요양소는 존재하네. — 철학이 그것이지. 그러나 나는 나의 첫사랑, 나의 청춘 시절의 희망으로부터 떠날 수가 없다네. 그저 우연이 나를 거기로부터 내동댕이쳤던 뮤즈의 감미로운 고향으로부터 나를 떼어놓아야 한다면 얻는 것이 없어도 차라리 죽음을 택하겠네. 자네가 나를 되도록 빠른 시간 안에 참된 것으로 인도할 좋은 길을 알고 있다면, 나에게 그 충고를 보내주게나. 나에게는 힘보다는 가벼움이 부족하고, 이념보다는 뉘앙스가, 중심 음조보다는 다양하게 질서 잡힌 음조들이 부족하며, 그늘보다는 빛이 부족하다네. 이 모든 것은 하나의 근원에서 나온 것이지. 다시 말하자면 나는 실제 삶에서 천박한 것과 일상적인 것을 너무도 꺼린다는 것이지. 자네가 듣기를 바란다면, 나는 진짜 융통성 없는 사람이라네. 내가 착각한 게 아니라면, 융통성 없는 인간들은 심지어 냉정하고 무정하기까지 하지. 그런데 나의 가슴은 달 아래의 인간들이나 사물들과 친밀한 관계를 맺고 싶어 아주 안달이라네. 나는 내가 순수한 사랑 때문에 융통성이 없다고 믿는다네. 나는 현실이 나의 이기적 추구를 방해하는 것이 두려워 소심한 것이 아니라, 다른 무엇에 기꺼이 결합하려는 나의 내면적인 관심을 현실이 방해할까 봐 두려워서 소심하다네. 나는 내 안에 들어 있는 따뜻한 생명이 일상의 얼음처럼 차가운 사건들에 닿아서 얼어붙을까 봐 두려웠다네. 이러한 두려움은 내가 청년 시절부터 파괴적으로 나에게 닥친 모든 것을 다른 사람들보다 더 민감하게 받아들였기 때문에 생겨난 것이지. 그리고 이러한 민감한 감성은 내가 겪어야 했던 경험들에서 내가 파괴되지 않을 만큼 충분히 준비되어 있지 않았다는 데 그 원인이 있는 것 같네. 그러한 사실을 나는 알고 있다네. 많은 다른 사람들보다 내가 파괴될 위험이 더 크기 때문에, 그만큼 나에게 파괴적으로 작용할 일들에서 어떤 이점을 얻어내려고 더 애쓰지 않으면 안 된다네. 따라서 나는 그 일들 자체를 취할 것이 아니라, 그것들을 나의 참된 삶에 도움이 되는 한에서만 취해야 한다는 말일세. 나는 그것들을 발견하는 경우, 그것이 없으면 나의 가장 깊은 내면이 결코 완벽하게 표현되지 않을, 없어서는 안 될 소재로 전제하고 그것을 취해야만 한다는 말이네. 나는 그것을 때때로 (내가 언젠가는 예술가가 되고 또 되어야 한다면, 예술가로서) 나의 밝은 측면에 대한 그늘로 세우기 위해, 나의 영혼의 음조가 그들 가운데에서 그만큼 더 생동하게 돋보이도록 바탕에 깔린 음조들로 재현하기 위해 나는 그것을 내 안에 받아들여야만 하네. 순수한 것은 순수하지 않은 것을 통해서만 표현될 수 있다네. 자네가 고귀한 것을 비천한 것 없이 나타내려고 시도한다면, 그것은 부자연스럽기 이를 데 없는 것으로, 가장 부조리한 것으로 나타날 것이네. 고귀한 것 자체는 그것이 표현에 이르는 한 그것이 생성되었던 운명의 색깔을 띄우기 마련이고, 아름다움은 그것이 현실 가운데 표현되는 한, 그것이 생성된 환경으로부터 자신에게는 자연스럽지 않은 어떤 형식을 필연적으로 취하기 때문이네. 그리고 이 부자연스러운 형식은 그 형식을 필연적으로 부여했던 상황을 우리가 받아들여야만 자연스러운 형식이 되는 것이네. 그리하여 예컨대 우리가 브루투스의 성격을 그의 부드러운 정신에 이 엄격한 형식을 강요했던 상황의 한가운데서 보지 않는다면, 지극히 부자연스럽고 부조리한 성격이라네. 그러므로 비천함 없이는 고상한 것이 표현될 수 없다네. 비천한 것이 이 세상에서 나에게 부딪쳐 올 때면, 나는 항상 이렇게 말하려 한다네. 즉, 너는 도공陶工이 아교를 필요로 하듯이 비천함을 그처럼 필연적으로 사용하게 된다. 따라서 언제나 비천함을 받아들이고 내치지 말며 꺼리지 말라고 말일세. 이것이 나의 결론일 수 있겠네.

내가 자네에게 조언을 부탁하고, 그 때문에 자네도 어느 정도 이미 알고 있는 나의 결점들을 격정적으로 설명하고 동시에 나 자신도 다시 의식하다 보니, 내가 생각했던 것보다 훨씬 더 멀리 나갔군. 자네가 나의 골똘한 생각을 모두 파악한다는 사실, 얼마 전부터 나의 작업이 정체에 빠져버렸고, 이럴 때는 언제나 추론에 빠져들고 만다는 사실을 자네에게 고백하고 싶네. 어쩌면 나의 이 덧없는 사유가 자네에게 예술가와 예술에 대해 더 폭넓게 숙고하는 계기가 될지도 모르겠네. 특히 나의 중요한 문학적 결함에 대해, 그리고 그것을 어떻게 시정할 수 있는지 숙고하는 계기가 될지도 모르겠네. 자네는 어느 기회에 자네의 생각을 나에게 알려줄 만큼 친절하지. —

잘 있게나, 지극히 사랑하는 노이퍼여! 라슈타트에서 금방 편지하겠네.

자네의
횔덜린 씀

어머니에게 보낸 편지

라슈타트, 1798년 11월 28일

가장 사랑하는 어머니,

저는 8일 전에 이곳에 도착했고 그동안 많은 흥미로운 사람들과 만나 인사를 나누었습니다. 만날 기회가 있었던 헤아릴 수 없이 많은 낯선 이들의 얼굴과 어투, 그리고 생활 방식은 점점 더 많은 세계에 와 있는 듯 눈을 익숙하게 만들 수 있을 정도로 다양했습니다.

저는 고향 사람인 대표단 서기 굿처[1]와 자주 만나고 있습니다. 그는 저에게 상당한 경의를 표하고, 저는 그에게서 이성적이며 괄목할 만한 외교관의 기질을 발견하면서 즐거워하고 있습니다.

지난주 날씨가 매우 좋지 않아서 뷔르템베르크를 걸어 가는 일이 거의 불가능해져 매우 애석했습니다. 주말에 이곳을 다시

1 굿처Jajob Friedrich Gutscher, 1760~1834는 뷔르템베르크의 신분대표 파견단의 일원으로 정부의 공식 파견단 소속은 아니었다. 그는 구舊 뷔템베르크 기본 법안에 규정된 제후들에 대한 신분대표의 권리를 철저히 옹호했다.

떠나야 하기 때문에, 이번에는 저의 소망을 포기할 수밖에 없을 것 같습니다. 어머니는 제 마음이 홀가분해졌는지 아닌지를 상상하실 수 있을 것입니다. 그러나 다음 봄에는 지금 손보고 있는 작업[2]을 끝내면 더 이상 그 소망을 오래 그냥 놓아두지 않을 것입니다. 그렇게 되면 몇 주 동안 어머니와 또 사랑하는 친지들과 함께 지내겠습니다.

그때는 어머니와 함께 좀 더 즐거워지기를 기대합니다. 지금은 제가 과거와 미래 사이에서 흔들리고 있습니다. 과거부터 저의 뇌리를 떠나지 않는 의기소침 때문에 원하는 만큼 낙관적으로 미래를 바라보기가 어렵습니다. 또한 미래는 저의 시야를 너무 많이 벗어나 있습니다. 굴욕을 느꼈던 과거를 잊기에는 현재의 목표에도 충분히 다가서지 못했답니다.

제가 지금 하는 작업은, 가장 사랑하는 어머니, 어머니가 뭐라고 말씀하시든 간에 제 나름의 방식으로 저에게 어떤 가치를 부여할 수 있는 마지막 시도랍니다. 이 일이 실패로 돌아가면, 저는 조용히 그리고 겸손하게, 제가 찾을 수 있는 수수하기 이를 데 없는 직책을 통해서 사람들에게 쓸모 있는 사람이 되려고 합니다. 저는 제 젊은 시절의 이 노력을 그렇게 자주 있었던 일의 대가로, 우발적이었던 들뜬 기분에 대한 대가로, 천성이나 자라난 환경을 통해 저에게 명해진 영역에서 멀어지려고 했던 지나친 성향에 대한 대가로 생각하고자 합니다.

지난번과 똑같이 홈부르크의 주소로 바로 다음 편지를 보내

2 희곡 《엠페도클레스의 죽음》.

는 사랑을 베풀어 주시기 바랍니다. 지극히 사랑하는 어머니, 지금까지 그래 오셨듯이 계속해서 충고와 다정한 말씀으로 저를 바로잡으시고, 제가 가벼운 마음을 가질 수 있도록 해주시기를 바랍니다. 외할머니와 다른 분들께 저의 안부 인사를 전해주십시오.

어머니의
순종하는 아들
횔덜린

추신.
가장 사랑하는 어머니! 저의 제안 때문에 불안하셨다니 정말 죄송합니다. 그러나 제가 그렇게 생각한 것이 저의 잘못이 아니라는 점을 어머니도 아실 것입니다. 뷔르템베르크 시골길의 안전 문제에 대해 제가 아무것도 들은 바 없었기 때문이었습니다. 저에 대해서는 안심하시고 가능한 한 즐겁게 생활하시기를 빕니다. 어머니는 마음 안에서, 그리고 외적인 삶의 슬픔에도 불구하고 기쁨을 누릴 수 있는 많은 근거를 찾아내시기 때문입니다. 그 점에서 저는 침울해지기도 합니다. 다른 부모들은 자기 자식들을 자랑스러워하지만, 저는 저 자신이 분명 아무것도 아니라는 생각을 자주 하기 때문입니다.

동생에게 보낸 편지

라슈타트, 1798년 11월 28일

가장 사랑하는 카를아!

우리는 생각과 천성이 비슷하여 무한히, 그리고 변함없이 가깝지 않다면 서로 서먹해질 수밖에 없을 것 같다. 이렇게 말할 수밖에 없는 것이 이번에는 다른 어떤 때보다 더 오랫동안 우리의 아름다운 우정을 돌보지 않고 내버려 두었기 때문이다. 신들도 제물은 필요로 하지 않는다 해도 감사의 증표는 요구한단다. 그렇기 때문에 우리는 나와 너 사이에 있는 신성한 것에 다시금 때때로 제물을 바치지 않으면 안 되는 것이다. 우리가 서로에게 신성神性에 대해 말하는 것과 같은 경쾌하고도 순수한 제물은 다른 것처럼 펜 끝이 아니라 가슴에서 우러나오기 때문에, 우리는 드물지만 사랑스러운 편지들로 우리를 결합시키는 영원한 것을 찬미하는 것과 같은 경쾌하고도 순수한 제물을 바쳐야 한다는 말이다. 살아 있는 꽃은 헝겊으로 만든 꽃보다 느리게 생장한다. 그처럼 생동하는 말은 표면에 이르기 전에 우리의 가슴 안에서 오랫동안 태동해야 하는 법이다. 생동하는 말은 사람들이 옷소매에서 쏟아놓는 물건들처럼 무더기로 쏟아질 수 없다. 나는 우리의 편지가 생각과 지혜에서 무엇인가 특출한 것, 다양한 개념이나 사항들에서 무엇인가 기발한 것이라고 말하려는 것이 결코 아니다. 그렇지만 그 안에는 모든 생동하는 표현의 징표라고 부를 수 있는 무엇이 들어 있다. 다시 말하면, 그 표현은 표면으로 보이는 것보다 더 많은 것을 말하고 있다. 왜냐하면 그 안에는 생활 가운데에서 말하고 싶지만 결코 다 말할 수 없는 하나의 진심이 꿈틀거리기 때문이다. 오, 사랑하는 동생아! 사람들은 언제쯤 가장 드높은 힘이 그들의 표현 가운데 가장 겸소한 힘이라는 것을, 신적인 것은 얼마만큼의 슬픔과 겸허함 없이 결코 나타날 수 없다는 것을 인식할까? 물론 결정적인 투쟁의 순간에는 조금 다르지! 그러나 그 점은, 네가 알고 있는 것처럼, 여기서 우리가 이야기할 일은 아니라고 생각한다. 우리가 서로에 대해 침묵한 이래 내 삶의 변화로 나의 마음이 얼마나 이리저리 흔들렸는지 너에게 말할 필요는 없겠다. 내가 홈부르크에 살고 있다는 것, 그리고 어떻게 살고 있는지는 사랑하는 어머니에게 보낸 편지에서 읽을 수 있을 것이다. 착하기 이를 데 없는 카를아! 최근 프랑크푸르트에 있을 때, 얼마나 자주 너에게 편지를 쓰려 했는지 모른단다. 그러나 나는 나의 고뇌를 나 자신에게도 감추었다. 그것을 털어놓고 싶어지면, 나는 가끔 나의 영혼을 울음으로 달래야만 했었다. 홈부르크에서는 꾸준한 작업으로 평온을 되찾으려고 했다. 그리고 피곤하면, 대부분 싱클레어와 어울려 시간을 보냈다. 그는 충실한 친구로서 나를 대해주었다. 그의 제안으로 그와 함께 지내려고 이곳으로 오기는 했다. 여기에는 다양한 사람들이 함께 살고 있다. 다만 외교적인 지혜가 여러 인사들과 감정들을 모두 결속시키고 있지만, 개방적이고 사회적인 대화는 거의 등장하지 않는다는 점이 유감스럽다. 공동체를 위해 모두가 조심하는데도 프랑스인과 오스트리아인, 슈바벤 사람과 하노버 사람, 그리고 작센 사람 등은 아직도 확연하게 각기의 색채를 드러내 보이고 있다.

정말 너와 이야기를 나누고 싶었단다, 사랑하는 카를! 적어도 너를 노이엔뷔르크나 포르츠하임으로 오게 할 계획이었다. 그러나 그러기 위해서 쓰려던 시간이 좋지 않은 날씨 때문에 지나가고 말았단다. 이번 주에 다시 홈부르크로 돌아간다. 이번 작업[1]이 끝나면, 돌아오는 봄에는 무슨 일이 있어도 마음에 드는 일을 실행하고 몇 주 동안 너희 사랑하는 사람들 곁에서 보내려고 한다. 이런 나의 계획을 무엇도 막지 못할 것이다. 내가 몇 마일쯤 더 멀리 걸어야 한다는 것은 일도 아니다. 특히 아름다운 5월에는 말할 것도 없다. 기쁘고 선하고 순수한 생명의 정신이 그동안에도 우리 둘과 함께하시고 우리를 지켜주시고 우리를 후원해 주시기를! —

지금까지 여기에서의 체류가 나에게 준 참된 소득은 정신과 순수한 욕망으로 가득 찬 몇몇 젊은 인사들이다. 포메른 사람이며 지금 여행 중인 무르베크[2]는 천성적으로 쉼 없는 영혼으로 과

1 《엠페도클레스의 죽음》 집필.

2 무르베크Friedrich Muhrbeck, 1775~1827는 1796년 대학을 졸업한 후 예나로 가 "자유인들의 연맹"에서 뵐렌도르프Casimir Ulrich Böhlendorff, 1775~1825와 사귀었다. 그는

감한 철학적 저작을 향해 비상하고 있다. 이를 위해서 그는 아직도 재료를 찾으며 헌신하는 중이다. 프러시아의 교구 서기이자 진정한 교양인인 호른[3]은 깊은 감정과 아름다운 풍습과 호의에 대한 큰 관심과 더불어 미와 예술에 한해 올바른 생각을 가진 사려 깊은 인물이다. 스웨덴 사람인 포머-에셰[4]는 호의 넘치는 평온을 지녔고 소박하며 자신 안에 행복한, 학문과 언어에 다양하게 교양을 쌓은 인물이며 선량하면서도 남자다운 긍지를 지니고 있다. 그의 자태와 얼굴도 진정한 아름다움을 지니고 있단다. 또한 멋진 노인, 뒤셀도르프 출신의 작전참모인 솅크[5]는 야코비의 절친한 친구이며, 순수하고 쾌활하고 고상한 성품의 인물이다. 명쾌하고 생각이 풍부하다. 그는 순수하고 즐거운 감동 가운데서 마치 젊은이처럼 말하는데, 특히 친구 야코비를 언급할 때 그렇단다. 젊은 사람들을 아주 친절하게 바라보는 그 덕분에 우리는 진정으로 조화로운 가족을 이루었단다.

이제는 곧장 너에 관해서도 무엇인가를 들려주기 바란다, 착

1797년 스위스로 갔다가 1798년 11월 라슈타트로 왔다. 싱클레어와 함께 1799년 2월 홈부르크로 와서 여름을 보냈다. 그해 말 그는 그라이프스발트로 돌아가 철학 교수진의 일원이 되어 강의했다.

3 호른Fritz Horn, 1772~1844은 라슈타트의 프러시아 파견단의 서기였다. 그러나 예나에서 대학을 다니는 동안 "자유인들의 연맹"에 소속되었다. 무르베크, 싱클레어와 함께 1799년 2월 홈부르크로 왔다. 1800년 직후 그는 한자 도시 브레멘에 근무했다. 1802년 레겐스부르크의 제국의회에서 횔덜린과 한 번 더 조우했다.

4 포머-에셰Johann Arnold Joachim von Pommer-Esche, 1774~1814는 법률가이자 스웨덴 포르포메른의 파견단에 소속된 교황 사절이었다.

5 솅크Johann Heinrich Schenk, 1748~1813는 수수한 가정 출신으로 시인이자 철학자인 야코비Friedrich Heinrich Jacobi, 1743~1819의 추천으로 위리히-베르크Jülich-Berg 공국의 군사·경제 고문이 되었다. 그는 공국의 파견단 일원으로 라슈타트에 머물렀다.

한 카를! R[6]은 사실 나에게 너에 대해 많은 것을 말했어야 했다. 그는 뷔르템베르크로 귀향하고 나서 내가 부탁한 대로 너를 방문했고 너의 상태가 어떤지를 나에게 써 보냈다. 네가 이제 곧장 편지를 써야 하지 않겠니? 주소는 '횔덜린에게, 유리공 바그너 씨 댁, 홈부르크 포어 데어 회에'라고 쓰면 된다.

여기 사람들은 여느 때보다 더 평화가 곧 다시 오기를 희망한단다. 고향 사람인 교구 서기 굿처 씨와는 거의 매일 이야기를 나누고 있다. 그는 이성적인 사람이란다.

잘 자거라, 사랑하는 카를!

너의 횔덜린

6 누구인지 특정할 수 없다.

어머니에게 보낸 편지

홈부르크 포어 데어 회에,
1798년 12월 11일

귀하신 어머니!

어머니의 사랑에 가득 찬 편지는 라슈타트에 있는 저에게 전달되지 못했고 이곳으로 추송追送되었습니다. 제가 볼 수 있었던 것처럼, 친척들[1]에게 아직 좋은 인상으로 남아 있다는 것이 저를 진심으로 기쁘게 해주었습니다. 사랑하는 어머니, 특히 어머니의 관대한 배려와 관심에 마음 깊이 감동했습니다. 어머니는 이 감동을 통해 제가 얼마나 어머니 곁에 다가섰는지 생각하실 수 있을 것입니다. 저는 침착한 가운데 심사숙고하기 위해서 제안받은 가정교사 자리[2] 결정을 다른 날로 미루어야만 했습니다. 그러고도 저의 판단을 아직 완전히 믿지 않고 며칠을 그냥 버려둘

1 클링겐베르크의 목사인 브뢰스트Johann Adam Blöst의 가족. 브뢰스트 목사는 횔덜린의 외할머니의 한 자매와 결혼했다. 그는 1798년 11월 19일 세상을 떠났다.
2 하일브론 부근에 많은 토지를 소유한 게밍Gemmin가의 한 인척 집의 입주 가정교사 자리.

생각이었습니다. 그래야만 어머니께 충분히 숙고된 답변을 드릴 수 있기 때문이지요.

제가 어머니께 가장 확실하게 말씀드릴 수 있는 것은 비슷한 자리 이외에 달리 아무것도 제시되지 않은 채 1년이 지나더라도 제가 당황하는 일은 거의 없으리라는 점입니다. 어떤 권리를 주장할 수 있는 입주 가정교사 자리는 현재 매우 드문 일입니다. 따라서 많은 사람들은 그렇게 불편한 관계를 맺기 전에, 그리고 이 이중적 의미의 지위에서 필연적으로 발생하는 모든 오해에 노출되기 전에, 어떤 다른 방식으로 문제를 해결하려고 마음먹습니다. 성인으로 규정된 기계적 업무의 어떤 특정된 직책은 아동 교육과는 전혀 다른 것이고 끝이 없는 아동 교육보다는 훨씬 수월하고 평화롭게 조정될 수 있습니다. 장시간 서로 부담을 주지 않으려면, 상호간의 요구를 아주 최소한으로 제한할 수밖에 없는 한집에서의 일상생활과 거의 모든 가정교사들이 현재 처한 분위기는 말씀드린 것처럼 양측의 가장 선한 마음과 더할 수 없는 조심에도 불구하고 다루기 까다로운 문제입니다. 따라서 젊은 나이의 성인이 이렇게 어려운 직업에 도전하지 않는 것은 잘하는 일입니다. 그가 부끄러워할 필요 없는 적당한 생계방편이 될 다른 고용 관계가 아직 남아 있다면 말입니다. 그러나 모든 것을 배워야 하고 가정교사도 대부분의 가정에서 평화롭게 살 수 있다는 것을 저도 어느 정도 알기 때문에, 이러한 고용관계 경험이 아직 없고 한층 미숙하고 인내심이 없는 사람들보다는 덜 두려울 것 같습니다. 다만 저는 그러한 관계에서 자제와 인내로 괴롭힘을 당하는 것 못지않게 정신의 생동감을 잃을까 봐 두렵습니다. 그렇기 때문에 저는 다른 이들에게 고통을 주지 않으면서도 저를 아낄 수 있다면 무리하지 않는 것이 저의 책임이라고 생각합니다. 1년쯤은 하느님께서 저에게 우선해서 결정해 주신 보다 드높고 보다 순수한 일을 생동하는 힘으로 해나가면서 살아내려고 합니다. — 이 마지막 구절이 어머니의 눈에 확연히 띄었을 것 같습니다. 도대체 그것이 무슨 일인가? 하고 어머니는 궁금하시겠지요. — 지금까지 저의 일들에서 어머니의 손에 잡힌 것만으로 저의 가장 고유한 일이 무엇인지 알아내기 쉽지 않으실 것입니다. 그렇지만 저는 아직까지 그 하찮은 작품들을 통해서 오랫동안 완전히 말할 수 없었던 제 가슴 깊은 곳에 있는 생각을 귀 기울이는 사람들에게 펼쳐 보일 준비를 오래전에 시작했답니다. 우리는 지금 사람들에게 어떤 것도 단도직입적으로 말할 수 없습니다. 왜냐하면 사람들은 그들이 쳐박혀 있는 방심과 비종교적 태도를 마치 흑사병이 창궐한 도시를 떠나듯이 떨쳐버리고 한층 맑은 공기가 있고 해와 별들이 더 가까이 있는, 그리고 한층 명료하게 세상의 불안을 내려다보는, 다시 말해서 신성의 감정으로 자신을 고양시켜, 이러한 감정으로 존재했었고 현재에도 존재하며 앞으로도 존재할 모든 것을 관찰하는 산으로 달아나기에는 너무도 게으르고 자기애에 빠져 있기 때문입니다.

가장 사랑하는 어머니! 어머니께서 저의 신앙심에 대해서 무엇을 생각해야 할지 모르시는 것처럼 가끔 종교에 관해서 저에게 써 보내십니다. 오, 제가 한 번만이라도 어머니께 저의 가장 깊은 마음을 열어 보일 수 있다면 얼마나 좋겠습니까! — 이것만은 말하게 해주십시오! 어머니의 영혼 속에는 저의 영혼이 메아리치지 않는 생생한 소리가 하나도 없다는 사실 말입니다. 믿음을 가지고 저를 대해주십시오! 제 안의 성스러움을 의심하지 않으신다면, 저는 어머니께 저를 더 열어 보이고 싶답니다. 오, 어머니! 어머니와 저 사이에는 우리의 영혼을 갈라놓는 무엇인가가 있습니다. 저는 그것을 무어라 부를지 모릅니다. 우리 중 어느 한편이 다른 한편을 너무도 대수롭지 않게 여기고 있는 것입니다. 아니면 그것이 무엇이란 말입니까? 그 점을 저는 마음 깊이 어머니께 말씀드립니다. 어머니가 모든 것을 저에게 다 말씀하실 수 없다 하더라도 제 마음 안에는 그것이 살아 있으며, 모든 계기마다 어머니가 은연중에 얼마나 저를 지배하고 계시는지, 그리고 저는 저의 마음이 지워지지 않는 충실한 존경심으로 어머니의 마음을 얼마나 염려하는지 놀라워하며 느끼곤 합니다. 한번 말씀드려도 괜찮을까요? 제가 자주 저의 생각 속에서 황폐해지고 평온을 찾지 못한 채 사람들 사이에 이리저리 내몰렸다면, 어머니가 저에게서 어떤 기쁨도 느끼지 않는다고 생각했던 것이 유일한 이유였습니다. 그러나 어머니가 그저 불신을 품으신 것은 아닙니다. 어머니는 너무 자식들을 귀여워해서 유약하게 만들지는 않을까, 또 제멋대로 굴게 하지는 않을까 두려워하십니다. 또 모성 어린 감성이 어머니 자신을 우매하게 하지는 않을까, 그래서 자식들이 어떤 이끌림도 어떤 조언도 얻지 못하지는 않을까 걱정하십니다. 그렇기 때문에 저희에게 차라리 신뢰를 두지 않으시고, 사랑하기 때문에 그 나이의 부모들이 누리는 기쁨도 마다하시며, 저희에게 너무 많은 희망을 거느니 차라리 희망을 덜 거시는 거지요?

저는 제안받은 일자리를 거절하려고 어떤 이유를 댈 수 있을지 어머니께 말씀드리려고 했습니다. 그리고 이러한 기회에 다시 한번 제 마음속의 말을 드려서 참 좋습니다. 이런 행운은 이 세상의 누구에게나 다 주어지지 않기 때문에, 사람들이 이런 행운을 쉽게 잊을 수 있는지도 모르겠습니다.

라슈타트에서 사랑하는 카를에게 편지를 썼습니다. 이제 블라우보이렌에도 편지 쓰기를 더 이상 미루지 않으렵니다. 행복해야 할 착한 동생이 자신의 상황에 만족하지 못하는 것이 걱정됩니다. 사랑하는 어머니, 그를 불편하게 하는 일이 무엇인지 알려주시겠어요? — 사랑하는 친척들이 성실하셨던 목사님의 죽음[3]에, 착한 숙모 카로리네가 맞은 행운으로 어느 정도 위안을 받았다니 잘된 일입니다. 어머니께서 저의 이름으로 숙모에게 돌릴 수 있는 모든 기쁨을 축하해 주시기 바랍니다. 숙모께서 저를 생각해서 일자리를 소개해주신 것에 대한 진심 어린 감사도 편지로 알려주시기 바랍니다. 저는 최소한 반년은 이곳에 더 있어야 할 것 같습니다. 그렇게 오랫동안 게밍 씨가 아이들의 교사 없이 지내지는 않을 듯 싶습니다. 제 사정이 달라지면 게밍 씨와 관계 맺는 것을 다행이라 생각할지도 모르겠습니다. 외할머니와 모두에게 간곡한 안부 인사 부탁드립니다.

어머니의 아들
프리츠 올림

3 앞의 주 1 참조.

저의 옛 친구 겐트너[4]에게 간곡한 안부와 행운의 인사를 전해주십시오!

4 겐트너Karl Christian Friedrich Gentner, 1767~1824는 1785년부터 튀빙겐 신학교에 재학했지만, 건강 문제로 휴학하고 뉘르팅겐 근처 그라벤슈테텐의 목사 집에 머물고 있었다.

이작 폰 싱클레어에게 보낸 편지

홈부르크, 1798년 12월 24일

나의 귀중한 친구여!

오랫동안 편지를 쓰지 못했네. 여태껏 중단했던 탓에 더 애착이 가는 일들에 여느 때보다 더 몰두했기 때문에 편지 쓰는 일은 그저 생각에만 머물렀던 것 같네. 자네도 가끔 보았듯이, 자네가 내 앞에 있으면 나는 모든 것을 손 놓아버리지. 그러나 유익한 마력을 행사하는 전능한 모습이 눈앞에 떠오르지 않으면 일은 더욱 더디게 진행된다네.

자네의 편지는 정말 고맙네. 포머-에셰의 방문[1]은 나를 지극히 기쁘게 해주었네. 그의 양식대로 그렇게 순수한 인간을 다시 한 번 눈앞에 마주한다는 것, 그의 모습과 존재를 계속해서 내 안에 받아들인다는 것은 나에게 실제로 하나의 큰 소득이었다네. 그리고 다시금 자네들의 소식을 들을 수 있었다는 것도 의미 있었

1 포머-에셰는 포어포메른으로 돌아가던 길이었다.

다네. 라슈타트에서 돌아온 이래 나는 참으로 믿음과 용기를 얻었네. 자네를 나의 새로운 친구들과 함께 생각한 이래로 나는 자네를 더 명확하고도 확실하게 바라보게 되었다네. 우리 같은 관계가 얼마나 서로를 이해하고 서로의 인상을 결정적으로 마음에 새기는 것을 보장하는지 자네는 알고 있지. 우리처럼, 일단 토대가 잡히고, 모든 가능한 변화 가운데서도 천성에 따라 변함없이 유지되는 것이 분명하다는 것을 통해 어느 한 사람이 상대방을 완전하고도 깊이 느낄 때, 사랑은 판결을 두려워하지 않아도 되네. 그리고 이 경우 오성과 함께 믿음도 성장한다고 충분히 말할 수 있다네. 그런 다음 궁핍의 모든 사도에도 불구하고 자연이 고귀한 충만 가운데 스스로를 표현할 때 어느 누구 한 사람 이상이 존재한다는 사실에 나의 영혼이 무척 기뻐하는 것은 사실이라네. 때때로 신앙심 없는 오합지졸의 편에 서려고 하고 인간들 안에 존재하는 신을 부정하려고 하는 나의 의심에 찬 마음에 대항하는 증인으로서 이제는 내가 자네의 정신 이외에도 다른 정신을 부를 수 있다는 사실도 기쁘다네. 나와 내가 가슴에 담아둔 몇몇 고독한 사람들 이외에는 사방이 벽 외에는 아무것도 존재하지 않는 것처럼 느껴질 때 내가 가끔 그들을 생각한다는 것, 그리고 나에게 사악한 악령이 압도하려고 할 때, 그들은 내가 피난처로 택하는 멜로디라고 친구들에게 말해주게나. 내 말은 완전한 진실이라네. 그러나 몇몇 특출한 사람들을 그렇게 말한다면, 내 마음에 썩 들지는 않을 것 같네. 내가 할 일을 충분히 다하려면, 이들 각자에게 따로 편지를 써야만 한다고 느끼고 있다네.

나는 요사이 자네가 보내준 디오게네스 라에르티우스[2]의 책을 읽었다네. 나는 이 책에서도 내가 이미 가끔 만났던 것과 마찬가지로, 인간의 사상과 체계의 무상함과 변화가 사람들이 관습적으로 그저 현실적인 것이라고 부르는 운명보다 더 비극적으로 떠오르는 것을 경험했다네. 인간이 자기의 가장 고유한, 가장 자유로운 활동 가운데 독자적인 사상 자체가 외부 영향에 좌우되고, 인간은 여전히 저항할 수 없는 것으로 드러났듯이 주변 환경과 천후天候에 따라서 항상 바뀐다면 그것은 자연스러운 일이라고 생각한다네. 그렇다면 인간은 아직도 어디에 지배력을 행사하는가? 어떤 세력도 하늘과 땅 위 어디에서건 전제적이지 않다는 것은 좋은 일이며, 심지어 그것이 모든 생명과 유기체의 첫번째 조건이라네. 절대적 전제는 어디에서건 스스로 폐기되고 마는데, 절대적 전제에게는 대상이 없기 때문이네. 말하자면 엄격한 의미에서 절대적 전제는 존재한 적조차 없다네. 그것이 꿈틀거리자마자, 모든 것은 서로 맞물리고 고통을 겪지. 자네도 알듯이, 인간의 가장 순수한 사상도, 엄밀하게 보자면 일종의 선험적인, 모든 경험과는 철저히 독립적인 철학이라네. 일종의 실증적인 계시로서 난센스나 마찬가지지. 계시자가 계시에서 모든 것을 다 행하고, 계시를 받는 자는 그렇지 않아도 자신의 무엇인가를 이미 계시에 기여했기 때문에 계시를 받아들이기 위해서 움직일 필요조차 없는 그런 실증적 계시로서 말일세.

2 디오게네스 라에르티우스Diogenes Laërtius는 기원후 3세기에 철학사 개요인 《저명한 철학자들의 생애와 사상에 관하여》를 썼다. 이 글의 제8장 엠페도클레스에 관한 부분은 횔덜린의 비극 《엠페도클레스의 죽음》 집필의 근원을 이룬다.

모든 창작물과 생산품은 주관적인 것과 객관적인 것, 개별적인 것과 전체적인 것의 결과물이라네. 개별적인 것이 제작물에 가지고 있는 몫은 전체적인 것이 개별적인 것에 가지고 있는 몫과 결코 완전히 구분될 수 없다네. 거기로부터 모든 개별적인 것이 얼마나 내적으로 전체적인 것과 연관되어 있으며, 이 두 측면이 오로지 하나의 생동하는 전체를 구성해 내는지가 분명해진다네. 이 하나의 생동하는 전체는 철저히 개별화되고 순수하게 자율적인, 그러나 그만큼 내면적으로 또 영원히 결합된 부분들로 이루어진다네. 물론 모든 유한한 견지에서 보자면 전체적인 것의 자율적인 힘 어떤 하나가 지배적인 힘일 수밖에 없지. 그러나 이 지배적인 힘은 일시적으로, 그리고 정도의 차이를 두고 지배적이라고 생각할 수 있을 뿐이라네.

동생에게 보낸 편지[1]

[홈부르크, 1798년 12월 제야에]

너의 운명이 조만간 좋은 쪽으로 진전될 것 같지 않으면, 내가 지금 지니고 있거나 할 수 있는 모든 것을 다해 너를 돕겠다고 형으로서 굳게 약속하겠다. 나의 가장 사랑하는 동생아! 그동안 나는 너에게 가능한 한 네가 처한 상황을 밝게 바라보기를 부탁한다. 나의 이름뿐만 아니라 너의 이름으로도 많은 씁쓸한 경험을 내가 함께했다는 기쁨을 허락해 주기 바란다. 내가 너에게 하고자 하는 이 말을 너의 가장 맑은 정신으로 이해하고 나의 사랑을 믿어주기 바란다. 온갖 모욕이 곧바로 우리 가슴으로 뚫고 들어오는 것을 우리가 용납한다면, 이 세상은 우리를 뿌리까지 파괴하고 말 것이다. 그리고 가장 훌륭한 사람들이라 할지라도 곤궁과 정신 및 감정의 허약 때문에 그들에게 가해지는 모든 것을 제때에 선한 마음 대신 침착한 오성으로 받아들이는 데 이르지

1 이 편지는 마르크그뢴닝엔에서 서기직을 맡고 있는 동생이 그 직업에 불만을 토로한 편지의 회신이다.

않으면, 그들 역시 전적으로 어떤 형태로든 파멸에 이를 수밖에 없다. 영혼이 상처를 입고 관대한 아량으로도 그냥 지나칠 수 없으며 인간들의 하찮은 모욕에도 그것을 심각하게 여기는 명예심으로 맞설 때도 결과는 마찬가지다. 이 점에 관해서는 자만이 아니라 자신의 결점에 대한 깊은 반성에서, 그리고 많은 우울한 기억들로부터 말하고 있다는 걸 믿어주기 바란다. 침착한 오성은 세상의 전쟁 가운데 독화살로부터 가슴을 방어해 주는 성스러운 방패라는 나의 말을 믿어주기 바란다. 나에게 큰 위안이기도 하지만 이러한 침착한 오성은 영혼의 어떤 덕망보다도 더 그 가치에 대한 통찰과 자발적이고 끈질긴 실행으로 얻어질 수 있다고 믿는다. 내가 절반은 번민과 방황 속에서 잃어버린, 그리고 너에게는 아직 꺼낸 적 없는 세월을 되돌아볼 때, 얼마나 많은 일을 너에게 피로 쓰고 싶어지는지 모른단다, 착하기 이를 데 없는 카를! 우리가 매우 힘들여 엄정한 고난과 싸워 뚫고 지나면, 그것이 신기하게 생각된다. 그리고 우리가 사랑하는 사람에게 이런 일을 알리는 것은 더 쉽지 않으리라는 생각도 든다. 우리는 우리 자신보다 우리의 마음속 귀중한 사람들을 생각해서 운명을 두려워하는 것이다. —

막 자정을 알리는 종이 울리고 있구나. 이제 1799년이 시작되는 것이다. 가장 사랑하는 너에게 새해를 축하한다. 그리고 우리 가족 모두에게도! 그리고 독일과 이 세계에 새롭게 위대하며 행복한 세기가 되기를!

이제 잠자리에 들어야겠다.

1799년 1월 1일

오늘 나는 평상시의 용무를 한쪽에 제쳐놓고 아무 일도 하지 않은 채 독일인들이 사변적 철학, 정치적 독서, 또한 훨씬 낮은 정도이지만 문학에 가지고 있는 관심에 대해 온갖 생각에 빠졌다. 어쩌면 너는 〈알게마이네 차이퉁〉에 실린 독일의 작가 집단에 대한 짧고 재미있는 논설[2]을 읽었을 것이다. 내가 그런 생각에 빠진 것은 바로 이 논설 때문이었다. 너나 내가 지금 철학을 하는 일은 거의 없기 때문에, 너에게 나의 생각을 쓴다면 너는 엄청나게 생각할 것이 분명하다.

철학적, 그리고 정치적 독서가 우리 민족 공동체의 교양에 미치는 유익한 영향은 다툼의 여지가 없다. 그리고 독일 민중의 성격은, 내가 나의 매우 불완전한 경험과는 달리 정확하게 추상한다면, 다른 어떤 것보다도 바로 앞서 말한 두 개 측면의 영향을 우선 필요로 하고 있다. 독일인들의 가장 일상적인 덕목과 결함[3]은 상당히 고루한 가정생활에서 유래한다는 것이 내 생각이다. 그들은 방방곡곡의 토박이들이다. 그들 대부분은 문자 그대로 또는 비유해서 어떤 방식으로든 그들의 흙덩이에 묶여 있고, 그런 식으로 계속 간다면 끝에 이르러 그들이 사랑하는 (도덕적, 물질적) 소득과 상속 때문에 그 마음 착한 네덜란드 화가처

2 1798년 12월 19일 자 이 신문에 실린 글 〈독일 시인 집단 혹은 합창단〉.

3 소설 《휘페리온》의 제2권 제2서의 소위 "독일인에 대한 질책의 연설"(을유문화사, 254~260쪽) 참조.

럼 죽음으로 이끌려 갈 것이 분명하다. 각자는 태어난 곳에서 안주한다. 자신의 관심과 관념을 지닌 채 벗어나는 일이 거의 없다. 그렇기 때문에 유연성의 결핍, 욕구와 역량의 다양한 전개의 결핍이, 그들의 걱정스럽게 협소한 영역 밖에 있는 모든 것을 받아들이는 애매모호하고 비겁한 두려움 또는 소심하며 비굴하고 맹목적인 몰입이, 근대 민족들에게는 매우 보편적인 공동체적 명예와 공동체적 재산에 대한 감각의 결핍이 독일인들 사이에서 현저하게 드러나 보인다는 것이 내 생각이다. 자신의 방 안에서 의기양양한 자만이 밖에서도 그렇게 사는 것처럼, 보편적 생각과 세계에 대한 개방된 시각 없이는 개별자 역시 각기의 고유한 삶을 살아갈 수 없다. 실제로 독일인들 사이에서는 양 측면이 같이 몰락하는 것처럼 보인다. 각자가 생각과 영혼으로 자신을 둘러싼 세계의 일원이었던 고대인들 사이에서는 각 개성들과의 관계에서, 예컨대 독일인들보다 훨씬 더 높은 내면적인 결집을 찾을 수 있다는 것은 자제自制의 사도들을 편들어 하는 말이 아니다. 감정 없는 세계주의와 과장된 형이상학의 허세에 찬 외침은 탈레스와 솔론[4]과 같은 고귀한 한 쌍을 통해서보다 더 진지하게 논박될 수 없다. 이들 두 사람은 함께 그리스와 이집트, 그리고 아시아를 두루 여행하면서 한 가지 관점 이상으로 보편화된 세계의 국가 기본 체계들과 철학을 숙지했다. 그와 동시에 그들

4 횔덜린은 미레트 출신의 자연철학자 탈레스Thales, 기원전 625?~546?와 아테네의 입법자 솔론Solon, 기원전 634?~560?의 동반 도보 여행 이야기를 디오게네스 라에르티우스의 기록에서 얻은 것으로 보인다. 두 사람이 멀리 여행했던 것은 사실이나 실제로는 각자 여행했다.

은 참으로 좋은 친구였다. 이들의 관계는 우리의 천성을 유지하려면 이 세상에 가슴을 열어서는 안 되며, 눈을 떠도 안 된다고 그럴싸하게 설득하려는 사람들보다 한층 더 인간적이었고 심지어는 한층 더 소박했다.

이제 대부분의 독일인은 이러한 걱정스럽게 편협한 상태에 놓여 있기 때문에 관심의 보편성을 극단으로까지 파고들고 인간의 가슴에서 무한한 노력을 발견하고 있는 새로운 철학의 영향보다 더 유익한 영향을 경험할 수 없었다. 이 새로운 철학이 지나치게 일방적으로 인간 천성의 위대한 자율성을 고수한다고 할지라도, 이 새로운 철학은 시대의 철학으로서 유일하게 가능한 철학이다.

칸트는 이집트의 무기력에서 사색의 자유롭고 고독한 광야로 민족을 이끌어낸, 그리고 성스러운 산으로부터 힘찬 법칙을 가져온 우리 민족의 모세이다. 물론 이들은 여전히 황금에 눈이 멀어 있고 고기가 담긴 냄비를 갈망하고 있다. 깊이 감옥에 갇힌 자처럼 그들의 보다 나은 생동하는 천성이 들리지 않는 가운데 탄식하고 있는 죽은, 감정도 의미도 없어진 습속과 생각들과 배 채우기를 떠나야만 했을 때, 칸트는 본래 의미에서의 고독한 광야로 그들과 더불어 떠나지 않을 수 없었을 것이다. 다른 측면에서 우리 시대의 현상들이 사실에 입각한 힘찬 서술로 우리의 눈앞에 제시될 때, 정치적 독서는 그만큼 유익하게 작용할 것이 분명하다. 인간의 지평은 확장되고, 세계를 향한 일상의 눈길과 더불어 세계에 대한 관심도 일어나고 또 확장될 것이다. 또한 보편적인 사고와 협소한 생활 반경을 넘어서는 지양止揚은 널리 펼쳐진 인간 공동체와 그 원대한 운명에 대한 견해로 매우 촉진될 것이 분명하다. 관심과 관점을 보편화하라는 철학적인 계명을 통해서처럼, 그리고 부대와 함께 활동하면서 한층 더 용감하고 힘이 강해지는 것을 느끼는 전사처럼 말이다. 실제로 인간의 힘과 역동성은 그가 함께 활동하고 공감하는 삶의 영역이 확장되는 정도에 비례해서 (개별자가 지나치게 전체성에서 갈피를 잃을 정도까지 그 영역이 확장되지 않을 때이기는 하지만) 커진다. 그 밖에 철학과 정치에 대한 관심이 현재보다 더 보편화되고 진지해진다면 우리 민족의 교양에는 결코 부족함이 없을 것이다. 또한 예술, 특히 문학이 예술에 종사하는 사람들이나 예술을 향유하려는 사람들에게서 폄하되는 데 구실이 되는 끝없는 오해는 언젠가 불식되는 것이 바람직하다. 이미 인간의 교육에 미치는 미적 예술의 영향에는 많은 언급이 있었다. 그러나 그러한 언급에는 어떤 진지성도 없다는 것이 항상 드러났다. 그것은 당연한 일이기도 한데, 그들은 예술, 그리고 특히 문학이 그 본질에 따라 무엇인지를 생각하지 않았기 때문이다. 사람들은 예술의 소박한 외적 측면에 단순히 집착한다. 물론 이러한 측면도 예술의 본질과 불가분의 관계이기는 하지만, 그 전체 특성을 구성하는 데에는 거리가 있다. 예술이 유희라는 겸손한 형태로 나타나기 때문에 사람들은 예술을 유희라고 생각했다. 그리하여 예술에서는 유희의 작용, 말하자면 예술이 그 참된 본질에 충실할 때 작용하는 것과는 정반대되는 오락 이외에는 다른 작용이 생겨날 수 없었다. 예술이 참된 본질에 충실한 다음에야 인간은 예술을 통해 마음을 가다듬고, 예술은 인간에게 평온을, 공허한 평온이 아니라 생동하는 평온을 준다. 그 평온 가운데 모든 힘이 활기를 띠고 그 힘들이 내면적인 조화만으로 활동적이라 인식하지 않는다. 예술은 인간들을 접근시키고 연결시킨다. 각자가 자신을 잊고, 어느 누구로부터도 생동하는 개성이 드러나지 않기 때문에 하나가 되는 유희와는 다르게 말이다.

사랑하는 동생아! 너는 내가 이렇게 장황하고 단편적으로 편지 쓰는 것을 용서해 주겠지. 어느 한 분위기에서 다른 분위기로 넘어가는 일을 나만큼 어려워하는 사람은 거의 없을 것이다. 특히 나는 추론에서 벗어나 문학으로 옮겨가는 길을 쉽게 찾을 수가 없단다. 반대의 길도 마찬가지다. 근래 사랑하는 어머니로부터 한 장의 편지가 도착했다. 편지에서 어머니는 나의 신앙심에 대한 기쁨을 토로하셨고, 무엇보다도 외할머니의 72세 생일을 맞이하여 한 편의 시[5]를 써보라고 청하셨다. 그리고 말할 수 없이 감동스러운 편지 안의 다른 여러 내용이 나를 사로잡아서 너에게 편지 쓸 시간을 어머니와 사랑하는 너희들을 생각하느라 보내버렸단다. 나는 편지를 받은 그날 저녁 사랑하는 외할머니께 드리는 한 편의 시를 쓰기 시작했고 밤중에 이르러 거의 끝마쳤다. 바로 다음 날 편지와 시를 보냈더라면 분명히 착한 어머니와 외할머니를 기쁘게 해드렸을 텐데 그러지 못했다. 그러나 내가 거기에서 건드린 음향들은 강력하게 내 마음 안에 반향하고 있다. 청년기 이래 내가 경험했던 감성과 정신의 변화들, 내 삶의 과거와 현재가 이와 함께 생생하게 되살아나서 잠을 잘 수 없

5 〈나의 존경하는 할머니에게 —72회 생신을 맞이하여〉(《횔덜린 시 전집 1》, 407~409쪽). 당시 횔덜린의 외할머니는 만 73세였다.

었다. 다음 날까지 나를 다시 추스르려고 애써야만 했다. 내가 그런 사람이란다. 네가 시적으로 의미 없는 시구를 보게 되면 그것이 나에게 그렇게 신기하게도 용기를 내게 했는지 의아해할 것이다. 그러나 거기서 내가 무엇을 느꼈는지는 할 말이 거의 없단다. 대체로 나에게는 극도로 생동하는 나의 영혼을 매우 평범한 말에 내맡기는 일이 자주 일어나고, 그 표현된 말들이 무엇을 뜻하는지 나 외에는 아무도 모르는 일도 자주 일어나기 때문이다.

이제 나는 너에게 최근 문학에 대해서 말하고 싶었던 것 가운데서 아직 무엇인가를 더 끄집어낼 수 있을지 살펴보려고 한다. 나는 문학이 유희처럼 인간들을 결합시키지 않는다고 말했다. 문학은 그것이 순수하고 또 순수하게 작용할 때 인간들을 다양한 고통, 행복, 노력, 희망, 두려움과 결합시킨다. 문학은 인간들을 모든 이들의 의견과 결함, 모든 덕목과 이념, 모든 위대함과 왜소함과 결합시켜서 언제나 하나의 살아 있는, 다양하게 조직된 내면적인 전체로 형성해 낸다. 이것이 문학 자체여야 하기 때문이다. 그러니까 원인처럼 그 작용도 그렇다. 사랑하는 동생아, 그러니까 정치적·철학적 치료 후에도 독일인들에게 일종의 만병통치약이 필요할 수도 있다고 너는 생각하지 않느냐? 왜냐하면 모든 다른 것을 제외하고, 철학적·정치적 교육은 그 안에 불편한 요소를 지니고 있어서, 인간들을 본질적이며 불가피하게 필연적인 관계로, 의무와 권리로 연관시키기 때문이다. 그러나 인간들 간의 조화를 위해서 아직 얼마나 많은 것이 남아 있는가? 시각의 원칙에 따라 그려진 전경, 중간경, 그리고 배경은 자연의 살아 있는 작품과 견줄 만한 정경이 되기에는 아직 거리가 멀다. 그러나 독일인들 가운데 가장 빼어난 인물들은 이 세계가 오로지 멋있게 대칭이라면, 모든 것은 그렇게 일어났을 것이라는 의견을 여전히 가지고 있다. 오, 그리스여, 그대의 독창성과 경건성과 함께 그대는 어디로 사라졌는가? 나 역시 선한 의지를 다하고 나의 행위와 사고로 세계의 이 유일한 인간들을 찾아 더듬고 있다. 그런 가운데 내가 행하고 말하는 것이 자주 더 미숙하고 더 부조리해진다. 왜냐하면 나는 평발을 가진 거위처럼 현대의 하천 가운데 서 있기 때문이다. 그리고 힘없이 그리스의 하늘을 향해 솟구쳐 날고자 하기 때문이다. 이러한 비유를 불쾌하게 생각하지 말기 바란다. 이러한 비유가 적합한 것은 아니지만 진실이며, 우리 가운데 그런 일이 진행되고 있고, 그것이 아니라면 나만이라도 해당된다고 하겠다.

너의 편지에 적힌 내 시 작품들에 대한 격려와 다정하고도 힘이 넘치는 말에 한없이 고맙게 생각한다. 우리는 모든 곤경과 정신에서 단단히 결속하지 않으면 안 된다. 다른 무엇보다도 우리는 위대한 말, "**나는 인간이며 어떤 인간적인 것도 나에게 낯설지 않다고 생각한다**homo sum, nihil humani a me alienum puto"[6]를 사랑과 진지함을 다해서 받아들이도록 하자. 이 말은 우리를 경솔하지 않게 하며, 우리 자신에게 오로지 진실하도록 하고, 세상에 투시력을 가지고 인내하게 해준다. 거기에 더하여 허세, 과장, 공명심, 괴기함 등의 요설로 방해받지 말자. 모든 힘을 다해서 싸우고, 예

6 테렌츠Terenz의 《스스로에게 고통을 주는 자*Heauton Timorumenos*》에서 인용.

리함과 섬세함을 다해서, 상징적인 표현을 통해서 또는 실제적 세계에서 우리가 어떻게 우리와 타인들의 모든 인간적인 것을 더욱 자유롭고도 더욱 내적인 연관으로 이끌지 살펴보자. 그리고 어둠의 제국이 폭력으로 침입하려고 하면 펜을 책상 아래로 던져버리고 신의 이름으로 가장 큰 위기에 처하여 우리를 가장 필요로 하는 곳으로 가도록 하자. 잘 있거라!

너의 형
프리츠 씀

어머니에게 보낸 편지

[홈부르크, 1799년 1월]

지극히 사랑하는 어머니!

그동안 저에게 마음 깊이 행복한 많은 시간과 순간을 허락한 어머니의 사랑스러운 편지에 오랫동안 답장을 드리지 못해 부끄럽습니다. 어머니의 편지를 받은 날 저녁에 저는 동봉해 보내드리는 존경하는 외할머니께 드리는 시를 거의 다 썼습니다. 그리고 어머니가 저에게 성스러운 생일날을 알려주신 것에도 진심으로 고마움을 느꼈습니다. 어머니께 다음 날 곧장 편지를 썼어야 했습니다. 어머니의 편지를 받음과 동시에 제가 느꼈던 바를 가능한 한 곧바로 말씀드렸다면 저에게도 하나의 기쁨이었을 것입니다. 그러나 그사이에 여러 일이 방해를 했습니다. 시간이 꽤 있었으나 저는 흩어지지 않은 정신으로 어머니께 쓰고 싶었던 것입니다. 저를 불안케 한 것은 큰일은 아니었습니다. 순수한 기분이 저에게 허락되지 않았을 뿐입니다. 걱정하지 마시라고 말씀드립니다. 저의 가장 확고한 믿음에 거슬리는, 아주 심하게 기분을 상하게 하는 가혹한 주장들을 읽어 평화로운 생활이 깨졌던 것이 주요 원인이었습니다. 제가 그렇게 쉽게 상처받는 것이 물론 좋은 일은 아닙니다. 확고하고 충실한 일상의 감각이 저의 소망이기도 합니다. 저의 약점에 대한 이러한 인식보다 저를 더 의기소침하게 하는 것도 없답니다. 온갖 충실한 노력과 더 나은 것과 더 행복한 것에 대한 통찰에도 불구하고 제가 여전히 구태의연하게 민감한 사람이라는 것도 좋은 것은 아닙니다. 저는 이러한 원천에서 솟아올랐던 고뇌와 방황 중에 제 청춘의 절반을 잃어버렸습니다. 지금은 상당히 참을성이 생겼고 아무에게도 그것을 전가하지 않으며, 착각이 아니라면, 다른 사람들에게도 그전보다 덜 변덕스러워졌습니다. 그러나 단단히 단련된 성격의 소유자라면 한순간도 성가시지 않았을 인상들이 여전히 저의 내면의 순수성과 침착한 활동을 파괴하곤 합니다. 제가 이제 막 수많은 불안에서 저를 구출해내고, 참된 것과 착한 것, 그리고 아름다운 것의 화음을 접하여 저 자신을 추스르고 진정시키고자 할 때, 순간적인 불협화음이 한층 더 강하게 저에게 영향을 미치는 것은 물론 자연스러운 일이기도 합니다. 평온한 마음에서는 쉽게 만족할 수 있는 것을 첫인상에서도 그렇게 받아들이도록 항상 연습할 것을 어머니와 저에게 약속합니다. 저는 검소한 활동과 희망보다 더 큰 행복을 알지 못합니다. 그러나 그것도 쉽게 상처를 입는 심성에서는 일어날 수 없습니다. — 저는 또한 적당한 운동과 규칙적인 생활로 몸을 단련하려고 노력하고 있습니다. 유약한 마음 상태는 역시 육체에 원인이 있다는 사실을 알아차렸기 때문입니다. 저는 건강하고 여느 때보다 지금 더 건강합니다. 늘 있었던 두통이나 복통 같은 것도 더 이상 없습니다. 너무 신경이 예민하다고는 생각하고 있습니다. 특별히 그 점을 말씀드리는 것은 어머니가 애정 어린 관심으로 건강을 물으시기 때문입니다. — 어머니가 종교에 관한 저의 견해를 기쁨 중 가장 큰 기쁨으로 받아주셨다는 것은 지고한 것에서만 위안을 얻으시는 어머니의 마음을 전적으로 증언하고 있습니다. 가장 소중한 어머니! 어머니가 저의 마음 안에 있는 한 인간의 가장 선한 감정을 아시고 가장 선한 사람들도 서로에게서 관찰할 수밖에 없는, 또한 서로를 사랑하면 할수록 그만큼 더 많이 관찰하는 의심과 걱정 가운데서도 그 선한 감정을 놓치지 않으신다면, 저에 대한 회상이 분명히 어머니의 마음을 가볍고 밝게 하리라고 믿습니다. 더 충분한 여유가 있을 때 온전한 신앙고백을 어머니께 들려드리려고 생각하고 있습니다. 또한 어머니께 할 수 있는 것만큼 제 가슴에서 우러나오는 견해를 어디에서건 공개적으로, 그리고 순수하게 말하고 싶었고 또 그렇게 해도 되리라고 여겼습니다. 그러나 성스럽고 소중한 성경의 구절들을 차갑고, 영혼도 감정도 말살하는 수다로 만들어 버리는 우리 시대의 먹물 학자들과 바리새인들을 저의 내면적인, 생동하는 믿음의 증인들로 삼고 싶지 않습니다. 저는 그들이 어떻게 그 지경에 이르렀는지 잘 알고 있습니다. 그것은 그들이 유대인들보다도 사악하게 그리스도를 죽이는 것을 하느님께서 용납하시기 때문이며, 그들이 그리스도의 말씀을 단순한 문자로 만들고, 그분을, 살아 계시는 그분을 공허한 우상으로 만들었기 때문입니다. 하느님이 그들을 용납하시니 저 역시 그들을 용납하고 있습니다. 다만 저는 저 자신과 저의 가슴을 오해되는 곳에 내놓고 싶지 않습니다. 전문적인 신학자들은 (자유롭지도 않고 가슴으로부터가 아니라 양심의 압박과 직책 때문에 그러는 사람들 앞에는) 말할 것도 없고, 젊은 시절부터 사람들에게 죽은 문자와 두려움을 낳는 계명으로[1] 믿게 하여, 인간의 첫 번째이자 마지막 욕구인 모든 종교를 싫어하게 했기 때문에 이 모든 것을 아무것도 알고 싶어 하지 않는 사람들 앞에 저를 드러내고 싶지 않습니다. 저의 가장 사랑하는 어머니! 이 가운데 거친 표현이 있다면, 결코 오만과 증오 때문이 아니고 가능한 한 짧게 제가 이해받을 수 있는 표현이 오로지 그것뿐임을 이해하여 주시기 바랍니다. 지금 나타난 현상 그대로 모든 것이 그렇게 될 수밖에 없었던 것입니다. 특별히 종교에서 그렇습니다. 종교의 경우 그리스도가 이 세상에 등장했던 때나 지금이나 거의 마찬가지입니다. 그러나 겨울이 지나면 봄이 오는 것과 조금도 다름없이 인간의 정신적 죽음 다음에는 언제나 새로운 생명이 있었습니다. 또한 성스러움은 인간들이 아랑곳하지 않을지라도 변함없이 성스럽습니다. 그리고 가슴속으로는 말하고자 하고, 말할 수 있는 것보다 더 종교적인 사람들도 많습니다. 적합한 말을 찾아낼 수 없는 우리의 설교자들 중 많은 이들은 어쩌면 자신의 설교로 다른 사람들이 추측하는 것보다 더 많

1 [원주] 사랑도 그렇지만 신앙은 결코 명령할 수 없다. 신앙은 자유의지와 자신의 욕구에서 나와야만 한다. 그리스도는 확실히 말씀하셨다. 믿지 않는 자는 지옥으로 떨어진다고. 내가 이해한 성서대로 말하자면, 엄하게 심판받으리라고 말씀하신 것이다. 단순히 의무나 권리에 따르는 선량한 인간에게는 용서받을 수 있는 일이 아무것도 없다는 것이 당연한 일이다. 왜냐하면 그는 모든 것을 스스로 행동으로 옮기지만, 그렇다고 해서 그에게 신앙을 강요한다고 말하는 것은 아니기 때문이다.

은 것을 말하는지도 모릅니다. 왜냐하면 이들이 사용하는 말은 일상적으로, 그리고 여러모로 잘못 사용되기 때문입니다. 어머니께서는 제가 온 영혼을 다해서 쓸 시간을 얻을 때까지 저의 이 꾸밈없는 말들로 만족해 주시기 바랍니다. — 가장 사랑하는 어머니! 저에게 주어질 수 있는 미래의 가장 소박한 직책을 제 것으로 삼는 것이 좋을 것이라는 어머니의 생각에 전적으로 공감합니다. 우선 제가 청년 시절부터 소위 말하는 철저한 몰입을 통한 성실한 노력으로 항상 대응했던 시문학을 향한 불행한 애착이 저의 내면에 살아 있고, 스스로 쌓은 모든 경험을 거친 뒤에도 제가 살아 있는 한 제 안에 그 애착은 변함없이 남아 있을 것이기 때문입니다. 저는 이것이 상상인지 아니면 참된 본능인지 단정하고 싶지는 않습니다. 그러나 저는 이제 알 만큼 알고 있습니다. 제가 저의 천성에 거의 적합해 보이지 않는 일들, 예컨대 철학 같은 것을 과도한 집중력과 노력을 기울여 탐구하고, 좋은 뜻에서 말하자면, 텅 빈 시인이라는 이름을 두려워한 나머지 그렇게 해온 사이에 스스로 제 안에 심각한 불만과 불쾌함을 초래했다는 사실 말입니다. 저는 평소 집요한 노력을 요구하여 마음의 평온으로 되돌려주는 철학 탐구가, 왜 제가 헌신하면 할수록 항상 저를 평화롭지 못하고 저절로 열정적인 상태로 만들었는지를 오랫동안 몰랐습니다. 이제는 제가 필요 이상으로 저의 고유한 성향에서 거리를 두었기 때문이었음을 스스로 이해합니다. 부자연스러운 일을 하면서 저의 진심은 자기가 좋아하는 일을 그리워하며 탄식했던 것입니다. 마치 스위스 산골의 목동들이 병영 생활을 하면서 그들의 산골짜기와 양 떼를 애타게 그리워하듯이 말입니다. 그것을 몽상이라고 생각하지는 말아주십시오! 이것은 제가 아무런 방해도 받지 않고 감미로운 여유로 모든 일 가운데 가장 무죄한 이 일을 할 때 마치 어린아이처럼 평화롭고 선해지는 까닭이기도 합니다. 그 가장 무죄한 일은 탁월할 때만 사람들이 존중합니다. 저는 소년일 때부터 한 번도 다른 사람들만큼 그것을 감행한 적 없었기 때문에 아직 그런 경지에 이르지 못했습니다. 저는 어쩌면 너무도 지나치게 친절하게, 그리고 성실하게 저의 처지와 다른 사람들의 의견을 먼저 생각하며 그 일을 해왔는지도 모르겠습니다. 그러나 모든 예술은 인간의 삶 전부를 요구합니다. 도제가 예술에 대한 소질을 일깨워 발전시키고 끝까지 그 소질을 질식시키지 않으려면 모든 것을 예술과 연관해서 배우지 않으면 안 됩니다.

지극히 사랑하는 어머니! 제가 어머니를 진정으로 터놓고 지내는 분으로 삼고 있다는 것을 어머니는 알고 계십니다. 그리고 저는 이러한 저의 정직한 고백을 어머니가 좋지 않게 해석하실 것을 두려워하지 않습니다. 제가 저를 열어 보이고 싶은 사람은 거의 없습니다. 어찌하여 제가 아들로서의 권리를 백분 활용해서는 안 되는 것이며 저의 위안을 위해 어머니께 저의 관심사를 말해서는 안 된다는 겁니까. 거기에 어떤 저의가 있다고는 생각지 말아주십시오. 저는 진실을 가득 담아 쓰고 싶을 뿐이랍니다. 어머니께서는 있는 그대로 저를 받아주셔야만 합니다. 본래 말씀드리고 싶었던 것은 제가 미래에 아주 간단한 일자리를 찾아야 할 이유였습니다. 다른 일자리는 제가 좋아하는 일과는 일치하지 않기 때문입니다. 저보다 더 강렬하게 위대한 관리 혹은 학자의 직책을 가지면서도 동시에 시인이고자 했던 많은 사람들이 있었습니다. 그러나 그런 사람은 항상 끝에 이르면 어느 한편을 희생시켰습니다. 그것은 어떤 경우도 좋지 않았습니다. 그런 사람은 예술을 위해서 직책을, 또는 직책을 위해서 예술을 등한시했습니다. 그가 직책을 희생했을 때 그는 다른 쪽을 불성실하게 취급했으며, 그가 예술을 희생했을 때 그는 하느님으로부터 부여받은 천부적인 재능을 거스르고 훼손했습니다. 그것은 죄악이나 마찬가지이자, 심지어 자신의 육신을 훼손하는 것 이상의 죄악입니다. 어머니가 편지에 언급하신 착한 겔레르트[2]가 라이프치히에서 교수가 되지 않았다면 훨씬 좋았을 것 같습니다. 그가 예술에서 대가를 치르지 않았다면 그는 자신의 육체로라도 대가를 치렀을 것입니다. 피할 길 없이 제가 어떤 직책을 맡아야만 한다면, (중심 도시에서, 그리고 지위가 높은 성직자들로부터 정말 멀리 떨어져 있는) 마을 목사직이 최상이라고 생각합니다. 다른 낯선 이들이 아니라 어머니와 인척들이 있는 지역이라면 왜 더 좋지 않겠습니까?

그렇다 해도 아직 몇 년간은 일 처리를 늦추는 것이 좋겠습니다. 쓰고 있는 책이 끝나고 지니고 있는 돈도 바닥이 나면 다시 가정교사가 되고 싶습니다. 어머니도 아시는 것처럼 제가 라슈타트에서 사귄 스웨덴 교구 서기인 폰 포머-에셰[3]는 최근 귀국

2 겔레르트Christian Fürchtegott Gellert, 1715~1769는 시인으로 1745년 라이프치히의 윤리철학 교수가 되었다. 이로써 그는 문학과 시민적인 직업을 겸한 지식인의 첫 본보기로 평가되었다.

3 그의 아버지는 스트랄순트의 총독이 아니라 재정 담당 고문이었다.

길에 저를 찾아왔었고, 헤어질 때 자신의 구역(스웨덴 포메른, 비스마르 지역)에 저를 위한 가정교사 자리를 마련해도 되는지를 물었습니다. 저의 착각이 아니라면, 그의 아버지는 스트랄순트의 총독인데, 평상시 친지들에게 그런 종류의 일자리를 마련해 준다고 합니다. 저는 그런 제안을 곧바로 사양하고 싶지는 않습니다. 어떤 경우에도 하나의 탈출구는 있어야 하기 때문입니다. 특히 그는 제가 한 젊은이와 함께 대학을 다니는 자리를 주선하려고 한다니 더욱 그렇습니다. 세계 여러 나라에 대한 지식의 증대(독일 민족에 대한 지식은 독일 작가가 되려고 하는 모든 사람에게 특히 필수입니다. 정원사에게 토양에 대한 지식이 그러하듯이 말입니다)는 이러한 힘든 관계가 저에게 제공할 수 있는 유일한 보상입니다. 또한 대학에서 그렇게 멀지 않은 지리적 거리는 제가 저의 가족과 조용한 생활을 염두에 둘 수 없는 몇 년 동안 불리하기보다는 오히려 유리해 보입니다. 어떻든 아직 결단을 내리지는 않았습니다. 그리고 그러는 사이 어쩌면 같은 내용의 보다 더 유리한 기회가 주어질지도 모를 일입니다. 게다가 저는 짜증과 당황스러운 일로부터 저를 안전하게 보호해 준다는 확실하고도 확고한 조건에서만 그러한 일자리를 맡을 것입니다. 그리고 그러한 직책이 저에게는 한동안 필연적이고 또 피할 수도 없다는 것을 알고 있는 한, 저는 인내와 주의를 기울일 것입니다. 수습 목사로 일한다면 저는 목사에게 종속되고 말 것입니다. 그리고 그러한 직책을 전혀 익힌 바가 없기 때문에 그 직책의 수행은 수월하지 않을 것이고, 더군다나 대부분 어머니의 지원에 의존해서 살 수밖에 없을 것입니다. 그것은 제가 원하는 바가 아닙니다. 어머니는 이미 저를 위해 매우 많은 것을 베풀어 주셨고, 이제는 저의 사랑하는 동생 카를이 훨씬 잘 활용할 수 있을 것입니다.

저는 이 모든 것을 어머니께 쓰고 있습니다, 가장 사랑하는 어머니! 어머니가 어느 지점에 저와 함께 서 있는지를 얼마나 알고 싶어 하시는지 잘 알기 때문입니다. 어머니는 제 삶이 쉽지 않으리라는 것을 알아차리셨어도 지나치게 가슴에 담지는 않으실 것입니다. 왜냐하면 사람들이 행복이라고 부르는 것은 청춘과 함께 사라진다는 사실을 어머니가 가장 잘 알고 계시기 때문입니다. 최소한 이제 저는 이 세상에 대고 더 큰 요구를 하지 않겠습니다. 그만큼 앞으로 사는 동안 아직도 저에게 닥칠 수 있는 주변 환경에서도 저의 가슴과 감각에 충실히 머무는 것이 그렇게 어렵지 않을 것입니다. 제가 많은 노력을 기울여야만 떨어져 나올 이곳의 체류에 변화가 생기기 전에 어머니와 사랑하는 저의 일가친척들을 어떻게든 재회하고 싶습니다.

보내주신 선물이 저를 무척 기쁘게 했습니다. 기쁨에 겨워 착한 주민들에게 달려가서 나도 크리스마스 선물을 받았다고 알리는 것이 얼마나 근사한 일인지 이전에는 알지 못했습니다. 어머니와 사랑하는 외할머니께 감사드립니다. 다만 유감스러운 일은 저의 경제 사정이 프랑크푸르트에 있을 때처럼 여의치 못해서 어머니에게 같은 방식으로 저의 배려를 증명하기가 쉽지 않다는 점입니다. 저의 귀중한 여동생에게 저를 대신해 이번에는 좋은 뜻으로만 끝을 맺는다고 사과의 뜻을 전해주시기 바랍니다. 그녀는 자신과 자신의 전 가정에 대한 저의 애착을 아주 잘 알고 있어서 이를 증명하기 위해 무슨 징표도 따로 필요치 않을 정도입니다. 어머니가 전해주신 그녀의 편지는 저에게 하나의 선물 이상이었습니다. 저는 그녀에게 벌써 오래전에 편지를 썼어야 했는데 그만 라슈타트로 여행을 갔어야 했고, 직접 만날 수 있지 않을까 하는 희망에 편지를 보내지 못했습니다. 그사이에는 여행 중에 미뤘던 것을 벌충하느라 할 일이 많았습니다. 그동안 빚진 편지에 모두 회답하기 위해서 며칠간은 책상에 앉아 있어야 할 것 같습니다. 첫 번째로 회신해야 할 사람들 가운데 당연히 누이동생이 있습니다.

안녕히 계세요, 가장 사랑하는 어머니! 사랑하는 외할머니께 제가 가슴속으로 존경스러운 생일을 경축하는 동봉된 시를 기쁘고 진지한 안부 인사의 작은 부분으로 받아들여 주실 것을 청해주시기 바랍니다.

우리의 인척 모두에게 저의 진심 어린 안부 인사를 드립니다.

당신의
충실한 아들
프리츠 올림

어머니에게 보낸 편지

홈부르크 포어 데어 회에,
[1799년 3월 초]

가장 사랑하는 어머니!
이번에는 짧게 쓸 수밖에 없습니다. 할 일이 좀 많네요.

어머니와 귀하신 외할머니께 무척 위험한 결과를 초래했을 수도 있는 사고 소식에 매우 충격을 받았습니다. 어머니와 외할머니에게서 모든 불운이 물러나 지나가기를 바랍니다.

지금 다시 터진 전쟁이 우리 뷔르템베르크를 평온하게 놓아둘 것 같지는 않습니다. 믿을 만한 소식통으로 알아낸 바에 따르면, 프랑스인들은 제국 소속 국가들, 따라서 뷔르템베르크의 중립성을 가능한 한 오랜 기간 존중할 것입니다. 왜냐하면 프러시아가 가장 적극적으로 이것을 위해서 애쓰고 있고, 프랑스인들은 이러한 세력과의 전쟁을 피하려는 이유를 알고 있기 때문입니다. 프랑스인들이 성공할 경우, 어쩌면 우리 조국 내에서도 변화[1]가 있을지도 모르겠습니다.

어머니의 뛰어난 영혼 안에 들어 있는 모든 고결함과 우리를 지상에서 끌어올려주는 모든 믿음의 도움을 받으셔서 가능한 한 침착하게 한 기독교인의 평온한 마음으로 우리 시대를 바라보시고 어머니에게 닥쳐오는 불쾌한 일을 잘 감당하시기를 자식으로서의 순종을 다해서 부탁드립니다, 착하신 어머니! 어머니의 마음이 걱정으로 침울해지리라는 생각이 저를 나약하게 만들 수도 있습니다. 저에게는 용기로써 생활에서 솔선수범하는 아버지가 계시지 않는다는 것을 생각해 주시고 침착한 인내의 아름다운 모습으로 용기의 모범을 보여주시기 바랍니다. 제가 해야 할 일을 하면서 해이해지지 않으려고 할 때도 그 모범은 필요합니다. 어머니께서 어떤 있을 수 있는 사건들에서 부당한 일을 당하지 않으시도록 제가 가진 모든 힘을 다하겠습니다. 그것이 부질없지는 않을 것입니다. 그러나 이러한 모든 일들은 아직 아주 멀리 있습니다. —

1 횔덜린은 싱클레어에게 정치적 사건들의 자세한 정보를 듣고 있었다. 특히 뷔르템베르크의 혁명 사상을 가진 공화주의자들이 프랑스의 지원 아래 슈바벤 공화국 수립을 희망한다는 사실도 알고 있었다. 슈바벤에서의 혁명적인 변화에 대한 희망은 터무니없지 않았는데, 프랑스 측이 1798년 10월 슈투트가르트로 특사를 파견했고, 이 특사는 상황을 신중히 주시하면서 공화주의적 사상을 가진 뷔르템베르크인들에게 혁명적인 활동을 전개하도록 고무하는 임무를 띠고 있었기 때문이다. 그렇지만 이 일은 실질적인 혁명 목적이 아니라, 프랑스 정부가 라슈타트에서 프랑스의 이익에 반대되는 입장을 취한 뷔르템베르크 대공을 압박하기 위한 수단으로 이용되었다. 이러한 사실은 프랑스의 쥬르당 장군이 프랑스 군대는 점령 지역인 뷔르템베르크에서의 어떤 혁명도 좌시하지 않을 것이라고 선언한 1799년 3월 16일 결정적으로 드러났다.

주제테 공타르에게

[홈부르크, 1799년 봄]

사랑하는 이여, 천국과 같은 봄이 아직 나에게도 기쁨을 준다는 사실에 내 마음에 말할 수 없는 감사가 일어납니다.

노이퍼에게 보낸 편지

홈부르크, 1799년 6월 4일

사랑하는 노이퍼여!

자네는 나의 몇몇 기고문을 확실히 계산에 넣을 수 있네. 그리고 자네의 소망에 맞추어 내가 산문 같은 것을 제공하겠네. 어쩌면 내가 교제하거나 서신을 주고받는 친지들로부터도 몇몇 원고를 자네에게 보낼 수 있다네. 자네의 둘째 아들에게, 만일 그 아이가 나의 아이라면 내가 그에게 소망했을 모든 생명, 모든 힘, 그리고 고상함이 갖추어지기를 기원하네.

나는 일종의 문학 월간지를 발행할 생각이네. 첫해의 주요 자료는 내 손으로 직접 조달할 것이기 때문에 이미 대부분 완성된 상태라네. 지금의 생활 방식에서 나는 전적으로 그 시도를 위해 살 수 있고, 그렇게 관철하기를 희망하고 있다네. 그리고 나는 아직 아무하고도 이 사업에 대해서 특정한 계약을 맺은 적이 없기 때문에, 슈타인코프 씨[1]에게 이런 시도가 괜찮은지 물어보아 주기를 부탁하네. 이 잡지에는 적어도 절반은 실질적이고 영향력 있는 문학 작품을 실을 것이고, 나머지 논고들은 예술의 역사와 비평으로 방향을 잡을 생각이네. 처음 몇 호는 내가 이미 마지막 장까지 완성한 한 편의 비극 《엠페도클레스의 죽음》과 서정적, 비가적 시 등 나의 작품들을 실을 것이라네. 그 외의 논고들은

1) 고대와 근대 시인들의 생애 중 특징적인 경향, 그들이 성장한 환경, 특히 각자의 고유한 예술 특성을 포함할 것이네. 따라서 호머, 사포, 아이스킬로스, 소포클레스, 호라티우스, (《엘로이즈》의 작가로서) 루소, 셰익스피어 등에 대해서 쓴 논고들이라네.

2) 이들의 작품들의 (또는 이들 작품의 개별적인 부분의) 고유한 아름다움에 대한 서술, 따라서 《일리아스》, 특히 아킬레우스의 개성에 대해, 아이스킬로스의 《프로메테우스》에 대해, 소포클레스의 《안티고네》, 《오이디푸스왕》에 대해, 호라티우스의 개별적인 송시에 대해, 《엘로이즈》에 대해, 셰익스피어의 《안토니우스와 클레오파트라》에 대해, 그의 《율리우스 카이사르》에 등장하는 브루투스와 카시우스 롱기누스의 성격에 대해, 《맥베스》 등에 대해 서술한 논고들이네.

이 모든 논고는 가능한 한 생생하고 보편적으로 흥미를 일으키는 기법으로, 주로 편지 형식을 빌려 서술할 것이네.

3) 연설문, 언어에 대한, 문학 예술의 본질과 여러 형태에 대한, 마지막으로 미 자체에 대한 주석을 붙인 대중적인 논고들이네.

1 슈투트가르트의 출판업자인 슈타인코프Johann Friedrich Steinkopf, 1771~1852는 노이퍼의 《교양 있는 여성들을 위한 소책자》의 발행을 맡고 있었다.

나는 양심적으로 이러한 모든 논고, 특히 이 마지막의 논고들은 새롭거나 적어도 아직 거론된 적 없는 견해를 제시할 것을 약속할 수 있네. 또한 나는 예술을 위해서는 유용하고 마음에는 기쁨이 될 수 있는 많은 진리를 가슴에 품고 있다고 생각한다네.

4) 새로 출간된, 특히 주목을 끄는 문학 작품 서평들도 제공할 것이네. 나는 《아르딩헬로》의 작가 하인제, 하이덴라이히, 부터베크, 마티손, 콘츠, 지크프리트 슈미트,[2] 그리고 여지가 있다면, 자네에게 기고를 부탁하려고 한다네.

이 잡지를 관통할 어조는 발행자가 좋다고 생각할 경우, '여성을 위한, 미학적 내용의 잡지'라는 제호를 부여해도 손색이 없을 정도라고 여기도록 할 것이네. 이 잡지의 정신에 관해서는, 내가 말해도 된다면, 미풍양속의 형성과 진정한 오락을 위해서 다른 많은 잡지보다 훨씬 유익할 것이네.

매달 각 호는 전지 네 장 분량의 페이지에, 행간이 너무 협소하지 않게 인쇄해서 8절지 크기로 발행할 것이네. 발행자가 원할 경우 나에게 발행 중단을 통보할 수 있다네. 다만 견본시가 열리기 3개월 전에는 통보해야 하네.

출판 사례비는 발행자의 견해와 조정에 맡기려고 하네. 다만 덧붙이려는 것은 내가 이 사업을 위해서 또 이 사업을 통해서 살

2 하이덴라이히Karl Heinrich Heydenreich, 1764~1801는 1798년까지 라이프치히의 철학 교수를 지냈다. 부터베크Friedrich Bouterwek, 1766~1828는 괴팅겐 대학의 철학과 미학 교수였으며, 그의 소설 《도나마르 백작》은 횔덜린의 소설 《휘페리온》 착상에 영향을 미쳤다. 지크프리트 슈미트Siegfried Schmidt, 1774~1859는 기센과 예나에서 신학을 공부했고, 1797년 프랑크푸르트에서 횔덜린을 만났다. 슈미트는 극작가로서 활동하고자 했으나 문학적 성과를 거두지 못했다.

게 되리라는 점, 그 밖에 나의 소박한 생활은 《호렌》을 발간했던 위대한 인사들만큼 비싸게 먹히지 않는다는 사실이네. 나는 이 잡지가 잘 팔리고 명성을 얻도록 하기 위해서 내가 가지고 있는 용기와 근면함과 역량을 다할 것이네. 또한 나는 매해 가능한 한 최소 한 편의 규모가 제법 큰 문학 작품, 예컨대 한 편의 비극 또는 소설을 온전히 싣도록 애쓸 생각이라네.

슈타인코프 씨가 나와 함께 일을 감행하기로 결단한다면, 나는 그에게 다른 잡지와의 계약들을 제쳐놓겠다고 기꺼이 약속하겠네. 그가 내는 여성용 달력을 위해서 최소한 전지 네 장을 매해 무상으로 제공할 것도 약속하겠네.

또한 그에게 내가 쓴 잡지의 논고들을 한 책의 두 번째 판과 결부된 조건 아래 어느 정도 기간이 지난 뒤에 특별히 별도 인쇄를 위임할 걸세.

자네의 친구로서 또 나의 지인으로서 슈타인코프 씨와 이러한 관계를 맺는다면 특별히 기쁜 일이 될 것이라는 점을 고백하네. 그리고 그러한 결단을 내리려면 필요한 나에 대한 신뢰를 그가 가지고 있다고 전제해서는 안 된다고 할지라도, 그에게 나의 계획에 대해서 말하고 싶었다네. 그가 그 계획이 자신에게 유리하다고 생각한다면, 나로서는 이미 연고가 있는 그에게 제안한 것이 적절한 일이 될 것이네. 그에게 도움이 되지 않는다면 아무 말도 하지 않았던 것이나 마찬가지로 알면 되겠지. 그에게 안부를 전해주게나. 그리고 이 편지를 그에게 읽어주기 바라네.

자네를 중개인으로 삼는 것을 용서하게나. 자네에게 도움이 될 수 있는 모든 일에서 자네가 나를 찾으리라는 것을 알지 않았다면, 그렇게 못 했을 것이네. 어떤 경우에도 자네에게 약속했던 논고들을 보내겠네. 산문들은 어느 정도 일반적으로 이해가 가능한 간단명료하면서도 너무 무미건조하지는 않게 서술한, 탈레스와 솔론, 그리고 플라톤의 생애와 개성에 관한 글이라네. 여성용 달력을 위해 엄밀하게 도덕적인 논고를 제공하는 일에서 나의 감정과 신념을 너무 많이 또는 적게 드러내서는 안 된다면 상당히 어려울 것 같네.

가능한 한 곧바로 편지에 대한 답변과 소식을 보내주기를 진심으로 부탁하네.

그대의
횔덜린 씀

동생에게 보낸 편지[1]

홈부르크, 1799년 6월 4일

나의 귀한 아우야!

너의 관심, 너의 충실이 나의 가슴에 갈수록 고마움을 더해주는구나. 네 자신이기도 한 너의 정신과 힘을 직업상의 일과 자유로운 교양에 쏟고 있는 너의 근면함과 적절한 기민성, 용기, 겸손함 역시 갈수록 나에게 더 많은 기쁨을 준다. 사랑하는 카를아! 어떤 인간의 영혼에 대고 "나는 너를 믿는다"라고 말하는 것보다 나를 더 유쾌하게 하는 일은 없단다. 또한 인간의 불순함, 곤궁함이 필요 이상으로 나를 성가시게 할 때, 삶 가운데서 선함과 참됨, 순수함을 발견한다면 나는 다른 사람들보다 더 많은 행복을 느끼기도 한단다. 그렇기 때문에 뛰어난 것을 더 내면적으로, 그리고 더 기쁘게 인식하기 위해서 부족한 것에 대한 감각을 예

1 횔덜린은 이 편지에서 인간이 자연에 대해 가지는 관계와 그 관계 안에서 철학, 예술, 그리고 종교가 가지는 역할을 피력한다. 이런 그의 기본 사상은 비극 《엠페도클레스의 죽음》과 논고 〈우리가 그대를 바라다보아야 하는 관점〉에도 나타난다.

리하게 해준 천성을 탓해서는 안 될 것 같다. 나는 결점에서 막연한 고통을 느끼기보다는 독특하고 순간적이며 특별한 결함을 정확하게 보고 느끼는 데 능해졌다. 또한 보다 나은 것에서는 그 고유한 아름다움, 특징적인 선을 인식하고, 어떤 일반적인 감각에 멈추어 서지 않는 것에도 익숙해졌다. 내가 일단 이것을 얻게 되면 나의 감성은 더 많은 평온을 얻고, 나의 활동은 상승 궤도에 오르는 것이다. 우리가 어떤 결함을 무한히 막연하게 느끼면, 이러한 결함을 무작정 벗어나려고 하는 것이 자연스럽기 때문에, 아무런 결실도 없이 지쳐버리는 싸움에 힘이 자주 빠져버리고 만다. 이 경우 힘은 어디에 결함이 있는지, 이 결함이 어떤 것인지, 이 결함을 어떻게 바로잡고 또 보완할 수 있는지 확실하게 모르기 때문이다. 내가 일에서 어떤 장애도 느끼지 않는 한 일은 빠르게 진행된다. 그러나 확실하게 알려고 하기 때문에 가끔은 너무 생생하게 느껴지는 아주 작은 오류가 나를 불필요한 긴장 속으로 몰아넣는다. 내 일과 마찬가지로, 생활에서도, 사람들과의 교류에서도 소년 때처럼 이런 경우가 나에게 일어나는 것이다. 나에게 천성적으로 불리하지 않은 이 감수성이 한층 더 확실한 감정의 능력으로 아직 단련되지 못한 것은 무엇보다도 내가 관계들과 개인들에게서 많은 결함을 알아차렸으나, 특출함은 너무도 적게 알아차렸다는 데 기인한다. — 너는 자연이 인도주의로 가장 확실하게 형성한 것처럼 보였던 보다 더 인간적인 조직체들, 심성들이 지금은 이곳저곳에서 한층 불행한 조직과 심성이라는 사실을 틀림없이 발견할 것이다. 이것들이 여느 때 다른 시대와 지역보다 한층 드물어졌기 때문이다. 우리 주변의 미개한 자들은 우리의 최선의 역량이 형성에 이르기도 전에 우리 주변에서 갈기갈기 찢어발기고 있다. 이러한 운명에 대한 확고하고 깊은 통찰만이 우리가 모멸을 당하면서 소멸되는 것에서 최소한 우리를 구해낼 수 있다. 우리는 특출한 것을 찾아 나서야만 한다. 할 수 있는 한 그 특출한 것과 결속을 유지해야만 하는 것이다. 그리고 이 특출한 것의 감정 안에서 우리를 강화하고 치유해야만 한다. 그리하여 조야한 것, 사악한 것, 기형적인 것을 다만 고통 가운데서만이 아니라 그것의 특성, 그것의 고유한 결함을 구성하는 것이 무엇인지를 통해서도 인식하는 힘을 얻어내야만 하는 것이다. 덧붙여 말하자면, 인간들이 직접적으로 우리를 건드리고 방해하지 않는다면 그들과 평화롭게 사는 것이 어려울 리 없다. **불행은 그들의 방식대로 그들이 존재한다는 사실이 아니라, 그들이 자신들이 존재하는 것을 유일한 것으로 생각하고 다른 것은 아무것도 인정하지 않으려고 한다는 점에 숨어 있다.** 이기주의, 전제주의, 인간에 대한 적대심을 나는 싫어한다. 그 외에는 인간들이 점점 더 사랑스러워지고 있다. 내가 그들의 활동과 성격 중 크고 작은 것들에서 같은 근원적인 성격, 같은 운명을 보기 때문이다. 실제로! 나는 확정적이지 않은 것, 다른 어떤 것, 보다 나은 것, 그리고 점점 더 나아지는 것을 위한 확실한 현재의 희생과 이러한 계속된 노력이 내 주위 인간들이 추진하고 행하는 모든 것의 근본적인 동기라고 생각한다. 왜 이들은 숲속의 들짐승처럼 대지에 제약된 상태로 자기 가까이에 있는 먹이에 만족하면서 살지 않는가, 또 어린아이가 자기 어미의 젖가슴에 밀착하듯이 자연과의 연결 속에서 살지 않는가? 그랬더라면 아무런 염려도, 애씀도, 비탄도 없었을 것이며, 질병도 다툼도 거의 없었을 것이다. 그랬더라면 어떤 잠 못 이루는 밤도 없었을 것이다. 그러나 이것은 마치 짐승들에게 인간이 가르치는 기술이 부자연스럽듯이 인간들에게 부자연스러운 일일 것이다. 생명을 융성케 하는 일, 자연의 영원한 완성을 촉진하는 일, 자신의 앞에 놓인 일을 완성하는 일, 이상화하는 일, 이것이 어디에서건 인간의 가장 고유하고 각별한 본능이다. 모든 인간의 기술과 사업, 오류와 고통은 그러한 본능에서 발생한다. 무엇 때문에 우리는 정원과 밭을 가지고 있는가? 그것은 인간이 처했던 것보다는 더 나은 세상을 원했기 때문이다. 무엇 때문에 모든 소동, 그리고 선악과 함께 우리는 상거래, 항해, 도시들, 국가들을 소유하고 있는가? 그것은 인간이 이미 만났던 것보다는 더 나은 세상을 원했기 때문이다. 왜 우리는 학문, 예술, 종교를 가지고 있는가? 그것도 인간이 만났던 것보다는 더 나은 세상을 원했기 때문이다. 그들이 서로를 악의적으로 파괴할 경우에도 그것은 현재가 이들을 만족시키지 않기 때문에, 그들은 달리 소유하고자 하기 때문에 그러한 것이다. 또한 그렇게 해서 그들은 때 이르게 자연의 무덤 안으로 자신을 내던지고, 세계의 운행을 가속화하는 것이다.

그처럼 인간의 가장 위대한 것과 가장 하찮은 것, 최선의 것과 최악의 것은 하나의 뿌리에서 태어난다. 전반적으로 크게 보자면 모든 것은 선하고 각자는 자신의 방식대로, 누구는 보다 아름답게 또 누구는 보다 거칠게 자신의 인간적 숙명을 채워나간다. 말하자면 자연의 생명을 다양화하고, 가속화하고, 구분하고, 혼합하고, 분리하고, 결합하는 숙명을 수행하는 것이다. 우리는 이렇게 말할 수 있다. 그 근원적인 충동, 자연의 이상화, 또 촉진의 충동, 자연을 가공, 전개, 완성하려는 충동은 이제 대부분 더 이상 인간을 일에서 활기차게 하지 않는다고 말이다. 인간이 행하는 것은 습관으로, 모방과 전래되는 것의 순종에서, 그들의 선조들이 혼합하고 세공했던 필요에 따라서 행할 뿐이다. 그러나 선조들이 시작했던 대로 호사豪奢, 예술, 학문 등의 길로 계속 나아가기 위해, 후손들은 선조들을 매혹했던 바로 이 충동을 가슴에 지니고 있어야만 한다. 후손들은 배우기 위해서 장인들처럼 체계화되지 않으면 안 되는 것이다. 모방자들은 앞의 그 충동을 희미하게 느끼고 있을 뿐이다. 이 충동은 독창적인 자들, 스스로 사색하는 자들, 발명하는 자들의 마음에서만 나타날지 모른다. 사랑하는 동생아, 자신의 모든 변이와 변종들과 함께 예술 충동과 교양 충동은 인간들이 자연에게 베푸는 하나의 고유한 봉사라는 역설을 내가 너에게 제시했다는 사실을 너는 알고 있다. 그러나 우리는 벌써 오래전부터 인간 활동의 모든 방황하는 흐름은 그것이 나온 것처럼 자연의 대양으로 흘러 들어간다는 사실에 의견을 같이하고 있다. 그리고 바로 이 길을, 인간들이 대부분 맹목적으로, 때로는 불만과 반감을 가지고, 아주 자주 천박하고 비천한 방법으로 걷는 바로 이 길을 그들에게 보여주어서 그들이 크게 뜬 눈으로 기쁨과 품격을 가지고 걷게 하는 것, 그것이 바로 그 충동으로부터 탄생하는 철학, 미적 예술, 종교의 할 일이다. 철학은 그 충동을 의식화한다. 철학은 충동에 그것의 무한한 대상을 이상으로 제시하고, 이상으로 대상을 강화하고 정화한다. 미적 예술은 그 충동에 생생한 형상을 통해서, 하나의 표현된

보다 드높은 세계를 통해서 그 충동의 무한한 대상을 그려낸다. 종교는 충동이 그 드높은 세계를 찾고 있는 곳, 형성하고자 하는 바로 그곳에서, 다시 말하면 자연 가운데서, 마치 숨겨진 설계처럼, 펼쳐지기를 바라는 어떤 정신처럼 언급한 보다 높은 그 세계를 예감하고 믿도록 가르친다.

철학과 미적 예술과 종교, 즉 자연의 이 여사제들은 이에 따라 우선 인간에게 작용한다. 즉, 인간을 위해서 우선 존재한다. 이 여사제들은 자연에 직접적으로 작용하는 인간의 실제적인 활동에 고상한 방향과 힘과 기쁨을 부여하는 가운데, 자연에 대해서도 직접적으로, 그리고 실질적으로 작용한다. 앞의 세 영역은 이러한 일을 수행한다. 특히 종교가 그렇다. 그리하여 자연은 강력한 추진체로서 저 자신의 무한한 조직 안에 포함하고 있는 소재로 인간의 활동을 위해 자신을 바치며, 그 헌신의 대상자 인간은 자신을 자연의 지배자나 주인으로 생각하지 않는다. 오히려 인간의 모든 예술과 활동을 저 자신 안에 품고 있으며, 자신의 주변에 지니고 있는, 그리고 소재와 힘을 부여해 주는 자연의 정신 앞에 겸손하고 경건하게 머리를 숙이는 것이다. 왜냐하면 인간들의 예술과 활동이 그처럼 많은 것을 이미 행했고, 또 행할 수 있다고 해도 살아 있는 것을 낳을 수는 없기 때문이며, 자신이 변형시키고 가공은 하지만, 그 원초적인 소재를 스스로 만들어 내지는 못하기[2] 때문이다. 인간들의 예술과 활동은 창조적 힘을

2 횔덜린은 이 지점에서 예술가를 자율적인 창조자로 파악했던 천재 이데올로기의 극단적인 대변자들에 반대하는, 특히 주체의 절대화에 반대하는 피히테의 입장을 명백하게 밝히고 있다. 앞부분에서 서술한 자연과 예술의 관계는 시 〈자연과 기술 또

발전시킬 수는 있지만, 그 힘 자체는 영원하며 인간의 손길에 의한 성과가 아니기 때문이다.

지금까지 말한 것은 인간의 활동과 자연에 관해서였다. 내가 내 주위의 사람들과 각자의 세계를 살펴볼 때, 내 영혼과 내 눈앞에 나타나고 있는 현상을 너에게 그대로 서술하고 싶었고 또 서술해 보았다. 왜냐하면 그 일이 나에게 큰 위안과 평화를 주고, 특히 다양한 인간적인 일들과 나를 화해시키기 때문이다. 그리고 모든 근면에 대한 깊은 만족감과 인간의 활동과 고통에 대한 보다 깊은 관심을 나에게 제공하기 때문이다. 사랑하는 아우야! 네가 심미적 교회의 조직[3]을 서술하고자 한다면 결코 작지 않은 일을 계획한 셈이다. 그리고 그 계획을 이행하는 동안 너에게 극복하기 어려운 어려움이 닥치더라도 이상하게 생각할 필요는 없다. 이상 자체의 구성 요소들과 이것들의 관계를 철학적으로 서술하는 것이 벌써 충분히 어려운 일이고, **모든 인간적 사회의 이상**, 심미적 교회의 이상을 철학적으로 서술하는 것은 더욱 어려울 것으로 보인다. 오로지 용기를 내서 그 일에 전념하거라. 최선의 힘은 최고의 일에서 발휘되는 법이다. 그리고 너는 어떤 경우에도 현재의 상태, 그리고 가능한 상태를 통해서 다른 모든 사회적 관계들을 철저히 들여다보는 것이 한층 수월해지는 성과

는 사투르누스와 유피테르〉(《횔덜린 시 전집 2》, 154~155쪽)와 같다. 즉, 자연은 예술의 근본 토대이다. 그렇기 때문에 예술과 정신은 결코 자립적이지 않으며, 자연을 예술의 조건이나 전제로 인정하지 않는 방식으로 지배해서도 안 된다. 이러한 문제성이 비극 《엠페도클레스의 죽음》에 제기되어 있다.

3 이러한 표상은 횔덜린이 1795년 9월 4일 실러에게 보낸 편지(편지 35)와 1796년 2월 24일 니트하머에게 보낸 편지(편지 40)에 전개한 것처럼 심미적인 것에 대한 특수한 관념에 따라서 규정되고 있다.

를 거둘 것이다.

우리가 늘 즐겨 하는 생각 속에 빠져버린 나머지 너와 나에 대해서 더 이야기를 나눌 시간이 남아 있지 않구나.

그렇지 않아도 너에게 나에 관한 결정적인 무엇인가를 쓰려면 얼마간의 시간을 기다려야만 할 것 같다. 앞으로 내가 어떻게 살려고 생각하는지, 언제 나의 사랑하는 가족들에게 갈 수 있을지! — 나는 가족들이 보내준 세 통의 편지를 읽고 기쁨에 넘쳐 눈물을 흘리면서 "오, 착한 사람들이다"라고 외쳤단다.

마지막으로 나의 작품 《엠페도클레스의 죽음》 가운데 한 구절을 베껴 써 붙일까 한다. 이걸로 너는 내가 현재 꾸준한 사랑과 노력을 다해 몰두하는 작업의 정신과 분위기를 대략적으로라도 알 수 있을 것이다.

오, 그 지난 시절!
사랑의 기쁨, 나의 영혼이 신들에 의해서
마치 엔디미온처럼 일깨워지고
어린아이처럼 조는 눈이 크게 열렸을 때
생동하는 감동을 받았고, 생명의
영원히 젊은 정신, 위대한 수호 정령을 느꼈다네. —
아름다운 태양이여! 사람들은 나에게 그것을
가르쳐주지 않았으나, 나의 성스러운 마음이
영원히 사랑하면서 영생하는 자에게로,
그대에게로 나를 몰아대었네. 나는 그대보다 더 신적인 것을
찾을 수 없었네, 부드럽게 빛나는 빛이여! 그대가

그대의 날에 한정해서 생명을 간직하기에 멈추지 않고
아무런 근심 없이 황금의 충만함으로 그대를
펼쳐 보이듯이, 그처럼 그대의 것인 나 역시
최상의 영혼을 기꺼이
필멸의 사람들에게 베풀었네. 또한 두려움 없이 활짝 열어
나의 마음을 주었네. 그대가 진지한 대지에게,
그 운명적인 것에게 그대의 것을 주듯이. 아! 그것에게
싱싱한 기쁨 가운데 나의 생명의 마지막에 이르기까지 주었네.
나는 대지에 때때로 단란한 시간에 그것을 약속했고
그렇게 하여 대지와 귀중한 죽음의 연대를 맺었네.
그러자 임원에서는 그전과는 달리 살랑대는 소리 들렸고
대지에 솟은 산들의 샘들 애정 어리게 소리 내었네.
모두 그대의 환희였네, 대지여! 그것을
진실하고 따뜻하게 수고와 사랑으로 흠뻑 영글어
그 모든 것 그대는 나에게 주었네. 또한 때때로
내가 고요한 산정에 앉아서 놀라워하며
인간들의 변화무쌍한 방황을 골똘히 생각하고
그대의 변용에 깊이 감동하며
가까이 다가온 나 자신의 쇠락을 예감했을 때
그때 천공은 그대와 사랑의 상처 입은 나의
가슴을 에워싸고 어루만지며 숨 쉬었고
불길로부터 피어오르는 연무처럼
드높은 푸르름 가운데 나의 염려 모두 흩어져 버렸네.[3]

그럼 잘 있거라, 사랑하는 카를아. 너의 일과 환경이 허락하는 한, 곧 나에게 편지를 보내거라.

너의
횔덜린 씀

4 《엠페도클레스의 죽음》, 제2초고, 제1막, 395~428행(문학과지성사, 155~156쪽).

어머니에게 보낸 편지

홈부르크 포어 데어 회에,
1799년 6월 18일

가장 사랑하는 어머니!
저를 쾌활하게 하고 저의 마음을 감사와 믿음으로 물들게 하는 것이 달리 아무것도 없을지라도, 어머니의 마음 같은 그런 마음, 이 친절과 사랑으로 충분할 것 같습니다. 귀하고 존경하는 어머니! 저를 믿어주십시오. 이처럼 순수한 관심을 보여주시는 어머니는 저에게 성스러운 분입니다. 만일 제가 이 관심을 소중히 여길 줄 모른다면 저는 틀림없이 정신 나간 인간일 것입니다. 그래서는 안 되지요! 아들과 어머니 사이에 주재하는 경건한 영혼은 어머니와 저 사이에서 사라지지 않습니다. 저는 어머니와 리케, 그리고 카를에게서 온 세 통의 사랑스러운 편지를 읽고서 "오, 착한 사람들"이라고 혼잣말을 하고 기쁨에 겨워 눈물을 흘렸습니다.

제가 비탄하고 위안이 없던 시간을 말한 적 있다면 제 나이의 남자들에게는 어울리지 않는 조급증과 나약함으로만 여기지 말아주십시오. 매 순간 위안을 발견할 수 없는 것은 저의 고통 때문이라기보다는, 우리의 현 세계를 제 나름대로 생각해 보고 그 세계에서 한층 더 선량하고 뛰어나기 때문에 고통을 겪는 보기 드문 이들을 생각할 때, 철저한 고독을 느끼는 저에게 엄습해 오는 슬픔 때문이랍니다. 그런데 저는 슬픔을 때때로 흡족하게 여길 수밖에 없습니다. 왜냐하면 슬픔이 저를 가장 순수한 활동으로 이끌기 때문입니다. 인간이 모든 것을 무관심하게 바라보면 아무 일도 이루지 못할 것입니다. 그리고 의욕을 잃으면 역시 아무 일도 못 하며, 아무것도 진척시키지 못합니다. 그렇기 때문에 살아가고 활동하기 위해서는 가슴 안에 두 가지를, 슬픔과 희망을, 유쾌함과 고통을 결합하지 않으면 안 됩니다. 그리고 이것은, 제가 믿는 대로라면, 기독교인의 정신이기도 합니다. 어머니도 그런 의미의 말씀을 하신 적이 있습니다.

어머니께서 돌아가신 아버지에 관해서 사랑의 말씀을 해주신 데 대해 제가 얼마나 감사드려야 할지 모르겠습니다. 착하고 고상한 아버지! 제가 가끔 아버지의 언제나 쾌활하신 영혼을 생각한다는 것과 그분을 무척 닮고 싶어 한다는 것을 믿어주시기 바랍니다. 사랑하는 어머니! 역시 제가 전적으로 순수하게 결론지어 말할 수 없는 슬픔의 이러한 경향을 어머니가 저에게 주신 적은 없습니다. 저는 삶의 전 과정을, 아주 이른 청년기까지 거슬러 올라가 상당히 명료하게 되돌아봅니다. 그리고 언제부터 저의 정서가 그런 쪽으로 기울었는지 또한 잘 알고 있습니다. 어머니는 믿지 않으시겠지만, 저는 너무도 잘 기억하고 있답니다. 그 사랑을 잊을 수 없는 두 번째 아버지[1]가 세상을 떠났을 때, 저는 헤아릴 수 없는 고통과 함께 저 자신을 고아로 느꼈습니다. 그리고 어머니의 슬픔과 눈물을 매일같이 보았습니다. 그때 저의 영혼은 처음으로 이러한 진지한 슬픔의 감정을 지니게 되었습니다. 이 진지한 감정은 저를 결코 떠나지 않았으며 세월이 흐름에 따라 커지기만 했을 뿐입니다. 그러나 제 존재의 깊은 곳에는 충만한 참된 기쁨에서 자주 솟아 나오는 어떤 쾌활함, 어떤 믿음 또한 있습니다. 다만 고통처럼 이 기쁨도 표현할 말을 찾기가 그리 쉽지 않을 뿐입니다. 어머니가 여전히 저를 격려해 주시고 저의 젊은 시절을 기쁘게 여겨주셔서 진심으로 기뻤습니다. 저는 현재의 저보다 얼마간은 어리다고 꿈을 꿉니다. 그리고 실제로 온갖 진지함과 용의주도함에도 불구하고 많은 경우 아직 어김없이 어린아이이기도 하고 가끔은 사람들에게 지나치게 친절하기도 하답니다. 그 결과 항상 예민한 감상과 불신을 초래합니다. 가장 사랑하는 어머니! 제가 저의 결점을 정직하고도 진지하게 통찰하고 있고, 그런 통찰이 언제나 보다 더 이성적인 데 이르게 하니, 그것으로 위안 삼아주시기 바랍니다.

한 가지 반가운 소식을 전해드려야겠습니다. 슈투트가르트의 서적상인 슈타인코프 씨와 그가 발행자로 일할 잡지를 발간하기로 합의했습니다. 잡지는 달마다 한 권씩 발간될 예정입니다. 거기에 실릴 논설문들은 대부분 제가 쓸 것이고 보조할 나머지 필자들은 존경할 만한 인물들로 염두에 두고 있습니다. 저의 수입은 매년 500프랑에 달할 것으로 추측됩니다. 그리고 다음 해

1 횔덜린의 두 번째 아버지 고크는 횔덜린이 9세 때인 1779년 3월 8일 세상을 떠났다.

부터 한동안은 저의 실생활이 남부끄럽지 않게 보장될 수 있을 것입니다. 제가 이미 상당한 준비 작업을 해놓았기 때문에, 가장 사랑하는 어머니! 어머니는 이 일이 저에게 너무 부담스럽지 않을까 걱정하지 않으셔도 됩니다. 슈타인코프 씨는 이러한 사업에 호의를 표명한 편지에 우선 사업상의 조건들을 열거해 달라고 요청했고, 잡지 관리와 저의 논술문에 얼마나 요구할지 말해 달라고 요청했습니다. 저는 한 해의 시작과 함께 최소한 100굴덴을, 그리고 연말까지 매 6개월마다 그만큼을 저에게 지불할 것을 분명히 조건으로 제시할 것입니다. 그렇게 되면 한동안은 어머니의 호의에 호소해야 할 상황에 봉착하지는 않으리라고 기대합니다. 다음번 편지에는 잡지에 대해서 더 확실하고 결정적인 사항들을 쓰도록 하겠습니다. 저는 어머니가 괜찮다고 생각하는 방식으로 보내시는 100프랑[2]을 편안한 마음으로 받겠습니다. 저는 그것을 마음과 행동에서 결코 잊지 않을 것입니다.

귀하신 어머니와 모든 가족을 언젠가 한번 다시 보고자 하는 저의 소망이 얼마나 절실한지 쉽게 상상하실 수 있을 것입니다. 저의 일과 빠듯한 경제 사정을 너무 어지럽히지 않아도 된다면, 가을에 몇 주 동안 그곳으로 가고 싶습니다. 그러나 무엇보다도 시간이 부족하지 않을까 걱정됩니다. 제가 다른 사람의 처분 아래 있었을 때처럼 여기서 저 자신의 규칙에 엄격하게 얽매여 있는 것을 어머니는 의아하게 생각하시지 않을 것입니다. 그렇게

2 1799년 3월 25일경 어머니에게 보낸 편지에서 "가진 돈이 얼마 남지 않았는데, 100프랑 정도가 꼭 필요한지를 여름 중간까지 말씀드리겠습니다. 다만 제가 편안할 수 있게 빌려주시는 것으로 해주시기 바랍니다"라고 썼었다.

하지 않는다면 제가 현재 누리는 독립이 저에게 유익하기보다는 해를 끼칠 것입니다. 그러나 어떤 질서에 순응하는 것이 결국 저에게 괴로운 일이 될지도 모르겠습니다. —

제가 이렇게 갑자기 편지 쓰기를 끝내는 것을 용서하십시오. 그러나 시간이 좀 늦었습니다. 저는 차가운 저녁 시간에 몸을 내놓는 것을 좋아하지 않습니다. 건강이 정말 더욱 귀중해졌습니다. 제가 좋지 않은 때에도 한동안 건강을 아쉬워해야만 했는데 이제는 건강이 꼭 필요하기 때문입니다. 외할머니께 간절한 안부 인사를 전해주시기 바랍니다. 이번 주에는 귀한 동생 리케에게 편지를 쓰겠습니다. 어머니께도 편지를 오래 기다리게 해드리지 않으렵니다.

어머니의 아들
프리츠 올림

돈 보내시는 것을 대략 한 달 정도 미루어도 되겠습니다. 제가 얼마큼의 시간 내에 그 돈이 필요하다고 예상되면 곧장 어머니께 편지로 알려드리겠습니다. 요사이 현금 송금이 매우 안전하지 않습니다.

프리드리히 슈타인코프 씨에게 보낸 편지[1]

홈부르크 포어 데어 회에,
1799년 6월 18일

이제 계획상의 착상을 보다 상세히 펼쳐 보인다. 그 가운데 그는 다른 것들과 함께 다음과 같이 언급하고 있다.

진정한 대중성은 소재의 일상성보다는 진술의 생동감과 평이함에 있다.

주목표로 그는 이상적인 것, 근원적으로 자연적인 것, 순수하게 생동하는 것을 한편으로 하고, 현실적인 것, 문화적인 것, 학문적인 것, 예술적인 것을 다른 한편으로 하여 서로 불화하는 요소들을 화해케 하는 것이라고 제시하고 있다.

사람들이 최근에 들어 똑같은 것을 시도했던 것[2]을 나는 잘 알

1 이 편지는 슐레지어의 발췌본으로 전해진다. 슐레지어는 편지 내용을 요약했는데, 들여쓰기로 구분된 부분이 그의 요약이다.

2 횔덜린은 슐레겔 형제가 발행하는 낭만주의 잡지 《아테네움*Athenäum*》을 지목하고 있다. 이 잡지의 1, 2호는 1798년 5월과 7월에, 3호는 1799년 3월에 발간되었다.

고 있소. 그것이 화제를 불러일으키기는 했지만, 어떤 근본적인 영향을 불러일으키지는 못했소. 나의 더할 수 없이 철저하고 엄밀한 고찰에 따르면 그것은 열정 또는 무지 때문에 하나의 주안점, 다시 말해 상응하는 불편 부당성에 실패하고 있소. 사람들은 다시금 과장했고, 다시금 극단으로 치달았던 것이오. 이렇게 해서 사람들은 이해할 수 없게 되고 다른 과장된 것에 봉착하게 되었소. 이 마지막 경험은 그러나 또한 한층 순수한 신념을 낳았소. 또한 나는 내 현재의 견지에 나 홀로 서 있는 것이 아니라고 믿고 있소.

학문과 삶, 예술 및 취미와 천재, 감정과 오성, 현실적인 것과 이상적인 것, (단어의 가장 넓은 의미에서) 문화와 자연의 통합과 화해[3] — 이것이 잡지의 가장 일반적인 성격이자 정신이 될 것이오.

> 시문학은 단순히 열정적인, 도취적인, 변덕스러운 폭발이어서는 안 되며 강요된, 냉정한 예술품이어서도 안 된다. 시문학은 질서를 세우는 오성과 삶으로부터, 감정과 신념으로부터 생성되어야 하는 것이다.
>
> 시문학 자체에 대한, 언어, 연설, 문학 형태에 대한, 천재, 감정, 환상 등에 대한, 특정한 시 작품과 그것의 작자에 대한 논고들
>
> (이 논고는 그 사람, 그의 생애, 그의 고유한 본성과 그를 에워싼 자연을 예감하도록 제시하는 가운데, 시를 자연의 산물로서 공정하게 평

3 횔덜린은 문화와 자연의 관계를 1799년 6월 4일 동생에게 보낸 편지에서 자세히 언급했다. 그는 그 편지에서 철학, 예술, 그리고 종교에 인간의 문명 및 문화 행위를 자연과 조화시키는 과제를 부여하고 있다.

가하도록 해준다.)

그는 제호를 이두나[4]로 제안한다. 그가 기억하는 한 어떤 잡지가 그 제호를 이미 단 적이 있다는 것이다. 그러나 그 일은 발행자에게 일임되었다.

당신께서 소망하는 대로 이 잡지를 권유하는 데 기여할 수 있는 동참자의 수효를 늘리고자 하는 내 노력의 결과는 알려지는 대로 당신께 보고하겠소. 동시에 이 취지가 담긴 통지문을 당신이 살펴볼 수 있도록 보내드리겠소. 나는 최대한 다양하게 또 목적에 맞게 사람들이 편리하게 나와 접촉할 수 있도록 모든 조치를 다할 것이오. 따라서 우리가 의미 있는 사람들을 접촉하고도 만족스럽지 못한 답변을 받는다 해도 우리에게 닥칠 어떤 어려움 때문에 나의 선의를 거두거나 불쾌하게 생각하지는 않을 것이오.

나는 그사이에 모든 시간과 모든 힘을 잡지 발행에 관한 일에 쏟을 것이오. 특히 나의 비극을 적절히 마무리하고 그 소재의 고유성 때문에 다른 작품들보다 덜할 수 없는 매력을 그 비극 작품에 부여하기 위해서 노력할 생각이라오.

4 이두나Iduna는 북방 신화의 여신이며 문학예술의 신 브라기스의 아내이다. 신들이 먹으면 영원히 늙지 않는다는 사과가 그녀에게 맡겨져 있었다. 이두나는 클롭슈토크의 송시 〈여신의 궁전〉에서 청춘과 문학의 결합에 대한 상징으로 등장하고, 헤르더의 대화 〈이두나 또는 회춘의 사과〉도 1796년 《호렌》에 실린 바 있다. '이두나'라는 이전 잡지는 알려진 것이 없다.

그는 매월 호마다 페이지당 1카로린을 들여 3전지 분량을 공급하고자 한다. 따라서 한 호당 36카로린이다. 그리고 그가 연간 최소한 50카로린을 필요로 하기 때문에, 그는 편집료로 나머지를 채워줄 것을 요구한다.

그는 다음 달 초 노이퍼에게 〈에밀리〉와 자질과 적절한 표현을 갖춘 것으로 보이는 한 젊은 시인의 시 작품 몇 편을 보낼 것이다.

주제테 공타르에게 보낸 편지[1]

[홈부르크, 1799년 6월 말]

나는 매일 사라진 신성을 재차 소리쳐 불러야만 합니다. 내가 역사의 위대한 순간에 위대한 인물들이 사방으로 번진 성스러운 불꽃처럼 주위의 사물들을 붙들어 모든 죽은 것, 어설픈 것, 세상의 검불을 화염으로 바꾸어 그들과 함께 하늘로 불어 올라간 것을 생각할 때, 그리고 가물거리는 불빛의 작은 등잔처럼 주위를 맴돌며, 한동안이라도 더 밤을 밝히기 위해서 한 방울의 기름이라도 구걸하려는 나를 생각할 때, — 보시라! 놀라운 전율이 나의 사지를 꿰뚫고 지나갑니다. 그리고 나는 혼자서 섬뜩한 단어, 살아 있으나 죽은 자!라고 나지막이 외칩니다.

당신은 이 모든 것의 원인을 알고 있는지요. 사람들은 어느 한쪽의 비범한 재능이 다른 한쪽을 갉아먹을까 봐 서로를 두려워

1 이 편지는 주제테에게 보낸 다른 편지들과 마찬가지로 완결되지 않았다. 이 초안들은 실제 송달된 편지의 초안이라기보다는 애써 찾은 주제테의 평정심을 심히 흔들 것을 염려하여 쓰기를 포기한 미완의 단편으로 이해된다.

합니다. 그렇기 때문에 그들은 서로에게 식사와 음료는 제공하지만, 영혼의 양식이 되는 것은 아무것도 제공하지 않습니다. 그리고 그들이 말하고 행하는 무엇인가가 다른 이의 내면에 정신적으로 파악되고 불길로 변하는 것을 못 견뎌 합니다. 이들은 바보입니다! 그러나 인간들이 서로 말할 수 있는 어떤 것이 땔감 이상이라면, 그것이 정신적인 불길에 옮겨붙을 때 비로소 다시 불길이 됩니다. 그것이 생명과 불길로부터 탄생했던 것처럼 말입니다. 그리고 이들은 서로 양분을 주고받습니다. 그렇게 양측은 생명을 이어가고 빛을 발합니다. 아무도 상대방을 갉아먹지 않습니다.

당신은 우리가 단둘이 있었던, 어떤 방해도 받지 않았던 우리만의 시간을 기억하나요? 그것은 승리의 환희였습니다! 우리 둘은 그처럼 자유로웠고 단란했으며 깨어 있었습니다. 영혼과 가슴과 눈과 얼굴은 생기발랄하고 광채로 빛났습니다. 우리 둘은 나란히 천국과 같은 평화 가운데 있었습니다! 나는 그때 이미 예감하고 또 말했습니다. 사람들은 충분히 이 세상을 두루 여행할 수 있지만, 이와 같은 경지를 다시 찾아보기는 어려우리라. 그리고 나는 이것을 매일같이 더욱 진지하게 느끼고 있습니다.

어제 오후 무르베크가 방으로 나를 찾아왔습니다. "프랑스인들이 다시 이탈리아에서 패배했다"고[2] 그는 말했습니다. "우리

2 모로와 쥬베르Joubert 휘하의 프랑스군은 1799년 러시아 수보로프Suworow 장군 휘하의 연합군에게 세 차례 패배했다. 4월 27일 카산노에서, 6월 17~19일 트레비아 강안에서, 8월 15일 노비에서였다.

에게 좋은 상황일 때만이 세계에서의 상황도 좋은 것이오"라고 나는 말했습니다. 그러자 그는 내 목을 껴안았고 우리는 깊이 감동한 기쁜 영혼으로 서로의 입술에 입맞춤했으며 눈물이 그득한 눈으로 서로를 바라보았습니다. 그러고 나서 그는 갔습니다. 그런 순간들이 나에게는 아직도 있습니다. 그러나 그것이 한 세계를 대체할 수 있겠습니까? 당신을 향한 나의 신의를 영원하게 해주는 것이 바로 그것입니다. 이런저런 방식으로 많은 이들은 뛰어납니다. 그러나 당신과 같은 천성은, 모든 것이 내면적이며 파괴될 수 없으며 생동하는 유대로 결합된 그 천성은 이 시대의 진주입니다. 그리고 그것을 인식하는 자, 그리고 그것의 천국적으로 타고난 고유한 행복이 또한 그것의 깊은 불행이기도 하다는 것을 인식한 자, 그 또한 영원히 행복하면서도 영원히 불행하답니다.

노이퍼에게 보낸 편지

홈부르크 포어 데어 회에,
1799년 7월 3일

내가 내 말을 전혀 지키지 않았군, 사랑하는 친구여! 자네는 내가 약속했던 것[1]을 일주일쯤 늦게 받을 것 같네. 부득이하게 며칠 동안 여행길에 오를 수밖에 없었다네. 이때 지금 특별히 잘 지내는 우리의 점잖은 융[2]과 대화를 나눴다네. 그는 나의 잡지에 《오시안》 번역을 보내고 싶어 하네. 주석을 위한 텍스트로서 몇몇 구절은 쓸모가 상당히 커 보인다네.

자네가 관심 있다면, 내가 〈에밀리〉를 쓸 때 사용한 방법과 기법을 기회가 되면 몇 가지 말해주고 싶네. 이 작품을 쓸 때 어쩌지 못했던 조급함으로 상당히 오랫동안 계획했던 문학 양식

1 노이퍼가 발행하는 잡지 《교양 있는 여성들을 위한 소책자》에 횔덜린이 쓰기로 약속한 목가 〈결혼식 날을 앞둔 에밀리Emilie vor ihrem Brauttag〉를 말한다.

2 융Franz Wilhelm Jung, 1757~1833은 싱클레어를 중심으로 한 급진적인 민주 사상을 가진 일단의 인사들 중 한 사람이었다. 그는 《오시안*Ossian*》을 독일어로 번역했다. 《오시안》은 17세의 횔덜린이 "누구와도 비교할 수 없는 이 음유시인을 위해서" 주석을 달려고 생각했던 작품이다.

을 원했던 대로, 특히 본래 영웅적이지 않은 소재에서 취할 수 있는 장점을 느끼게 하기 위해 필요한 만큼 표현할 수 없었다는 것을 자네는 충분히 생각할 수 있을 것이네. 이런 일에서의 새로움이라는 외양은 나에게 전혀 중요하지 않다네. 그러나 나는 우리가 두 개의 극단 사이, 그러니까 무질서와 옛 형식에의 맹목적인 굴종, 그리고 이와 결부된 강요와 잘못된 적용이라는 극단 사이를 얼마나 오락가락하는지 점점 더 느끼고 또 목격한다네. 그러니까, 사랑하는 친구여! 내가 자의적으로 어떤 형식을 전제하거나 고안한다고는 생각지 말아주게나. 나는 나를 이렇게 저렇게 이끄는 나의 감정을 음미하고 내가 선택한 형식이 이상에, 특히 다루는 소재에 어긋나지 않는지 자문한다네. 물론 그 경우에 내가 일반적으로 옳을 수 있지만, 세부적인 이행에서는 나 자신만을 따르고 어떤 구체적인 모범에 의지할 수 없기 때문에 그만큼 쉽사리 오류에 빠져든다네. 그러나 다른 선택의 여지가 없다네. 어느 정도만이라도 근대적인 어떤 소재를 우리가 다룰 때, 나의 신념에 따르면, 직접적으로는 그 소재에 적합하지만 다른 것에는 유용하지 않은 고전 형식들을 버릴 수밖에 없다네. 예컨대 그 이상 아무것도 아닌 어떤 사랑의 이야기가 고대인들에게는 그 내적 흐름에 따라, 그리고 그 장렬한 대화로 본래 사랑 이야기에는 전혀 어울리지 않는 비극의 형식으로 제시되는 것에 우리는 이제 익숙해져 있다네. 장렬한 대화가 유지된다면, 마치 사랑하는 사람들이 다투는 듯한 모양새가 계속될 것이네. 만일 이 장렬한 대화를 떠나면 음조는 비극의 고유한 형식과 모순을 이루게 되고, 이 형식은 분명히 엄격하게 유지되지 못하네. 그 때문에 그 형식의 고유한 문학적 가치와 의미가 우리에게서 사라졌다네. 그러나 사람들은 단지 감동적이며 충격적인 구절과 상황을 원하고 작가와 대중이 전체의 의미와 인상에 마음을 쓰는 일은 드물지. 모든 문학적 형식들 중 가장 엄격한 형식은 각기가 고유한 전체인 거의 순수하게 위대한 음조들 가운데 어떤 장식도 없이 조화롭게 교체하면서 전진하는 것을 전체 목표로 삼는다네. 그리고 모든 우발적인 것의 이러한 당당한 거부를 통해서 생동하는 전체성의 이상을, 짧으면서도 동시에 가능한 한 완벽하며 풍부한 내용을 갖추도록, 따라서 알려진 다른 문학적 형식들보다 한층 더 분명하게, 그리고 더 진지하게 표현한다네. 존중되어야 하는 비극적 형식은 때때로 무엇인가를 반짝이는 것으로 또는 감미로운 것으로 표현하기 위한 수단으로 전락했다네. 사람들이 그 형식에 어울리는 소재를 선택하지 않고, 비극적 형식은 그 소재와 한패가 되어 오로지 의미와 생명을 유지했다면, 그 형식으로 우리가 무엇을 시작할 수 있었겠는가. 그 형식은 죽임을 당했다네. 모든 다른 형식들이 원천적으로 생성되고 형성되었던 유기적인 구조의 지체肢體처럼 섬겼던 생동하는 영혼을 잃었을 때 죽음을 면치 못했던 것처럼 말일세. 예컨대 간단히 말하자면, 사람들이 필요로 하지 않기 때문에 우리 제국의 도시들에서 공화주의적인 형식이 죽어버리고 무의미해진 것과 같은 걸세.

순수하게 위대한 독자적인 음조로 조화롭게 교차하며 전진하기 위해서, 우발적인 것의 가능한 최선의 절제와 함께 활기찬 의미 있는 부분들로 가득한 전체를 표현하기 위해서 비극적인 소재가 형성되었다면, 예컨대 사랑과 같은 감상적인 소재는 거대하고 당당한, 그리고 견고한 음조를 통해서가 아니라, 또 우발적인 것의 결정적인 부정이 아니라 우발적인 것에 대한 약간의 두려움과 함께, 심오하고 충만한 비가적 의미를 지닌, 그리고 많은 것을 말해주는 음조들을 표현하는 동경과 희망을 통해서 조화롭게 교차하며 전진하는 데 전적으로 적합하다네. 그러한 감상적인 소재는 생동하는 전체성의 이상을 부분들의 이러한 긴장된 힘, 그리고 이러한 매혹적인 진행, 이러한 재빠른 축약을 통해서가 아니라, 프시케와 아모르처럼 날개를 단 듯, 그리고 내면적인 축약을 통해서 표현하는 데 적합하다네. 이제 묻게 되네. 이것을 어떤 형식을 통해서 가장 용이하게, 가장 자연스럽게, 그리고 가장 고유하게 성취할 수 있는가, 그리하여 사랑의 아름다운 정신이 그것의 고유한 문학적 형체와 양식을 얻게 되는지 말일세.

내가 애매한 추론으로 자네를 지루하게 했다면 용서하게나. 나는 거의 홀로 살고 있어서 무료한 시간이면 가까이 있는 대상들에 대해서 억제하지 못하는 기쁨과 함께 글을 씀으로써 즐겁게 대화하기를 좋아한다네. 그러다 보니 다른 사람을 편안하게 해주기에는 좀 수다스러워진다네. 나는 자네와 아무런 얘기도 나누지 않은 거나 다름없다네. 자네를 향해서라기보다는 나 자신과 대화를 나눈 것이니까 말일세.

자네가 점점 더 문학에 몰두한다면 나는 정말 기쁠 것이네. 내가 나날이 더욱 느끼고 있는 것처럼 시대는 오로지 노년에까지 이어지는 오랜 활동과 진지하고 언제나 새로운 시도를 통해서만 자연이 애당초 우리에게 정해준 것, 어쩌면 다른 환경에서라면 그렇게 완벽하게 성숙하기가 어려웠을 그것을 마침내 산출할 수 있다는 느낌의 무거운 짐을 우리의 어깨 위에 얹어주었다네. 우리 두 사람에게 진실로 성스러운 의무들이 우리에게 그 실행을 호소하면, 우리는 필연성에도 아름다운 제물을 바칠 것이네. 우리가 뮤즈를 향한 사랑을 최소한 한동안이라도 부인할지라도 말일세.

자네의 희극[3]이 상연되던 저녁은 틀림없이 자네에게 행복한 시간을 마련해 주었겠지. 자네는 쾌활한 관중들 사이에서 첫 번째 꿈틀거리는 힘을 느꼈을 터이지. 작품이 인쇄되어 책으로 나오는가? 내가 프랑크푸르트에서 그 책을 살 수 있을까?

자네의 《문고판 연감》에 정말 많은 행복한 동참자들이 생기기를 비네. 기고문의 수효가 만족스럽지 못할 때, 자네가 그 빈틈을 나로 메꾸어도 된다고 생각한다면 기꺼이 일주일쯤은 자네에게 바치겠네. 물론 불가피한 경우에 한해서야. 그렇지 않으면 내 이 말이 주제넘은 발언일 수도 있을 테니까. 내가 쓴 몇 편의 시를 젊은 한 시인[4]의 기고문과 함께 자네에게 보내네. 편지에 동봉해서 보내는 뵐렌도르프[5]의 글들은 자네 독자들이 흥미

3 더 자세히 알려진 것이 없다.

4 에머리히Friedrich Joseph Emerich, 1773~1802를 말하는 것으로 보인다.

5 뵐렌도르프Casimir Ulrich Böhlendorff, 1775~1825는 쿠어란트의 미타우Mitau 출신이다. "자유인들의 연맹"에 가담하기도 했던 예나에서 법학을 공부한 후 1797년 무르베크와 함께 스위스로 갔고, 직접 체험한 스위스 공화국의 수립을 〈스위스 혁명의 역사〉(1802)라는 글로 널리 알렸다. 1799년 4월 무르베크를 따라 홈부르크의 싱클레어에게 갔다. 그해 7월부터 예나와 드레스덴에서 법학 공부를 계속했다. 후일 브레멘에서 역사와 미학을 강의했으며, 마지막으로는 비서로 볼트만Karl Ludwig Woltmann을 수행해 베를린으로 가서 정치 및 문학평론가로 활동했다. 그러나 불안정하고 몽상적인 성격 때문에 어디에도 정착하지 못하고, 비정상적인 정신 상태에서 1803년 쿠어란트로 돌아왔다. 그곳에서도 어떤 활동도 없이 이곳저곳을 방랑하다가 1825년 자살했다. 몇 편의 시와 두 편의 희곡을 남겼으나 문학적 가치를 인정받지 못했다.

를 가질 만할 것이네. 자네가 좋다고 생각하는 것을 선택해도 된다네.

잘되기를 바라고 〈에밀리〉 원고에 적어놓은 약강격 스탠자 사이의 간격이 정확하게 인쇄되도록 유념해 주게.

제목에 반감을 가지지는 말게. 우리는 곧 너무 많은 서문을 볼 걸세. 시들보다 더 많은 서문을 말일세. 내가 몇 마디 말로 서문을 어느 정도 대체할 수 있다면, 그리고 이것은 에밀리의 생애 중 단 한 순간에 불과하며 작자는 모든 생애기를 가능한 한 하나의 중심적 순간으로 농축하지 않으면 안 된다는 점을 독자에게 알릴 수 있다면 — 내가 그렇게 하지 않을 이유가 없지 않은가?

내가 이 시론을 그렇게 피상적으로 썼군. 그래서 자네에게 내가 극에 관련된, 또는 일반 시학적인 기초 사항들 외에 거의 한 말이 없었다는 것을 의식한다고 말해도 될 것 같네.

잘 자게, 사랑하는 친구여! 슈타인코프 씨에게 나의 인사를 전해주게! 그리고 슈투트가르트에 있는 나의 친구들과 지인들 모두에게도. 나에게 그들에 대해서 이것저것 써 보내는 친절을 베풀게나. 곧 다시 나에게 편지를 써 보내게!

휠덜린

실러에게 보낸 편지

[홈부르크,] 1799년 7월 5일

존경하는 선생님! 선생님께서 항상 저에게 보여주시는 아량과 저의 마음속에 점점 더 자라나는 선생님에 대한 깊은 순종심이 선생님께만은 지나친 부탁으로 부담을 드려도 될 것 같은 기대를 가지도록 해줍니다. 그러나 이러한 부탁이 선생님께 순간이나마 불편을 끼칠 것 같은 확실한 예감이 들면 저는 주저하지 않고 그 부탁을 단념할 것입니다. 저의 소망과 이 소망의 성취가 저에게는 얼마나 중요한지에 대한 생각이 어쩌면 저의 눈을 가리고 있는지도 모르겠습니다. 저의 부탁이 정말로 불쾌한 것이라면, 미리 선생님의 용서를 구할 많은 이유가 저에게 있습니다.

제가 선생님의 보호가 필요치 않을 만큼, 그만한 가치를 인정받고 있다면 저는 그 보호를 선생님께 부탁하지 않을 것입니다. 또는 제가 보호를 절실히 필요로 하지만 그 보호를 받을 만큼의 가치가 없을 정도라면 저는 역시 선생님께 그 보호를 부탁드리지 않을 것입니다. 그러나 저는 그러한 보호를 부탁드려도 될 만큼 그 부탁이 필요하고 또 그만한 가치가 있다고 믿습니다.

현재 제가 쓰고 있는 문학적 또는 시적인 시론들을 하나씩 인문주의적인 잡지를 통해 발표하고 또 계속 써나가려고 생각하고 있습니다. 환경이 제가 필요로 하는 안정된 독립을 허락한다면, 제가 그 가치와 성공을 확신할 수 있는 작품에 마침내 이를 수 있지 않을까 기대하고 그때까지 기꺼이 기다릴 것입니다. 따라서 저는 실적으로 보여주는 것보다 무엇인가를 더 많이 약속하는 증거를 제시해야만 합니다. 그리고 제가 저 자신과 시대를 알고 있는 한 실패하지 않으려면, 독자들에게 보여줄 저명한 한 사람의 권위가 아쉽지 않을 수 없습니다.

그렇기 때문에 저는 선생님께 몇몇 편의 기고문을 부탁드리고자 합니다. 물론 선생님이 저에 대한 선생님의 호의와 선의의 증거를 공표하는 것이 선생님의 품위에 반한다고 생각하시지 않으리라는 전제에서 드리는 부탁입니다.[1]

존경하는 선생님! 이러한 결례가 고민스럽지 않을 수 없을 만큼, 선생님에 대한 저의 존경심은 너무도 진지합니다. 제가 이 위험한 부탁을 입 밖에 내면서 수년 전 선생님을 처음 뵈었을 때 느끼기는 했으나 말로 표현할 수 없었던 그 감사를, 선생님과의 잊을 수 없는 사귐을 통해서, 그리고 그사이 이 세상에서 선생님의 존재로 더욱더 깊어져만 갔던 그 감사를 한층 자유롭고 꾸밈없이 다시금 입에 올리는 것만으로 이 결례를 갚을 수는 없다고 생각합니다.

1 계획된 잡지 《이두나》에 기고를 부탁하는 이 편지에 대해 실러는 1799년 8월 24일자 편지를 통해서 거절했다.

미래에 저에게 이룰 만한 가치가 있는 어떤 목표가 세워진다면, 그때 저는 맨 먼저 선생님께 진정으로 감사드릴 수 있을 것입니다. 왜냐하면 선생님이 보시기에 한층 높은 수준의 가치를 가진 그런 사람의 감사만이 선생님을 기쁘게 해드릴 수 있기 때문입니다. 그때 비로소 저의 무례한 부탁도 변명할 수 있을 것 같습니다.

선생님은 저의 계획이 명백히 애정을 줄 만큼 훌륭하다고 생각하지 않으실지라도, 간단하게라도 저에게 답변을 주시는 호의를 베풀어 주시기 바랍니다. 선생님이 침묵하신다면, 저는 제 불손의 질책을 모두 떠안아야만 합니다. 이 질책은 선생님이 저를 향해서 던지는 어떤 질책보다도 더 엄중한 결과를 낳을지도 모르겠습니다. 선생님이 괜찮다고 하시면, 첫 호의 원고를 검토할 수 있도록 보내드리겠습니다.

진실한 존경심과 함께.

선생님의
횔덜린 올림

저의 출판업자가 선생님께 드리는 부탁에 동참하고 있습니다. 저의 주소를 첨기합니다.

(프랑크푸르트 인근 홈부르크 유리공 바그너 댁 내)

어머니에게 보낸 편지

홈부르크, 1799년 7월 8일

지극히 사랑하는 어머니!

어머니의 온화한 편지는 받을 때마다 항상 저에게 일종의 축제를 마련해 줍니다. 매번 저는 마치 집에 있는 듯, 어머니 곁에 있는 듯이 느낍니다. 어머니가 어머니의 모정 어린 사랑을 떠올리게 하시고 사랑하는 고향과 충실한 친척들도 아름답게 떠올리게 하셔서 멀리 떠나 있다는 사실이 훨씬 가볍게 느껴진답니다. 이제 제 건강에 대한 걱정을 완전히 내려놓으셔도 되겠습니다. 저는 꽤 오랫동안 아무런 문제 없이 잘 지내고 있습니다. 스스로 마련할 수 없는 이 좋은 타고난 체질에 대한 기쁨에 넘치는 감사가 일을 할 때나 쉬는 시간에 저를 이끌어주고 있습니다.

그 짧은 시[1]가 어머니를 불안하게 만들지 않았으면 좋겠습니

1 시 〈운명의 여신들에게〉, 《횔덜린 시 전집 1》, 373쪽. 3연으로 이루어진 이 시는 "오직 한 여름만을 나에게 주시오라, 그대들 힘 있는 자들이여!"로 첫 연을 열고 이어지는 연에서 시적 자아는 시를 쓰는 신적 권한을 다 누리지 못하고 세상을 떠난다면

다, 귀하신 어머니! 그 시는 제가 자연이 저에게 정해준 것으로 보이는 몫을 충족하기 위해서 언젠가는 평온한 시간을 맞기를 얼마나 원하는지 읊은 것 외에 아무것도 아니랍니다. 지극히 사랑하는 어머니! 모든 것을 너무 진지하게 받아들이지 마시기를 부탁드립니다. 시인이 자신의 작은 세계를 표현하려고 하면 개개의 것이 모두 다 완벽하지는 않은 창조, 하느님도 선한 자와 악한 자 위에, 그리고 정의로운 것과 부당한 것 위에 다 같이 비를 내리게 하시는[2] 창조를 모방할 수밖에 없습니다. 그처럼 시인은 자주 참되지 않은 어떤 것, 모순된 어떤 것을 말할 수밖에 없답니다. 그러나 무엇인가 덧없는 것처럼 읊어지는 전체 안에서 그것은 자연스럽게 진리와 조화로 용해되어야만 하는 것입니다. 그리하여 뇌우에 이어서 무지개가 아름답게 떠오르듯이 시에서도 참되고 조화로운 것은 거짓된 것으로부터, 오류와 고통으로부터 그만큼 더 아름답고 기쁨에 차 나타나는 것이랍니다. 고귀하고 착하신 어머니! 어머니가 모든 방법을 다해서 저를 격려해 주시는 것을 진심 어린 감사와 함께 잘 알고 있습니다. 어머니의 축복이 아무런 보람도 없이 헛되게 끝나지 않도록 하겠다는 것을 약속드립니다.

어머니가 감사하게도 초대해 주신 여행에 관해서는 사랑하는 누이동생에게 보낸 편지를 보시면 제가 얼마나 어머니의 친절

하계에서도 평온을 찾을 수 없을 것이라고 노래한다. 시인의 길을 벗어날 수 없는 운명과 의지를 가장 뚜렷이 노래하고 있다. 횔덜린의 어머니는 이 점을 가장 염려했다.

2 마태복음 5장 45절, "아버지께서는, 악한 사람에게나 선한 사람에게나 똑같이 해를 떠오르게 하시고, 의로운 사람에게나 불의한 사람에게나 똑같이 비를 내려주신다" 참조.

한 허락을 잘 활용할까 고심하는지 또 이러한 소망을 이루는 일이 저에게 어느 정도 가능할지를 아시게 될 것입니다.

저는 아직 어떤 경로로 어머니가 저에게 아주 안전하게 돈을 보내실 수 있는지 정확하게 알아볼 기회를 찾지 못했습니다. 그러니 돈을 보내기 전 저의 다음번 편지를 기다려 주시기를 부탁드립니다. 오는 가을에 몇 주 동안 어머니를 뵙기 위해 여행하는 것을 다른 일들이 저에게 허락한다 할지라도, 당분간 그 이상의 것은 필요치 않습니다. 다시 한번 이에 대한 저의 진정한 감사를 받아주시기 바랍니다. 어머니가 편지를 써주신 것이 저를 무한히 기쁘게 합니다. 어머니는 이제 여러 측면에서 걱정 없이 평온 가운데 지내실 수 있으십니다!

저의 언짢은 일이 어머니의 어떤 기쁨도 해쳐서는 안 될 것입니다. 저희를 위해 그렇게 많이 일하시고, 또 삶 가운데 많은 고통을 겪으신 연세에 당연히 누리셔야 할 그 기쁨 말입니다. 저는 지금 건강합니다, 두루 관심을 쏟으시는, 사랑하는 어머니! 그리고 제가 지나친 긴장과 강제적인 방해 없이 한동안 평온하게 살 수 있으리라고 희망하고 있습니다. 동생 카를이 어머니께 오면, 제 이름으로 손길을 내밀어 주십시오!

사랑하는 친척들에게 많은 안부 인사도 전해주십시오! 어머니의 사랑하는 손님들이 어머니 계신 곳에서 누리는 기쁨에 저도 참여한다면 얼마나 좋겠습니까. 그러나 곧 일을 확실히 하기 위해서 제가 늦추어서는 안 되는 잡지 발간을 위한 최근의 준비 사항들 때문에 길을 떠날 수가 없습니다.

사랑하는 외할머니께 간절한 안부 인사를 부탁드립니다.

언제나 변함없는 감사와 함께.

당신의
충실한 아들
횔덜린 올림

셸링에게 보낸 편지[1]

[홈부르크, 1799년 7월 초순]

나의 소중한 친구여!

그동안 자네에게 나의 존재를 상기시키는 것을 삼가야 한다고 생각할 만큼 나는 자네의 일과 명성에 충실하고도 진지하게 관심을 기울여 왔네.

내가 그동안 자네를 향해서 침묵했다면, 그것은 대부분 나에게 갈수록 더욱 의미가 커지는 자네를 언젠가 한층 더 의미 있는 관계를 통해서, 아니면 보다 더 알맞게는 자네에게 우리의 우정을 상기시킬 수 있을 만한 성취를 통해서 맞았으면 하고 희망했기 때문이라네.

1 셸링에게 보낼 편지의 초안이다. 셸링은 수년의 가정교사 생활을 거쳐 1798년 예나 대학 교수직을 얻고, 1802년에 발행된 《선험적 관념론의 체계》를 썼다. 그는 이미 1797년에 쓴 〈자연철학의 이념〉과 다음 해에 쓴 〈세계의 영혼〉으로 학자로서 널리 인정받았다. 1795~1796년의 만남 이후 이 편지가 그와 횔덜린 사이의 첫 접촉인 것으로 보인다. 극히 일부분만 전해지는 셸링의 이 편지에 대한 1799년 8월 12일 자 회신에서 그는 횔덜린의 잡지에 "기꺼이 참여"하겠으나 "이 겨울에는 종種의 유기적인 관계와 예술철학에 대한 강의록 이외에는 제공할 것이 없다"고 했다.

이제 그런 희망이 이루어지기도 전에 한 가지 부탁이 나를 자네에게로 향하게 하네. 자네는 내가 이런 모습일지라도 무시하지 않을 것이 분명하지. 나는 내가 지난해부터 여기서 살면서 느낀 고독을 산만하지 않게 집중된, 독자적인 힘으로 지금까지 썼던 것보다는 좀 더 성숙한 무엇을 쓰는 데로 돌렸다네. 나는 이미 삶의 대부분을 문학을 위해 살아왔지만, 필연성과 애착이 보다 더 큰 확실성과 완전을 향해 나의 신념을 기르고 그 신념을 가능한 한 현재와 과거의 세계에 함께 적용하고 반영하려고 했던 만큼 나로 하여금 이론으로부터도 그렇게 멀리 떨어지지 않도록 해주었다네. 나의 숙고와 연구의 대부분은 내가 열중했던 문학에 우선 한정될 것이네. 문학은 생동하는 예술이며 동시에 창조적 정신과 체험과 성찰에서 탄생하고 이상적이며 체계적이고 또 개성적이기 때문에 그렇다네. 이런 점이 나를 교양과 교양충동 자체에 대한, 그 충동의 근원과 그 목적에 대한 심사숙고로 이끌었다네. 그것이 이상적인 한, 그것이 형성하는 가운데 활동적인 한, 그리고 다시금 그것이 자신의 근원과 자신의 고유한 본질에 대한 의식과 함께 이상으로부터 생성되는 한, 또한 그것이 본능적으로 그 재료에 따라서 예술과 교양 충동으로 작용하는 한 그렇다네. 또한 나는 내 연구의 끝에 소위 말하는 인본주의 정신(이에 관해서는, 물론 간과되어서는 안 되지만, 구별짓는 것보다는 인간 본성과 그 방향에서 통합적인 것과 공동체적인 것에 더 많은 관심이 주어지는 가운데)의 관점을 지금까지 내가 알고 있었던 것보다 한층 견고하고 또 한층 포괄적으로 정리했다고 믿고 있네. 이러한 자료들이 종합적으로 내가 인본주의적인 잡지 발간을 계획하는 동기가 되었다네. 이 잡지는 기본적으로 문학의 실천에, 그렇지만 역사적이며 철학적인 관점에서의 이론적 접근에도 관심을 집중하고, 마지막으로 인본주의 정신에 입각하여 문학 이외의 주제에도 그러한 접근을 촉진할 것이네.

나의 귀한 친구여! 나의 이 어쭙잖은 서론을 용서하게나. 그러나 자네에 대한 나의 존중은 나의 계획을 자네에게 느닷없이 고지하는 것을 허락하지 않네그려. 따라서 나의 일을 어느 정도 설명해야 할 것 같았다네. 특히 내가 지금까지 해놓은 일을 보면 자네가 그전에 나의 철학적·문학적인 역량에 보였던 신뢰를 지금은 더 이상 기대할 수 없을 것 같아 두려워졌다네. 따라서 나는 내 능력의 시험지를 이제 자네에게 제시해야 할 것 같기도 하네.

매우 드문 완벽성과 노련함으로 인간의 천성과 인간의 요소들을 꿰뚫어 보고 파악하는 자네가 나의 한결 제약된 관점 위에서서 자네의 이름과 관여로 인간들을, 경솔함이나 혼합주의 없이 서로를 가깝게 접근시키는 어떤 일을 수락하는 것은 어렵지 않으리라 생각하네. 그 일은 인간 천성의 개별적인 힘들과 방향과 연관들을 덜 엄격하게 다루고 주장하는 가운데, 그러나 이러한 힘들과 방향과 연관들의 각개에 주목하면서 이들이 내면적으로, 그리고 필연적으로 얼마나 결합되어 있는지, 그리고 얼마나 이들의 각개가 오로지 이들의 특출함과 순수성을 통해서 고찰되어야 하는지 쉽게 느낄 수 있도록 하는 가운데 수행될 것이네. 그렇게 해서 그들은 각기가 순수하기만 할 뿐 아니라 자체 내에 상호작용과 조화로운 교차에 대한 자유로운 요구를 포함하고 있어 서로 모순을 보이지 않는다는 것을 통찰하게 하겠다는 것이네. 또한 유기적인 구조 안에 들어 있는, 모든 지체들에게 공통적이면서 각기에게는 고유한 영혼은 어떤 것도 유일한 것으로 홀로 존재하는 것을 용납하지 않는다는 것, 또한 영혼은 유기적 조직들 없이는, 그리고 유기적 조직들은 영혼 없이 존립할 수 없다는 것, 그리고 이 양측이 분리된 채 비유기적으로 존재하게 되면 유기화되려고 노력할 수밖에 없으며 이러한 교양 충동을 자신 안에 전제할 수밖에 없다는 것, 이런 사실들을 통찰하게 된다는 걸세. 은유로서 나는 이러한 사실을 말한 것이네. 이것은 무형의 창조적 정신은 경험 없이 존립할 수 없고, 무형의 경험은 창조적 정신없이 존립할 수 없으며, 이들은 스스로 형성되려는, 그리고 판단과 예술을 통해 스스로 구성되려는, 하나의 생명을 부여받고 조화롭게 교차하는 전체로 함께 질서를 잡으려는 필연성을 자체에 지니고 있다는 것을 말하는데 지나지 않는다네. 그리하여 마침내 조직하는 예술과 그 생성의 원천인 교양 충동도 내적 요소, 그러니까 천부적인 기질인 창조적 정신 없이는, 그리고 외적 요소인 경험과 역사적인 배움 없이는 존재할 수도 없고 생각할 수도 없다는 말일세.

나는 자네에게 사람들이 정신이라고 부르는 이 잡지의 가장 보편적인 성격을 개괄적으로라도 설명하려고 해보았네. 나는 문체에서나 어조에서 가능한 한 파악하기 쉽게 하려고 노력할 생각이라네.

내가 혼자 세웠어야 했던 계획 또는 내가 이미 준비해 둔 자료들을 자네에게 더 확정하여 언급하는 것이 전적으로 적정하다고는 생각하지 않았네. 그렇기 때문에 나는 다른 측면에서 사전에 행해질 범위 내에서 자네에게 나의 계획이 터무니없거나 경솔한 것은 아니며, 어쩌면 내가 지금까지 해낸 일보다는 더 많은 성공을 거둘지도 모른다는 것을 증언하려고 했다네. 내가 자네의 정신과 성품을 알고 또 예감하는 한, 이 방향에서는 최소한 내가 자네에게 폐를 끼치지는 않으리라는 것도 입증하려고 해보았네.

내가 희망을 가지고 기다릴 자네의 답변과 이 건에 대한 자네의 생각을 고대하네. 그런 다음 자네가 나에게 요청하면 내가 입안할 수 있는 범위 내에서 이 잡지의 정신과 조직을, 그리고 확보 가능하거나 이미 확보된 자료들에 대해 더 자세히 자네에게 내 생각을 제시하겠네.

내 청년 시절의 친구여! 어떤 경우에도 자네는 오래된 신뢰를 가지고 자네에게 조언을 청하고 부탁하는 나를 용서해 줄 것으로 생각하네. 자네는 이 일에의 동참과 관여를 통해서, 내가 자네에게 고백해도 되겠지만, 나의 처지와 다른 사정으로, 그리고 여러 타격으로 고통을 겪은 나에게 용기를 북돋아줄 것이네. 나는 내 기고문의 가능한 최선의 완성도와 내가 위로로 삼고 있는 인정할 만한 문필가들의 선의에 찬 참여로 이 잡지에 가치를 더하기 위해 모든 것을 다할 것이네. 자네가 자네의 양심과 독자 대중 앞에서 책임을 다하겠다면 잡지에 최소한 자네의 이름을 걸고, 더 이상 할 수도 없고 하고 싶지도 않다면 매해 한두 번쯤 기고를 해주면 되겠네.

이 사업에 기꺼이 응하면서 발기인으로서 더 끈질기고 충실하게 몫을 다하는 슈투트가르트의 고서적상 슈타인코프 씨는 모든 동참자에게 확실한 금전적 보상을 약속하고 있네. 각 동참자에게 인쇄된 잡지의 전지 한 장 분량의 면수에 최소한 1카로린을 보내겠다는 것이네. 내가 거의 그 잡지로 또 그 잡지를 위해서 살아가기로 생각하기는 하지만, 나 개인을 위해 더 이상 요구해서는 안 될 것으로 생각한다네. 나는 작가로서 성공을 거두지 못한 데다가 나의 제약된 생활 방식이 더 많은 수입을 요구하지도 않기 때문이네. 그가 어느 정도로 생각하는지 모르지만, 동참자들 가운데 예외를 두는 문제는 그의 감사하는 마음과 총명한 판단에 맡겼다네. — 내가 그런 일까지 언급하는 것을 용서해주게나. 그러나 이것도 그 사업에 속하기 때문에 그 일에 책임이 있는 것이지. 그 일은 그런 꼼꼼한 사람 없이는 이루어질 수가 없다네.

나의 귀한 친구여! 최소한 곧이어 어떤 답변으로든 나를 기쁘게 하는 친절을 베풀게나. 내가 언제나, 그리고 점점 더 자네를 존중해 왔고 존중한다는 것을 믿어주기 바라네.

자네의
횔덜린

추신: 나의 출판인은 자신의 부탁을 명백하게 나의 부탁과 하나로 여기고 있다네.

나의 주소는 유리공 바그너 댁, 프랑크푸르트 인근의 홈부르크라네.

요한 볼프강 괴테에게 보낸 편지[1]

[홈부르크, 1799년 7월 초순]

가장 존경하는 선생님! 저의 편지와 더 나아가 저의 부탁을 읽는 것이 예상외의 일이 아닐 만큼 선생님이 저의 이름을 기억하고 계실지 모르겠습니다.

선생님의 그간의 공적과 명성이 선생님께 부탁드리도록 촉발한 것 같습니다. 수년 전 언젠가 한번 선생님의 선하신 모습이 저에게 허락해 주신 잊지 못할 몇 시간에 대한 기억이 호의의 답변에 대한 기대가 전혀 없이 저의 소망을 선생님께 말씀드리는 것은 아니라는 확신을 저에게 주었습니다. 저는 (몇몇 문필가들과 어울려) 한 인본주의적인 잡지를 발행할 생각을 가지고 있습니다. 이 잡지는 우선 그 본래적 특성상 (실천적으로나 이론적으

1 이 편지는 완성되지 않은 초안으로 슐레지어의 필사로 전해진다. 횔덜린이 이 초안을 정서해서 완성했는지와 수신자가 괴테였는지는 불확실하다. 괴테 이외 수신자로 생각할 수 있는 인사는 헤르더, 빌헬름 폰 훔볼트 등이 있으나, 괴테로 보는 편이 더 타당한 것은 여기서 언급되는 예술관이 괴테가 잡지 《프로퓌레엔》 1798년 10월과 1799년 1월 두 개 호에서 발표한 의견에 근접하기 때문이다.

로) 문학적일 것입니다. 그리고 이론적인 것은 여러 예술의 공통된 이상에 관한 문학적인 구성과 표현의 고유한 성격에 대한 한층 일반적인 논고들을 싣는 것으로 이루어질 것입니다. 또한 이 잡지는 고대와 근대의 여러 걸작들로 관심을 돌려 이들 작품 하나하나가 어떻게 해서 시인의 생동하는 영혼과 시인을 둘러싼 생동하는 세계로부터 생성된 이상적이고 체계적이며 특징적인 전체이며, 자신의 예술을 통해 하나의 고유한 유기화로, 자연 중의 하나의 자연을 향해서 자신을 형성한 전체인지 제시하려고 합니다.

그다음 추론적 논고들은 예술과 교양 충동까지 확장될 것이며, 이 잡지의 특성은 일반적으로 인도주의 사상의 특성이 될 것입니다.

저는 이 잡지가 최소한 그 성격에서 선생님께 거슬리지 않으리라는 희망을 가지고 이 잡지의 정신과 특성을 어느 정도만 선생님께 설명하고자 했습니다.

선생님의 동참으로 얻는 명예가 저에게 얼마나 중요한지, 그리고 선생님의 동참으로 이 사업과 독자 대중이 얼마나 많은 이익을 얻을지는 저의 이 지극히 무모한 결례가 증명해 보입니다. 제가 이러한 사실을 염두에 두지 않은 채 부탁을 감행하지 않았을 것입니다. 왜냐하면 선생님의 사양하는 답변이나 완전한 침묵은 저를 평온하게 놓아두기에는 의미하는 바가 너무 크기 때문입니다. 저는 제 기고문의 최선의 완성도와 제가 위로로 삼고 있는 인정할 만한 문필가들의 선의에 찬 참여로 이 잡지에 가치를 더하기 위해 모든 것을 다할 것입니다. 이를 위해 필요한 것은, (…)

누이동생에게 보낸 편지

[홈부르크, 1799년 7월]

사랑하는 리케야!

내가 곤란한 처지에 놓이지 않기 위해서 뒤로 미룰 수 없었던 여러 통의 편지[1]를 쓰지 않아도 되는데도 너의 지난번 사랑의 편지에 회답을 미적대었다면 스스로를 용서하지 않았을 거다. 나에게 부족했던 것이 시간만은 아니었다. 시간이야 한 시간쯤은 쉽게 낼 수 있지만, 우리 둘 사이에서는 낯선 어조의 글쓰기에 몰두했다가 너에게 편지를 쓰는 분위기로 돌아가, 친숙하지 않은 사람들과 적절히 나누는 말들과는 다른 우리 형제들끼리의 말을 찾아내는 것이 쉽지 않았단다.

아름다운 관심이 우리에게는 항상 변함없다는 것, 우리는 언제나 이전의 우리로서 서로를 위한다는 것이 나에게는 무한히 기쁜 일이 아닐 수 없단다. 그리고 형제자매들과 친척들의 사랑

1 잡지를 위한 홍보 편지.

처럼 우리의 젊은 시절부터 생생하게 오래 지속되는 것은 따로 없다고 생각한다. 지금 나의 내면이나 내 주변의 많은 것이 이전과는 다르다고 느낄 때면, 나는 지난 시간의 충실한 잔류자로서 기꺼이 그것이 이끄는 대로 나를 맡기려고 한다. 나의 마음은 나를 앞으로 끌고 가지만, 매번 감사와 그리움과 함께 젊은 시절의 나날을 생각하는 것은 어쩔 수가 없다. 그때 사람들은 오성보다는 감정을 가지고 살아도 되고, 하는 일과 근면 가운데서만 만족을 찾기에는 자기 자신과 세계를 너무도 아름답게 느끼니까 말이다.

그러나 우리가 영원히 젊을 수는 없다고 느낄 때면, 나는 자주 모든 것은 자기의 때가 있다고 생각하게 된다. 그래서 여름은 근본적으로 봄과 마찬가지로 아름답다는 것, 나아가 어느 한쪽도 다른 한쪽도 전적으로 아름답지는 않다는 것, 그리고 아름다움은 생애의 어느 한때 유일하게 존재한다기보다는 앞서거니 뒤서거니 하면서 생애의 모든 때에 공존한다는 데 생각이 미친다. 생애기로서도 그렇지만 나날로 볼 때도 그렇다. 어떤 날도 우리에게 충분하지 않으며 어떤 날도 전적으로 아름답지 않다. 매일이 불운은 아니더라도 불완전함을 지니기 마련이다. 그러나 이 나날들을 모두 계산해 보면 거기서 기쁨과 생명의 총합이 산출되는 것이다!

이를 데 없이 귀중한 리케야! 내가 너의 편지를 다시 읽어보니 너의 선의로 가득 찬 가슴에서 나온 말들에 내가 평범한 말들을 장황하게 늘어놓았다는 생각에 부끄러워지는구나.

내가 가을에 몇 주쯤 비워도 될 정도로 현재의 일이 어떻게든 진척이 되고, 뷔르템베르크 어디에서도 눈에 띄는 일 없이 지금 이곳으로 다시 돌아올 수 있다는 적절한 정보[2]를 찾는다면, 착한 리케야! 나는 너와 너의 사랑하는 남편과 함께, 그리고 너의 아이들과 우리의 다른 친지들 곁에서 다시금 휴식을 취하면서 보내는 데 시간을 아끼지 않겠다.

내가 받은 만큼의 기쁨이라도 나도 네게 줄 수 있다면 얼마나 좋을까! 그러나 이 얼마나 가당치 않은 말인가? 우리는 아직도 옛날 그대로이며 그대로의 우리가 다시 만나는 것이지. 그것으로 충분하지. 그리고 너는 나에게 마치 내가 네 가족의 하나라도 된 듯이 너의 행복한 살림살이에서 사는 것을 허락하고 있다. — 사랑하는 리케야, 도대체 언제, 그리고 어디서 내가 너를 손님으로 나에게 오라고 청하게 될까? 나의 살림살이에 관한 한 지금의 형편은 나한테는 충분하다. 몇 개의 아담하고 작은 방 가운데 내가 기거하는 방 하나를 사등분한 지구 지도로 장식했고, 침실로도 쓰는 식당에는 커다란 단독 식탁이 있다. 그리고 옷장도 있단다. 서재에는 책상이 있고 거기에 현금을 보관하지. 책과 서류들이 놓여 있는 다른 책상이 있고, 나무들이 보이는 창가에는 작은 탁자가 있어 거기서 실제로 편안함을 느끼고 할 일을 하기도 한다. 그리고 몇몇 친구들을 위한 의자들도 있단다. 옷가지는 프랑크푸르트에서 잔뜩 가져왔다. 식사는 값이 싼 편이지만 건강식이란다. 집에는 정원이 이어져 있는데, 주인이 정자 사용을 허락했단다. 근처에서 멋진 산책도 가능하다. 금전 지출은 간결한

2 횔덜린은 규정되고 인정된 활동을 증명하지 못해 뷔르템베르크 교회 당국으로부터 성직 복무를 강요당할 것을 걱정하고 있다.

절차로 이루어지고 있다. 다음번에는 어쩌면 500프랑의 연 수입이 있을 것이다. 자세한 것은 다음번에 쓰겠다. 잠깐이면 충분할 것이다. 내가 조만간 저술에 흠뻑 빠져서 성공을 거둘지 누가 알겠느냐만, 그렇게 되면 나는 비로소 화려하게 자리를 잡을 터이다. 그러면 언젠가 너에게 손님으로 와달라고 부탁하게 될 것이다.

착하기 이를 데 없는 리케야! 나의 이 수다를 용서해 다오. 나는 본질적으로 사람들이 적절하게 절반쯤은 농담으로, 절반쯤은 진지하게 입에 올릴 수 있는 평범한 사람 중 하나란다. 나는 그렇지 않아도 결코 경솔하게 일상생활을 하지 않을 것이며, 적당한 모든 시민적인 관계가 나에게 어울리고 또 내가 어울리는 한 기쁨으로 받아들이고, 그 한도에서 확고히 머물겠다고 너에게 약속한다. 그렇지 않아도 나는 가정도 없이, 그리고 어떤 공식 직함도 없이 살아야만 하고, 우리의 선하신 어머니에게 전적으로 부담을 드리지 않을 때까지는 유예의 시간이 아직 많이 남아 있다.

착하신 어머니가 내가 대학에 다니는 동안 너무나 많은 것을 베푸셨기 때문에, 금년에 내가 프랑크푸르트에서 벌어 온 것으로는 생각만큼 생활비가 감당되지 않는다는 고백이 마음에 영 내키지 않았다. 나의 병,[3] 이 병이 불가피하게 한 거의 석 달에 걸친 내 식생활의 변화, 혹독한 추위의 겨울, 또 몇 가지 다른 지출을 예측할 수 없게 했기 때문이다. 그러나 나는 반복적으로, 그

3 마음의 병을 말하고 있다.

리고 강조해서 어머니가 나에게 보내려는 100프랑과 내가 비상 시 어머니에게 부탁하고픈 모든 것을 알리지 않은 채 넘어갈 수 없도록, 또 상황이 요구하는 만큼 나의 상속분을 앞당겨 쓰는 간단한 방식으로 조절하리라고 스스로 다짐했단다. 그렇지 않아도 우리의 사랑하는 카를이 여러 측면에서 나보다 더 어머니의 지원을 요구해야 하는 상황에서 우리의 착하신 어머니와 귀한 가족들이 믿음으로 나의 처지를 배려하는 것을 그들의 아량으로 늘 생각하고 있단다.

나는 지금 변함없이 건강을 누리고 있고, 그 덕택에 더 명랑하고 활동적이며 평온하다. 나의 정서와 정신력이 육체에 얼마나 많이 영향받는지 고백한다면, 너는 오해하지 않을 것이다. 그러나 엄밀하게 나의 병을 참기 어렵게 했던 것은 본질적으로 내 마음의 상태와 매우 밀접하게 연관되어 있다는 점이었다. 아무리 사소한 불쾌한 생각도 갑자기 새삼스러워졌고 내 머리를 쇠약하고 무력하게 만들었다. 나의 의지와 인내는 불친절해지지 않고 누구에게도 폐가 되지 않을 정도에서 머물 따름이었다. 내가 이런 일을 다시 너에게 꺼낸 것을 용서하기 바란다.

이곳 산맥 주변 지역의 공기는 프랑크푸르트나 고향보다는 상당히 변화가 심하단다. 이 지역과 고장에 트집 잡을 만한 것은 그것이 유일하단다. 하늘은 이런 나를 용서하시겠지! 그리고 여름은 그만큼 더 쾌적하다.

내가 다정한 마음의 누이동생에게 편지를 쓰는 동안 너무 다정해진 것을 너도 알겠지. 그러나 그것이 조금도 나쁘지 않구나. 내가 그런 나와는 여전히 조금은 다른 사람인 한에서는 말이다.

나는 주위의 거친 친구[4]에게 자주 이렇게 말한단다. 우리는 진실하고 선하다고 인식하는 것에만 확고하고도 충실하게, 그리고 엄격하게 머물러 있어야만 한다고, 그러나 오로지 강철처럼 되는 것은 우리에게 어울리지 않는다고, 특히 시인들에게 그렇다고 말이다.

인간에게는 어떻든 각자의 기쁨이 있다. 그리고 누가 이 기쁨을 완전히 뿌리칠 수 있겠느냐? 지금 나에게 기쁨을 주는 것은 좋은 날씨, 밝은 태양, 그리고 푸르른 대지다. 이것이 무엇이든 이러한 기쁨을 사치스럽다고 스스로 비난할 수 없다. 가까이에서 다른 어떤 기쁨을 느끼지 못하기 때문이다. 만일 다른 기쁨이 있다 하더라도 나는 이러한 기쁨을 결코 떠나지 않을 것이다. 잊지도 않을 것이다. 왜냐하면 이것은 누구에게도 아무 해를 끼치지 않고 노쇠하지도 않으며, 정신이 그 안에서 많은 의미를 발견하기 때문이다. 내가 언젠가 회색 머리카락을 가진 한 소년이 되면, 봄과 아침과 황혼은 매일같이 나를 조금씩 회춘케 해서 마침내 내가 최후를 느끼고 야외로 나가 앉아 거기로부터 — 영원한 청춘을 향해서 길을 떠날 것이다!

너의 사랑하는 아이들에게 인사를 전해주기 바란다. 귀하기 이를 데 없는 리케야! 내가 괴로운 얼굴을 하고 마치 이 세상에는 곤경과 다툼과 냉정함과 부당한 것 외에는 아무것도 없다는 듯한 태도를 취하고 생명을 살고 있지 않는다는 듯, 그리고 나와 다른 살아 있는 것들이 가슴도 영혼도 지니고 있지 않다는 듯 처

4 싱클레어를 지칭하는 것이다.

신했을 때, 그 아이들이 나에게 진정한 위안자들이라고 한 네 말이 옳았다.

잘 있어라, 지극히 귀한 동생아! 너의 존경하는 남편에게 안부 인사를 전하고 내가 얼마나 자주 정신적으로 그와 함께하고 그를 존중하는지 말해주기 바란다.

언제나 변함없는

너의
오빠
횔덜린 씀

실러에게 보낸 편지[1]

[홈부르크, 1799년 9월]

가장 존경하는 실러 선생님, 저의 무례한 부탁에 답변해 주신 선생님의 아량에 감사의 말씀을 충분히 다 드릴 수가 없습니다. 저를 기쁘게 해준 선의의 말씀은 제가 바랄 수 있는 또 다른 도움으로 저에게는 참으로 큰 실질적 소득이라는 사실을 확실하게 말씀드릴 수 있습니다. 위대한 분의 축복은 그것을 인식하거나 예감하는 모든 이들에게 최상의 도움입니다. 최소한 저는 이러한 도움을 선생님에게 가장 먼저 얻고 싶습니다. 저는 선생님과의 교제와 선생님의 관대한 관심을 언제나 먼저 얻길 원하는 실수를 오랫동안 저질러 왔습니다. 그 때문에 저는 선생님을 뵙는 걸 오히려 회피했었고 보다 당당하게 저를 존중해 주실 만큼 주

1 1799년 8월 24일 자 실러의 편지에 대한 회답의 미완성 초고. 1799년 10월 8일 자 어머니에게 보낸 편지에 따르면 횔덜린은 실러가 보낸 다소 애매한 도움 제안에 회신으로 정중하게 동의하면서, 자신에게 "작은 일자리를 하나 마련해" 주었으면 하고 간청했다.

목받을 때까지 선생님께 가까이 가기를 미루어 왔습니다. 이러한 잘못된 오만으로 말미암아 저는 다른 누구보다도 더 아쉬워할 수밖에 없는 선생님의 가르침과 격려의 유익한 영향을 잃었습니다. 일상생활의 불리한 작용으로 저의 용기와 신념은 너무도 쉽게 길을 잃고 쇠약해졌기 때문입니다.

얼마 전에 선생님께서 말씀하셨고, 또 지난번 편지에도 거듭하셨던 값진 조언을 저는 조금도 헛되게 듣지 않았습니다. 저는 변덕을 부리지 않고 제 본연의 파괴되지 않은 기질에 가장 가까이 놓여 있는 것으로 보였던 정밀한 음조를 발전시키는 데 모든 것을 집중하고 있습니다. 또한 저는 일단 하나의 확고한 입장을 얻은 사람의 전유물일 수 있는 능숙함을 얻으려고 하기 전에 우선 어떤 한 가지 문학 양식에 정통하고 특성을 갖추는 것을 원칙으로 삼았습니다. 저는 저의 고유한 것으로 만들기를 원했던 그 음조를 비극적 형식으로 가장 완벽하게, 그리고 가장 자연스럽게 드러낼 수 있다고 믿었습니다. 그리고 비극《엠페도클레스의 죽음》의 집필을 감행했고 이곳에서의 체류 기간 대부분을 이러한 시도에 바쳤습니다. — 제가 이러한 고백을 아무 부끄러움 없이 꺼낼 수는 없다는 사실을, 적어도 선생님 앞에서는 그럴 수 없다는 사실을 고백합니다. 한 예를 들어본다면, 본질적인 것을 통한《도적 떼》의 구성, 특히 이 작품의 중심으로서 도나우 강변에서의 장면[2]이 저에게 그처럼 위대하고 심오하며 영원히 참되게 비쳤기 때문에 제가 비극적인 아름다움을 어느 정

2 《도적 떼*Die Räuber*》, 3막 2장.

도 근본적으로 인식하고 나서, 이러한 인식 자체를 하나의 성취로 생각하고 오래전부터 저의 생각을 글로써 개진하는 것을 선생님이 허락해 주시기를 부탁드리고 싶었습니다. 선생님은 일찍이 그 일을 시작하셨지요. — 고결하신 스승이시여! — 선생님의 《피에스코》로 저는 공부했습니다. 그리고 곧바로 다시금 그 내적 구조, 저의 이해에 따르면 이 작품의 가장 불멸의 양상이자 위대하고도 참된 등장인물들보다 더욱 생동하는 전체적 형태, 그리고 빛나는 상황들과 언어의 마법적이고 다채로운 유희에 감탄했습니다. 다른 작품들도 여전히 저의 관심을 끌고 있습니다. 《돈 카를로스》[3]를 오성을 통해서 읽는다는 것은 저에게 쉽지 않을 것입니다. 그 작품은 오랫동안 제 청춘 시절의 착한 신이 저를 휘감아서 저를 에워싼 이 세상의 자질구레한 것과 야만스러운 것을 너무 일찍 보지 않도록 해준 마법의 구름이었기 때문입니다.

존경하는 선생님! 선생님께서 적어도 문자 그대로 진실인 이러한 발언들이 전적으로 적절하지 않다고 생각하셨다면, 용서해 주시기 바랍니다. 그러나 저는 그저 선생님께 입을 다물어야만 했거나, 제가 때때로 예외를 두어 선생님께 편지를 쓸 때는 평소대로 매우 일반적으로만 말씀드릴 수밖에 없었습니다.

선생님은 저의 상황에 대해서 좀 더 자세히 말씀드리는 것을 허락하시리라 생각합니다. 저의 상황은 상당한 불편 없이는 몇 달 이상 더 지속할 수 없을 정도입니다. 저는 작가로서의 작은

3 횔덜린은 《돈 카를로스》를 1788년부터 알고 있었다. 이 작품에 대한 그의 감탄은 1793년 9월 동생에게 쓴 편지(67쪽) 참조.

활동, 그리고 가정교사 생활을 통해서 어느 정도 경제적 여유를 확보했기 때문에 최소한 제가 쓰고 있는 비극이 웬만큼 영글 때까지는 독립적으로 살 수 있다고 희망했습니다. 그러나 겨우내 그리고 여름 한동안까지 지속된 자잘한 병이 저의 소박한 생활 방식을 바꾸는 것을 불가피하게 했고, 계획한 것보다 더 많이 저의 시간과 힘을 빼앗았습니다.

그들 나름대로 계속 기여하기 위해서 지나치게 자신의 일에 관심을 기울이며 사는 사람들, 존경하는 선생님보다 저와 더 비슷한 것 같고, 특별하기보다는 적당하여 저의 동아리로 초대될 수 있는 그런 사람들.

주제테 공타르에게 보낸 편지[1]

[홈부르크, 1799년 9월]

나의 가장 소중한 이여!

지금까지 편지를 쓰지 않은 것은 내가 처한 상황의 불확실성 때문입니다. 근거가 없지는 않았지만, 상당한 확신을 가지고 당신에게 편지로 알렸던 잡지 발행 계획은 거의 좌초되는 듯합니다. 나는 활동과 생계를 위해서, 그리고 당신 가까이 머물기 위해서 잡지에 큰 희망을 걸었던 것입니다. 이제 나는 헛된 노력과 희망에 대해서 좋지 않은 많은 경험을 피할 수 없었습니다. 나는 확실하고도 소박한 계획을 세웠습니다. 나의 출판업자는 그 계획을 멋지게 만들 생각이었습니다. 나는 그가 나의 친구로 생각하는 많은 저명한 필자들을 협력자로 참여시켜야만 했습니다. 이러한 시도에 별로 신통치 않은 조짐이 예감되었을 때에도 나는 고집스럽게 보이지 않기 위해서 나를 바보로 취급하는 요설도

1 미완의 편지 초안.

모른 척 넘겨버렸습니다. 그리하여 모든 이들의 마음에 두루 들도록 해야 하는 심정이 나를 불쾌하게 만들었던 것입니다. 그 점이 유감스럽습니다만! 당신께 쓸 수밖에 없답니다. 왜냐하면 내 미래의 상황, 말하자면 당신을 위해서 살게 될 삶이 다분히 그것에 달려 있기 때문입니다. 친구 이상의 숭배자라고 부를 수 있는 그런 인물들뿐만 아니라, 친구들 역시, 그러니까 진정 배신하지 않고는 동참을 거부할 수 없는 사람들조차 어떤 답변도 보내지 않은 채 — 지금까지 나를 — 버려두고 있습니다, 나의 소중한 이여! 나는 어느 정도 나의 실존이 걸린 이러한 기다림과 희망 가운데서 족히 두 달을 살고 있습니다. 이러한 홀대의 원인이 무엇인지는 하느님만이 알고 계실지 모르겠습니다. 도대체 사람들은 왜 나를 그렇게 완전히 부끄러워하는 걸까요?

이러한 일은 이성적으로는 있을 수 없다는 것을 당신의 판단[2]이 증언해 줍니다. 고귀한 당신이여, 그리고 참되게 나의 일에 충실하게 한편이 되어준 몇 되지 않는 사람들의 판단이 이를 증언해 줍니다. 예를 들면 마인츠의 융이 그런 사람입니다. 그의 편지를 당신께 동봉해 보냅니다. 나처럼 가련한 무명인에게 참여만으로도 방패와 같은 역할을 할 법한 **저명한 인사들**이 나를 돕지 않은 채 그저 버려두었습니다. 왜 그들이 그래야만 합니까? 이 세상에 명성을 얻은 각자는 그들의 명성에 손상을 가하는 것처럼 보입니다. 그들은 더 이상 유일한 우상이 아닙니다. 줄여 말하

2 1799년 여름, 주제테가 횔덜린에게 보낸 편지의 내용. "당신과 같은 사람은 거의 없습니다! (…) 위대한 사람들도 당신을 존경하고 있습니다. 저는 고귀한 천성에 대한 모든 서술에서 당신을 발견합니다" 참조.

자면, 내가 보기에는 대충 나와 비슷하다고 생각해도 될 만한 그들에게는 수공예가의 질투가 얼마큼 서로를 지배하는 듯합니다. 그러나 이러한 통찰이 나에게는 아무런 도움이 되지 못합니다. 나는 거의 두 달을 잡지 발행 준비에 써버렸습니다. 그리고 이제 나는 출판업자에게 더 이상 이리저리 끌려다니지 않기 위해 내 잡지에 실으려고 썼던 내 글들을 직접 받아줄 생각은 없는지 묻는 편지를 쓰는 길밖에 다른 좋은 방법이 없게 되었습니다.[3] 그 어떤 경우에도 나의 실존이 충분히 보장되지는 못할 것입니다.

그래서 나는 나에게 남아 있는 모든 시간을 나의 비극에 돌릴 생각입니다. 그 일은 아직 석 달 정도 더 걸릴 수 있습니다. 그런 다음 나는 고향 집으로 가거나 아니면 여기서는 가능하지 않은 개인 교습 또는 다른 부업으로 생계를 유지할 수 있는 곳에 갈 수밖에 없습니다.

나의 가장 소중한 이여! 이런 말을 용서하시오! 사랑하는 이여! 나의 심정이 당신을 향한 표현을 커질 대로 커지도록 놓아두면, 당신에게 꼭 필요한 말을 하기가 더욱더 어려워질 것 같습니다. 그리고 나의 것과 같은 운명 가운데서도, 가장 내면적인 삶의 부드러운 음조들을 한순간도 잃지 않고 필요한 용기를 계속 유지하는 것은 거의 불가능합니다. 바로 그 때문에 지금까지 나는 썼던 것입니다. (…)

3 횔덜린은 1799년 9월 12일 슈타인코프에게 이런 취지의 편지를 썼다. 슈타인코프는 잡지 발행을 완전히 포기할 생각이 없었으나, 포기해야 할 경우 횔덜린의 논고들을 별도로 출판할 용의가 있음을 공언했다.

주제테 공타르에게 보낸 편지[1]

[홈부르크, 1799년 11월 초]

여기 《휘페리온》[2]이 있습니다, 우리의 《휘페리온》이 여기 있습니다, 사랑하는 이여! 우리의 영혼으로 가득했던 나날의 이 열매가 모든 것에도 불구하고 당신께 얼마만큼의 기쁨을 줄 것입니다. 디오티마를 죽게 한 나를 용서해주시오. 당신은 우리가 이전에 그것에 대해서 전혀 의견을 같이할 수 없었던 것을 기억할 것입니다. 내 생각에는 전체의 구도에 따라 그렇게 하는 것이 불가피했습니다. 가장 사랑하는 그대여! 디오티마 그녀에 대해서, 그리고 우리에 대해서, 우리의 삶에 대해서 여기저기 언급된 모든 것이 참되면 참될수록 더욱 서투르게 자주 표현되는 감사로 받아주기를 바랍니다. 내가 당신의 발치에서 차츰 예술가로 길러

1 주제테가 1799년 10월 31일 횔덜린에게 쓴 편지의 회답이다. 미완의 초안으로 전해진다.

2 1799년 가을에 소설 《휘페리온》 제2권이 발행되었다. 주제테에게 바친 증정본에 횔덜린은 "그대가 아니면 누구에게"라고 썼다.

질 수 있었다면, 평온과 자유 가운데 그럴 수 있었다면, 나는 모든 고통 가운데서도 나의 가슴이 꿈속에서, 그리고 밝은 한낮에 자주 침묵의 절망과 함께 갈망하는 것에 일찍 도달했을지 모릅니다.

우리가 서로에게 줄 수 있는 기쁨을 누려서는 안 되었다는 것은 수년 전부터 흘렸던 우리의 모든 눈물로 충분히 대가를 치렀습니다. 그러나 우리 두 사람이 서로를 아쉬워하기 때문에 한창 때 죽어갈 수밖에 없다고 생각한다면 만인이 분노할 일입니다. 보십시오! 그것이 나로 하여금 때때로 그렇게 침묵하게 합니다. 내가 그런 생각에서 나를 보호해야 하기 때문입니다. 당신의 병환,[3] 당신의 편지 — 정말 눈이 멀기라도 했으면 좋으련만, 당신이 계속해서, 계속해서 고통스러워하는 모습이 다시금 내 눈앞에 그렇게 선명하게 떠올랐습니다. 그리고 나는 그것을 떠올리며 소년처럼 그저 눈물을 흘릴 수밖에 없답니다! — 우리의 가슴속에 들어 있는 것을 숨기는 것, 또는 그것을 서로에게 말하는 것, 무엇이 더 좋을지 나에게 말해주시오. 나는 당신을 아끼려고 언제나 겁쟁이 노릇을 해왔습니다. — 나는 언제나 모든 것에 순응할 수 있다는 듯이, 사람들이나 주변 환경의 노리갯감으로 그렇게 당연히 만들어지기라도 했다는 듯이, 충실하게 그리고 자

3 10월 31일 주제테가 보낸 편지의 사연, "저는 다시 좋아졌습니다. 그러나, 사랑하는 이여, 당신께서 다시 그곳으로 넘어가신 바로 그날, 저는 아프기 시작했답니다. 감기 열을 앓고 심한 두통 때문에 며칠 동안 안정을 취하고 있어야만 했습니다. (…) 두 주 넘게 그런 상태가 계속되었답니다. 그러나 저는 제가 당신을 기다릴 수 있다는 사실만으로도 하늘에 대고 감사드렸습니다. 그리고 그때까지는 다시 건강해지기만을 기원했답니다"를 두고 말하고 있다.

유롭게 당당함 가운데 최선을 위해서 뛰고 있는 단단한 심장은 내 안에 지니고 있지 않다는 듯이 행동했습니다. 지극히 소중한 생명이시여! 나의 가장 사랑하는 사랑이여, 나는 자주 그대에 대한 생각 자체를 거부하고 부정했습니다. 오로지 당신을 위해 이 운명을 헤쳐나가기 위해서 가능한 한, 그렇게 소리 없이. — 당신 역시, 평화로운 이여! 평온을 얻으려고 언제나 분투했습니다. 영웅적인 힘을 다해서 당신은 인내했고, 변화시킬 수 없는 것을 비밀로 했으며, 당신 진심의 영원한 선택을 당신 안에 숨기고 묻어버렸습니다. 그 때문에 우리 앞에는 자주 어둠이 깃듭니다. 우리는 우리가 무엇이며 무엇을 소유하고 있는지 더 이상 모르며, 우리를 스스로 알지 못합니다. 내면의 이 끝없는 투쟁과 갈등이 서서히 당신을 죽이고 있는 것이 분명합니다.[4] 어떤 신도 그 투쟁과 갈등을 달랠 수 없다면, 그대와 나에 대해 비탄하는 것 외에 다른 선택의 여지가 없습니다. 아니면 그대 이외에는 아무것도 생각하지 않고 우리에게서 그 투쟁을 끝내는 길을 그대와 더불어 찾는 것 외에 다른 선택의 여지가 없습니다.

나는 벌써 마치 우리가 부정否定을 통해서 살 수 있다는 듯, 어쩌면 이것이 우리를 강하게 만들어서 우리가 희망에 작별을 고하기로 결단을 내릴 것처럼 생각해 왔습니다.

4 같은 편지에서 주제테는 "당신 없이 저의 생명은 시들어가고 서서히 죽어가는 것을 생생하게 느꼈습니다"라고 썼다. 횔덜린은 이 구절을 뼈아프게 느끼며 반응하고 있다.

어머니에게 보낸 편지

홈부르크, 1799년 11월 16일

지극히 사랑하는 어머니!

어머니께서 이번에는 편지 쓰는 것을 조금 머뭇거릴 수밖에 없으셨을 거라고 충분히 생각할 수 있었습니다. 그리고 그것이 오히려 만족스러웠습니다. 어머니의 기쁨과 건강에 틀림없이 도움이 될 사랑하는 손님들과 어머니의 여행[1]을 함께 생각했기 때문입니다. 저도 어머니가 살고 계시는 그 행복한 동아리 안에 기꺼이 참여하고, 일가 친척들과의 교류가 어머니께 드리는 그 만족감에 어느 정도 보탬이 된다면 얼마나 좋겠습니까. 그러나 최소한 우리 고장과 도로 사정이 다시금 평온해질 때까지 방문을 연기하는 것이 어머니의 뜻을 따르는 것이라 믿고 있습니다. 근래 며칠 동안 저는 뢰흐가우의 착한 인척분들을 많이 걱정했습니

1 횔덜린의 어머니는 딸과 사위가 살고 있는 블라우보이렌으로 가서 1800년 1월 말까지 머물렀다. 추측하건대 그전에 그녀는 전쟁이 불어닥친 뢰흐가우에서 온 친척들을 손님으로 맞은 듯하다.

다. 제 짐작에 전투[2]가 부분적으로 그 지역에서 벌어지고 있거나 아니면 거기서 멀지 않은 곳에서 일어나는 것 같았기 때문입니다. 이제는 우리 일가가 적어도 얼마 동안만이라도 다시 평온 가운데 살 것이 틀림없습니다.

여기에서 우리는 전쟁 상황을 오로지 신문으로만 알고 있습니다. 그리고 홈부르크의 사람들은 정말로 이익을 누리고 있습니다. 금년 겨울은 이들이 낯선 식탁과 임시 기숙인들 없이, 전쟁의 불안과 전쟁의 부담 없이 보내는 첫 겨울이기 때문입니다. 크거나 작은 전투에서 거의 끊임없이 주 전투장이었던 이 지역이 어떻게 그렇게 빠르게 회복되고 또 대부분 사람들이 그들의 살림과 생활 방식을 그전처럼 계속 유지할 수 있는지 저는 자주 의아하게 생각합니다.

저의 관심사로 돌아가, 저의 장래 전망에 대해 아직 어머니께 아무것도 자세히 말씀드릴 수 없는 것을 유감으로 생각합니다. 저보다는 어머니 때문에 더 곤혹스러운 일이랍니다. 왜냐하면 현재의 생활 방식에서 — 처음부터 제 당장의 생계가 충족되지 않는다는 — 피치 못할 불편을 경험하지만 않는다면, 저는 영원히 그것으로 만족할지도 모르기 때문입니다. 저는 저의 삶을 바치고 있는 일이 고상하다는 것과 그 일이 제대로 된 표현과 형성에 이르면 곧바로 인간들에게 유익하다는 것을 깊이 의식하고 있습니다. 이러한 사명과 목적에서 조용히 활동하면서 살고 있습니다. 제가 시민적 생활에서 어떤 존경할 만한 직책을 맡아 사

2 1799년 가을에 프랑스군은 여러 차례 뷔르템베르크로 진격해 왔다. 11월 초에는 뢰흐가우 근처에서 격렬한 전투가 벌어졌고, 프랑스군은 이 전투에서 패배했다.

람들이 알아볼 만해진다면, 어쩌면 그들 사이에서 훨씬 값싸게 여겨지리라는 생각이 (피할 수 없이) 가끔 떠오르면, 저는 그 사명과 목적을 오히려 가볍게 마음에 지니게 됩니다. 왜냐하면 저는 그것을 이해하고, 제가 젊은 시절부터 말 없는 가운데 헌신했고, 삶의 체험들과 교훈들로부터 더욱 단호하게 되돌아가는 진리와 미로부터 얻는 기쁨에서 보상을 발견하기 때문입니다. 저의 내면이 결코 어떤 명료하고 자세한 언어에 이르지 않는다 해도 — 이것에서의 성공은 행운에 많이 좌우되지만 — 저는 제가 하고자 했던 것이 무엇인지를 알고 — 또한 저의 빈약한 성취로 미루어 짐작하는 것보다 더 많은 것을 원했다는 사실을 알고 있습니다. 또한 제 귀에 들려오는 많은 것을 감안할 때, 미숙한 실행 가운데서도 저의 일이 여기저기서 예감하는 영혼으로부터 이해되고 인정받는 한, 어떤 경우에도 저의 현존재가 이 지상에 아무런 흔적도 없이 끝나지는 않으리라고 희망할 수도 있습니다.

제가 이러한 고백의 말씀을 드리는 것은, 가장 사랑하는 어머니! 저 자신의 평온을 위해서 현재의 제 생활을 솔직하고도 편견 없이 언제나처럼 어머니께 설명해 드리는 것이 저에게는 중요하기 때문입니다. 어머니가 지금까지 선의의 지원으로 저를 곤경에서 구해주셨기 때문에 더욱 그렇습니다.

송금[3]해주셔서 정중하게 감사드립니다. 노이퍼는 불안전한 도로 사정 때문에 지금까지 그 전달을 미루었던 것 같습니다. 저

3 횔덜린의 어머니는 10월 10일 노이퍼를 통해서 횔덜린에게 100굴덴을 보냈다. 그러나 노이퍼는 12월이 되어서야 겨우 이 돈을 전달할 수 있었다. 횔덜린의 짐작대로 전쟁 때문이었을 것이다.

는 부분적으로 다음번 여행에 쓰기 위해서 대부분을 간직할 수 있을 것 같습니다. 제가 어머니께 의탁하고 있는 잡비 지출에 어느 정도 위안을 받았던 것은 제가 수습 목사로서 얼마큼의 보조를 받으면서 살 수 있었다는 점과 상당 기간 이런 측면에서는 유리한 가정교사 생활로 견뎠다는 점입니다.

어머니가 여러 점에서 우리의 카를에 만족하신다고 하시니 얼마나 기쁜지 모르겠습니다! 그리고 카를이 남자답게 자신이 처한 상황에 자신의 역량을 돌리고 집중한다고 하니 뭐라고 높게 평가해야 할지 모르겠습니다. 저는 진심에서, 그리고 신념으로부터 이런 식으로 자신을 세상에 유용한 사람으로 만드는 모든 이들을 존경합니다. 다만 제가 가끔 괴로운 것은 사람들 대부분이 어떤 측면에서는 그렇게 정당하다고 할 수 없이, 하는 일의 성격과 일하는 방식 때문에 어느 정도 각기의 특별한 활동 영역과 거리를 두게 된 다른 측에게 자신의 권리를 행사하는 것을 때때로 볼 때입니다. 그렇기 때문에 이 다른 측의 사람은 용기를 가지고 자신의 방식을 고수하고, 다른 측이 그 자신의 운명에 대해서 하듯이 자신의 운명을 통찰하고 짊어지는 것을 통해서만 생존할 수 있습니다. 누구도 실제에서는 전부일 수 없다는 것, 그는 틀림없이 어떤 것의 부분이며, 자신의 지위와 자신의 고유한 생활 방식의 우월함에도 불구하고 그 우월함이 동반하는 필연적인 결함을 지니는 것이 틀림없다는 것이 제 삶의 위안이자 원칙입니다.

사랑하는 어머니! 어머니가 이러한 관점에서 아직 아무것도 이룬 것 없는 저를 소중히 대해주심에 무한히 감사드립니다. 제가 어머니의 눈앞에 어떤 광채를 띠고 나타날지 전혀 무관심하지 않다는 것을 어머니와 일가친척 모두가 확실히 아실 것입니다.

어머니에게 간절히 바라는 것은 제가 편지에서 때때로 장황한 설명에 빠져드는 것 때문에 괴로워하지 마시라는 것입니다. 제가 사람들의 보다 더 일반적인 분위기와 의견을 있는 그대로 알아차릴 수 있는 범위 내에서 보자면, 인간의 힘을 살리고 고무하도록 형성되지 않은 하나의 사고방식이 우리 시대의 크고 강력한 충격에 이어 일어나려는 듯이 보입니다. 이 사고방식은 그것 없이는 이 세상 어디에도 기쁨도 정당한 가치도 존재하지 않을 살아 움직이는 영혼을 마침내 억압하고 마비시키고야 말 것입니다. 과장은 어디서건 좋은 것이 아닙니다. 사람들이 아직 알려지거나 형성되지도 않은 것을 무엇보다 두려워한다면 그것 역시 좋은 일이 아닙니다. 그렇기 때문에 그들은 이미 현존하는 것보다 더 완벽한 것을 얻으려는 모든 노력이 좋지 않고 유해하다고 생각합니다. 바로 이것이 지금 저에게는 한층 보편적인 분위기처럼 보입니다. 이 분위기는 큰일에건 작은 일에건 영향을 미치기 때문에, 또한 어떤 사람도 다른 이들의 이 해롭거나 유익한 영향으로부터 결별을 선언할 수 없기 때문에, 제 가슴을 무겁게 하고 있습니다.

그러나 제가 어느 날 평상시보다 그런 느낌에 더 많이 사로잡히면, 제 진심을 알아주는 사람들과 이야기하는 저의 말 가운데 그런 느낌이 다소를 불문하고 그대로 드러날 것이 틀림없습니다.

그러나 어머니를 너무 오랫동안 붙들지 않으려 하며, 제가 한 달 내에 오랫동안 희망했던 방문에 대해서, 그리고 제 미래 생활에 대해서 더 자세히 말씀드릴 수 있기를 희망한다는 것을 덧붙이고자 합니다.

저는 항상 변함없습니다, 가장 사랑하는 어머니!

어머니의
감사하는 아들
횔덜린 올림

프랑스의 집정 내각이 해산되고 원로 회의가 상트크로드로 보내졌고, 보나파르트가 일종의 독재자가 되었다는 소식을 방금 들었습니다.

요한 고트프리트 에벨에게 보낸 편지[1]

[홈부르크, 1799년 11월]

친애하는 벗이여!

앞으로 저의 문학적 시도에 동참하겠다는 당신의 친절한 약속에 참으로 감사의 마음을 금할 수가 없습니다. 당신의 편지가 준 참된 기쁨은 특별히 다른 기쁨이었습니다. 편지를 읽으면서, 저는 말할 수 있는 것보다 더 많은 것을 느꼈습니다. 당신이 첫 순간부터 얼마나 대단했었는지, 당신을 더 이상 만나지 못해 제가 얼마나 아쉬워했는지를 말입니다.

인간들의 고통 어린 모습들에서 그들을 이해하고 인내하며 사랑하는 것을 배우면 배울수록, 그들 가운데 뛰어난 이들이 내

1 1799년 11월 홈부르크에서 쓴 편지의 미완성 초안이다. 이 편지는 같은 달에 보낸 에벨의 편지에 대한 회신이다. 부분적으로만 전해지는 편지에서 에벨은 당장에는 횔덜린이 계획하는 잡지에 관여할 처지가 아닌 것에 양해를 구하고, 미래에 동참의 가능성을 열어두었다. 7월에 보낸 횔덜린의 동참 요청에 이렇게 늦게 회신을 보낸 데에 격동하는 시대 상황을 들어서 해명하고 있다. 에벨은 1796년부터 파리에 살았으나 그가 기대를 걸었던 프랑스혁명에 환멸을 느꼈다.

생각 속에 그만큼 더욱 깊이, 그리고 잊을 수 없도록 새겨집니다. 그리고 제가 당신을 생각하며 당신에 관해서 말할 때마다 그렇듯이 그런 확신과 함께 제 마음을 다해 따를 수 있는 사람들을 거의 알고 있지 못하다는 것을 당신께 고백해야 할 것 같습니다. 우리가 서로에게 더 가깝다면, 그것은 저를 위해서입니다. 당신은 저를 필요로 하지 않거나 제가 당신을 필요로 하는 것보다 덜 필요로 하기 때문입니다. 제가 이전에 그래 보였던 만큼이라도 당신에게 그런 존재인지 모르겠습니다. 저의 느낌과 이해 방식에 따라서 거의 피할 길 없이 저에게 부딪쳐 온 많은 경험은 평소 특히 기쁨과 희망을 주었던 모든 것에 대한 저의 믿음을, 그리고 인간의 이상적인 모습과 인간의 삶과 존재에 대한 저의 믿음을 상당히 뒤흔들어 놓았습니다. 그리고 제가 처한 크고 작은 세상의 언제나 변화하는 관계들은 제가 웬만큼 다시 자유로워진 지금까지도 저를 놀라게 합니다. 당신이 저를 이해할 수 있기 때문에 제가 오로지 당신에게만 고백할 수 있는 정도로 말입니다. 습관이라는 것은 하나의 강력한 여신이어서 누구도 처벌받지 않고 그 여신을 거스를 수 없습니다. 우리가 일단 존재하는 것에 머물면 쉽게 얻게 되는 다른 이들과의 일치, 생각과 풍습의 이 화음은 우리가 그것을 아쉬워할 수밖에 없을 때 비로소 그 의미심장함을 우리에게 드러냅니다. 우리가 그 오랜 유대를 떠나면 우리의 마음은 결코 진정한 평안을 발견하지 못합니다. 왜냐하면 새로운 유대를 맺는 것은 우리에게 전혀 달려 있지 않기 때문입니다. 특히 그것은 한층 세련되고 고상한 성품의 사람들에게 해당되는 일입니다. 올바름과 선함의 새로운 세계로 고양된 사람들은 분명 그만큼 더 불가분의 결속을 유지하게 되는 것이 사실입니다.

당신이나 저에게 그렇게 소중했고, 또 여전히 소중한 가정과의 이별을 얼마나 당신에게 빠짐없이 알리고 싶었는지 모릅니다. 그러나 얼마나 끝없이 당신에게 많은 것을 이야기해야만 했을까요! 차라리 당신께 한 가지 부탁을 드렸더라면 좋았을 것 같고 지금도 그러고 싶습니다. 제가 많은 혹독한 시험에도 최상의 삶 가운데 점점 더 독자적으로, 그리고 쓰디쓴 불평등한 관계를 벗어나 오로지 점점 더 높이 단련되는 것을 보았던 우리의 고귀한 여인은 끝내 슬픔에 빠지지 않기 위해서 그녀의 내면적 가치와 고유한 삶의 행로를 미래에도 보장해주는 한마디 확고하고 명료한 말이 절실히 필요한 것처럼 보입니다. 그러나 저의 생각을 침착하게 그녀에게 전달하는 것은 거의 불가능해졌습니다. 친애하는 벗이여! 당신이 이 일을 해준다면, 아주 상당한 도움이 될 것 같습니다. 자신의 심사숙고나 한 권의 책, 또는 보통 때 따르고 싶은 그 무엇은 틀림없이 도움이 되겠지요. 그러나 인간을 알고 상황을 아는 진정한 친구의 말은 더 유익하고 또 어긋남이 없을 것입니다.

파리에 대한 당신의 판단은 나에게 매우 깊은 충격을 주었습니다. 폭이 넓지 못한 관점을 가지고, 당신처럼 밝고 선입견 없는 안목을 지니지 않은 다른 사람이 똑같은 것을 말했다면 저는 덜 불안했을 것입니다. 저는 아주 단단히 자신 안에 근거를 두고 있는 사람들을 그렇게 훌륭하게 길러낼 수 있는 강력한 운명이 약자들을 더 갈기갈기 찢어버리는 것을 충분히 이해합니다. 또한 위대한 사람들도 그들의 위대성을 그들의 천성뿐만 아니라, 그들이 시간의 흐름에 따라 활동적이고 활발하게 연관을 맺을 수 있었던 다행한 지위에도 감사해하는 것을 보면 볼수록 그만큼 더 많이 이 사실을 이해하게 됩니다. 그러나 저는 많은 위대하고 순수한 형식들이 전체적으로나 개별적으로 왜 그렇게 치유하거나 도움을 주지 못하는지 이해하지 못합니다. 이것이 제가 모든 것을 지배하는 전능한 곤궁 앞에서 침묵하고 의기소침해지는 중요한 이유입니다. 이 곤궁함이 순수하고 자율적인 인간들의 활동보다 언젠가 결정적으로, 그리고 철저히 더 활성화될 때, 그것은 비극적이며 치명적으로 그 안에 살고 있는 다수 또는 개별자와 함께 종말을 고할 것이 분명합니다. 그럴 때 우리에게 다른 어떤 희망이 남겨져 있다면 다행이겠지요! 당신은 당신을 에워싼 세계에서, 신세대를 어떻게 생각하시는지? 궁금합니다.

노이퍼에게 보낸 편지

홈부르크, 1799년 12월 4일

나의 친애하는 벗이여!

무엇보다도 내가 자네의 시를 통해서야 비로소 알 수 있었던 자네의 착하신 어머니의 죽음[1]에 애도의 마음을 전하네. 자네는 보기 드문 자네의 어머니를 내가 얼마나 존경했는지 알고 있었으니 어머니의 죽음에 관해 나에게 아무것도 알리지 않은 것은 옳지 않았네. 그러나 많은 경우에 남자에게는 침묵이 고통을 알리는 것보다 오히려 더 치유의 효험이 있다는 것을 나도 잘 알고 있다네.

내가 자네 직업의 부적절한 변화[2]를 공감한다는 것을 자네가 충분히 믿을 수 있을 것이네. 그리고 내가 자네의 문학적인 작업

1 노이퍼의 어머니는 1799년 1월 13일 세상을 떠났다. 노이퍼는 자신의 《1800년판 교양 있는 여성을 위한 소책자》에 어머니의 죽음에 대한 시를 발표했다.

2 추측하건대 노이퍼가 슈투트가르트의 고아원 교회의 부목사에서 목사로 승진한 일을 말하는 듯하다.

의 성공에 자네에게 한없는 기쁨을 기꺼이 보냈던 만큼 더욱 유감스럽다는 것도 마찬가지라네. 작가로서의 행복, 특히 시인의 행복보다 더 비싼 값을 치러야만 하는 행복은 거의 없다네. 사랑하는 친구 노이퍼여! 자네는 나의 충고를 바라고 있네. 나도 얼마나 자네에게 무엇인가 확실한 것을 말해주고 싶고 얼마나 정보를 제공하고 싶은지! 그러나 자네는 내가 말하지 않더라도 내가 친구의 조언과 도움을 얼마나 필요로 하는지 알고 있을 것이네. 자네에게 고백하네만, 이제는 글 쓰는 일만으로 산다는 것이 거의 불가능하다는 것을 조금씩 알게 되었네. 전적으로 그 일에 봉사하는 것이 아니고, 명성의 대가로 자신의 생계 방편을 찾으려고 한다면 말일세. 그래서 나는 가까운 시일 안에 목사 시보 혹은 다시 입주 가정교사나 단순 가정교사가 되어야 할지를 결단하지 못하고 있다네. 입주 가정교사가 나에게는 최선의 길로 보이네. 다소 수수한 자리라도 제안된다면 내가 활용할지 어쩔지를 생각해 보아야겠네. 왜냐하면 글쓰기를 직업에 희생하거나 직업을 글쓰기에 희생하는 것을 바라지 않기 때문이네. 그렇기 때문에 힘을 많이 소모하지 않으며 너무 많은 시간을 요구하지 않는 일자리를 선택했으면 한다네. 자네도 자네를 위해서 웬만큼 더 좋은 것을 알거나 발견한다면 기쁘겠네. 자네가 슈투트가르트에 있는 연고를 통해서 바람직한 어떤 돌파구, 예컨대 종무국이 비용을 지원하는 여행 같은 것을 소개받을 수 있을지 모르겠네. 이 마지막 일은 여러 측면에서 자네의 뜻이나 계획에 확실히 맞을 것 같네.

자네에게 유리한 무엇이 머리에 떠오르거나 자네의 바람에

도움이 되는 어떤 기회가 나타나면, 틀림없이 알리도록 하겠네.

자네의 최근 시 작품에 대해서는 그 바탕에 깔린 내적 또는 외적인 생명의 충실한, 미사여구가 없는 표현을 통해서 아주 뛰어나다는 정도로 자네에게 말하려네. 자네는 이 말로 얼마나 많은 말을 한 것인지 알겠지. 특히 〈꿈〉은 이상적인 시적 요소가 단순함과 결합된 것처럼 보이네. 평온에 대한 찬가에서의 변화들은 그 시가 의미의 심오함과 함께 지니는 투명성이 특히 마음에 들었다네. 자네 곁에 더 가까이 있다면 가끔은 우리의 고귀한 예술에 대해 이성적인 말을 함께 나눌 수 있었을 텐데! 솔직히 말하면, 나는 시적 정신과 삶의 표현을 위해서 시적 형식들에 대한 참된 인식이 얼마나 유익하고 편리한지를 차츰 더 많이 알게 되기 때문이라네. 고대 예술 작품들의 확실하고 철두철미하게 규정되고 숙고된 창작 과정[3]을 관찰해 보면 우리가 얼마나 이리저리 방황하는지 놀라지 않을 수 없다네. 나는 자네가 이번 여름 언젠가 (〈에밀리〉를 꼬투리 삼아) 문학에 관련해서 나에게 들려준 상당히 피상적인 언급[4]에 조금은 화가 났었음을 고백하고 싶네. 사랑하는 친구여! 좋게 이해해 주게나. 어쩔 수 없이 부탁을 들어주느라 경솔하게 쓰고 말았던 〈에밀리〉 때문이 아니라, 자네가 책망했던 예술 때문이었다네. 나를 냉철한 이론가로 생각해도 좋네. 나는 내 의도가 무엇인지 알고 있다네. 자네가 우리의 진부하

3 횔덜린은 같은 생각을 논고 〈오이디푸스 왕에 대한 주석〉에서 자세하고 광범위하게 전개하고 있다.

4 발췌본으로만 전해지는 노이퍼의 1799년 7월 9일 자 편지에 의하면 노이퍼는 횔덜린이 자신의 예술적·미학적인 기본 원칙과 함께 독자에 대한 작용 가능성이라는 측면도 놓치지 않았으면 좋겠다고 권했다.

고 일방적인 개념 파악으로 대충 짜 맞추어진 미학적인 편람들을 불 속에 던져버리려고 한다면 나는 자네와 전적으로 의견을 같이한다네. 어떤 신이 나에게 내가 관찰하고 느낀 것을 전할 수 있는 충분한 분위기와 시간을 마련해 주기만 한다면 얼마나 좋을까. —

내가 자네의 잡지 《소책자》의 발전을 얼마나 높게 평가하는지, 작가로서 나의 용무가 어떤 상태인지는 우리의 친구 슈타인코프에게 보낸 편지에서 자네가 알아볼 수 있다네. 물론 자네가 원할 경우에 말이지만. 여기서 쓰기를 마쳐야겠네. 벌써 시간이 늦었군. 나의 오랜 친구여! 곧 자네의 일이 잘 돌아가도록 해보세. 그사이에 뮤즈 신들로 위안을 삼게나. 자네에게 도움이 된다면, 그대 친구의 꾸밈없는 신의로도.

그대의
휠덜린 씀

어머니에게 보낸 편지[1]

홈부르크, 1800년 1월 29일

가장 사랑하는 어머니!

제가 분기 배당금으로 대략 400프랑[2]을 서점상에게 받을 것이 확실합니다.

이에 더해서 그는 횔덜린에게 적절한 시점이 되자, 슈투트가르트에서 어떤 종교적인 역할을 꼭 해야 할 필요 없이 체류할 수 있도록 주선해 주었다.

제가 명예 때문에 어떤 경우에도 시도할 터이지만 잡지를 몇 년 동안 계속 발행하면, 그리고 슈투트가르트에서나 여기서 개인 교습으로 웬만큼 벌면, 거의 충분할 만큼의 수입을 기대할 수 있

1 횔덜린의 어머니는 사위인 브로인린의 동조 아래 횔덜린에게 다시 한번 직장, 가장 우선적으로 교사직을 제안했었다.

2 잡지 발행인 슈타인코프와 합의한 원고료.

습니다. 그렇게 되면 실제적인 곤란 없이 하는 일과 지금의 공부 방식을 새로운 생활 방식과 일의 방식 때문에 중단하지 않아도 됩니다. 이 점은 저에게 합목적적으로 보입니다. 제가 이제 막 어느 정도 자리를 잡았고 많은 마음의 혼란과 불안을 벗어나 마침내 행동에 웬만큼 안정을 얻었기 때문입니다. 이 순간 저에게 드러나 보이는 논쟁들은 어떤 경우에도 제가 어머니께 부담되지 않기를 바라는 시도를 방해하는 것처럼 보입니다. — 말씀드리자면, 그 시도가 실패할 경우 귀중한 저의 평온에, 제가 인간적인 관계들 가운데 지키고 있는 인내에 지나치게 강한 하나의 시금석이 될지 모릅니다. 왜냐하면, 말씀드렸듯이, 사람들 사이에 무엇인가를 요구할 흥미와 진정한 힘을 최소한 한동안 저에게서 빼앗아 가버릴 그런 굴욕에 저를 내맡기려면 아직도 얼마만큼은 더 강해져야 하기 때문입니다. 가장 사랑하는 어머니! 제가 말씀드려도 된다면, 저의 육신과 영혼의 평안이 그것에 크게 달려 있다는 것을 고백하겠습니다. 다른 이유는 제가 지금 얼마 동안은 상당히 안정을 보장받는 점, 그리고 어떤 경우에도 매우 불리하게 끝날 수 없는 삶의 과정을 어느 정도의 성과를 보일 때까지는 확실하게 밟아가는 것이 우리에게는 분명히 중요하다는 점일 것입니다. 집중되고 분산되지 않은 마음의 자세를 요구하는 지금의 일들을 이제 비로소 다시금 적응하고 익혀야 하는 어떤 직업과 곧바로 일치시킨다는 것이 저에게는 가능해 보이지 않습니다.

덧붙여 드리는 말씀을 허락하신다면, 제가 미래에 경제적 뒷받침이 덜한 직업을 택할 경우에도 다른 많은 직업보다 저의 상황이 더 나빠지지는 않으리라는 점을 말씀드리고자 합니다. 부득이한 경우 저의 수입이 생활비에 미치지 못하는 만큼은 보충하려고 애쓸 가치가 충분하다[3]고 생각합니다. 특히 제가 건강을 유지하는 한 미래의 어떤 직업에 종사하면서도 저의 글쓰기를 완전히 포기하려는 생각은 가져본 적이 없습니다. 물론 이 글쓰기가 저를 부유하게 해주지는 않습니다. 그러나 그 일이 완전히 감사의 대상 밖에 놓이는 일은 없을 것입니다.

저는 이 문제를 어머니와 저의 사랑하는 매제의 결정에 맡기려고 합니다. 짧은 시간이었지만 저는 의견을 이미 말씀드렸고, 더 나아가 저는 어머니처럼 엄밀한 상황을 고려한 나머지 상당한 직업 없이도 저의 실존을 보장하는 것이 가능한지를 판단할 만한 처지에 있지 않기 때문입니다. 제가 지난해 병 때문에 지불한 비용을 뺀 지출을 감안하면 500프랑이면 어지간히 생활은 될 것으로 생각됩니다. 그 정도는 슈투트가르트에서나 여기서 벌 수 있습니다. — 제가 이 문제를 일방적으로 판단하는 것이라 오해하지 마시기 바랍니다. 상당한 이유와 관점에 관련해서는, 제가 지금 하는 일로도 적어도 설교하는 직업만큼은 사람들에게 봉사하고 도움을 준다고 믿고 있습니다. 겉으로만 보면 이런 주장에 이의가 없지 않을 테지만 말입니다. 저는 이 점에서 저의 판단만이 아니라 몇몇 공개적으로 출판된 저의 저술을 언급한 주목할 만한 인사들의 명시적이고 진지한 고마운 지지를 받고 있습니다.

3 횔덜린의 경제적인 어려움과 가까운 시일 내에 개선되지 않을 불투명한 상황이 그가 "부득이한 경우" 어머니가 관리하는 아버지의 유산에서 도움 받을 생각을 품게 했다.

제가 여기에서 출발할지 여부는 저의 서적상이 저에게 보낼 다음번 편지에 달려 있습니다. 형편에 따를 것이어서 여기에 머물거나 슈투트가르트로 거처를 옮길지는 어디에서 생활이 수월할지에 달렸다고 말씀드리더라도 어머니는 저를 이해해 주실 것입니다. 어떤 경우에도 부활절까지는 여기에 머물러야만 합니다. 그때까지는 일을 중단할 수 없기 때문입니다. 대략 두 주 내에 어머니께 이 문제를 확실하게 알려드릴 수 있습니다. 어쩌면 이번 주에도 황제군에 복무하는 친구를 만나기 위해서 여전히 슈바벤을 여행하고 있을 싱클레어가 블라우보이렌에 오면, 그가 말을 꺼내기 전에는 제가 어쩌면 홈부르크를 떠나 올지도 모른다는 말씀을 꺼내지 마시기를 부탁드립니다. 이곳에서의 작별은 저에게 적지 않은 대가를 치르게 할 것입니다. 오로지 저의 사랑하는 고향과 제가 그리워하는 가족에게로 돌아간다는 희망만이 그 작별의 부담을 가볍게 해줄 수 있습니다. 저는 여기서 선량한, 일부는 뛰어난 사람들을 사귀었습니다. 그리고 때때로 정직한 의견밖에 아무것도 내놓을 것이 없는 한 외지인이 기대할 수 있는 것보다 훨씬 많은 주목과 관심을 누리고 있습니다. —

귀하신 어머니! 저의 건강 때문에 두려워하지 않으셔도 됩니다. 저는 벌써 상당한 기간 이 귀중한 자산을 탈 없이 누리고 있습니다. 그리고 이 건강한 상태가 저를 더 기쁘게 해주는 것은 그동안 아주 못된 발작 상태가 만성화되는 것은 아닌지 항상 두려웠기 때문입니다. 저는 이곳의 의사와 아주 좋은 관계를 맺었습니다. 그는 건강하고 인간적인 얼굴로 누구든 치료할 수 있는 항상 명랑하고 다정한 마음씨를 가진 사람입니다. 그는 모든 우울증 환자를 위한 사람이랍니다. —

어머니가 편지에 쓰신 세상을 떠난 공타르는 제가 있었던 그 가정의 삼촌입니다. 사랑하는 제자 앙리는 지금 하나우의 한 학교에 재학하고 있습니다. 제가 편지에 그 아이에 대해서 쓰는 일이 드문 것은 오로지 슬픔 없이는 이 뛰어난 소년을 생각할 수 없기 때문입니다. 프랑크푸르트를 떠난 것은 그에게 아주 잘된 일입니다. 프랑크푸르트에서의 매일은 그 아이의 참으로 고귀한 성품을 파멸까지는 아니라 해도 많이 훼손시켰던 것이 사실입니다. — 노이퍼에게서 어머니가 보내신 돈을 받았습니다. 다시 한번 진심 어린 감사의 말씀을 드립니다. 제가 여기를 떠날 경우 어머니께 불편을 끼치지 않는다면 조그만 부탁을 하나 드리고자 합니다. 그렇게 크지 않을 여행비 때문이 아니라, 프랑크푸르트의 서적상에게 갚아야 할 부채가 있어서입니다. 저의 사랑하는 누이동생에게 그녀가 보내준 사랑스러운 편지에 대해 고맙다는 인사를 전해주시기 바랍니다. 누이동생에게 일어났던 것과 똑같은 일이 저에게 일어나지 않았다면 오늘이라도 그 편지에 답장을 썼을 것입니다만, 저의 훌륭한 친구인 난로가 너무 차가워지려고 합니다. 그러니 제가 순종해야만 하겠습니다. 이 서른 살의 육신을 아끼고 돌봐야 하니까요. 보내주신 조끼가 저에게 잘 어울리고 따뜻합니다.

끝없는 사랑의 인사와 함께. 언제나 변함없이

어머니의
충실한 아들
횔덜린 올림

프리드리히 에머리히에게 보낸 편지[1]

[홈부르크, 1800년 3월]

사랑하는 동생 에머리히![2] 자네는 여전히 친절하게도 나의 묵묵부답을 너무도 정확하게 지적해 주었네. 그런데 지금도 그렇지만 앞으로도 나를 오해하는 일이 없도록 해달라고 부탁하네. 나의 친구들, 그리고 나와 관계있는 모든 일에 대한 나의 관심이 지금의 경우보다 덜하지 않는 한, 나는 나 자신을 지키겠다는 자연적인 본능에 따라 항상 어느 정도는 냉담하게 대할 수밖에 없네. 내가 그전부터 이 점에서 얼마나 곤란을 겪었는지 자네는 믿지 않을 걸세. 다른 사람들이나 대상들과의 모든 관계는 즉각적으로 나의 머리를 점령하기 때문에, 나에게 어떤 특별한 관심사가 등장하여 언어로 표현하려고 하면, 다시 그 전의 것을 벗어나 다른 어떤 것에 이르기 위해 나는 애를 먹는다네. 자네가 나에게

1 편지의 초안이다.

2 에머리히는 3월 4일 마인츠에서 소설《휘페리온》의 감동을 전달하는 편지를 썼다. 그러나 이 소설의 2권 2서에 나오는 독일인에 대한 질책 연설은 비판했다.

편지를 보내면, 그 여운은 내가 꾀를 내거나 아니면 억지로 다른 어떤 것으로 관심을 옮길 때까지 꺼지지 않는다네. 자네에게 편지를 쓸 경우에는 사정이 더 심하다네. 그처럼 나는 답답한 슈바벤 사람의 하나라네.

자네는 시집을 발간함으로써 용기 있게 출발했네. 자네의 확고한 생각과 함께 자네는 우선 마치 도박처럼 시적 유희를 행할 권리, 그리고 창조적 정신의 이름으로 주사위를 던질 권리를 다른 이들보다 더 많이 지니게 되었네. 내가 이렇게 말하는 것은 자네가 자네의 신중함은 물론, 자네에게 충실하게, 그리고 자연스럽게 전투에서의 믿음직한 방패 소지자처럼 봉사하기 때문에 자네가 상당히 부당하게 취급하는 것처럼 보이는 자네의 예술가로서의 감각을 활용하지 않았다는 것을 뜻하는 것은 전혀 아니라네. 내가 하는 말은 자네가 자네의 근본적인 취미의 도움도 받게 되리라는 것이네. 그러나 자네는 자네의 일을 완전히 확신하지 못하고 있네. 그럴 만한 시인이 나이 든, 그리고 젊은 시인들 중 누구인가? 지금의 상황을 우리는 누구에게 고마워할까? 우리가 순수하고 애호하는 질서와 안정에서 벗어나 와우각상蝸牛角上의 삶으로 조직되는 것을 피하기 위해, 우리 냉정한 북방 사람들은 의문과 열정을 기꺼이 유지하고 있다네.

그러나 진지하게 말하자면, 사랑하는 에머리히! 어떤 더 위대한 삶의 행로가 자네를 붙잡지 않는다면, 자네는 문학을 진정으로 진지하게 생각해야만 하네. 내가 보기에 자네는 고귀한 삶을 그처럼 고귀한 예술 안에 기록하고 후세에 잘 보존하여 전할 수 있는 문학적 삼위일체, 섬세한 감각과 힘과 정신, 즉 하늘과 지상의 요소를 자네의 천성 안에 충분히 갖추고 있네. 그것이 내가 자유롭고, 선입감 없고, 보다 더 철저한 예술적인 오성을 점점 더 존중하는 까닭이라네. 창조적 정신을 무상함에서 보호하는 성스러운 방패는 그러한 예술적 오성이라고 생각하기 때문이지.

나는 자네에게 진정한 참회자로 비칠 것 같기도 하네. 그러나 변명이긴 하지만, 지금까지 작품을 쓴 온갖 경솔함에도 나는 매우 신중하게 작품에 임했다는 사실을 말하고 싶네. 그리고 내가 실제로 분노 가운데, 그리고 이와 함께 무엇인가 혁명적인 태도를 취했다면, 그 책임이 나보다는 우리의 최근 취미의 일방성에 있다는 것도 변명 삼아 말하고 싶다네. 그러나 처음에는 다 좋았었네. 그리고 말했듯이, 자네는 나보다 더 훌륭하게 시작할 수 있네. 나의 행운은 내가 어디에 위치해 있는가를 알았다는 것과 그것에 따라 나의 소재를 선정하고 정리할 수 있었다는 사실이라네.

어머니에게
보낸 편지

홈부르크, 1800년 5월 23일

가장 사랑하는 어머니!

어머니의 편지를 받은 건 거의 떠날 준비를 마쳤을 때였습니다. 그렇지 않아도 어머니께 불안을 안겨드렸던 몇 가지 소식들[1]이 저로 하여금 제 결정에 어느 정도 의구심이 들도록 했습니다. 저는 프랑크푸르트에 아직도 우편 마차가 다니는지 알아보았는데 사람들이 다니고 있다고 말해주었습니다. 이제 몇 주 내에는 일의 전개가 적어도 지금보다 여행에 더 방해되지는 않으리라고 생각하고 있습니다. 또한 그렇지 않아도 저의 숙소[2]가 즉시 입주할 수 있도록 준비되어 있지 않을 것 같아서 절충안으로 슈투트가르트의 숙소는 도착해 바로 입주할 수 있을 정도로 준비되

1 2차 연합전쟁 동안 두 차례나 1800년 5월 모로 장군 휘하의 프랑스군이 라인강을 넘어 뷔르템베르크를 거쳐 울름까지 진격했다. 프랑스군은 뷔르템베르크주에 무거운 부담금을 부과했다.

2 란다우어가의 숙소.

었는지를 어머니께서 알려주실 때까지 출발을 한동안 미루려고 합니다. 저의 일에 써야 할 시간을 그동안 잃었기 때문에 슈투트가르트에서는 가능한 한 곧바로 활동에 들어가야 합니다.

덧붙여 어머니께 부탁드릴 말씀은 되도록 가구 때문에 수고와 낭비를 말아주십사 하는 것입니다. 이제 막 생각이 났습니다만, 어쩌면 조만간 뷔르템베르크 이외의 지역에서 보다 적합한 일자리를 제안받을 수 있을 것 같습니다. 그 점에서, 그리고 다른 사정을 고려할 때도 저의 긴 체류를 대비하지 않아도 될 이유를 저는 의식하고 있습니다. 책장은 꼭 필요합니다. 저의 건강이 현재 상태대로 유지되는 것을 확신할 수 있다면, 쓰는 작업을 끊임없이 이어갈 수 있을 것입니다. 그 일로써 생활을 해나갈 것입니다. 그러나 오로지 그 일에만 기대지 않는 것이 좋겠다는 생각도 합니다. 그래서 슈투트가르트에서 제가 할 수 있는 간단하고 괜찮은 부업[3]을 가지려고 결심했습니다. 저와 저의 일에 대한 사람들과 친구들의 생각을 들어보면, (저의 많은 것을 오해케 할 수도 있는) 온갖 겸손 가운데서도 가끔은 "왜 나는 이 시민적인 세상에서 이처럼 이리저리 임시변통으로 살아야만 하는가?"라고 스스로 묻게 됩니다. 그렇다고 해도 제 앞에 다른 어떤 길이 보이지 않는 한, 제가 가야만 하는 이 길을 저에게 주어진 합당한 길로 알고, 할 수 있는 한 그 길에 적응하려고 합니다.

저는 요사이 어머니께도 들려드릴 만한 하나의 기쁨을 경험했습니다. 프랑크푸르트에 머무는 동안 한 번 만난 적 있는 한

3 개인 교습과 같은 일을 말한다.

상인이 무슨 연유에서인지 알리지도 않은 채 책 한 권을 저에게 선물했습니다. 그 선물은 단순한 호의 이상을 말해줍니다. 그 책은 최소한 100프랑의 값어치를 가지고 있으니까요. 저는 그 고귀한 분을 한번 방문해서 당연한 감사의 인사를 드리려고 합니다.

어머니가 해주실 용의가 있으시다면, 란다우어에게 편지를 쓰셔서 프랑크푸르트의 클링 씨[4]를 통해서, 또는 그가 선택하고 싶은 누구를 통해서든 저에게 6카로린을 보내도록 해주시기 바랍니다.* 제가 보증이 필요치 않다면 어머니께 수고를 끼치지 않아도 될 일입니다. 그러나 어머니가 그렇지 않아도 란다우어에게 편지를 쓰시기 때문에 제가 직접 쓰는 것보다는 어머니가 쓰시는 것이 나아 보입니다. 돈은 모든 경우에 다 걸쳐 있군요.

어머니가 언젠가는 저에 대해서 안심하시기를 원하고 있습니다. 어머니께 항상 걱정과 수고를 끼쳐드릴 수밖에 없다는 사실이 저를 더 슬프게 합니다. 특히 이 세상이 저에게 대가라고 돌려주는 보잘것없는 명예조차도 거리 때문에 온전히 나누지 못하고, 그렇기 때문에 어머니가 거의 아무런 보답도 받지 못하기 때문입니다.

우리나라에서 이번에는 일이 견딜 만하게 진행되기를 희망합니다. 사랑하는 누이동생과 모든 이들에게 간절한 안부 인사를 전해주십시오.

우편 마차가 떠나려고 해서 서둘러야겠습니다.

4 클링Kling은 프랑크푸르트의 포목상이며 란다우어의 사업상 친구이다.

영원히 그리고 진심에서

어머니의
감사드리는 아들
횔덜린 올림

* 저도 그에게 편지를 쓸 생각입니다.

5부

슈투트가르트, 하우프트빌, 뉘르팅겐, 보르도 시절 1800~1804

어머니에게 보낸 편지

[슈투트가르트,
1800년 6월 말 또는 7월 초]

가장 사랑하는 어머니!
어머니의 친절하신 편지에 진심으로 감사드립니다. 또한 편지에 담긴 기분 좋은 소망들도요. 그 소망들을 빠른 시일 안에 확실하게 실현하는 데 합당한 모든 것을 제 나름으로 다할 것입니다.

어머니는 제가 가족들에게 어떤 감사와 존경의 감정을 가지고 여기까지 왔는지 믿지 못하실 것입니다. 헌신적이고 호의적인 사람들의 관심과 격려는 지금 서 있는 제 삶의 위치에서 저에게는 그 어떤 것보다도 더 큰 선물이랍니다.

저의 숙소와 친구 집[1]으로의 입주는 모두 제가 원하던 대로입니다.

1 란다우어를 가리킨다. 횔덜린이 실제로 "란다우어의 아이들의 교사"로 슈투트가르트에 체류했는지는 의문이다. 만일 그랬다면 횔덜린이 란다우어에게 빚을 졌다고 느끼지 않았을 것이고, 오히려 보수를 기대했을 것이기 때문이다. "그의 집 아이들의 교사"라는 표현은 그가 항상 두려워했던 종무국의 소환을 피하기 위한 구실이라는 것이 더 설득력 있다. 그러나 친구의 다섯 자녀들과의 교류도 공동생활의 한 요소

특히 옛 지인들이 매우 친절하게 맞아주어서 여기서 한동안은 평화 가운데 살 수 있으며, 지금보다 덜 방해받으면서 일상의 작업을 할 수 있으리라는 희망을 가져도 될 것 같습니다.

행운으로 생각합니다만, 벌써 이곳 관청에서 일하는 한 젊은이로부터 몇 시간 철학 교습을 해주면 매달 9카로린의 보수를 주겠다는 끈질기고 간절한 제의가 있었습니다.

그 밖에 마지막으로 말씀드립니다만, 작은 살림살이지만 가구를 갖추기 위해 상당한 지출을 피할 수 없었습니다. 특히 서랍장으로도 쓰이는 책상을 하나 주문하기로 결정했습니다. 항상 쓸 가구로서 책상은 꼭 필요해 보입니다. 이에 대해서는 란다우어의 조언도 들었습니다. 작은 탁자 위에는 서류들마저 정리되지 않은 채이고, 어머니께서도 아시는 대로 옷가지와 빨랫감을 가방 안에 그냥 보관하는 것이 매우 불편하기도 합니다. 책상 대금은 당장 지불할 필요 없습니다. 이 새로운 지출로 어머니가 당장 부담을 지지 않으셔도 되겠습니다. 그러나 어머니가 몇 카로린으로 얼마 동안 저를 도와주시고 제가 마침내 확실하게 자리를 잡도록 해주실 수 있다면, 진심 어린 감사와 함께 받겠습니다. 그

였음은 분명하다. 란다우어는 횔덜린에게 이상적인 친구였다. 그는 주변에 많은 친구를 모아 함께 어울리기를 좋아했고, 슈투트가르트의 문인들과 예술가들에게 집을 개방했다. 이런 가정적이며 사교적인 생활 가운데 고립되고 실향의 감정에 빠져 있던 횔덜린은 그의 생애 가장 행복한 시절로 여길 생활을 몇 달 동안 만끽했다. 란다우어의 집에서 보낸 생활이 투영된 시 작품은 〈시골로의 산책-란다우어에게〉(《횔덜린 시 전집 2》, 113~115쪽), 〈영면한 사람들〉(같은 책, 120쪽), 〈란다우어에게〉(같은 책, 121~122쪽), 〈선조의 초상〉(같은 책, 116~119쪽)이다. 그리고 보다 더 의미 있는 작품들이 슈투트가르트에서의 이 시절을 반영하고 있다. 비가 〈슈투트가르트〉(같은 책, 125~131쪽)와 비가 〈빵과 포도주〉(같은 책, 132~142쪽)의 제1연이 그것이다.

리고 1년 동안은, 지극히 사랑하는 어머니! 성가시지 않게 할 것입니다. 지금 당장은 저에게 인내심을 보여주십시오! 근면함과 확실한 용기와 최대한의 절약에 지금과 앞으로 언제까지라도 소홀함이 없을 것입니다.

제가 다른 사람들 특히 우리 가족들에게 기쁨을 주고 싶을 때, 지금은 줄 수 있는 것보다 항상 더 많이 받을 수밖에 없다는 사실이 저를 우울하게 합니다.

저의 귀중한 누이동생[2]에게 헤아릴 수 없이 많은 저의 인사를 전해주십시오! 저는 최근에 누이동생에게 바치는 한 편의 짧은 시를 써보았습니다. 이 시가 그녀에게 만족스러운 순간을 마련해 줄 수 있다면 다음번에 보내려고 합니다. 란다우어가 어머니와 리케에게 안부 인사 전합니다. 저는 여전히 우리가 가까운 시일 내에 평화[3]를 얻을 것이고, 전쟁의 불안에서 해방될 것이라고 믿고 있습니다.

저의 여행용 가방에서 상당한 양의 깨끗한 속옷을 발견했습니다. 따라서 본래 들어 있었던 빨랫감 중에 많이 발견하지 못하시더라도 놀라지 마시기 바랍니다. 바지는 좀 수선해 주시고, 짧은 바지는 염색을 맡겨주시기 부탁드립니다. 다음번 편지에는 셔츠 등이 얼마나 있는지 알려드리겠습니다. 얼마나 부족한지 어머니가 아실 수 있도록 말입니다.

저의 이름으로 사랑하는 아이들에게 입맞춤해 주시기 바랍

2 그녀는 남편이 세상을 떠나자 아이들과 함께 블라우보이렌에서 뉘르팅겐의 어머니 집으로 옮겨 왔다.

3 전쟁은 1801년 2월 르네빌 평화협정 때까지 계속되었다.

니다.

영원히

어머니의
감사하는 아들
횔덜린 올림

책장과 커튼은 제가 원하는 대로 되었습니다. 물건들은 모두 안전하게 받았습니다.

누이동생에게 보낸 편지

[슈투트가르트,
1800년 9월 또는 10월 초]

지극히 사랑하는 리케야!
너와의 약속을 그다지 양심적으로 지키지는 않은 것 같구나. 그러나 가능했었다면, 그때로부터 매주 적어도 한 번씩은 편지를 썼을 것이다. 극복하기는 했지만, 심술궂고 불쾌한 해를 보내면서 일의 속도가 더디어졌고, 절반쯤은 게으른 명상으로 많은 좋은 시간을 자주 헛되이 보내야만 하는데, 급한 일이 있으면 몰라도 명상을 중단할 수가 없구나. 그리고 내가 처한 상황의 새로움 때문에 이러한 현상은 앞으로 일어날 것보다 지금까지 더 자주 일어났다. 동시에 나는 차츰 사랑과 의무 때문에 한낮 내내 일하고 창작의 욕구가 다시금 더 강해지는 것을 느끼기도 한다. 따라서 앞으로 너에게 바칠 시간을 훨씬 쉽게, 그리고 더 자주 얻을 수 있을 것 같다.

너도 스스로 더 건강해진 것을 느낀다고 하니 내가 왜 여느 때보다 더 쾌활한지 그 이유를 알겠구나.

네가 다시금 더 강해지고 나서, 상실감에도 불구하고 때때로 너의 마음이 더 강해졌다고 느끼는 것을 나는 잘 이해한단다.

가능한 한 그렇게 평온하게 살아나가거라. 네가 아직도 품고 있는 모든 것을 너의 생각에 가능한 한 호의적으로 만족스럽게 떠올리거라. 하루의 우발적이며 쉽게 지나가는 일시적인 슬픔 때문에 잘못 생각하는 일이 없도록 해라! 예컨대 너는 우리가 서로에게 얼마나 많은 의미가 있는지 알고 있다. 그렇지만 매일같이 소통하면서도 우리가 서로를 온전히 이해하지 못하는 때도 없지 않다는 것도 알고 있다. 삶의 보물들은 자주 맛볼 수 없는 것처럼 보인다. 그 보물들이 거친 껍질에 싸여 있거나 또 그럴 수밖에 없기 때문일 뿐이다. 그렇지만 그렇게 열매의 알맹이가 보존되는 것이란다.

우리의 착하신 어머니께 인사를 전해주기 바란다. 카를이 최근에 더 나은 일터로 떠나기 전에 나를 방문했다. 그리고 어머니가 자기를 곤궁에서 얼마나 크게 구해주었는지 진정한 감사의 마음으로 찬양했다. 우리 아들들은 어머니께 큰 빚을 진 자들이란다.

너의 사랑스러운 아이들에게 인사 전해주기 바란다! 특히 우리의 존경하는 외할머니께도! 그리고 아직 너희 집에 머물고 있다면, 우리의 다른 소중한 인척분들에게도!

사랑하는 리케야! 내가 다시 서두르는 것을 너도 눈치채겠지.

여기 나의 빨랫감을 보낸다. 그리고 커피 좀 부탁한다.

너의
신실한 오빠
횔덜린이

누이동생에게 보낸 편지

[슈투트가르트, 1800년 10월 초]

사랑하는 리케야!

나는 다시금 절대 필요한 사항만을 쓰려고 한다. 너의 사랑하는 이들이 괜찮다고 하면, 이번 주에 최소한 몇 시간 너희들한테 가려고 한다. 그리고 자세한 내용을 이야기하고 싶다.

란다우어는 내가 여기서 머무는 것을 매우 원하는 것 같다. 그리고 내가 몇몇 강의를 더 맡아서 한 달에 대략 3루이도르를 받을 수 있도록 준비해 주겠다고 한다. 그것으로 내가 우리 모두가 원하는 만큼에 이르게 될지는 의문이다. 스위스로부터는 아직 아무런 대답을 듣지 못했다.[1] 내 가족의 충고는 감정을 묻지 않고 편파적이지 않는 한 나에게는 환영할 일이다. 내가 해야 할 일을 완전히 일치된 의견과 함께 실행하고 싶기 때문이다. 하늘

1 횔덜린은 당시 루드비히스부르크의 부목사였던 콘츠와 자신의 처지에 대해서 이야기를 나누었고, 콘츠는 곧이어 스위스에 있는 프랑스 공사 라인하르트Karl Friedrich Reinhard, 1761~1837에게 가정교사 자리를 문의했다.

은 알고 있지만, 나는 '무엇이 꼭 필요한 일인가?'라고 그저 묻기만 할 뿐 모든 불가피한 일에 순응한단다. 그러나 우리가 그것이 무엇인지를 일단 알게 되면, 우리는 이 경우나 다른 모든 경우에 할 수 있는 한 정신적으로 서로 위로받고 기쁨을 나누고 싶어 하지.

믿음과 사랑과 소망이 우리의 가슴에서 결코 사라지지 않는다면, 나는 당연히 가야 할 길을 갈 것이고 끝에 이르러 분명히 이렇게 말할 것이다. 즉, '나는 살아내었다!'고 말이다. 그것이 어떤 소망이나 착각이 아니라면, 나도 그런 점에서 내 삶의 시험을 통해 조금씩 더 단단해지고 강해졌다고 말할 수 있을 것이다.

란다우어 부인께서 너에게 안부 인사를 전한다. 부인이 말하기를 모자는 그렇게 비싸게 값이 매겨지지 않을 것이란다.

모든 이들에게 진심 어린 인사를 보낸다!

너의
신실한 오빠
프리츠가

누이동생에게 보낸 편지

[슈투트가르트, 1800년 10월 중순]

사랑하는 리케야!

내일 가려고 했는데 힘들게 되었다. 그러나 그만큼 더 확실하게 다다음 주일날에는 너와 사랑하는 가족을 볼 수 있으리라 생각한다.

아름다운 가을은 나의 건강에 특별히 좋다. 나는 세상에서 신선함을 느끼고, 한동안 사람들 속에서 나의 일을 할 수 있겠다는 새로운 희망이 차츰 더 강렬하게 마음 안에서 살아나고 있다.

착한 리케야! 너 역시 하느님의 땅 위에서 다시 더 단단해졌다고 내가 듣고 있다. 우리는 많은 좋은 날들을 함께 누릴 것이다. 특히, 오늘 한 프랑스 장교가 나에게 말해준 대로 협정이 맺어져 마침내 평화가 온다면 말이다.

여기에서 우리는 군인에게 숙박 편의를 제공하라는 강력한 명령[1]을 받고 있다. 이런 상황에서도 사랑하는 너와 너의 가족이 내내 평온하기를 바란다!

우리의 사랑하는 어머니와 너의 아이들에게 인사를 전해주기 바란다!

너의
휠덜린이

1 제2차 연합전쟁 내내 뷔르템베르크는 전투 현장으로 무거운 부담을 짊어져야만 했다. 특히 세금 납부와 주둔군의 숙박 제공 강요는 이 지역의 경제를 극도로 위축시켰다.

누이동생에게 보낸 편지

[슈투트가르트, 1800년 10월 말]

지극히 사랑하는 리케야!

내가 너희들과 함께 보낸 그 행복한 순간에 대해서 너와 우리의 착하신 어머니, 외할머니께 다시 한번 진심으로 감사하다는 인사를 보낸다. 그런 휴식의 날들은 우리의 삶이 지상에서 받는 은혜다.

너의 편지가 나를 매우 감동시켰다. 그러나 그 고마운 휴식이 내가 착한 누이동생인 너와 우리 가족들과 진실하고 성스럽기 그지없이 한데 결합되어 있다는 생각을 불러일으켰다. 끝에 이르면 너무 자주, 그리고 너무도 심한 고독 가운데 자신의 목소리를 잃고 우리 앞에서 행방을 감추고 마는 나의 마음을 이 결합이 지탱해 준단다. 우리 마음속에 이러한 순진하고 경건한 목소리가 없다면 온갖 지혜가 다 무슨 소용이겠느냐?

너의 여자 친구네 방문은 내일 할 생각이다. 오늘은 조금 피곤하구나.

자주 밖에 나가서 이 아름다운 가을에 아름답고 푸르른 하늘 아래서 평화와 건강을 구하라고 너에게 충고해도 되겠지?

이것이 얼마나 도움이 되는지 나는 경험을 통해서 알고 있단다. 그리고 너에게는 동반자도 있지 않을까 싶다.

너의 사랑하는 아이들은 나에게 재산이다. 이 아이들이 너에게는 얼마나 더하겠느냐? 그렇게 행복하게 태어났고 훌륭하게 길러진 피조물을 찾아보기 어려울 것이다. 그리고 너도 스스로 알고 있지, 그러한 재산을 주재하고 그 자연스러운 성장을 계속해서 돕는 것이 얼마나 아름답고 고귀한 운명인지를 말이다.

그 아이들에게, 그리고 우리의 존경하는 어머니와 외할머니에게도 똑같이 나의 인사를 전해주기 바란다.

너의
진실한 오빠가

동생에게 보낸 편지

[뉘르팅겐, 1800년 12월 말]

사랑하는 아우 카를아!

슈투트가르트를 떠나 여기로 오는 도중에 너의 편지를 받았다. 란다우어 씨가 그 편지를 뒤따라 보내준 덕택이다. 그렇게 해서 슈투트가르트에서의 떠남과 활짝 열린 길과 또 활짝 열린 세상이 불어넣은 온갖 사념 속에 빠져 있었던 나에게 너의 편지가 이른 것이다. 사랑의 믿음에 충만해져, 때때로 고요히 예감하면서, 또한 때때로 충만하고 기쁨에 찬 힘으로 현존의 모든 시기를 꿰뚫고 우리를 이끄는 영원한 삶의 용기를 나는 느꼈다. 청춘의, 그리고 지혜의 이 정신을, 우리가 그 정신을 알아보아야만 할 때 어떤 모습으로 나타나는지를 나는 다시 한번 제대로 느꼈던 것이다. 그리고 너의 충실하고 경건한 작별의 말은 이러한 기분을 한층 밝고 아름답게 해주었다. 내가 나의 길을 가면서 그 자리에서 마음속으로 너에게 얼마나 많은 답변을 했던지! 그렇다! 내가 너와 나를 위한 이 대단한 힘의 위안으로 충만했었다고 말해도 되겠구나. 그리고 우리 수호신의 이 목소리가 아직 내 마음 가운데 생생하게 살아 있다. 슈투트가르트에서 나는 너에게 다시 편지를 쓰려고 한다. 나는 아직 며칠 동안은 거기에 더 머물 것이다. 그간에는 이 짧은 글로 만족하거라. 그리고 작별 인사로 내 마음의 이 말로 다 표현하기 어려운 조용한 기쁨을 너의 가슴으로 받아주기 바란다. — 그리고 그 기쁨이 친구이자 형의 더 이상 그렇게 고독한 기쁨이 아닐 때까지 끝남이 없도록 해라. — 어떤 기쁨이냐고 너는 나에게 묻느냐?

이것이다, 사랑하는 카를아! 우리의 시간이 가깝게 있다는 것, 지금 익어가는 평화가 오로지 그 평화만이 가져다줄 수 있는 바로 그것을 우리에게 가져다주리라는 것이다. 평화는 많은 사람들이 희망하는 것을 가져다줄 것이지만, 아주 소수의 사람들이 예감하는 것 또한 가져다줄 것이기 때문이다.

어떤 하나의 형식, 어떤 하나의 의견, 그리고 하나의 주장이 승리하는 것이 아니라는 것, 그것이 나에게는 그 평화가 주는 선물의 가장 본질적인 것으로 생각되지 않는다는 말이다. 그러나 어떤 모습을 띠든지 간에 자기중심주의는 사랑과 자비의 성스러운 지배 아래 무릎을 꿇는다는 것, 공동의 정신[1]이 모든 것을 넘

1 "공동의 정신Gemeingeist"은 횔덜린의 문학에서도 중요한 개념이다. 그는 때때로 이 개념을 변주 형태로 사용했다. 예컨대 시 〈아르히펠라구스〉에서 "그리하여 사랑하는 백성 아버지 품 안에 모이고 / 예처럼 인간답게 기뻐하며 하나의 정신이 모두의 것 되기를"(《횔덜린 시 전집 2》, 85쪽), 그리고 비가 〈슈투트가르트〉에서는 신화화해 "한낮을 위해 단 하나 가치 있네. 조국, 그리고 희생의 / 축제 같은 불꽃에 각자 제 것을 던져 바치네 / 때문에 공동의 신은 우리 머리카락을 둘러싸 / 산들거리며 화환을 둘러주시네 / 그리고 포도주 진주를 녹이듯 저 참뜻을 풀어놓네"(같은 책, 126쪽)라고 읊고 있다.

어서 모든 것에 자리 잡고, 그러한 천후天候에서 독일의 가슴[2]은 이 새로운 평화의 축복 아래 비로소 온전히 열린다는 것, 그리고 소리도 없이, 마치 성장하는 자연처럼, 자기의 멀리 미치는 비밀에 찬 힘을 펼치리라는 것, 나는 이것을 말하는 것이며, 이것을 알고 믿는다. 그리고 이것이 바로 나로 하여금 앞으로 맞을 나의 반생을 쾌활하게 내다보게 해주는 것이다. —

그러니 너의 순진무구하고 소박한 삶의 행로를 기뻐하거라, 나의 착한 카를아! 너는 보호받고 있고, 아낌을 받고 있다. 폭풍은 멀리 지나가고 있다. 네가 안전하게 은거하면서 멀리서 그 폭풍의 소리를 듣고 너의 영혼을 순수하게 그리고 사랑하는 가운데 두려움 없이 보다 좋은 미래를 위해 간직하고 있음을 기뻐하기 바란다. 그리고 나는 너에게 주어진 보다 드높은 사명을 너의 확고한 길을 통해 달성하리라고 믿고 있다. 그 사명을 너는 잊을 수 없을 것이다. 내가 너를 잊을 수 없는 것만큼이나 말이다. 우리 서로 자주 편지를 쓰도록 하자. 그리고 가능한 한 자주 서로를 방문하도록 하자. 나는 일가들로부터 걸어서 단 3일의 여행으로 도달할 수 있는 거리에 있다. 설령 그보다 더 멀다고 하더라도 우리가 얼마나 사랑과 믿음 가운데 하나로 결속되어 있는지 너도 알고 있지 않느냐, 기품 있는 너, 카를아!

영원히 너의 것인
형 프리츠가

2 시 〈독일인의 노래〉(《횔덜린 시 전집 1》, 431~434쪽), 시 〈독일인들에게〉(《횔덜린 시 전집 2》, 36~39쪽), 찬가 〈게르마니아〉(《횔덜린 시 전집 2》, 225~231쪽) 참조.

가족에게 보낸 편지[1]

[슈투트가르트, 1801년 1월 6일]

너희들 착한 이들이여! 너희들의 변함없는 진심 어린 모든 말 중 어느 하나도 흘려보낼 수 없구나. 선한 봉사의 어떤 것도 그렇듯이 말이다.

나는 이곳에 무사히 도착했다. 그런데 나의 가슴이 벅차오르고 요동칠 때, 그리고 생각이 활발하게 움직일 때, 또 그렇지만 자신의 현세적인 길을 가야만 할 때 언제나 그렇듯이 조금 피곤하구나. 그러나 나는 내 삶의 나날에 항상 그렇게 하늘과 땅 사이를 굴종과 믿음으로 갈라 바꾸어 오갈 수 있는 것 같다. 그리하여 달콤한 잠을, 우리가 희망하는 평온을 대가로 얻을 수 있는 것도 같다!

나는 이제 불만이 결코 나의 주인이 되지 않도록 하겠다. 그러

1 횔덜린은 성탄절 휴일을 보냈던 뉘르팅겐을 떠나 1801년 1월 5일 친구들과 작별 인사를 하기 위해서 슈투트가르트로 돌아갔다. 그는 1월 10일 또는 11일 스위스를 향해 길을 떠났다.

나 자만 역시 우리 주변에, 그리고 우리 위에 존재하는 것 앞에서 굴복해야만 한다. 분명히 나는 나의 일을 할 때 이런 사실을 믿어 의심치 않는다. 그리하여 나 역시 이 지상에서 나의 사명을 인간으로서 가능한 한 실현하고 내 청춘 시절의 시험의 나날을 지나 만족하게 될 것이다.

나는 이제 내 앞에 있는 여행의 끝에서도 지금처럼 건강했으면 하고 희망한다. 형편상 토요일까지는 여기 그대로 머물 수밖에 없구나.

나의 착한 친구 란다우어는 다른 친구들과 함께 나머지 여로에서도 내가 무사하기를 바라면서 튀빙겐까지 나를 바래다 주려고 한다. 그는 나에게 어머니가 괜찮다면 언제든지 가구들을 가져가실 수 있다고 말했다.

그는 괜찮은 구매자를 발견하면, 책상을 처분하고 싶어 한단다.

나는 한 번 더 여기서 편지를 쓸 수 있을 것 같다. 너희 가장 귀중한 이들이여, 가능한 한 자주 가슴에서 우러나오는 한마디 말을 하는 것이 나에게는 꼭 필요한 일이다.

존경하는 어머니! 이 말을 믿어주시기 바랍니다. 그리고 너희들, 착하고 믿음직한 형제자매여! 순수함, 순진함, 심원한 마음, 내가 너희 각자에게서 마치 천국의 목소리처럼, 젊은 시절부터, 그것이 무엇인지 알기 전에 체험했던 그것, 이제 그것을 나는 알겠다. 그리고 모든 선함과 진실과 신다움의 근거로서 나는 그것을 존중한다. — 내가 이 가슴으로부터 똑같이 솟아 나온 어떤 다른 사랑은 다 잊을 수 있어도 나에게 너희들을 영원히 잊지 못하게 해줄 것이 바로 그것이다!

어머니께서 모든 친구에게 안부의 인사 말씀 전해주십시오.

어머니의
횔덜린

안톤 폰 곤젠바흐에게 보낸 편지[1]

[슈투트가르트,
1801년 1월 7일과 9일 사이]

저에게 그처럼 유익하고 귀중한 환경과 역할을 친절하게 권유해 주신 것에 대해서 만나 뵙고 말씀드리기 전에 이 편지로 먼저 진정한 감사의 말씀을 드리는 것을 용서하시기 바랍니다. 귀하께서는 제가 염두에 두지 않으면 안 될 많은 은혜를 저에게 베풀고 계십니다. 이에 대해 저는 다만 귀하의 가정에서 제 의무가 될 일에 대한 확실한 의지와 관심, 그리고 솔직함과 충실을 약속할 수 있을 뿐입니다. 귀하께서 제가 해야 할 일에 어떤 가치를 두신다고 말씀하신다면, 스스로 만족할 수 있는, 그리고 행복을 가져다주는 모든 덕망 가운데 가장 막중하고 가장 아름다운 덕망을 매일 실행하는 한 가정 안에 제가 살게 된다는 것으로 얼마나

1 횔덜린이 가정교사로 새로 취임한 가정의 가장 곤젠바흐Anton von Gonzenbach, 1748~1819는 하우프트빌 토박이다. 이 가문 출신의 사람들은 직물 생산과 판매로 상당한 부를 누리고 있었던 듯하다. 그와 부인 우르술라는 슬하에 아홉 자녀를 두고 있었는데, 횔덜린은 그중 막내 두 딸을 맡아 가르치기로 되어 있었다.

많은 가치와 행복이 저에게 주어지는지도 분명히 아시리라 생각합니다. 제가 비록 귀하의 가족들 사이에서 다만 관찰자에 지나지 않을지라도, 저에게는 평화의 그 광경만으로도 충분할 것입니다. 이러한 저의 표현을 허황하다고 생각하지 마시기 바랍니다.

귀하께서 교육자 직무의 일반적인 유용성에 관한 한 호의적으로 저를 신뢰하시기 때문에, 제가 보여주기를 원하는 특별한 사항은 귀하와의 상담 때 귀하께서 제시하실 것이라 생각합니다.

1월 중에 그곳으로 떠날 수 있기를 기대합니다.

귀하의 존경하는 가족분들께 제 안부 인사를 전해주시면 고맙겠습니다. 귀하의 아드님께 거듭 감사드립니다. 아드님이 자신의 인품과 응대로 제가 고향의 친구들 및 친척들과 헤어지는 어려움을 덜어주고, 그가 그렇게 훌륭하게 대표하는 가정 안에 머무는 것을 이 정도로 원하도록 해준 것에 앞으로도 아드님께 감사하는 마음을 간직할 것입니다.

귀하의
충실한
횔덜린 올림

누이동생에게 보낸 편지

[슈투트가르트,
1801년 1월 8일과 10일 사이]

나의 사랑하는 리케야!

이제 마지막으로 여기서 이 편지를 보낸다!

떠날 준비는 완벽하게 마쳤다. 모든 짐은 다 꾸렸고 예약할 일도 다 마쳤다. 어제 나는 하우프트빌로 편지를 보냈다. 유일한 걱정은 친구들이 나에게서 슬픔의 흔적을 알아차리지 못하게 하는 것뿐이다.

너의 소중한 잊지 못할 말들은 내가 하우프트빌에서 평정을 찾을 때 비로소 제대로 기쁨을 줄 것 같다.

단 몇 마디 말이라도, 내가 안전하다는 것을 너에게 알리기 위해서 콘스탄츠에서 편지를 쓸 생각이다. 우리는 서로를 잘 이해하기 때문에 아주 짧고도 요약된 말이라도 핵심을 말하고 우리의 서로에 대한 충실의 가장 참된 언어를 대신한다.

너는 우리가 때때로 평온하고 조용하면서도 가슴은 벅차오른다는 것을 알고 있지. 지금 내가 그렇단다. 너희들 가장 사랑하는 이들이여! 나는 내가 너희들에게 매일, 그리고 매시간 말했어야 했던 모든 것을 대신할 말을 찾을 수 없을 것 같다. 그래서 내가 내 분수를 지킨다면, 끝내 그렇게 메마르고 평범하게 작별을 고하는 것이 낫지 않을까 한다.

잘 있거라, 너희 착한 이들이여, 그리고 정신 가운데 항상 만족하고 기뻐하라. 이별의 가장 고통스러운 시간 속에서도 우리에게 상통하는 마음의 행복을 느낄 수 있게 해주는 그 정신 가운데 말이다.

쾌청한 하늘도, 변함없이 그대로라면, 우리로 하여금 서로를 생각하라고 일깨우며 우리에게 위안을 주고 싶어 한다. 너희들이 나에게 가지는 의미, 그리고 너희들이 나에게 베푼 모든 것에 대한 감사를 나는 결코 입 밖으로 내지 않을 생각이다. 그러나 나의 영혼 안에 충실하고도 생생하게 간직하련다.

잘 있거라, 나의 친구이자 동생인 리케야! 너의 아이들에게 나의 입맞춤을! 그 아이들이 너의 기쁨이 되게 하라, 마치 그들이 나의 기쁨인 것처럼. 나는 그렇게 가까이 갈 수가 없고, 너의 마음은 넉넉하니까, 역시 나의 이름으로, 어머니와 너에게 인생을 감미롭게 해주고 가볍게 해주며 또 모든 선행을 향한 힘을 주는 그 사랑을 우리의 귀하신 어머니와 우리의 착한 동생 카를이 몸소 깨닫게 해주어라.

영원한
너의 오빠
프리츠가

어머니에게 보낸 편지

콘스탄츠 인근 하우프트빌,
1801년 1월 24일

사랑하는 어머니!

제가 이곳에서의 저의 사정으로 말씀드리는 이 좋은 소식들을 특히 제가 고향에 머무는 동안 어머니가 저에게 베푸신 모든 자비롭고도 충실한 배려에 대한 감사의 첫 인사로 생각해 주시기 바랍니다.

열흘을 지내면서 가질 수 있는 확신으로는, 제가 들어와 살고 있는 이 대가족은 만족하는 영혼을 가지고 한데 사는 것이 분명한 사람들로 이루어져 있다는 사실 이외에 달리 말씀드릴 수가 없습니다. 나이 어린 형제들 간에는 순진한 쾌활함이, 나이 든 분들 간에는 건강한 오성과 고상한 관용이 깃들어 있습니다. 특히 이 집의 가장은 제가 보기에 자신의 신분에 걸맞게 특별히 많이 학식을 쌓고 많은 경험을 겪은 분입니다. 그렇지만 저를 매우 흥미롭게 하는 어떤 소박함도 겸비하고, 자식들(그중 큰아들은 결혼해서 함께 살고 있습니다) 사이에서 조용하고도 까다롭지 않은 존재감을 보여주고 있습니다.

이번에는 더 자세히 설명드리지는 않겠습니다. 지금 드린 말씀으로 충분하리라 생각합니다. 저는 만족하고 있습니다. 제가 할 일도 시작되었고, 순조롭게 진행되고 있습니다. 사람들이 시간이 가더라도 지금처럼 저에게 만족하기를 희망합니다. 그리고 어머니와 동생들, 가장 사랑하는 모두가 저에게 언제나 좋은 소식을 들으시고 언젠가는 저에 대해서 정말 아무 걱정하지 않기를 바랍니다. 저는 완전히 건강해진 것을 느끼고 있습니다. 어머니와 동생들로부터 곧 무엇인가 소식을 들을 수 있다면, 그리하여 어머니와 동생들의 사랑을 다시 가까이 느낄 수 있다면 제가 얼마나 기쁘겠습니까, 착하신 어머니 그리고 동생들이여! 지난해 얼마 안 되는 시간이었지만 어머니와 동생들 곁에서 살았다는 사실이 참으로 기분 좋습니다. 저는 사람들 사이에서 서먹해졌었지만, 어머니와 동생들 사이에서 다시금, 아니 어쩌면 처음으로 가족들 안에는 평생 저의 마음을 위한 하나의 피난처가 있으며, 아무도 저에게서 빼앗아 갈 수 없는 영원한 기쁨이 깃들어 있음을 온전히 느꼈습니다. 다음번에는 사랑하는 누이동생과 카를에게 별도로 편지를 쓰겠습니다. 콘스탄츠에서 보낸 편지를 어머니가 지금쯤은 받아보셨으리라 생각합니다. 다음에 보내드릴 편지로 저의 부채를 최소한 일부분이라도 갚을 수 있을 것입니다. 곤젠바흐 씨는 벌써 여행 경비를 알려달라고 말했습니다. 저는 기회가 닿는 대로 그분께 계산서를 제시하려고 합니다.

어쩔 수 없이 여기서 펜을 내려놓아야겠습니다. 모임에 가야 하고 저녁이 되기 전에 편지가 발송되어야 하기 때문입니다.

저에 대한 어머니의 사랑을 잘 간직해 주십시오, 사랑하는 어머니! 그리고 다가오는 평온의 시간[1]이 어머니의 삶에 드리는 기쁨을 누리십시오. 지금 어머니께서 맞고 계시는 존경할 만한 연세를 지금보다 더 많이 휴식과 평온, 그리고 쾌활함 속에서 누리시는 것이 당연합니다. 그동안 얼마나 많은 은혜를 저희에게 베푸셨는지요! 그러한 어머니, 그러한 딸, 그런 손자 손녀를 매일같이 눈앞에 두고 지내는 것이 모든 사람들이 누릴 수 있는 행복이 아니라는 것을 어머니도 알고 계십니다. 그리고 떨어져 살고 있는 아들들은 어머니의 엄격하기 이를 데 없는 시험의 심판을 통과할 수 있는 태도로 살아나가기 위해 어머니의 뜻을 충실히 따르고 있습니다.

저의 존경하는 외할머니께 안부 인사 전해주시기를 부탁합니다.

영원히
어머니의
충실한 아들
횔덜린 드림

저의 주소: 콘스탄츠 인근 하우푸트빌, 안톤 곤젠바흐 댁 내.

슈바프 양[2]의 편지를 제가 정확하게 전달했습니다. 사람들은 그녀를 만족하며 회상하고 있습니다.

1 1801년 1월 2일 르네빌에서 평화협정 협상이 시작되었다.
2 튀빙겐의 약사 요한 하인리히 슈바프의 딸로 후일 이마누엘 나스트의 부인이 된다.

누이동생에게 보낸 편지

장크트갈렌 인근 하우프트빌,
1801년 2월 23일

사랑하는 리케야!

이곳 우리 사이에 평화협정 체결 소문[1]으로 꽉 채워진 날 너와 가족들에게 편지를 쓰고 있다. 네가 나를 잘 알고 있으니 이 소식이 나에게 얼마나 힘을 주는지 말할 필요조차 없어 보인다. 오늘 아침에도 점잖은 이 집 가장 어른이 그 일로 인사를 건넸을 때 나는 거의 아무 말도 할 수 없었다. 그러나 가까이 있는 알프스산맥 위의 맑고 푸르른 하늘과 순수한 태양이 이 순간 나의 눈에는 너무도 사랑스러워, 기쁨 가운데 어디로 눈길을 돌려야 할지 마치 평소에도 내가 몰랐던 것만 같았다.

나는 이제 이 세상이 정말로 좋게 변화하리라고 믿는다. 내가

1 2월 9일 체결된 르네빌 평화협정은 횔덜린에게 찬가 〈평화의 축제〉(《횔덜린 시 전집 2》, 231~240쪽)를 쓰도록 영감을 주었다. 그는 비가 〈귀향 — 근친들에게〉(같은 책, 143~149쪽), 특히 79행 이하(147쪽)에서도 이 평화협정을 암시하고 있다. 그리고 비가 〈빵과 포도주〉(같은 책, 132~142쪽)의 마지막 연(141~142쪽)에서는 이 평화협정의 성립 과정이 신화적으로 표현되었다.

근래 또한 오래전에 흘러간 날들을 생각할 때, 모든 것이 나에게는 보기 드문 나날, 아름다운 인간성의 나날, 확실하고 두려움 없는 선과 신념의 날들을 이끌어 오리라는 생각이 든다. 그 나날들은 쾌활하고 성스러우며 또 숭고하고 단순명료한 날들일 것이다.

이 평화의 소식과 이 지역의 위대한 자연은 나의 영혼을 놀랍게도 고양시키고 만족시키고 있다. 나처럼 너도 이 빛나는 영원한 산맥 앞에 서면 그처럼 충격을 받을 게 분명하다. 만일 권세의 하느님이 이 지상에 옥좌를 가지신다면, 그것은 이 장려한 산정 위일 것이다.

내가 밖에 나가 가장 가까이 있는 언덕 위에 오르면, 그리고 천공으로부터인 것처럼 산꼭대기들 모두가 점점 가까이, 사방 자기의 곁을 사철 푸른 전나무의 작은 숲들로 장식하고, 호수와 시내가 있는 깊은 곳으로 흘러가는 이 다정한 계곡에 내려오면, 나는 어린아이처럼 그저 거기에 서 있을 뿐이다. 나는 거기 한 정원 가운데 살고 있다. 내 창문 아래에는 밤이면 모두가 고요할 때 찰랑대는 소리로 나를 즐겁게 해주는 맑은 개천가에 수양버들과 포플러가 서 있다. 그리고 나는 밝은 별들로 가득 찬 하늘을 바라보며 시상에 젖거나 명상에 잠긴단다.

사랑하는 리케야! 너는 알고 있지, 젊은 시절 고통을 겪을 대로 다 겪고, 지금은 있는 그대로에 진심으로 감사할 만큼 만족하고 어떤 방해도 받지 않는 한 인간처럼 내가 이곳에서의 체류를 바라본다는 것을 말이다. 그리고 나의 마음이 평화로워질수록, 너희들, 멀리 떨어져 있는 사랑스러운 너희들에 대한 기억이 그만큼 더 선명하고도 생생하게 떠오른다. 그리고 그렇다, 내가 그 기억을 너무도 생생하게 느끼기 때문에, 나에게는 너와 우리의 사랑하는 모두가 더욱 잊을 수 없는 더 행복한 날들이 아직도 남아 있을 것이라고 말해도 될 것 같다. 그동안 나는 바른 양심을 가지고 살며 나의 의무를 다하리라 자신한다. 나머지는 하느님이 뜻하시는 대로다! 그리고 내가 때때로 너와 어머니와 외할머니, 그리고 동생 카를과 너의 아이들을 다시 만나고 너희들의 식탁에 초대받을 수 있으리라는 것 말고는 다른 어떤 것도 미래가 나에게 약속하지 않아도, 나는 그것으로 충분하다!

우리의 자비로운 어머니가 이번에도 나의 부채[2]를 면제해 주신다는데, 그것은 우리의 약속을 거스르는 일이다. 어머니는 적어도 내가 이렇게 쉽게 마음에서 나오는 말과는 다른 방법으로 감사드리는 것을 받아주셔야만 한다.

부디 건강하거라, 그리고 행복하거라. 우리의 사랑하는 어머니와 외할머니에게 이 봄에는 가끔 초원으로 산책을 하시고 그것이 습관이 되도록 설득해 보아라. 산책이 장수와 정신의 강건함을 지켜준다는 것을 나는 크게 믿고 또 그렇게 생각하고 있다.

카를에게 내가 아직 편지를 쓰지 못한 것에 대해서 나를 대신해 사과해 주면 좋겠다. 내가 알고 있는 것만큼 카를도 우리가 항상 가까이 있으며 또 언제나 서로에게 속해 있다는 것을 잘 알고 있다. 물론 좋고 성스러운 모든 것은 찬미받아 마땅하다. 그리고 그렇기 때문에 우리의 편지 교환도 너무 오랫동안 중단되어

2 하우프트빌로 가는 여비 33굴덴을 어머니가 횔덜린에게 준 바 있다.

서는 안 될 것이다. 그동안 너에게 보낸 편지는 다른 모든 사랑하는 우리 가족들처럼 그에게도 역시 관계되어 있다.

잘 있거라. 그리고 나에게 곧 다시 편지를 쓰거라!

너의
횔덜린

크리스티안 란다우어에게 보낸 편지[1]

[하우프트빌, 1801년 2월]

나의 사랑하는 친구여!

나는 여기서 생각을 가다듬고 우선 어느 정도 주위를 살핀 다음 자네에게 편지를 쓸 생각이었네. 이제 내가 현재의 환경에 적응한 것으로 생각한다고 말해도 될 것 같네.

자네와 나머지 친구들과의 교제는 내가 항상 아쉬워했고 또 앞으로도 쓸모를 찾게 될 실질적인 소득을 나에게 안겨주었다네. 나는 자네들에게서 처음으로 진정한 평온을 배웠다네. 진정한 징표를 통해서 알게 된 후, 그 사람의 영혼의 바탕을 믿어서 생기는 평온 말일세. 그럴 때 우리는 더 단단하고 충실하게 삶에, 그리고 관련된 사람들 간에 애착심을 갖는다네.

이것을 내가 지금 함께 살고 있는 사람들에게 정확하게 적용할 수 있다네. 나에게서 기대할 수 있는 가장 냉철한 판단에 따

1 1801년 2월 9일 이전에 쓰기 시작해서 23일경에 마무리한 것으로 보인다.

르면, 이분들은 상대의 마음을 약하게 하지 않고 관심과 어울림도 강요하지 않으며 오로지 진심으로 외지인에게 관심을 내보이는 세심한 사람들이라네.

바로 그런 이유에서 자네들은 나에게 잊을 수 없는 사람들이라네. 그리고 나는 여기 이 공동체에서 지내는 가장 좋은 시간에도 그대들을 생각할 것이네.

나는 그대들 각자에게 직접 친히 인사를 전하고 싶네. 그리고 각자에게 슈투트가르트에서 우리가 함께했던 생활의 아름다운 메아리가 얼마나 진정으로 나를 떠나지 않고 따라다니는지를 말해주고 싶네. 특히 이 메아리는 나의 여행 동안 나의 아침 노래이자 저녁 노래였다네.

도보로 몇 시간 거리에서 이곳을 에워싼 알프스산맥 앞에 나는 아직도 충격을 받은 채 서곤 한다네. 나는 사실 그러한 광경을 경험한 적이 없네. 그 산들은 우리의 어머니 대지의 영웅적인 청춘 시절에서 나온 경이로운 신화와 같으며, 평화로운 가운데 낮과 밤에 해와 별들이 반짝이며 비치고 있는 그 맑은 푸른빛의 눈 위를 내려다볼 때는 옛 창조적인 카오스를 생각나게 한다네.

그러면 자네는 지금 초봄에 모든 자연의 힘이 나에게 얼마나 쾌감을 주는지, 그리고 내가 사방의 언덕들과 시냇물, 그리고 호수를 보면서 얼마나 즐거워하는지를 충분히 생각할 수 있을 거네. 이 봄이 지난 3년 이후 내가 자유로운 영혼과 생생한 감각으로 누리는 첫 번째 봄이기 때문이라네.

사랑하는 친구여! 나는 오랫동안 타인들과 나 자신에게 짐이 되고 생명의 주인과 나의 수호신 앞에 하나의 치욕이었던 환멸을 짊어져 왔다네. 나는 항상 평화 가운데 이 세상과 더불어 살고자 했고, 인간들을 사랑하고 성스러운 자연을 참된 눈으로 바라보고자 했다네. 그러다 보니 굴복해야만 하고 다른 이들에게 무엇인가가 되기 위해서 나 자신의 자유를 잃을 수밖에 없다네. 마침내 나는 전력을 다하는 가운데에만 온전한 사랑이 깃든다는 것을 느끼고 있다네. 내가 완전히 순수하게, 그리고 자유롭게 다시 나를 두루 살펴보는 순간 그러한 사실에 깜짝 놀랐다네. 인간이 그 자신 안에 확고하고, 자신의 최상의 삶에 집중하면 할수록, 그만큼 가볍게 예속된 기분을 벗어나서 고유한 자기로 다시금 되돌아가며, 그의 눈마저 그만큼 더 밝고 더 넓게 바라보게 되는 법일세. 그리고 이 세상에 존재하는 쉽거나 어려운 모든 것 또한 위대하거나 사랑스러운 모든 것을 위한 가슴을 가지게 된다네.

이 편지의 첫 페이지를 2주일 전에 쓰지 않았더라면, 나는 자연스럽게 평화협정에 대해서 맨 먼저 썼을 것이네. 평화를 접하고 무엇보다 내가 기뻐한 것은 그 평화와 더불어 정치적인 관계들과 불화들 자체가 지나치게 무거운 역할을 내려놓고 원래의 속성인 단순 간결을 향해서 좋은 출발을 보였다는 사실이네. 인간이 국가로부터[2] 경험하거나 국가에 대해서 아는 것이 적으면 적을수록, 그 형식이야 어떻든 그만큼 더 자유롭다는 것은 결국 진리라네.

2 횔덜린은 국가에 대한 이러한 관점을 소설 《휘페리온》의 주인공 휘페리온을 통해 펼친다. 그는 국가 질서를 근본적으로 부정하는 것은 아니지만, 국가의 형태는 인간에 대해 경직되거나 독자적이어서는 안 되며, 오히려 인간과 자연과 더불어 내면적인 연관을 통해 성장해야만 한다고 주장한다. 이러한 사상은 특히 희곡 《엠페도클레스의 죽음》에 잘 표현되었다.

우리가 강제하는 법들과 그 집행인을 가져야 한다는 것은 피할 수 없는 불행이네. 나는 전쟁과 혁명과 함께 그 도덕적인 보레아스,[3] 시기 질투의 정신은 중지된다고 생각하네. 그리고 보다 아름다운 교제가, 오로지 확고한 시민적인 교제가 성숙해질 것이네!

나의 사랑하는 친구여! 내가 수다스러운 생각들로 그대를 지루하게 만들었다면 용서하게나. 마치 나에게 말하는 것처럼, 자네를 향해서 말해도 되지 않겠나.

자네가 나에게 관용을 베풀 의사가 있다면, 부인들[4]에게 좋은 기억으로 나를 지켜주어야 하네. 자네들은 크게 소리 내어 웃을 것이네. 그러나 나는 음악의 그 황금과 같은 시간에 대해서 여전히 특별하게 감사해야만 한다네! 그 다정한 음향은 내 마음 안에 깃들어 있네. 그리고 그 음향은 내 마음이 평화롭고 주변이 고요할 때면 가끔씩 깨어날 걸세.

모든 친구들에게 인사를 전해주게! 그들이 내가 충실한지 어떤지를 알고 또 느끼고 있을 거네. 나는 그들 하나하나와 대화를 나누고 있지. 아니야! 나에게 귀중했던 그 어떤 것도 나의 마음의 눈에서 떠나지 않고 있네.

잘 있게나!

그대의
횔덜린이

3 그리스신화에 나오는 북풍의 신으로 반생명적이다.
4 란다우어의 어머니와 부인 요한나 마르가레트 루이제 하이겔린을 말한다.

크리스티안 란다우어에게 보낸 편지

[하우프트빌, 1801년 3월 하순]

역시, 고귀하고 귀중한 친구여! 내가 자네의 두 번째 편지를 받고 자네의 부드러운 질책에서 나에게 자네란 존재는 무엇이며 또 변함없이 그럴 것이라는 사실을 절실하게 느끼고 있네.

나는 여기서 언제 우편이 떠나는지 아직 알지 못하네. 어쨌든 몇 주 전부터 머릿속이 조금 복잡하다네.[1]

오! 자네는 알고 있지, 그것이 때때로 그렇게 강렬하게 나를 기습해 오면 올수록, 그만큼 더 오랫동안 내가 그것에 관해 침묵해 왔다는 것, 나는 내 안에 하나의 가슴을 지니고 있으나 무엇을 위해서인지 알 수 없고, 누구에게도 나를 알릴 수 없고, 여기서 누구에게도 나를 완전히 표현할 수도 없다고 자네에게 말한다면, 자네는 내 영혼을 환히 꿰뚫어 볼 거야.

나의 천성으로 말미암아 숙명 지어진 이 외로움, 그리고 나 자

1 이러한 언급은 수개월 동안 고조되었던 정신적인 위협과 착란의 압박을 의미하는 듯 보인다. 뷔르템베르크로의 이른 귀향도 이와 관련 있어 보인다.

신이 외로움에서 빠져나오기 위해 여러 관점에서 목적에 맞추어 환경을 선택했다고 믿으면 믿을수록, 점점 더 거역할 수 없이 위축되고 마는 이것이 축복인가 아니면 저주인가 나에게 말해 주게나. — 하루쯤 자네들이 있는 곳에 있을 수 있다면 얼마나 좋을까! 그대들과 악수를 나눌 수 있다면! 착하기 이를 데 없는 친구여! 자네가 프랑크푸르트에 가게 된다면, 나를 생각해 주게나![2] 그렇게 하겠지? 희망하건대 나는 나의 친구들에게 항상 쓸 만한 친구가 되려네.

자네의
횔덜린

2 란다우어는 견본시를 참관하려고 정기적으로 프랑크푸르트를 방문했다.

동생에게 보낸 편지

[하우프트빌, 1801년 3월 하순]

나의 동생 카를아!

오래전부터 우리가 서로를 더 이상 예전처럼 사랑하고 있지 않다는 것을 나는 느끼고 있다. 그리고 그것은 나의 책임이다. 차가운 목소리를 내기 시작했던 사람이 바로 나였기 때문이다.

너는 아직 알고 있느냐, 나의 홈부르크 체류 초기를, 그리고 그때 네가 나에게 쓴 편지들을 기억하느냐? 영원한 사랑에 대한 어떤 회의가 나의 마음을 사로잡고 있었다. 그리고 나는 참으로 영혼과 사랑의 징후에 대한 이 두려운 불신에 빠져들었다. 그러나 그보다 더한 것은 영혼과 사랑의 죽음이었다. 나의 더없이 사랑하는 동생아! 내가 더 높은 삶을 믿음과 조망 안에 단단히 간직하려고 죽도록 고군분투했다는 것을 믿어주기 바란다. 그렇다, 나는 인간이 굳센 힘으로 배겨낼 수 있는 다른 어느 것보다 어떤 면으로 보더라도 더 압도적인 고통 가운데 투쟁했었다. — 내가 이런 말을 하는 데는 까닭이 없지 않다. — 결국, 나의 가슴은 사방으로 찢겼으나 무너지지 않았고 맑은 눈으로는 쉽사리 해결을 찾을 수 있는 물음, 다시 말해서 영원히 생동하는 것과 일시적인 것 가운데 무엇이 더 중요한가라는 물음에 대한 그 심술궂은 의심 안으로 나의 생각이 끌려 들어갈 수밖에 없었다. 불가피한 모든 것에 대한 지나친 과소평가만이 내가 너무 심하게 그리고 실질적으로 진지하게 회의하면서도 모든 외적인 것, 즉 우리 가슴의 영역 안에 있지 않은 것을 바라다보고 또 받아들였던 그 상당히 커다란 오류로 나를 이끌 수 있었다. 그러나 나는 이것을 올바르게 체험할 때까지 오랫동안 반복했다. 나는 역시 체험했고 거기에서 빠져나왔다. 그리고 일치, 성스러운 일치감, 형제의 사랑조차도 그렇게 쉽게 만드는 보편적인 사랑이 사라지면 모든 것도 사라지고 만다고 말하기에 이른 것이다. 이 세상에는 오로지 하나의 다툼만이 있다. 즉, 전체 또는 개별 가운데 무엇이 더 중요한가에 대한 다툼만이 존재한다. 그리고 전체를 위해서 참되게 행동하는 사람은 그 자체로 평화를 위해서 더 많이 기여하고 모든 개별적인 것을 존중하는 경향을 더 많이 띠게 되어 실행을 통한 모든 시도와 실제에서 이 다툼은 무의미해지고 마는 것이다. 이렇게 귀결되는 것은 그렇게 참되게 행동하는 사람의 인간적인 감각, 바로 그의 가장 고유한 성격은 그를 자기중심주의 또는 유사한 어떤 것보다 순수한 보편성으로 점점 더 이끌기 때문이다.

시작은 신으로부터A Deo principium. 생명의 생명에서! 이 구절을 이해하고 간직하는 사람은, 자유롭고 힘차며 기쁨에 차 있다. 그 반대인 모든 것은 키메라이며 무화될 때까지 용해되고 만다.

그러니 무슨 의식이나 기분 내기가 아닌 이러한 우정의 회복에서 우리 사이에도 시작은 신으로부터 함께하기를 바라는 것이다.

우리가 평소 함께 생각해 왔던 것을 나는 아직도 생각하고 있다. 다만 더 실용적으로 말이다! 모든 무한한 일치, 그러나 이 모든 것 안에서도 **특히 일치적인 것**, 그리고 일치시키는 것, 그러니까 **그 자체이며 자아가 아닌 것**, 이것이 우리 사이에서 신이시기를!

나는 마치 믿지 않았던 다른 사람에게 무엇인가를 증명하고 싶은 사람처럼 말하고 있다. 그리고 나의 가슴은, 성스러운 것을 사랑하는 모든 이의 생명으로 가득 차 있다. 이것이 무엇을 뜻하는가? 나에게 말해달라! 너는 나의 영혼 안에 들어와 느끼고 있으니까 말이다. 아직도 불신이 있는가? 누군가 말하고, 기쁨으로 명쾌하게 말할 때, 그러나 누군가 친구를 틀림없는 사람으로 바라다보고 매 말마디마다 거듭 그를 칭송하지만 그렇게 진지하지 않을 때, 아름다운 이해에 대한 불신이 있는가? 그렇다! 그것이 불신이다. 그러나 다른 이의 마음에 대한 불신은 아니다. 그 마음이 전체에 속하고 따라서 나에게도 속해 있는 한에서는 그렇다. 마치 표현되고 명예를 얻기 위해서 두 형제를 그리고 그보다 더해서 형제자매를, 인간의 전 세계를 필요로 하는 보다 고귀한 그 무엇을 우리가 사랑하듯 우리 둘이 서로를 꼭 사랑할 필요가 없는 것처럼 말이다. 사랑하는 영혼의 카를아! 선량한 사람들은 서로를 버리지 않는다. 선량한 그들이 포함된 전체가 선하다면 그들은 그렇게 할 수 없다. 다만 한 구성원이 다른 구성원에게 자신을 알릴 수단이 때때로 보이지 않는다. 아주 자주 인간들 사이에 기호와 말이 모자르다는 것이다. 그러니 보아라! 우리는 서로를 기억해야만 한다는 것, 게을리했던 것을 만회하고 말해야만 한다는 것, 그것도 큰 소리로 서로를 향해서 우리가 서로에게 무엇이며, 무엇을 위해서 존재하는지 말해야만 한다는 것을 말이다. 그렇다! 언어를 잘못 사용하는 사람, 언어를 왜곡하는 사람 또는 지키지 않는 사람은 매우 큰 잘못을 저지르는 것이다. 그러나 말을 너무도 적게 쓰는 사람 역시 잘못을 저지르기는 마찬가지다. 그러나 이번에는 우리가 마치 새롭게 하는 것처럼 시작해 보자는 말밖에 달리 하고 싶은 말이 없다. 앞으로 우리가 더 많이 말하고 언어가 얼마나 냉정한지 더 많이 느낄수록 우리는 그만큼 더 많이 우리의 영혼과 충실함을 그 안에 투입하려고 노력할 것이며, 선량한 모든 것이 우리 내면에 그만큼 더욱 생동할 것이다. 우리가 서로 무엇인가 정당한 것을 발언하는 데 언젠가 마침내 성공하는 순간들, 형제가 형제에게, 남아가 남아에게, 인간적인 영혼이 인간적인 영혼에게 성스러움과 기쁨의 증인으로 나타나는 순간들, 그것은 모든 희망과 모든 성취에 값할 만큼의 가치가 있는 것이다.

여기 삶의 이 순수함 가운데, 여기 은빛으로 빛나는 알프스산맥 아래 비로소 나의 가슴도 한층 가벼워진 것 같다. 종교가 주로 나를 몰두시키고 있다. 너는, 젊은이의 힘과 고독 가운데, 마치 바위처럼, 모든 천국적인 것이 터를 잡을 수 있는 그 기백 넘치는 감정 가운데, 너의 의무를 실행하려는 감정 가운데, 참으로 나에게도 도움을 줄 것이 분명하다. 숨김없는 영혼의 한마디 말은 그만큼 가치가 있다. 그것이 얼마나 가치 있는지 너는 알고 있지 않느냐. 무엇보다도 나는 너에게, 바로 그 때문에 빌겠다. 네가 나에게 어떤 일에 직접적으로나 간접적으로 관계되는 모든 것에 대해서 너의 가슴에서 우러나오는 생각을 말해주기를, 그리고 나의 말을 형제로서 받아들이기를 말이다. 그리하여 한 형제의 권한으로 나에게, 이것 또는 저것은 나를 위해서가 아니었다고 말하게 되기를 바라는 것이다. 강고한 믿음, 그리고 순수하고 자유로운 솔직함이 우리 가운데 자리하기를 바란다!

삶에 그런 꽃들이 없다면, 그런 삶이 무슨 삶이겠느냐! 그러나 그처럼 진실하게, 그리고 하늘로부터 아래로 접속되어 우리는 더 높은 존재의 눈으로 보기도 하고, 정신이 받아들이고 창조한 밝은 요소 안에서 한층 가볍고도 힘차게 활동한다. 그리고 비로소 올바르게 이 세상을 살아나간다. 또한 아직 태어나지 않은 자들은 미래에 이를 느끼게 되리라!

나의 동생 카를아! 이 황금빛 희망들이 나를 버리지 않을 것이고 너 또한 버리지 않을 것이다.

잘 있거라! 그리고 곧바로 회신하거라! 너는 또한 기쁨을 앞서서 느낄 것이다. 우리가 앞으로는 서로에게 매우 큰 의미를 가질 것이라는 사실을 나는 알고 있고, 너 또한 알고 있다.

너의 형
횔덜린 씀

실러에게 보낸 편지[1]

슈투트가르트 인근 뉘르팅겐,
1801년 6월 2일

가장 존경하는 선생님! 저는 오랫동안 선생님께 언젠가는 저를 다시 상기시킬 수 있지 않을까 하는 희망을 품어왔습니다. 그리고 선생님께 보여드리기 위해서 몇몇 원고를 작성하려고 했습니다. 그러나 선생님은 저를 거의 포기하신 것이 분명해 보였습니다. 그래도 저는 제가 처한 상황의 압박이 저를 완전히 압도하지 못했다는 것과 여전히 선생님의 옛 아량에 부응해 나름대로 살아오면서 계속 공부했다는 것을 선생님이 아신다 해도 불쾌해하시지 않으리라고 생각했습니다. 그러나 지금은 제가 생각했던 것보다 더 앞당겨 편지를 올려야만 될 것 같습니다. 언젠가는 예나에서, 선생님 곁에서 살겠다는 저의 소망이 이제는 거의 불가

1 4월 중순 횔덜린은 하우프트빌을 떠나 뉘르팅겐으로 돌아왔다. 회신을 받지 못한 1799년 9월의 마지막 편지 이후 다시 한 번, 그것도 지원을 부탁하는 편지를 실러에게 쓰겠다는 결심이 횔덜린에게 심적 부담이 컸던 것이 분명하다. 횔덜린은 예나에서의 강의 활동을 새로운 가정교사나 심지어 부목사로서 독립성을 위협받는 사태에 대응하는 마지막 탈출구로 생각했다. 실러는 이 편지에도 답을 하지 않았다.

피한 일이 되었습니다. 제가 긍정과 부정의 측면에서 그 이유를 곰곰이 생각해 보았으나 저는 선생님의 동의 없이는 아무것도 할 수 없기에 선생님으로부터 이러한 선택에 허락을 얻는 것밖에 남아 있는 일이 없었습니다.

저는 전적으로 독립적인 일거리로 완전히 독립적인 실존을 도모하는 것이 저에게는 가능하지 않다는 것을 지금까지의 경험을 통해 알게 되었습니다.

그렇기 때문에 저는 거의 중단 없이 주로 가정교사로 생활해 왔으며, 대부분 저의 의무를 다하는 가운데, 제가 미숙할 때는 다른 사람들의 불만을, 제가 일단은 능숙해 보일 때에는 그들의 부담스러운 동정을 상당히 경험했습니다. 존경하는 선생님! 저는 그런 상황에서 선생님께서 교제를 통해 저에게, 불행한 시간에도 저의 마음속에서 다 지워버릴 수 없었던 기쁨을 베풀어 주신 것에 가장 깊은 마음으로 감사를 드렸습니다. 그러나 저의 인내는 차츰 격정으로 바뀌어 갔습니다. 결정이 어려운 경우, 저는 제 삶의 본래 목적을 타인의 필요에 희생시키지 않으면 안 될 가능성이 더 커 보이는 방향으로 오히려 기울어졌습니다. 이제 저는 가장 가까이 놓여 있는 천직을 위해 사는 것이 거부되었을 때는 어떤 타협도 가능하다는 사실을 분명히 알게 되었습니다. 그러나 잘못된 체념은 엄청난 어리석음만큼 틀림없이 좋지 않은 결말에 이르고 만다는 사실도 분명히 알고 있습니다. 저에게 이런 사실이 다른 어느 때보다 지금 더 분명히 떠오릅니다. 제가 어떤 다른 간섭이 없다면 몇 주 내에 부목사로 어떤 시골 목사에게 가는 것이 불가피해졌기 때문입니다. 제가 이러한 분야가 가지는 가능한 가치와 즐거움을 인정하지 않아서는 아닙니다. 그러나 이 직업에서 일단 조건으로 되어 있는 용무와 전체적인 처리 방식이 저의 표현 방식과 너무도 심하게 대조를 이루고 있어서 이러한 갈등과 모순 때문에 결국에는 제가 모든 전달 능력을 잃을 수밖에 없을 것 같습니다.

저는 수년 전부터 거의 중단 없이 그리스 문학에 몰두했습니다. 제가 일단 어느 경지에 도달했었기 때문에, 그리스 문학이 처음에 그렇게 쉽게 빼앗아 갔던 자유를 저에게 되돌려줄 때까지 이 공부를 중단할 수 없었습니다. 그리고 저는 그리스 문학에 관심이 있는 젊은이들을 그리스 문자에만 예속된 상태에서 해방시키고, 이 그리스 작가들의 위대한 확실성이 이들의 충만한 정신의 결실이라는 것을 그들에게 이해시키는 데 제가 특별히 쓸모가 있으리라고 믿습니다.

저는 또한 필연적으로 서로 다른 최고의 원리들과 순수한 방법들의 필연적인 유사성에 대해 많은 것을 생각하도록 자극받았습니다. 이것은 전체적인 연관성과 정확한 경계 긋기로 서술될 수 있으며, 또한 교양 계층과 거기에서 배제된 영역에 상당한 빛을 비춰줄 수 있지 않을까 합니다.

존경하는 선생님! 어쩔 수 없이 늘어놓은 저의 이 자화자찬을 선생님의 몸에 밴 아량과 함께 읽어주시기를 간절히 바랍니다. 또한 제가 직설적으로, 그리고 장황하게 저에 대해 설명드린 것이 저보다 위대한 어떤 분 앞에서 겸손을 잊도록 잘못 배운 것이 아닌가 생각하지는 마시기를 간곡히 빕니다.

저는 제가 예나로 가서 저의 시간 대부분을, 제가 아는 한 저에게 허락되리라고 생각되는 강의에 할애한다면 그것이 부당한 일은 아닐 것이라는 근거들을 솔직히 제시하고자 했을 뿐입니다.

저는 많은 수강생을 곧장 기대하지 않습니다. 그러나 그런 유의 강의에 통상 참여하는 수만큼은 생각합니다. 또한 제가 강의를 맡음으로써 누구에게도 방해되지 않기를 희망합니다.

선생님이 부정적으로 말씀하신다면, 저는 조용히 다른 길을 갈 것입니다. 그리고 어떻게 해야 스스로를 똑바로 세울지 알게 될 것입니다.

선생님은 선생님의 관심으로 제 삶의 행로에 빛을 비춰주시는 것을 거절하시지 않으리라 믿습니다. 저의 인생 행로가 가지고 있지도 않은 어떤 의미를 허황되게 저의 인생 행로에 부여하려고 시도하지 않고 있기 때문입니다.

선생님은 온 민중을 즐겁게 해주시면서도, 그것을 거의 알아차리지 못하십니다. 선생님을 전적으로 존경하는 어떤 한 사람의 내면에 선생님으로부터 온 새로운 삶의 기쁨이 떠오르는 것을 보는 것도 선생님께 전혀 무가치한 일은 아닐 것입니다.

저는 제가 선생님을 다시 뵙고 처음 만나 뵀을 때의 그 경외심과 함께 인사 드릴 수 있는 순간에 많이, 매우 많은 것을 잊게 될지도 모르겠습니다.

진실로
선생님의 것인
횔덜린 올림

이마누엘 니트하머에게 보낸 편지

슈투트가르트 인근 뉘르팅겐,
1801년 6월 23일

나의 존경하는 친구여!

그대가 나에게 입을 다물지 않을 수 없는 이유를 가지고 있다고 내비친 이래 우리 둘 사이에 펼쳐진 침묵[1]을 깨려고 내가 용기를 내었소. 그대에게 나를 다시 상기시키는 것이 망설여지는 것도 사실이오. 왜냐하면 내가 이렇게 하는 동기가 이례적이어서 그대가 놀라워할지도 모르기 때문이오. 그러나 나는 그대가 소통을 즐거워하는 나의 성향을 나쁘게 생각하지 않으리라는 믿음을 가지고 있소. 또한 그대가 지난 시절 나의 삶에 보였던 관심과 내가 일찍이 즐거워했던 그대의 우정을 생각할 때 더욱 그렇다오.

나는 지금 일찍이 내가 부탁하면 거절한 적 없는 그대의 조언

1 마지막 편지는 횔덜린이 니트하머의 잡지 《철학 저널》을 위한 투고 연기를 간청했던 1796년 초로 보인다. 약속한 논고는 완성되지 못했다. 그 후 니트하머도 더 이상 이 문제를 언급하지 않았다.

이 필요한 지점에 와 있기 때문에, 그대에게 편지 쓰는 일을 피할 수 없게 되었소.

나는 지난 수년 동안 내 삶의 계획에 적절치 않았고 내 처지에 대한 만족이라는 행복도 아주 드물게만 느낄 수 있었던 그런 고용 관계 아래 살아왔소.

나는 성직으로는 가고 싶지 않소. 그리고 지금, 내 나이 서른 한 살에 부목사로 한 사람의 목사에게 의존해야만 한다는 전망 자체가 나에게 불쾌감을 불러일으킨다오. 나의 보호에 기댄 어린아이들과의 일상 생활이 그 어린아이들의 정신적 발전을 내면으로부터 촉진하고, 내가 그들에게 행한 매일매일의 수업으로 그들 마음 안에 어느 날 교양의 길을 혼자 걸어가야만 한다는 의식을 일깨우는 것이 가능했기 때문에 나에게 제안되었고, 내가 행한 한 교육자로서의 활동이 나에게 해볼 만한 가치를 가진 것으로 보였다오. 그러나 한 사람의 입주 가정교사의 삶에 전개되는 관계의 변화는 내 천성에도 내 삶의 계획에도 적합하지 않았소. 그리하여 그 고용 관계가 끝나면 나 자신이 좋다고 생각하는 것에 따라 몰두할 수 있는 독립적 시간이 이어지도록 언제나 시도했던 것이오. 그리하여 나는 거의 2년간 홈부르크에서 나의 친구 싱클레어의 동료들과 어울려 살았고, 거기서 전적으로 내 방식대로 일하고 문학적인 습작을 추진할 수 있었소.

바로 얼마 전 나는 가정교사로서 웬만큼 행복한 시간을 보냈던 스위스에서 고향으로 돌아왔소. 여기서 내가 이미 포기하다시피 했던 한 옛 계획[2]이 내 머릿속에 다시금 단단히 자리를 잡았는데, 그것이 매우 심해져서 나는 매일 그 계획을 어떻게 하면 잘 실현할 수 있을까를 골똘히 생각하게 되었소. 나는 나의 삶 가운데서 계획과 소망들이, 나의 천성에는 일치를 이루고 있지만 현실을 훨씬 넘어서 있고, 그러다 보니 운명이 삶의 행로에 앞서 정해준 현실 상황에 압박받는 것을 너무 자주 체험했다오. 나는 나의 상황을 바꿔보려고 하오. 그래서 지금 내가 하고 있는 개인적인 문필가로서의 삶을 더 이상 계속하지 않기로 결단했소. 나는 예나로 갈 생각이오. 그리고 그곳에서 지난 수년 동안 내가 한 일의 중심이었던 그리스 문학 분야에서 강의로 기여하고 싶소. 나는 강의로 그리스 문학에 관심 있는 젊은이들에게 위대한 문학 작품들의 특성을 제시해 주고 소재를 유기화하여 문학적인 생명을 자유롭게 풀어주었던 것이 어떤 정신이었는지 그들에게 설명하려는 것이라오. 그런 활동은 지금 나의 의도에 전적으로 일치하며, 나는 강의에 내 삶의 유리한 전환을 기대하고 있소.

내가 의도하는 것은 단순히 어휘나 언어의 해박한 지식을 촉구하는 식의 문제와 아무런 관련도 없소. 그리고 궁정 고문관 쉬츠와 테네만 교수와 충돌하지 않기를 희망하오. 이 두 분께서 그리스 문학을 강의한다고 들어서 하는 말이오.

나는 궁정 고문관 실러 선생님께 편지를 써서 나의 삶의 행로를 바꾸어 보려는 동기들을 이미 설명드렸소. 나는 그대가 실러

2 횔덜린은 1795년 초에 이미 예나에서 수입원을 마련하려고 심사숙고한 적이 있었다. 1799년 가을 홈부르크 체재가 끝나갈 무렵에도 다시 그런 계획을 실러에게 토로했고, 어머니에게 보낸 편지(1799년 10월 8일 자)에도 실러가 자신에게 "그분 가까이에 한 작은 일자리라도" 마련해 주면 좋겠다고 썼다.

선생님과 우정을 나누는 사이라고 알고 있소. 그래서 그대가 실러 선생님과 함께 나의 계획에 대해 이야기를 나누고, 내가 대학에서 지위를 부여받아서 나의 활동과 실존을 확실하게 보장받는 것이 가능한지 상의해 줄 것을 부탁해도 크게 무리한 일은 아닐 것으로 생각하오.

그대가 이 진지한 결정에 대해서 곧 한마디 말을 나에게 전해준다면 큰 도움이 될 것이오. 그대의 조언은 그 내용이 어떻든지간에 나에게는 소중하오.

그대의 우정에 대한 회상은 나에게 항상 위로가 된다는 사실을 믿어주기 바라오. 또한 내가 다시 그대 가까이에서 살게 되기를 기대하기 때문에 벌써 기쁨을 느끼고 있다고 그대에게 말하고 싶소.

전적으로 그대의 친구인
프리드리히 횔덜린 씀

셸링에게 나의 진심 어린 안부 인사를 전해주기 바라오.

가족들에게
보낸 편지

[슈투트가르트,
1801년 10월 말 또는 11월 초][1]

나의 사랑하는 가족들이여!

이번에는 감사드릴 일이 많아서, 꼭 필요로 하는 것 말고는 차라리 아무 말도 하지 않는 것이 좋을 듯합니다. 제가 그러한 마음을 확신하고 있고, 많은 경우에서 그러한 관심과 충실을 확신하고 있으며, 점점 더 그러한 확신이 강해지고 있다는 것을 믿어주시기를 바랍니다. 이것은 제 삶의 한 행운입니다. 이 행운은 말할 만한 가치가 있고 제가 아쉬워해야 할, 그리고 또 아쉬워하고 있는 많은 다른 것보다 더 큰 가치가 있습니다. 저의 일자리가 바뀐다면, 그것을 좋은 관점에서 봐주시기를 부탁합니다. 저는 저

1 편지를 쓴 날짜는 불확실하다. 하우프트빌의 가정교사 자리를 약속받기 직전인 1800년 가을일 가능성이 있다. 그러나 다른 여러 근거에서 1801년 10월일 가능성이 더 높다. 란다우어는 1801년 10월 22일 횔덜린에게 즉시 슈투트가르트로 오라고 요청했다. 보르도의 가정교사 자리에 대한 소식을 들었다는 것이다. 횔덜린은 11월에 뉘르팅겐으로 다시 돌아왔다. 이 편지는 슈투트가르트에서 잠깐 머무는 동안 썼을 가능성이 있다. 감사 인사는 그가 4월부터 가족들 곁에 머물렀던 때와 관련 있다.

에게 익숙해진 일을 통해서 걱정 없는 실존을 이어갈 것 같습니다. 그리고 희망컨대 저는 좋은 사람들을 만날 것입니다. 저는 그것이 어떤 형태이든지 종속된 생활로 들어갈 수밖에 없습니다. 그리고 아이들을 교육한다는 것은 이제 특별히 행복한 일입니다. 왜냐하면 그것은 무죄하기 때문입니다.

그대들의
프리츠

동생에게
보낸 편지

뉘르팅겐, 1801년 12월 4일

나의 사랑하는 카를아!

작별을 고하려고 한다. 그러나 우리 비탄하지는 말자! 이런 경우 나는 언제나 하느님의 이름으로 슬픔을 숨기고 좋은 일을 바라보는 만족스러운 정신을 붙든단다.

고백하건대 나는 내 생애에서 조국에 확고하게 뿌리를 내린 적이 결코 없었으며, 내 일가와의 교류에 가치를 둔 적도 없었다. 그렇지만 이들을 남겨두고 떠난다는 것이 이렇게 내키지 않을 수가 없구나.

그러나 내가 이곳 밖에서 사는 것이 훨씬 낫겠다는 느낌이 든다. 그리고 너도, 나의 사랑하는 카를아! 우리가 스스로 살아남아야 한다면 누구에게나, 그리고 어떤 곳에 머물 때나 방랑할 때에도 하느님의 가호가 필요하다는 것을 느낄 것이다. 너는 너의 방식대로, 특히 너의 일을 통해서 잘 지탱할 것이다. 그러지 않으면 앞길이 너무 좁아질지도 모른다. 나는 우선 바른 선택으로 나에게 주어지는 일을 실천해야만 한다. 그러지 않으면 나는 너무 산만해진 나머지 갈가리 찢기고 말 것이다.

우리 사이의 오랜 형제애가 꺼지지 않도록 하자. 삶의 경로가 다를지라도 사람들이 우리와 같은 유대로 결속한다면 그것은 성스러운 행복이다. 그것은 어디에서건 격려하고 구원하는 보다 큰 가치이다. 인간의 영혼은 사랑이 그들 사이에 깃들어 있다면 한쪽이 다른 쪽을 닮아야 할 필요성을 특별히 느끼지 않는다. 마음의 이러한 개방 없이는 그들에게 어떤 행복도 없다. 오, 나의 동생 카를아! 나를 용서하렴. 그렇게 해서 우리 사이가 순수해지기를 바란다!

그럼 잘 있거라! 너는 너의 일에 그렇게 착실하니 우리 가족들 곁에 있는 너에게 일이 순조로울 것이다. 때때로 나를 생각해다오!

너의 형
횔덜린

카시미르 울리히 뵐렌도르프에게 보낸 편지

슈투트가르트 인근 뉘르팅겐,
1801년 12월 4일

나의 친애하는 뵐렌도르프 씨![1]
그대의 호의에 찬 말과 그 안에 있는 그대의 현재 모습이 나를 매우 기쁘게 했소.

그대의 작품 《페르난도》[2]는 나의 가슴을 상당히 가볍게 해주었다오. 친구의 발전은 나에게 하나의 좋은 신호라오. 우리는 하나의 운명을 지니고 있소. 한 사람에게 전진이 있다면, 다른 한 사람 역시 그냥 누운 채 있지는 않을 것이오.

사랑하는 뵐렌도르프 씨! 그대는 정밀성과 숙련된 유연성을 대단하게 체득했고, 또 따뜻함을 조금도 잃지 않고 있소. 반대

1 361쪽 주5 참조.
2 《페르난도 또는 예술의 신성: 한 편의 희곡적 목가*Fernando oder die Kunstweihe: Eine dramatische Idylle*》(1802). 초기 낭만주의 양식의 이 희곡을 뵐렌도르프는 출간 즉시 횔덜린에게 보냈다. 이 희곡은 신교의 관점에서 예술적 완성을 위해 노력하는 한 독일 화가가 스페인의 가톨릭 여신자를 사랑하여 자신의 자유와 생명을 위협당하는 갈등에 빠진다는 줄거리이다. 횔덜린은 이 편지를 쓰는 시점까지 이 작품을 다 읽지 못한 것으로 보인다.

로 잘 드는 칼날처럼, 그대 영혼의 탄력성은 억제를 주장하는 유파 가운데서 더욱 힘차다는 것을 증명했소. 이것이 내가 그대에게 무엇보다도 성공을 비는 이유라오. 민족적인 것을 자유롭게 활용하는 것보다 익히기 더 어려운 것은 없소. 그리고 내가 믿는 것처럼, 바로 표현의 명료성은 그리스인들에게 하늘의 불길이 그러하듯이 우리에게는 근원적이고 자연스럽다오. 바로 이 때문에 그리스인들은 그대가 역시 잘 유지해 왔던 아름다운 열정이 그 호메로스식 정신의 현현과 표현의 재능보다 오히려 뛰어날 수 있는 것이오.

모순으로 들릴 것이오. 그러나 나는 다시 한번 그것을 주장하며, 그대의 검증과 응용에 그것을 맡기겠소. 본래 민족적인 것은 교양의 진보와 함께 점점 보잘것없는 장점으로 변화된다는 것이 나의 주장이오. 그 때문에 그리스인들은 성스러운 열정의 하찮은 장인이오. 그들은 그것을 가지고 태어났기 때문이오. 이와 달리 그들은 호메로스 이래 표현술에서 탁월하다오. 이 특출한 인물은 서구적인 **주노 같은 냉정**을 자신의 아폴로 제국을 위해[3] 노획하고 그처럼 진실되게 외래적인 것을 자기화하기에 충분할 만큼 영혼이 충만했었던 것이오.

우리의 경우는 정반대라오. 그렇기 때문에 예술의 규칙을 오로지 그리스의 장점으로부터 끌어내는 것은 위험한 일이오. 나는 오랫동안 그것을 고심했고, 이제 그리스인들이나 우리에게 최고의 것이 틀림없는 것, 다시 말하자면 생생한 비례와 솜씨 이

3 그리스 신화에서는 태양의 신이기도 한 아폴로가 여기서는 그리스인들의 천성인 "하늘의 불길"에 대한 신화적 상징이다.

외에 우리가 그들과 무엇인가 같아져서는 안 된다는 것을 알게 되었소.

그러나 자기 자신의 것도 남의 것처럼 잘 습득하지 않으면 안 되오. 그렇기 때문에 우리에게 그리스인들은 없어서는 안 될 존재요. 우리는 바로 우리의 본래적인 것, 민족적인 것만으로 그들을 따르지는 않을 것이오. 왜냐하면, 내가 말했듯이, **자기 자신의 것**을 **자유롭게** 사용하는 것은 가장 어렵기 때문이오.

내 생각에는 그대가 그 희곡을 서사적으로 다루었던 것은 그대의 훌륭한 정령이 그대에게 생각을 불어넣었기 때문이오. 그 희곡은, 전반적으로, **진정으로** 근대적 비극이오. 왜냐하면 우리가 완전히 침묵하는 가운데 어떤 관에 넣어져 살아 있는 것들의 나라를 떠나는 것이 우리에게는 비극이며, 우리가 통제할 수 없는 불길에 타 없어지면서 불길의 대가를 치르는 것[4]이 비극은 아니기 때문이오.

그리고 진실로! 우리의 가장 깊은 영혼은 그 어느 하나에서처럼 다른 하나에서도 감동을 받는다오. 이것은 결코 장엄한 운명은 아니지만 심오한 운명이며, 고상한 영혼은 그러한 죽을 운명의 자를 공포와 동정 가운데로[5] 이끄는 것이오. 그리고 분노 가운데 정신을 치켜드는 것[6]이오. 기백 넘치는 주피터는 어떤 필멸

4 시체를 장작더미 위에서 불태우는 옛 그리스인들의 풍습을 암시한다. 그들이 불길을 통제할 수 없다는 사실은 그리스 비극에서 형상화되는 특별한 운명으로 파악된다.

5 아리스토텔레스의 《시학》 제6장 비극의 정의, "비극은 심각하고 완전하며 일정한 크기가 있는 하나의 행동의 모방으로서 (…) 연기의 방식을 취하며 연민과 두려움을 일으켜서 그런 감정들의 카타르시스를 행하는 것이다"를 암시한다.

6 연민과 두려움을 통해서 비극적인 충격을 견딘다는 표현. 이러한 감정적인 충격을 견디는 것은 정신의 문제다.

하는 자의 몰락에서는 그가 우리의, 또는 고대적인 운명에 따라 죽는 것이라는 마지막 사유지요.[7] 이러한 죽음을 시인이 자기 뜻대로, 그리고 그대도 그것이 가시적이기를 바라는 바처럼, 그리고 전체적으로 또 특히 몇몇 탁월한 필치로 수행했던 것처럼 표현했을 때 말이오.

"한 가닥 좁은 길이 어두운 골짜기로 이어져 있네.
배신이 그를 그 안으로 몰아넣었네."

그리고 다른 구절들처럼. — 그대는 괜찮은 도정에 있소. 그 길을 유지하시오. 나는 이제 그대의 《페르난도》를 제대로 공부하고 가슴으로 받아들일 생각이오. 그러고 나서 그에 관해 보다 흥미로운 것을 그대에게 말해주고 싶소. 어떤 경우에도 충분하지는 않겠소만!

나 자신에 관해서, 그리고 지금까지 내가 어떻게 지내왔는지에 대해서, 얼마만큼 내가 그대와 나의 친구들에게 여전히 가치가 있고 또 어떻게 그렇게 되었는지, 또한 내가 무엇을 하고 무엇을 해낼지, 그것이 별것 없더라도 이런 것들에 관해서 나는 다음번 그대의 스페인 인접지, 보르도에서 편지를 쓰려고 하오. 나는 한 독일 신교도 가정의 가정교사 겸 개인 설교자[8]로서 다음

7 이 구절은 바로 앞의 진술, 한 인간의 비극적 몰락을 체험한 사람은 "정신"을 치켜든다는 내용의 자세한 근거를 제시, 보충하고 있다. 한층 자세한 근거는 필멸의 인간이 몰락할 때(즉, 몰락을 눈앞에 두고) 하는 마지막 사유를 통해서라는 것이다.

8 아마도 독일 영사 마이어 가족은 횔덜린이 보르도 내의 작은 독일인 거주 지역에서 설교를 해주길 바랐던 것으로 보인다.

주에 보르도로 떠나오. 나는 상당히 정신을 차리고 있어야 할 것 같소. 프랑스에서, 파리에서 말이오. 대양의 광경, 프로방스의 태양도 나는 고대하고 있소.

오, 친구여! 세상은 내 앞에 그 어느 때보다 더 밝게, 그리고 더 진지하게 펼쳐져 있소. 그렇소! 일어나고 있는 것 그대로가 내 마음에 든다오. 마치 여름에 "늙은 성스러운 아버지가 무심한 손길로 붉은 구름에서 축복의 번개를 진동시킨"[9] 때처럼 말이오. 내가 신에게서 볼 수 있는 모든 것 가운데 이러한 징표가 나에게는 특별히 뽑힌 징표가 되었다오. 여느 때에 나는 새로운 진리에 대해서, 우리의 머리 위에, 그리고 우리의 주위에 존재하는 것의 보다 나은 정경에 대해서 환호할 수 있었소. 그러나 나는 끝내 신들로부터 소화할 수 있는 것보다 더 많이 받은 늙은 탄타로스의 신세처럼 되지 않을까 지금 두려워하고 있소.[10]

그러나 나는 내가 할 수 있는 것, 내가 잘할 수 있는 것을 할 것이오. 그리고 내가 다른 이들처럼 나의 길을 가야만 한다는 사실을 알게 되면, 모든 위험으로부터 안전한 어떤 길을 찾는 것은 경박하고도 미친 짓이라는 것, 그리고 죽음을 치료하는 약초는 없다는 것을 생각할 것이오.

나의 친애하는 친구여! 잘 계시오! 나는 이제 완전히 작별을

9 괴테의 시 〈인간의 한계〉 첫 구절을 약간 변형해서 인용했다.

10 전설에 따르면, 신들과 자리를 함께하고 신들의 식탁에서 함께 식사할 수 있는 자격이 있던 탄타로스는 식사에 초대받고 신들의 음료(넥타르)와 음식(암브로시아)을 훔쳐 친구들에게 준 탓으로, 또는 다른 전설에 따르면 신들의 식탁에서의 대화를 폭로한 대가로 지하세계의 어둠 속으로 추방되어 무서운 고통을 영원히 감내해야 했다. 횔덜린은 시 〈마치 축제일에서처럼〉(《횔덜린 시 전집 2》, 43~47쪽)에서 시인의 위기를 탄타로스의 운명과 결부시켜 노래했다.

고하고 있소. 나는 오랫동안 운 적이 없소. 그러나 이제 나의 조국을 떠나고자, 어쩌면 영원히 떠나고자 결심하니 쓰라린 눈물이 흘러내렸소. 도대체 이 세상에 나에게 더 사랑스러운 것이 무엇이란 말이오? 그러나 세상 사람들은 나를 필요로 하지 않소. 나는 독일적이고 싶고 어쨌든 독일적으로 남아 있어야만 하오. 설령 마음과 양식의 궁핍이 나를 외딴섬 타히티로 내쫓는다고 할지라도 말이오.

우리의 무르베크에게 안부 인사 전해주시오. 그는 어떻게 살고 있소? 그는 틀림없이 건재하겠지요. 그리고 우리가 그를 놓쳐서는 안 되지요. 나의 배은망덕을 용서하시오. 나는 그대들을 알아보았고, 그대들을 보았으나 색안경 너머로 보았던 것이오. 나는 그대들에게 할 말이 많은 것 같소, 착한 이들이여! 그대들도 나에게 그렇겠지요. 나의 친구 뵐렌도르프여, 앞으로 그대는 어디에 머물 것 같소? 역시 그것이 걱정이오. 그대가 나에게 편지를 보낼 때는 슈투트가르트의 상인 란다우어 앞으로 보내기 바라오. 그는 틀림없이 그 편지를 나에게 보내줄 것이오. 나에게 그대의 주소도 알려주기 바라오.

그대의
횔덜린 씀

어머니에게 보낸 편지[1]

리옹, 1802년 1월 9일

사랑하는 어머니!

이 시점에서 리옹에서 온 저의 편지를 받으시면 어머니는 놀라실 것이 틀림없습니다. 저는 여권 문제로 예상보다 더 오랫동안 스트라스부르에 머물러야만 했습니다. 그리고 스트라스부르에서 여기까지 이르는 긴 여행길이 홍수와 저를 붙잡은 다른 사정으로 또 오래 걸렸습니다. 그 길은 제가 여태까지 여행한 어떤 길보다 힘들고 또한 많은 경험을 할 수 있는 길이었습니다. 그렇지만 순수한 기쁨도 많이 맛보았답니다. 가끔 사랑하는 가족들을 생각했고 용기를 주시고 이 시간까지 저를 붙들어주신, 그리고 앞으로도 저를 이끄실 그분을 생각했다는 것을 말씀드리지 않을 수 없습니다.

저는 고독한 종사從事가 우리로 하여금 이 넓은 세상과의 타

1 1801년 12월 10일 횔덜린은 보르도로 출발했다. 1802년 봄 보르도에서의 체류는 훨씬 뒤에 귀향해서 쓴 찬가 〈회상〉(《횔덜린 시 전집 2》, 270~272쪽)에 여운을 남겼다.

협을 더 어렵게 한다는 사실을 알고 있습니다. 그러나 하느님께서, 그리고 성실한 마음과 다른 사람들 앞에서의 겸손이 제가 길을 헤쳐 나아가는 것을 돕는다고 생각합니다.

사랑하는 어머니! 길고 차가웠던 여행 때문에 아직도 피곤합니다. 그러나 지금 여기 분위기는 활기에 차서 우리를 알고, 또 우리에게 다정했던 이들에 대한 진심 어린 회상 가운데서만 스스로 다시 침착해지고 있습니다.

내일 저는 보르도를 향해 출발합니다. 이제는 길도 훨씬 좋아지고 강물도 더 이상 범람하지 않기 때문에 곧 도착할 것입니다.

어머니께 또 말씀드려야만 할 것은 스트라스부르 당국이 외국인인 저에게 리옹을 거쳐 가는 여행을 권고했다는 사실입니다. 따라서 저는 파리를 보지 못하게 되었습니다.[2] 그러나 그것으로도 만족합니다.

저의 본격적인 일에 곧 착수하게 되어 기쁩니다.

보르도에서 안정을 찾으면 어머니와 다른 사랑하는 이들에게 많은 것을 써 보내려고 합니다.

모든 사람에게 진심 어린 저의 문안 인사를 전해주십시오! 우리의 카를이 이제는 뉘르팅겐에 있겠군요.[3] 저녁에 만족 속에서 한데 모이면, 가끔은 저를 생각해 주시기 바랍니다. 사랑하는 누이동생에게는 우리가 함께 나누었던 그 그지없이 좋았던 시간들을 잊지 말기를, 그리고 아이들에게 가끔은 삼촌 이름도 불러주

2 당시 외국인들은 나폴레옹 치하의 프랑스 당국에 의심의 대상이었고, 수도에서 되도록 멀리 떨어져 있어야만 했다.

3 동생 카를은 1802년 초 뉘르팅겐의 새 직장에서 근무하게 되었다.

기를 당부합니다.

모든 자비와 지원과 관심에 깊이 감사드립니다.

안녕히 계십시오.

당신의
충실한 아들
횔덜린 올림

어머니에게 보낸 편지

보르도, 1802년 1월 28일

사랑하는 어머니, 마침내 제가 여기에 와 있습니다. 충분히 환영받았고 건강합니다. 그리고 생사를 주재하는 주님으로부터 받은 은혜를 잊지 않으렵니다. — 지금 당장은 간단히만 적을 수 있습니다. 오늘 아침에 도착했고, 저의 관심은 주로 새로운 일[1]을 향해 있습니다. 안정하고 나서야 제가 극복한 여행의 몇몇 흥미로운 일을 말씀드릴 수 있겠습니다. 이 여행으로 많은 것을 경험했기 때문에 아직은 말씀드리기가 쉽지 않습니다.

마지막 며칠 동안 저는 이미 한 아름다운 봄 속을 걸어왔습니다. 그러나 바로 그 이전, 아베르뉴의 무섭게 눈에 덮인 고원에서, 폭풍과 황야 가운데, 얼음처럼 추운 밤에, 거친 잠자리에서

1 함부르크 영사 마이어Daniel Christoph Meyer, 1751~1818는 1775년쯤부터 포도주 상인으로 보르도에 거주했다. 그는 앙리에트Henriette Andrieu de St. André, 1753~1833와 결혼했다. 횔덜린이 가르쳐야 할 아이들 중에는 이 부부 소생의 네 딸이 있었고, 그 외에도 앙리에트가 첫 결혼에서 낳은 두 딸 중 한 명도 있었다.

장전한 권총을 옆에 놓고 — 저는 지금까지의 제 생애에서 가장 진지한, 그리고 결코 잊지 못할 기도를 드렸습니다.

저는 살아남았습니다. — 저와 함께 감사드려 주십시오!

사랑하는 어머니와 가족 모두여! 저는 새로 태어난 사람처럼 모두에게 인사를 보냈습니다. 생명의 위험에서 벗어났기 때문입니다. — 그런데 금세 제가 리옹에서 보낸 지난번 편지에서 우리의 사랑하는 외할머니를 별도로 언급하지 않았다는 것이 후회스럽게 떠올랐습니다. 사랑하는 어머니, 저는 어머니와 이야기를 나누었고, 여동생 리케의 모습을 보았으며, 기쁜 생각 가운데 카를에게 밝은 어조로 편지를 썼습니다.

저는 이제 단련되고 또 단련되었고, 가족들이 원하는 대로 영감을 받았습니다. 중요한 일에서 저는 그렇게 머물려고 생각합니다. 아무것도 두려워하지 않고 많은 것을 참으면서 말입니다. 안전하고 원기를 돋우는 잠이 얼마나 저를 기분 좋게 하는지요! 저는 무척 호화롭게 살고 있습니다. 저는 확실히 소박한 것에 기쁨을 느끼는 것 같습니다. 저의 일은 제 희망대로 잘 진행될 것입니다. 그 일에 저를 모두 바치려고 합니다. 특히 처음부터 말입니다.

모두 잘 있으시길!

진심으로 신의를 다해서
가족 모두의
횔덜린

추신: 편지가 며칠 늦어졌습니다. 저를 소개하는 일과 제가 할 일의 지정은 시작되었습니다. 그 시작은 그 이상 더 좋을 수가 없었습니다. "당신은 행복할 거요"라고 영사領事가 접견 자리에서 말했습니다. 저는 그가 옳다고 믿고 있습니다.

어머니에게 보낸 편지

보르도,
1802년 성聖 금요일(4월 16일)

사랑하는 어머니!

제가 이제는 고인이 되신 외할머니의 상실[1]에 대해서 우리 가슴 안의 사랑이 느끼는 슬픔보다 마음의 평정이 더 필요하다고 말한다고 해서 저를 무시하지 마시기 바랍니다. 저는 우리가 단단한 생각 없이는 잘 헤쳐 나올 수 없다고 생각하고 있습니다. 그렇다고 제가 가족들의 조언자가 되려는 생각은 없습니다. 그렇지만 저는 제 위치에서 저의 오랜 성찰과 거친 마음을 보존하고 유지해야 합니다. 어머니도 아시다시피 부드럽고 좋은 말들은 너무 쉽게 입에서 되풀이하여 나옵니다. 이번에는 그런 말들을 아껴두어야만 하겠습니다. 그런 말로 어머니와 저를 더 자극해서는 안 되니까요. 제가 믿는 것처럼, 세상을 떠난 사람들이 죽음 이후 살게 되는 새롭고 순수한 삶은 우리의 사랑하는 외할머

1 횔덜린의 외할머니 헤인Johanna Rosina Heyn은 1802년 2월 14일 뉘르팅겐에서 사망했다.

니처럼 성스럽고 단순한 삶을 살았던 사람들에 대한 보상이기도 합니다. 오랫동안 이들의 영혼이 동경해 마지않았던, 그리고 이제는 그들의 몫인 하늘나라에서의 이 청춘, 고통 이후의 평온과 기쁨은 사랑하는 어머니, 사랑하는 누이동생에게도 보답으로 주어질 것입니다. 동생 카를과 저에게도 고귀한 죽음이, 생명에서 생명으로의 확실한 전진이 예비되어 있고, 제가 믿기로는 모든 우리 가족에게 예비되어 있습니다.

그사이에는 하나의 충실하고 확실한 정신이 우리를 이끌어주시고 하늘에 계시는 지고한 분이 우리가 게을러지지 않도록 해주시기를 바랍니다. 또한 저희가 행하는 일이 정도에 맞게 하시고, 저희가 선택한 역할을 행함에 있어서 적절함이 그 안에 함께하기를 바랍니다!

저는 소망대로 잘 지내고 있습니다! 저의 환경이 저에게 부여한 일의 가치를 서서히 알리기를 희망하고, 언젠가 고향으로 되돌아갔을 때, 여기서 한데 지냈던 참으로 뛰어난 사람들에게 제가 전혀 가치 없었던 사람으로 비치지 않기를 희망합니다.

사랑하는 어머니, 동생들이 각자의 일에 방해받지 않을 정도로만 저를 생각해 주기를 바랍니다. 동생 카를이 지금까지 잘해온 것처럼 행운과 함께 자기의 일을 계속해서 잘해나가기를 바랍니다.

착한 아이들은 가족들에게 많은 기쁨을 줄 것입니다. 그리고 제가 저의 제자들에게 둘러싸여 행복하듯이, 모두가 희망의 생생한 생각들로 행복하기를 바랍니다. 저의 친구들에게 안부 인사 전해주시고, 제가 편지를 쓰지 않고 있는 것도 대신 사과해

주시기 바랍니다. 멀리 떨어져 있고, 해야 할 일들이 지금은 편지 쓰기를 조금 줄이라고 저에게 권하는 듯합니다. 그렇지만 우리는 서로 변함이 없을 것입니다.

가족들의 충실한
횔덜린

카시미르 울리히 뵐렌도르프에게 보낸 편지[1]

[뉘르팅겐, 1802년 가을]

나의 친애하는 뵐렌도르프 씨!

오랫동안 그대에게 편지를 쓰지 못했소. 나는 그간 프랑스에 가 있었고, 슬프고 고독한 대지를 보았소. 남부 프랑스의 목동들과 하나하나의 아름다움, 애국적인 의문의 공포와 굶주림의 두려움 가운데 성장한 남정네와 부인들을 보았던 것이오.[2]

1 이 편지는 슈바프가 쓴 횔덜린 약전略傳에 수록되어 전래된 것으로 횔덜린이 발송을 보류하고 서류철에 보관한 것을 슈바프가 발견한 것이다. 횔덜린은 이해 5월 보르도를 떠나 6월 뉘르팅겐에 도착했다. 동생 카를은 형이 이때 "정신착란의 명백한 징후를 보였다"고 술회했다. 그 뒤에는 차츰 안정을 되찾았지만, 주제테 공타르가 세상을 떠났다는 소식을 접하고 깊이 충격을 받은 채 다시 고향으로 돌아왔다. 가을에는 싱클레어의 초청으로 레겐스부르크에서 열린 제국대표자회의에 갔는데, 싱클레어는 "그때 그에게서 본 것보다 더 대단한 정신력과 영혼의 힘을 본 적이 없다"고 확인했다. 횔덜린은 그 후 "한동안 평온한 정신 상태"로 생활했다. 소포클레스 비극 번역을 마쳤고, 찬가 〈유일자〉, 〈파트모스〉와 〈회상〉을 썼으며, 찬가 〈평화의 축제〉의 최종 원고를 썼다. 횔덜린은 이 편지에서 소포클레스 비극 주석에서 제기한 그리스 비극 혹은 그리스인의 문제성을 남부 프랑스인의 특성으로 옮긴다. 모든 진술은 주석에서 주로 다루었던 양극적 긴장, 즉 파괴적인 한계 돌파의 힘들과 자기 보존을 위해 투쟁하는 개별자 사이의 긴장에 집중한다.

2 혁명의 시대에 왕에 대한 충성과 혁명파의 공화적 통치 사이에서 갈등하는 프랑스

강력한 자연의 힘,[3] 하늘의 불길, 그리고 인간들의 침묵, 자연 속에서의 이들의 삶, 그리고 이들의 속박과 만족이 나를 끊임없이 사로잡았소. 그리고 영웅에 빗대서 말하자면 나는 아폴로가 나를 내리쳤다고 말할 수 있을 것이오.[4]

방데[5]와 경계를 맞댄 지역에서는 거친 전사戰士와 같은 특성이 나를 흥미롭게 했소. 생명의 빛이 직접적으로[6] 눈과 사지에 채워지고, 순수하게 남아다운 특성은 죽음의 감각 안에서 마치 예술의 완벽성을 통해서인 양[7] 자신을 느끼고, 또한 알고자 하는 갈증[8]을 채우고 있소.

민중의 태도와 이 시대에 반복된 기아飢餓를 의미한다.

3 논고 〈오이디푸스 왕에 대한 주석〉에서는 비극을 "감각의 체계, 전인적 인간이 자연의 힘Element의 영향 아래에서 진화하는 방식"이라고 서술하고 있다.

4 아폴로는 태양의 신으로서 "강력한 자연의 힘", "하늘의 불길"과 결부된다. 그리스의 전설에 따르면 수많은 "영웅들"이 아폴로에게 공격을 당하고 패배했다. 호메로스도 《일리아스》에서 파트로클로스의 죽음이 아폴로의 타격 때문인 것으로 서술한다. 횔덜린은 시 〈므네모쉬네〉(《횔덜린 시 전집 2》, 277~279쪽)에서 파트로클로스를 시인에 연관시켜 노래했다. 오이디푸스도 아폴로가 타격을 가한 영웅이다. 합창이 눈을 멀게 한 운명의 악령이 누구인가 묻자, 그는 "나에게 이 불행을 안긴 자는 아폴로였다"고 외친다.

5 루아르Loire 하구의 남쪽 연해 지역으로 방데에 인접한 푸아투Poitou와 앙주Anjou 지역에서 1793년 혁명적 공화주의 통치에 저항하는 왕정파 민중 봉기가 일어났다. 이 봉기는 유혈로 제압되었다.

6 횔덜린은 이 시절에 반복해서 자신을 보존하는 삶의 필연적 조건으로서 간접성을 언급한다. 직접성은 치명적인 절대성으로의 돌파를 암시한다.

7 논고 〈안티고네에 대한 주석〉의 제2부는 예술적 기교의 "완벽성Virtuosität"을 언급한다. 이는 "현존하는 신이" 안티고네를 "엄습하기" 직전, 즉 횔덜린이 유한한 것에서 무한한 것으로의 이행으로 이해하는 치명적인 운명이 닥치기 직전, 안티고네의 "영웅적인 완벽성"이다.

8 이러한 표상은 논고 〈오이디푸스 왕에 대한 주석〉의 시각에서 유래한다. 횔덜린은 이 논고의 제2부에서 신탁을 해석하려는 오이디푸스의 시도를 파괴적으로 한계를 돌파하려는 성향으로 해석한다. 인간이 파악할 수 있는 것보다 "더 많이 알려고" 그를 부추기는 오이디푸스의 "신기하도록 격분한 호기심"이 이 편지에서는 치명적인 "알고자 하는 갈증"으로 나타난다.

남방인들의 잘 단련된 신체는,[9] 고대 정신의 폐허 가운데, 나로 하여금 그리스인들의 고유한 본질을 보다 더 가까이 알게 해 주었소. 나는 그들의 천성과 그들의 지혜를 알게 되었고, 그들의 육신, 그들이 그들의 천후天候 가운데 자라났던 방식,[10] 그리고 그들이 자연의 거대한 힘 앞에서 자유분방한 창조 정신을 지켰던 규범[11]을 알게 되었소.

이것이 그들의 대중성을, 낯선 천성을 받아들이고 그 낯선 천성에 자신을 알리는 그들의 방식[12]을 결정해 주었던 것이오. 그렇기 때문에 그들은 생동하는 것처럼 보이는 그들의 본래의 개성을 보유하는 것이오. 지고한 오성이 그리스어로 성찰력인 한에서 그렇소.[13] 우리가 그리스인들의 영웅적인 육신을 파악할 때 이것은 우리에게 이해 가능한 것이 된다오. 그것은 부드러움이오, 마치 우리의 대중성처럼 말이오.

나는 고대 유물을 관람[14]함으로써 그리스인들을 더 잘 이해할

9 논고 〈안티고네에 대한 주석〉에서 횔덜린은 "그 안에 자신들의 약점이 들어 있었기 때문에 자제할 수 있는 것"이 "그리스인들의 주 성향"이었다고 설명한다. 이러한 "주 성향"에서 횔덜린은 그들의 "잘 단련된 신체"를 도출하고 있다.

10 "천후"는 무제한과 한계 타파의 위협으로 "성장"은 자기 유지의 행위로 이해된다.

11 여기서 "규범"은 억제적이며 "보호하는" 합리성의 가장 단호한 표현이다.

12 "대중성Popularität"은 타자에 대한 개방과 전달 능력이다. 개별성과 정체성의 보존이라는 문제성을 다루는 전체 관점에서는 인간 상호 관계에서의 자기보존 역시 중요한 문제다.

13 "그리스어의 의미에서 지고한 오성"은 이성Nus이다. 횔덜린은 이 이성을 정신적 에너지로 이해하기에 "성찰력"이라고 규정한다. 성찰은 단어의 의미대로 자기 자신으로의 되돌림을 의미하기 때문에, 성찰력은 고유성, 개성적인 것의 보존에 기여한다. 이에 따라 "본래적으로 개성적인 것"은 의식철학적 의의를 얻는다. 즉, 개성적인 삶의 정체성은 자기 성찰에서 유래한다는 것이다.

14 횔덜린은 보르도를 떠나 귀향하는 길에 보나파르트 나폴레옹이 이탈리아에서 탈취하여 파리에 진열했던 고대 예술 작품들을 관람했을 가능성이 높다.

수 있을 뿐만 아니라, 예술의 지고함 자체를 더 잘 이해하게 된다오. 예술은 개념과 진지하게 의미된 모든 것의 가장 높은 움직임과 현상화現象化 안에도 모든 부분을 제자리에, 그리고 그 자체로 포함하고 있소.[15] 이런 의미에서 확실성은 기호의 지고한 양식이라고 하겠소.

영혼의 많은 동요와 감동 이후 나를 고정시키는 것이 한동안 나에게 필요했었소. 그리고 그사이에 나는 고향에서 살고 있소.

고향의 자연도 자세히 들여다보면 볼수록 그만큼 더 강력하게 나를 사로잡소. 자신의 최고의 현상뿐만 아니라, 바로 이러한 광경을 통해서도 하늘의 여타 형식들 가운데, 힘과 형상으로 보이는 뇌우, 민족적으로 그리고 원리와 운명의 방식을 형성하면서 우리에게 성스럽기도 한 활동을 전개하고 있는 빛, 오고 가는 가운데에서 그것의 열망, 숲들의 특성과 서로 다른 특성을 가진 자연의 한 지역에서의 만남, 그렇게 해서 지상의 모든 성스러운 장소들이 하나의 지역을 에워싼 것이오.[16] 나의 창문을 에워싼 철학적인 빛이 지금은 나의 기쁨이라오. 내가 어떻게 이곳까지 이르렀는가를 마음에 간직해 두고 싶소!

나의 사랑하는 뵐렌도르프 씨! 나는 우리가 시인들을 우리의

15 여기서 예술의 가장 우선적인 과제는 모든 부분을 안정시키는 역할로 나타난다. 횔덜린은 거의 같은 시기에 쓴 작품에서 즉자적인 존재Für sich selbst를 사용한 적 있다. 시 〈유일자〉의 두 번째 원고(《횔덜린 시 전집 2》, 246~251쪽)에서 자기보존을 골똘히 생각한 인간은 "그들 죽음의 길을 가지 않고 분수를 지켜서 / 일자가 그 자체로 그 무엇이 되는" 것을 본다고 읊는다.

16 정신착란 전의 마지막 시간 동안 횔덜린은 확연하게 확고한 장소, 그리고 현존의 장소 부여를 강조할 뿐만 아니라, 모든 것을 통합하는 중심이라는 표상 아래, 파괴적이며 중심을 벗어나는 것에 대응하는 대립적인 반사작용으로서 현존의 중심 배치를 제기한다.

시대에 이르기까지 주석하지[17] 않으리라고 생각하오. 오히려 노래의 방식 자체가 하나의 다른 특성을 띠게 되리라고, 그리고 그리스인 이래로 우리가 다시금 조국적으로, 그리고 자연스럽게 본래적이고 독창적으로 노래를 시작하기 때문에,[18] 바로 그 이유로 우리가 성공한 적이 거의 없다고 나는 생각하오.

어쨌든 나에게 곧 답장을 쓰시오. 나는 그대의 순수한 목소리가 필요하다오. 친구들 간의 영혼, 대화와 편지를 통한 사유의 형성은 예술가들에게 꼭 필요한 것이오. 그렇지 않아도 우리는 우리 자신을 위해서 가진 게 아무것도 없소. 우리를 위한 것은 우리가 형상화하는 성스러운 영상일 것이오. 잘 계시오.

그대의
횔덜린

17 여기서 원문 "주석하다kommentieren"는 "해석하다auslegen"의 의미보다는 "모방하다nachahmen" 또는 "계승하다fortsetzen"의 의미다.

18 출판업자 빌만스에게 보낸 편지에서 횔덜린은 자신이 "여느 때보다 더 자연의 감각에서 그리고 보다 더 조국의 감각에서" 쓸 수 있겠다고 말한다. 역시 빌만스에게 보낸 다른 편지에서는 "조국적인 찬가들"을 언급한다. 1802년에서 1804년 사이의 여러 텍스트에 나타나는 "조국Vaterland", 그리고 "조국적vaterländisch"이라는 어휘에 대한 횔덜린의 각별한 애호는 한편으로는 초개인적이며 역사적인 것에 대한 편향에서, 다른 한편으로는 통상적인 의미에서의 애국적인 것 또는 민족적인 것이라기보다는 진정성과 순수성에 대한 편향에서 유래한다.

프리드리히 빌만스에게 보낸 편지[1]

슈투트가르트 인근 뉘르팅겐,
1803년 9월 28일

지극히 존경하옵는
빌만스 님께 올립니다!

귀하께서 소포클레스 비극의 번역에 호의의 관심을 보여주신 데에 심심한 감사의 말씀 올립니다.

제 비극의 번역을 두고 바이마르 극장 측과 일을 추진하려고 했던 제 친구 셸링에게 아직 어떤 소식도 듣지 못했기 때문에[2] 저는 차라리 확실한 길을 택해, 귀하의 선의의 제안을 실행의 기

1 출판업자 빌만스Friedrich Wilmans, 1764~1830는 1792년부터 브레멘에서 출판사를 운영해 성공을 거두고, 1802년 프랑크푸르트로 이전했다. 그는 장 파울Jean Paul, 티크Ludwig Tieck, 브렌타노Clemens Brentano의 작품을 출판했으며, 슐레겔의 잡지 《오이로파》의 출판도 맡았다. 그는 이미 1803년 초여름에 싱클레어의 소개로 횔덜린의 소포클레스 번역의 출판을 맡았으나, 횔덜린은 몇 달이 지난 다음에야 비로소 그의 제안에 반응했던 것 같다.

2 횔덜린은 1803년 6월 신혼의 셸링이 부인 카로린네와 함께 머물고 있는 무르하르트의 셸링의 부모 집으로 찾아갔다. 셸링은 그 자리에서 소포클레스 번역을 바이마르 극장에 연결해 보겠다고 자청했던 것으로 보인다. 그러나 셸링이 어떤 조치를 취했는지는 알려진 것이 없다.

회로 삼고자 합니다.

첫 번째 권이 출판박람회[3] 때 우선 발행된다는 점에 저는 만족합니다. 더욱이 저는 이 번역 비극의 앞에 부칠 서문[4]을 위한 충분한 재료를 가지고 있는데, 이번 가을이면 그 서문을 충분히 완성할 수 있을 것 같습니다.

그리스인들이 항상 붙들고 이렇게 저렇게 변통해 온 민족적 인습과 오류 때문에 우리에게는 낯설어진 그리스 예술을, 제가 그리스 예술이 거부했던 동양적인 것을 더욱 드러내고 그것에 나타나는 예술적 결점들을 수정함으로써 관례보다 더 생생하게 독자들에게 제시할 수 있기를 기대하고 있습니다.[5]

저는 귀하가 선의에 찬 서신을 보내주신 데에 항상 감사하는 마음을 잃지 않을 것입니다. 귀하께서 제가 표현의 자유를 여느 때보다 더 자연의 뜻에서, 그리고 한층 더 조국의 뜻에서 쓸 수 있도록 저에게 마련해 주시기 때문입니다.

진심 어린 존경심과 함께.

귀하의

가장 복종하는 봉사자
프리드리히 횔덜린 올림

3 라이프치히의 춘계 출판박람회. 이 무렵 두 권의 소포클레스 번역이 발행되었다.

4 이 서문은 쓰이지 않았다.

5 그리스 예술의 "결점"은 그 표현에 들어 있는 냉정을 강조하려는 의도로 쓰였다. 그리스인들은 원천적으로 고유한 "동양적인 것", 그러니까 열정적인 것을 이 냉정으로 부정하는 것이다.

프리드리히 빌만스에게 보낸 편지

슈투트가르트 인근 뉘르팅겐,
1803년 12월 8일

존경하는 빌만스 님!

소포클레스 비극의 원고가 지체되고 있음을 용서하시기 바랍니다. 일을 보다 자유롭게 살펴볼 수 있었기 때문에 번역과 주석에서 여전히 상당 부분을 수정하고 싶은 생각이 들었습니다. 《안티고네》에서는 언어가 저에게는 생동감이 충분하지 않아 보였습니다.[1] 주석들은 그리스 예술에 대한 저의 생각과 이 작품들의 의미를 충분히 표현하지 못했습니다. 아직도 주석이 충분하지 않습니다. 소포클레스의 비극에 대한 서문을 특별히 잘 정리해

1 횔덜린은 자신의 소포클레스 번역 원고를 여러 차례 수정 보완했다. 여기서 언급하는 수정 작업은 마지막 네 번째 작업이었는데, 특히 《안티고네》 번역은 다시 상당한 수정이 가해졌다. 이 수정 작업의 의도는 "《안티고네》에서는 언어가 저에게는 생동감이 충분하지 않아 보였습니다"라는 문구에서 "생동하는"이라는 단어를, 앞의 빌만스에게 보낸 편지에서 "제가 그리스 예술이 거부했던 동양적인 것을 더욱 드러내고 그것에 나타나는 예술적 결점들을 수정함으로써 관례보다 더 생생하게 독자들에게 제시할 수 있기를 기대하고 있습니다"라고 했을 때의 "생생하게"를 함께 고려하면 그 의미가 명백해진다.

서 귀하가 괜찮으시다면 다음 해 상반기 또는 다른 적당한 시간 내에 귀하에게 보내드리려고 합니다.

이 비극 원고를 보내드리고 나서 곧바로 《시 연감》에 실릴 규모가 작은 시 몇 편[2]을 원고들 가운데서 찾아 보내겠습니다. 어쩌면 귀하가 마음에 들어 할 몇 편의 시가 있을 것 같습니다.

저는 아직 셸링에게 편지를 쓰지 않았습니다. 그러나 이번 주에는 편지를 쓰려고 합니다.

이 비극의 간행본을 괴테 또는 바이마르 극장에 보내는 것이 귀하께 불편을 끼친다면, 외람되지만 저에게 그 사실을 알려주시기 바랍니다. 제가 괴테 어른을 개인적으로 알고 있기 때문에 그것이 무례할 정도는 아닐 것입니다. 2절지 서너 장 분량의 각기 개별적인 규모가 큰 서정시를 이번 겨울에 귀하께 보내드리고자 합니다. 이 작품들은 내용이 직접적으로 조국 또는 시대에 관련될 것이기 때문에 각각 별도로 인쇄될 만합니다.

귀하의 친절한 격려가 저를 매우 기쁘게 해주었습니다. 저는 귀하와 관계를 맺게 된 것을 참된 행운으로 알고 소중히 여기고 있습니다.

지극히 경의를 표하며
귀하의
프리드리히 횔덜린 올림

2 빌만스는 자신이 발행하는 《사랑과 우정에 바치는 소책자》에 실을 원고를 횔덜린에게 청탁했다. 1805년판에 횔덜린이 소위 "밤의 노래들"이라고 칭한 〈케이론〉 등 9편의 시(《횔덜린 시 전집 2》, 186~202쪽)가 실렸다.

프리드리히 빌만스에게
보낸 편지

[슈투트가르트 인근 뉘르팅겐,
1803년 12월 성탄절 무렵]

존경하는 빌만스 님!

귀하께서 소포클레스 비극의 시쇄지試刷紙를 저에게 보내시려고 애쓰신 데에 감사드립니다. 그런 활자체가 의미를 찾으려는 눈에는 편할 것이라고 믿습니다. 너무 예리한 활자체는 사람들을 형태만 보려는 쪽으로 이끌기 쉽기 때문입니다.

인쇄 상태의 아름다움은, 적어도 제가 보기에는, 그 활자체로 조금도 손상되지는 않을 것 같습니다. 행간도 균형이 잡혀 있습니다.

저는 귀하의 《시 연감》을 위해 몇 편의 밤의 노래를 교정하고 있습니다. 그러나 저와 귀하의 관계에서 기다림과 같은 일이 발생하지 않도록 곧바로 회답하고자 했습니다.

독자에게 자신을 희생하는 것, 그리고 독자와 함께 우리의 여전히 유아적인 문화의 좁은 한계들로 들어가는 것은 하나의 즐거움입니다.

그렇지 않아도 사랑의 노래들은 항상 지친 날갯짓입니다. 왜냐하면 소재의 상이성에도 불구하고 우리는 여전히 그렇게 멀리 있기 때문입니다. 그러나 조국적 찬가들의 드높고 순수한 기쁨의 환호는 전혀 다른 것입니다.[1]

메시아를 주제로 한 문학 작품[2]과 몇몇 송가의 예언적인 측면은 예외입니다.

저는 귀하가 몇몇 규모가 큰 서정적 시의 본보기를 받아주시기를 참으로 열망하고 있습니다. 1월에 그것들을 귀하께 보내드리기를 희망하고 있습니다. 귀하가 저처럼 이 시도를 판단하신다면, 그 시들은 봄의 출판박람회 때까지 충분히 발행될 수 있을 것입니다.

소포클레스의 비극들에 대한 서문을 별도로 써볼까 생각하고 있습니다. 늦어도 가을에 견본시를 목표로 해서 말입니다. 존경하는 빌만스 님! 이것을 활용하실지 여부는 귀하의 의향에 달려 있습니다.

1 원문의 "노래Gesang"는 그리스어 "송시Ode"를 문자 그대로 옮긴 것이다. 역자가 이 "노래"를 "찬가"로 의역해 사용한 것은 그 내용을 찬미하는 한 단순한 "노래"가 아니기 때문이다. "기쁨의 환호"는 드높은 핀다르의 송시 이론에 뿌리를 두고 있는 감격Enthusiasmus과 같은 개념으로 지고함에까지 이르는 드높은 영감과 승화된 정신적 체험의 음조를 의미한다. "드높은 송시"는 내면적인 감동에서 생성되어야 한다는 것이 송시 이론에서 오래된 규정이다. 횔덜린이 드높은 송시를 자연스러운 노래로 파악했기 때문에, 송시는 시문학의 특별히 "순수한" 형식으로 평가되었다. 이때 "순수한"이라는 부가어에는 근원적인 것, 그리고 집약적인 것의 요소가 내포되었다.

횔덜린은 조국적 찬가의 "드높은" 기쁨의 환호를 통해 18세기의 미학적 기본 사상인 숭고를 받아들인다. "드높은" 또는 "위대한", 핀다르식 송시와 횔덜린이 "조국적 찬가"를 구분하면서 지적한 "사랑의 노래들"의 "지친 날갯짓", 그리고 "작은" 아나크레온식 송가에 대한 당대의 전형적인 구분을 횔덜린은 그대로 받아들이고 있다.

2 클롭슈토크의 〈메시아Messias〉. 횔덜린은 위의 송시 〈나의 결심〉에서 "드높은" 송시를 지었던 클롭슈토크를 생각하고 있다.

저는 셸링이 귀하께 곧 답변을 보내리라 기대하고 있습니다.

귀하가 저에게 친절하게 내용 안내서를 보내주신 《풍경들》[3] 발행을 위해 저는 슈투트가르트에서 예약자들을 찾아보겠습니다. 그런 저작물을 사고 싶어 하거나 다른 사람에게 구입을 권장할 수 있는 몇몇 사람과 친분이 있습니다.

저의 소중한 분이시여! 저는 이만 물러가겠습니다.

저의 헌신에 더 진전된 검토를 바라면서.

횔덜린 올림

3 빌만스에 의해서 발행된 《마인츠에서 뒤셀도르프까지 라인강의 그림같이 아름다운 풍경들》, 3권 중 제1권이 1804년에 발행되었다.

레오 폰 제컨도르프에게 보낸 편지

뉘르팅겐, 1804년 3월 12일

나의 친애하는 제켄도르프 씨!

나는 맨 먼저 자네를 방문하려고 했었네. 그런데 자네의 집을 찾을 수가 없었다네. 그래서 방문이 필요했던 용건을 글로써 대신하는 것이네. 아울러 자네에게 《라인강의 그림같이 아름다운 풍경들》의 안내 설명서를 하나 동봉해 보내네.[1] 자네가 그 출판물을 예약하고 또 다른 예약자를 찾는 것이 가능하리라 생각되네. 선제후[2]께서도 관심을 가지고 있다네. 이 《풍경들》이 어떤 평판을 받을지 정말 보고 싶다네. 《풍경들》이 자연의 순수하고 단순한 재생산이 될지, 그리하여 양측에 어떤 이질적인 것과 특색 없는 것이 일체 포함되지 않을지 보고 싶다는 것이네. 또한 대지가

1 빌만스는 1802년 12월 19일 자 횔덜린에게 보낸 편지에 동봉해서 《풍경들》의 내용 안내서를 보냈다. 그는 내용 안내서에 빙엔Bingen의 고탑古塔 모이제-투름(쥐탑) 주변을 넣은 동판화(31장의 동판화 중 하나) 견본을 첨부했다.

2 뷔르템베르크의 선제후 프리드리히.

하늘과 좋은 균형을 이루어서 이 균형을 그 특별한 비례를 통해 나타나는 빛 역시 경사를 이루거나 매혹적으로 착각을 일으킬 필요가 없는지를 보고 싶은 것이라네. 예술 작품의 내부에서는 각도에 매우 많은 것이 달려 있고, 그 외부에서는 그 각도를 이루는 사각형에 많은 것이 달려 있다네.[3]

파리에서 본 고대 유물[4]은 특별히 나에게 예술에 대한 본질적인 흥미를 불러일으켰다네. 따라서 나는 그것을 더 탐구해 보고 싶네.

자네가 소포클레스 비극의 번역에 관심을 가져주길 부탁하네. 이 번역은 프랑크푸르트의 출판업자 빌만스 씨가 출판을 맡아 부활절을 기해서 발간될 예정이라네.

신화, 역사의 시적 면모, 그리고 하늘의 건축술이 요즘 무엇보다도 나를 매혹한다네. 특히 그리스적인 것과는 다르기 때문에, 민족적인 것이 그렇다네.

영웅과 기사, 제후들의 서로 다른 운명들을, 그들이 어떻게 운명에 충실히 따르느냐 또는 운명 안에 의심스러워하는 태도를 취하느냐에 대해 나는 일반적으로 파악해 두었다네.

나는 정말 슈투트가르트에서 자네를 한번 만나 대화를 나누었으면 하고 원했었네. 그렇게 교육을 받았고 또 그렇게 인간적인 한 사람이 우리 가운데 있다는 사실을 나는 진심으로 소중히 여기고 있다네. 싱클레어에게도 그렇게 쓴 적이 있네.

자네에게는 여전히 많은 것을 전할 수 있다고 생각하네. 조국

3 각도와 사각형은 원근법과 그림 외부의 테두리를 의미한다.
4 보르도에서의 귀향길에 횔덜린은 파리를 거쳤다.

에 관한, 조국의 상황과 신분 계층에 관한 공부[5]는 끝이 없고 새삼스러워진다네.

우리에게 좋은 시절은 정신이 공허해지지 않고, 우리가 우리 자신을 스스로 발견할 수 있기를 바라네!

나는 다가올 것으로 보이는 단순명료하고 조용한 날들을 생각하네. 만일 조국의 적들이 우리를 불안하게 한다면, 우리에게 전혀 속하지 않은 다른 편으로부터 우리를 방어하기 위해 용기를 예비해 두세. 인사와 함께 이만 물러가네.

횔덜린

5 "상황과 신분 계층"에 관한 공부에는 당시 현실적인 동기가 있었다. 1804년 3월 뷔르템베르크에서는 구 신분체계에 대한 영주 측의 공격을 물리치기 위한 목적으로 주의회가 소집되었다. 횔덜린은 "조국의 적들"을 언급하면서 선제후와 궁정파의 새로운 절대주의적 태도를 겨냥하고 있다. 이때 "조국"은 횔덜린의 후기 발언들과 마찬가지로 한층 높은 이상적인 의미를 가진다.

부록

튀빙겐 정신착란 시기 1807~1828

어머니에게 보낸 편지

어머니에게 보낸 편지[1]

지극히 존경하는 어머니!

그러한 편지들을 거듭 보내서 어머니에게 폐를 끼쳐서는 안 되겠다고 생각합니다. 어머니의 깊은 애정과 각별한 호의는 저에게 감사하는 마음에서 우러나오는 순종을 일깨워 줍니다. 감사하는 마음은 하나의 덕목이지요. 저는 어머니와 함께 보냈던 시절을 많은 감사와 함께 회상한답니다. 존경하는 어머니! 덕망으로 가득 찬 어머니의 모범을 멀리 떨어져 있는 동안에도 잠시라도 잊으면 안 되는 것이 당연하며, 또한 저에게 어머니의 규칙을 따르도록, 그리고 그렇게 고결한 모범을 본받도록 일깨워 줍니다. 저의 숨김없는 순종을 고백하면서

1 횔덜린은 정신착란 시기(1806~1843년)에 어머니에게 60통, 누이동생에게 6통, 그리고 의붓동생에게는 1통의 편지를 썼다. 어머니에게 보낸 편지 중 6통을 골라 〈정신착란 시기의 편지들〉을 서한 편의 부록으로 싣고 있는 뮌헨판 전집(Müchen: Carl Hanser Verlag, 1970)의 편집 의도에 따라 부록으로 번역 수록한다.

당신의
가장 순종하는 아들
횔덜린 올림

가장 귀중한 누이동생에게 저의 안부 전해주시기 바랍니다.

어머니에게 보낸 편지

지극히 존경하는 어머니!

제가 어머니에게 편지를 쓸 기회를 이용해도 된다는 사실이 저에게는 전혀 망설일 일이 아닙니다. 그것은 언제나 어머니에게 의존하고 있는 제 존재의 안부 인사이며, 어머니의 변함없는 호의에 저의 공손한 마음을 표하려는 시도이니까요. 이러한 순종의 마음을 빠뜨리지 않고 쓴 편지들의 내용을 어머니께 확인해 드리고 싶습니다. 제가 이만 펜을 놓는 것을 불쾌하게 생각하지 말아주십시오.

당신의
가장 순종하는 아들
횔덜린 올림

어머니에게
보낸 편지

존경하는 어머니!

벌써 다시 어머니에게 편지 올립니다. 일단 쓴 적이 있는 것을 거듭해서 쓰는 것이 반드시 불필요한 일은 아닙니다. 말씀드리는 것 가운데 선의로 언급하거나 진지한 무엇인가를 말하고 있다는 것에 대한 근거가 거기에 들어 있기 때문입니다. 그리고 누가 똑같은 것을 말하고, 일상적이지 않은 것을 항상 표현하지 않더라도 심히 나쁘게 받아들일 일은 아니랍니다. 이것으로 마칠까 합니다. 가장 순종하는 마음을 안고 이만 물러가겠습니다.

당신의
순종하는 아들
횔덜린 올림

어머니에게
보낸 편지

가장 존경하는 어머니!

저의 편지 쓰기가 어머니에게 항상 큰 의미가 있을 수는 없겠습니다. 제가 말씀드리고자 하는 것을 가능한 한 몇 마디 말로 말씀드릴 수밖에 없고, 지금은 말씀드릴 다른 방법이 저에게는 없기 때문입니다. 어머니가 그 이전처럼 어머니의 선하심으로 저를 받아들여 주시고, 제가 어머니에게 빚진 좋은 생각들을 의심하지 마시기를 감히 부탁드립니다.

당신의
순종하는 아들
횔덜린 올림

어머니에게 보낸 편지

가장 존경하는 어머니!

저의 세심함과 순종의 마음을 증명하려고 어머니에게 집착하는 저의 마음이 알맞은 말을 찾는 중이라면 용서해 주시기 바랍니다. 제가 어머니의 덕망과 호의를 되돌려 생각할 때, 어머니에 대한 저의 이해가 매우 잘못되었다고 생각하지는 않습니다. 그러나 그 호의나 덕망에 걸맞으려면 얼마나 전력을 다해야 할지 알고 싶답니다. 하늘의 뜻이 저를 그렇게 멀리 데려왔으니, 제가 저의 삶을 어쩌면 위험이나 완전한 의심 없이 계속 이어나가기를 희망하고 있습니다.

당신의
가장 순종하는 아들
횔덜린 올림

어머니에게 보낸 편지

가장 사랑하는 어머니! 제가 어머니를 완전히 이해시켜드릴 수 없더라도 용서하세요.

저는 존경심을 말할 수 있어야만 한다는 사실을 예의를 갖추어서 어머니에게 반복해 말씀드리고 있습니다. 저는 선하신 하느님께, 제가 학자[1]로서 말하고자 하는 대로, 매사에 어머니를 도와주시고 저 또한 도와주시라고 간구하고 있습니다.

어머니는 저를 돌보아 주십시오. 시간은 문자 그대로 정확하고 대자대비합니다.

그간에도 당신의

공손한 아들
프리드리히 휠덜린 올림[2]

1 휠덜린은 자신이 처한 상황에서 자신을 시인이 아니라 단순히 학자로 칭하고 있다.
2 어머니가 생존한 때에 휠덜린이 쓴 마지막 편지이다. 휠덜린의 어머니는 1828년 2월 17일 별세했다.

옮긴이 해제

두 세기를 넘어 우리에게 도달한 한 시인이 보낸 영혼의 보고서

《횔덜린 서한집》을 펴내며

횔덜린Friedrich Hölderlin, 1770~1843은 18세기 말 독일 문학의 전성기, 소위 괴테 시대의 시인이다. 그는 73세라는 짧지 않은 삶을 살았지만, 반평생을 정신착란으로 유폐에 가까운 삶을 살아야 했던 불우한 시인이다. 생전에는 소설 《휘페리온》의 작자로 수수한 문명을 누렸을 뿐이나, 사후 반세기도 훨씬 지난 20세기 초에 이르러 독일의 가장 뛰어난 시인이자 때 이른 현대적 시인으로 재평가되면서 부활했다.

횔덜린이 살았던 독일 고전, 낭만주의 시대는 편지를 소통 수단으로 가장 선호한, 소위 '편지의 세기'이다. 괴테 시대의 시인들은 정도의 차이는 있지만, 자신이 사회 전체를 대표하며 사회의 관심을 표현해야 한다는 역사적 역할을 의식하고 있었다. 횔덜린의 이러한 사명 의식은 매우 강했다. 그의 생애는 이러한 사명 의식의 실현과 이를 막아선 현실적인 난관 사이의 끝없는 싸움으로 점철되어 있다. 횔덜린은 이 과정에서 독일 후기 계몽주의, 고전주의, 그리고 낭만주의의 맥락에서 생계유지의 전형적인, 그러나 특별히 어려운 길을 걷지 않을 수 없었다. 신학교를 나와 당시 선망의 대상이었던 성직자로서의 진로를 애써 외면하고, 사회적 신분이 애매한 — "수레의 다섯 번째 바퀴와 같은" — 입주 가정교사로 독일은 물론 스위스와 남부 프랑스에 이르기까지 이곳저곳을 떠돌며 고독한 시인의 길을 택한 것이다. 이 길에서 편지를 통한 가족 및 친구들과의 소통은 그에게 유일한 피난처이자 자신의 정체성을 확인하고 원기를 회복하는 청량제였다. 태생적으로 예민한 감수성을 지녔던 횔덜린은 주관적인 표현이 용납되는 편지로 수신자에게 자신의 처지를 알리고 고유한 사유와 자기반성을 절실하게 토로하고 고백했다. 이러한 편지들은 많은 경우 수신자를 의식한 대화라기보다는 독백에 가까우며, 논리가 정연한 이론이라기보다는 철학적 수상록에 가까운 글들이다. 그리고 이러한 처지의 보고, 사유의 토로, 자기 성찰은 개인적인 차원에만 머물지 않고 언제나 보편성을 향하고 있다. 이러한 의미에서 횔덜린의 편지는 문학적으로나 인간적으로 의미심장한 편지 쓰기의 전형으로 평가할 수 있다. 편지의 사회사에서 횔덜린이 괴테, 실러, 헤르더 등과 함께 편지 쓰기의 고전적 작자들 명단에 확고하게 자리한 근거다.

그러나 유감스럽게도 횔덜린이 쓴 매우 많은 편지들이 — 추측하건대 절반 이상이 — 전래되지 못하고 행방불명되었다. 오늘날 수집되어 우리에게 전해지는 횔덜린의 편지는 — 1998년에 새롭게 발견된 1799년 7월 6일 자 에벨에게 보낸 편지를 포함해서 — 316통이며, 그나마 1806년 9월 15일 정신착란으로 튀빙겐의 아우텐리트 병원에 강제로 입원하기 전에 쓴 편지는 248통에 불과하다.

이 책은 횔덜린이 정신착란 징후를 드러내기 직전까지 쓴 편지 가운데 121통과 정신착란 시기 어머니에게 보낸 편지 가운데 6통을 추려 실었다. 여기에 실은 편지의 수로만 보자면 정신착란의 징후가 드러나기 직전까지 쓴 편지는 전체의 절반에도 미치지 못하지만, 여러 생애기와 작품 연구에서 자주 인용되는 의미 있는 내용의 편지를 모두 망라하였다. 정신착란 시기 어머니에게 보낸 지극히 짧은 편지들은 반평생에 걸친 고립된 삶의 고도에서 보낸 마지막 육성이다.

한국어로 된 이 서한집이 당시 독일의 한 지성인이 겪어야만 했던, 지금 여기 우리의 경우와 크게 다르지 않은 개인적, 시대적 역경과 그것의 극복을 기록한 '영혼의 보고서'로, 그리고 오랜 세월 파도에 실려 망망대해를 건너서 우리의 해변에 도달한 어느 조난자의 '유리병 속 통신문'으로 진지하게 읽히기를 기대한다.

횔덜린의 편지 쓰기의 의미

편지는 어느 한 수신자를 향한 의사 전달의 문서다. 편지는 두 당사자의 공간적인 분리 상태를 극복하며, 인간 사이의 관계를 맺거나 이미 맺어진 관계를 유지하도록 한다. 편지는 일련의 인간적인 진술에서 중간적 위치에 있다. "편지는 한편으로는 대화다. 그러나 눈에 보이지 않는 상대와의 대화다. 다른 한편 편지는 일기다. 그러나 타인의 눈에 보이도록 쓴 일기다. 편지는 이 두 가지 속성을 동시에 지니고 있다. 즉, 지워진 근접과 연결된 거리인 것이다."(알브레히트 괴스)

편지는 영혼 없는 사업상의 소식부터 충만한 감정에서 우러나오는 심오한 고백에 이르기까지 공적, 사적 삶의 모든 형식, 방식 그리고 가능성을 포함한다. 그러나 우리의 관심은 개성적, 개인적 그러니까 심리적으로 이해 가능한 편지에 있다. 이러한 개성적 편지는 편지를 쓰는 사람의 영적 구조의 복사이며, 그의 본질의 표현이자 그의 기질과 신념에 대한 보다 확실한 지시이기 때문이다.

자신의 모든 행위에 비판적인 주의력을 가지고 성찰했던 횔덜린은 편지 쓰기의 의미와 본질, 가능성과 한계를 생생하게 파악하고 있었다. 그의 발언들로 우리는 가장 아름다운 형식의 편지가 무엇을 의미하는지 알게 된다.

횔덜린에게 편지는 처음부터 영적 관계의 산물이었다. 편지는 그에게 가까운 사람들에게 자신의 내면에 "지배하며 생동하고 있는"(238쪽) 가장 내밀한 것을 전달하는, 문학 다음으로 틀림없는 전달 수단이었다. 젊은 시인 횔덜린은 친구 노이퍼에게 시를 청하면서 "우리의 영혼은 편지보다 그것을 통해서 서로를 더 잘 경험"(54쪽)하기 때문이라고 피력했다. 시문학과 편지를 다 같이 영혼의 나눔이라는 즐거운 행위로 보았다. 그러나 나이가 들자 편지를 가리켜 "가슴에서 우러나오는 생각"(464쪽)이라고 했다. 편지 쓰기가 "가장 깊은 마음을 열어"(299쪽) 보인다는 점과 자신을 열어 보인다는 점에서, "가슴에서 우러나오는 한마디 말을"(441쪽) 한다는 점에서, 횔덜린은 편지 쓰기를 시문학과는 다른 차원의 보다 직접적인 자기표현의 통로로 인식했다. 편지가 "영혼에서 우러나오는 한마디 말"(224쪽)인 한, 편지에서의 "말"은 두 사람 간의 대화에서 영혼으로 가득 찬 고백을 의미한다. 그러한 경건하고, 충실하며, 친절한 "가슴에서 우러나오는 한마디 말"(441쪽)은 편지를 쓰는 사람의 가장 귀한 재산이다. 동시에 구속력 있는 재능이기도 하다. "언어를 잘못 사용하는 사람, 언어를 왜곡하는 사람 또는 지키지 않는 사람은 매우 큰 잘못을 저지르는 것이다. 그러나 말을 너무도 적게 쓰는 사람 역시 잘못을 저지르기는 마찬가지다."(463쪽) 가볍게 남용해서도 안 되지만, 쥐고만 있어서도 안 되는 재능이라는 말이다. 따라서 편지 쓰기는 일종의 제의祭義이다. "우리가 서로에게 신성에 대해 말하는 것과 같은 경쾌하고도 순수한 제물은 다른 것처럼 펜 끝이 아니라 가슴에서 우러나오기 때문에, 우리는 드물지만 사랑스러운 편지들로 우리를 결합시키는 영원한 것을 찬미하는 것과 같은 경쾌하고도 순수한 제물을 바쳐야 한다는 말이다."(292쪽)

횔덜린은 편지에 쓰는 말을 "숨김없는/얽매이는 것 없는"(463쪽/131쪽), "방해받지 않는"(101쪽) 영혼으로만 생성될 수 있다는 것을 인식했다. 편지를 통한 전달의 전제는 말하자면, "산만하지 않게" 자신의 "내면적인 것"을 "전달"할 수 있는 알맞은 시간이다(1796년 1월 11일, 동생에게 보낸 편지). 그 안에 횔덜린이 편지에 결부시키는 높은 요구가 들어 있다. 그는 누이동생에게 "쓸 필요 때문에만 편지를 쓰지 않는 경우가 우리에게는 자주 일어난다. 나는 마음에서 우러나는 시간을 언제나 기다리려고 한다. 그러면서 나는 시간을 지체하는 것이다"(1799년 2월 말, 누이동생에게 보낸 편지)라고 썼다.

성숙한 나이에 이르러 횔덜린은 공동체 의식을 촉진하는 편지 언어의 마지막 의미를 인식했다. 문학에서와 마찬가지로 편지에서도 "우리를 결합시키는 영원한 것"이 "찬미"받아야 마땅하다는 것이다(292쪽). 왜냐하면 "좋고 성스러운 모든 것은 찬미받아 마땅"(452쪽)하기 때문이다. 사랑하는 사람을 매 음절마다 새롭게 찬미한다면, 편지를 받을 때마다 그 하나하나가 "일종의 축제"(366쪽)다. 그리고 몇 마디 말로 이미 충분하다. 왜냐하면 "우리는 서로를 잘 이해하기 때문에 아주 짧고도 요약된 말이라도 핵심을 말하고 우리의 서로에 대한 충실의 가장 참된 언어를 대신"(445쪽)하기 때문이다. 편지는 결국 "징표"가 된다. "그 안에는 모든 생동하는 표현의 징표라고 부를 수 있는 무엇이 들어 있다. 다시 말하면, 그 표현은 표면으로 보이는 것보다 더 많은 것을 말하고 있다. 왜냐하면 그 안에는 생활 가운데에서 말하고 싶지만 결코 다 말할 수 없는 하나의 진심이 꿈틀거리기 때문이다."(293쪽) 편지는 불충분한 외형을 하고 있지만 생동하는 가장 내면적인 것을 내포하고, 문자를 통한 진술의 가장 높은 경지를 이루고 있다. 그러한 편지에는 어떤 범속한 전달이나 즉흥적인 유희와 같은 것이 끼어들 여지가 없다. 편지는 전인적인 삶을 사는 능력의 징표이며, "존재 중 가장 성스러운 존재"인 인간이 지닌 상호 결속에 대한 가장 내면적인 이해와 욕망의 징표인 것이다.

횔덜린의 편지들은 대상의 선택에서, 추상과 복잡성의 정도에서, 그리고 내면적인 개방의 정도에서, 그 어조에서 다양하다. 횔덜린의 편지라는 장르에 대한 높은 평가와 기대를 전제하고, 상황과 처지에 따른 소통의 의지와 사유의 궤적을 몇몇 주제로 나눌 수 있다.

자기변호와 정체성 주장의 편지들

횔덜린이 어머니에게 자신의 처지를 쓴 편지는, 대체로 그가 처한 경제적인, 그리고 직업상의 상황에 관련되어 있다. 어머니에게 보낸 그의 편지들은 부단한 부채의식과 자신을 변호해야 할 필요성에 대한 인식으로 점철되어 있다. 아들로서 이미 행한 또는 앞으로 행해야 할 지불을 해명하고 있다. 그러나 그러한 삶을 사는 자신의 생활도 설명한다. 어머니에게 보낸 편지들은 횔덜린의 경제적 의존과 경건주의적 교육에서 기인한 자기변호의 강박감을 반영하는 강한 상투성을 지니고 있다. 어머니에게 보낸 그러한 자기변호 편지의 본보기는 횔덜린이 보편적인 존재의 정당성을 제시하려고 시도한 편지에 드러난다. 그는 자신의 "성격"을 들어, 또 자신의 사회적인 입장을 들어, 그리고 "자기의 항해가 목적지를 향해 절반도 나아가지 않은" 그가 왜 한 여인의 남편이 될 수 없으며 되고 싶지도 않은지를 들어, 그리고 마지막으로는 직업의 문제와 자신의 "경제적인 상태"를 들어 자신을 변호한다.

> 언젠가는 물론 달라지기도 할 것입니다. 안정적인 남편이 되는 것도 멋진 일이니까요. 다만 누군가가 항해를 떠나서 목적지까지 절반도 나아가지 않았는데 항구로 되돌아오라고 말해서는 안 됩니다.
>
> 그리고 저는 제가 성직자보다는 교육자로서 더 쓸모가 있지 않은가 느끼고 있습니다. (…) 제가 알고 있는 한, 교육자의 직무 자체가 현시대에서는 성직자보다 더 영향력이 큽니다.(233~234쪽)

어머니에게 쓴 많은 수의 잘 계산된 답신 형태의 편지와 대조적으로 감사의 순간에 쓴 자발적인 편지는 아주 드물다. 이 드문 편지도 대체로 어머니가 아들의 미래를 자신의 소망대로 이끌려는 의도를 포기하거나 유보하는 경우에 쓴 편지다. 또는 보르도에서 보낸 도착을 알리는 편지처럼 예외적인 경우에 쓴 것들이다.

> 아베르뉴의 무섭게 눈에 덮인 고원에서, 폭풍과 황야 가운데, 얼음처럼 추운 밤에, 거친 잠자리에서 장전한 권총을 옆에 놓고 — 저는 지금까지의 제 생애에서 가장 진지한, 그리고 결코 잊지 못할 기도를 드렸습니다.

저는 살아남았습니다. — 저와 함께 감사드려 주십시오! (484~485쪽)

그러나 뚜렷한 온갖 부자연스러움에도 불구하고 전체 편지를 통틀어 보자면 어머니의 안부에 대한 횔덜린의 관심은 분명하다. 그는 자기가 평온을 얻기 위해서 어머니를 달래려고 시도하기보다는 어머니를 위해서 그녀를 안심시키려고 한다. "저에 대해서는 안심하시고 가능한 한 즐겁게 생활하시기를 빕니다. 어머니는 마음 안에서, 그리고 외적인 삶의 슬픔에도 불구하고 기쁨을 누릴 수 있는 많은 근거를 찾아내시기 때문입니다."(291쪽)

일찍이 두 명의 남편을 연달아 잃고 홀로 된 어머니에 대한 횔덜린의 관심은 변함없는 동정과 효성, 그리고 믿음과 사랑, 순종과 복종이 결합된 경외심을 바탕으로 하고 있다. 이것은 18세기의 가정관을 지배했던 기독교적 계명을 통해서 요구된 태도이기도 하다. 이에 대한 어떤 침범도 영적인 갈등을 초래했다. 횔덜린의 어머니와의 관계에서 이러한 삶의 법칙과 그녀의 소망으로부터의 구속은 튀빙겐 시절에 쓴 청원 편지에서부터 프랑스에서 써 보낸 고난을 통과한 상황 보고에 이르기까지 관통하고 있다. 그가 어머니에게 보낸 편지들은 대부분 자식으로서의 순종심을 다해 썼다. 시인이 자신의 길을 가면서 그렇게 갈망했던 자립에 다다르지 못한 일종의 죄책감이 한몫한 것도 사실이지만, 효성이 그의 겸손과 순종을 결정했던 것이다. 그러나 효성과 경외심이 횔덜린이 뼈저리게 느꼈던 거리감으로 이어진 것은 매우 역설적이다. "어머니와 저 사이에는 우리의 영혼을 갈라

놓는 무엇인가가 있습니다."(300쪽) 그러나 여전히 "아들과 어머니 사이에 주재하는 경건한 영혼은 어머니와 저 사이에서 사라지지 않습니다"(345쪽)라고 고백한다. 시인은 많은 것을 자신의 내면에 가둬두어야 했고, 어머니의 존재에 대한 존경심에 알맞은 자제와 신중함, 그리고 기사도 정신을 요구받았다. 시인은 자신의 소명에 충실하려면 희생이 불가피하다는 사실을 너무도 잘 알고 있었다. 가장 큰 희생은 고독으로의 길이었다. "저는 어머니의 호의 때문에 행복하면서도 불행합니다."(232쪽) 시인의 이 말이 그와 어머니의 관계를 가장 간단명료하게 요약하고 있다.

수신자를 향한 감정적인 친근과 잠재적인 증오, 지나친 겸손과 자율의 요구라는 확연한 이중적 감정의 병존은 횔덜린이 실러에게 보낸 편지와 어머니에게 보낸 편지를 겹쳐 보이게 한다. 두 사람의 수신자는 횔덜린이 분발하도록 자극했지만 동시에 두려움을 유발하는 경외의 대상이었다. 편지에서 그려진 이들은 횔덜린을 "의기소침하게 만들기도 하지만 고무시키기도 한다."(116쪽) 그는 실러에게 "저는 이제 처음 땅에 심긴 한 그루의 초목처럼 선생님 앞에 서 있습니다. 한낮에 그 초목을 보호해 주셔야만 합니다. 저를 비웃으실지도 모르겠습니다. 그러나 저는 진실을 말하고 있습니다"(251쪽)라고 썼다. 그에게 실러는 두렵지만 다가가 의지해야만 할 정신적 권위자이자 지주였다. 어머니에게는 경제적·정서적인 지원을 필요로 했다면, 실러에게는 지적인 능력을 인정받고자 했던 것이다. "제가 선생님께 어느 정도의 인물로 보이고 또 선생님께 저에 관해서 무엇인가 말씀드릴 수 있다는 사실이 거의 유일한 자랑이자, 유일한 위안이랍니다."(171쪽) 그리고 횔덜린은 "저의 자유조차 그처럼 잃게 하는 유일한 분"(225쪽)이라고 고백한다. 그는 반복해서 실러에게 의존하고 있음을 강조한다. "저는 어쩔 수 없이 선생님께 의존하고 있습니다."(240쪽)

한 사람에게 지나치게 의존하고 애착을 가지면 그만큼 쉽사리 환멸에 부딪치게 마련이다. 실러에게 보낸 편지들에는 극적으로 어조가 바뀌는 일도 드물지 않다. "저에 대한 선생님의 침묵은 저를 참으로 의기소침하게 만듭니다. (…) 저에 대한 생각을 바꾸신 것인가요? 아니면 저를 포기하셨나요?"(224~225쪽) 추종 혹은 의존이 상대방 판단의 의존이라면, 이것은 부정적 평가에 대한 두려움을 의미하기도 한다. 횔덜린은 실러에게 보내는 편지에서 때로는 극복할 수 없는 "영향에 대한 두려움"(해럴드 블룸)을 드러냈다. 그러나 모든 시도에도 불구하고 횔덜린은 '대가'인 실러에게 저항하는 것이 불가능한, "지극히 참된 숭배자"로 남아 있었다. 횔덜린이 실러를 향한 접근을 위협으로 느꼈다면, 그로부터의 거리 두기는 상실로 느꼈다. 이 근접과 거리 두기의 변증법은 횔덜린 문학을 관통하는 하나의 모티브이기도 하다.

영혼의 보고서 — 우정의 편지들

횔덜린의 시대에는 편지가 선호하는 소통 수단이고, 우정이 숭상의 대상이었다. 우정의 편지에는 시대의 두 가지 노선이 교차하는데, 이 두 가지 노선이 교차로 영향을 줌으로써 우정이 편지의 대상이 되고, 편지가 우정의 증언이 된다. 횔덜린의 편지 대부분은 물론 친구를 향한 것이지만, 다른 이들에게 보낸 편지에서도 우정이 하나의 역할을 한다. 무엇보다도 동생 카를에게 보내는 편지에서 이러한 역할을 읽을 수 있는데, 아마도 카를이 의붓동생인 탓도 있을 것이다. 그는 동생에게 보낸 한 편지에서 우정과 편지의 결합에 대한 신앙에 가까운 요구를 피력하고 있다.

> 우리는 생각과 천성이 비슷하여 무한히, 그리고 변함없이 가깝지 않다면 서로가 서먹해질 수밖에 없을 것 같다. 이렇게 말할 수밖에 없는 것이 이번에는 우리가 다른 어떤 때보다 더 오랫동안 우리의 아름다운 우정을 돌보지 않고 내버려 두었기 때문이다. 신들도 제물은 필요로 하지 않는다 해도 감사의 증표는 요구한단다. 그렇기 때문에 우리는 나와 너 사이에 있는 신성한 것에 다시금 때때로 제물을 바치지 않으면 안 되는 것이다.(292쪽)

편지들은 우정을 살린다. 마치 장작이 타면서 불길을 살리듯이 말이다. 또한 형제간의 우정은 우리가 제물을 바쳐야 하는 일종의 신성이다. 그 신성에게 제물을 바치는 것은 하나의 찬양 행위다. 우정의 편지란 친구들 사이의 편지일 뿐만 아니라 우정을 주제로 삼는 편지, 그리고 이를 넘어서 우정을 불러내고 삶 속으로 호출해 내는 편지라고 할 수 있다.

우리는 횔덜린이 매우 좋은 친구를 가지고 있었으며, 우정은 그러니까 편지 너머에 있었다는 것을 알아두어야만 한다. 횔덜린이 자기 생애에 향유했던 실질적 우정의 한 아름다운 증언은 그가 프랑크푸르트에서 받은 헤겔의 편지 서두에서 드러난다.

> 자네에게서 다시 무엇인가를 듣는다는 것, 그것은 다시 한번 나에게는 기쁨이라네. 자네 편지의 한 줄 한 줄에서 자네의 나를 향한 변함없는 우정의 소리가 들리네. 그 편지가 나에게 얼마나 많은 기쁨을 주었는지 자네에게 말할 수조차 없다네. 그리고 여전히 자네를 직접 보고 포옹하는 희망을 더욱 크게 한다네.(1796년 11월, 헤겔이 보낸 편지)

편지가 우정을 유지하는 데 큰 역할을 하지만, 문자를 통한 표현이 우정의 깊이를 충분히 체현하는지에 대한 숙고가 자주 표명된다. 우정을 나누는 가장 확실한 길은 문자가 아니라 역시 대화다. "우정의 문자는 마치 황금빛 포도주가 담긴 불투명한 잔과 같은 것이네. 포도주를 물과 구분시켜 줄 만큼만 겨우 빛깔을 내비쳐 줄 뿐이지. 그러니 사람들은 크리스탈 잔에 들어 있는 포도주를 바라보길 즐기는 걸세."(204쪽) 친구를 곧 만났으면 하는 소망이 이러한 비유에 아주 적절하게 전제되어 있다. 우정은 변화 가능한 두 정서의 상호 일치로 이해된다. 대화의 직접성이 제외되고 항상 분리가 전제되는 편지 교환에서는 그러한 상호 일치가 결핍되기 십상이다. 극복하기 어려운 상응Korrespondenz의 조건들 가운데 자신을 온전히 알릴 수단의 결핍도 있다. 횔덜린은 "한 구성원이 다른 구성원에게 자신을 알릴 수단이 때때로 보이지 않는다. 아주 자주 인간들 사이에 기호와 말이 모자르다는 것이다"(462~463쪽)라고 동생에게 썼다. '완전한 전달의 불가능성'에 대한 자각이자 고백이다. 다른 하나는 자신의 사유에 대한 부단한 회의와 자기주장의 부단한 취소 및 탈피다. 이러한 회의와 취소는 근본적으로 소위 낭만적 반어로 일컫는 '자기 파기', '자기 창조와 자기 소멸'의 무한한 연쇄에 대한 횔덜린의 때 이른 인식을 증언해 준다.

> 자네가 오랫동안 편지를 쓰지 않은 것을 나는 이상하게 생각하지 않았다네. 어떻게 된 일인지 물론 알고 있었으니까 말일세. 사람들은 친구에게 말하고 나서 일주일이 지나도록 거두어들일 필요가 없는 것을 말하고 싶어 한다네. 그렇지만 영원한 밀물과 썰물이 우리를 이리저리로 뒤흔든다네. (…) 우리가 우리 마음에서 영원한 것을 발견하는 순간들은 그처럼 곧바로 파괴되어, 영원한 것이 저절로 환영이 되기도 한다네. 그리고 때가 되면 봄과 가을처럼 우리의 내면으로 되돌아올 뿐이라네.(193쪽)

이러한 생각은 왜 특별히 노이퍼에게 보내는 편지들이 항상 회상의 역할을 하는 데 그치는지 설명해 준다. 우정은 편지 자체로 일어나지 않는다. 횔덜린은 우정을 회상하거나 우정이 생생한 교류를 통해 다시 가능해지기를 기대한다. 심지어 회상의 관념화된 대상으로서의 노이퍼와의 우정은 횔덜린에 대한 이해가 희박해져 노이퍼가 점점 냉담해진 시절을 넘어서도 한동안 지속된다. 노이퍼가 어떻든 간에, 횔덜린은 항상 반복해서 함께했던 시간을, 더 이상 있지도 않고 있지도 않을 대화를 떠올려보고 있다.

란다우어에게 보낸 편지에서도 회상은 여전히 중요하다. 그러나 노이퍼에게 보낸 편지와는 전혀 다른 회상이다. 란다우어에게 보낸 편지에서는 더 이상 함께했던 때를 동경하며 되돌아보는 것이 아니다. 오히려 함께 있음을 편지를 통해, 다시 말해 문자로 옮겨놓기를 시도한다. 그리하여 우정은 유지되고 그 힘은 존속된다. 횔덜린은 란다우어에게 보낸 편지의 끝에서 자신이 슈투트가르트의 모든 친구들과 "대화"를 나누고 있다고 말한다. 편지 자체가 하나의 대화이기를 갈망하는 것이다. 다음 해 말 뵐렌도르프에게 보낸 두 번째 편지에서 그는 청한다. "어쨌든 나에게 곧 답장을 쓰시오. 나는 그대의 순수한 목소리가 필요하다오. 친구들 간의 영혼, 대화와 편지를 통한 사유의 형성은 예술가들에게 꼭 필요한 것이오."(496쪽) 여기에서는 대화와 편지가 같은 위치에 있다. 그리고 횔덜린은 친구들의 재회를 더 이상 언급하지 않은 채 오로지 뵐렌도르프가 곧 편지를 써야 한다고만 말하고 있다.

독일 지성인들 사이, 고전적인 괴테 시대에 이루어진 장문의 편지 쓰기는 "공동체적 삶의 중심"으로서 "공동의 사유와 감정과 지향의 버팀목"(파울 라베)으로 평가된다. 횔덜린은 친구와 나눈 사랑의 체험이 비로소 "아름다움"과 "위대함"의 능력을 부여한다는 것을 느낀다. 친구들과 주고받은 그러한 편지들은 우정의 표현에 충분한 것은 아니지만 횔덜린이 다른 데서 표현한 대로 "가슴에서 우러나오는 생각"을 전하는 "영혼의 보고서"의 하나임이 분명하다.

정치적 상황에 대한 관찰과 사유의 보고

횔덜린은 편지에 반복해서 민감한 정치 상황을 언급한다. 무엇보다도 프랑스혁명의 이념, 그리고 그 이념의 변질과 좌초가 주목의 대상이다. 이는 동생에게 보낸 편지들과 에벨에게 보낸 편지들, 그리고 란다우어에게 보낸 편지가 증언하고 있다. 이 편지들은 횔덜린의 내면적인 생애기가 얼마나 자기 시대의 정치적인 상황과 결부되어 있는지를 보여준다. 여기에는 그 긴장의 곡선이 변화하는 미래에의 믿음에서부터 — "다가오는 세기의 인류를 사랑하고 있다는 말이다. 왜냐하면 이것이 우리의 후손들은 우리들보다는 훨씬 더 나으리라는 나의 가장 복된 희망이자 나를 강하게 붙들고 생기를 불어넣어 주는 믿음이기 때문이다."(68쪽) "저는 지금까지의 모든 것을 부끄럽게 만들어 줄 신조들과 표상 방식들의 미래에 있을 혁명을 믿고 있습니다."(229쪽) — "어둠의 제국이 폭력으로 침입하려고 하면 펜을 책상 아래로 던져버리고 신의 이름으로 가장 큰 위기에 처하여 우리를 가장 필요로 하는 곳으로 가도록 하자"(316쪽)는 고백을 거쳐, 희망의 불확실성을 넘어서 1799년 11월 에벨에게 보낸 편지가 기록하는 탈출구 없는 환멸에까지 걸쳐져 있다. "저의 느낌과 이해 방식에 따라서 거의 피할 길 없이 저에게 부딪쳐 온 많은 경험은 평소 특히 기쁨과 희망을 주었던 모든 것에 대한 저의 믿음을, 그리고 인간의 이상적인 모습과 인간의 삶과 존재에 대한 저의 믿음을 상당히 뒤흔들어 놓았습니다."(403쪽) 횔덜린이 자신의 "활동과 생계", 그리고 주제테 공타르의 근처에 머무는 일을 "큰 희망을 걸었던"(390쪽) 문학 잡지 계획이 좌초된 가운데, 그리고 프랑스의 집정내각이 해산되고 원로회의가 상트 크로드로 보내졌고, 보나파르트가 일종의 독재자가 되었다는 소식을 듣고 느낀 환멸 가운데 내외의 역사가 하나로 겹쳐진다.

횔덜린은 정치적 상황의 고찰을 교육적 내지는 시학적 방식과 결부시킨다. 여기에도 여러 분야에 걸친 보편적인 환멸이 드러난다. 프랑스혁명과 마찬가지로 윤리적 자유에 대한 어린아이의 각성은 주변의 해로운 영향 때문에 기대할 수 없기 때문에, 심미적인 교육으로 보다 나은 세계로 에워싸지 않으면 안 된다는 횔덜린의 교육 이념은 현실적인 인물인 칼프 부인에 의해 좌초되고 만다. 횔덜린의 "민중의 교육이라는 이상"(142쪽)도 같은 결말에 이른다. 동생에게 보낸 이른 시절의 편지에서 횔덜린은 자기의 교양과 계몽에 대한 이상주의적인 생각을 피력한 바 있다. 그러나 그것은 정신적인 혁명을 통한 정치적 혁명의 대체라는 독일 고전주의의 프랑스대혁명에 대한 진화론적 반응의 하나다.

> 우리는 모든 것이 보다 나은 날들을 향해서 작용하고 있는 시대에 살고 있다. 계몽의 이 씨앗들, 인류의 교양을 위한 개별자

들의 조용한 소망들과 노력들이 널리 퍼져나갈 것이고 더 강해질 것이다. 그리고 찬란한 열매를 맺게 될 것이다. 보아라! 사랑하는 카를아! 이것이 지금 나의 가슴이 집착하고 있는 일이다. 이것이 내가 소망하는, 내 활동의 성스러운 목표이다. 언젠가 미래에 열매를 맺을 씨앗을 우리의 시대에 움트게 하는 일 말이다.(68쪽)

이러한 시각에서 칸트는 독일인들을, 특히 소설 《휘페리온》에서 비난의 대상이었던 그들을 "고루한 가정 살림"으로부터 데리고 나와 "사색의 고독한 광야"로 이끌고 갈 새로운 모세로 여겨졌다. 그런 가운데 모든 이상은 정치적이든, 개별적 혹은 민중교육적이든 모두 미래로 그 실현이 미루어지고 만다. 이와 함께, 구체적인 세계에서 윤리를 실현하고자 하는 시도는 좌초를 면할 수 없었다. 횔덜린은 그 가운데서 씁쓸하게 자위한다.

인류의 모든 열매와 꽃이 우리의 희망 가운데서 다시 번성하는 것을 보았던 그곳으로부터 작별을 고하는 것은 무한히 고통스러운 일임을 압니다. 그러나 우리에게는 우리 자신이 있고 또 소수의 다른 사람들도 있습니다. 우리 자신과 이 소수의 다른 사람들 안에서 하나의 세계를 발견해 내는 것도 역시 아름다운 일입니다.(228쪽)

철학적·시학적 사유의 보고와 창작 현장에서의 편지

횔덜린의 경우 시학적 편지는 두 가지 형태로 나눌 수 있다. 그 하나는 횔덜린 읽기의 편람으로써 그 읽기의 원천과 참고점으로 이용할 만한 편지들이다. 이 가운데는 동생에 대한 교육 계획의 한 부분으로 생각한 "작은 논고들"이 있는가 하면, 노이퍼에게 보낸 여러 편지도 있다.

> 어쩌면 자네에게 **심미적인 이념들**에 대한 논고를 한 편 보낼 수 있을 것이네. 그 논고는 플라톤의 《파이드로스》에 대한 주석으로서 평가받을 수 있으며, 그중 한 구절은 엄연한 나의 텍스트이기 때문에, 콘츠에게도 쓸모가 있을 것이네. 근본적으로 이 논고는 미와 숭고의 분석을 포함하도록 계획되어 있고, 부분적으로는 실러가 그의 〈우아와 품위〉에 대한 논술에서 그러했듯이 칸트의 분석을 단순화하고 다른 측면에서는 다변화하기도 한다네. 실러의 그 논술은 내가 감행하려는 것보다는 칸트의 한계성을 넘어 한 걸음도 더 내딛지 못했다네.(112쪽)

또한 헤겔에게 보낸 편지도 여기에 해당한다. "피히테의 사변적인 글 — 〈지식학 총론의 기초〉 — 과 학자의 개념 규정에 대한 강의록은 크게 자네의 관심을 끌 것이네. (…) 그의 절대자아(=스피노자의 실체)는 모든 실재성을 포함한다네. (…) 대상이 없는 의식은 생각도 할 수 없지. 나 자신이 이러한 대상이라면, 그래서 대상으로서 필연적으로 내가 제약된다면, 나는 오로지 시

간 가운데서만 존재해야 할 것이고, 그렇다면 절대적이지 않을 것이네."(141쪽)

니트하머에게 보낸 편지도 이러한 횔덜린의 작품과 사상 읽기에 중요한 참고점을 제공한다. "철학적 서신을 통해서 나는 우리가 사고하고 존재하고 있는 분리가 나에게 설명해 주는, 그러나 주체와 대상 간의 대립, 우리 자신과 세계 사이의 대립, 나아가 이성과 계시 사이의 대립을 사라지게 할 수 있는 원리를 찾아보려고 하오. — 이론적으로, 지적 직관을 통해서, 우리의 실천적 이성의 도움을 꼭 필요로 하지 않은 채 그렇게 할 수 있는 원리 말이오. 이를 위해서 우리는 미적 감각을 필요로 하오. 그리고 나는 나의 철학적 서신을 《인간의 미적 교육에 관한 새로운 편지》로 부르게 될 것이오. 나는 또한 그 안에서 철학으로부터 문학과 종교로 넘어가게 될 것이오."(190~191쪽) 합리주의적인 미학에서 "한층 열등한 인식 능력"으로 내몰린 문학의 지위를 상이한 것의 일치성, 지적·역사적인 직관을 지닌 종교적 차원으로 끌어올리는 횔덜린 논고 〈종교론〉(또는 〈철학적 서한〉)의 배아를 여기서 읽을 수 있다.

철학적·시학적 편지의 다른 한 유형은 "창작 현장으로부터의 편지"(발터 베냐민)다. 이 유형의 편지들은 세련된 이론적 텍스트로 평가된다.

창작 현장에 대한 편지의 탁월한 예는 1801년 12월 4일 뵐렌도르프에게 쓴 편지이다. 이 편지는 횔덜린의 논고 단편 〈우리가 고대를 바라보아야 할 관점〉 및 〈안티고네에 대한 주석〉과 함께 그리스 고대와 서구 근대 간의 관계에 대한 논술로써 맹목적인 그리스 고전의 모방인 의고전주의의 극복을 향한 호소로 읽힌다. 자기의 특성을 찾기 위해서 고대적 모범의 이질적인 것을 모방할 것이 아니라, 제 자신의 이질적인 것인 "계발되지 못한 것"을 찾아 배워야 한다는 것이다. 이와 함께 횔덜린은 제 자신의 것을 위해서 외래적인 것의 포기를 요구하지 않는다. 그리스인들은 서구 시인에게 없어서는 안 된다. 왜냐면 서구의 시인은 그리스 예술의 한 이방인으로서 제 자신의 근원을 만나기 때문이다. 따라서 문학적 수단으로 제 자신의 고유한 것과 남의 것의 조화로운 대칭을 이루기 위해서는 정신의 특별한 융통성이 필요하다. "민족적인 것을 자유롭게 활용하는 것보다 익히기 더 어려운 것은 없소."(478쪽) "자기 자신의 것도 남의 것처럼 잘 습득하지 않으면 안 되오."(479쪽) 서구의 예술가나 그리스의 예술가 모두의 "재능"은 횔덜린에 따르면 "제 자신의 것을 자유롭게 구사하는 데"서 발휘된다. 그 점에서 뵐렌도르프에게 보낸 편지는 "예술적 결함"의 시정을 다루고 있다. 이 시정을 위해서 그는 제 자신 고유한 것의 자유로운 구사에 근거하는 시인의 기술 내지는 메커니즘을 설명한다. 그 의미와 "재능"은 바로 제 자신의 시대와 역사로의 전향으로 충족되는 것이다. 외래 문물이 넘쳐나는 이 시대에 외래적인 것의 수용에 대한 횔덜린의 견해는 시사하는 바가 적지 않다.

횔덜린의 가장 인상적인 산문 중 하나는 1802년 가을에 뵐렌도르프에게 보낸 프랑스 보르도 여행을 보고하는 편지다.

오랫동안 그대에게 편지를 쓰지 못했소. 나는 그간 프랑스에 가 있었고, 슬프고 고독한 대지를 보았소. 남부 프랑스의 목동들과 하나하나의 아름다움, 애국적인 의문의 공포와 굶주림의 두려움 가운데 성장한 남정네와 부인들을 보았던 것이오.(492쪽)

여기에 그가 〈안티고네에 대한 주석〉에서 "오래된 근원적 자연"과 "영원히 인간 적대적인 자연"이라고 부르는 것이 그의 눈앞에 구체적으로 대두된다. "강력한 자연의 힘, 하늘의 불길, 그리고 인간들의 침묵, 자연 속에서의 이들의 삶, 그리고 이들의 속박과 만족이 나를 끊임없이 사로잡았소."(493쪽) 이것이 횔덜린으로 하여금 "고대 정신의 폐허 가운데, 나로 하여금 그리스인들의 고유한 본질을 보다 더 가까이 알게" 해주었다. "고대 유물"의 관람과 "그들의 천성과 그들의 지혜"에 대한 앎, 그리고 "그들의 육신"과 "자연의 거대한 힘 앞에서 자유분방한 창조 정신을 지켰던 규범"에 대한 앎은 그로 하여금 "기호의 지고한 양식"으로서 "예술의 지고함"과 이를 통해 이루어진 "확실성"을 통찰하게 해주었다.(494~495쪽) 바로 이 그리스인들의 "본래적으로 개성적인 것"에 대한 직관적인 앎은 뵐렌도르프에게 보낸 첫 번째 편지에 앞서 예고했던 "그리스인들이나 우리에게 최고의 것이 틀림없는 것, 다시 말하자면 생생한 비례와 솜씨 이외에 우리가 그들과 무엇인가 같아져서는 안 된다는"(478~479쪽) 통찰을 더 예리하게 한다.

횔덜린 문학 자신의 시대, 그리고 고대 이후 서구 시대의 "조국적인 것"으로의 전향에 대해서는 1803년 12월 빌만스에게 보낸 편지와 1804년 3월 제컨도르프에게 보낸 편지가 증언하고 있다. 이 두 편지는 전형적으로 "현장에서 보낸 편지"다. 횔덜린의 소포클레스 비극 번역을 출판했고, 자신이 발행한 《사랑과 우정에 바치는 1805년판 소책자》에 연작시라 할 수 있는 9편의 〈밤의 노래들〉을 싣기도 한 빌만스에게 보낸 편지에는 빌만스가 제기한 것으로 보이는 문의에 대한 횔덜린의 답변이 담겨 있다. "이 비극 원고를 보내드리고 나서 곧바로 《시 연감》에 실릴 규모가 작은 시 몇 편을 저의 원고들 가운데서 찾아 보내겠습니다."(500쪽)

이 "규모가 작은 시 몇 편" — 연작시 〈밤의 노래들〉 — 과 함께 그는 "2절지 서너 장 분량의 각기 개별적인 규모가 큰 서정시를 이번 겨울에 귀하께 보내드리"겠다고 통보하면서, "이 작품들은 내용이 직접적으로 조국 또는 시대에 관련될 것이기 때문에 각각 별도로 인쇄될 만"하다고 언급한다.(500쪽) 이 "규모가 큰 서정시"는 소위 말하는 "조국적 찬가"일 것이다. 빌만스에게 보낸 두 번째 편지에서 횔덜린은 자기 주해의 형식을 빌려 언급한다. "저는 귀하의 《시 연감》을 위해 몇 편의 밤의 노래를 교정하고 있습니다. (…) 독자에게 자신을 희생하는 것, 그리고 독자와 함께 우리의 여전히 유아적인 문화의 좁은 한계들로 들어가는 것은 하나의 즐거움입니다. 그렇지 않아도 사랑의 노래들은 항상 지친 날갯짓입니다. (…) 그러나 조국적 찬가들의 드높고 순수한 기쁨의 환호는 전혀 다른 것입니다."(501~502쪽)

제컨도르프는 자신이 발행하는 《1808년판 시연감》에 횔덜린의 비가 〈빵과 포도주〉의 제1연을 〈밤〉이라는 제목으로 수록

해 발행했다. 제컨도르프에게 보낸 편지에 횔덜린은 "신화, 역사의 시적 면모, 그리고 하늘의 건축술이 요즘 무엇보다도 나를 매혹"하고 있으며, "특히 그리스적인 것과는 다르기 때문에, 민족적인 것이 그렇다"(505쪽)고 썼다. 뵐렌도르프에게 쓴 편지와 마찬가지로 자신에게 예술에 대한 본질적인 관심을 일깨워 준 파리에서의 고대 유물 관람을 언급하고, 이어서 "조국에 관한, 조국의 상황과 신분 계층에 관한 공부는 끝이 없고 새삼스러워진다"(505~506쪽)고 했다. 이 편지도 "친구들 간의 영혼, 대화와 편지를 통한 사유의 형성"(496쪽)을 증언하는 것이다.

생산적 고독과 이상주의로의 비상

전래의 많은 결함에도 불구하고 횔덜린이 정신착란에 이르기까지 본질적인 삶의 단면들을 편지를 근거로 해서 분명한 윤곽을 그릴 수 있다. 그의 전기나 평전이 작품 못지않게 그의 편지에 크게 의존하는 것도 그 때문이다. 생애기를 위해 편지만큼 신빙할 만한 증언은 달리 없을 것이다. 그러나 앞에서 기술한 것처럼 삶의 여러 단계와 국면을 넘어서 편지에 드러난 횔덜린의 일관된 의식 세계를 공시적으로 살펴보려는 것이 이 해설의 본래 취지였다. 그런 의미에서 횔덜린의 편지를 관통하는 몇 가지 특성을 다시 한번 요약할 만하다.

생애의 모든 국면을 관통하여 편지에 드러나는 변함없는 횔덜린의 개성은 무엇보다도 의식의 중심으로 더욱더 공고해진 시인으로서의 소명이다. 비록 직접적으로 언급되지 않은 경우조차도 이 소명 의식은 여전히 작동한다. 물질적 내지 직업상의 곤경도 이러한 삶의 연속에서 유래하는 것이다.

우리가 편지에서 읽을 수 있는 횔덜린의 기질 중 하나는 유별난 감수성이다. 이 감수성은 그의 타인들에 대한 관심의 능력과 체험의 능력을 높이기도 하지만, 동시에 그를 극단적으로 위험에 빠트리고, 자신의 내면으로의 도피를 촉진하기도 한다. 그의 편지들은 생동하는 소통의 증언일 뿐만 아니라, 말하지 않음에서 더는 말할 수 없음에 이르는 침묵의 증언이기도 하다. 시간이 흐름에 따라 문학적으로 생산적인 고독 또는 단순한 자기보존의 필요성과 생생하게 체험 가능한 인간적인 유대 사이의 화해하기 어려운 대립은 점점 더 커진다. 독립을 향한 수줍은 열망과 인간적인 제약 사이, 내적 그리고 외적인 실향失鄕과 정착을 향한 동경 사이의 내면적 갈등이 무엇보다도 1800년 이래 그를 불안한 방랑자로 만들었다. 동생 카를이 그를 루소와 비교한 것이나 주제테 공타르가 그에게서 괴테의 타소Tasso를 연상했다고 한 것은 결코 과장이 아니다. 우울증과 자기 파괴적인 감성은 그의 본성에 속한다. 또한 정신적이고 인간적인, 따라서 의사소통의 집중력과 경직과 냉정 사이의 부단한 변화도 마찬가지다. 횔덜린은 시적으로도 — 가장 인상적으로는 시 〈반평생〉에서 — 자기 현존의 이러한 변증법을 노래했다.

그의 문학과 편지에서의 또 다른 본질적인 특징은 분명한 이상주의다. 이 이상주의는 비록 가장 중요하게 각인되지만 철학적 의미에서의 이상주의자의 관념성만은 아니다. 횔덜린이 젊은 시절부터 부단히 성품과 교육과 훈련을 통해 파고들었던 내면성의 영역으로부터 벗어나 그가 사회에서 겪었던 상처와 거부적 반응을 거쳐, 그리고 마침내는 클롭슈토크나 실러와 같은 젊은 시절의 이상적인 선구자를 통해 실존적으로나 문학적으로 모든 것을 결정하는 지표인 이상주의로 비상했다는 사실을 편지를 통해 알 수 있다. 그가 현실에서 불만을 느낄수록, 정치적 희망이 환멸로 바뀌는 것을 바라다볼수록, 자신의 고통스러운 밥벌이 때문에 괴로움을 겪을수록, 그는 더욱더 철저히 이러한 이상주의적 요구를 따랐다는 사실도 편지에서 읽을 수 있다. 그러나 그가 자신의 이상주의를 위험에 내맡기는 특별한 방식으로, 현실의 구체적인 경험 세계로부터의 소외로 체험했다는 사실도 편지에서 읽을 수 있다. 정신착란 전 마지막 몇 해 동안 비극적인 자의식으로의 점증하는 심리적인 위협과 결부되었던 위기로서도 자신의 이상주의적인 성향을 경험했던 것이다. 그처럼 후기의 편지들은 단순한 알림이 아닌, 반복해서 어느 다른 세계에서 수신자의 세계로 울리는 목소리를 포함한다.

정신착란 시기의 편지, 삶의 고도에서 보낸 마지막 통신

횔덜린은 반평생 정신분열증Schizophrenie을 앓았다. 이 정신착란의 시절(1806~1843)에도 횔덜린은 67통의 편지를 썼다. 이 중 60통이 어머니에게 쓴 편지이며, 여동생에게는 6통, 의붓동생에게 1통의 편지를 썼다. 횔덜린은 이전 활발하게 서신을 주고 받았던 편지공화국을 떠나 고독한 은둔자로서 혈육인 어머니와 누이동생에게 자신의 현존을 증명하는 마지막 기록을 남긴 것이다. 이 기록은 근본적으로 그 이전과는 완전히 다른 삶의 상황에서 쓴 편지들이다. 1803~1804년 빌만스에게 쓴 편지와 횔덜린이 정신착란으로 튀빙겐의 아우텐리트 병원에서의 입원 치료를 거쳐 성구 제작자 치머의 보호에 맡겨진 1807년 여름 이후 첫 편지들에는 회복 불능의 정신적인 파탄이 단애처럼 놓여 있는 것이다.

이 어떤 위안도 소용없는 정신적인 혼돈 상태에서 쓴 편지들은 파괴적인 정신병의 투영물이며, 텅 빈 영적 상태의 증언이다. 우리가 읽었던 그 이전 편지들이 보여준 충만한 사유와 심오한 감정의 표현에 비교하면, 지금은 소박하다 못해 실어의 비극적 처지에 놓인 한 인간을 볼 수 있을 뿐이다. 생명과 감동의 강물로 가득했던 건강한 시절의 편지들이 폐허처럼 단조롭고 메마른 감정의 편지들로 바뀌었기 때문이다.

그러나 정신착란의 혼동 속에서도 한때 깊은 감정을 함축하였던 어휘들과 구절의 흔적을 되살리려는 그의 안간힘은 경이롭다. "영혼", "진심", "정신", "회상" 그리고 "경외심"과 같은 어휘들이 그것을 증언한다. 통사적인 연결도 큰 결함 없이 유지된다는 사실도 확인할 수 있다. 탁월한 한 시인의 정신착란기의 편지를 의미 있게 읽기 위해서 우리는 횔덜린의 본래 모습을 숨기고 있는 단단한 껍질을 뚫고 들어가야 한다. 횔덜린은 자신의 정신적인 은거에도 불구하고 이러한 증거로 접근할 수 있는 작은 통로를 우리에게 열어놓고 있다.

횔덜린은 이 시절 어머니에게 보낸 한 편지에서 "저의 전달의 재능은 어머니에 대한 저의 애착의 표현에 한정되어 있습니다"라고 썼다. 또 다른 편지에서는 "제가 어머니에게 편지를 쓸 기회를 이용해도 된다는 사실이 저에게는 전혀 망설일 일이 아닙니다. 그것은 언제나 어머니에게 의존하고 있는 제 존재의 안부 인사이며, 어머니의 변함없는 호의에 저의 공손한 마음을 표하려는 시도이니까요"(511쪽)라고 썼다. 횔덜린은 어머니에게 보내는 편지가 어머니에 대한 순응의 증언일 뿐 그 이상은 아니라고 말하려 한다. 그가 어머니를 여전히 존경한다는 것, 그리고 순수한 "감정"과 어머니에 대한 "충실한 생각"을 여전히 품고 있다는 것을 말하고자 할 뿐이라는 것이다. 따라서 같은 내용을 "반복"한다고 해도 그것은 진지함의 확인이기 때문에 하나도 이상할 것이 없다는 것이다. 횔덜린은 자신이 불치의 병에서 벗어날 수 없으며, 자신의 표현도 최소로 한정할 수밖에 없다는 사실을 알고 있었던 것이다.

이러한 편지 쓰기는 그 자신이 말하는 대로 "습관을 위한 연습"이었다. 사회로부터 추방된 자, 망망대해의 고도에서 삶의 막다른 길에 이른 한 인간의 이러한 자기 인식과 자기관찰을 통해서 "말씀드리고자 하는 것을 가능한 한 몇 마디 말로 말씀드릴 수밖에 없고, 지금은 말씀드릴 다른 방법이 저에게는 없"(513쪽)다는 것을 알게 된다. 그는 또한 "하늘의 뜻이 저를 그렇게 멀리 데려왔으니, 제가 저의 삶을 어쩌면 위험이나 완전한 의심 없이 계속 이어나가기를 희망하고 있습니다"(514쪽)라고도 썼다. 어머니에게 보낸 편지에 쓴 이러한 증언들은 정신착란을 앓고 있는 횔덜린이 자신의 상태와 처지를 의식하였다는 것을 잘 말해준다. 그러나 이 증언들은 그의 존재가 그렇게 크게 약화된 것을 의미하며, 그러한 의식 또는 예감이 그를 동요시키거나 절망케 하지는 않았다는 것을 말해준다.

정신착란기의 편지들에서 우리는 횔덜린의 의식과 감각이 최소한으로 축소되었다는 것, 전달의 수단이 너무 협소해서 자신의 애착과 공경의 마음을 형식적인 짧은 문구로 표현할 수밖에 없었다는 것, 그렇지만 과거를 반추하며 나름대로 생생한 존재감을 보존해 보려는, 그리고 멀리에서부터 자신을 이해시키려 하는 의지의 잔재를 확인할 수 있다. 무엇보다도 사회로부터의 완전한 고립 가운데, 그렇게 믿어온 어머니의 관심에서도 멀어질, 그리하여 존재의 근거를 완전히 박탈당할 위험을 예감하며 그것만은 막아내고자 하는 그의 처절한 몸부림을 목도할 수 있다. 어머니에게 보낸 마지막 편지의 "어머니는 저를 돌보아 주십시오"(515쪽)라는 구절은 그가 정신착란을 앓는 동안 단 한 번도 찾아오지 않은 어머니를 향한 마지막 읍소다. 이처럼 이 시절에 쓴 몇 편의 편지를 통해서 우리는 정신분열증을 앓던 시인 횔덜린의 비극적인 현존을 추체험할 수 있다.

한편 횔덜린이 어머니에게 마지막으로 쓴 편지의 한 구절 "시간은 문자 그대로 정확하고 대자대비합니다"(515쪽)를 만나, 자신의 운명에서 느끼는 비감과 은총의 양가감정이 이처럼 예리하고 치밀하게 함축적으로 표현되고 있음을 보고 우리는 놀라게 된다. 이 구절은 횔덜린의 시적 감각의 불씨가 최후의 순간까지도 완전히 꺼지지 않았음을 예감케 한다. 횔덜린은 1843년

6월 세상을 떠나기 며칠 전 "태양은 새로운 환희를 향해 돌아오고"로 시작하는 시 〈봄〉과 "인간의 깃들인 삶 먼 곳으로 향하고"로 시작하는 시 〈전망〉을 썼다. 그리고 횔덜린은 "나는 여전히 온전한 정신상태에 있지 않다"는 것을 선언하듯이 이 분열 없는 소박한 시에 "충성심을 다해서 소생, 스카르다넬리"라고 서명했다.

옮긴이의 말

이 서한집의 출판으로 나의 횔덜린 작품 번역은 이제 거의 마무리 단계에 이르렀다. 《시 전집》, 소설 《휘페리온》, 희곡 《엠페도클레스의 죽음》이 — 비록 출판사를 다 달리하게 되었지만 — 이미 번역 출판되었고, 앞으로 횔덜린이 번역한 소포클레스 비극 두 편을 한국어로 옮겨 출판하면, 횔덜린이 남긴 다섯 개 장르 — 시, 소설, 희곡, 서한 및 번역 — 의 대표적인 작품들을 일단 모두 소개하는 셈이다. 이 서한집의 출판으로 우리 독자들을 위해 아직은 낯선 세계로 오갈 오솔길 하나를 내보겠다는 한 독문학도의 소박한 꿈은 그 실현에 성큼 다가선 느낌이다. 특히 이 서한집을 번역하고 독해하는 동안 시인 횔덜린과 그의 문학 세계를 깊이 이해하는 데 이보다 더 좋은 길잡이가 없을 것이라는 사실을 실감했다.

이 책이 나오는 데는 여러 분의 많은 도움이 있었다. 나의 지음의 벗 김지배 부부는 초벌 원고의 첫 독자가 되어 번역 투의 거친 표현을 쉽고 편안한 문장으로 바꾸도록 낱낱이 조언해 주었다. 누가 그런 고역을 감당하려 하겠는가. 그 우정에 고마운 마음을 전한다. 또한 번역 원고를 읽고 출판을 적극 권하며 주선해 준 동학의 이화여대 최성만 교수께 감사의 말씀을 드린다. 최 교수는 평소 횔덜린에 대한 깊은 관심으로 나의 횔덜린 공부를 응원해 주었다. 그리고 《횔덜린 서한집》을 위해 상응 시리즈의 한 자리를 흔쾌히 내어주신 읻다 출판사의 김현우 대표와 많은 분량의 원고를 한 글자, 한 문장 꼼꼼히 살펴 수정하고 다듬어 든든한 한 권의 책으로 탄생시켜 준 편집자들께 심심한 감사의 말씀을 드린다.

2022년 5월
장영태

횔덜린 연보

1770년

3월 20일 네카 강변의 라우펜에서 수도원 관리인 하인리히 프리드리히 횔덜린(1736년생)과 요하나 크리스티아나, 처녀명 헤인(1748년생) 사이의 첫아들로 태어남. 다음 날 요한 크리스티안 프리드리히라는 이름으로 세례 받음.

1772년(2세)

7월 5일 36세의 부친 뇌출혈로 사망.
8월 15일 여동생 하인리케, 애칭 리케 출생.

1774년(4세)

10월 10일 모친, 전 남편의 친구이자 후에 뉘르팅겐의 시장이 된 요한 크리스토프 고크와 재혼. 뉘르팅겐으로 이사.

1776년(6세)

뉘르팅겐의 라틴어학교에 다니기 시작함.
횔덜린을 성직자로 기르기로 작정한 모친은 개인 교습을 통해서 횔덜린이 수도원 학교 입학 조건인 국가시험에 대비하도록 함.
10월 29일 의붓동생 카를 고크 출생.

1779년(9세)

3월 8일 의붓아버지 폐렴으로 사망.

1780년(10세)

피아노 교습 시작.

9월 중순 1차 국가시험 치름.

1782년(12세)

뉘르팅겐 부목사인 나타나엘 쾨스트린에게 라틴어와 그리스어 개인 교습 받음.

1783년(13세)

9월 프리드리히 빌헬름 요제프 셸링과의 첫 만남. 셸링은 당시 친척인 쾨스트린의 집에 2년간 머물며 라틴어학교에 다니고 있었음. 뷔르템베르크의 신교 수도원 학교 입학 자격을 부여하는 4차 국가시험 치름.

1784년(14세)

10월 20일 뉘르팅겐 근처의 덴켄도르프 초급 수도원 학교에 장학생으로 입학. 이 장학금 수여로 목회자 이외 어떤 다른 직업에도 종사하지 않는다는 의무를 지게 됨.

1786년(16세)

10월 마울브론의 상급 수도원 학교에 진학. 수도원 관리인의 딸인 루이제 나스트에게 애정을 느낌.

11월 칼 오이겐 대공 부부의 튀빙겐 신학교 방문 때, 대공비 프란치스카에 바치는 개인적인 존경의 시 낭독.

1787년(17세)

연초 레온베르크 출신으로 루이제의 사촌이며, 마울브론의 친척을 방문해서 머물던 이마누엘 나스트와 사귐. 나스트와 슈투트가르트의 친구 프란츠 카를 히머와 함께 문학에 대해서 토론하고 시 작품을 교환함.

3월 클롭슈토크, 슈바르트, 실러, 오시안, 영과 같은 시인, 작가들의 작품 읽음.

여름 여러 차례 앓음.

1788년(18세)

4월 실러의 《돈 카를로스》 읽음.

6월 마차를 타고 브루흐잘, 하이델베르크, 슈파이어로 여행함.

10월 초 덴켄도르프와 마울브론에서 쓴 시들을 이른바 '마르바하 4절판 노트'에 정서함. 이 안에는 1787년 쓴 〈나의 결심〉이 포함되었음. 루이제 나스트와 약혼.

10월 21일 튀빙겐 신학교에 입학. 슈투트가르트 출신의 장학생에는 헤겔도 있었음.

겨울 크리스티안 루드비히 노이퍼와 루돌프 마게나우와 친구가 됨.

1789년(19세)

3월 루이제 나스트와의 약혼 파기.

4월 출판인 크리스티안 프리드리히 다니엘 슈바르트와 고트홀트 프리드리히 슈토이들린과 교유.

7월 14일 파리의 바스티유 감옥에서 폭동 발생.

여름 맹인 프리디리히 루드비히 두롱에게 플루트 교습 받음.

11월 신학교 내에 공화주의적, 민주적 사상이 팽배하다는 소문을 접한 카를 오이겐 대공이 신학교에 더욱 엄한 감시 감독 시작함. 모친에게 신학 공부 면제를 하소연함. 송가 〈비탄하는 자의 지혜〉 초고를 씀.

1790년(20세)

연초 석사 학위를 위한 논문 〈그리스인들에서 미적 예술의 역사〉와 〈솔로몬의 잠언들과 헤시오드의 일과 날의 비교〉를 준비함.

3월 9일 노이퍼, 마게나우와 더불어, 클롭슈토크의 '학자 공화국'을 본떠 문학 동아리 '독수리 사나이의 모임'을 결성함.

여름 신학교 학장 딸인 엘리자베트 르브레에게 애정을 느낌. 이 애정 관계는 신학교 재학 내내 지속됨.

9월 17일 석사 자격시험.

10월 20일 15세의 셸링이 신학교에 입학함. 횔덜린, 헤겔, 셸링이 학습 동아리를 맺고 우정을 나눔. "특별히 철학" 공부가 횔덜린에게 "필요한 일"이 됨. 칸트에 열중함. 야코비의 논문 〈스피노자의 학설에 대하여〉를 집중적으로 읽고 초록을 작성함.

1791년(21세)

3월 횔덜린은 누이동생에게 "평온과 은둔 가운데에서 한번 살아보는 것 — 그리고 굶을 걱정 없이 책을 쓸 수 있는 것이 더 바랄 것 없는 소원"이라고 씀.

4월 중순~4월 말 친구 크리스티안 프리드리히 힐러, 프리디리히 아우구스트 메밍어와 함께 라인 폭포에서 취리히에 이르기까지 도보로 스위스 여행. 여행 중 4월 19일, 취리히의 신학자 요한 카스파 라바터 방문. 피어발트슈테터 호수, 뤼틀리시부어 지역의 여러 곳을 방문함.

9월 슈토이들린의 《1792년 시 연감》에 초기의 튀빙겐 찬가들 실림.

10월 10일 1777~1787년 호엔아스페르크에 투옥되었던 슈바르트 사망함.

연말 루소 독서, 천문학에 열중함.

1792년(22세)

4월 20일 프랑스가 오스트리아에 선전포고. 프러시아의 전쟁 개입으로 7월 프랑스 공화국에 대항하는 연합전쟁 발발. 이 전쟁은 1797년까지 계속됨. 이 연합전쟁의 발발을 계기로 프랑스혁명의 결과로 나타나는 정치적 상황 전개에 횔덜린의 관심이 증폭됨. 누이동생에게 단호하게 "인간의 권리의 옹호자"인 프랑스인들의 편임을 선언함. 튀빙겐의 공화주의 사상을 가진 대학생 모임과 교류함.

5월 서간체 소설 《휘페리온》 계획. 같은 때 6운각 시행의 초고 〈봄에 부쳐〉를 씀.

9월 프랑스에서 혁명의 급진화 진행됨. 장 폴 마라의 사주에 따라 9월 대학살, 왕정 폐지.

11월 프랑스의 군사 작전 성공. 11월 19일 국민회의가 자유로운 국가체제를 원하는 모든 인민들에게 지원을 아끼지 않겠다고 선언.

1793년(23세)

3월 슈토이들린이 튀빙겐을 방문하고, 횔덜린은 그의 앞에서 《휘페리온》 일부를 낭독함.

5월 13일 대공 내외가 참석한 가운데 신학교의 새로운 학칙이 공포됨.

6월 횔덜린의 졸업시험. 슈토이들린, 노이퍼와 함께 튀빙겐을 방문한 프리드리히 마티손과 사귐. 마티손 앞에서 찬가 〈용맹의 정령에게 — 한 편의 찬가〉(《횔덜린 시 전집 1》, 292~295쪽)를 낭독함.

7월 플라톤의 《티마이오스》와 《잔치》에 대한 감동을 술회한 편지를 노이퍼에게 씀. 《휘페리온》 집필 계속.

7월 13일 샤를로테 코르데에게 마라가 암살당함.

7월 말 자코뱅의 테러에 대한 나쁜 인상으로 프랑스혁명에 비판적, 거부적인 태도를 취함.

9월 헤겔이 가정교사로 베른으로 떠남. 횔덜린과 셸링 작별함. 홈부르크 출신의 법학도이자 단호한 민주주의자인 이작 폰 싱클레어와 사귐.

9월 말 루드비히스부르크로 실러를 방문함. 이전에 슈토이들린이 실러에게 횔덜린을 칼프가의 가정교사로 추천함.

10월 실러가 샤를로테 폰 칼프가의 가정교사로 횔덜린을 추천함. 11월에 샤를로테 폰 칼프로부터 가정교사 취임을 승낙받음.

12월 6일 슈투트가르트 종무국의 목사 자격시험에 합격함.

12월 10일경 튀빙겐을 떠나 28일 발터스하우젠에 도착, 칼프가의 가정교사로 부임.

1794년(24세)

1월 발터스하우젠에서 친절한 영접을 받고, 교육 활동을 시작함. 매일 오전 9~11시, 오후 3~5시 제자 프리츠를 가르침. 나머지 시간은 자유롭게 활용함. 현지 목사와 칼프 부인의 대화 상대인 빌헬름민네 마리안네 키름스와 우정을 나눔.
3월 실러에게 보낸 한 편지에서 칸트의 계몽주의적 인본사상과 루소의 교육 원리에 입각한 자신의 교육 활동을 설명함.
봄 가정교사 생활에 만족하며 《휘페리온》 집필 계속함. 초기 찬가 문학의 가장 의미심장한 작품인 〈운명〉(《횔덜린 시 전집 1》, 302~306쪽)을 실러에게 보냄.
3월 말~4월 초 실러의 논고 〈우아와 품위〉를 읽고 감동함.
5월 21일 동생에게 "현재 나의 거의 유일한 독서는 칸트이다. 점점 더 이 대단한 정신이 나에게 그 모습을 드러내고 있다"라고 씀.
8월 샤를로테가 횔덜린을 위해 신청한 피히테의 주간 강의록 《학문 총론》 구독.
8월 21일 동생에게 "로베스피에르의 목을 날려버릴 수밖에 없었던 것은 나에게는 당연한 일처럼 보인다. 어쩌면 좋은 결과가 있을 것이다"라고 씀.
9월 말 《노이에 탈리아》에 싣기 위해서 실러에게 《휘페리온 단편》 보냄.
10월 소크라테스의 죽음을 다루는 비극에 대한 계획 세움. 제자 교육에 어려움이 차츰 더 커짐.
11월 제자 프리츠를 데리고 예나로 여행함. 실러가 간행한 《노이에 탈리아》에 《휘페리온 단편》 실림. 실러와 튀빙겐 신학교 시절부터 알고 지냈던 이마누엘 니트하머를 자주 방문함. 거기서 괴테를 처음 만남. 피히테의 강의를 정기적으로 듣고 감명을 받음.
12월 말 샤를로테 부인과 그녀의 아들 프리츠와 함께 바이마르로 거처를 옮김. 거기서 괴테와 재회함. 헤르더와 사귐.

1795년(25세)

1월 가정교사로서의 교육 시도가 좌초되고 고용 관계가 해지됨. 예나에 특별히 얽매이지 않은 상태로 머무름. 피히테의 강의를 듣고 그와 교류함.
3월 실러의 추천으로 코타 출판사가 《휘페리온》 출판을 맡기로 함. 튀빙겐에서의 마지막 몇 개월 사이에 알게 된 싱클레어와 재회, 긴밀한 우정 시작됨. 카시미어 울리히 뵐렌도르프와 사귐.
3월 말~4월 초 예나를 떠나 할레, 데사우, 라이프치히와 뤼첸으로 일주일간 도보 여행.

4월 28일 노이퍼에게 "나는 사람들이 모여 있는 곳에는 거의 가지 않는다네. 실러에게는 여전히 발걸음을 하지. 그럴 때 벌써 여기에 상당히 오래 머물고 있는 괴테를 주로 만난다네"라고 씀.
5월 말 예나 대학에서 싱클레어가 개입된 학생 소요가 일어남. 니트하머의 집에서 피히테, 노발리스와 회동함.
5월 말~6월 초 뉘르팅겐으로 떠나기로 갑작스럽게 결심함. 고향에 도착하자마자 예나를 떠난 것을 후회함. 쇠약해진 건강, 집필 작업에서의 침체를 스스로 느낌.
7월 말 튀빙겐에서 셸링과 중요한 철학적 사유를 교환함. 12월 뉘르팅겐에서 이들은 한 번 더 재회함.
8월 귀향하는 길에 6월 하이델베르크에서 만난 의사이자 여행 작가 요한 고트프리트 에벨이 프랑크푸르트의 은행가인 야콥 공타르가의 가정교사 자리를 소개함.
가을 심각한 위기. 9월 4일 실러에게 "저는 저를 둘러싸고 있는 겨울에 얼어붙습니다. 그처럼 저의 하늘은 강철처럼 완강하고, 그처럼 저는 돌처럼 굳어 있습니다"라고 씀. 〈자연에 부쳐〉를 포함한 시와 번역물을 실러에게 보냄. 실러는 횔덜린이 함께 보낸 서신에 답하지 않음. 연말까지 뉘르팅겐에 머물면서 《휘페리온》 집필 계속.
12월 프랑크푸르트에 도착. 제자가 될 앙리를 만남.

1796년(26세)

1월 공타르가에 가정교사로 입주하고 활동하기 시작.
봄 다시금 서정시를 쓰기 시작함. 〈디오티마〉 초고의 단편, 〈헤라클레스에게〉(《횔덜린 시 전집 1》, 322~324쪽), 6운각 시행의 시 〈떡갈나무들〉(같은 책, 343쪽)을 썼으며, 실러의 논술문 〈심미적 습속의 도덕적 효용에 대해서〉에 답하는 〈현명한 조언자들에게〉(같은 책, 354~356쪽)를 씀.
4월 프랑크푸르트에서 셸링과 또 한번의 대화. 이 두 사람 간 생각의 교환 결과가 〈독일 이상주의의 가장 오랜 체계 선언〉으로 보임.
6월 6운각 시행 단편斷篇인 〈안락〉(같은 책, 370~372쪽)을 씀. 니트하머의 《철학 저널》에 싣기 위해서 계획된 미학적 논고 집필 계속함. 문학 작품에서 디오티마로 불린 주제테 공타르에게 사랑 싹틈.
7월 주제테 공타르, 세 딸의 가정교사인 마리 렛처, 횔덜린, 그리고 그의 제자 앙리는 전쟁의 혼란을 피해 카셀로 피난함. 가장인 야콥 프리드리히 공타르만 도시에 남음.
7월~9월 작가 빌헬름 하인제, 주제테 공타르, 그녀의 아이들과 함께 카셀, 바트 드리부르크에 계속 머무름.
8월 실러가 횔덜린이 봄에 쓴 세 편의 시를 받고도 《크세니엔 연감》에 한 편도 실어주지 않음.

9월 프랑스 공화파 군대 퇴각, 슈토이들린이 라인강에서 투신자살.

10월 카셀에 두 번째로 14일간 머물다가 프랑크푸르트로 귀가함.

11월 어머니가 제안한 뉘르팅겐의 교사직을 거절함. 부목사직이나 교사직과 같은 확실한 일자리를 마련해 주려는 어머니의 노력을 번번히 거절함.

11월 24일 오랜 침묵 끝에 실러가 편지를 보내옴. 그는 횔덜린에게 "철학적 소재"를 피하고 "감각적 세계에 더 가까이" 머물라고 조언함.

1797년(27세)

1월 헤겔, 횔덜린이 소개한 프랑크푸르트의 포도주 상인이자 미술품 수집가인 요한 고겔가의 가정교사로 부임함. 이후 헤겔과 자주 만남.

4월 소설 《휘페리온》 제1권, 튀빙겐의 코타 출판사에서 출판.

8월 비극 《엠페도클레스의 죽음》에 대한 "자세한 계획"인 〈프랑크푸르트 구상〉을 씀.

8월 22일 프랑크푸르트를 방문해 머물던 괴테를 예방함. 괴테는 "규모가 작은 시를 쓰고 모든 사람들에게 인간적으로 흥미를 끌 수 있는 소재를 택하라"고 조언함.

여름 공타르가에서의 점증하는 긴장. 횔덜린은 압박을 느끼기 시작함.

10월 17일 캄포 포르미오의 평화협정. 이로써 제1차 연합전쟁이 막을 내림.

11월 입주 가정교사로서의 신분과 끊임없는 사교 모임에 탄식함. "특히 프랑크푸르트에서의 가정교사는 어딜 가나 마차에 달린 다섯 번째 바퀴"(1797년 11월, 어머니에게 보낸 편지)라고 탄식함.

1798년(28세)

2월 동생에게 "너는 나의 모든 불행의 뿌리를 알고 있느냐? 나는 나의 온 마음이 매달려 있는 예술을 위해서 살고 싶다. 그래서 나는 사람들 사이를 이리저리로 오가며 일하지 않으면 안 되는 것이다"라고 씀.

3월 프랑크푸르트를 떠날 생각을 하기 시작함.

봄 송가 〈하이델베르크〉 초고를 씀. 노이퍼가 6월 열두 편의 에피그램 형식 송가, 8월에는 네 편의 짧은 시편을 받아서 거의 모두 《교양 있는 여성들을 위한 소책자》에 실어줌. 실러 역시 다섯 편의 송가를 받아 그중에서 두 편의 짧은 시를 그의 《시 연감》에 수록. 〈소크라테스와 알키비아데스〉(《횔덜린 시 전집 1》, 395쪽)와 〈우리의 위대한 시인들에게〉(같은 책, 397쪽)가 그것임.

9월 말 공타르가에서의 소동 후에 횔덜린은 프랑크푸르트를 떠나 홈부르크의 싱클레어 가까이에 거처를 정함.

10월 4~5일 주제테 공타르와 첫 재회. 이후 1800년 6월까지 홈부르크에 머무는 동안 주제테 공타르와의 짧은 밀회, 서신 교환이 계속됨. 주제테 공타르의 편지들은 이별에서 겪는 슬픔과 밀회의 굴욕적 불안을 감동적으로 표현하고 있음.

가을 《휘페리온》 제2권의 인쇄 회부용 원고 완성됨. 이 가운데 〈휘페리온의 운명의 노래〉(《횔덜린 시 전집 1》, 398~399쪽)가 들어 있음. 《엠페도클레스의 죽음》 제1초고 집필 시작함.

10월 중순 홈부르크 방백의 궁정 방문. 아우구스테 공주는 《휘페리온》을 읽고 횔덜린에게 연정을 느낌.

11월 말 라슈타트 회의에 싱클레어와 동행, 그의 많은 공화주의 동료들을 만남.

1799년(29세)

상반기 횔덜린은 무엇보다 앞서 《엠페도클레스의 죽음》 집필에 열중함. 또한 발행을 계획하는 잡지에 실을 철학적, 미학적 논고를 집필함.

3월 노이퍼의 소책자에 실린 시들에 대한 슐레겔의 찬사가 담긴 서평이 발표됨.

5월 10일 싱클레어 및 뵐렌도르프가 "저에게는 여기 육신과 생명으로 공화주의자인 친구와 또 정신과 진리에서 공화주의자인 다른 한 친구가 있습니다"라고 씀.

6월 노이퍼에게 독자적인 "문학 월간지" 발간을 위해서 슈투트가르트의 출판인 요한 프리드리히 슈타인코프에게 발행을 맡아줄 수 있는지 타진해 달라고 부탁함. 이 제안을 받은 슈타인코프는 관심을 표명하면서도 괴테, 실러, 셸링 등 유수한 필진들의 동참을 조건으로 제시함. 횔덜린의 동참 요청을 받은 인사들의 냉담한 반응으로 잡지 《이두나》의 발간 계획은 무산됨.

7월 발간 예정 잡지를 위한 협조의 보답이자 실험적인 작품으로 노이퍼와 출판업자 슈타인코프가 《교양 있는 여성들을 위한 소책자》에 실릴 〈결혼일을 앞둔 에밀리〉라는 목가를 받았고, 이어서 다섯 편의 다른 시 작품을 받음.

늦여름 잡지 발간 계획의 좌초에 대한 환멸. 송가 〈아침에〉(같은 책, 420~421쪽)와 〈저녁의 환상〉(같은 책, 418~419쪽) 씀.

초가을 〈나의 소유물〉(같은 책, 428~430쪽), 2행시 형태의 성찰시 〈자신에게〉(같은 책, 425쪽). 이 시는 거의 마무리된 《엠페도클레스의 죽음》 첫 초고의 과제를 제시함. 《엠페도클레스의 죽음》의 새로운 집필에 대한 이론적인 근거 제시함.

10월 말 《휘페리온》 제2권 발행. "그대가 아니면 누구에게"라는 헌사와 함께 출간된 《휘페리온》 제2권을 주제테 공타르에게 건넴.

11월 28일 홈부르크의 아우구스테 공주의 스물세 번째 생일 기념 송가 헌정.

12월 〈불카누스〉에 대한 첫 번째 초고를 쓴 후 《엠페도클레스의 죽음》 세 번째 초고 등을 이른바 '슈투트가르트 2절판'에 쓰기 시작함.

1800년(30세)

연초 시학 논고들을 씀. 자신의 작품을 향한 증오에 찬 이해할 수 없는 비판에 대한 반응으로 송가 초고 〈소크라테스의 시대에〉를 씀. 송가 〈격려〉 초고, 시 〈아르히펠라구스〉 초고 씀.
3월 2일 블라우보일렌의 매제 브로인린 사망, 횔덜린의 누이동생은 자녀들과 함께 뉘르팅겐의 어머니에게 옴.
5월 8일 주제테 공타르와의 첫 번째 이별. 송가 단편 〈나는 나날이 다른 길을 가노라…〉(《횔덜린 시 전집 2》, 33~34쪽) 씀. 생활비 고갈, 건강 악화, 싱클레어와의 우정 파탄. 그러나 이제 피할 길 없는, 오랫동안 약속했던 귀향을 한 달간 연기. 앞에 쓴 여러 시 작품들을 정리하고 에피그램 형식의 송가를 확장함. 이런 작업을 여름까지 계속함.
6월 송가 초고 〈사라져 가라, 아름다운 태양이여…〉(같은 책, 35쪽)를 통해 볼 때, 주제테 공타르와의 마지막 상봉 후, 6월 10일 뉘르팅겐에 도착.
6월 20일 개인 교습자로 슈투트가르트의 란다우어가에 입주함. 그러나 보수는 생활비에도 미치지 못함. 찬가 초고 〈마치 축제일에서처럼…〉(같은 책, 43~47쪽) 씀.
하반기 슈투트가르트의 란다우어가에 머무름. 집중적으로 창작에 전념하면서 개인 교습 활동도 병행함. 많은 송가를 씀. 또 일련의 비가도 씀. 그 가운데 〈디오티마에 대한 메논의 비탄〉(같은 책, 97~105쪽), 〈슈투트가르트〉(같은 책, 125~131쪽), 〈빵과 포도주〉(같은 책, 132~142쪽)가 있음.
초가을 송가 〈격려〉(같은 책, 150~151/152~153쪽), 6운각 시 〈아르히펠라구스〉(같은 책, 71~88쪽) 완성.
가을 일단의 송가 초고 및 개작. 〈선조의 초상〉(같은 책, 116~119쪽), 〈자연과 기술〉(같은 책, 154~155쪽)을 포함하여 〈에뒤아르에게〉(같은 책, 156~158/159~161쪽)로 제목이 바뀐 화해를 구하는 시 〈동맹의 충실〉을 싱클레어에게 보냄.

1801년(31세)

1월 15일 스위스의 하우프트빌에 있는 곤첸바흐가에 가정교사로 들어감.
2월 9일 르네빌 평화협정. 이 평화협정은 횔덜린이 찬가 〈평화의 축제〉(같은 책, 231~240쪽)를 쓰도록 영감을 줌. 그러나 이 찬가는 1802년 또는 1803년에야 완성됨. 스위스로 출발하기 전에 시작했던 핀다르 작품 번역 중단.

4월 곤첸바흐로부터 해고를 통보받음. 4월 중순 슈투트가르트를 거쳐 뉘르팅겐으로 돌아옴. 비가 〈귀향〉(《횔덜린 시 전집 2》, 143~149쪽)은 이때의 귀향을 미화해 노래함. 하우프트빌의 알프스 체험은 〈알프스 아래에서 노래함〉(같은 책, 162~163쪽)과 찬가 〈라인강〉(같은 책, 214~224쪽)에 투영됨.
6월 예나에서 그리스 문학을 강의할 수 있게 해달라고 실러와 니트하머에게 보낸 편지에 두 사람 모두 답하지 않음.
8월 코타 출판사 1802년 부활절에 횔덜린 시집 출판 계약 체결.
가을 체념하는 가운데 새로운 가정교사 자리를 찾아야만 할 필연성에 순응함. 프랑스 남부 보르도 주재 함부르크 영사 다니엘 크리스토프 마이어가의 가정교사로 채용 통지받음.
12월 12일 남프랑스 보르도를 향해 출발. 떠나기 직전 슈투트가르트의 친구 란다우어의 서른두 번째 생일을 맞아 시 〈란다우어에게〉(같은 책, 121~122쪽)를 씀.

1802년(32세)

1월 28일 어려운 여정 끝에 보르도의 함부르크 영사 마이어의 집에 도착. 소포클레스의 비극 《오이디푸스 왕》 번역, 보르도로 출발하기 전에 대단원에까지 이르렀음.
5월 초 주제테 공타르의 고별 편지를 받음. 카를 고크가 전하는 바에 따르면, 그녀는 이 편지에서 "자신이 중한 병에 걸렸다는 소식과 그녀의 가까운 죽음에 대한 예감과 함께 그와의 영원한 작별을 예고했다".
5월 중순 10일 자로 발행된 여권을 가지고 보르도를 떠나 파리를 거쳐 독일로 향함. 보르도를 떠난 이유와 동기에 대해서는 아무것도 알려져 있지 않음.
6월 말 정신이 혼란된 모습으로 기진맥진하여 뉘르팅겐으로 귀향함. 잠시 뉘르팅겐에 머문 후 친구들을 찾아 슈투트가르트로 감. 그곳에서 주제테 공타르가 6월 22일 세상을 떠났다는 소식이 담긴 싱클레어의 편지를 받음. 이 소식으로 충격을 받은 채 뉘르팅겐으로 돌아옴.
9월 29일 싱클레어의 초대로 영주회의가 열리는 레겐스부르크로 여행함. 헤센-홈부르크의 방백 프리드리히 만남.
10월 중순 뉘르팅겐으로 돌아옴. 코타 출판사의 계간지 《플로라》에 횔덜린의 세 가지 시 형식에 걸친 네 편의 모범적인 시가 실림. 비가 〈귀향〉, 찬가 〈편력〉(같은 책, 208~213쪽), 서로 모순되는 송가 〈시인의 사명〉(같은 책, 170~173쪽)과 〈백성의 목소리〉(같은 책, 178~180/181~185쪽)가 그것이었음.
12월 횔덜린의 어머니와 싱클레어 간 편지 교환 시작. 횔덜린의 어머니는 지나친 긴장과 유리된 생활이 횔덜린의 정서적 상태에 부정적인 영향을 미쳤고, 회복에 대한 희망을 거의 용납하지 않는다고 피력함.

1803년(33세)

1월 30일 방백의 쉰다섯 번째 생일을 맞아 싱클레어를 통해 찬가 〈파트모스〉(《횔덜린 시 전집 2》, 264~269쪽)를 헌정. 여름까지 소포클레스의 비극 《안티고네》 번역 작업. '홈부르크 2절판'에 실릴 다른 찬가를 구상.

3월 14일 클롭슈토크 사망.

6월 3일 프랑크푸르트의 출판업자 프리드리히 빌만스가 횔덜린의 소포클레스 비극 번역 출판 의사를 알림.

6월 초 무르하르트로 셸링 방문. 셸링은 헤겔에게 보낸 편지에서 횔덜린의 "완전한 정신이상"에 대해 씀.

6월 22일 하인제 사망.

9월 빌만스, 소포클레스 작품 번역의 출판을 결정함. 12월 초까지 횔덜린은 소포클레스의 두 편의 비극 번역을 퇴고하고, 〈오이디푸스 왕에 대한 주석〉과 〈안티고네에 대한 주석〉을 탈고함.

가을/겨울 빌만스가 간행하는 《1805년 시 연감》에 실릴 여섯 편의 송가와 세 편의 찬가 보충 시편을 정리함. 이 〈케이론〉 등 아홉 편의 시(《시 연감》에 실린 순서대로 《횔덜린 시 전집 2》, 186~202쪽)를 그는 출판업자에게 '밤의 노래들'이라고 명명함. 동시에 "몇몇 큰 규모의 서정시 작품"으로 소위 "조국적 찬가들"을 예고함.

1804년(34세)

1월 말 빌만스 '밤의 노래들' 인쇄에 회부함.

4월 번역 작품 《소포클레스의 비극들》 출판됨. 혹평받음.

5월 24일 횔덜린의 어머니는 싱클레어에게 보낸 편지에서 횔덜린이 쇠약해진 정신 상태 때문에 홈부르크에서의 궁정 사서 직무를 감당할 수 없을 것이라고 함. 그녀는 횔덜린의 이해력 감퇴와 심지어는 "착란된 오성"을 언급함.

6월 싱클레어가 횔덜린을 슈투트가르트와 뷔르츠부르크를 거쳐 홈부르크에 데려감. 슈투트가르트에서 모반을 꾀하는 대화 있었음. 이 대화에는 횔덜린 이외에 복권 사기꾼 알렉산더 블랑켄슈타인도 참여함.

7월 싱클레어의 제안에 따라 매년 200굴덴의 추가 급여가 횔덜린에게 지불됨. 방백은 횔덜린을 궁정 사서로 임명함. 연말까지 찬가를 계속 씀. 이 중에는 〈회상〉(같은 책, 270~272쪽), 〈이스터강〉(같은 책, 273~276쪽)의 초고도 들어 있음.

8월 6일 싱클레어, 횔덜린의 건강 상태와 생활에 대한 어머니의 걱정을 진정시킴.

12월 나폴레옹이 황제에 오르고, 싱클레어는 나폴레옹 대관식 참석을 위해 파리로 감.

1805년(35세)

1월 블랑켄슈타인이 싱클레어를 혁명적인 모반의 우두머리로 밀고함. 이 모반의 첫 번째 목표는 뷔르템베르크의 선제후를 살해하는 것이라고도 함.
2월 26일 선제후가 보낸 사람들에 의해 싱클레어가 뷔르템베르크로 압송됨. 다음 날 그에 대한 대반역죄 재판이 열림.
3월 6일 홈부르크 방백은 "수사에서 횔덜린의 말을 들어보면 횔덜린의 인도는 피할 수 있을 것"이라고 함. 그 근거로 그는 횔덜린의 "극도로 비참한 감정 상태"를 듦.
4월 5일 수사위원회가 헤센-홈부르크 당국에게 횔덜린의 감정 상태에 대한 정보 제공 요청함.
4월 9일 홈부르크의 의사 프리드리히 뮐러는 진단서에 횔덜린의 정신착란이 "광기로 넘어갔다"고 기록함.
5월 9일 실러 사망.
7월 10일 싱클레어가 구속에서 풀려나 홈부르크로 돌아옴. 곧이어 정치적인 사명을 띠고 베를린으로 감.
여름 5월에 《예나 문학신문》에 실린, 빌만스의 《1805년 시 연감》에 실린 '밤의 노래들'에 대한 부정적인 비평에 횔덜린은 아홉 편의 〈핀다르 단편들〉로 반응함.
11월 말 싱클레어와 함께 투옥되었던 제켄도르프가 수정된 찬가, 비가들을 받아 《1807년 및 1808년 시 연감》에 실어 출판함.

1806년(36세)

1월 1일 횔덜린의 어머니가 종무국에 횔덜린을 위한 지원 요청, 11월 4일 150굴덴의 지원 결정을 얻어냄.
7월 헤센-홈부르크 영주국이 라인 연맹 수립과 함께 헤센-다름슈타트 대공국에 통합됨.
8월 3일 싱클레어가 횔덜린 어머니에게 홈부르크에 있는 횔덜린을 데려가 달라고 요청함.
8월 6일 신성로마제국의 종언.
9월 11일 헤센-홈부르크가 대공국 헤센-다름슈타트의 통치로 넘어감. 방백비 칼로리네가 횔덜린의 강제 압송을 알림. "불쌍한 횔덜린이 오늘 아침 이송되었다"고 씀.
9월 15일 튀빙겐의 아우텐리트 병원에 입원. 정신착란증 치료 시작.

10월 21일 유스티누스 케르너가 관리한 환자 기록부에 "산책"이라는 마지막 기록.
11월 제켄도르프가 《시 연감》에 허락없이 횔덜린의 시 여러 편을 수록해서 발행함. 〈슈투트가르트〉, 〈편력〉, 그리고 〈빵과 포도주〉의 제1연이 그것들임. 1년 후에는 〈회상〉, 〈라인강〉, 〈파트모스〉를 발행함.

1807년(37세)
5월 3일 치료 불가로 판정받고 아우텐리트 병원 퇴원. 《휘페리온》을 읽고 감동한, 횔덜린보다 두 살 어린 목수 에른스트 치머가 곧바로 횔덜린을 네카 강변 자신의 집에서 돌보기로 결정함. 횔덜린은 1843년 세상을 떠날 때까지 여기에 머무름.

1815년(45세)
4월 29일 싱클레어가 빈에서 사망. 싱클레어는 1806년부터 본명의 철자를 다르게 배열한 크리잘린이라는 가명으로 활동하며 시와 희곡을 출판한 바 있음.

1820년(50세)
8월 29일 싱클레어의 친구인 프로이센 장교 E. W. 폰 디스트가 코타 출판사에 소설 《휘페리온》의 재판과 횔덜린 시의 출판을 제안함. 홈부르크의 공주 마리안네와 아우구스테가 이를 지원함.

1822년(52세)
1월 루드비히 울란트가 폰 이스트가 정리한 원고를 기초로 횔덜린 시집 발행을 맡겠다고 나섬.
5월 14일 카를 고크와 코타 출판사 간 소설 《휘페리온》의 재판과 횔덜린 시의 출판 계약 체결.
7월 3일 빌헬름 바이프링거의 첫 방문. 그는 이 방문에 이어서 소설 《파에톤》을 씀. 횔덜린의 운명을 그대로 본뜬 이 소설은 끝머리에 횔덜린이 쓴 것으로 알려진 〈사랑스러운 푸르름 안에…〉(《횔덜린 시 전집 2》, 483~485쪽)를 담고 있음.

1823년(53세)
봄 치머가 횔덜린의 어머니에게 횔덜린의 이례적인 맑은 정신 상태와 외부 세계에 대한 새삼스러운 관심을 알림. 횔덜린이 매일 자신의 소설 《휘페리온》을 읽고, 그리스 시를 읽는다고 전함.
6월 9일 바이프링거가 횔덜린을 외스터베르크의 세를 주고 얻은 정자로 처음 데리고 감. 여름 동안 격주로 여러 차례 이곳으로 동반 나들이.

1826년(56세)

6월 울란트와 구스타프 슈바프가 편집한 시집이 코타 출판사에서 출판됨(발행자는 슈바프와 울란트).
10월 바이프링거 로마로 감.

1827년(57세)

횔덜린 전기傳記 작성이 시작됨. 구스타프 슈바프가 《문학적 환담을 위한 신문》에 횔덜린에 관한 논설문을 발표하고, 바이프링거는 요약된 전기 《프리드리히 횔덜린의 삶, 문학과 광기》를 씀. 이 책은 1831년에 인쇄 출판됨.

1828년(58세)

2월 17일 뉘르팅겐에서 어머니 사망. 횔덜린이 튀빙겐에서 그녀에게 보낸 60통의 편지 중 마지막 편지는 "저를 돌보아 주십시오. 시간은 문자 그대로 정확하고 대자대비합니다. 그간에도 당신의 공손한 아들 프리드리히 횔덜린 올림"이라고 끝맺고 있음.

1829년(59세)

치머가 횔덜린의 누이동생에게 보낸 소식에 의하면, 횔덜린은 자주 산책하며 "노년의 나이에도 기력이 왕성하며 지금은 평온하고 회춘한 듯해 보인다"고 함.

1830년(60세)

1월 17일 바이프링거 25세의 나이로 로마에서 사망. 이듬해 그의 《프리드리히 횔덜린의 삶, 문학과 광기》 발표됨.

1837년(67세)

여러 가지 뜻 모를 이름을 사용하기 시작. 부오나로티Buonarotti라고 서명하기도 하고, 나중에는 스카르다넬리Scardanelli라고도 서명함.

1838년(68세)

11월 18일 치머 사망. 그의 부인인 엘리자베트와 1813년생 막내딸 로테가 횔덜린의 간호를 떠맡음.

1841년(71세)

1월 14일 구스타프 슈바프의 아들 크리스토프 테오도르 슈바프의 첫 방문. 그는 1월 21일 세 번째 방문 때, 시 〈한층 높은 인간다움〉(《횔덜린 시 전집 2》, 457쪽)과 〈더 높은 삶〉(같은 책, 456쪽)을 횔덜린에게서 받음. 로테 치머가 횔덜린의 누이동생에게 "횔덜린은 잘 지내고 있으나 밤에 자주 불안해하는데, 그 증상은 이미 오래된 것이며, 번갈아 가며 내보인다"고 전함.

1월/4월 코타 출판사가 횔덜린의 약력을 앞에 실은 새로운 시집을 발행할 계획이라고 카를 고크에게 알려 옴. 고크는 구스타프 슈바프에게 사실에 입각한 생애기 작성을 부탁함.

1842년(72세)

봄 구스타프 슐레지어가 횔덜린 전기를 위한 준비 작업 시작, 구스타프 슈바프와 란다우어의 아들과의 대담을 통해 정보를 수집하고 편지의 대다수를 선별해 필사함.

1843년(73세)

1월 24일 루트비히 울란트, 아델베르트 켈러, 크리스토프 슈바프의 방문.

6월 초 두 편의 시 〈봄(태양은 새로운 환희를 향해 돌아오고…)〉과 〈전망(인간의 깃들인 삶…)〉을 씀.

6월 7일 가벼운 감기 증세를 보였던 횔덜린은 밤 11시 "평온하게, 별다른 사투도 없이" 세상을 떠남.

6월 10일 튀빙겐 공동묘지에 묻힘.